瓷骨

上

酒澈 著

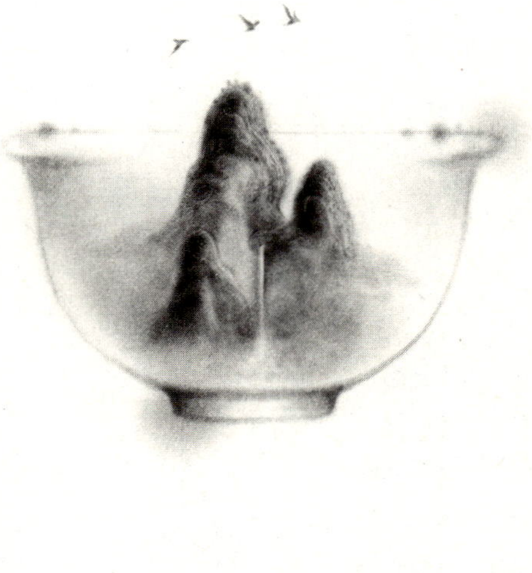

百花洲文艺出版社

图书在版编目（CIP）数据

瓷骨 / 酒澈著. 一南昌：百花洲文艺出版社，
2016.12
ISBN 978-7-5500-1900-3

Ⅰ. ①瓷… Ⅱ. ①酒… Ⅲ. ①言情小说－中国－当代
Ⅳ. ①I247.5

中国版本图书馆CIP数据核字(2016)第213115号

出 版 者　百花洲文艺出版社
社　　址　南昌市红谷滩世贸路898号博能中心A座20楼　邮编：330038
电　　话　0791-86895108（发行热线）　0791-86894790（编辑热线）
网　　址　http：www.bhzwy.com
E-mail　bhz@bhzwy.com

书　　名　瓷　骨
作　　者　酒　澈
责任编辑　胡志敏
经　　销　全国新华书店
印刷装订　北京嘉业印刷厂
开　　本　700mm×980mm　1 / 16
印　　张　37
字　　数　621千字
版　　次　2016年12月第1版
印　　次　2016年12月第1次印刷
定　　价　52.80元（全2册）
书　　号　ISBN 978-7-5500-1900-3

目录

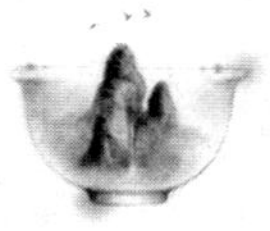

／第一章／

山雨欲来

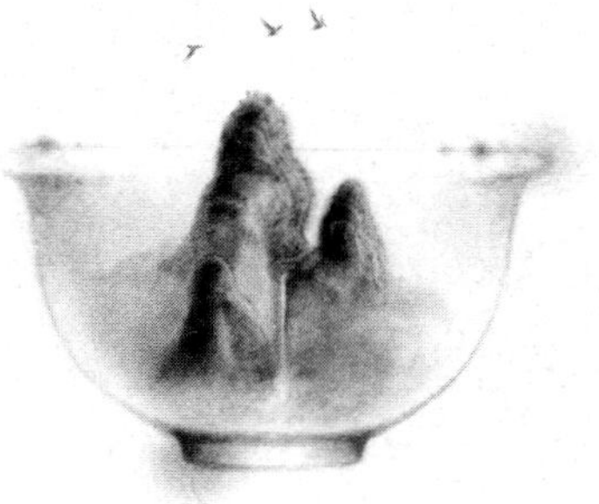

他混在人群里，不动声色地看着她。

在遍地的陶瓷碎片和斑斑血迹中，她环抱住唯一完好的薄胎瓷，如同抱紧生命的最后一丝气息。几缕晦暗的光线从密密麻麻的人群中渗透进来，照出她苍白颤抖的、似乎随时可能迸出痛苦呼号的嘴唇。

他等待着她的发泄，痛哭或嘶吼都可以理解。然而，一切并没有如他想象的那样发生。她没哭没闹，只是安静地站在满地狼藉之中，如同脚下的碎瓷一般，是空洞的、破碎的。

一切发生得太快了，她还未从巨大的变故中清醒过来。

沈瓷记得，就在三个时辰前，自己还和父亲兴奋地讨论着这批刚出窑的薄胎瓷。其胎质细腻，轻巧秀丽，虽然离薄如蝉翼还差了点儿，但已可以称作上品。多次探寻失败后终于迎来了柳暗花明，父女俩的喜悦自不必说。沈瓷更是长长地舒了一口气，想着上个月欠下的瓷窑租金，终于可以还上了。

“阿瓷，来，你把这个花瓶送给卫朝夕。”沈父小心翼翼地抚了抚釉面上的缠枝莲纹，这才将花瓶递给沈瓷，道，“说实在的，若不是因为你同卫朝夕是好友，她爹必定不会容许我们时不时欠下一两个月的租金。你把这个送给她，让人家看看我们新做出的这批薄胎瓷，也好让她和她爹心里有个底。这钱啊，很快就能周转开了。”

沈瓷点点头，轻手接过。白玉般的瓷底上，柳黄、嫣红、藏青点缀其中，泛着透亮的光泽，她的嘴角牵动起一个轻盈的弧度。

“爹，那您在家等着，我快去快回。”

沈瓷用一块靛青色的方巾裹住花瓶的下围，抱在怀里便往外走。从瓷窑到街市，要穿过自家卖陶瓷的商铺，沈瓷匆匆经过时，像往常一样放慢了脚步，似乎怕惊扰了这一店易碎的物什。

在这里，她头一次看见了他。

年轻男人有着浓黑的眉毛和眼睛，一身墨色团福锦缎长袍，腰际束着镂雕麒麟纹青玉带板，一看便知是富贵人家的公子。他看起来不比她大多少，独自一人在小小的店铺里晃了一圈，完全没有留恋的意思，末了皱起眉峰，轻轻地摇了摇头，抬腿便要离开。

沈瓷原本是没有在意的，可是刚转回头，余光便瞟见了他那个皱眉摇头的动作，又瞧他一声不吭便要走，心中不由得生出几分被看低的不快。沈瓷站在原地想了想，这样一个富家公子，若是看上自家的陶瓷，那她父女俩必定能有一笔不菲的收入。她因为这想法凑足了底气，快步上前，赶到他身侧，轻轻福了福身，道："这位公子来去匆匆，可是小店无一物能入您的眼？"

年轻男人微微一怔，脸色转瞬变得从容不迫。他看了一眼这个抱着花瓶的少女——身子微微低福着，语气动作都是有礼有节，眼神却是倔强的，像是挽留，更带着点儿不甘心。

他方才悄悄从父王视察的队伍里溜出来，如今颇有些闲心。听了沈瓷的问语，忍不住"哧"地笑了出来。虽然没直接回答她的问话，可那声笑，已泄露了他的答案。

沈瓷听出了他的不屑，也没恼，依然保持着恭恭敬敬的姿态："公子是有见识的人，可否帮忙瞧瞧我手中这件薄胎瓷？"

他低头一看，伸手便将其从靛青色的方巾中拿了出来，放在手里把玩了一番。

沈瓷没作声，任由他看去，也不在一旁说什么谄媚或自夸之词，只安静地等着这年轻人的品鉴。这安静令他感到满意，像是她屏着气在聆听他，便不由得将手中的瓷器瞧得更仔细了些。

"我看啊，就你手上这件，还勉强算是不错。"他下了结论，又用手指轻轻弹了两下瓷面，补充道，"不过，离我想要的标准，还差得远。"

沈瓷瞧他说得煞有介事，又是年纪轻轻，不知是什么来头，思考片刻后，方道："还请公子指教。"

他愣了半秒，自己并不是品瓷的行家，甚至对此全无研究，只不过平日里耳濡目染，自然分得出优劣。若真要他品评，却是毫无章法。分神间，他默默看了她一眼，谁知沈瓷也正巧抬起眼来，两个人的目光碰上，谁也没让谁，他心里却莫名地起了涟漪。

他将手中的花瓶递还给她，用这传递的时间快速拟好了腹稿，神情已恢复从容淡定，架子端得足足的，就这样开说了："先瞧你这瓷胎吧，细腻是细腻，可作为薄胎瓷，还不够薄，透光程度做不了上等的薄胎皮灯。因此，制陶的技巧，还不够娴熟。可是，最重要的缺陷，却不是这点。"

说到这儿，他顿了顿，等着她迫不及待地追问。可这小姑娘像不懂似的，认真地聆听着，就是不接他的话。他有些尴尬，轻轻咳了一声，沈瓷这才开口，遂他的意问道："那最重要的，是什么？"

他得到台阶，话语方脱口而出，一本正经地道："是画技。"

"画技？"

"对。"他点头，目光在她身后的陶瓷店铺里扫了一圈，道，"你这店铺里的陶瓷，还有你手上这件，画的都是匠人风格，按样板摹出来的。没新意，也没风骨。知道为什么官窑的瓷器最精致不？不光是因为资金充裕，还因为陶瓷上的图案都是京城画院设计的，那些文人画师多的是情怀风骨，在选材、内容乃至绘画技法方面，都比景德镇单纯的工匠更胜一筹。"

沈瓷原本没太把他的见解当回事，可听他这么一说，又细细想了想，好像的确是这么个理儿。她和父亲一直生活在景德镇，没去过别处。一时间，沈瓷竟禁不住想，父亲如此热情地投入瓷业，却成效甚微，是不是眼界没打开的缘故？

年轻男人瞧着沈瓷的神情，知道她已是听了进去，便越说越自得，越扯越笃定，方才还愁着不知讲什么，如今已是滔滔不绝、侃侃而谈："姑娘，这景德镇虽然被称作'瓷都'，但也有弊处，便是匠气太重、缺乏灵气。要我说啊……"他稍微顿了顿，觉察到自己的语调过于高昂，便放低了些，显得更加沉稳，"要我说啊，你若想在这一行真正站稳脚跟，不能单靠临摹别人的创意。你啊，得烧制出别人没有的陶瓷精品。这，才是关键。"

这话让沈瓷如同遭了一记惊雷，有些豁然开朗的意味。他的话全是临场发挥，只不过是想端端架子，却一不小心说到了她心里去。

静了一会儿，沈瓷才回过神来，终于诚心实意地回应："公子见解甚是独到，小女获益匪浅。不瞒公子说，我家刚刚才烧制成薄胎瓷，的确还有诸多不足。不知能否请您到瓷窑处看看，再指点一二？”

他正在兴头上，还想着乘胜追击再胡诌一把，便应了下来。抬腿正要走，路却被一个人挡住了。

“哎呀，小王爷，我可算是找到您了。”来人是个身着黄衫的女子，二十八九的年纪，头微微低垂着，急切道，“若是再瞧不见您的人，王爷可要拿我们这群下人开刀了，还请您啊，赶紧同我回去吧。”

被称作小王爷的年轻男人，步子刚刚迈出一半，便不甘不愿地收了回来。他转过身来，刚好对上那黄衫女子恳切的目光。他悠悠叹了口气，满脸都是坏了兴致的失落。

“唉，走吧。”他懒洋洋地抛出几个字，没向沈瓷做什么解释，甚至看也没多看她一眼，跨步出门，就这样带着那黄衫女子离开了。

沈瓷愣在原地，望着那敞开的店门，还有些没反应过来。她隐隐约约记得，今天似乎是淮王来景德镇视察的日子，那么，能被称作小王爷的人，身份已是显而易见了。

她仰起头来看了看，门外，天是青白色的，一如光滑亮薄的瓷釉。偶有浮云飘过，在釉料薄处，隐约显出香灰胎体，如同陶器破碎的一角。

沈瓷撤回目光，自讨没趣地笑笑，终于想起她原本要去的地方，理了理手中的方巾，重新抱起薄胎瓷，默默地朝卫家的方向走去。

小王爷朱见濂离开了沈家的店铺，带着黄衫侍女秋兰往回走。一路频频有人侧目，因为这年轻男人衣着华贵、气质出众，绝非普通百姓。

朱见濂在众人的目光中走得稳稳当当，时不时还朝街道两旁的店里打量一番，这才想起刚刚离开陶瓷店时，忘了同那小姑娘告辞。

罢了，这也不是什么大事，忘了便忘了吧，今后恐怕也没有什么再见的机会。

朱见濂这厢正琢磨着，秋兰的声音便在身旁响了起来：“小王爷，容奴婢多嘴。王爷最近正琢磨着立世子的事，继王妃正虎视眈眈地想把自己的儿子推上去呢。您如今没有母妃支持，势单力薄，若是再这样胡闹下去，这世子之位恐怕就说不准了。”

朱见濂听了，表情未变一丝一毫：“怕什么，做不了就不做，我还真没放在心上。”

秋兰急了：“话可不能这么说，奴婢明白，小王爷您不屑去争，但该是自己的东西，也不能落到别人手里。”

朱见濂顿住脚步，回头静静地看了眼秋兰，没再说话。那目光里，说不清是赞同，还是斥责。

前方的街道突然喧闹起来，人们渐渐围成一团。秋兰在朱见濂的注视中泄了气，垂下目光，悻悻地走上前，扒开人群一看，果然是淮王视察的队伍。

浮梁县令眼尖，认得秋兰是朱见濂身边的侍女，瞧她镇定的模样，便知必定是找到了朱见濂，连忙下令让簇拥的群众散开。层层人潮剥离之后，淮王终于看到了自己失踪半日的嫡子，正悠悠闲闲地站在路中央，若无其事地朝他作了揖，从容淡定地唤了声“父王”。

淮王不好当众动怒，只得将朱见濂召回自己身边，继续视察。他刚刚在浮梁县令的介绍下参观完御器厂，看了一大堆“官窑器”，眼都花了，现在打算寻一两处民窑随意瞧瞧。

没走多远，朱见濂便发现周围的景致有些熟悉。再往前看，沈家的店铺已在视线可及的地方。他有瞬间的恍神，怎么不知不觉，又回到了这里呢？蓦然，他想起了那个抱着薄胎瓷的姑娘。蛾眉星眸，桃花瓣一样的唇色，小小的低低的下颌，不爱说话，但看他的时候，眸子晶亮澄净。他还想起，他之前答应了她，要去她家的小瓷窑再指点一二，他怎么能言而无信呢？

此时，淮王已经瞧见了一家规模较大的民窑，外边的店面也修得精致大气，甚合他的心意，正打算带着一帮人进去呢。走着走着，却发现自己那不安分的嫡子朱见濂突然顿住了脚，还没等自己发话，便扬手指了指另外一个方向，语气不容置疑地说道：“去那家店。”

沈瓷沿着街市走了一段，又拐进一条深巷，行人便少了许多。围墙内，隐隐飘来了八月桂的香气，伴着交织纷飞的落桂与清风，似有凛冽的寒意生出。再拐一个弯，就是卫家的宅子。

她停下脚步，敲了敲那扇朱红色的大门，有仆从把门开了一条缝，探出头来看看便笑了：“哟，是沈家姑娘啊，来找小姐的？”

沈瓷点点头：“我有东西给朝夕。”

“姑娘且等等，容我通报一声。”

往常而言，沈瓷来找卫朝夕，是不必等太长时间的。可是今天那仆从离开以后，她花了从前三倍的时间，才等来了回应。朱红色的门再打开，却根本没瞧见卫朝夕的影儿，面前只有方才那仆从。

“姑娘，我家老爷和小姐有请。”

沈瓷没多问，心中已猜到了几分，跟着他穿过庭院里的假山花草和楼阁轩台，最后在一道虚掩的门后停了下来。仆从顿住脚，刚提起气准备通报，声音便被屋内激烈的争执声淹没。

“老爹，你这也太不讲道理了！阿瓷她家只是这几月资金周转不开而已，哪次欠你的租金没还？那瓷窑怎能说不租就不租了？”

卫宗明叹息：“朝夕，你还小，不懂事。因为你的缘故，这些年他们的租金我从来就没涨过，还不算仁义吗？现如今啊，是有人要花大价钱买那个小瓷窑，比起租给他们，实在划算得多。你爹我归根结底是个商人，哪能放着好好的生意不做？做成了生意，还不是为了让你生活得更好？”

“你也不差这一笔生意，干吗非要卖那小瓷窑？”卫朝夕根本不管这么多，头发一扬，小手一挥，径直道，“我不听这些乌七八糟的理由，你就不许卖。不然，你让阿瓷怎么办呢？你让我以后怎么见她？”

卫宗明深吸一口气，还要说些什么，沈瓷身边的仆从突然轻轻咳嗽了一声，微微屈膝，含胸低首：“老爷，沈家姑娘到了。”

室内愕然静了下来，半晌后，方听见卫宗明浑厚的嗓音：“请她进来。”

沈瓷进屋，绕过一道屏风，便看见卫宗明一本正经地坐在中央。卫朝夕站在侧旁，嘴里包着空气，一副气呼呼的模样。

“卫老爷，朝夕。”沈瓷有些尴尬，一时也不知道该怎样开场，只好直接道明来意：“我家瓷窑今日新产了一批薄胎瓷，我挑了一个过来，是想送给朝夕的。”

卫朝夕闻言一笑，几个碎步跑到沈瓷身边，接过花瓶摸了摸，转头便朝卫宗明抱怨道：“老爹，你看他们做的这花瓶，质量多好啊。薄胎瓷烧制难度很大，做的人并不多，这次肯定能大赚。”说完还冲卫宗明使了个眼色，带着点儿哀求的意味。

可卫宗明这次是铁了心要把瓷窑收回来，就当没看见，反而沉声道：“朝夕，无功不受禄，还给人家。”

卫朝夕别过脑袋，手里还拿着那花瓶，一动没动。

沈瓷心头一沉，不安的感觉空前强烈，上前两步，索性说开了：“卫老爷，这些年承蒙您的照顾，小女和父亲感激不尽。不过，我家既然已经成功做出了薄胎瓷，往后必定不会再拖欠您的租金，该涨的价，您也无须顾忌。只是，这瓷窑我们已经经营了许多年，如果换地方，一切都得重新开始。还请您网开一面，让我们继续待下去。”

卫朝夕在一旁小鸡啄米似的点头，也帮腔道：“是啊，爹，您就网开一面吧。”

卫宗明无奈，只好强发出两声笑，斟酌道：“我不是要故意为难沈家，而是……我自己也没办法啊。”他离开座位，走到沈瓷面前，继续道，“沈姑娘，不瞒你说，最近我家手头吃紧得很，正发愁该怎么办呢。这不，昨天有人出了个公道的价，说要买下那座小瓷窑，我都已经答应人家了。你看这几日，你和你父亲抽个空儿，便搬出去吧。”

话刚说完，卫朝夕刀子一般的眼神便射了过去，卫宗明心头一颤，想了想，又补上一句：“这样，上个月欠的租金，你们也不必还了，安心去寻落脚处吧。”

“老爹！”

卫宗明做了个暂停的手势：“我心意已定，就这样吧。朝夕，你把手里的东西还给沈姑娘，还能拿去卖个好价钱。”

“这……”卫朝夕还想据理力争，手却被卫宗明攥紧了。他从她怀里扯出薄胎瓷，硬塞回沈瓷手里，瞪了女儿一眼，转头冲屋外果断下令：“来人，送沈姑娘回府。”

沈氏瓷窑里，淮王打量着这座小小的窑场。人手不够，物资不够，空间不够，连陶器也不够精美。不过，既然朱见濂抢先发了话，偏要到这个小瓷窑来视察，淮王也不好当众拂自己儿子的面子。

穿过店面，就是后院和瓷窑了。由于通道较窄，大部分的围观民众都被拦在外面，就连淮王身边的护卫也去了大半。

然而，就在那一部分追随着淮王的人群中，藏着一双幽沉锐利的眼睛，暗暗裹着杀气。

淮王这次视察，讲究的是亲民，便也没在意仰慕的民众跟着。一行人向着瓷窑内部走去，一路上所遇工匠皆屈膝行礼，唯在中央有个专心修瓷的中年男人，心无旁骛，仍继续做着自己手中的活。

他便是沈瓷的父亲了。

朱见濂四下瞧了瞧，没再看见方才那个小姑娘，心底隐隐生出些遗憾。他垂下眼帘，突然发现中年男人手中的薄胎瓷甚是熟悉，明显与那姑娘手中的花瓶是同一风格的。朱见濂想到这里，有些话便脱口而出了：“这薄胎瓷，做得还不错。”

“是吗？”原本正与浮梁县令交谈的淮王回神，听了儿子的话，不禁上前几步，弯下腰细致观察起来。

薄胎上绘有青花纹样，轻巧秀丽。淮王看得赏心悦目，还想瞧得更仔细些，不禁探过手去，从沈瓷父亲手中夺过正在修缮的瓷器，站起侧身，想拿到阳光下照一照。沈父原本专注，手中之物突然被人夺走，下意识探身去抢，又怕不小心将瓷器摔碎，于是将整个身躯都抛了过去。

在这薄胎交接之际，人群里猛然冲出一道人影，刀刃在前，凝聚一点，直直向淮王劈下。眼见着手起刀落，前面却愕然横亘出一道身影，沈父斜贴过来，为救下摇摇欲坠的瓷器，倾身相护。

刀锋无眼，剑影无情，身影交替之时，刀锋却是愕然指错了焦点，收不住，血花四溅……

沈瓷从卫家出来，才发现变了天，半卷夕阳照下来，腥腥的，带着些血色。风声呜咽，围墙桂树的影子长短不齐，巷道过分地缄默岑寂，像一片宁静的墓穴。

同来时一样，沈瓷还是独 自一人，一条靛青色的方巾，一个绘着缠枝莲玉的花瓶，一颗无所适从的心。

她还不知道已然降临在自己身上的噩运。

今日的街道似乎比往常空旷了些，有人正交头接耳，震惊错愕后，继而跑去了相同的方向，明显是去瞧热闹。沈瓷没心思打听这些，现如今，她满脑子都是如何告诉父亲要搬走的事。落脚何处，未来几何，都是迷惘。

就这样恍惚走着，她终于回到了自家的店铺前，却见前方围了一大群黑压压的人，七嘴八舌地议论着。沈瓷没能挤进去，嘈杂的话语却不经过滤，撞进了她的耳朵。

“说这刺客呀，本来是想行刺淮王的，结果沈工匠为了保护王爷，用自己的身体替王爷挨了一刀，血当时就流了满地。人群一乱，那满窑的新瓷呀，全撞碎了！”

“人死了没？”

“哎哟，死啦！事发之后，王爷立马把景德镇最好的郎中给找来了，还是没救活。听说这刺客下了死手，刀刺下去没留分毫的余地。”

“那也是真惨，要是救活了，跟着淮王，准是享不尽的荣华富贵。”

“话可不能这么说，这沈工匠虽然死了，可他还有个女儿啊。这辈子，怕是有福享咯！”

沈瓷再也听不下去了，内心如同万千虫蚁啃噬，将她的肺腑搅得四分五裂，血淋淋的，好似一张口便要吐出来般。她用尽全身力气拨开人群，闷着头冲进瓷窑，看见眼前的一切，便分毫不动了。

满地的碎瓷，满地的血迹，还有那被罩上白布的……父亲的面容。

第二章

前程未卜

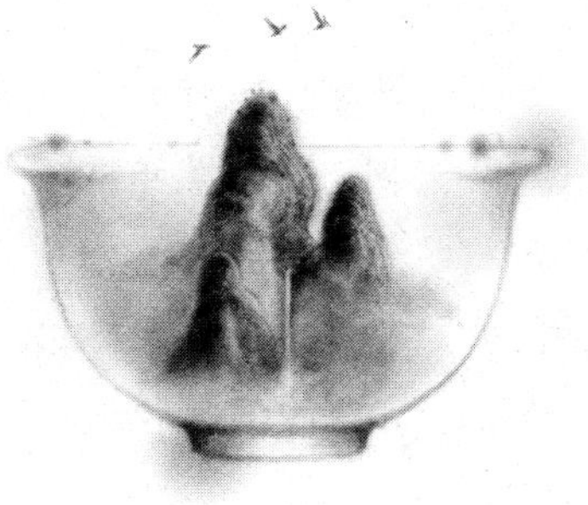

他混在人群里，不动声色地看着她。

光阴仿佛静止下来，躁动的人声渐渐褪去，只余下她单薄的身影，站在满地狼藉的中央。

不过是三个时辰的光景，命运却已翻天覆地。朱见濂的心里说不清是什么滋味，说到底，是他将淮王引到了这儿，也是他出言令淮王单独上前，最终酿成了沈家的悲剧。可是他又怎能预料到这些呢？一念恍惚，便是命运交错。

沈瓷上前几步，跪着掀开那白色的布，良久，才微微翕动干枯的唇瓣，一字一顿地问："是谁杀了我爹？"

她的声音，很平静，如果没有看到她的脸，朱见濂真的以为她几乎没有情绪。可是当他低头，却发现她的泪水不停地喷涌而出，一点儿声息也没有，如同断了线的珠子，止都止不住。

气氛一瞬间变得微妙起来，没有人回答她的问题，过了好一会儿，淮王身边的一个随侍道："事发突然，我们没有抓到刺客。不过，王爷已经下令全城搜捕，还请姑娘静待消息。"

沈瓷没有抬头，朱见濂却可以瞧见她薄薄的嘴唇骤然紧绷起来，没有咬牙切齿，却分明是在心底发了狠，某种决心已然下定。

一直沉默的淮王终于开口："你叫什么名字？"

沈瓷像是没听到般，理也没理他。淮王想想，也就理解了，若不是他来到沈家的瓷窑，沈父也不会惨遭噩运。这姑娘迁怒于他，并不是多奇怪的事。可他毕竟是王爷，她不答，便也不再问了，两个人都不吭声。

眼见着气氛尴尬，淮王的随侍忙打圆场：“回王爷，奴才刚打听过了，她叫沈瓷，是沈家的独女。”

淮王心里一动，反问随侍：“独女？她母亲呢？”

“母亲早逝，这些年一直是她和父亲相依为命。”

“这样啊……”淮王眉宇柔和了些，再看沈瓷，便多了几分惭愧的意味。他弯下腰，离沈瓷更近了一些，郑重道，“你父亲是为我而死，我自是不会亏待你的。你若有什么心愿或者想要的赏赐，不妨说来，我都会满足你。”

沈瓷仍是沉默，那模样，似乎连思索都没有，整个人好似空荡荡的，飘浮着。

淮王想了想，又补充道：“或者，你父亲有什么未了的心愿，也可一并告诉我。”

话音落下，沈瓷像是被劈中，僵直的背脊突然颤了颤，肌肉绷得更紧。脑中零零碎碎浮起一些斑驳的思绪，她想，父亲他，还有什么未了的心愿呢？

沈父的一生，爱瓷如痴，就连给女儿取名，也是一个“瓷”字。他是个没钱没势的小人物，一辈子最大的心愿，就是能制出精美的瓷器，可碍于金钱和技术，一直未能圆梦。今早的薄胎瓷出窑以后，沈瓷曾以为父亲终于离梦想近了一大步，没想到，却是永诀于此。

抬起头，她终于看向了这位高高在上的王爷，缓缓道：“我爹未了的心愿，便是……制作出最精美的瓷器。”

淮王为难，眉峰蹙紧：“人既已不在，这愿望又如何实现？”思索了片刻，以为这姑娘是变着法要钱财，又提议道，“要不然，我买一批上好的瓷器送给你，可好？”

沈瓷摇头：“不，这不是他想要的。”

淮王叹息，琢磨不透她的心思，顿了顿又问：“那还能怎么办？”

沈瓷抿紧嘴唇，有片刻的恍神。是啊，还能怎么办呢？父亲都做不出，难道自己就能凭空做出吗？眼前的画面涣散开来，淮王的面容渐渐变得模糊，沈瓷眨眨眼，再清晰的时候，目光的焦点却落在了淮王身后的人身上。

浓黑的眉毛，漆亮的眼睛，一身墨色团福锦缎长袍，将他整个人衬得挺拔颀长。

目光相对时，他也正好看着她，不动声色，却意味深长。

一些零碎的话语瞬间击中了她的脑海。

——“姑娘，这景德镇虽然被称作‘瓷都’，但也有弊处，便是匠气太重、缺乏灵气。要我说啊……”

——“要我说啊，你若想在这一行真正站住脚跟，不能靠临摹别人的创意，你啊，得烧制出别人没有的陶瓷精品。这，才是关键。”

如同醍醐灌顶，他在三个时辰之前的无心之语，此刻却如同一股劲风，拨开她眼前的云雾。

“回王爷，”她终于清醒，仔仔细细地跪拜下来，郑重道，“请王爷允我同名师学画，且予我一处可以练习制陶的地方。”

她深吸一口气，眼中泛出铿亮的光彩：“我要靠自己，替父亲完成此生的心愿。”

次日，天朗气清，惠风和畅。

卫朝夕怄气了一夜，终于摆脱掉父亲卫宗明的桎梏，悄悄从家里溜出来。昨日父亲强硬收回瓷窑，她心里始终觉得对沈瓷有愧，着急同她解释。哪知道，还没走到瓷窑呢，便听得路人议论纷纷，说的正是她的好姐妹沈瓷。

“沈家姑娘福星高照，今日淮王回鄱阳王府，说是要带她一起走呢。”

“对对，听说淮王已经答应，让她同自己的嫡子一同学画，还要为她在王府建一座瓷窑。”

“唉，虽然失了父亲，可从今往后，便如同淮王府的千金了。”

卫朝夕愣了愣，头脑顿时如堵了一团乱麻。怎么才隔了一夜光景，这些人说的话，自己就完全听不懂了呢？她心里发慌，加快了脚步，连走带跑地朝瓷窑奔去，却在半路上，被几个护卫拦住了。

“靠边站靠边站，王爷的车辇到了。”

道路禁止穿行，卫朝夕被推到一边，只得眼巴巴地等着。车辇陆续经过，风起，时不时撩动窗口的帘幕，车内之人亦若隐若现。

卫朝夕嘴上说不相信沈家的变故，眼睛却是紧紧盯着没有放松。一个个窗口从眼前经过，瞧见的只不过是影影绰绰的人影。眼见着车队就要收尾，卫朝夕简直慌了神，推开前面堵路的人，再顾不得礼数尊卑，铆足了劲大喊一声：“沈瓷！”

沈瓷坐在淮王府的马车里，心里还是恍惚的。

昨日如同大梦一场，种种画面再次浮现。

满地破碎的瓷片，强硬收回的瓷窑，错赴黄泉的父亲。

而她的手中，只有唯一一件完好无损的薄胎瓷，如同她生命最后一缕单薄的希望，支撑着她，做出了如今的选择。

沈瓷清楚地记得，昨日，当她向淮王提出了自己的要求后，对方便陷入了沉默。

予她一处制瓷的地方，对淮王而言，实在是再简单不过的事。可提到学画的名师，他的眉头却渐渐蹙紧。

名师，需要多出名？但凡有点儿名气的，大概都不愿单独教导这样一个毫无背景的小姑娘。若是送去书院，倒是个不错的选择，可她一介女流，又实在有悖伦常。

沈瓷明白淮王心中所想，屏息等他的回答，神经紧绷之时，却突然听得一个清朗的声音破空而出。

“父王，无须为难。”小王爷朱见濂站了出来，向淮王拱了拱手，开口道，“府中有孙玚先生教导孩儿学画，沈姑娘如今孤身一人，何不让她与我们一道回府，既免去了另寻名师的烦恼，也省得她将来流落不定。”

淮王亦觉得这是一条上佳之策，遂点点头，俯下身来，轻问道：“沈姑娘，你可愿离开景德镇，随我回到王府？”

觉察到沈瓷的不安，他顿了顿，又补充道：“放心，你父亲救了我一命，你去王府，便是当小姐养着。至于练习制陶的地方，我在王府为你建一座小瓷窑便是。”

沈瓷抬眸，只觉得有一种恍如隔世的错觉。十几年的生活，一夕之间天翻地覆。可这是她自己的选择，无论前程如何，都只能深吸一口气，沉沉地、缓慢地点下了头。

这微不足道的点头，决定了她此后将要经历的人生。

滚动的车轮碾轧着人的思绪。如今，沈瓷已经坐在了淮王府的马车里，车内还有一个丫鬟，叫作竹青，比她还大两三岁，是淮王拨来照顾她的。

沈瓷尚在回忆里，突然听得马车外有人叫她的名字，还以为是错觉。微微挪了挪身，却听丫鬟竹青道：“姑娘，外面有人叫你的名，不需回应吗？”

沈瓷一个激灵，再细听，果然是卫朝夕熟悉的嗓音，一声一声，张皇失措。

她立刻掀开车窗，看见护卫正试图捂住卫朝夕的嘴，便条件反射地叫了出来：“朝夕！"

护卫是认识沈瓷的，亦知晓昨日之事，瞧见她们认识，便也没再阻拦。卫朝夕看见沈瓷真的坐在马车里，心下激动，立马便蹿了过来，隔着一道车窗，她小跑跟着，终于说出憋了一整夜的解释。

“阿瓷，我爹昨日不是故意的，我是想拦着他，可是他不听。你，你别怪我啊……”

沈瓷趴在窗檐上，探出去小半个身子，使劲点头道：“我知道的，朝夕，不怪你。”

卫朝夕一边跑一边喘气：“我爹把你赶出去，你会恨我不？”

沈瓷骤然觉得鼻尖一酸：“当然不会，朝夕，你一直是我最好的朋友。”

卫朝夕笑起来，想要伸手去握沈瓷的手，脚步却有些跟不上了，语气不受控制地颤抖起来：“阿瓷，阿瓷你当真要去鄱阳了，还会回来吗？”

沈瓷一愣，身体不禁僵了。

“还回来的话，别忘了找我。鄱阳离景德镇也不远，有困难就说，我不怕麻烦。”卫朝夕说着，却自顾自地笑了，那笑容有些苦，连带着声音也低了下去，“我就怕你再也不回来，连麻烦都不给我找。”

沈瓷的心脏闷得发疼，她握紧拳头，抵住胸口狠狠地摁，试图抑制内心汹涌泛出的酸楚，缓缓开了口。

“朝夕，我会回来的，我保证。”她语气无比郑重地许下了承诺，“待我学成归来，我一定还在景德镇，替我爹完成他毕生心愿。”

卫朝夕松了一口气，脸上笑着笑着，却有泪水涌了出来。她体力不支，脚步再也跟不上，终于停了下来，望着马车离去后的滚滚烟尘，喃喃自语：“好，好，阿瓷，那就等你回来。”

茫茫前程，未来几许。沈瓷记忆中那段不谙世事的纯真岁月，都随着辘辘车辙碾碎在了前往鄱阳的路途上。然而，已有一个最深的承诺根植在心底，即便刮骨都抹不去。

比起沈瓷马车中的伤感氛围，淮王车内的温度则低到了冰点。

“你们这么大一群人去追那一个刺客，本是十拿九稳的事，居然能让人给跑了！”淮王气极，长袖一拂，便见跪拜之人脸上有汗水涔涔流下。那人低着头，却不敢伸出手去擦，任凭汗水一滴一滴敲打在木板上。

“父王，您先别生气。”朱见濂伸手取过桌上的青碧小碟，提起茶壶倒了一杯水，向跪在地上的那人问道，“人没抓住，可有什么线索没？”

那人一听，如获大赦，仰起头来连忙道：“有的，有的……”

“是什么？”

“追捕途中，那刺客脸上的面巾曾被一名侍卫挑落，虽然仅是短短一瞬，但那侍卫说，他记得刺客那张脸……”

淮王闷哼一声：“记得又有何用？难不成他还能把人画下来吗？”

“画……画不下来。”那人又开始哆嗦了，颤巍巍道，“不过，恰好这侍卫认得这人的模样。”顿了顿，又补充道，“他说，是随王爷您去京城述职时见过的……”

淮王微眯起眼，目光霎时变得锐利无比：“谁？”

那人看看淮王，又看看朱见濂，手指颤抖，跪拜更深，吞吞吐吐道：“侍卫说，刺客长得像是……像是西厂提督汪直。”

车内的空气霎时静默，仿佛连呼吸都凝住了。

朱见濂悄悄观察着淮王的神情，看见他的嘴唇抿成一线，额头青筋暴起，却不出声。方才汹涌的怒气似乎变成了压抑的火山，统统收敛在烈焰深处。

这反应，实在是过于怪异了。

跪拜在地上那人吓得大气不敢出，良久，才听得淮王的低声自问：“汪直？怎会是他？”未等到回答，却又兀自摇了摇头，“不对，以汪直的身份，根本没有必要亲自动手，他也不是那种拼了命暗中行刺的人。更何况……他人不是在京城吗？”

那人心里“咯噔”一下，慌忙解释：“可能……时隔半年，侍卫也记不太清了，或许只是长得有几分相似……”

淮王没再听他的解释，未等他说完，便果断下了命令：“你下去，给我去仔细查查，汪直这几日身在何处、在做什么，一个细节都不许给我放过！”

月影浮动，排云而出。沈瓷抵达淮王府时，夜幕已降了下来。丫鬟竹青先下了马车，伸手想要扶她，沈瓷愣了一下，摆摆手，还是自己下了车。

即使已是溶溶夜色，杜王妃还是穿戴得整齐精致，在门口等着王爷，连带着长女朱子衿，也被母亲唤出来候着。

淮王下了马车，瞧见王妃和长女还掌着灯等自己归来，虽然有些讶异，但先前的愠怒亦随之扫了大半。他迎上去，接过王妃手中的灯盏，轻问道："怎么在这儿站着呢？不怕夜风冻着啊。"

杜王妃抬起一双忧惧关切的眸子："王爷，妾身和子衿听说王爷在景德镇遇刺，寝食难安，估摸着您今夜能回来，便坐不住了……"

她话还没说完，便见朱见濂也从马车上走了下来，言语一滞，目光不自觉在他脸上绕了两圈。

杜王妃并非朱见濂的亲生母亲，在杜王妃之前，淮王还有一位原配李王妃，只可惜产下嫡长子朱见濂后没几年便病逝了。这之后，杜王妃才被扶正，本想着让自己的儿子朱见淀做世子，却没想到，王爷居然把朱见淀送去了京城，当作藩王留在皇帝身边的质子。但即便如此，杜王妃依然替自己的儿子惦记着世子之位。

杜王妃的喉咙动了动，这才将目光从朱见濂身上移开，重新看向淮王，蹙眉道："王爷可曾受伤？我再唤府中的大夫给您看一看？"

"放心，我没事，有人替我挡了剑。"淮王将杜王妃的眼神动作尽收眼底，也没点破，伸手抚平了王妃蹙紧的眉头，又按了按朱子衿的肩膀，这才想起了挡剑那人的女儿沈瓷，开口道，"对了，府中新来了个小姑娘，给你们介绍一下。"

淮王招手，示意沈瓷过来。沈瓷应声而动，在月光的映照下，她的面孔在行走中渐渐清晰，那是一张精巧秀丽的脸，鼻梁骨微微凸出，有一种倔强的美。脸形却是温柔的，小小圆润的下颔，眼帘低垂，让人不知道她心里到底在想些什么。

"这是沈姑娘，她父亲为了救我去世了，往后便留在咱们王府了。"

杜王妃点点头，只看了沈瓷一眼便收回目光，左右不过是个低眉顺眼的平民孤女，不需放在心上。朱子衿却是盯着沈瓷瞧了又瞧，颇有些揣摩的意味。

淮王象征性地做了介绍，便不再多言，吩咐管家收拾出一座单独的院落给沈姑娘居住，遂对众人挥挥手道："天色已晚，若没什么事，就各自回去歇息吧。"他一路奔波，已是相当疲累，没兴致再多说，转身便与王妃一同离去。

沈瓷跟在管家身后，行走于淮王府宁谧的夜色中。

她的行李少得可怜，只有一个小箱子，里面装着几件衣裳，几张父亲设计陶瓷的样纸和一件被棉花层层裹住的薄胎瓷。

简单而清净。

微风渐起，翻起满园花草香气，涟漪一般缓缓浮散，朦胧了她的眼睛。

她有些侥幸，幸好抵达的时间在夜晚，一切只在朦胧月光之中，让她不至于手足无措。她行走着，脚底是虚浮的，身后是空茫的，过往都已化作一团风烟，只余下心中的执念。

脚步在一座偏僻的小院前停下。

“沈姑娘，今后您便住在这儿，有点儿偏，不过东西是齐全的。要是缺个什么物什，您就告诉我，王爷都吩咐过了，让我们都好好照顾您。”

沈瓷点点头，向管家道了谢，自己抱着小箱子便准备进屋。走着走着，突然发现好像哪儿不太对劲，回头一看，不知道什么时候一直跟在自己身后的竹青便没了影。

等到竹青回来，沈瓷已经把她那点儿单薄的行李收拾妥当了，瞧见竹青进了屋，随口问道：“刚才怎么了？突然不见你人了。”

竹青的手指在背后绞动着，心里到底还是有点儿发虚，吞吞吐吐道：“这地方偏，我……我刚才一不留神没跟上，便迷路了。”

这理由实在拙劣，沈瓷上下扫了竹青一眼，却没再追问，点点头，完全相信的样子：“没事就好，早些休息。”

“是。”竹青退了下去，胸口还在打鼓，觉得沈瓷分明看出了不对劲，却只字不语，着实猜不透。

小王爷朱见濂今夜难以入睡，他闭上眼，脑海中便不自觉地闪回着几个画面。父王正捧着薄胎瓷细细观察，突然眼侧有一道银光闪过，再然后，一柄锋利的刀便已经深深刺入沈工匠的胸口。

到底还是年轻，未曾亲历过这样的事情。他作为沈工匠死去的一根导火索，心底总有一股莫名的愧疚。

胸口闷得发慌，朱见濂索性不睡了。穿衣起身，拒绝所有随侍，独自到院子外散步。

月色是清明的，将他的一道孤影拉得老长。也不知是有意还是无意，他竟走到了沈瓷所住的偏僻小院。

沈瓷的院落很窄，只住了她和竹青两个人，很轻易便能进入。朱见濂看见沈瓷房里还亮着灯，一时也不知道自己到底是来干吗的。道歉？忏悔？关照？无论做什么，都显得太过突兀。更甚者……她或许，压根儿就不记得自己是谁。

想到这里，朱见濂更加意兴阑珊。这场血的记忆有他的一份，却无处可诉、无从抒发。他摇了摇头，正准备悄然离去，却听到屋内翻动纸页的声音。

朱见濂顿住脚，透过窗户上镂刻的雕花朝里看。沈瓷背对着他，小心翼翼地拿着几张陶瓷样式的设计图，看了又看，摸了又摸。他看不见她的脸，却可以听见那压抑的呜咽以及因为拼命克制而不停颤动的肩膀。

她压抑着，压抑着，最终还是没能掩藏住。整个身子蜷缩着，轻轻地叫了一声“爹——”，哭声便猛地开了闸，再也收不住。

朱见濂背过身，慢慢闭上了眼。

他不知道自己是有多傻，才会想着到这个地方来寻求安慰。他以为，同她说一声抱歉，助她衣食无忧，自己便能从此高枕无忧、事不关己了。可是现在，他想的是，如果他当初不胡乱吹那几句牛皮，如果他不曾为了再胡诌一把跑去她家瓷窑，这个姑娘，如今是不是依然笑着？

“吱呀——”一声，侧边的一扇门被推开。

朱见濂来不及躲，只得转过头去回应。

不出所料，是他从前的丫鬟竹青。她听见沈瓷的哭声，提着一盏油灯出来，却意外看见朱见濂站在这儿，吓得慌了神。

“小——”

三个字还没叫出口，朱见濂便用手势示意她安静。他上前两步，来到她身边，压低了声音道：“今日所见，权当作没有发生。我来过之事，不许告诉任何人。”

竹青忙不迭地点头，不敢有丝毫反驳。她低垂着头，不知道小王爷何时离开了院落，只听着沈瓷悲痛欲绝的哭声，心也随之一抽一抽。最终熄灭油灯，默默回了屋。

这个夜晚过后，整整大半个月，朱见濂都没有再见过沈瓷。

已是立冬时节，正是打猎的好时候。同往年一样，淮王嫡庶几支的青壮男子需聚齐，一同到山上狩猎。

朱见濂身为淮王嫡子，自然是要去的，一走便是大半个月。原本淮王也计划上山，但念在刺杀之事刚发生不久，为防节外生枝，还是留在了府中。

出发之前，淮王长女朱子衿跑来找朱见濂，笑嘻嘻地问："哥，孙玚先生前些日子不是休假吗，可曾说何时回来？"

孙玚先生曾是京师画院的代表人物，之后离职返乡，盛名犹在，淮王邀请他多次，才答应到府中教授朱见濂画艺。

"你怎么突然关心起这事了？当初让你好生学画，你还不乐意的。"朱见濂想了想道，"好像是后日。"

朱子衿诧异："后日就回？那时你不是在城外山上狩猎吗？孙玚先生怎么教你？"

朱见濂道："如今不同往昔，你忘了，府里新来了个小姑娘，父王答应她同孙玚先生学画，也得让人家有段时间适应对不对？别等我回来，还连个基础都不会。"

朱子衿往前走了一步，左肘撑在桌上，偏过头来看他："哎，说到这儿，哥，这么一个民间来的野丫头跟你一块儿学画，你不会觉得别扭吗？"

提到沈瓷，朱见濂身子顿了顿，又不动声色地接话道："什么别扭不别扭，你哪来的心思想这么多？她爹因为父王，命都没了，学个画算什么。"

朱子衿冷嗤一声，不满的情绪泄露无遗："就她爹一个人救过父王吗？府中护卫这么多，哪一个不是为了父王出生入死，这本就是应该！也没别人像她一样，顺着杆子往上爬。又是建瓷窑又是跟孙玚先生学画，我都没这待遇。给她配了个丫鬟不说，还能单独住一个院子，到底她是小姐还是我是小姐啊？"

朱见濂沉默了片刻，转过身来面对朱子衿，他抬起头，将她的愤懑尽收眼底，慢慢道："子衿，其一，她父亲不是府中护卫，没有保护父王的责任；其二，接她回府，不光是为了照顾她，也是为了维护父王在景德镇百姓心中的形象。刺杀之事闹得很大，若不能妥善安排沈姑娘，对父王的威望会有负面影响。"

对于这个同父异母的妹妹，朱见濂是有些无奈的。她就像是个爱吃糖的孩子，不肯舍弃一点儿甜头。若是别人手里有了她想要吃的糖，便像是从她自己这里抢去的一般。

所以，他只能告诉她，沈姑娘手中握着的糖，其实最大的甜头，是在父王那儿。

果然，朱子衿脸上的神情渐渐缓和，似乎终于有了几分理解。可她依然不甘心妥协，垂下头想了想，突然眼前一亮，望着朱见濂笑道：“我想到了，你不在，若让孙玚先生单独教她，其实就是浪费资源，不如我也一起学学，总之她能有的，我得有，她没有的，我还得有。”

朱见濂笑了：“就知道小孩子家较劲，先前怎么叫你都不肯学，这会儿倒是觉悟了。”

朱子衿没反驳，她做了决定，急匆匆地就往外走：“我这就去同父王说说这事，一定得让他同意。”到了门口，又折返回来，冲着朱见濂咧嘴一笑，“哥，狩猎注意安全啊。最好呀，再给我带点儿好玩的东西回来。”

“行，我撞撞运气。”朱见濂答得畅快，心里却不安定。他望着朱子衿匆匆离开的背影，忍不住想，沈瓷真的能够安安心心地留在王府吗？她那份有关瓷业的理想，恐怕实现起来，并不那么容易。

小王爷朱见濂出了城打猎，王府的一切依然有条不紊地运作着。

沈瓷并不知道朱见濂去了哪里，也毫不关心。那个夜晚的痛哭流涕，于她而言，是只有自己知道的事。

淮王履行承诺，为沈瓷建了一座小瓷窑。因为主要以练习为目的，烧造量不大，瓷窑修得较为小巧，没占多少地方。但这毕竟是需要火炼的事，只得修在较为偏僻的角落。

沈瓷已经很满意了，她安心等着瓷窑的建成，同时在淮王的应允下，开始同孙玚先生学画。

沈瓷头一天见到孙玚先生，发现王府的大小姐朱子衿也来了。

她是经过精心装扮的，一袭湖蓝色的云缎外裳，颈间一抹秋香丝锦，映着头上的攒珠青玉笄，的确衬得她颇有几分娇美。

沈瓷行礼：“见过小姐。”

朱子衿受着她的礼，心想这姑娘尊卑还是分的，瞄了一眼沈瓷，没回应，上前与孙玚先生说话。

沈瓷也没觉得有什么关系，重新规规矩矩站好，等候在一旁。

孙玚先生觉得这情形有点儿怪，淮王让他过来教两个女孩子也就罢了，还一个热情似火，一个一声不吭。

他毕竟也曾是京师画院有头有脸的人物，对于这两个全无画技的姑娘，都没什么好看的脸色。

“不必多说，我虽然答应了王爷教你们，但各人资质不同，学得如何，还要看你们自己。”孙玚先生摆摆手，从一旁的案几上拿出几幅画作，直入主题，“如今时态，水墨山水和写意花鸟最为勃兴，或工致富丽，或泼洒随性，各人有专攻。我最擅花草禽鸟，笔法谨严且清逸，但其余画种亦有涉猎，教你们这些闺阁女子，应是绰绰有余了。”

话音落下，朱子衿有些不高兴了：“什么叫我们这些闺阁女子？”她挑着眉毛看沈瓷，“我和她，能一样吗？”

她指望着孙玚先生像那群整天围在她身边的人，恭恭敬敬地拱手道：“自然是不一样的。”

这指望当然落空了。

孙玚先生谁也没帮腔，心里已经不舒服了，他坐下来，端起桌上的茶慢慢地吹，细细地品，在这两位姑娘的较劲结束之前，他不想再说话。

没有孙玚先生附和，朱子衿下不来台，目光更无法从沈瓷身上移开，似乎移开了，便泄了气，失了上乘。

沈瓷觉察到她目光中挑衅的意味，抬起头来看看她，像是没有感觉到她的羞辱，轻松而从容地点点头，顺理成章地接下她的话：“小姐说得是，您身份显贵，自然是不一样的。”

说的是她想听的话，朱子衿心里却掀起一股更盛的愠怒。沈瓷的从容淡定像是另一种嚣张的气焰，烧得她怒火焚身，又挑得她意兴阑珊。她觉得这个台阶像是沈瓷施舍给她的，而她居然还找不到这回应中的失礼之处，只得憋着一口气，佯作淡定地回了一句：“知道就好。”

朱子衿没有再多说什么。

可是从这以后，她心底便像长了一个疙瘩，硌得她又疼又痒。女孩白净细嫩的皮肤晃得朱子衿刺眼，单单她的存在就是视线的阻碍。她真想立马跑去父王那儿，要求将这个丫头逐出王府，可是想到朱见濂告诉她的那番话，又暂且收住了脚，打消了那个念头。

她看着孙玚先生站起身，重新开始讲画，脑袋里想的却是：等待，等待，一个乡野丫头，难免会出纰漏。她得找个足够有力的理由，才能正大光明地把沈瓷从王府里赶走。

“砰”的一声枪响，树上的小野物打了个旋儿，直直地栽了下来。朱见濂在几句叫好声中收了枪，怡然自得地坐在马背上，等待着随从马宁把猎物拎回来。

“竟然是只紫貂，稀罕物啊，皮毛可值钱了。”

马宁抓住那紫貂的尾巴，倒过来看了看，小野物已经咽了气，软软地趴着。他晃了晃它，正准备拎回去给小王爷看时，却发现身边的树洞里冒出两只圆溜溜的眼睛。

“嘿，小家伙！”马宁对着树洞一笑，那圆眼睛立刻惊慌失措地躲了起来。

朱见濂闻声，收枪，下马，也朝这头走了过来。他伸手往树洞里一逮，抓出两只龇牙咧嘴的小紫貂，牙齿尖尖的，还没长齐全，瞪着两双水亮亮的大眼睛，虚张声势。

这应是方才那只紫貂藏在树洞里的幼崽，尚且年幼，模样很是可爱。

朱见濂将小紫貂举在眼前看了看，在那水亮亮的眼睛里找到了相似的记忆，像是那个抱着薄胎瓷听他在店铺里胡扯的姑娘。他看着手中漂亮的小活物，突然想，如果把它们送给沈瓷，或许，能让她阴霾许久的脸色舒展开来。

他笑笑，将两只小紫貂递给随从马宁，吩咐道：“找个笼子把它们俩关起来养着，要活的，我得带回王府去。”

孙玚先生搬了把竹椅，优哉游哉地靠坐着，手里端着杯刚沏好的香茶，眼睛时不时往两个姑娘的画作上瞟一眼。

沈瓷和朱子衿正临摹着黄居寀的花鸟图，其笔触工致富丽，妙得自然，不比那些疏逸随性的画作，是需要实打实静下心来描绘的。

孙玚先生虽是文人，但并不迂腐，不像寻常墨客那般排斥女子学艺。他眼中只有画得好和画不好之分，不论性别之歧，有什么便说什么。

“唉，大小姐，你这手是抖的，虚的。黄居寀的花鸟图，讲究的是笔劲工稳，刻画细致，最忌浮躁。”

孙玚先生拿过朱子衿手中的炭笔，示范性地用极细的墨线替她勾勒出轮廓，又将填彩的技巧教授给她。

朱子衿心底已有些不耐烦，她原本就不想学这画艺，全凭着一口气坚持了半月，如今被孙玚先生说了两句，更加沉不下心，索性把笔一扔：“我不玩了！”

孙玚先生对于她这闹了好几次的小女孩脾气，依然采取了他通常的做法——装作没听到，不劝阻，亦不斥责。

他背着手，又绕到了沈瓷的画作前，见她全副身心都投在手中，细腻的墨线扎扎实实地描在纸上，欣然道：“沈姑娘画得还不错，静得下心。”

这是沈瓷头一次听见孙玚先生的夸赞，她停下笔，不好意思地笑了笑，又继续专注于画笔。色彩在她手中逐渐点染，技法还有些生涩，但孙玚先生已经看出，这是个画画的苗子。

而此时的朱子衿，手指已绞作一团。

她不停地提醒自己，等待，等待，可是心里已渐渐烧成了一团火，越来越旺。

朱见濂从城外山上回到王府时，才不过日中。这趟狩猎收获颇丰，其中最令他满意的便是那只皮毛肥厚的紫貂，还有伴随而至的两只小幼崽。

沐浴后，他换了身衣服，闲来无事，估摸着孙玚先生还在教画，便命丫鬟秋兰带上那两只装在木笼里的小幼崽，朝画房的方向去了。

朱见濂想得清楚，沈瓷如今不一定记得他，若是他单独命人将这两只幼崽送给沈瓷，显得太过突兀和刻意。他得装作给妹妹朱子衿带了小紫貂，然后突然发现旁边还多了位姑娘，再不着痕迹地把另一只随意送她。

他原本便没有见过她几面，如今隔了半个多月，记忆已有些模糊。可是，当他想起她，却总有一根隐秘的弦，拨得他胸口隐痛，让他想要给予她些什么，借此补偿自己内心的愧疚。

远远地，朱见濂便在亭榭下看到了三个人的身影。

孙玚先生品着茶，悠闲自怡的模样；沈瓷背对他，纤细的身形一动不动，似在考量面前的画作；朱子衿挥了两笔，便东张西望起来，转过头，刚好瞧见朱见濂带着秋兰过来，立刻放下画笔，解脱般地欣喜叫道：“哥，你回来了！”

朱见濂点点头，先上前同孙玚先生行礼。孙玚先生摆摆手，道：“去了大半个月，你们年轻人有话说，我先去屋里歇会儿。”说罢便先行离开。

孙玚先生一走，朱子衿很快从凳子上跳下来，笑吟吟地问朱见濂：“哥，你这次狩猎回来，给我带什么新鲜玩意儿没？”

朱见濂微笑颔首，指了指秋兰手里的木笼，便见朱子衿眼前一亮，从秋兰手中夺过木笼，逗逗里面的小紫貂，笑道：“好可爱，两只我都要了。”

朱见濂略略一顿，迅速做出应对：“这不行，我还想留一只自己养着玩。”

朱子衿有些意兴阑珊，但她不敢抢朱见濂手里的东西，也没再继续斗嘴。

此时，沈瓷已是离开座位，上前几步，眉目低垂着向朱见濂行礼：“见过小王爷。”

朱见濂屏息许久，等的便是她这一声。他慢慢转过头，看了沈瓷一眼，像是思索的样子，片刻后才装作恍然大悟：“我记得的，你是父王带回府中的那个小姑娘，你叫沈，沈……”

“沈瓷。”

朱见濂从善如流地一拍手：“对，沈瓷，就是这个。”

他当然记得她的名字，清清楚楚，可他就是不说全，装作不在意的模样，皱了皱眉头道：“沈姑娘，你来王府以后我还没太注意，这一趟出去，也没能给你带点什么见面礼……”

他停了一瞬，突然像是想起了什么，语调一变：“哎，说着就差点儿忘了，我这儿还有一只小紫貂，本想自己养着玩，既然遇上了，今日便送给沈姑娘，且当作见面礼吧。”

他看着沈瓷，心觉自己说得滴水不漏，她没有拒绝的道理。

然而，还没等到沈瓷的回答，身旁另一个女声却率先蹿了出来：“不行！送她还不如送我。”

朱子衿紧紧抱着木笼不撒手，大抵意识到自己方才那声过于激动，稍稍收敛了怒气，声音亦低了几分：“哥，我这一只小幼崽太孤单了，不如两只一并给我，也好让它们做个伴。”她靠近了两步，拽着他的袖子，撒娇道，“哥，我两个都想要，一定会养好它们的……”

朱见濂一瞬间陷入为难之境，之前打好的算盘被朱子衿一下搅乱，心里本就有些不满，偏偏这时候，沈瓷又往里加了一把火。

她安静从容，没有丝毫失落或留恋的情绪，笑道：“小王爷不必多虑，既然小姐舍不得这一对小紫貂分开，您便成全了她吧，无须顾及我。”

朱见濂一听，原本还有些犹豫难决的，霎时便下定决心。他咬紧牙关，想着自己潜入深山，抓住这两只小紫貂时，第一个想到的就是这姑娘，他拐着弯送给她，想法子讨她开心。她倒好，一句话就把他的心意扔给了别人，还这么云淡风轻，一脸无所谓的样子。她没开心，他倒是揪心了，自己的好意人家压根儿不领，看都不多看一眼，这算是什么事啊？

他这样想着，一把扯出了被朱子衿拽在手里的袖子，看着她的脸，声音发闷："我的东西，我想给谁就给谁，再说，方才说好了送你一只，也没见你闹，怎么现在较这么大劲？"

朱子衿愣了一下，在她看来，这幼崽留在朱见濂那儿，和送给沈瓷，虽然都不属于自己，结果却是天差地别的。

她从小享尽父母宠爱，可沈瓷来了以后，得到的各种优待都令她惶恐不已。她是害怕的，怕沈瓷倚仗着救命之恩步步渗入王府内部，渐渐俘获周围人的心，她害怕地位被威胁，更害怕有一天，连父王母妃的爱都会被沈瓷分走。

"我……我就是突然觉得，这两只小紫貂应该是一家人，养在一起也有个伴儿。"朱子衿到底还是拎得清的，觉察到朱见濂无来由的怒火，没把实话说出口。

朱见濂轻吸了一口气，看着她的脸，一个字一个字像是从牙关里挤出来："子衿，你记着，紫貂是独居动物，不需要成对待在一起！"

言罢，他瞟了一眼秋兰，又看了看牢牢抱在朱子衿怀里的两个木笼，没再说话，一声不吭地拂袖离去。

沈瓷呆在原地，一时没弄清楚状况，直到秋兰低低说了一句"小姐，奴婢对不住了"，接着从朱子衿手里硬夺过一个装着小紫貂的木笼，塞到沈瓷手上，她才终于明白了如今的境况。

小王爷朱见濂，她自然记得他。彼时她站在一片狼藉之中，满头迷茫地听见淮王问她怎么办，于是她抬头，看见了那个眉眼浓深的年轻男人，他提醒了她要做怎样的选择。

她也正活在这份选择带来的后果中。

可是现在，沈瓷提起木笼，看了看里面的小紫貂，深黑的大眼，迷惘而惊恐地望着她，想着这是他送给她的见面礼，突然间感到束手无策。

她眼见着朱子衿被小王爷数落得身体僵直，心中却敏感而隐晦地觉察到，他那突如其来的怒火，似乎……是冲着自己来的。

朱子衿气冲冲地走回自己的院落，转头看见丫鬟手中还抱着木笼，里面的小畜生对她龇着牙叫，心头万分浮躁，一巴掌打了过去，小紫貂便连带着木笼一起滚到了地上。

“我就想不明白了，凭什么父王专门给她修瓷窑，孙玚先生也向着她。如今，我哥才从山上回来第一天，就为了送她一只小畜生冲我发火！”朱子衿的胸口起伏不定，呼吸急促起来，突然猛地拍打起桌子，大声道，“来人来人！给我来人！”

方才被朱子衿打翻了木笼的丫鬟立刻跪在地上，诚惶诚恐，连话都说不利索了：“小，小姐有何吩咐？”

朱子衿微眯起眼，咬牙切齿道：“你！你给我盯紧沈瓷，分分秒秒地盯紧！只要有异动，立即回来禀报我！”

她握紧了拳头，狠狠地砸在腿上：“我就不相信，她能什么错事都不做，什么破绽都不露，一旦被我抓住把柄，让她吃不了兜着走！”

沈瓷抱着木笼，心情复杂地回到了自己的院落。她本想让竹青给小紫貂找些吃的，可在院子里寻了一圈，却连竹青的影儿都没瞧见。

往常沈瓷到孙玚先生那儿学画，竹青都会跟着一同去，但是今日出发前，竹青说院子里还有好几件衣服没洗，想要留下来。沈瓷没考虑太多，觉得竹青跟着她去了也是无聊，便随口应允了。

可是现在，继上次半途失踪后，这已是她第二次莫名其妙消失了。

沈瓷立在园中，轻轻叹了一口气。她把小紫貂从笼子里抱出来，小心翼翼地兜在怀里，去厨房给它寻了几条新鲜的小鱼，先把这只张着嘴的小动物填饱了再说。小紫貂个头虽小，吃起鱼来却不含糊，一口一个，末了咂咂嘴，将软软的皮毛在沈瓷手臂上蹭了蹭，这大概算是感谢的方式了。

沈瓷笑笑，摸了摸它圆圆的小脑袋，突然听得门外有轻微的脚步声。她站起身，拉开厨房的门，果然看见了匆匆赶回来的竹青。

“沈，沈姑娘……”竹青意外看见沈瓷，脚步不禁滞住了，“姑娘今儿回来得这么早？”

沈瓷点点头，柔声道：“今日孙玚先生提前休息，便早些回来了。刚才找了好半天都没看见你，去哪儿了？”

竹青虽然早就编好了理由，也难免有些心虚："洗完衣服后，突然想起自己还有些物什落在了从前的住处，便去取了回来。"

"哦对，你从前是小王爷院里的人。"沈瓷并没有完全相信她的话，却也没让竹青把落下的东西拿出来看。事实上，只要竹青不惹事，沈瓷并不想干涉她太多。自己都不过是个寄人篱下的孤儿，能静静做好想做的事，便是她最大的奢求了。

"来，竹青，帮个忙，给这只小家伙铺个软窝。"沈瓷岔开话题，将怀中的小紫貂送到竹青手里，不经意地便把刚才的事揭过了。

竹青连声应着，将小紫貂接了过来，心底暗暗松了一口气。

她当然没有把东西落在从前的住处，只是听闻今日小王爷打猎归来，便知道，她的情郎马宁也一并回来了。

马宁是朱见濂手下的随从，深得主子信任。从前，竹青还是朱见濂府中的丫鬟时，与马宁同在一个院子里，不知不觉便情愫暗生。可沈瓷来了以后，竹青便被拨去照顾她，硬生生地分开了这对浓情正酣的小恋人。上一次，她在回院的半途失踪，也是因为突然被马宁拦了去。

竹青今日其实没有什么衣裳需要洗，待沈瓷一离开，便急匆匆地赶去两人上次约好的地点，果然见马宁已经等在那儿了。两人耳鬓厮磨了一番，都是恋恋不舍，不知下一次再见，又是何时。

"如今王妃娘娘不许府中下人擅自恋爱，我们见面需得谨慎。"马宁不舍道，"我观察过，你们院子外墙底部有一处凹槽，外围还有花圃掩饰。我以后若是找你，便在那里给你留下时间、地点的信息，你再赶过来。如此可好？"

竹青倚在马宁怀里，使劲地点了点头。

小寒时节，冷在三九。

冬日的朔风催人体寒，虽是青黑天色，却也不妨碍沈瓷如今的好心情。

经历了漫长的等待，淮王应允她的小瓷窑终于建成，虽是环境简陋，小巧袖珍，但也足够令这冰冷的冬日快速回暖。

她兴高采烈地置办着瓷窑的一切，省下没必要的日常开支，全部用于采购制陶的原料。父亲租了一辈子的瓷窑，还从未拥有过自己的地盘，可如今他过世不足三个月，女儿却替他实现了愿望。

欣喜与心酸的情绪同时汇聚在沈瓷心头，她定了定心，又冷静地提醒自己，这一切都是淮王赠予她的，他既然有能力赠予，亦有能力收回。

“今后行事，应当更加小心谨慎了。”沈瓷暗暗想着，在她拥有独立掌控的能力之前，便是摧眉折腰，也要尽力保住现有的一切。

然而，在有心人的观察下，无论她怎样小心守规矩，总有一些意外悄然发生。

朱子衿的丫鬟按照吩咐，日日夜夜盯着沈瓷。很长一段时间里，她什么端倪也没瞧出来，想要放弃，却碍于朱子衿的威逼，只得百无聊赖地守着。

可是这日，当她如往常一样躲在暗处窥视时，竟发现了一个穿着随从衣裳的可疑男人。

那男人走到沈瓷的院落前，不安地往四周看了看，然后弯下身子，在外墙底部的凹槽里，塞了一团白色的东西。离得太远了，她看不清那男人的脸，只能待他离开后，上前取出了他留在凹槽里的纸团，急忙展开。

纸面上，寥寥写着六个字：今日戌时，瓷窑。

天色已经暗了下来，夕阳熠熠的光芒隐在墨蓝的暮色中，渐渐消弭。

瓷窑内，沈瓷忙前忙后地整理着制陶的原料，又对照着记录册一一清点，确定无误后，顿时感到舒朗无比。

这些天，她忙着筹备各种材料和器械，如今已是尽数备齐，不日便能动手制作。这令她心情大好，离开瓷窑，步履轻盈地回到了自己的小院。

下着细雪的天气，冻得人手脚冰凉。沈瓷在屋内拢了炭盆，半蹲在地上，拿着刚从山上采下的松果喂紫貂。在沈瓷这儿养了不到半个月，小紫貂已是吃得滚圆滚圆，偏着头在地上蹦来跳去，煞是可爱。

骤风忽起，竹青推门进来，垂着眼低声道：“姑娘，这些银炭用完，屋里便没了，我去管家那儿讨要一些来。”

沈瓷正专心抚弄着小紫貂柔滑的皮毛，头也没抬，随口应道：“去吧，早些回来。”

“是。”

竹青退出了房间，一颗心还在胸口怦怦乱跳，一时失神，连房门都忘了关紧，抚了抚激动的胸口，便急着出去见情郎了。

竹青思念成疾，还未到时辰，已急匆匆地赶到瓷窑，竟惊喜地发现马宁已经在那儿等着了。

瞧着竹青的小脸冻得通红，马宁心疼不已，将温暖的大手贴在她的脸上，指了指不远处一间未锁的屋子：“先去屋内避避，暖和，还免得被人发现。”

竹青点点头，待入得室内，才奇怪地问道：“怎么想着约在沈姑娘的瓷窑见面？万一有人来了怎么办……”

马宁揉揉她的发，笃定道：“放心吧，不会的。这地方偏僻，又是新建的，除了沈姑娘以外，没人会来。我已打探清楚了，沈姑娘每日酉时离开瓷窑后便不会折返，没人会发现我们。”

竹青微蹙眉头，娇嗔道：“你天天待在小王爷身边，怎么还有空儿打探她的行踪？”

马宁笑道：“哪是我想打探的，是小王爷命我这么做的。不知道沈姑娘是哪里得罪了小王爷，最近一提起她，小王爷就脸色不好。”

竹青疑惑道：“沈姑娘少言寡语，对谁都礼数体面，不像是会同小王爷起冲突的人。”

“这事，我也不太清楚。”马宁摇摇头，顿了片刻，突然手中用力，一把将竹青揽在怀里，“别说他们了，说你，分别十余日，你可曾想我？”

竹青垂头，脸色渐渐染上羞红，低低说了一句“想”，便被马宁更加有力的怀抱锁住。

接下来，便是爱语呢喃，情话绵绵。你侬我侬之际，却不知，隔墙有耳。

墙外的丫鬟急匆匆赶回去报信时，朱子衿正将手肘倚在榻前的几案上，用木勺取了一勺浓稠黏腻的香膏，默默等着一丝一丝的脂膏从勺沿自行淌下，流入案上的香炉之中。

她已等待了多日，每次丫鬟去而复返，她都满心期待，却是次次落空。渐渐地，心情便如同眼前缓缓滴下的脂膏，腻腻的，闷闷的。

而现在，她远远瞧着丫鬟急匆匆地跑回来，却依然倚在榻上，一动不动，已做好了再次失望的准备。

“小姐，小姐！”丫鬟跑得上气不接下气，一下子扑倒跪在朱子衿面前，“有、有动静了！”

"什么？"朱子衿猛地睁眼，手中的木勺落于香炉。

丫鬟的气息还没理顺，呼吸起伏不定，激动道："奴婢亲耳听到，沈瓷未经允许，与府中下人私相授受！"

朱子衿方才的浑浑噩噩已散去大半，眼中亮光毕露："何出此言？"

丫鬟沉下一口气，方道："奴婢今日守在沈姑娘的院落外，发现了一个鬼鬼祟祟的男人。奴婢见那男人留了一张字条在隐蔽处，走上前一看，上面竟写着与沈瓷约见的时间和地点。奴婢不敢随意叨扰小姐，便想着将计就计，先瞧瞧他们到底想做什么，结果戌时奴婢隐蔽在瓷窑，恰好听见一男一女在屋内的亲密情语，由是得知。"

朱子衿闻言，立即问道："你可曾看见那男子面貌，是谁？"

丫鬟心头一惊，摇头轻声道："未曾看见，奴婢到瓷窑时，他们已进了屋，只能躲在墙外偷听。虽然声音模糊，但绝对是男女之间的调情之语。"

丫鬟说完，小心翼翼地抬头，观察着朱子衿的表情。但见她沉吟半晌，突然毫无遮掩地大笑起来，接着"啪"的一声合上了香炉炉盖，只见一股淡白的香烟从炉中袅袅吐出。

"不碍事，只要知道女方是沈瓷，便足够了。"朱子衿难掩喜悦，起身离开卧榻，见丫鬟仍兢兢业业地跪在地上，不禁大声道，"还愣着干什么，快去向母妃禀报此事，王府规矩若要牢立，必得杀鸡儆猴。"

一道强劲的朔风穿过庭院廊道，卷出阵阵尖锐的哨声。

竹青走时心不在焉，并未扣紧房门。寒风阵阵席卷，几个回合后，忽然猛地灌入门缝，直劈内里而去。

沈瓷本是身在暖意洋洋的屋中，却突然感到几道寒刃狠狠砸在皮肤上，冻得她一个激灵，抬起头来看见半敞的屋门，突然想起今日离开瓷窑时，存放原料的屋子似乎并未上锁。

除了她以外，再没什么人会去瓷窑。若是往日，这事便就罢了，可今日她新进了几种昂贵的色料，思前想后，到底还是放心不下。

"不行，还是得去锁住。"

沈瓷默默自语着，站起身，在袍袄外罩上一件披风，闭好房门，转身踏入了纷纷扬扬的细雪之中。

朱子衿命两名护卫去瓷窑拦人，自己则带着丫鬟向杜王妃通风报信。

她提着裙子穿梭于曲曲折折的回廊中，先是踱步，渐渐地，脚步越来越快，越来越急，风风火火地扑进杜王妃的院子里，一边走一边扬声道："母妃，子衿有急事相报。"

杜王妃正卧在榻上读书，瞧见朱子衿慌慌张张闯进来，还以为出了什么大事，关切道："怎么了？"

朱子衿上前，坐在杜王妃身侧，问道："母妃可还记得父王带回府中的那个孤女？"

"记得，救了王爷一命那位。"

"她坏了府中规矩！"朱子衿抢白，肃然道："今日子衿的丫鬟亲耳听见，她未经允许，与府中下人私相授受。"

王妃闻言，紧凝的心落了下来，微微一笑，又重新将案上的书拾起："我还以为是什么要紧事呢，不过是个无依无靠的小姑娘，这么激动作甚。"

"母妃！"朱子衿急唤一声，握住王妃的手，蹙眉道，"此事对女儿非同寻常，您是不知道，这野丫头在府中，多次与女儿针锋相对，让人好生难受。平日里她抢走属于我的东西，女儿便忍了，可如今她败坏王府规矩，在父王赐给她的瓷窑内行苟且之事，如此跋扈之人，岂能留得！"

杜王妃听着朱子衿的话，沉吟良久，看看她，低头想想，又抬起头来看看她，终于慢慢问道："子衿，你是不是担心她占了你的地位？"

"……"

"你的心思，母亲多少是了解的。就像朱见濂占了你亲哥哥的位置一样，该罚。明明如今我才是淮王妃，王爷却还惦记着那个死去的原配的儿子，总想着立朱见濂为世子，把我的儿子置于何地？"杜王妃拍拍朱子衿的手，"所以，母亲明白你的苦衷，也不会让她有机会取代你的位置。这件事，母亲给你做主。"

朱子衿眼前一亮，忙道："谢母妃！"

"别慌，话既然说到这儿了，有件事我得提醒你。从前母妃多次告诉过你，别同朱见濂走得太近。你的亲哥哥，只有朱见淀一个。而朱见濂，不仅不是你的亲哥哥，还很可能会抢走你哥哥的世子之位。你以前不明白，如今遇见这事，是否能理解几分？"

朱子衿顿觉恍然，终于明白其间道理，扑上前去牢牢抱紧母亲："母妃，我明白了，一定牢记。"

杜王妃摸了摸她的头，微笑道："明白就好，朱见濂同我们不是一个阵营，你得多加提防。"待朱子衿好不容易放开了手，方再次开口道，"你说的那个丫头呢？把人给我带过来吧。"

瓷窑侧旁的小屋内，情语细细，竹青正兴致勃勃地勾勒着两个人的未来，突然被马宁捂住了嘴。

"别说话，外面似乎有动静。"马宁压低声音，指了指屋外。他本是习武之人，耳力目力较常人者佳，方才听得门外有簌簌轻响，立即起了警觉。

缓缓地，马宁放开竹青，待墙外没了声响，拨出一条门缝往外看，果然见墙外的雪面上留着浅浅的一双脚印。

马宁倒吸一口凉气，转身对竹青道："此地不宜久留，为防万一，今日便早些离开吧。"

竹青亦是惊惶，连忙点点头，慌忙离开之际，不小心打翻了一盒制陶的色料，两人手忙脚乱地搪塞好，才战战兢兢地离开了瓷窑。

竹青和马宁前脚刚走，沈瓷后脚便到了。

她径直朝存放原料的屋子走去，果然瞧见门未上锁。入内清点，样样不缺，却有一盒钴蓝的色料似被打翻。

沈瓷蹲下身，看见地面尚有星星点点的钴蓝粉末，正欲详查时，突然听得门外一阵喧哗声，两个护卫闯进来，不由分说便扣住沈瓷，两把棍子牢牢架在她脖子旁侧。

"另外一个呢？"领头的护卫不耐烦地问她。

"什么另外一个？"沈瓷一头雾水，全然没弄清状况。

"少装傻了！"那护卫暴戾地打断她，再问，"你那个男人在哪儿？"

沈瓷更蒙了："什么那个男人？"

护卫冷哼一声："小丫头还装蒜呢，得，王妃娘娘要见你，你现在不说，回去同王妃解释去！"

说罢，像拎起一条鱼儿一样，把沈瓷逮住了往外推。她一个趔趄，差点儿没站稳，却用须臾的时间冷静下来，复又站直，安安静静地随着两名护卫行去。

马宁目送着竹青离开后，心中到底还是放松不下，又再次折返回瓷窑外，将身形隐匿于暗处，无声察探。

少顷，沈瓷姑娘踏着细雪风尘仆仆而来，直奔方才他同竹青待过的那间屋子。马宁愣了愣，心说难道是沈瓷发现了竹青的行踪，特来此地寻她？

马宁正暗自忖度着，忽又看见两个护卫手持枪棍，气势汹汹地往瓷窑里去了。眼见这境况，马宁不由得惊得一身冷汗，这瓷窑明明是个人迹罕至之地，今儿到底是什么日子，怎么夜色已至，还一个个往这儿扎堆了？

马宁越想越困惑，待这两个护卫押着沈瓷出门时，终于再按捺不住疑问。他撤离暗处，装成路过巡查的模样，拦住两护卫问道：“这是干什么啊？”

领头的护卫眼尖，认得马宁是小王爷身边的红人，不敢得罪，遂诚实答道：“带去给王妃娘娘问话呢。”

马宁看了眼架在沈瓷脖子上的棍棒，轻哼一声：“瞧这架势，犯事的？”

“是，大小姐的丫鬟亲耳听到她在瓷窑侧旁的屋内与男人苟且，男的没捉到，正要拿去审的。”

马宁闻言，后背霎时渗出冷汗。他心虚地看了沈瓷一眼，沈瓷的目光也正巧锁住他，似笑非笑，像要穿透他的身体。

他站在那里，突然就说不出话了，只看见沈瓷伸出手，碰了碰他的袖口，然后捏捏指上钴蓝色的粉末，用一双眼睛揪住他，像是真诚地提醒：“大人，您的袖口弄脏了。”

马宁一醒神，脑中电光石火地想起屋内打翻的那盒色料，当时他和竹青手忙脚乱地收拾，难免在袖口沾上了痕迹。

他没再看她，却感到浑身上下已被她的目光揪住了。那不是提醒，而是警告。不动声色，却简单明了。

大脑一蒙，马宁再也待不住了，草草对两名护卫说了句“走吧”，自己先心乱如麻地离开了。

马宁快步奔回小王爷的院落，一路忐忑不安，陷在进退维谷的窘境中。

坦白，他和竹青的未来将渺无定数；沉默，又不知沈瓷会做出何种举动。方才他与她碰面，那黑粼粼的眼神，分明是在警告他，若是想不出办法，就别怪她供出他。

怨只怨自己兜不住好奇，偏要上前去问那么一遭。但事已至此，无从回头，到底要如何做，才能保得两全？

马宁伸手，在自己的袖口掸了掸，钴蓝色的粉末还有残留，可就算此时清除干净，方才那两名护卫也已看到了。他怔怔地望着前方干秃秃的树杈，只觉自己也如同梢上凋叶，一片一片消失殆尽。细白的雪花像是一层雾，让他有心无力，渐渐地，心也凉了下去，变成无计可施。

他叹息一声，讪讪地转过头，却看见小王爷朱见濂正站在他面前，皱眉问道："怎么了？以前没见你这副模样，出什么事了？"

马宁眉心一跳，纵然知晓小王爷最近提到沈瓷便脸色不好，可他此时走投无路，唯觉眼前这人才是唯一出路。心一横，开口便道："沈瓷姑娘被王妃抓走了，说她与府中男人私相授受，正要惩戒。"

小王爷微微一愣，问道："那男人呢？"

"没，没抓到……说是要等王妃审问的……"马宁感到细细密密的汗珠攀上了他的背，自知这一席话说得太过唐突，朱见濂未必会管。他斟酌着，要不要谎称那男人是自己，然后顺理成章地求小王爷替沈瓷说情，或许凭着十余年的主仆情分，小王爷会帮他一把……

马宁这头还在艰难地斟酌着，小王爷却已二话不说地大步迈出，长袖一挥："走，看看去。"

沈瓷跪在地上，看了看高处雍容华贵的杜王妃，再看了看侧旁怒目而视的朱子衿，两人皆是正襟危坐，不带丝毫商榷的神情。

"说，与你曲款暗通的男人是谁！"

听这第一句开场白，没有询问，没有质疑，只有铁铮铮的逼迫，沈瓷便知道，这一遭不是偶然，是有人故意冲着自己来的。

沈瓷没动，慢慢说："我没有。"

"我的丫鬟亲耳听见的，还想抵赖！"

沈瓷面无表情："她听错了。"

"错了？"朱子衿挑起唇角，讥笑道，"那男人今日在你的院落留下字条，约你戌时在瓷窑见面。若是错了，你又怎么会刚好出现在那里？”

“我听不懂你在说什么。王爷赐我的瓷窑，我忘了锁门，怎么就不能去了呢？”

朱子衿见缝插针，顺着便接下话：“所以你们才选择了瓷窑这个地点，以为神不知鬼不觉，结果呢，天下没有不透风的墙！父王见你可怜，好心才收留你，你竟不知感恩，反而破坏府中规矩！”

沈瓷不想说话了，她意识到跟这些存心为难她的人一问一答，最终只会被拐进同一个圈子，没有任何道理可言。别说此事疑点重重，就算是铁板钉钉，也不至于有眼前这阵仗。

这些人是铁了心想让她走，压根儿不需再听任何理由。而她束手无策，唯有先行等待，不知马宁是否会自行坦白。

可是，杜王妃没有留给她太多时间，瞧着问不出来，也不愿再耗，挥挥手道：“原本，王爷带你回府，是想好好照顾你。可如今你不肯招供，这府中的规矩又得立稳，所以没办法，这两天你收拾收拾东西，便自己走吧。”

沈瓷的心漏跳了半拍，一瞬间，仿佛回到了父亲去世的那个黄昏，卫老爷也是这样居高临下地坐在她面前，对她说：“这两天，你和你爹收拾收拾东西，尽快搬走吧。”

彻骨的心寒，化作瓦砾流沙，分崩离析。沈瓷半晌无言，等不来马宁的坦白，唯有走出最后一步棋，以期澄清自己。

沈瓷酝酿好话语，方要开口，却突然听得一句清朗不羁的男音涌入耳膜。

“哟，这么多人呢。”小王爷朱见濂迈进屋内，目光快速在四周扫了一圈，在杜王妃和朱子衿的脸上停留片刻，最后堪堪落在了跪在正中央的沈瓷身上：“这是怎么回事？审犯人啊？”

“就是审犯人，她坏了府中的规矩。”朱子衿很快跳出来，瞧着朱见濂关心起这事，赶忙把沈瓷私通府中下人的事同他讲了一遍，话毕眉飞色舞地瞧着朱见濂，心里哼哼着想，她就是要说，她就是得让他知道，他当初非要送出小紫貂的女人，原来是这等货色。

朱见濂看着她得意扬扬的模样，又瞥了眼杜王妃那张事关重大的脸，突然“哧”的一声笑了出来。朱子衿蒙了一瞬，心想，在这种场合他居然还笑，他就不后悔自己曾经看错人了吗？

“我还以为是什么事呢。”朱见濂一边笑，一边将沈瓷从地上扶起，理了理她褶起的袍角，朝高座上的王妃挥挥手道，“我当时有事，急着先离开了瓷窑，真没想到她会因为这个被抓，误会啊，误会。”

他拽过沈瓷的手臂，将她拉到身前，像是安慰般，语气极尽轻柔，声音却亮得整个屋子都听得清清楚楚：“小瓷片儿，下次离开时啊，我记着带你一块儿走，成不？”

屋内霎时噤了声，就连沈瓷也愣在原地，一时说不出话来。

诡异的寂静中，只听得寒风敲打窗棂，从未关紧的缝隙中渗入几丝冷意，灌进衣袖里，吹得全身都凉了，心却渐渐有了暖意。

沉默了半晌不止，朱子衿才开口问：“哥，你的意思是说，今日同沈瓷约见的人……是你？”

“不是我，我能有闲心在这儿跟你们开玩笑吗？”朱见濂脸上笑着，心里却已懒得再纠缠，向众人打着哈哈道，“既然是误会，天色这么晚了，大家就散了吧，早点儿回房吧。”

说罢拽起沈瓷的手，转身便要离开。方踏出三四步，便听得身后一声厉喝，一直沉默的杜王妃突然开了口：“站住！”

朱见濂的背脊僵了一瞬，果真定住了。他转回身，表情依然是笑着的，可这笑里已经带了冷，带了刺：“怎么，王妃娘娘抓错了人，还不让人走了？”

杜王妃不由得变了脸色，端庄的容颜透出些冷硬，她的语气是柔和的，面上却一丝笑容也无，慢慢道：“濂儿，沈姑娘好歹是王爷的救命恩人，你身为王府长子，看上了别人，好歹先收去自己房里，现在没名没分便在外面放肆起来，也不怕别人嚼舌根吗？”

对于杜王妃而言，她完全不在乎沈瓷如何，可朱见濂却是她心头的一根刺。如今跑到这儿来搅局，正是撞在了她的枪口上。

谁知朱见濂闻言，笑意更浓了，那双深黑的眼睛弯弯的，却透着厉害：“您也知道沈姑娘是父王的救命恩人呀？我看您一个劲儿把人往门外赶，还以为您不知道呢。再说了，我和小瓷片儿也没在大庭广众之下如何啊，本来好好待在屋子里，谁知从哪儿冒出个偷听的小丫鬟。王妃娘娘您倒是说说看，这主子讲话时，丫鬟还能贴着墙鼓捣啊？”

眼见着矛头转向了自己，朱子衿的丫鬟不禁往后一缩，牙齿都忍不住打战。等了一会儿，却发现说话的两人看都没看自己一眼，兀自僵持着，暗潮潜藏在平静的表面下。

朱见濂在众目睽睽下拉着沈瓷的手，一口一个“小瓷片儿”，叫得甚是亲密，皮厚得连王妃都脸红，咬咬牙，拍案怒道：“身为王爷嫡子，没羞没臊，成何体统！你这样，将来如何担得起世子之名？还不是被人耻笑了去！”

杜王妃绕来绕去，拐弯抹角，一气之下还是暴露了真正的意图。她就是想不通，为何原王妃李氏已经去世数载，王爷却还想着捧朱见濂做世子？为此，甚至不惜将她的儿子朱见淀送去了京城做质子。这些年，杜王妃明面上没说什么，心里却无时无刻不惦记着，恰逢出了这事，刚好可以拿来做文章。

杜王妃心里算计着这回怎么让朱见濂大出血一番，朱子衿却是全然不知。她只瞧见如今赶不走沈瓷，心里便慌了，正一筹莫展之时，王妃的那句“成何体统”突然提醒了她，顿时心生一计。

“母妃莫急。”朱子衿站出来，侃侃道，“既然不成体统，不如今天就做个决定，让哥哥将沈姑娘收入房中，也免得落人口实。”

她说的是“收入房中”，没聘没娶，便连个妾都算不上，地位如同通房。自沈瓷入府以来，朱子衿最介怀的便是她不明不白的身份，今日若能趁此机会给她套上个“通房”之名，那身份差异，就显而易见了。

因而，此语一出，杜王妃和朱见濂都愣住了。杜王妃愣的是，明明可以靠着“体统”对朱见濂大做文章的局面，怎么就被自己的亲生女儿给搅黄了？朱见濂愣的是，自己压根儿就没想过这事，更何况他未经允许毁了她的名誉，还不知如何善后呢……

一时间，屋内再次陷入沉默。杜王妃和朱见濂都等着对方开口，可是最终，他们谁也没等来，反倒是一个细细柔柔的声音响了起来。

“回王妃娘娘、小王爷。”沈瓷福了福身，到这时候还不忘礼节，轻声道，“若是小王爷不嫌弃，民女并无任何异议。”

她还是那个样子，很稳定，很平静，看起来逆来顺受的脾性。可不知怎么的，朱见濂骤然就想起了沈家变故那日，她站在一片狼藉之中，不言不语，眼神却是倔强异常，分明是在心底发了狠，下定了决心。

就如同眼下，他帮了她，她也二话不问地回应，不动声色地替他排解王妃的刁难，名节和身份都抛开，从此与他这个几乎陌生的人绑在了一起。

“既然如此……”朱见濂微觉喉头一涩，顿了顿，复又道，“既然如此，便就这样吧。”

“好！”朱子衿大为惊喜，心头还惦记着沈瓷独掌的那套院子，扬声道，“事情既然已经定下，沈姑娘这两日抽个空儿，便可搬去我哥院里的偏房了。”

沈瓷低眉颔首，没有喜悦，亦未觉屈辱，顺从应道：“是。”

朱子衿点点头，解决了心头最大的忌讳，终于心满意足地告退。杜王妃憋着一口闷气，面色僵冷着，却是无话可说，甩袖离去。人潮渐渐散尽，沈瓷终于抬头，与朱见濂对视，怎奈满腔酸楚无从起头，索性缄默，两人一同迈入皎皎月色之中……

第三章

黄雀在后

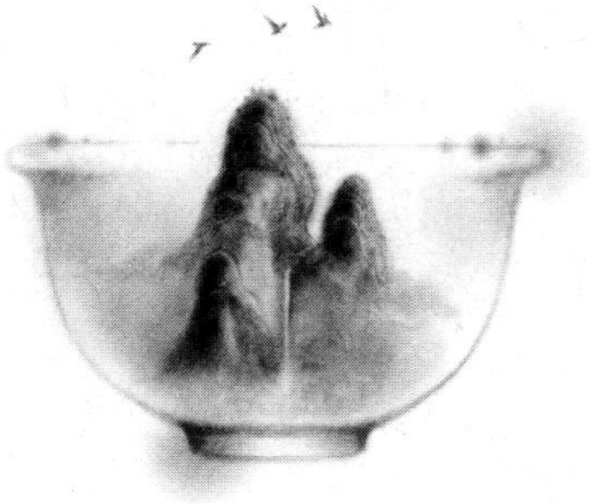

夜色如墨，整个天地仿佛都凝于前方的那盏八宝琉璃灯中，略一恍惚便疑心身在梦中。曲曲折折的廊道被那一点昏黄的光团照着，漫漫无尽，仿佛永远走不到尽头。

朱见濂一走出众人视线，便放开了沈瓷的手，脑袋里的条条缕缕还未理顺，只顾硬着头皮往前走。真可笑啊，方才着急还不觉得，只顾着替她脱难，可如今回过头来想，人家沈瓷和小情郎约会，自己来这儿掺和什么呢，还莫名其妙收了个通房？朱见濂越想越不对劲，越走心里越闷，自己这一通诳语，若是搅散人家的好情缘，背地里她还不得把他给恨死了？

马宁心里发虚，只得默默地跟在后面，半句不敢言，待行至廊道末处，眼睁睁看着朱见濂愣然一脚踏出去，忙低呼一声：“小王爷，台阶！”

这一声把朱见濂唤醒了，他一个趔趄，脚没收住，幸得马宁及时扶住他，才不至于摔一跟头。

朱见濂定了定神，语气倒还镇定，轻说了一句“没事”，这才转过头，看着一直跟在自己身后的沈瓷，见她形容镇定，似乎并没有被打破姻缘的失落。

朱见濂的气消了些，问道：“我来的时候还没有用餐，下人已经把饭菜都做好了，你饿吗？”

他这么一说，沈瓷才发现自己早已腹中空空，她抬起头来望着他，认真想了想，方才低低地“嗯”了一声。

沈瓷随朱见濂回了庭院，方入门片刻，晚膳便已送至。菜色是丰富精致的，朱见濂瞧着沈瓷拘谨的神色，让服侍的丫鬟退了下去，指了指木凳道：“坐下吃吧。”

沈瓷应了一声，将稻米饭拨入碗中，先放到朱见濂面前，再去盛自己的那一碗。两个人都坐了下来，空气中却像塞着一团棉花，软飘飘的，却闷得慌。

沈瓷干干地吃了一口白米饭，手中的筷子便不动了，垂着头轻声道：“今日，多谢小王爷出手相助。”

朱见濂夹着一块鱼肉，原本是要添进自己碗里的，听了沈瓷这一句，转念给她布起了菜。好歹，她心里是感谢他的，自己没做错。纵然今夜的局面超出了他原本的预料，但所幸初衷是达成了，如此想着，便也渐渐平静下来。

“不必谢我，我只是念在你是父王的救命恩人，不愿家中女眷因为一己私欲而背信弃义。”朱见濂在沈瓷的小碗里放了一勺三鲜木樨汤，道，“不过后来，事情发展成现在这样，我是没有预料到的，你得跟你的小情郎说清楚，最近别随便见面，等这阵风声过去，再说吧。”

沈瓷看着他，一字一顿道：“我没有小情郎。”

朱见濂闻言放下筷子，笑了笑：“子衿是我妹妹，虽然不算亲，但她的脾性，我多少知道一点儿的。她或许会派人抓你把柄，但绝不会故意捏造陷害你。”

沈瓷居然顺从地点了点头，但也同时坚持道：“她没有捏造，可是她抓错了人，有情郎的那人不是我。”

朱见濂愣了片刻，自己都没有发觉，心中已有一股细细的喜悦慢慢涌遍周身，如同昏黄的光晕刺破了沉寂的夜色。他没有说相信或不相信，但阴霾的神色已散去大半，又给她夹了一块蜜饯橘子，问她：“沈姑娘，留在淮王府，对你而言很重要吗？”

沈瓷沉默了片刻，答道：“是，我没有别的去处。”

“更重要的，是为了你父亲的心愿吧？”

被戳中了心思，沈瓷没吱声，只轻轻点了点头。朱见濂见状笑笑，从桌旁拿了一壶酒，给自己斟了一觥。

“你这样也挺好，有奔头。我母妃去世许久，我其实也挺想知道，她到底需要些什么，这样，我也好有个方向，知道该着手去做点什么。”

朱见濂端起酒觥，慢慢饮着，细细品着，话匣子自然而然便打开了：“从前，母妃在世的时候，总是一张不开心的脸。我不知她为何忧悒，便总想做点儿什么，让她高兴高兴。一次，我画了幅竹石锦鸠图，人人都说好，就连书画会上的名家也称后生可畏。我想，这次母亲总该跟我多说几句话了吧，于是颠颠儿地拿着画跑去给她看，结果呢……”

沈瓷已把他的话听了进去，跟着问：“结果？”

朱见濂又给自己倒了一觥酒，慢慢道：“她随意瞟了一眼，点点头说挺不错的，然后继续低头做她的刺绣，见我不走，才又补上了一句话。”

“什么话？”

“她说啊……”朱见濂仰头饮下了酒，一整觥便都入了喉，辛辣辣的，他望着喝空的觥底，突然笑了，“她说，濂儿，母妃正忙着绣孔雀呢，你自己去玩啊。”

“……”

不知是喝了酒还是别的缘故，朱见濂的脸色微微发红，竟兀自“咯咯”笑了起来：“虽然母妃已去世多年，但回想起来，她待我，还不如夏莲待我好。夏莲是谁你知道吗？她只是个父王身边的丫鬟，可我同她最亲。然而有一天，她突然消失了，别人告诉我，她是赎了卖身契，回老家享福去了。她连招呼都没同我打一个，便这样走了，留给我一团茫然。这茫然就像当年母妃去世时的感觉，到最后我都没明白，母妃为何待我如此寡情。”

沈瓷知他心里难过，早已放下了碗筷，认认真真听他讲。她觉得此时应该安慰他，刚想说些什么，却见朱见濂稳稳当当地把酒觥放在了桌上，神色已恢复常态，看着她，一双幽黑的眼像要望进她心里去。

“沈姑娘，我知道你来淮王府是为了什么。你看，你清清楚楚地了解你爹想要的东西，便能兢兢业业地去实现他的愿望。而我到现在，都不知道自己究竟能做什么，母妃又需要什么。所以，你比我有劲头，有方向。”他的目光先是敏锐的，渐渐又染上了些鼓励的意味，“帮你一把，不过是举手之劳，不必在意。就算你到了我这院子里来，你该做什么还是做什么，跟从前没什么不一样，也完全不需来找我或见我……”他顿了顿，身体往前倾了倾，又离她近了一点，“但是，如果有一天，你当真能制出传世名瓷，你爹泉下有知，必定相当欣慰，而你，也不需要再过寄人篱下的生活，王公贵族都为了得到你的瓷器争相竞逐。我知道的，你不声不响地到王府学画，想必早就酝酿了这样的野心，我说得对不对？”

沈瓷没回话，可是那双眼睛闪出了晶亮，答案已是明晰。

朱见濂将她的神情收入眼底，慢慢道："不过，美好的宏图，谁都会展望。你能实现吗？"他敛下笑意，神情变得严肃起来，"王府同你之前的生活环境不同，今天这样的事也是意料之中，可你完全不必为此分心，因为那些都是无所谓的，你只需要专心做好自己的事，为你的目标努力。其他乌七八糟的事，交给我便好。明白不？"

她静了须臾，然后郑重其事地点了点头。

这是她继他三个月前的品瓷之语后，再一次为他的话语所震动。

朱见濂又笑了，这一次的笑容，舒心且熨帖，他满意地点点头，指指她的小碗："话讲完了，你接着吃，等吃饱了，我派人送你回去。"

沈瓷顺从地扒饭，小口小口地咀嚼，脑海已随着这一开一合的节奏，将他的话语刻下了。

而小王爷的手肘倚在桌上，又给自己倒了一觥酒，仰起头，透过觥足与虎口之间的缝隙悄悄看她。他想，这是他能够给她的弥补。他做了这件事，说了这席话，从今往后，大抵便对她没有亏欠了。

沈瓷和小王爷的酒席散了场，杜王妃院中却是不安生。

夜色从窗外压上来，杜王妃紧握着木椅的扶手，任凭冷飕飕的凉风直往口鼻中灌，喉咙里像是有钝刀子割着似的。

"好好的一盘局，没想到却被子衿搅乱了。若是没有她掺和进来，此事还能对朱见濂造成更大损伤。"杜王妃神色黯黯，语气愤然。

一旁的丫鬟碧香见状，连忙道："王妃莫气，这次失了机缘，总还有下次的。"

"说得轻巧。"王妃沉下一口气，叹息道，"王爷这样护着朱见濂，什么时候才能再寻得机会。"

碧香闻言，思忖半晌，又道："回禀王妃娘娘，自从上次您提及原王妃李氏与王爷的感情一般后，奴婢回去想了想，又特地去找府中旧人打探过，虽然不知这情报有没有用，但……"

杜王妃眼前一亮，道："直说无妨。"

碧香依言道："奴婢发现，不光王爷和李氏感情一般，李氏同朱见濂的感情也寡淡得很，听从前李氏的丫鬟形容……这母亲对儿子，甚至有些反目成仇的意味，总是故意爱答不理。”

杜王妃抬头看看碧香：“哦？是吗？这就更奇怪了……”

碧香道：“奴婢也觉得这其中似有蹊跷，不过曾经伺候李氏的旧人还算训练有素，不肯吐露太多消息。后来奴婢用钱买通了几人，才有人稍稍透露，说李氏尤其害怕见到一个叫夏莲的侍女，那是王爷身边的人，明着是个不起眼的侍婢，名号都叫不上，实际上王爷对她心疼得紧，就是朱见濂，暗地里也与她关系好。只不过这人，如今已是赎身返乡了。”

“夏莲？”杜王妃喃喃念道。

“对，就是这个名字。从前不过是个二三等的侍婢，王爷藏得好，瞧不出什么端倪，这次有心打听，才觉出些蹊跷。”碧香压低了声音道，“奴婢琢磨着，这夏莲如今已经返乡，若是能找到她，或许能弄明白其中内幕，说不定还能对王妃您的计划有所助益。”

杜王妃微眯起眼，沉吟片刻，扬起的唇角带了些赞许的意味，颔首道：“好，那这件事情，就交给你去办了。”

沈瓷于三天后，带着竹青搬到了朱见濂院落里的一座偏房。

关于那日的事，沈瓷什么都没有问竹青，竹青便什么都不敢说，有些惶恐，又有些欢喜。欢喜的是，从此她又能和马宁共处一院，偶尔擦身而过，就算是轻飘飘的一个眼神，也能缓解思念；惶恐的是，她总觉得沈瓷必定知晓些什么，那张字条所泄露的信息，怎样看都叫人怀疑。

她决定小心翼翼地试探一番。

“姑娘，你现在已经是小王爷院里的人，怎么搬来以后，从不见他来看你？”一天夜里，竹青一边为沈瓷梳洗，一边问。

“小王爷事务繁多，没有闲工夫。”

竹青又道：“之前似乎也没见姑娘和小王爷往来，若不是出事那天小王爷突然出现，我还真猜不到的。”

沈瓷在镜子里抬眼看了看她，思索良久，徐徐地、一个字一个字地说道：“所以，那样的事情，也只能发生在那一次，之后便不会再发生了。”然后转头看着竹青，唇角勾起一丝笑意，“你觉得呢，是不是这样？”

竹青心里“咯噔”一下，近几日的揣测愕然成真。沈瓷从前的小院只寥寥住了两个人，出了这样的事，她怎么可能猜不到呢？

竹青惶恐不已，连忙伏在地上，急忙道：“姑娘，我当真不是故意的。我自以为这件事做得小心翼翼，从未想过会连累姑娘……”

“你别着急。”沈瓷离开座位，欠下身去扶起竹青，“我知道你并无此意，所以也未曾怪你。我独自一人在王府，有你陪伴，我心里是感激的。”

竹青的泪水浸了眼眶：“可是……姑娘你如今污了名节，还没了院落。”

“这算什么呢，老实讲，若不是我的缘由，王妃和小姐也不会把我们的住处看得那么紧。现在住在小王爷的偏房里，也省得她们再来找事。”沈瓷笑笑，“至于名节，我不是不在意，只是跟如今的境况比起来，并不太重要了。”

竹青抹了一把眼泪：“姑娘当真不怪我？”

“不再有下一次，便不怪你。”

竹青连忙叩首：“是，是，竹青谨记，必定不会再有下次。”

沈瓷点点头，似乎是对这个答案满意了，拿过竹青手中的梳子，笑道：“好了，你休息去吧，挺晚了。”

竹青屈身退下，眼里还含着泪。她迈出门槛，又替沈瓷仔仔细细地掩上门，默默想着，自己这个主子，没有身份，没有地位，言语不多，可是心底是宽容的。若是放在别的主子身上，别说替她隐瞒，就算掉层皮都是轻的了。

她想着想着，不知不觉便有了几分亲近之意，忽觉待在沈瓷身边，踏实而安稳，她是个可以交心的姑娘。

而此刻的屋内，沈瓷呆呆地对着面前的铜镜，又回忆起竹青方才问她的话。

她的确没有再见过小王爷。

虽然处于同一院落，可她搬过来的这几日，两个人却连偶然的碰面都不曾有过。自那夜的长谈后，他似乎已经忘记院落里多出了这么一个人，只有管家还惦记着这偏房里的衣食住行。

沈瓷想，他或许真的只是举手之劳，过眼便忘了。即便如此，却也禁不住时不时地，开始在脑海里想起这个人。

朱见濂这几日颇为心塞。

院子里多了一处偏房，虽然行事并无差别，但两个人如今的相处身份，终归有些尴尬。朱见濂找马宁探查过，沈瓷每日的生活相当规律，上午同孙玚先生学画，下午便待在她那瓷窑里，于是故意与她的出行时间错开，也省得见了面，令她无所适从。

这种情况持续了整整半月，直到某日下午，朱见濂在院中偶遇了正在散步的孙玚先生。

“小王爷，有些日子没习画了。”孙玚先生还是一副悠闲模样，看着他笑道。

朱见濂略觉尴尬，解释道：“前些日子，见您正在教舍妹和沈姑娘，她二人基础薄弱，需您分担更多时间。适逢前些日子寻得几本古籍，看得一时忘我，稍忽略了丹青之习。”

“也罢。”孙玚先生摆摆手，道，“令妹两周前弃学了，沉不下心，不适合习画。沈姑娘倒是一根好苗子，进步飞速，不会拖累你的。我的精力对付你们两个学生，绰绰有余。待明日，你若得空儿，便来画室吧。”

话说到这个份儿上，朱见濂亦不再多言，揖手道：“那便辛苦先生了。”

次日，朱见濂如约前往画室。

孙玚先生还没来，沈瓷早已等在那里了。她正翻看着孙玚先生收集的名家画作，一头青丝搭在素白的衣裳上，显得黑者愈黑白者愈白，本是淡雅的衣饰，却又在淡雅中，夹杂了说不出的点滴妩媚。

如今冬日即将过去，春色刚起了头，门外的日影携着初开的花影扑入阁中，融着和风煦煦，掀起一阵翰墨香气。朱见濂看着沈瓷的目光在画上凝视良久，忍不住笑道：“沈姑娘可曾看出什么心得？”

沈瓷的身影微微一僵，回过头来看见是朱见濂，心底便收紧了。她想了片刻，不知怎样说才能令他满意，遂小心回答道：“心得不敢说，只是琢磨到了几分感觉。”

朱见濂闻言，倒似起了玩笑心：“感觉就更不好说了，只可意会不可言传，不如你随意画幅小画给我看看。”

沈瓷听他言语中并无刁难，应当是随性之语，略一思忖，拾起案上的画笔，勾勒出山石兰草，又在一旁绘了只紫貂。

朱见濂瞧着她的笔法，发现她的线条勾勒虽然是传承的孙玚先生，着色却更加简单秀美。孙玚先生的丹青是浓厚华丽的，需要反复填彩，旨趣浓艳。而沈瓷的设色清雅，填色分明，明显更适合绘于陶瓷之上。

他心里一动，这个小姑娘，习画还暗地里琢磨着变通，果然是为了画瓷而学，不过，还算是聪明。

“你倒是不错，学了三个月，就能画成这个样子。”

沈瓷脸一红，道：“从前在景德镇，跟着父亲学过画瓷，不过都是些简单图样。”

“幸得孙玚先生最擅花草禽鸟，而非水墨山川，于你画瓷大有裨益。”小王爷直言不讳地点出精要，又指了指画道，“这紫貂不错，还养着吗？”

沈瓷一听小紫貂便笑了，说话也忘了顾忌：“养着的，如今已是长得滚圆滚圆，小王爷若是想念，平日里也可去我那儿看看它。”

朱见濂闻言，嘴角轻轻抽搐了一下：“想念紫貂做什么？我又不曾养过。”

沈瓷看他神情，方意识到自己话语的僭越。那点天真烂漫的本性刚一显露，便又瑟缩回去，再次成了缄默不语状。

谁知朱见濂话还没说完呢，又看了看沈瓷那幅别致的小画，少顷，才慢慢道：“紫貂我没兴趣，不过今日下午，倒是想去你的小瓷窑瞧一瞧。”

沈瓷一愣，顿觉措手不及，抬头望向朱见濂。他也正巧将目光移过，视线不经意地便撞上了。这一撞来得偶然，撤回反而显得唐突，便这样定定看了半晌，直到沈瓷觉得掌中画笔都似发了热，才将目光移至朱见濂的胸口，低低答了一声“是”。

当日未时，朱见濂午间小憩后，便往瓷窑方向行去。

瓷窑所处之地较为偏僻，待接近之时，路过的下人们都已看出他的目的地，有掩不住情绪的，竟露出几分意味深长的笑意来。朱见濂不予理睬，也并不介怀，眼观鼻，鼻观心地信步走去，视周遭的议论如无物。

朱见濂迈入瓷窑之时，沈瓷正专心致志地拉着坯。

前些日子，她刚完成了瓷泥的淘炼。冬末的天气，得把手放在又脏又冷的凉水中，一次又一次筛选出颗粒杂质，才能淘炼出精细的瓷泥。由于缺乏人手，沈瓷和竹青只得自己不停地揉搓、踩踏，费了大力气，才把瓷泥揉制成坯料。从前在景德镇，这种粗活都由雇用的工人做，可当下时势不同，一切都得亲力亲为。

如今，虽是过了揉泥的第一关，但拉坯亦不轻松。

沈瓷所购的拉坯工具，是靠转轴边上的摇杆驱动的。她坐着小凳，将坯料置于辘盘之上，边从桶里蘸清水，边在不停转动的坯料上操作。而竹青则坐在一旁，摇动转轴边的杆子，令辘盘转动起来。

两个人太过专注，以至于朱见濂来了，都未曾发觉。他也不惊扰，觉得这拉坯颇有意趣，便在一旁看起来。

竹青毕竟是女子，鲜少做力气活，摇了一阵儿杆，手便酸疼得不行。她虽咬着牙不说，动作却变得迟缓，额头也渗出滴滴汗珠。沈瓷瞧见了，温声道：“你先去休息会儿吧，我自己也能时不时摇摇。”

竹青不知沈瓷如何还能抽得出手，却自知自己已坚持不住，便提议道：“姑娘，你也同我一起歇会儿吧。”

沈瓷紧凝着眼前的柱体，分毫未动：“这立起的坯料离了手，便会塌下来，你先去吧，我没事。”

“那我来帮你！”朱见濂毫无征兆地发了声，音色甚是嘹亮，惊得两个女孩都是肩膀一抖。他兀自暗笑，谁让你沈瓷这么久都没发现有个人在背后，就是得吓吓才长记性。

他坐在竹青方才坐的那条小凳上，颀长的身材便缩成了一团，玉树临风之姿也塌了下来。他自己浑然不觉，还沉浸在方才吓到沈瓷的得意中，伸出手试了试摇杆，便干脆地转了起来。

“小王爷，使不得！”竹青意识到朱见濂所做之事后，连声惊呼。这等下人做的事，怎么能让小王爷亲自动手？她满心惶恐，却发现朱见濂丝毫未动，固执地坐在矮矮的小凳上，好似已玩上了瘾，半晌，才听得小王爷幽幽道：“怎么，我玩玩摇杆都不行？”

竹青连忙道：“行，行，只是……”

小王爷皱着眉头轻咳了两声。

竹青闷下头，彻底不敢吱声了。沈瓷在惊吓之余，再看小王爷无意间流露出的这副神情，心中竟生出几分暖意，面上也不禁带了笑。竹青瞧着眼前两人都是各做各事，无动于衷，突然觉得自己甚是多余，只得默默地再搬了个小木凳，跑屋外歇息去了。

轴轮旋转着，牵动起纤纤素手中的坯料。朱见濂刚刚被竹青阻拦时，心里的那股劲儿也冒了出来，把摇杆转得飞快，竟将坯料中的几点泥渍甩了出来，溅在了自己脸上，像只故作正经的大花猫。

沈瓷见状低笑，看着朱见濂眉心的一处泥渍，不由得想起了前尘往事，笑道："记得从前，小王爷在店铺内侃侃而谈时，我当真以为是遇见了行家，原来是个连拉坯都不懂的，泥点子都甩出来了。"

她说的是调笑话，往常朱见濂遇到这般情势，必定要回击几句，这次却丝毫未觉难堪。他想，她竟是记得他，在灾祸发生前便记得他。这多多少少带给他一些柔软的情绪，手中的摇杆随之稳定下来，一圈一圈，均匀地转动着。

沈瓷心底欢愉，手指也愈发灵动起来。她用双手扶住柱体，往中间不停地推挤，坯料向中央隆起后，又将拇指放在边侧的窝内慢慢地下压。

沈瓷拉的是一个圆碗，她的动作很慢、很轻，还有些不太熟练。从前在景德镇的瓷窑里，虽然看父亲做过许多陶瓷，自己动手的机会却不太多。陶艺，说简单了，只是炼泥、拉坯、利坯、晒坯、刻花、施釉、烧窑这七个工序。可若真实践起来，却需大量的学习和经验。

沈瓷用衣袖拭了拭额头上的汗水，把窝提高，左手探入窝内，右手扶在外沿。两手四指相对挤拉泥窝，使外延变得更薄，不久后，终于捏好了一个敞口碗。碗沿向外翻起，流畅圆润，透出一点儿精致。

朱见濂在一旁看着，只觉拉坯新鲜有趣，顿时起了玩心。

"我来。"他站起身，强行霸占了沈瓷方才的位置，然后指指一旁的摇杆，"你来转这个。"

沈瓷被他挤在一边，暗地里却笑了笑。朱见濂没有丝毫经验，她料定他会做得一塌糊涂，却也乖乖地坐在旁侧，一句话都不叮嘱，谁叫他刚才故意吓她来着。

朱见濂挽起袖子，将坯料甩在辘盘的中心，准备将泥土拢成柱形。他聚精会神，屏气凝神，全神贯注。然而，半炷香的时间过去了……

小王爷还没能将陶泥扶正。

沈瓷不动声色地转着摇杆，心里估量着已经让他尴尬够了，若再拖下去，恐怕就成了难堪。她朝门外望了望，用眼神示意竹青过来，将摇杆进行了交接，也没说话，只是扶住了小王爷的手，重新拢起歪斜的坯料。

她的身体尚与他隔了一段距离，可衣料上淡淡的香气，已不受控制地混入他的鼻息。一时间，屋内其余的气味统统敛去，只余下她身上袅袅的香气……以及，她手指冰凉的触觉。

她的手指怎么会这样凉，贴在他温热的手背上，却有一股莫名的熨帖。她和他的皮肤间隙沾了泥，仿佛是一片沼泽，引人沉陷，又游离不前。

沈瓷望着手中不停旋转的坯料，不由得想起从前在景德镇时，爹爹也是这般手把手地教她。他一边牵引着她的手，一边念着拉坯的口诀："逆向发力，由下而上，由外及里。"想着想着，这口诀便从自己嘴里说了出来，化作器物上一道道旋转的纹路。沈瓷恍惚有一瞬间的失忆，仿佛自己仍是景德镇那个不谙世事的少女，不需思考今夕何夕，亦无过往世事更迭。

手中的罐坯渐渐成形，朱见濂却感到沈瓷的手指发起了抖，待雏形初出时，她已没了再拉下去的兴致，手腕一撤，连带着竹青也停下了摇杆。

朱见濂仍觉呼吸困难，亦怕沈瓷看出端倪。待慢慢转回身，看见她满脸不知所谓的恍然，暗暗松了口气，开口笑道："想什么呢？教人拉坯到一半还甩手了？"

沈瓷这才回过神来，只觉心中突突乱跳，低声道："并非如此，只是这拉坯不是一朝一夕之事。我跟在爹爹身边学了三年拉坯，也未能达到应用自如的水平。初学者若能扶正陶泥，已是不易。"

这话给朱见濂拙劣的拉坯技术找了个借口，他觉得舒坦又好笑，摆摆手道："罢了，今日便这样吧。我也不过是一时兴起，眼下得回去了。"

沈瓷低头应道："是。"

然后便没了下文。

朱见濂转身离去，心里还在嘀咕，她难道不应该送送他吗？一个"是"字就把他打发了，像是话说了一半，总觉着欠缺些什么。可纵然他心里这般腹诽，临到门口，还是回过头来，朝里面淡淡说了句："明日，我让下人送一批陶艺书籍到你房里，你这小手艺，还得好好练着。"

酉时过后，沈瓷与竹青回了住处。

竹青掩不住兴奋，轻捂着嘴看沈瓷："我还差点儿真以为小王爷收你做通房，是晾在院子里闲的呢。今日得见，才明白并非如此。"

沈瓷正翻看着一本画技书，抬眼看了看她："小王爷玩性大发，尝尝拉坯的新鲜而已，你想得太多了。"

竹青仍旧笑道："哪里是我想多了？若真没事，姑娘你还能直接上手去教他塑泥？"

沈瓷反问道："我不直接上手，难道还要小王爷先让个位吗？若是如此，他摆出那副笃定的模样，最后连泥都没扶起来便被赶走，必定觉得脸上无光。我是怕得罪他，好歹这样扶起泥，有他的一半功劳。”

竹青想了想，觉得沈瓷说得亦是在理。可她回忆起这两人同手拉坯的情景，仍觉眉目间有温柔流转，看得人心怦怦直跳。她把脑袋摇摇晃晃转了一圈，手指撑着下巴思忖了片刻，又道：“无论如何，小王爷的脾性是真淡定。如今府中的风言风语都快闹翻天了，他还能有闲心同你慢慢拉坯，还吩咐人给你找陶艺书籍，当真不为所动。”

沈瓷眉头蹙起，立刻放下手中的画集，问道：“什么风言风语？”

竹青愣了一下，才道：“都是下人之间传来传去的，毕竟不好听，可能没传到主子耳里。我一不留神就给说了出来，被有心人听到，是会遭苦刑的……”

“我不算是主子，你直说无妨，不会怪罪于你。”

“自然是能同姑娘说的。”竹青如今颇为信赖沈瓷，定下了心，蹲在她身边，轻声道，“小王爷……可能做不成世子了。”

“为什么？”

“小王爷是嫡长子，但并不是王府唯一的嫡子。还有一个，是杜王妃的孩子，早些年被送去京城当质子了。”

沈瓷问：“这跟他做不成世子有什么关系？”

“有关系啊，当时小王爷收了姑娘你为通房后，府中有下人便说小王爷行事散漫、德行放浪。当然，这并不是多大的打击，哪家男人没有个三妻四妾的呢。可关键的是，最近府中又掀起一种说法，称小王爷身世有疑，并非原王妃所生，不配为世子。这不，京城那位嫡次子，不就快顶上来了嘛！”

沈瓷闻言，霎时僵怔在那里，脑中一片空白，似有不安在跳动。

杜王妃的宅院里，这日迎回了一个消失半月的人。

半月前，碧香按照王妃的吩咐，前往夏莲的故乡寻人。如今她风尘仆仆地赶回，竟是带回了出人意料的消息。

“奴婢亲自去了夏莲的家乡，打听了好半天，才有人依稀记起了她。可按照周围人的说法，这夏莲自从与淮王府签了卖身契以后，就再也没回过乡，也没人见到过她任何踪迹。更离奇的是……”

碧香顿了顿，存心卖个关子，杜王妃已是不耐烦道：“说。”

碧香弯下腰，沉声道：“在王府记载的簿子里，夏莲赎回自由身是在两年前的十月。而在十二月，她的老家就有人宣称夏莲被淮王所杀，这人似乎挺想把事情闹大的，还给夏莲建了一座衣冠冢。”

杜王妃惊道：“王爷？杀夏莲？她不是王爷最亲近的侍女吗？”

碧香摇摇头，道：“这种说法，仅是乡人所传，不可全信。更何况当时宣称此事的仅有一人。因此，乡民们听听，也没什么人当真。就算当真了的，因惹不起淮王府，亦不敢多嘴。没过多久，这事便这么过去了。”

杜王妃挑了挑眉：“这便完了？”她背靠木椅，勾起唇角冷嗤道，“然而这其中并没有任何有用的信息，只不过是一通废话。”

碧香此时也不敢再绕弯子了，连忙道：“方才那都是引子，下面的话，对王妃娘娘您大有裨益。”她躬下身子，继续道，“奴婢听了乡人的言论，想到夏莲已死，原本也觉没什么用处，想要打道回府了。可最后多了个心眼，又想去查查那个闹事的小男孩。”

杜王妃轻轻抬了抬眼：“你找到那男孩了？”

碧香摇头道：“男孩虽然没找到，却顺着这条线，从旁人那儿探得了消息。十余年前，夏莲在路边捡到这男孩，便收作了义弟，对他很是照顾。后来因为家贫，夏莲卖身到王府为婢，负责采购王爷的日常用度，每月都会外出一次。她便趁着这时候同这男孩短暂见一面，顺带予他些生活的银两。可是听旁人说，中间有接近一整年的时间，夏莲完全销声匿迹，全靠男孩自己养活自己……我再细问时间，正是朱见濂出生的那一年。”

杜王妃皱眉道：“你的意思是……”

碧香并未直接作答，只慢慢道：“奴婢想，原王妃李氏生得第一子后，便再也没怀过其余子嗣，其中是否存有内情？再者，李氏得了这唯一的儿子，应当金贵得很才是，为何还总是爱答不理？”

杜王妃沉吟片刻，回忆道：“原王妃的态度，夏莲消失的一年，朱见濂对夏莲的亲昵……如此串联起来，的确是值得怀疑。可是，我们并没有任何证据，空口无凭，如何能说明朱见濂并非嫡出？”她想了想，又问，“当初的接生婆子是谁？如今在哪儿？能否买通？”

碧香早已想过此法，先前有线索之时，即差人回府探查过，如今，只得摇头叹道：“不能了，奴婢已探听过，当初的接生婆子，早已不在人世了。”

屋内霎时陷入沉默，杜王妃只觉自己好似走到了死胡同。刚刚看见了一点儿希望，却又阻断在成功的当口。这滋味，比一直不抱希望更令人扼腕，刮得她的心钝疼。

她想起她的淀儿，她的亲生儿子，远在京城，扣为质子。世子的殊荣，本该是属于淀儿的。可是如今，样样都被朱见濂占了先，她又怎能容许自己继续苦苦地等下去？

杜王妃憋着一口气，索性不管那么多了："没有证据，便换一种方式。先把这些疑点一一抛出来，再买通几个府中旧人添油加醋一番。我们不把事情说死了，但要把疑点凸显出来，让闻者自己揣测想象。"

她冷哼一声，指甲深深嵌入皮肉之中："传言乱人心，朱见濂不是偏爱那个叫作沈瓷的民女吗？有一句话，叫作上梁不正下梁歪，他如今这般不顾身份与一个民女在府中放肆，正是遗传了王爷的秉性，与夏莲那侍婢生下了他，还妄想混淆嫡庶。这猜测扩散开，就算是当不得真，也得让他坐不稳位！"

碧香被王妃浑身散发出的狠戾气息震动，连忙跪下叩首："奴婢遵命，奴婢这就着手去办。"

春日迟迟，嫩芽抽新。午后的日晕携着淡淡的和风，扑入阁中，掀起一阵翰墨书香。

朱见濂坐在案前，翻看着眼前一本本陶艺书籍，凭感觉从中择了三四本，交给一旁研墨的丫鬟，吩咐道："你把这几本书送去沈瓷那儿，告诉她，若看完觉着有用，再来找我讨别的。"

丫鬟领了吩咐，依言退下。出了阁门，却见秋兰静立一旁，似在思索些什么。

秋兰虽然也是朱见濂身边的侍婢，地位却不容小觑。这些年，她全心照料朱见濂，虽然年近三十，却仍未婚嫁。自从几年前夏莲赎身返乡后，秋兰便被淮王调到了朱见濂身边，成为他身边为数不多的亲近之人。

丫鬟捧着书籍站了一会儿，见秋兰仍沉思，不由得轻轻地唤了句："秋兰姐姐。"秋兰这才醒过神来，看了看她手中最上面的那本《陶艺技法》，心中便有了数，温声笑道："快去吧。"

阁内，朱见濂手执一柄短锋狼毫笔，在洁白的宣纸上随性勾勒。笔下禽鸟逐渐成形，线条流转自如，他停下手凝视片刻，突然禁不住想，若是将此画绘于瓷上，该是如何模样？

秋兰入了阁，瞧着朱见濂执笔沉思，默默走到一旁替他研墨，她一面将磨好的墨汁推入砚池，一面提醒道：“小王爷，如今府中下人言论纷纷，您可曾听说？”

朱见濂正要再次下笔，听得此问，手肘微微一僵，又不动声色地继续落笔道：“听说了，无妨。”

秋兰心里替朱见濂着急，面上却又不敢表露过多，她将清水慢慢滴入砚面，同时琢磨着怎样开口劝他。

如今，小王爷的身世之疑传得猖獗，若是明令禁止，恐怕会适得其反。可若是任其发展，那么他的世子之位，也便摇摇欲坠了。

秋兰眼里出神，心中却是叹息，小王爷如今还有闲趣作画，难道只有自己才这样着急吗？这些年她全心全意照顾他，如今到了紧要关头，小王爷能不能听她一句劝呢？

谁知静默了半晌的朱见濂在纸上点了一滴黑墨，便将手中的笔搁下，侧头看着秋兰道：“你是不是听七嘴八舌的言论说我不配当世子？希望我想办法保住世子之位？”

秋兰愣了一瞬后低声道：“……论嫡庶长幼，那位置，本就应该是您的。”

“可我真不稀罕，无非是个名号而已。说到底，父王作为藩王，又能有什么实权？自永乐以后，藩王分封不赐土，不过是顶着个爵位，还要时时遭受皇上的忌惮。地位是高了，但于我而言，便如同富贵犯人，无趣得紧。”

秋兰抬头望了他一眼：“那小王爷对下人的不敬私语，就完全不介意？”

“心里不舒服是有的。”朱见濂道，“可是听了那些疑点，任谁也不能不怀疑，连我自己也忍不住想……母妃从前总是一副郁郁寡欢的样子，是不是正因为我原本不是她的孩子？”

秋兰闻言大骇，心慌得快要跳出来，音调也不禁提高了几度：“小王爷，不可相信这些胡言乱语！”

“开个玩笑而已。”朱见濂笑笑，但那笑只不过是轻轻牵动了嘴唇，辨不清是真是假，“有人为了夺世子之位，不惜混淆视听，这个道理，我是懂的。”

秋兰暗暗松了一口气，接着便见朱见濂顿了顿，抬起眼看她：“你来便是要问我这些吗？若是这样，如今问完，可以退下了。”说完他摆了摆手，又低头在宣纸上勾勒起来。

秋兰却是纹丝不动。

今日她来，是有任务在身的，尚未达成，便还不能离开。

秋兰手中攥着墨锭，身体还僵直着，慢慢抬起眼，想到自己即将要说的事，目光变得冷静镇定：“小王爷您不同闲言碎语的人计较，是您宽宏。可就算被蒙蔽者无罪，这传出事端的人，可不能这样放过。”

朱见濂被秋兰冷静的声音震动，愣了愣，这才抬起头来看她严肃的脸，道：“你我都清楚此事一出，谁获益最大，但以她在府中的地位，无凭无据，不可谬言。”

“不是谬言。”秋兰已经完全褪去了方才的惊惶，她本就是精明的人，只在小王爷对自己身世有所怀疑时，才不可抑制地心慌意乱。她眯起眼，两片薄薄的嘴唇微抿着，沉声道，“杜王妃的长子虽然被送去了京城，但这些年她掌管着王府的账目，可没少给自己捞好处。您可知她从府里提走了多少钱？”

朱见濂看着她，没说话。

秋兰伸出三个手指头：“大手笔的，有三次，小的更不计其数。更重要的是，她悄悄变卖了王爷的两处田产，上个月还卖了淮王的一处庄园，把得来的金银全部私吞挪走了。”

朱见濂听出不对劲了：“她挪去哪儿了？”

“还能挪去哪儿，挪回了杜家呀。”秋兰道，那双眼焕出了光，已在想象中将杜氏彻底击垮，“几年前杜家势力强大，王爷在李王妃去世后，便将杜氏扶正。可近两年，杜家生意不稳，日渐衰微，还得靠杜氏挪走淮王府的钱维持着。如今的权势，已无须忌惮。”

朱见濂蹙眉：“父王俸禄丰硕，既然之前无人发觉，说明也不是极大的数额……”

秋兰嗤笑：“所以，这事，说大也大，说小也小。王爷有那么多田产店铺，她一个小小的杜家，再贪心也吞不下太多。可若是这不守妇道的帽子扣下来，便是大事了。”

朱见濂心口一悸，定定地看着秋兰，觉得此时的她精明又强势，再不复平日的谨慎模样，不由得道：“你是怎么知道这事的？”

“奴婢在府中多年，也探出些门路，绝对属实。”秋兰不愿纠结于这个话题，又把话头挑了回来，继续道，“小王爷，如今您正在风口浪尖，下人们虽然嚼舌根，但也知道这背后得利的人是谁。若是这个时候揭出此事，指出杜氏对淮王府居心不良，许多问题便可化解……”

朱见濂沉吟片刻：“你是让我同杜王妃挑明了，拼个你死我活？”

“不，没有什么你死我活。”秋兰眸色沉沉，一字一字地吐出，“世子之位仍是你的，而她，身败名裂。”

朱见濂没有再说话，低下头去，看着方才点在纸上的那滴黑墨，浓稠如同深不见底的洞，浸入浸入，直让人看不清前路。

秋兰从小王爷的阁中出来，并未直接回到住处，她左右看看，瞧见四下无人，低着头走出了院落。

有人还在等着她的答复。

穿过游廊和厅堂，她在东侧一处偏僻的阁楼前停下。这是淮王私有的藏书处，平日鲜有人至，如今门半掩着，似等待着来人。

秋兰跻身进去，看着前方负手而立的背影，低声道：“王爷。”

“都同他说了？”

“您交代的，都说了。”

“什么态度？”

秋兰斟酌道：“小王爷没答话，闷着头不语。可依奴婢对他的了解，怕是不屑于做这事的……”

里面的人闻言，陷入沉默，良久，才深深叹息道：“让他再好好想想，若是仍旧毫无动作，我择日再亲自动手。”

王府内部，如今已是暗潮涌动、诡谲起伏，这一切沈瓷却尚未知晓，只安心做着自己的事情。

春灯沉醉，她捧着朱见濂送来的书籍，在烛光下细细地看。陶瓷业的专著原本便不多，精细的便更少了。从前在景德镇，也多靠师傅实践引导，阅读的机会并不多。

淮王府藏书丰富，某些民间难寻的书籍，在此亦能寻得。沈瓷从朱见濂送来的书籍里，发现了一本异常珍贵的《陶记》，竟是详细记述了各种陶瓷原材料的等级、来源，上釉的技法，器物的式样，就连烧制程序与火候掌握都有详细记载。

她惊喜不已，抱着书便不撒手了。直到烛光渐淡，才暂且合上书卷，用案上的剪刀除去已烧得卷黑的烛芯，又将烛光挑亮了一些。

摇曳的烛光下，室内一片清静。沈瓷读得入了迷，突然听见门外的竹青惊叫一句："小王爷，您怎么来了？"

朱见濂这几日颇有些忧悒，他记挂着自己的身世，又时不时想起秋兰的言语。虽暗笑自己思虑过多，徒劳无益，但终究有些心乱。遂趁着月华清风，在庭中信步漫走。初春的夜晚，还携着点儿冬末的凉意，风扑在后背，寒气像细针一样刺着皮肤。朱见濂抬起头来，才发现不知不觉已走到沈瓷的居处，瞧见屋内的灯还亮着，便索性走了过来。

沈瓷听得竹青的呼声，忙合上书卷，站起身同朱见濂行礼："小王爷。"

朱见濂点点头，看了一眼她案上的书籍，笑道："姑娘这么晚还看书呢，真勤快！"

"闲来无事，没别的事可做。"

朱见濂倒是不客气，径自坐下，映着烛光读了几行，问道："有用不？"

沈瓷知他指的是陶技书籍，答道："有用的，这还得多谢小王爷。"

"无妨，举手之劳。"

小王爷重新将目光投于纸上，但这次看了两三字，便觉无趣起来。静夜深深，他抬起头打量沈瓷，两个人之间，唯有跳动的烛火晃来晃去。

沈瓷身着墨蓝色软绸罗衣，一头乌发盘成桃心髻，鬓上斜斜插了一支白玉孔雀簪，细细的流苏垂下，映在烛光里，微微颤动着。他看着那轻晃的珠穗，一时恍了神，心神也摇曳起来。

被他看得久了，沈瓷有些不自在，偏过了头去。朱见濂这才回过神，掩饰住内心的迟疑，笑道："你接着看书吧，我只是随意看看。"

他心中仍是不安，总觉得想要再说些什么，却又不知从何说起。站起身，方要告别，忽听得窗外一阵黄莺啼鸣，他随口胡诌道："这鸟儿深夜不睡，想必是个满腹心事的。"

沈瓷觉得今日小王爷有些奇怪，仍是那副清朗的面孔，眉目间却像是染了霜，带着淡淡的折痕，不由得轻问道："小王爷今夜有心事？"

小王爷一愣，他当然不会承认自己隐含的倾诉欲，立马矢口否认，嘴硬道："你不必自作聪明，我能有什么心事？"

话音落下，沈瓷却好似没听到一般，朝门口踱了两步，朝外叮嘱道："竹青，时间差不多了，去厨房把我做的梅花董糖取来。"

竹青低低应了声，不久便把一盘精制的董糖摆上了案几。其形一寸见方，色白微黄，带着些许旋状纹理，看起来甚是诱人。

沈瓷笑了笑，似乎已经忘记方才的话题，也不再揭小王爷的短，兀自拿了一颗梅花董糖放入嘴里，甜蜜便溢在脸上，眼角唇角都是弯弯，掩不住小小的贪婪和回味的笑容。

待吃了两颗，她抬眼看到朱见濂仍是绷着脸，便拿了颗糖递到他面前，笑道："吃呀，别的甜食我不会做，就会做董糖，您可别嫌弃。"

朱见濂迟疑了片刻，还未作出反应，沈瓷已把董糖塞进了他嘴里，然后装作没事人的样子，低下头接着品尝。

"你，你大胆……"小王爷的嘴里塞了糖块，说话也含糊不清，刚要斥责她不懂规矩，音调却是越来越弱，最后竟完全没了声。

一股酥软甜香的味道霸占了他的味蕾，他嘴里是酥甜，眼前则是小姑娘弯弯的眉眼和笑意，先前的满腹心事都转了空，化作满口惬意的喷香。

"你自己做的？"朱见濂品着口中浓香，甜而不腻，糯而不黏，酥而不碎，连心情也舒朗开来。

"这是我唯一拿得出手的，好吃吧？"沈瓷笑道，"花汁融化在露液中，再配以焦屑、芝麻、麦芽饴糖和独家秘方，才能有这个滋味。"

"问你两句，还挺得意的啊。"朱见濂嘴上这么说，手又拿了一块董糖放入口中，待其慢慢融在舌尖，甜到四肢百骸都是酥绵。

沈瓷看着他心满意足的模样，笑道："今日是我头一次在府中做董糖，小王爷您运气好，踩着点来了，便把我手里的甜蜜滋味分您一半。"她顿了顿，又道，"同样，小王爷您呢，要是有什么晦气事，到了我这儿，也能少一半。"

"呵，小姑娘还挺会讲道理的。"朱见濂这次没有矢口否认，微微一讪道，"我若有烦恼事，你能猜得出是什么吗？"

沈瓷垂下头，真的认真想了想，心中已有了数，道："能猜中一两分。"

"你说说看。"

沈瓷犹豫片刻，低声问：“是因为世子之位？”

朱见濂笑了笑，有意逗她：“便算是如此吧。那你可知府中人，说我不配做世子的证据是什么？”

沈瓷一愣，证据？她的消息都是从竹青那儿听的，说小王爷身世有疑，也只不过是揣测而已，哪里来的证据一说？她只能摇摇头，道：“不知道。”

朱见濂在心底大笑三声，面上已经摆出一副苦恼神情，又开始胡扯了：“这府中都已经传得沸火滔天，说是因为上梁不正，下梁才歪的。我如今收了你这个小姑娘做通房，便惹得众人说是遗传了我父王的秉性。说我父王必定也是因宠爱某个婢女，才生下的我。这下好了，我救了你，父王却被扣了个大帽子，连带着我的身世也受到了怀疑。”他把事件的因果关系倒置过来，连恐吓带忧伤地看着沈瓷，“所以，姑娘你看，之前你听到的谣言，其实都是因你而起。我因为救你遭了这么大的难，你说说，你得怎么弥补我？”

沈瓷已是听得呆了，这些话，她从来没听竹青说起过，还来不及细想，只看朱见濂一脸关切的神情，便已然当了真。

“你、我、我不知道会这样……”她指尖绞作一团，拼命想着弥补之法，一时间结巴了，规矩也忘了，“那，那你真当不成世子了？”

“说不准咯。”朱见濂又拿了一块董糖，这次他未等糖细细化开，便在嘴里嚼得嘎嘣脆，面上还要摆出一副苦大仇深的样子，只觉自己都快绷不住了。

沈瓷却是真的急了：“那我……我去解释，说小王爷您只是心善帮我一把，让他们不再污您的名声？”

朱见濂抬眼看看她：“说出来了，那你怎么办呢？”

“我可以再想办法。”

“你必定会被逐出王府，那你的新瓷窑呢，孙玚先生的画艺呢，你不要啦？”

她有片刻的犹疑，然后轻而坚定地“嗯”了一声。

朱见濂本是想逗逗她，此时心里面竟有些微微的震动：“为了几句谣言，你甘心就这样离开淮王府？你爹的愿望呢？”

沈瓷咬咬牙：“若不是小王爷出手相助，这些或许已经没有了。”

朱见濂再也憋不住，被她的话逗得仰头大笑，却又在笑中，掺杂了几分感动的酸涩："姑娘，你傻了吧？脑袋抽筋了吧？你才多大点儿能耐，怎么可能凭几句话就撼动得了淮王世子的位置？想动手脚的人，怎么都能找到理由，这也不过是借以渲染的小小借口，无关紧要的事，还真以为你自己作用多大啊？"

"……"沈瓷看着他，还没回过神来，呆呆站在原地，夹着肩膀，瞪着眼睛，身上罩了件薄薄的软绸罗衣，整个人空荡荡的。

他一见她这副样子，就心软起来，觉得自己玩过了头，心中况味复杂，声音轻柔道："姑娘，从那天晚上我就告诉你，别觉得欠我人情。我这是为了维护父王的名声，免得人家说他忘恩负义。还有……我心里面，也总归能好受些。所以，我其实是为了自己，你不用弥补什么，我刚才开玩笑呢，你可别再当真了。"

沈瓷理了理思路，看着他慢慢问："所以，府中下人说你身世有疑，其实不是因为我？"

"自然不是。"

"你父王被扣上帽子，也跟我没直接关系？"

"没有。"

沈瓷彻底明白了，合着他刚才逗她玩呢。她想生气，却是一点儿气都没有，因为她透过摇曳的烛光，看到朱见濂不经意透出的眼神，那双点漆般的眼睛望着她，竟是写满了柔软和感动。

只一瞬，她心中方才升起的腾腾怒火便尽数灭了下去，再盛的气焰都已偃旗息鼓。她朝前走了两步，瞥见桌上还余下最后一块梅花薰糖，想了想，伸手把它掰开，递给朱见濂一半。

"喏，小王爷，最后一个了，分您一半。"她静默片刻，待朱见濂接过后，又轻轻补了一句，"若是您觉着好吃，以后我做好了，再邀您过来坐坐。至于来不来，在您。"

听了这话，朱见濂正放入口中的薰糖便卡住了，他"噌"的一下从座位上站起，突然觉得自己应该再多同她说句话，告诉她不要担心，告诉她只要安心制瓷，再过得开心一点儿，便能一切都好。可是话到嘴边，却被口中酥甜的滋味黏住了。他呆了呆，自己都不知道自己在做什么，终究还是什么都没说，轻轻点了点头，转身去了。

朱见濂离开沈瓷的住处，再抬头看天，觉得月已不似月，倒像是一簇昏黄的烛火，女子簪上轻轻晃动的流苏映在眼里，明明灭灭，仿佛眼前仍是伊人粲然的笑靥。

他闷闷地回到自己房中坐下，已分辨不清自己到底是在想什么。一面反省自己真是作风散漫，世子之位悬而未决，他自己本身并不在意，可别的人却当作要紧事来看；另一面，他又觉得有些庆幸，自己为了缓解愧疚帮了沈瓷一把，本来也没什么用意，可这姑娘却记在了心里，真诚地感念着。她做的点心可真甜啊，那叫什么呢？梅花董糖。他记住了这个味道，口舌间余香仍在，满腹心事都在她弯弯的眉眼里化解，却又因着这眉眼，涌出了新的遐思……

又过了几日，他在画室再次看到沈瓷时，她正同孙玚先生拿着几张图纸，聊得不亦乐乎。

朱见濂习画早，如今的水平已是挥洒自如，加之平素里还有些别的事情要做，并没有每日都到孙玚先生这儿来。相较起来，沈瓷的日子则是纯粹得很，每日早晨准时到孙玚先生的画室报到。她画资聪慧、思路活络，久而久之，自然得到了孙玚先生的喜爱。

“在瞧什么呢，这么专注？”朱见濂站了片刻，见这两人依然没发现他，开口问道。

沈瓷抬起眼来看他，微微颔首答道：“回小王爷，同孙玚先生讨论几幅简单的小画，准备画在瓷上的。”

朱见濂突然想起那根辘盘连着的小小摇杆，问：“你的坯都拉好了？”

沈瓷笑道：“近日琢磨出了些手感，拉坯也出了几个比较满意的。”

朱见濂点点头，凑过去看她手中的图样。瞧起来都不复杂，但贵在意境。四方连续古钱锦纹，纹饰结构严谨，华锦富丽。以勾线填染之法绘出海水江崖、折枝冬梅、瑞气祥云和山中飞雁，是颇有灵气的画作。

“这几幅图样虽简单，但对线条的流畅性要求高。若是真能在陶瓷上原样画出，应当是不错的。”朱见濂中规中矩地评价着，心里已有了几分赞赏。

“从前在景德镇，我练得最多的就是画瓷，比起我拉坯和淘泥的水平，还是要好一些的。”沈瓷浅浅一笑，道，“不过，这画在瓷上与画在纸上，区别很大。色料在高温烧制前后的颜色，是完全不同的。烧制出来以后，颜色肯定同图样有差异。所以画瓷时，想象力也很重要，得预见到烧制出来后的颜色。”

孙玚先生听着，不禁抚了抚胡须，道：“哦？之前倒没想过这点。”

“不仅如此，图样虽是在一张纸上，却不能把陶瓷当作一张卷起来的纸。不同的器形涉及不同的构图形式，有些图案在纸上很美，一旦立体化，就体现不出优势了。”

孙玚先生抚掌笑道：“瓷画上，我懂的倒是没有你多。但是，构图原本就是绘画的一部分，掌握了技要，无论何种载体，都有相通之处。”

沈瓷脸色微赧，应道：“先生说得是，终归是练习和琢磨的过程。”

三人说得颇为投机，正在兴浓之时，忽见秋兰慌慌张张跑进来，气息都没喘匀，张口呼出：“小王爷，府里出事了！”

她跌跌撞撞，一个趔趄，险些扑倒在朱见濂面前。他伸手扶住她，皱眉问道：“出什么事了？你慢慢说。”

秋兰站稳了，稍稍喘了两口气，连忙将今日之事一一道来。

大致的情况是，今日清晨，王府外来了一队闹事的人，堵在淮王出行的路上，要讨个说法。淮王重名声，大庭广众之下，便停下来听了听。这些人声称，淮王做买卖不仁义，以高价卖了一处绿林山庄，说得天花乱坠，什么环境清幽、风水上佳，接手之后才发现，这山庄阴气极重，邪祟四起，从前是死过人的。老板接手此处，原本是准备用来招待客人的，结果这山庄时常闹鬼，半点儿生意没有。这不，找淮王来了，指责他买卖前隐瞒实情，凭着身份哄抬价格，他们要讨个说法。

淮王听领头的说了那山庄的地点，的确是自己名下的，甚至是他早年颇喜爱的一处，却是愣了愣道：“我没允许过卖那山庄啊。”

这下，两队人马大眼瞪小眼。那领头的一怒，拦在路中央，随身便掏出地契，白纸黑字，果然在一个月前，这山庄就从淮王名下，转到了这人名下。

淮王吃了瘪，想发火，碍于人多，只得顾着名声，赔了那人一笔钱，终于体面地把这事了结了。可是一转身，立刻大发雷霆，勒令管家严查府中的账目和地契。虽然目前还没查出头绪，但秋兰和朱见濂心底都知晓，这事，终归会查到杜王妃头上……

朱见濂听完，看着秋兰，脸色微沉：“这事是你的手笔？”

秋兰一愣："小王爷以为，是我故意找人来闹事，要拆杜王妃的台？"

朱见濂观察着她的神情，慢慢道："这事情太巧了，对方不光知道父王出现的时间，清楚他好名声的脾性，还能在产生纠纷时，随手就把身上的地契拿了出来。更何况，杜王妃不是傻子，卖山庄时必定有过叮嘱，这么快就生了事端，多半是有人用更高的价买通了……"

秋兰苦笑："我倒是想这么做，但未经小王爷应允，奴婢怎可能擅自行动。"

朱见濂一想，秋兰的确没有足够的财力和威望买通对方，不禁皱起眉头："那会是谁呢……你那日透露给我的事，还有谁会知道呢……"

沈瓷在一旁听完，默立良久，突然道："我倒觉得，这事像是小王爷您做的。"

朱见濂立刻否认："不是我。"

"我知道不是您，看您方才问秋兰的话便知。"沈瓷道，"可是，别人并不知道。这事太巧了，发生在这个当口，抹黑了杜王妃，刚好可以洗白您的名声，任谁听了都觉得，这其实是小王爷您在背后使的招数……"

朱见濂回过头一想，似乎真是这个道理。眼下看来，的确他最有动机做这件事，也丝毫不缺买通的金钱和地位。想至此，一股不安的感觉腾腾蹿上他的胸。

而下一刻，这不安立刻便成真了。话题的主角杜王妃带着丫鬟碧香，怒气冲冲地闯入了画室，阴阳怪气地笑道："这么热闹，都在呢，我的好濂儿，多日未见，母妃可想你得紧。"

朱见濂站在原地，被动地作揖行礼，眼神却还没对准焦距。杜王妃以前从未主动找过他，这个时候风风火火地奔到画室，怎么看都不是好事。

杜王妃笑着，两颊带起夸张的颤动。她穿着一身华美的衣裙，头上的双凤衔珠金翅步摇精致而贵气，却是没在发髻上插稳，松松地斜耷下来，随时都有跌落的可能。

"濂儿在这儿同孙玚先生学画呢，真悠闲呀！"

朱见濂看她来势汹汹，斟酌道："是的，尚有不足，需向先生请教。"

杜王妃撑着的笑脸一丝一毫都没褪下："不足？小王爷你哪能有什么不足的？什么画作你不会呀，什么事情你不做呀？哟，瞧瞧，你的通房小姑娘也在这儿呢，敢情从瓷窑发展到画室来啦，也不怕先生笑话？”

朱见濂听她嘴里字字句句都是刺，一瞬变了脸色，冷嗤一声：“这些琐事，就不劳烦王妃娘娘您操心了。”说罢，转身便要离去。

杜王妃却是毫不客气，一把抓住他的袍袖，冷冷笑着，言语像是从刀尖削出来的一般尖锐刺耳：“濂儿这就走了？还没同母妃说几句话呢，莫非是心虚了？呵，你要真是李王妃的儿子，还害怕子虚乌有的谣言不成？”

朱见濂不想理她，如今这是个被逼到狭路上的人，若斗起来，是会跳墙的。可是杜王妃的一字一句，矛头直指着朱见濂，已让秋兰的忍耐到了极点，一时间，秋兰索性也不管尊卑了，跳出来挡在杜氏面前，只顾着为朱见濂出气：“王妃娘娘，事情被揭露，您不想着去账房弥补，不抓紧去疏通关系，费劲在这儿做什么？您是挪用的钱太多补不回来，还是不相信王爷对您的宠爱？在这儿对着小王爷指手画脚，不怕王爷知道后给您罪加一等吗？”

杜王妃闻言，脸霎时就白了。她的嘴唇颤抖，一字一句带着恨意，指着朱见濂的鼻子：“是你，果然是你！”

朱见濂心里一紧，明白这下彻底没法辩解了。眼下淮王还没查清楚幕后主使，秋兰却已经知道了杜王妃挪钱的事，这怎么看怎么像是他早有预谋，再假装自己什么都不知道，已经行不通了。

杜王妃那略微浮肿的眼睛瞪得奇大，咬牙道：“今天那些人是你找来的吧？你花了多少心思，又是闹鬼又是编故事，不就是想抓我的把柄吗？现在你可高兴了，可满意了，对不对？”她眯着眼睛，狠狠地从牙缝迸出话来，“但是，我告诉你，你高兴不了太久，你连自己是什么身世都没搞清楚，等真相大白之日，就是你被扫地出门之时！”

仿佛是为了配合杜王妃宣告的声势，不远处，竟适时响起了一阵混乱的脚步声。

那脚步带着慌张，带着惶恐，又带着被委以重任的沉默，小心谨慎地走到杜王妃面前，来人低头看着脚尖，清晰道：“王妃娘娘，王爷有命，请您随奴才走一趟。”

杜王妃一愣，王爷已经知道了？怎么这样快？她站在原地，不敢前去，却是别无选择。从前她仗着杜家的势力，什么也不怕，甚至借此在原王妃去世后被扶了正。可是如今杜家没落，还真拿不准王爷会如何处置她。

她抚着胸口，在碧香的搀扶下，一步步忐忑行去。待行至房内，行礼起身，偷眼打量淮王，但见他静坐于上，不知何处稍异于常。

淮王静观她片刻，也不忙让座，慢慢问道："王妃可知唤你来是为何事？"

杜王妃心头一凝，忽觉寒风过耳，手心汗湿，仔细斟酌着如何回答，反倒什么也没说出来。

淮王见她沉默不语，忽然笑道："看来是知道了。"他啜了口茶，又道，"本王也没想到，查出来居然是这样的结果。这些年，本王可曾亏待过你？"

杜王妃心想，亏待，当然亏待了，若不是淮王将她的亲生儿子送去京城，她何需如此卖力为家族谋财、为自己留后路？一切不过是未雨绸缪罢了。可是这些话，她不敢说出口，只得憋压在自己的胸口，化作皮肤的阵阵颤动。

她仍沉默，可淮王却知道她心里在想什么。这些年，无论她暗地里如何挪用银两、贩卖地产，淮王都是睁一只眼闭一只眼，直到这次她沉不住气开始滥造朱见濂的流言，选的还是他最敏感的话题，他才终于出手。忆及此，淮王心中不禁生出悲凉，他们原本不必如此的。可是……还曾有另一个女人，他更加对不住。可他无力出手替她报仇，便只能保住朱见濂，以佑她在天之灵。

他凝神，再看了看杜王妃，这个如今已是脸色苍白、大汗淋漓的女人，左右权衡半晌，终还是冷硬道："既然你并无辩驳之语，那亦无须多言了。"

他站起身，慢慢踱至她身边，却没有停留，继续向门外走去，待踏出门槛之时，才果决地甩出了最后的话："从今日起，免去你王妃之位，先去祠堂反省三个月吧。"

杜王妃本以为不言语不争夺，王爷便能看出她的无能为力，从而存下几分恻隐之心。此刻听了这话，简直如五雷轰顶。多年的努力付诸东流，她顿觉眼前模糊，浑身一软，整个人瘫倒在地上……

朱见濂得知此事时，郎中刚刚看完杜氏的病情，称她是受到打击，忧思过重，加之原本就有心脏隐疾，才会昏迷不醒。至于何时能醒来，还要看杜氏自己的意志。

没过多久，杜氏被免去王妃之位的事已传遍全府，下人们在私底下聒噪的同时，有些事情，也如同恍然一般。

“必定是小王爷早就掌握了夫人的把柄，夫人才制造这么一出传言，想要打击报复。”

“是呀，谁是嫡谁是庶，王爷心里必定是清楚的，哪能那么容易混淆？”

“之前说王爷那个婢女叫什么？夏莲？若王爷真是钟情于她，怎么会放她返乡？很可能是子虚乌有的事。”

至此，众人才想起，关于小王爷身世的传言，似乎从来没有过实质性的证据。

当然，风向能倒戈至此，跟此次事件后小王爷迅速提升的威信亦有关。所有人都在想，小王爷表面上散漫不羁，什么都不在乎，实际上可阴狠着呢。还没亲自出面，便杀得杜氏片甲不留，以后啊，可千万别再乱说话，免得不小心得罪了他，背地里挨刀子。

朱见濂很快发现了这个变化，从下人们那偷偷揣测的眼神、谨慎小心的动作、微微发颤的语调，觉察到了自己无形间已竖起了一道强势的威严。

虽然，这威严并不是他所愿的。

窗外下着小雨，打在檐上，滴答一点，又滴答一点，被风吹斜了，落在手背上，沁凉的触觉。这凉意从手背起始，渐渐散开，直凉到了脚底，过往的声音、面容、片段纷至沓来，又杂糅成一团，看不真切，也触不明晰。

这场风波有了这样的结局，他理应欢喜，可冥冥之中却似乎有一根线，牵引着他，向那个未知的身世真相摸索而去。

沈瓷身在小王爷的院落中，自然也听说了消息。可是她只听了杜氏的结果，便让竹青歇下了嘴，那些杂乱的腹诽和评论，与她无关。

她还有自己的事情要做。

画瓷是需要全心投入的事，线条刻在瓷坯上，流畅已是不易，若还要飘逸秀美，还需狠下功夫。

从前在景德镇，爹爹最着重教沈瓷的，便是画瓷这一项。她自幼学习画瓷，如今已有十年光景，流畅度是有的，只不过拘于形式，一直舒展不开。待到随孙玚先生学画以后，思维与意境都更上一层，可谓进步不小。

这次沈瓷准备的画样，便是同孙玚先生和小王爷上次探讨的那些。她细细雕刻着瓷坯上的花纹，并适时根据坯形做出相应的调整。如今已至成化年间，用于绘制蓝色的苏勃泥青所剩无几，甚是昂贵。沈瓷手中银钱不多，便选用了较为平价的陂塘青，其呈色淡雅，色蓝中泛着灰青，与勃泥青料的浓艳迥然不同，却自有一份清雅水墨之感。

其时晚照方好，半卷夕阳徐徐铺开，映得碧瓦飞甍流光溢彩。赤红的日光从窗外渗了进来，照在瓷面上，平添出几分意蕴。

沈瓷刚刻完一件细颈瓶的纹饰，感受到这瑰丽天光，再次起了兴致，拿起另一件梅瓶，竟是信手在上面雕了起来。

她的脑海中有一幅清晰的画面。那日，朱见濂令她绘幅小画给他看看，她略一思忖，便勾勒出山石兰草，又在一旁绘了只紫貂。

如今想起那情形，只觉有一股冲动，一定要将当时那幅信手之作镌刻于瓷上，方能化解心中躁动。那聚堵在指尖的线条一道一道绘于梅瓶之上，流畅的，秀美的，透过指尖，抵达心间。

她一气呵成地完成了这只梅瓶的画作，一丝迟滞都没有。待到完成后，她去一旁的清水处将手洗干净，随意在裙上拭掉了掌中的水渍，再回身看那梅瓶上雕刻的飘逸线条，突然滞愣在了那里。

方才的冲动褪去，她突然间意识到了自己藏在隐秘处的某种心思。这心思令她难堪，不可启齿。没有少女心事初萌的喜悦，反倒微微觉得有点儿锥心刺骨的疼痛。

她静了静，默默地把方才那只画好的梅瓶收了起来，也把那微微散开的心思无声地收拢。

待得天晴，沈瓷施了釉，让竹青出门，花钱请了一位把桩师傅入府，帮忙进行烧窑的工序。

烧窑是非常耗费精力的事，从前在景德镇，都是身材强健又富有经验的把桩师傅做，她的经验少之又少，只得寻求外力。

这是沈瓷在淮王府制出的第一批陶瓷，因为原料的限制，总共也只有十八件。不过，瓷的成功与否，与在窑内摆放的位置有莫大关系。摆放在中央的，成功率极高；而边侧的，残次品则较多。这一批器物的数量少，大多都能够放在较好的位置，成品率应当不错。

为了防止陶瓷之间粘连，每件器物都被放置在单独的匣钵之中。此外，在窑炉火口上，还放置了一种检验火候的坯片，叫作照子。

待烧制了半日后，把桩师傅每隔一段时间，便会用铁钩将照子钩出，以检验瓷器的烧制情况。

三天三夜后，把桩师傅停止了烧炉，开始降温，等待自然冷却。

这个过程，最忌心浮气躁。若是冷却失败，釉面便会毁坏，制作一批瓷器的努力也都会付诸东流。

这日黄昏，在瓷窑冷却了一整天后，终于到了开窑的时辰。

按照景德镇的规矩，开窑前需举行拜神仪式。沈瓷领着竹青一早跪在窑前祭拜，这是她来到淮王府后独立制作的第一批瓷器，每一件都倾注了莫大的心血。从前凡事都有爹爹帮衬，如今只余孑然一身，才知诸事不易。但亦是因此，才能在无助和困顿中挖掘潜资，得到如今的机会。

仪式完成后，把桩师傅帮忙开窑，将一件件装有瓷器的匣钵搬出，摆放在一旁的空地上。

竹青兴奋得眼都直了，虽然她未曾制瓷，但这一件件都是她辛苦摇杆的成果，尚未瞧见成品，她不禁攥紧了手中的方帕："好忐忑。"

沈瓷面上不说，心里却是紧张不已。未等所有匣钵搬完，便迫不及待地上前，将成品从匣钵中取出。

烧窑时，窑炉内一个个的匣钵依次排列，处于中央位置的瓷器最易产生精品，而周围那些则要看运气，能达到六七成的成品率，便是不易。器形、火候、釉料、冷却，无论哪一个环节出了差池，都可能发生炸裂或歪斜，从而前功尽弃。越难的瓷器，裂得越多，所承担的风险越大，但价值亦更高昂。

由于数量不多，沈瓷的这批瓷器几乎都被放置在了较好的位置。她将一个又一个的匣钵打开，如同博戏赌物般，指不定手中会开出个何种模样的。所幸，除了两件外围的压手被损毁外，其余品质都不错。

待到开至最后一件匣钵时，沈瓷的心前所未有地怦怦跳起来，她小心翼翼地打开匣钵，取出的，便是那只绘着山石兰草和一只紫貂的梅瓶。

"真漂亮啊！"竹青在一旁低声惊呼，围着这梅瓶转来转去。此物小口短颈、丰肩瘦底，釉面透亮光滑、晶莹如玉，最难得的是上面的图案，线条流畅自如，肆意泼洒，没有半点儿迟滞之感。

不得不说，这件成品，就连沈瓷自己也颇为喜欢。不过，其间亦有不足之处。胎体略厚，缺乏轻薄之感，她的拉坯技术还不够精湛，需得更多磨炼。

“下次还能做得更好一些。”沈瓷坚定道。

“下次？”竹青迟疑了片刻，小心道，“姑娘，光是做这一次，就把我们三个月的月钱全花光了，若不是王爷最初还另赐了些银两，我们这几个月衣食都是问题。”

沈瓷愣了愣，虽然她采购原料时，已经尽量节省了，但若是材料太差，瓷器的品质必然受到影响。此外，烧窑也是一项大开支，不是随便什么木材都能用来烧制瓷器的。此次她选用的松木柴，亦是烧出精品瓷器的必备条件。大火燃了三天三夜，烧的不光是瓷器，还是大把的银两……

可是，今后没钱该怎么办呢？沈瓷心里琢磨着，只思索须臾，便开口道：“不如，我们先把这批做好的瓷器卖了吧，卖了便有钱做新的了。”

然而新的问题又接踵而至，如何卖？她在鄱阳人生地不熟，王府也并非来去自如之地，若单独为此租一处店面，成本未免太高……

竹青眉头紧蹙，亦想到了这个问题。两人沉默良久，竹青忽然眼前一亮，提议道：“姑娘，你想这么多作甚？找小王爷帮忙不就成了？”

见沈瓷仍在小心斟酌，竹青又道：“依我看，姑娘你就把这梅瓶送给小王爷做礼物。恰巧这上面刻着紫貂，小王爷见了，必知你感念着他，兴许一高兴便答应帮你了。要么，寻人替你推售瓷器；要么，在手下的店面腾出一块，专门卖你做的瓷；若是他觉得买卖麻烦，直接自己出资买下，也未尝不可能。姑娘，别犹豫了，您如今也算是小王爷的人，不麻烦他麻烦谁呀？这事，拜托他来做，准没错。”

沈瓷低头，又看了看手中修长短颈的梅瓶。这幅画作本在她的计划之外，如今却成了这批瓷器中最满意的一件。它承载着她晦暗明灭的心思，是她稍纵即逝的妄念，亦是她过眼云烟的记惦。她想，这原本便只是那一瞬的偶然兴起，若是自己不敢直面，反倒显得居心叵测了。

于是她抬眼，轻轻一笑，对竹青道：“事已至此，便依你之言罢。”

待沈瓷对所有成品进行了最后的修缮后，夕阳已是垂落。她将所有瓷器封存入库，只让竹青抱着那只梅瓶，回到了小王爷的院落。

朱见濂此时已扔下手中翰墨，从书房步出，方跨过门槛，便见沈瓷领着丫鬟在书房外站着。

她只穿了素净的衣裳，秘色对襟衣衫，淡绿轻罗长裙，只在袖口用极浅的丝线绣了几道缠枝莲纹。发式亦简单，只用木梳随意挽在脑后，横贯一支碎珠细簪。她静静地站在那里，眼睛看着他，桃花瓣一样的嘴唇，牙齿轻轻咬了咬，竟是朝他笑了。

朱见濂怔了一瞬，鬼使神差走近了，才发现她的侧脸上还沾着些烟尘，想必是刚从瓷窑回来。

他醒过神来，草草瞟了一眼竹青手中的梅瓶，笑问："姑娘做什么呢？脸都没洗干净就跑过来啦？"

沈瓷闻言，下意识摸了摸自己的面颊，又觉于事无补，索性放下手笑道："承蒙小王爷关照，今日刚在贵府烧制出第一批瓷器。虽尚有诸多不足，但颇具意义，特地给您送来一件，聊表谢意。小王爷若是不嫌弃，就请收下吧。"

待到此时，朱见濂才去细瞧那瓶上花纹，隐隐觉得熟悉，半晌后方忆起，这正是那日沈瓷交给他的信笔之作。

一股细细的喜悦攀上他的周身，在如今府中人人惧惮的情势下，她的这份惦念令他心安，微笑亦浅浅地勾勒在唇角。

小王爷心中虽愉悦，嘴上却仍要挑拣几句。他上前几步，细瞧了瞧竹青手中的梅瓶，道："画得倒是不错，可这瓷胎太厚了。"

沈瓷面不改色："小王爷说得是，这拉坯技术还需勤加练习。待有一日我能制出薄胎，若是小王爷赏脸，便再送您几件。"

朱见濂忆起那日的拉坯情景，想到自己连泥都没扶起来，便不再找碴儿，朗声笑道："行，姑娘既然记着我，那我便收下了。"

然而，沈瓷此行，不仅是为送礼，还为求财。此刻见他展颜，适时便开始顺水推舟："不过，这次开窑以后，恐怕要等得许久，才能烧制下一批陶瓷。"

"哦？为何？"

沈瓷蹙眉，故作忧切，叹息道："小王爷有所不知，制作陶瓷成本极高，若要制作精品，花销更大。越好的陶瓷，烧制难度越大，光是这一批资质平平的瓷器，便已花光了小女之前所有的积蓄。小女想要卖掉这批瓷器赚钱，却是形单影只，难寻门路，只能暂且停下，待攒够了钱，才能着手做下一批。”

朱见濂瞧她滔滔不绝，言语也不似平日风格，看出这是变着法找自己讨钱来的，心下暗笑：“姑娘，以前似乎没见你这么会说话啊。”

沈瓷见他丝毫同情都没表露，咬牙道：“那是因为从前还未陷入如此窘境中。”

她这话倒是让朱见濂愣了愣，不由得又忆起他们初见的场景。他想，她这样的人，真正走投无路的时候，是不会有任何多余言语的。她只会默默把一切印在心底，眼里藏了把刀子。

不过，相较起来，他还是更希望她像现在这副模样，带点儿胡搅蛮缠的抱怨，带点儿居心叵测的顺从，有目的地来讨好他，这才应该是这个小姑娘原本的模样，不是吗？

想至此，他竟伸出手，拍了拍她的肩，不再掩饰脸上的笑容，亦不再绕弯子：“说吧，姑娘，你今日前来，是想要什么？”

沈瓷并不知他心中曲曲折折想过了什么，虽奇怪他态度的转变，亦是欣喜不已，欠身行礼道：“回小王爷，我想……”

她的话语刚起了个头，还未说到正题上，却见院落门口一阵躁动，朱子衿未等侍卫的通报，便径直闯了进来。

一个时辰前，昏迷了半个月的杜氏突然醒来。她嘶哑着喉咙，咿呀地发声，守候了母妃多日的朱子衿愕然惊醒，一看杜氏瞪着的双眼，简直激动不已：“母妃，母妃，您终于醒了……”

“是他害了我们……”杜王妃抓住朱子衿，残喘着气息，用尽全身力气咬牙切齿道，“是朱见濂！是朱见濂害了我们！”

她怒极攻心，话一说完便再次晕了过去。朱子衿回味着她清醒片刻同自己说的话，只觉心中有一簇火越烧越烈。原本，她还不大相信是朱见濂害了她的母亲，如今听得杜氏气息残喘之际都咬牙切齿地念着他的名字，便不得不信了。

她先是在床边坐了一会儿，觉得心下难安，便跑到屋外喘了两口气，奈何杜氏的话语反复回荡，撑得她头疼欲裂，终于忍耐不住，一定要到朱见濂那里去讨个说法。

可是，当她未等侍卫通报，径直闯入后，看见的却是朱见濂笑逐颜开的画面。他竟是笑得那样开心，在她的母亲缠绵病榻、晕厥未醒之际，他竟是在这里同他的小情人相谈甚欢！

一时间，她的脑袋里什么也装不下了，除了朱见濂那扬得高高的唇角，别的都看不见了。她凭着本能向前走去，脚步越来越快，越来越急。而他就站在原地，不看她，还在等着他那小情人的下一句话。这模样如同快意的挑衅，令她怒气更甚，待逼到近处，顺手就从旁边那丫鬟怀里抽出了梅瓶，速度快得令人发指，高高抡起，狠狠地朝朱见濂的头颅砸去……

第四章

长恨别离

朱子衿手中的梅瓶最终没有落到小王爷头上。

当她气势汹汹朝前奔去时，沈瓷的目光已经锁定了她。某种天生的敏锐和直觉令沈瓷意识到她不光是来吵架的，还得实打实做点儿发泄的事。

朱子衿抡起梅瓶，不管三七二十一，狠狠地朝小王爷头上砸去。与此同时，早已绷紧神经的沈瓷突然跳了过来，用力推了朱子衿一把。朱子衿一个趔趄，那高高举起的梅瓶便砸偏了，落在沈瓷的头上。只听得器物“啪”的一声脆响，伴随着沈瓷瘫软的身体，统统跌落在地上……

护卫们上前，把还不知道自己做了什么的朱子衿拉开，大力扭送了出去。朱见濂脑中一阵眩晕，他颤抖着蹲下身，小心翼翼地抱起昏迷的女孩，他的心也似被砸得鲜血淋漓。

他总是欠着她的。

最初的时候，他在沈家的店铺门前遇见了她，因着几语胡诌，无意间令她父亲命丧黄泉。这原本并不算他的错，但是他仍在她有难时出手相助，以为如此便可再无亏欠。但是现在，女孩额角的殷红鲜艳如火，命运用丝丝缕缕的血色图案再次将他们捆绑在一起。而这一次，他欠她的，已然不再是一条命。

朱见濂僵立在紧闭的房门前，已经等了两个时辰。沈瓷躺在屋内榻上，好几个郎中围着她打转。小王爷发了话，若是救不了这姑娘，便让他们全部吃不了兜着走，于是人人都不敢怠慢。

不知等了多久，屋门终于再次被打开，朱见濂火急火燎地赶进去，看见沈瓷头顶缠着一圈圈纱布，脸色苍白，还没有醒来。他瞧着她浓密的睫毛还在微微颤动，紧凝的力道终于松懈下来，跌坐在床边，浑身上下的气力像都被抽光了。

几个郎中站在他身后，互相看了看，其中一个走出来，恭恭敬敬道："姑娘福大命大，伤口不深，并无性命之忧。只是……"

朱见濂的心被他的半截话提到了嗓子眼，斜睨着他道："恕你无罪。说。"

郎中这才开口："只是，这伤口，恐怕会落下疤痕。"

朱见濂提起的心终于掉落下去，他看了看沈瓷受伤的额角，平素里若用头发遮住，便也瞧不出什么。他如今愿望很简单，便是她能醒过来，安然无恙。别的，都没有她的命重要。当然如果她愿意，他也可以一直照顾她……

见小王爷并无太大反应，郎中留下了几味药，便齐齐退了出去。原本在外购置摆饰的秋兰闻讯，也是匆匆赶回。她听说那梅瓶原本是要砸到小王爷头上时，魂便被抽了去，入了里屋，看见床上还昏迷不醒的沈瓷，心里简直后怕得紧。她没吭声，却是含着一口怨气，转身迈出了房门，快步朝淮王的住所行去。

淮王自然也得到了消息，只不过因为朱见濂无恙，便没再放在心上。此刻见秋兰竟不请自来，当下皱起了眉头。

"王爷，"秋兰跪在淮王面前，声音微颤，"今日子衿小姐欲置小王爷于死地，奴婢斗胆，敢问王爷如何处置？"

淮王轻睨了她一眼："秋兰，你胆子倒是越来越大了。"

"奴婢只是忧主心切。这次恰好有沈姑娘替小王爷挡下，若再有下次，奴婢不敢去想。"

淮王念她一心为朱见濂着想，又有前尘往事做积淀，面色缓和了些许，道："子衿是本王唯一的女儿，无论怎样，终归是没有伤到濂儿的。"

这言语极尽敷衍，显然是不准备采取什么措施了。

秋兰心中梗塞，想到小王爷将继续与那对随时可能发狂的母女同处一府，有些话便脱口而出了："王爷，您这般放任伤害小王爷的举动，令他时时处于危险之中，如何对得起夏莲？"

"放肆！"被戳中了软肋，淮王圆目瞪视，"我保他世子之位，替他在府中树立威信，这桩桩件件，还对不起夏莲？"他冷哼一声，嗤道，"濂儿是我的孩子，难道子衿就不是了吗？我知你与夏莲情深意重，因此才格外放纵你，你可别蹬鼻子上脸，忘记了自己的身份。"

秋兰心道，地契之事，您借小王爷的名号出手，还不是为了维护自己的名声？可她虽是心慌，却仍存有理智，并未把这话说出口，只哀戚道："奴婢不敢。奴婢只愿您能保小王爷安康周全，这亦是夏莲去世前委托给奴婢最后的遗愿。她死得冤枉，来不及说些什么，这些年没名没分地陪在您身边，到头来也只希望小王爷无恙而已。"

淮王心里一震，过去那蚀心般的悲痛再度涌上心头，他静默良久，终是叹息道："杜氏虽挪用钱银，但数额不大，免去王妃之位已是重罚。子衿虽骄纵善妒，但生性单纯，今后本王会派人好生看管，不让她们母女俩有任何接近濂儿的机会，同时为濂儿增派贴身护卫，此种事件，不会再有下次了。"

他这已是退了一大步。秋兰闻言，终于慢慢舒了一口气，不敢再做更多要求，叩首道："谢王爷恩典。"

沈瓷已昏迷了三天三夜。

朱见濂立在沈瓷的床边，本是来随意看看，不觉便瞧愣了神，也不知道看了多久，突然见她的手指在床单上刨了刨，眼睛在眼皮子底下转了两圈，当即激动起来，不管不顾地抓住她的手，坐在床沿轻声道："你醒啦？你醒了吗？你快醒醒啊……"

沈瓷的脑袋昏昏沉沉，恍恍惚惚听见耳边有一个声音在温柔唤她，慢慢睁开眼，现实中的一切渐渐清晰起来。

她醒来第一眼便看见小王爷握着她的手，幽深的眸子里满目关怀，他望着她，一秒没移开。她心想，原来我这还在做梦呢，不同于刚才，这是个好梦，可以接着做下去，于是她再度闭上眼，想要安心品尝这美妙的幻境，旁边那人却急了："唉唉，你别刚醒又睡啊，你都睡了三天三夜了。"

沈瓷愕然睁眼，滞了两秒，慢慢问道："你说我睡了多久？"

"三天三夜。"

她将目光转到朱见濂身上，他的手还握着她的手。沈瓷觉得这梦境实在很有真实感，一时间分不清虚实，便问道："你是谁啊？"

她其实想判断一下到底是真是假，可朱见濂理解错了，心里咯噔一下，暗道完了，这姑娘脑子真被砸坏了，连人都不认得了。

他蹙起眉头看她，她细细长长的眉眼，小小圆润的下颌，那曾经桃花瓣一样的嘴唇如今看起来干巴巴的，微张着，似在无声地渴求水分。他一面吩咐竹青把水端来，一面在心底琢磨着，她是为了他才把脑子砸坏的，这责任他得负，往后无论她有什么事，他都得替她担着。

谁知沈瓷接过水杯来喝了两口，神思也清醒了，她晃了晃脑袋，还觉得有点儿疼，开口道：“小王爷，我这是怎么了？”

朱见濂沉默了半晌，刚才还在思考怎么安顿这个缺了脑子的姑娘，现在只得哭笑不得：“你还记得我是谁啊？”

“啊？”

“罢了。”朱见濂松了一口气，好歹脑子没事，便不同她计较这些细枝末节了。他伸出手指，指了指她的脑门，“那你还记得发生了什么不？”

她点点头，摸了摸自己的脑门：“这儿疼。”

朱见濂握住她的手：“你这是替我疼的，谢谢你。”

他慢慢说着，脸上带着暖暖的笑意。这个时候的小王爷，显得格外体贴柔软。她看着他的脸，他浓黑的眉毛和眼睛，觉得心底充盈着的喜悦满得快要冒出来了，下巴轻轻收紧，抑制那情不自禁扬起的唇角。

然而，在这样的动作驱使下，她很快意识到自己的情绪开始往一个不该有的方向发展，一个妄想、卑鄙、自不量力并且毫无结果的方向。

沈瓷一下子惊醒，她只不过是个寄人篱下的孤女，需得知道孰轻孰重；她曾在景德镇留下过一个承诺，势必要回去完成父亲的梦想；她明晓风险，也懂得克制，为了既定的目标，就算心中盛满了喜悦，也只能装作没事人的样子。

沉默良久后，沈瓷突然间笑了起来，她把头从被子里探出来，坐起身，学着从前朱见濂的腔调，慢慢道：“你以为我是自己想要救你吗？不，我是为了我自己。”

朱见濂愣了愣，略一恍神，便听沈瓷继续道：“小王爷当初帮我，是怕影响王爷的名声；我今日替您挨这一下子，则是因为我有求于您。小王爷您忘了，梅瓶砸下来之前，您正问我想要些什么，我还没说出口呢，当时若不上前推一把，您怎么会再答应我的请求呢？”

她又笑了一下，露出细小洁白的牙齿，方才的病态褪了一半，冲他眨着眼睛道：“所以小王爷，您也别想多了，我不是为了救您，若您真想感谢我，便答应我拜托您的事吧。简单得很，对您而言，连事都算不上。”

朱见濂凝视她片刻，不动声色地放开她的手，站起身，从高处往下看她：

“说吧，你想要什么？”

沈瓷道：“小女希望，小王爷能从名下店铺拨出一处小的，并寻一位能言善辩的人，替小女推售瓷器。”

朱见濂蹙了蹙眉：“你卖瓷器做什么？为何不直接找我讨些银两？”

“这不一样的。”沈瓷道，“制作瓷器是烧钱的事，您有耐心帮我两三个月，再多，我自己也没脸面找您要。在店铺卖，还能趁机了解其他人的审美和喜好，一箭双雕。待事成之后，我同小王爷八二分，如何？”

朱见濂知她倔强，却也听不惯她同自己谈交易，轻哼一声：“分成就免了，其余依你。”

沈瓷也不客气，微微颔首道：“那就谢谢小王爷了。”

这一低头，额角又开始扯疼起来，她轻哼了一声，朱见濂却像是没听到般，再问：“还有别的要求吗？”

沈瓷缓了缓额头的疼痛，若无其事道：“没有了。”

“就这么简单？”

“不敢有更多要求。”

朱见濂不再问了，转身离开房间，心里没来由地含着一股怒气，他生什么气呢？连他自己也说不清楚。他想象着这姑娘拿着一堆新赚的银两，从中小心翼翼地分出两成给他，便觉得这场面甚是滑稽可笑。这种想象成功冲淡了方才衍生而出的别的情绪，令他在她身边再说不出话来。

而沈瓷凝望着小王爷离去的背影，在心中默默告诉自己，这样做是正确的，只能这样做。她终归有一天要回到景德镇，因而如今多余的爱慕，或许都只是将来的蜡炬成灰而已。

沈瓷的伤情在渐渐好转，小王爷承诺的店铺亦很快达成。

店铺不在最热闹的集市，却是在商人贵族们最爱出没的黄金地段。据竹青说，店面装饰得古朴温婉，十七件瓷器分别摆陈在单独的框木中，连木质的颜色也是有讲究的。青白瓷的框木颜色略深，愈发显得晶莹玉润，清新淡雅；而彩瓷的框木色泽偏素，更能将旖旎纹路彰显尽出。

沈瓷听了很是满意，她现在头上还缠着纱布，不方便到处走动，多数事都是竹青在料理。

“这第一天呐，就卖出了一件蓝釉小杯，就是姑娘你刻了只飞凤那件。买家喜欢得紧，出价可比集市上那些高多了。”竹青兴奋道。

沈瓷不以为然：“毕竟我们一次做的数量少，不像别的瓷窑成批生产。做得越精，卖得越贵，都是如此的。”

“只是可惜了那件梅瓶，全成碎片了。”竹青叹息一声，眼睛转了一圈，又道，“不过，也算是有个好消息，杜氏和大小姐如今都被禁足了，短期内出不来，不会再为难姑娘和小王爷了。”

小王爷近日都没再来看她，沈瓷垂眸想了想，犹豫片刻，还是问道：“那小王爷……他最近在做什么呢？”

竹青挠挠头：“这我就没打听了……不过啊，经过杜氏一事，若是王爷真有意立小王爷为世子，就该抓点儿紧了。免得啊，夜长梦多……”

黄昏，无风。

淮王立于窗前，仰头望着这沾着细密春雨的夕阳，思绪纷扰。

从京城折返的探子已在他身后等了有一炷香的时间，却见淮王只望着窗外一幕天光云影，缄默不言。

探子不明白自己说错了什么，鼓起勇气，终于支支吾吾地打断了淮王的思绪：“王爷，属下已是尽力，但汪直的行踪着实难寻。您在景德镇遇刺那几日，因为宫中出现黑眚，皇上命汪直便衣出宫查探。我等也是在汪直查探结束回宫后，才得知他的消息，因而耗时良久。”

他看了看淮王仍旧恍惚的神情，继续道：“从时间来看，汪直当时确实有出现在景德镇的可能；但是他回宫后，向皇上列陈了丰硕的探查成绩，若是离了京城，不太可能取得这样细致的成果。”

淮王终于回过神来，顿了顿，问道：“汪直去往何处探查，可有寻过？”

探子道：“汪直查探时仅着布衣小帽，方言巷语，悉探以闻，并无任何出挑之处，就连朝中权势大臣也不知他去了哪儿。我等前去查过，确定京中的确曾有人走街串巷地调查皇宫黑眚之事，但那是不是汪直，就不得而知了。”

淮王叹了口气，不禁回忆起往事，黯然自语道：“四年前，夏莲死于汪直手中，本王尚未追究，如何也想不出，汪直有任何理由要对付我……如果，如果当时景德镇刺杀本王之人真是汪直，若沈家的工匠没有替我挡上那一剑，那么如今……我与夏莲，也算是死于同一人之手了。”他默了默，转而又想，“可是，他若真要对付本王，只需在皇上或万贵妃面前说一句话便能成功，为何当时要千里迢迢跑到景德镇去刺杀？……难道，真的是护卫看错人了？”

淮王的声音极低，探子一个字都没听清，只得疑惑地试探：“王爷？”

淮王醒了神，心中的困惑和无奈却是丝毫未减，摆摆手道：“罢了，汪直独掌西厂，原本在京城便有无孔不入的探子，料你们也不好查，若是不小心漏了底，反倒弄巧成拙。”

“那这事……”

“先放一放吧，加强本王身边的护卫才最有用。”淮王在心底悲叹一声，他不是不想查，而是不敢再继续查。皇上对汪直的宠溺，近乎到了无法无天的程度，才十余岁便权倾朝纲。皇上为了方便汪直办事，特别为他设立了史无前例的西厂，更有称霸后宫的万贵妃在背后替他撑腰，他人着实不敢轻举妄动。

想到万贵妃，淮王的拳头不禁捏紧了。汪直就算杀掉了夏莲，也不过是奉命行事，而这下令杀掉夏莲的人，正是成化帝专宠的妃子——万贞儿。

前尘往事纷至沓来，搅得淮王头疼欲裂，他挥挥手，吩咐探子退下。只感云寂天静，蛩音不响，庭院生冷无波。

夏莲，夏莲。

他默念着这个名字，百转千回的情绪随之而来。是他无用，给不了她名分，甚至在她死后，亦没有能力替她报仇。若是普通的妃子也就罢了，可这万贵妃，即便是皇后给了她一点儿斥责杖刑，也立刻被宪宗下令废后，打入冷宫。淮王尚有爵位需保全，行不得此等鲁莽之事。

但还好，他想，还好，夏莲还给他留下了濂儿，孩子刚出生，便被过继到了无法生育的李氏名下，成了他的“嫡长子”，这个名头，足以保他一生荣华富贵。

淮王原本想，待朱见濂继承世子之位后，便告诉他亲生母亲的真相。可自从夏莲死后，他便打消了这个念头，自己这个儿子散漫不羁，从来听不得劝，若是知道真相后，下定决心要去寻万贞儿和汪直复仇，指不定会弄出什么事端，到时候把整个淮王府搭进去，也不是不可能……

但所幸，如今这淮王府中，知道当年这件事情的也只余下他和秋兰两人。秋兰一心为朱见濂着想，他是知道的，但如何让秋兰永远把这个秘密烂在肚子里，淮王还得好好思忖一番……

想至此，淮王唤来门外守候的仆从，吩咐道：“去把小王爷叫来，本王今日有话同他说。”

朱见濂近几日专心监管着沈瓷店铺的运作，虽然没现身，但里里外外都做了细致的叮嘱。

他想，这姑娘虽然不在意救没救他，但终究结果摆在那里，她脑门上为了他多出一个坑，掀起头发来便破了相，自己也不能亏待了人家。小丫头片子嘴巴倔一些，但人还软趴趴地躺在床上养伤，瞧着可怜得紧，还是得把她的事办周全了。

因而，淮王在这个时候找朱见濂去问话，得到的多是心不在焉。父子俩平素谈话的机会便不多，如今面对面坐着，氛围便有点儿僵。

最后还是淮王先开了口：“子衿闯入你院落……濂儿身体无恙吧？”

“我没事。”朱见濂淡淡道，“但我偏房里那位出事了，这点父王应当早知道了吧。”

他话中略有不满，淮王也没多计较，用刚才的话开了场，接下来便直入主题了：“你可知我今日唤你来所为何事？”

朱见濂抬眼看看他：“何事？”

淮王清了清嗓子，确定朱见濂的注意力已经集中过来，才慢慢道：“你年岁也足够了，册封世子的典仪，就在近日办下吧。你觉得如何？”

朱见濂先是一愣，随即想了想，微蹙眉头道：“儿臣还有一事想要请教父王。”

淮王问他：“什么事？”

朱见濂无来由地一股悲从心起，他定了定神，迟疑片刻，才看着淮王的眼睛问道：“父王与夏莲，真的曾有情事吗？”

淮王惊讶他竟会开口问出这个问题，恻然勉强一笑：“濂儿在府中闲言碎语听得太多了吧？”

朱见濂摇头：“杜氏被禁足后，人人皆以为当初碎语，不过谣言而已，已没了争议。不过，儿臣忆及往事，心有不安，总想要在父王这儿求证一番。”

淮王一扬眉：“本王若是答了，你信吗？”

“父王说的若是真的，儿臣自然相信。”

淮王心中有片刻的犹豫，面上却不显，缓缓道：“你只知来试探我，却没有多想一想。我同夏莲若是爱侣，又怎会放她远去？”

“或许是您喜新厌旧了。”

淮王予他一个意味深长的笑：“若你真是她所生，而我又喜新厌旧，又为何要把爵位交予你？”

朱见濂试图从他的话中找到漏洞：“可您与母妃感情亦不算好。”

“这并非感情问题。你是嫡系血脉，是嫡长子，理所应当继承此位。”淮王用手点点他，“你啊，自小与夏莲情谊深，如今一听别人说起，心里那杆秤便不稳了吧？你是身在局中，这样简单的关系都理不清了。”

朱见濂听着听着，心也随之松动了，继而长长地舒了一口气。淮王并未直接回答他的问题，却弯弯绕绕地把自己的话给圆了。

或许，朱见濂原本是不愿相信的，几句腹诽又怎能敌过十余年的认知，因而他才会这样把问题摆在台面上，如今听到的答案虽是意料之中，却也令他那惴惴不安的心稍稍平静。

淮王见他的眉宇间已是平定，方才手心攥出的汗也渐渐干了。他轻笑了两声，像是在看一个胡思乱想的孩子，笑道：“问题问完了吗？还需我再多说吗？若是无事，你便回去好好准备，册封世子的典仪，谨慎庄重些，莫出差错了。”

朱见濂知晓淮王决心已定，此刻也不再推脱，道：“儿臣记住了。”

淮王做完刚才那通解释，亦觉心中疲累，挥了挥手道：“记住了就好，我累了，你下去吧。”

朱见濂颔首，领命退下。庭院外，霏霏细雨显得浑浊，似有微不可觉的轻风，送过一声若有若无的叹息。

世子册封的典仪，于一个月之后顺利举行。

繁冗复杂的程序，宾客盈门的场面，整整持续了一日。朱见濂心中虽不在意，却也顾着王府的威仪，处处谨慎，无有差错。

沈瓷自然没有资格参加这般隆重的典仪，但小王爷从此变成了世子，她这个通房姑娘无形间也提高了地位。

她坐在铜镜前，将额前的头发掀起，轻轻用手摸了摸，被梅瓶砸出的伤口已经愈合，只在左边的额角处，留下了一块月牙形的疤痕。平素里有头发挡着，倒是看不出来。她本身也不太在意，晃晃脑袋觉得没事了，便催着要去卖瓷的铺子里看看。

竹青本还担心沈瓷的伤情，却见她目光灼灼，一副打定了主意的样子，只得应下，带她去了铺子所在的春熙街上。

春熙街人群往来的黄金地段，坐落着一间“月瓷坊”，正是小王爷替沈瓷置办的铺子。

沈瓷盯着门匾上那几个流光飞舞的大字，问道：“月瓷坊？这名字谁取的，怎么没问过我？”

竹青一愣，磕磕巴巴答道：“是……是小王爷取的……”

话一出口，又连忙捂住嘴，改口道：“是世子取的。”

沈瓷倒没注意她的称谓，眉目微蹙，并不太满意这名字：“为何取了一个‘月’字？与我的瓷器有何关联吗？”

竹青面色微窘：“世子说，是因为姑娘替他挨了打，所以他才帮忙置办这店铺。既然姑娘的疤痕结出来是个月牙形的，便留作纪念取成店名……”

沈瓷闻言，简直哭笑不得，朱见濂连取店名都不忘奚落她一番，一时间恨不得把这门匾给卸下来。可凝神一想，这店铺都是他给的，一个名字而已，便随他去了。

沈瓷迈入坊内，正有一名商贾站在展出的瓷器前，细细品鉴着。

朱见濂是派了人守着铺子的，那人认得竹青，上前同她说了几语，得知竹青旁边这位姑娘便是制瓷之人，便很知趣地退到了次位。

沈瓷等了片刻，见商贾看得差不多了，才慢慢问道：“客官觉着如何？”

“你这坊中瓷器的纹样，我都是喜欢得紧。海水江崖、折枝冬梅、瑞气祥云和山中飞雁，都是难得驾驭的纹样，其形态又与平素里见到的瓷画不一样，多了几分灵气，让人看了欢喜。”商贾夸赞之语说完，话锋一转，又是微微叹息道，“只可惜，这器形还不甚满意，瓷胎也普遍偏厚，虽称不上不好，但有些对不起这一手好画了……”

商贾的评价很是中肯，从前在景德镇，因着拉坯需常年与瓷泥打交道，她总怕弄坏了手，练习的时间的确不够多。爹爹也是在经过了漫长的摸索后，才成功做出了薄胎瓷。现如今，只怨当初没能将技术掌握娴熟，唯有靠后期弥补了。

“这位先生说得有道理，小女谨记在心，今后制作时必定注意。”

沈瓷微微福身致礼，却听得那商贾轻吸了一口气，问道：“这都是你做的？”

“是。因着人单力薄，一次成品不多，唯有十余件而已。”

商贾对着她上下打量了一番，由衷赞叹道：“这样年轻，画瓷的线条却已是流畅丰富。姑娘将来在瓷业上，定是前途无量。”

“您谬赞了。”沈瓷淡淡应道。如今她的手艺，在鄱阳或许尚算出挑，但在瓷都景德镇里，还是不足的。她正暗暗反省着自己，却突然听那商贾用手指敲了敲瓷面，笑道：“你铺中还余下八件瓷器未卖，我挑了四件纹样喜欢的，都要了。”

沈瓷猛地回过神来，霎时喜笑颜开，又听商贾继续道：“既然姑娘正是制瓷之人，我也图个方便，想在你这儿再订制一批盘碗。主家最看重的便是图样，对盘碗的瓷胎要求不高，当然，若是瓷胎和器形的品相更好，自然求之不得。”

这真是意外之喜了，若是能有固定输出的对象，将来便不愁精瓷卖不出去。听商贾言语，这订货的也算是当地望族，因不喜市面上流通的普通陶瓷，去景德镇挑拣又过于繁杂，索性想寻一处窑坊单独开窑，按其喜欢的纹样订做精细瓷。

沈瓷面上喜悦，少顷又多了几分犹豫，斟酌道：“您也知道，单独开窑烧瓷可不是小事情，做的又是精细瓷，投入大，无论是原料还是木材都是取的上好的。不瞒您说，我这小瓷窑如今没有那么多钱提前购置原料，虽然很想应承下来，但恐怕心有余而力不足……”

那商贾听了有些困惑：“你连原材料都买不了，怎能在如此地段开设瓷坊，还只卖这么几件瓷器？”

沈瓷略觉尴尬，敷衍答道：“这便是另一回事了。”

商贾听了，也不再追问，想了想，道：“不论如何，姑娘能在这个地段开设瓷坊，想必背后也是有人支持的，我信得过。不如这样，开窑前约定好花色纹样，我先给订金，也解了姑娘燃眉之忧。等开窑后，再付后款，如何？”

沈瓷眼前一亮：“行，那便这样说定了。三日之后午时，还是在这里，我把绘好的纹样给您过目，若是满意，便先把订金给了，我们再定章程。”

商贾点点头，这才想起来问沈瓷的名字：“在下姓石，不知姑娘如何称呼？”

“姓沈，名瓷。”

石商贾闻言，当即抚掌笑道：“连名字都带着一个‘瓷’字，也怪不得姑娘绘瓷手艺颇具天赋。”

沈瓷腼笑静听，两人又说了些别的，石商贾才带着他刚买下的四件精瓷，同沈瓷道了别。

沈瓷低下头，手中还握着石商贾方才买瓷给的七十两银子。她同竹青清点了一番已经卖出瓷器获得的银钱，早已足够她制作下一批瓷器。若再加上石商贾三天后付的订金，则是绰绰有余了。

她的脸上再掩不住笑意，拍拍竹青的肩，心满意足地回府去了。

接下来的三日，沈瓷专心绘制着花色纹样。根据石商贾提出的偏好，在原来画风的基础上加以改动和修饰。待绘制完成，先去请孙玚先生把关，再琢磨相配的器形。

这是她承接的第一笔订单，因而相当重视。受到爹爹影响，她不愿以量取胜。因而，便只能以质博名，以高价售出精细瓷。当然，售卖仅是一种筹措金钱的途径，唯有手中宽裕，才有追求品质的资本。

三日之后，沈瓷如约将纹样交予石商贾。他细细审查半晌，亦觉满意，付了丰厚的订金，此事便这样定了下来。

而此时已经成为世子的朱见濂，不知是因为府中事务繁多，还是有心避而不见，只与沈瓷见过寥寥三次。

第一次是在画室，孙玚先生与沈瓷先到，他随后才来。孙玚先生正同沈瓷细细讲解着描绘花鸟鱼虫的要义以及如何简洁而精确地刻画出质感与精髓。

沈瓷静静听着，回过头来瞧见他来了，咬着唇对他笑了笑。他愣了片刻，从腮边扯出一个弧度。两个人又心照不宣地转过头，并没有说话。

第二次是一个下雨天，他匆匆回院时，看见沈瓷搬了个小凳子坐在檐下，怀里抱着她爹爹留给她的那件薄胎瓷，一动不动地望着天空发呆。不远处，莲花袅袅吐出香气，混着湿润的水汽，缭绕散开。而她着一件霁蓝单衣，就这样坐在雨幕里，满地皆是被打落的桃李花瓣，红白斑驳，衬着青草萋萋，如同一幅意境深幽的画。

朱见濂看得出神，却突然见她动了动，似乎有感应一般，慢慢朝这边转过脸来。朱见濂霎时心漏跳了半拍，垂头疾行，赶忙进了自己的房间。

而第三次，则是在府中的一条小径上。

那天朱见濂正在信步漫走，忽然见到沈瓷和竹青指挥着几个壮汉，抱着几袋瓷泥往瓷窑方向走。沈瓷一行见了他，停下靠边，恭恭敬敬地等着世子过去。可是小径路窄，若是从她身边大摇大摆走过去，似乎总应该说点儿什么才好。

朱见濂便这样停下了脚步。

竹青见状，很知趣地招呼着壮汉们走了。沈瓷静了片刻，笑道："小王爷有何吩咐？"

她还是叫他"小王爷"，好像并没有心思去探究他身份的转变。可他是不介意的，反倒觉得她这一声叫得甚是悦耳，看了看她，正色问道："最近一切都好？"

沈瓷颔首："托小王爷的福，上一批瓷器已经尽数卖完，获利不少，如今正要做新的。"

朱见濂笑得半分同情也无："哦？这次姑娘可得看好瓷器，别又被人借机伤到。"

沈瓷听了这话，又想起他取名的那座"月瓷坊"，默默在嘴里磨牙。朱见濂倒并不以此为忤，施施然踱步，朝她靠近了两步，伸手便朝她的脸探去。

沈瓷吓了一跳，正欲扬起手挡他，却已被朱见濂紧紧钳制住了小臂。她明面上虽是他院里的人，可他从未对她行过手脚，眼下他的力道却如此之大，未及挣扎，他的另一只手已覆上了她的面颊，继而撩起了她额角的发。

那里仍有一道月牙形的疤痕。

朱见濂眼瞧着沈瓷的脸飞速变红，心里竟有些高兴。他放下手，顺势沿着她侧脸的线条滑下，顺手将她颊上的发丝别到耳后。

沈瓷的心咯噔一下，别过头不说话。

朱见濂笑了笑，自己都没有意识到，那心底积了许久的阴霾正悄然散去。他再看看沈瓷的脸，突然咦了一声，问道："小瓷片儿，你脸红什么啊？"

这是他自那日苏醒之后，第二次这样叫她。她的心颤了颤，却无言可对，只觉胸口跳得厉害，仿佛卡在喉咙尖上快要跳出来般。她试着轻舒两口气，却毫无纾解，终于忍不住用手捂住绯烫的脸颊。

朱见濂瞧她如此，玩笑得逞一般地拍了拍她的头，凑过脸去，轻语道："记住了就好，竹青他们已经走远了，你去跟上吧。"

他的气息呵在她的皮肤上，像是玩笑，像是引诱，沈瓷禁不住颤抖了一下，低下头转身追去。

石商贾的这批瓷，以青花为主，考验的是精细繁密的画工，器形有罐、洗、盘、杯、碗等。沈瓷有意练习拉坯，渐渐悟到了诀窍，待成品一出，胎质细腻洁白，釉色细润如玉，整体水准都较上次有所提高。

石商贾拿到预定的成品，见品相比预期更好，甚是满意。他是古道热肠之人，又很惜才，不久便将月瓷坊引荐给其他商贾。渐渐地，光顾月瓷坊的人越来越多，随着好评渐涨，沈瓷也从此打开了在鄱阳的卖瓷渠道。

自从月瓷坊被众人知悉后，沈瓷开始接到许多订单，单独售卖的其余精瓷亦销路畅通。

渐渐地，有眼力的商贾发现，沈瓷的每一批成品出来，或多或少都比之前有进步之处。瓷胎更轻薄，釉面更均匀，质地更细滑，从未止步于现状。她的瓷器由此更加热销，因为每一次，都可以比他们期望的更好一些。

然而，就在制作了数批瓷器且营造出了良好的口碑后，有商贾再找沈瓷订做，却统统被婉拒了。

“沈姑娘近日不再接订单，正准备烧制釉里红，您若是有兴趣，隔些日子再来看看吧。”月瓷坊的伙计如是说。

商贾闻言，轻轻吸了一口气，重复道：“沈姑娘要烧釉里红了？”顿了顿，又问，“是低温釉里红吗？”

伙计摇头道：“沈姑娘想烧的，定然是精品，哪是低温釉里红能够糊弄过去的？若是不能成功，也不会摆出来售卖的。”

那商贾眼中放光，感叹道：“要知道，因太祖曾经的农民起义军叫作红巾军，明初之时，红色便成了皇家象征，釉里红也被官窑尽数垄断。而宣德之后，官窑釉里红因为制作困难，已很少制作，多用低温釉里红代替，颜色质地都不够纯净。到了如今，上等釉里红已是少之又少，沈姑娘若要烧制，恐怕得费一番功夫。”

伙计道：“正是如此，烧制釉里红原本就困难，若要得到纯正的红色，则是难上加难。所以这一次，耗费的财力和精力都极大，姑娘暂且没有精力接别的订单了。”

商贾闻言，亦是理解：“那好，待两个月过后，我再来看看。若是真有质地上佳的釉里红，便是价格再高，我也会掷金买下。”

而此刻，月瓷坊话题的中心人物沈瓷，正同竹青守着刚冷却下来的窑炉，看搬运师傅将一件件匣钵放置在空地上，每稳稳放下来一个，两人便迫不及待地上前打开。可结果，只余下一声声叹息。

竹青端起一件雕有红兔的玉壶春瓶，凑到沈瓷面前，问道："姑娘，我觉得这件还不错，器形圆润，釉面如玉，应该能卖个好价钱了。"

沈瓷仍是摇摇头："我们之前接的那些订单，钱已经赚得很多，因而才有财力做如今的釉里红，要做就做好的。这一件，红色太钝，并非鲜红，还不够纯正。"

竹青满脸失望，摇头叫嚷道："这釉里红也太难做了，材料昂贵不说，还没一个成功的。再这样下去，之前赚的所有银两，都得花光。"

沈瓷倒是不以为然："花光了再赚，不碍事，原本赚钱便不是我的目的。至于釉里红，正因为难做，才称得上是千窑一宝的珍品。"

沈瓷蹲下，拿出匣钵中一件件失败的作品，仔仔细细地观察了好半天，总结道："这一次，彩料配比相对于从前好了些，可窑内的气氛和温度还不够。任何一个细小的缺陷，都可能对呈现出来的红色造成影响。没关系，我们总结经验，再试一次。"

竹青耷拉着脑袋，默默地点了点头，帮着沈瓷收好这满地残品，眼见着夕阳西下，两人望着那刚刚搬空的瓷窑，对视一眼，才慢慢走回院中。

沈瓷先回了房间休息，竹青则去灶房取今日的晚膳。

不知怎的，灶房今日的氛围比往常活络许多，几个灶娘凑在一起叽叽喳喳，耳语不断，时不时发出尖细的笑声。竹青近几日因为等着开窑，大多数时间都同沈瓷待在瓷窑，府中的见闻也听得少了。如今见这几人兴奋异常，眨眨眼，也禁不住问道："发生了何事？怎的这样激动？"

平素里活泼的灶娘掩嘴偷笑，眉毛轻轻扬起，笑道："你是沈姑娘房里的，告诉了你，你可别忙着告诉你主子呀。"

竹青皱起眉头，追问："到底何事？"

灶娘又发出几声咯咯的笑声，眼睛在竹青脸上绕了一圈，才慢慢道："你们还不知道吧？王爷呀，要做主给世子择世子妃了。"

世子择妃一事，还得从这日清晨说起。

一大早，淮王便派丫鬟去给朱见濂传话，说是要请他过去用早膳。朱见濂昨夜睡得不太好，脑袋昏昏沉沉的没想太多，匆忙起床洗漱过后，便带着秋兰去了。

桌上的膳食并无异样，但淮王既然专程请世子一同用早膳，肯定不光是为了吃一顿饭。

果然，碗中的桂花粥刚喝了一半，琐碎无用的家常话便唠完了。膳厅里沉默片刻，便见淮王施施然放下碗筷，悠悠开口道："濂儿，如今你已年纪不小，是不是该思虑着成家的事了？"

朱见濂刚咽下的一口粥差点儿喷出来，他定了定神，坐直了身子，回道："此事不急，过一段时间再议。"

淮王瞥了他一眼，面上似有不满，慢慢道："你册封世子已经时间不短，世子妃之位却一直闲置。繁衍子嗣，延绵香火，乃是家族责任所在。此事不宜拖延，我已命人挑拣了三位家世与你相当的世家小姐，皆记录在一本簿册中，你且先看看。"

说罢，便有下人呈上一本簿册，大红的纸面，刺得朱见濂眼睛有点儿发胀。他心不在焉地翻开了册子，见内页记录着三位小姐的家世背景、品貌德行、生辰八字，皆是些常规又干瘪的言语。

他的手肘抵在桌上，又开始昏昏欲睡起来，一目十行地把册子浏览完，便再次合上，敷衍道："我看这些世家小姐都差不多，没什么主意。"

淮王见他已没了食欲，桌上的早膳也不再动一口，便开口劝道："濂儿看这册中字句，自然分辨不出什么。这几位小姐的家世品貌皆是上乘，其中我最满意的，便是这方家的方若然小姐，嫡系长女，贤良淑德，颇有德仪。"

他看了朱见濂两眼，瞧他仍是面无表情，继续道："恰好下月末，方家长子在婺源举行名家诗茶会，已给你发了邀请帖。届时，想必方家小姐也会出席，难得的机会，濂儿可先去瞧瞧。"

"婺源？"朱见濂皱起了眉头，道，"我不想去。"

淮王神色未变，语气却加重了几分："父母之命，媒妁之言，这位方若然小姐甚合我意。你且去瞧瞧，若是实在不喜，还可从其余两位世家小姐中择取。"

这番话，是打定了要从三人之中择取其一了。朱见濂迟滞片刻，却是寻不得反驳的理由。他已到了成亲的年纪，娶一个门当户对的女子过门，是早已注定的事情。

想至此，他虽觉胸口发闷，但也只能无可奈何地松口道："婺源距离鄱阳路途并不算太近，且让儿臣看看下月的安排，再做定夺吧。”

淮王抿唇无声地笑了笑，点头道：“如此也好。”

朱见濂见淮王该交代的已经交代完了，这顿早膳也再吃不下去，遂起身行礼：“儿臣已经吃饱，若是父王无事，便先行告退了。”

淮王挥挥手，示意他离开。待朱见濂走到了门口，又轻描淡写地补上了一句：“等世子妃进门，你院中的通房也该做一做清理。那位沈瓷姑娘，便让她回到从前的院落去吧。”

朱见濂顿了顿脚步，并未回头，复又提步快走，轻应了一声：“好。”

竹青自从知道朱见濂即将纳世子妃一事后，便总是小心翼翼地打量着沈瓷的神色。她实在分辨不清，自家主子同世子到底是怎样的一种关系。

平日里，这两人各做各事，互不相扰，丝毫看不出亲近。可若说他俩真的毫无情愫，竹青却是不信的。若是真的清白，世子又怎会救沈瓷于危急之中，沈瓷又怎会替他挨下一击？

是以，竹青也拿不准此事该如何告诉沈瓷。她纠结了五六日，想到无论如何，沈瓷终归会知道，便横下心，索性先同她说了。

瓷窑里，沈瓷正专心在一件花口盘上绘图。

釉里红是以紫铜作为呈色剂，绘在瓷面上还是黑紫色的，看起来阴沉得很，但在炉内高温的气氛中，却能演化为红色。只是这红色颇不好把控，温度低一点儿，就变成了硬邦邦的黑色；若是稍高了些，色彩便会分解飘离，形成“飞红”现象。

沈瓷低垂着头，感觉到竹青的脚步迈入，倒是先说叨起来：“竹青，我这一次特地花高价请了位经验丰富的把桩师傅，对温度的把控相当精准。彩料配比也再完善了一点儿，成品说不定能比上次漂亮。”

她一提起瓷器，眼睛便闪亮亮的，活力也添了几分。竹青有些不忍心打破她如今的好兴致，吞了吞口水，才慢慢道：“姑娘，我有事要同你讲。”

沈瓷漫不经心道：“什么事？说吧。”

“这……”竹青犹豫了一下，怕沈瓷听到消息后刻坏了瓷器，好心提议道，“姑娘先把手中的活儿放下吧。”

听见竹青谨慎的语气，沈瓷停了手，终于抬起头来，又重复了一遍：“何事？”

竹青嘴里面干巴巴的，她觉得自己在做一件坏事，垂下了眼，慢吞吞道：“世子……世子，正在筹备选妃之事。”

竹青低着头，不敢看沈瓷脸上的表情。长久的静默之后，她终于听到一声轻描淡写的“哦”。

竹青愕然抬头，见沈瓷面色平静，声音也平静，已经重新执起刻刀，一副事不关己的模样。

“姑娘……”竹青以为沈瓷没听清，木然地又重复了一遍，“我刚才说，世子快要娶妻了。”

沈瓷眼皮都没抬一下，淡淡道：“我听清楚了。”

“那……那您一点儿都不关心？”

沈瓷脸上挂的是事不关己的神情，口中说的也是事不关己的话语：“这是世子的婚姻大事，自然由王爷定夺，同我有什么关系？”

竹青咬着下唇，斟酌道：“那姑娘就没有什么想问的？”

沈瓷有着片刻的思考，用敷衍的语气掩盖住轻微的颤抖：“他要娶的……是哪家的小姐？”

竹青答道：“现在还没完全定下，但王爷有最属意的人选，是南城兵马指挥的嫡女，方若然。”

“南城兵马指挥的嫡女啊。”她喃喃如同自语，又恢复了那副轻描淡写的模样，“不错，挺般配的啊。”

竹青焦灼的表情凝滞在脸上，已猜不透沈瓷心里到底在想些什么，进退为难之际，沈瓷已冲她扬了扬手：“你先回去准备晚膳吧，今日画瓷只我一人便足够，无须帮忙。”

竹青又担心地看了她一眼，见她的确没有任何多余的情绪，这才应了声，躬身离去。

竹青并没有看到，就在她转身离开以后，沈瓷整个人便僵硬了，呆住了。那执笔的手悬滞在空中，足足停了有一刻钟，才哆嗦着将刻笔放在一旁的小桌上。

不管她的表情和神色多么事不关己，这突如其来的消息都像是决堤的洪水一般，滔天涌出，淹得她一时喘不过气来。但她没有痛哭流涕，也没有歇斯底里，仿佛早已猜到了今日，如同隔岸观火般清醒。

终归还是走到了这一天，这样快，又这样顺其自然。她以为自己早已做好了面对的准备，可在窗外渐次暗下来的天色中，她发现自己也正被一团暗云慢慢笼住。那聚堵在眼中的顾盼与情愫一点儿一点儿下坠，冰冷、沉滞地滴落到面前的花口盘里，积成一汪浅浅的水泽，在窑火未曾灼烧过的坯胎上，漾着铜粉紫黑色的光泽。

沈瓷走出瓷窑，天色已是完全暗了下来。她锁好了门，转身正要离开时，却发现夜影之中站了一个人，手中还拎着一盏八宝琉璃灯。

隔得远了，只瞧见那人影是个玲珑身段，梳着丫鬟的头饰。沈瓷原本以为是竹青，待走近了才发现，竟是淮王身边的大丫鬟柳依。

“沈姑娘，奴婢已在这里恭候多时。王爷吩咐了，让我请您去他那儿聊一聊。”柳依道。

自从沈瓷入了朱见濂的院落之后，淮王便从未与她说过话，也未曾关照过什么，此刻突然召见，不禁令沈瓷心生疑惑：“王爷？王爷是有什么事要交代我做吗？”

柳依轻轻一笑：“奴婢也不知，姑娘去了便知道了。”

说罢做了个“请”的手势，举起灯盏，快步引着沈瓷朝前行去。

到了王爷的院落外，柳依让沈瓷稍等一会儿，先进屋去请示。待一刻钟后，她才再次折返，对沈瓷道：“王爷已在厅中等着姑娘，请随我前去。”

沈瓷已经许久没有见过淮王，迈入厅内，只瞧着主位上的人气度俨然，连忙伏身叩拜：“民女沈瓷拜见王爷。”

淮王并未开口，用手势示意她起身，赐了座，又命人奉上茶来。他用茶盖轻轻摩挲着杯沿，发出细微的呲呲声，又往烫茶内吹了两口气，见浓酽的茶叶翻滚起来，才轻轻抬眼，望着沈瓷问道：“姑娘在王府时间不短，过得怎么样，可还算舒心？”

沈瓷垂眸，真诚答道：“全凭王爷照拂，衣食无忧，一切都好。”

“那就好。”淮王低下头，啜了一口茶，拈须一笑道，“孙玚先生同我提过你，说你学画颇有灵气，是可塑之才。”

沈瓷心中隐隐翻腾起不安，往往开头夸得越厉害，后面的言语便越严峻。她面上镇定，仍是低眉顺眼的模样：“是孙玚先生谬赞了。”

淮王朗声笑道：“孙玚先生是有傲气的，夸人的时候可不多，他是见你资质聪慧，才肯如此耐心教你。换了别的愚钝学子，他定然不会如此相待。”淮王又饮了一口茶，目光渐渐从手中的茶杯移到沈瓷身上，锁住她的眼睛，隐晦笑道，“你父亲算是本王的恩人，那救命的一剑，本王记得。只不过你住进世子院里后，本王想着有世子照拂，便一直没再插手过问你的事。不过，话说回来，沈姑娘，你觉得世子待你如何？”

沈瓷微微一愣，敏锐地意识到这才是今日的真正主题。她心中苦笑一声，轻语答道：“世子大概看在我父亲的面子上，待我很好。”

淮王一笑道：“你倒是个会说话的，明明是世子有心对你，偏还要说是因为你父亲救了我的原因。”

沈瓷道：“民女不敢妄言，只是事实如此而已。”

淮王敛了笑，神情严肃了几分，看着沈瓷问道：“沈姑娘可曾听说，近日本王正在为世子挑选正妻？”

沈瓷心脏一缩，据实回答：“今日刚刚听说。”

淮王一哂道：“如今世子院中，无妻无妾，唯有你一个没名没分的通房。若是世子妃过门瞧见此种景象，实在不太妥当。方家是名门望族，嫡女嫁过来，自然要给足面子。若是此时，世子院中还有一个你，于结亲双方都不妥当，你可明白这个道理？”

沈瓷作势思考，然后点点头，很快地顺从：“民女明白。”

淮王的目光更紧地锁住她，追问道：“那若要你搬离世子的院子，你可有怨言？”

沈瓷低下头，答得更快：“没有，这都是应该的。”

淮王冷嗤一声：“别在我这里对答如流，转回身就同世子告状去了。”

沈瓷听了这话，只觉煎熬难耐，淮王笑容里的嘲讽之意像锥子一般刺痛了她的心，面上却还强作镇定地答道：“王爷放心，民女自知轻重。世子待我，不过是怜悯而已。民女不敢高攀，更不敢肆意妄为，做出任何有损世子和未来世子妃感情的事。”

淮王静静地凝视了她片刻，见她如此识时务，面色柔和了几分，背缓缓靠上椅子，语气稍稍沉缓了些：“沈姑娘，你别怪我说得厉害。若不是因为你父亲曾经救过本王，今日本王压根儿不会找你来谈，直接便可下了命令。正是因为顾及你的感受，才不顾夜幕已至，专程邀你前来聊一聊。”

沈瓷抿了抿苍白的嘴唇，沉默静听着。

淮王把手搭在扶手上，选了个舒服的姿势，继续道："你父亲曾经救过本王，虽是两年前的旧事，但本王一直没忘，记在心里。如今这么做，其实也是为了保护你。世子妃初来王府，你又没有名分，为了立威，找个理由惩戒你也不是难事。唯有撇开你和世子的关系，才能让你安然无恙。"

沈瓷强自忍了胸口钝痛，低头道："谢王爷照拂，想得如此周全，民女铭记在心。"

淮王又往茶里轻吹了一口气，解决了心中隐患，面色亦渐渐和悦起来："沈姑娘放心，本王不会将你逐出王府，你仍旧搬回从前的院落。这一点，本王已经同世子说过，他也同意了。只要你安安分分的，待世子妃适应了王府环境后，本王会择一个适宜的时机，让世子光明正大地纳你为妾。"

沈瓷的身体微微一颤，若说方才只不过是沉滞的钝痛，此刻便像是有一把锋利的刀刃，在她的心上来来回回地割，鲜血淋漓。她眼眶微红，强自忍耐，低垂着眼睑问："纳妾一事，也是世子同意的？"

淮王一愣，没想到她会问出这般问题，还以为她是急不可耐，冷冷答道："纳妾一事，世子并未提及。此事不能操之过急，正妻都还没入门，哪来心思便考虑纳妾的事。"

沈瓷的双眼皆是濛濛水雾，她咬着下唇，直咬出了轻轻的血痕，却连一滴眼泪也没有掉落。今日这番问话，经历了关切、严斥、嘲讽、安抚，如今又是冷冰冰的质疑和鄙夷，直令她感到心灰意冷。

她早知道会有这样的一天，却未曾想过，还要历经这般拷问与敲打，如今再听淮王提及纳妾一事的凛凛口吻，更觉难以忍受。

是时候了，她想。在淮王府待了两年，学了上乘的画艺，得了孙玚先生的精髓，制出了销量甚好的瓷器，当初她来到这里的初衷已经达成，是时候离开了。

那份蜡炬成灰的情思妄念，原本便不属于自己。事到如今，也该挥手告别，做个了断。

"谢王爷垂怜。"沈瓷抬起头，眼中的光明明灭灭，笃定道，"但是，纳妾一事，还望王爷收回。"

淮王大感诧异，思索片刻，微微一讪："怎么？觉得做妾委屈了你？"

沈瓷摇头："并非如此，若能做世子的妾室，是抬举了民女。"

她顿了顿，抬起头来看淮王，语气坚定道："只不过，民女离开景德镇之时，早已许下了承诺，要回去完成父亲的遗愿。王爷若还感念着我父亲的恩情，便请放我离开王府吧。”

淮王愣了愣，上下打量了沈瓷一番，心中亦飞快盘算了一轮。沈瓷离开王府，原本便是比搬回院子更好的结果，不会打扰世子妃不说，还省了后顾之忧。想至此，淮王点点头，应道：“既然姑娘还肩负着至亲遗愿，本王也不强留了，便依你吧。”

沈瓷得到应允，站起身，轻吸了一口气，仔仔细细地跪拜下来，把头深深埋在双臂之间，直埋到自己喘不过气来，方清声朗道：“民女沈瓷，谢王爷成全！”

沈瓷同淮王约定离开的日子，在一个半月以后。

拖到那个时候，是因为沈瓷在王府还有最后一批瓷器没做完。

釉里红。光彩灼耀，千窑一宝。

她并没有把握能够制出，但自己这一走，那些上等的瓷泥和松木都带不走。更何况，她好不容易才约到了经验丰富的把桩师傅，若是半途放弃，实在是太过可惜。

一个半月，足够她再试最后一次。成与不成，都在此一举。

她几乎是把自己关在了那座小小的瓷窑里，用全心的投入来掩盖那些惘然的情绪。日暮晨昏，不可懈怠，仿佛只要分了心，手中的瓷坯也会随之瓦解。

唯有一次，她清点器物时，突然看见了那件曾经盛过她眼泪的花口盘。自从那日竹青告诉她世子即将娶妻后，花口盘的雕刻便被打断了，她将器物移到了一旁，一时没想起来。如今再看见，里面那汪浅浅的水泽已经干了，铜粉却微微晕开。她用手指摩挲着盘面，感受着这凹凸不平的质地，心中想，眼泪是会干的，食物是会坏的，铁器是会锈的，唯有瓷——唯有瓷，炼成之后，便永远不再消失。

如瓷一般的情愫，脆弱到不堪一击，又恒久如旷日积晷。只是她并不知道，未来，究竟会属于哪一种。

淮王并没有把沈瓷要离开的消息告诉朱见濂，沈瓷自己也没有。回忆这两年，她在王府结识的人的确不多。到了这时候，只把离开的消息提前告知了孙玚先生和竹青两个人。

她并不是故意要隐瞒世子，只不过每日早出晚归，确实没有碰上。既然无缘偶遇，她也找不到特意告知此事的理由，便一拖再拖，准备等到离开前几天，再向他辞行。

瓷胎装在匣钵中，一件件被送进窑炉。关上窑门后，所有的黑暗，都在熊熊燃起的火焰中化作希望。

烧制釉里红这样难度较高的瓷器，其实，是人做一半，天做一半。窑火如同某种神力，将入窑前的灰黑一色，演化为出窑后的万彩生辉。制瓷的乐趣亦在此处，谁能完全猜得到，出窑后的瓷器将被赋予怎样的生命呢？失之毫厘，谬以千里。正是因为瓷器的难以捉摸，才更加令人期待。

沈瓷已同把桩师傅在窑炉前守了三天三夜。

到了时辰，灭火，冷却，又是一整日。待窑炉之门终于缓缓开启，便似一条通往新生命的道路，令人震颤不已。

这是她在王府制出的最后一批瓷了。

沈瓷闭上眼，沉淀下激动的情绪，这才走上前，将盛瓷的匣钵缓缓打开。

一件釉里红花口盘，白底红纹，润泽晶莹。伸出手去抚摸，质地如同上好的玉石，触手生凉。那鲜艳的红色如同欲滴的血水，似会随着情绪洇开一般，美得摄人心魄。

一旁帮忙搬匣钵的把桩师傅看愣了，好半天，才缓缓从嘴里迸出两个字：“完美。”

除此以外，还有一件宝石红的三鱼纹高足杯，以红釉做底，艳红明亮，微微凹下白釉釉面，亦堪称釉里红中的精品。

沈瓷眼中泪水氤氲，失败过数次之后，竟在这最后一回，得到了如此精美绝艳的釉里红。

告捷的喜悦，离别的哀伤，屈辱的释放……种种情绪交融在心底，将她的胸口涨得满满的。她凝望着这两件绝美的釉里红器，终于展开了久违的笑容，可是笑着笑着，却有泪水，顺着脸颊慢慢滑落了下来……

就在釉里红制出的当晚，朱见濂出乎意料地出现在了沈瓷房外。

他还是从前的样子，挺拔的鼻梁，浓深的眉眼，脸还是那般好看那般俊，带着点儿散漫不羁的神情。

沈瓷瞧见是他，心尖不禁颤了颤，片刻后轻笑道：“世子今日有事？”

朱见濂眉心一皱，她这句世子叫得颇为生涩，着实让他不悦。他并未开口，一声不响地迈步进屋，先在主位上坐下了。

然而，今日朱见濂并不是一个人来的，身后还跟着他的近侍马宁，也一块儿进了屋子。

沈瓷还没瞧明白什么情形，朱见濂已伸手，指了指马宁，又指了指沈瓷，开口道："你的事，我作保，但得你自己同她说。"

沈瓷这才将目光转向马宁，见他已单膝跪下，向沈瓷抱拳行礼道："姑娘，马宁今日前来，是有事相求。"

沈瓷被这阵势惊了一瞬，回过神来，已大致猜到事情的原委，笑问道："是与竹青有关的吗？"

马宁生怕她对从前顶包的事耿耿于怀，再次用力抱拳道："姑娘，从前之事，恕我唐突了。还请姑娘不计前嫌，将竹青许配给我。"

沈瓷还没答话，朱见濂却是眸光一闪，插嘴道："从前的什么事？"又看向沈瓷，问道，"他做什么唐突了你？"

沈瓷其实早已不计较这事，如今骤然听到马宁提起，朱见濂又是一副好奇模样，不得已回道："都是些陈年旧事，我早就忘记了。"

朱见濂却是不依不饶："有什么不能说的，马宁，你来讲。"

马宁面色微变，半晌才出声："便是从前杜氏想将沈姑娘逐出府那次，其实……其实当时是我在瓷窑，可我当时不敢承认，是沈姑娘替我顶下了罪。"

朱见濂只觉胸口一滞，忆及从前沈瓷那句"我没有小情郎"，原来真相竟是在这儿，罪魁祸首竟是马宁！霎时，朱见濂喉咙里火气上涌，当即朝马宁喝道："你当初轻薄了沈瓷，如今竟还想托本王求娶她的丫鬟竹青，真是胆大包天！"

马宁脸色一白，方才他顾及竹青的名声，只提到瓷窑内是自己，没想到竟造成了这样的误解。他再顾不得掩饰，急忙道："世子，事情并不是这样的。属下并未轻薄沈姑娘，是……是属下同竹青在瓷窑内被发现，才牵连了沈姑娘……"

朱见濂满腔怒火僵在半空，他愣了片刻后尴尬一笑："哈，是这样啊，那刚才你也不说清楚……"

沈瓷瞧着局势已经稳定下来，凝了凝神，这才重新转回方才的话题，对马宁道："你同竹青的事，我肯定是没意见的，但归根结底，还得看她同意不同意。"她双手虚扶起马宁，对着朱见濂道，"麻烦世子稍微等一等，竹青应该在灶房，我这就去叫她过来。"

说罢，沈瓷推开房门，却听门外“呀”的一声叫了出来。沈瓷偏过头去看，原来竹青早就贴着门听了许久，两颊都是羞涩的绯红。

“正好，我连灶房都不用去了。”沈瓷禁不住笑，牵起竹青的手，将扭扭捏捏的她拉进了屋内，也拉到了马宁面前，笑道，“我想我也不必再重复一遍了，竹青你要是愿意，就点个头。若是不愿意，转身离开，也没人难为你。”

竹青脸上红云未消，咬着下唇也掩不住甜蜜。她抬眼看了一眼马宁，又飞快垂下了眼睑，偷偷低笑，终是轻轻地点了点头。

朱见濂击掌笑道：“好，既然你愿意，你主子也同意，此事便这样定下了。马宁跟随我多年，功劳不小，今日，便由我替你二人证婚。”

竹青和马宁齐齐跪下：“谢世子成全。”

两人的成婚仪式很简单，行了三拜，摁了婚书，这事便已是板上钉钉了。仪式虽然简单，但对于王府的下人而言，能同心爱之人厮守，已是幸福至极的事。朱见濂和沈瓷给两人放了假，再宣布送入洞房，竹青和马宁便在一群丫鬟侍卫的起哄声中，甜甜蜜蜜地被簇拥离开了。

沈瓷和朱见濂还留在屋内，方才的热闹渐渐归于寂静，也令沉默中的两人觉出了尴尬。

事情已了，朱见濂觉得是时候起身离开了，脚却挪不动步，只好随意拿起沈瓷摆放在桌上的书籍，心不在焉地看了看，装作入神的模样。

还是沈瓷先打破了沉默，她抿了抿唇，轻声唤道：“世子。”

朱见濂皱了皱眉。

沈瓷不以为意，继续道：“世子，原本应该小女主动找您请安辞行，但恰巧您今日来了，沈瓷便在这里同您道个别，感谢您这段时间以来的照拂。”

朱见濂并不知她即将离开王府一事，听得云里雾里：“姑娘是要去哪儿啊？”

沈瓷答：“回景德镇。”

朱见濂以为她是思乡暂返，点点头道：“行，回去看看也好。我今日来，也是想要告诉你，待你这次返乡回来，就搬回从前的院落吧，宽敞些。”

不知怎的，说出这话，他心里有点儿发虚，生怕沈瓷追问为什么。他还在琢磨着怎么跟她委婉地说明，却听沈瓷道：“谢世子的好意，沈瓷心领了，但是这次去了景德镇，我便不会再回王府了。”

朱见濂指尖一颤，手中的书册不小心掉落下来。立夏时节，他竟觉得一股寒意从头顶倾盆直下，直沁到心里。再低首看时，才见书册已在地上摊开，他慢慢地攥紧了拳头。

沈瓷在心底默叹一声，俯下身去捡掉落在地上的书册，再双手呈奉给他。朱见濂并未接过，就这样让她举着，一声不吭。

夜色已深，行者渐少。院中的檐灯熄灭了几盏，屋内霎时昏暗下来。

沈瓷躬身捧着书册，双手举过头顶，含着胸，手臂发麻也不敢动。又或许她知道，就算自己动了，他也不会责怪什么，偏偏就是要这样僵持着，直到手上的肌肉已经木然，两个人还是一声不吭。

今夜没有月亮，只有烛火的影子在墙上幢幢跳动。朱见濂看她良久，慢慢地，唇边浮起一丝嘲讽的笑意。

他握紧的拳头缓缓松开，突然觉得整个人都乏透了，累得想要闭上眼睛。终于伸出手，取过了沈瓷手中的书册。

沈瓷得到解脱，僵硬的双臂慢慢垂下，突然过了血，如针刺一般细细密密地疼痛。她站直了身体，说不出的酸楚难受，缓了缓站姿，再开口道："世子的恩情，沈瓷一直铭记在心。如今离别在即，听闻您不日即将大婚，小女亦准备了一份薄礼，也算是小女的一份心意，以贺世子喜结良缘。"

说罢，不等朱见濂回应，她便走到侧旁，从柜子的最底部取出两个包装精致的木盒，放在了朱见濂身边的桌上。

朱见濂愣了片刻，打开来看，流光溢彩的红色霎时刺痛了他的眼，竟是两件精致绝艳的釉里红。

光滑润泽的瓷面，柔柔开出旖旎图案，如同盛放的血色花朵，娇艳欲滴。

朱见濂捧着这两件瓷器，屏住呼吸去看。眼前烛火跳动，衬在瓷面上，情绪亦随之流转，一如美人醉酒，风华绝代。

"这是你做的？"他看着她问。

沈瓷点点头："今日刚出窑，总算能赶在离开之前给您。"

朱见濂静了静，纵然他不懂瓷器，但也看得出这样纯艳的红色有多难得。可是她未对这份珍贵提及一语，倒真像是送了件寻常物什。

想至此，他的眉目柔和下来，也未曾深究方才两人之间的僵持，只当是寻常不舍。他想，小猫小狗离了家也是有感情的，更何况是个人呢！他只不过方才稍有不适，只要再过一阵，一切便都会恢复如常。对，他想，一定是这样的。

朱见濂思量片刻，轻轻合上手中的木盒，也敛下了釉里红散发的夺目光彩，抬头看着沈瓷道："行，你的礼物，我收下了。这几日你好好收拾行装，走之前我会让秋兰来一趟，你缺个什么东西或需要任何帮助，都可同她说。秋兰是府中的老人，她办事，我放心的。"

沈瓷点头，同时发现朱见濂已经起身，连忙拿起桌上的木盒，递交给候在门外的丫鬟。他并未道别，也未再交代任何事，只借着昏暗的灯光向前走，没有回头。

沈瓷静静站在门边，目送着他飘然远去。待完全看不到人影，她才兀自苦笑一声，伸手摸了摸额角那道月牙形的伤疤，似乎又开始疼了起来。

两日后，如朱见濂所言，秋兰到了沈瓷房中，询问她还需要置办什么物品。

沈瓷道："什么也不缺，我东西不多，来的时候只有一个小箱子，走的时候也是。"

秋兰蹙眉道："这怎么行？姑娘回了景德镇，可莫让镇上人说淮王府亏待了姑娘。"

沈瓷笑了笑："放心，我心中有数，不会给淮王府抹黑的。这两年，我卖瓷赚的钱还有剩余，可保一阵衣食无忧。"说罢，便打开空箱子，兀自开始收拾起来。

秋兰微微一愣，蹙眉更深："姑娘怎么自己收拾东西，我来吧。"

沈瓷头都没抬："不用了。自己收拾，心里有数，我的东西也不多。"

"这怎么行？"秋兰上前两步，拿过她手中的衣物，叠得规规整整，放入箱内，"姑娘无论如何，都是世子院中的人，也是王爷的恩人，做不得这些粗活。"

沈瓷见她收拾得有条有理，的确比自己收拾得更加整洁，也不再阻拦，反是扑哧一笑道："我算是哪门子恩人，王爷向来高高在上，每年多少护卫为保护他出生入死，我这等民女能在王府歇下两年，已是王爷的恩慈，不敢奢求更多。"

秋兰见她神色平静，言语中却有暗讽之意，不禁抬头看了看。她想到这个女孩即将孤身一人回到故乡，举目无亲，再无庇佑，心下便多了几分怜悯。

沈瓷轻咬着嘴唇，似乎突然想到了什么，眼中渐渐凝重，再次开口道："说到此处，倒真想起来一事，需要拜托你。"

“姑娘尽管说。”

沈瓷想了想：“我听说，两年前，刺客逃走，王爷曾派人追捕，并未追到。这两年来，似乎并未再听到什么风声。但我想，既然刺客行刺未成功，很有可能还会再行动，届时若有消息，还请秋兰告知与我。”

秋兰笑道：“这等事情，王爷怎会告知我们这些下人，不如我将姑娘的话转达给世子，若是哪天有了消息，再派人告知姑娘。”

沈瓷原本便打着这算盘，遂点头道：“这样也好。”

“只不过……”秋兰迟疑了一瞬，问道，“就算是有了消息，姑娘又能如何？难不成还要亲自为父报仇吗？”

沈瓷思忖片刻，发出一声若有若无的叹息：“报不报仇，是以后的事情，但人总要活得明白些才好。谁杀了我爹，我不会放在嘴边随便问，但不代表我不在乎。我想知道，我得知道，就算没有能力报仇，也得将仇人记得清清楚楚，不要哪一天稀里糊涂地认敌做友，还让我爹在天上不得安生。”

秋兰听了这番言语，心头不由得为之一振。当年的变故，她原本便是目击者，忆及惨状，如在眼前。此刻再看面前这姑娘，更将这番话听到了心里去。

她联想到了世子的身世，同样的至亲被杀，同样被蒙在鼓里。她突然想，世子会不会也同沈瓷一样，其实并不稀罕这份善意的欺骗，而是希望活得明明白白，活得清清楚楚。若是告诉了世子真相，令他辨清敌友，夏莲在天上，是否也会觉得欣慰？

秋兰其实已经思考过很多次这个问题，如今被沈瓷戳中了心事，情绪更是一发不可收拾。她暗暗怀疑，自己同王爷一直以来的隐瞒是不是一个错误。夏莲为王爷付出一生，若是就这样悄无声息地被遗忘，实在令人不忍。好歹，好歹得让她唯一的血脉记得她，也记得她的仇人……

秋兰呆在原地，手中的动作也停了下来，沈瓷见她出神，用手在她面前晃了晃。秋兰这才醒过神来，浑身一个激灵，看向沈瓷道：“姑娘，抱歉了，我现在有急事需要离开一趟，对不住了。”

沈瓷从秋兰手中接过叠了一半的衣裳，并未意识到自己的话对她起了什么作用，只轻轻颔首道：“没事，你忙你的，我自己没问题。要是世子问起来，我就说你已经帮过我了。”

秋兰感激地朝沈瓷笑笑，心中的躁动却停不下来，来不及多想，便快步离开院子，向淮王的书房行去。

书房内，淮王刚临摹完一篇五行字帖。他移开了镇尺，退后一步看着自己所书的字帖，甚觉满意。

秋兰急匆匆地赶来，经侍卫通报，方得进入。淮王见她步履急切，还以为朱见濂那边出了状况，忙问道："怎么了，世子出了什么事吗？"

"不，世子一切安好。"秋兰答完话，突然扑通一声跪在地上，"是奴婢有一事，想同王爷商议。"

淮王见她神情严肃，遂放下手中翰墨，开口道："你说吧。"

秋兰鼓起勇气，仿佛将全身力量汇于舌尖，慢慢道："奴婢想，世子年龄已经不小，位置也已经稳定下来，能不能考虑……"她顿了顿，深吸一口气，"能不能考虑，将真实身世告知与他？"

淮王闻言大骇，微眯起眼，将秋兰上下打量了一番，眸中的冷意渐渐聚拢："你这是什么意思？"

秋兰不敢起身，唯有低头继续道："奴婢觉得，夏莲肯定希望，她自己的亲生儿子，是能够记住她的……"

"啪"的一声，淮王长袖一拂，桌上的字帖随之掉落，跌在了秋兰面前。淮王怒意暗藏，低声斥责道："秋兰，你明知道当年夏莲被杀一事，下令的是万贵妃，动手的是汪直。但这两人中的任何一个，都是权势滔天，动不了的。你就算告诉了世子，也无济于事。"

秋兰咬牙道："奴婢明白，奴婢并不是为了让世子报仇，只是觉得他有权知道自己的亲生母亲是谁。"

淮王冷嗤一声："以他的脾性，要是知道了，你觉得他还能无动于衷吗？当初为了掩盖夏莲去世的事，王府假称她是赎身返乡，若是被世子发现她其实是死在京城，你觉得他不会顺着往下查吗？要是真惹恼了那两位，想个借口把淮王府捅到皇上面前，你觉得整个王府还能安生吗？"

秋兰心头一惊，只欲出言反驳，却如何也说不出口。于理，她明白淮王的顾虑；但于情，她亦有自己的苦衷。如此陷在两难中，好半晌才出声，却是一句："那，那夏莲呢？夏莲的亲生儿子，却还把别人当作生母呢……"

淮王胸口起伏不定，觉得秋兰如今愈发胆大包天，愈发不受自己控制。从前他劝慰几句，秋兰大多不再反驳，可看她如今这心思，讲了这么多道理也没听进去，只怕是再也不能把她留在朱见濂身边了……

淮王气到盛处，反而平静了下来，他一边琢磨着如何不动声色地将秋兰从王府调离，一边拖住秋兰，安抚道：“你的话，也有些道理，但此事非同小可，还需从长计议。不是不告诉他，而是时机未到，濂儿如今正在挑选世子妃，最起码也要等到大喜过后，你我再来商讨这个问题。”

秋兰见淮王松口，气势也松了下来，终于温顺道：“好，奴婢听从王爷吩咐。”

淮王暗暗冷笑一声，心想，你难道还会听我的吩咐，方才分明是要反天了。他挥挥手，让秋兰就此退下。隔了一会儿，又唤来身边的大丫鬟柳依，吩咐道：“想办法告知杜氏母女，她们被禁足良久，都是因为秋兰维护世子，硬要本王拿出惩戒。当初地契一事，也是秋兰把消息告诉的世子。你得让杜氏清楚，她失了妃位、禁了地界，这一切，秋兰占了头一份功劳。”

待秋兰从淮王处回来时，天色已是晦暗。四五个丫鬟正乘着扁舟，嬉笑着在塘中采莲。一阵清风拂过，在碧玉烟波中，携来一阵淡淡的莲香。

秋兰驻足观望，忽然发觉已经又是一年盛夏。忆及初进府时，她曾受夏莲诸多照拂，两个人连名字都颇有渊源。如今站在这凌波吐红的荷塘前，再想到方才淮王的态度，呆立半晌，终是慢慢叹了口气。

她步行回到世子的院子，瞧见书房前还有丫鬟守着，便知世子还待在里面。秋兰盘算着已到了晚膳的时间，遂走上前，朝门口的丫鬟点头致意，又朝里请示道：“世子，晚膳的时辰到了，该用餐了。”

里面什么动静也没有。

秋兰觉得奇怪，瞧见门并未关紧，透过窄窄的罅隙朝里看。朱见濂并未坐在桌前，反是愣愣地站在墙边，望着摆放在边角的那件釉里红，已是看出了神。

秋兰认得，那釉里红是沈姑娘送给世子的大婚礼物，不免觉得心下惋惜。她轻轻咳了两声，又将音量提高了几分，重复道：“世子，该用晚膳了。”

朱见濂被唤醒，转过了身，秋兰这才推门进去，恭敬地立在门边。

“沈姑娘的事情都办妥了？”朱见濂问。

秋兰答道：“办妥了，只是沈姑娘临走前托付给奴婢一件事，望奴婢转告世子。”

朱见濂眼前陡然一亮：“何事？”

秋兰将他这一瞬的神情收入眼底，只怕说出的话会让他失望，低下头道："沈姑娘说，如果将来世子得到两年前景德镇刺杀之人的消息，还请告知与她。"

朱见濂脸色一沉，淡淡答道："好，我知道了。"想了想，又问，"她何时启程？"

"三日之后。"

朱见濂怔忡半晌，喃喃自语般地轻叹了一声："她这么心急啊……"

秋兰没有接话，知晓他心中有事，也只在一旁悄悄站着。四下静得出奇，等待半晌后，秋兰眨了眨眼睛，突然前言不搭后语地问了一句："世子，这几日鄱阳天气燥热，您可有避暑的打算？"

朱见濂愣了一下，避暑同沈瓷离开能有什么关系？他蹙起眉头欲要发问，未及开口，便听秋兰又道："方家长子在婺源举办的诗画会，是十日以后。奴婢私心想着，婺源的夏季清凉怡人，是避暑和游览的绝佳地点，世子不如提早几日出发，先去婺源避避暑如何？"

从鄱阳到婺源，途中正会经过景德镇。朱见濂自然也意识到了这点，心里一阵狂跳，面上却不显，神色淡淡道："鄱阳的夏季，的确不够清凉，行，就依你，提早几天出发吧。"

秋兰心下暗笑，想都没想，当即道："奴婢已经查过了，出行吉日，正是三日之后。"

这话正中朱见濂心坎，他不自觉扬起一丝笑意，又赶紧憋了回去，端着一副正儿八经的模样，严肃地点头道："好，那就交给你去筹备。"

秋兰颔首，眼角眉梢都是弯弯，掩着嘴堵住笑，没再多说。她跟在终于有了食欲的朱见濂身后，朝膳厅的方向走去。

临行当日，是个将雨未雨的闷热天气。

沈瓷半蹲在门外的阶上，看着曾经的小紫貂已经长大，心中不免诸多感慨。她拿了几个小鱼干，一边喂着紫貂，一边摸着它后背浓密柔滑的毛发，轻声道："我要走了，离了这锦衣玉食的王府，怕是再养不活你，你就安心待在这儿，今后如果有机会，我再来看你。"

她嘴上这样说着，心里却明白，这一别，今后恐怕再难有相见之日。这样的年代，聚散离合，便如漂荡的浮萍，再难寻重逢的契机。

紫貂嘴里的鱼咬了一半，含住不动，抬起圆溜溜的眼睛看她，莹亮亮的，似有不舍。沈瓷浅笑，伸手去挠它的脖子。紫貂被挠得舒服了，眯起眼趴在地上，静静享受着她指尖的暖意。可这享受还没过多久，竹青便走了过来，轻声道：“姑娘，马车已经备好，可以出发了。”

沈瓷“嗯”了一声，仍保持着抚摸的动作，半晌后才站起身，说道：“以后，紫貂就交给你照料了，别饿着它，也别给吃多了。”她看着竹青的眼睛，笑了笑，“你也要好好照顾自己，别让马宁欺负了。”

竹青听了这话，眼眶不禁微微泛红。

“姑娘，这两年竹青受姑娘关照颇多，今后您若有什么需要，别忘了捎个信给我，我和马宁都感念着您。”

沈瓷点点头，不愿再刻意营造伤感的氛围，拎起自己的行装，在竹青的陪同下，转身朝外走去。

一路信步，处处皆是回忆。这亭榭楼阁、雕甍画栋，这荷池清莲、纤香盈袖，连带着过往的情思与付出，都静静地留在了这里。

朱见濂没在临走之前同她道别，沈瓷心里多多少少是有些失落的，本以为迈出王府就是独自远行的路途，却没想到，门外是一派她未曾料到的景象。

丫鬟们匆匆忙忙抱着大箱小箱，一个接一个往马车上装。随侍站了两排，浩浩荡荡地立在一旁。朱见濂站着看了一会儿，见行李已经装了快十箱，连忙摆摆手道：“我就去避个暑，又没多久，谁收拾的行装，怎么这样多？”

旁边一个小丫鬟战战兢兢地挪步过来，声音低得像蚊子哼哼：“是……是奴婢收拾的。”

朱见濂面有不悦：“秋兰呢？我的惯常风格她知道，让她来清点，该卸下的就给我卸下。”

小丫鬟垂着头，吞吞吐吐道：“秋兰姐姐昨日清晨便不舒服，说是头昏沉沉的，拖了一天，今早府中大夫说她身体虚弱，这次恐怕不能与世子同行了。”

朱见濂闻言，方才的不悦顿时扫了一半，体谅道：“也好，她平日劳累，趁此机会休息几日也是应该。”说罢，便自己上前，把各个箱子打开随意看了两眼，胡乱卸下几件，觉得轻简了不少，才道，“就这样吧，可以出发了。”

沈瓷呆呆看着朱见濂的一举一动，还没弄明白怎么回事，朱见濂便转头瞧见了她。

他走过来，脸上乐呵呵的，说：“姑娘等在这儿做什么呢？”他作势思索，明知故问道，“姑娘也是今日出发？”

沈瓷木然地点了点头。

朱见濂朗朗笑了两声：“那刚好，我今日也出发去婺源，干脆同行一程，路上也有个伴。”

他没用疑问的语气，干干脆脆地说完，压根儿不等她回答，又偏过头向一旁的丫鬟吩咐道：“你们三个，回去照顾秋兰，我用不着这么多人。”

沈瓷立在原地，心中不禁多了几分侥幸，虽然他并不是为了给她送行，但机缘巧合下能够同行一程，已是极大的安慰。

趁着朱见濂吩咐下人，她碰了碰身边的竹青，好奇地问道：“你知不知道，世子这次去婺源，是要做什么的？”

竹青望了她一眼，吞吞吐吐道：“我听灶房的厨娘讲，世子受邀参加婺源诗茶会，而这主办的人，恰好是方家的长子……”

只这一句话，将她方才的那几分侥幸统统浇灭，愣了半晌，唇角轻轻勾起了一抹自嘲的笑意。

方家的长子，方若然小姐的哥哥，他是为了去见那被淮王相中的未婚妻，而自己竟差点儿以为他是借口要与自己同行……什么叫作痴人说梦，这便是。

周边的空气阴沉下来，沈瓷心觉万分难挨，叹了口气，同竹青做了最后的告别，便默默走到队列最后，钻入了自己那辆朴素狭窄的马车。

朱见濂朝下人们指点完毕，一行人终于整装待发。他理了理衣衫，再转头去看，却发现沈瓷早已不见了踪影。

他不好意思专程去寻，只左右看了几眼，便瞧见竹青干巴巴地站在那里，怀中抱着只龇牙咧嘴的紫貂，正望着队列的最末端，依依不舍地定在原地。那紫貂转转小脑袋，不小心对上了朱见濂直视的目光，身体一僵，赶忙往竹青怀里缩了缩，两只小爪伸出来，连眼睛都给蒙住了。

他看着这情形，突然便觉得胸闷气短，心想这就是她沈瓷教出来的好畜生，看见他还知道躲，小丫头片子能躲哪里去？连句请安都不说，就敢在世子之前上了马车，这还有没有规矩了？

他咬咬牙，迈开步子就往队列的末端走，待那辆低调寒碜的马车终于近在手边时，一把便拉开了门牖上的粗布绉纱。沈瓷就坐在里面，形容镇定地看着他，脸上没有表情，背上却已惊出了一层冷汗。

朱见濂站在马车外凝视她半晌，突然就笑了：“要走了挺高兴吧？平日里温温吞吞，要走了比谁动作都快。”

他的笑中藏刀，语气尖刻，几句话就把沈瓷的心揉成了一团烂泥。她张着嘴巴，有些话几乎到了喉咙尖，又被硬生生地吞了下去。

有些距离就是一开始注定的，就像现在，他长途跋涉去见他的方家嫡女，而她不忘初心回到她的瓷都故乡。这都是理所应当、恰如其分的轨迹，他现在跑来质问她，自己又能主宰些什么呢？她想到这里，心下悲凉，不禁自嘲地笑了笑。可这笑落在朱见濂眼里，却变成了默认，变成了冷嗤，变成了她即将展翅高飞的快乐。

他气不打一处来，用力拽起沈瓷的胳膊，狠狠往上一提，像拎起一只不听话的小动物，把她跌跌撞撞地拖下马车。在一众围观的下人眼皮子底下，堂而皇之地把她扔上自己的车辇，自己也攀了上去，就这样坐稳了，启程了。

世子的车辇内，四面丝绸装裹，冰绡刺绣精致考究。烟紫色的绉纱垂落下来，小桌上还摆着一套莲花纹青白茶具。

与沈瓷那空无一物的马车相比，两者实在是天上地下。但这华美依然遮掩不住气氛的沉滞，车轮声充斥在沉默的车内，直将人闷得喘不过气来。

沈瓷从上车后就保持着同一个坐姿，一动也没动。朱见濂把她扔上来，也什么都不再说，闷着头倚在软榻上。就这样僵持了半晌，沈瓷突然觉得如此下去也无济于事，轻轻揉了揉发红的眼，终于开口：“世子这是做什么呢？”

他缄默不言，好半天才轻哼一声：“你说呢？”

沈瓷摆正了身体，直视着他：“世子，您着急什么呢？我不过是一个小小的民女，值得为我这么生气吗？”未等他回答，她已是笑了笑，自问自答，“不值得。”

她仔仔细细看着眼前这个人，想着他的好处，他的胡诌，他似是而非的关心，整个人便渐渐柔软下来。离别之际，她一点儿也不想同他这样僵持着，因而只是想一想，情绪便很快顺从下来。

车辇行驶得稳稳当当，她伏下身子，挪到朱见濂脚边，替他将杯子里的茶满上，递呈给他。朱见濂没犹豫，径直接了过来，沈瓷等着他喝完放下，才再开口道："我要走了，今后啊，想必同您也没什么机会再见面了。本来有些话是不该说的，但恰好这一路同行，便索性说着玩，您就当个笑话听听。"

朱见濂听了这话，不知怎的心便被捏紧了。他将目光转过去，看见她整齐洁白的牙齿露了出来，仿佛真的是要说一个笑话。

沈瓷整理了一番情绪，尽力以一种诉说前尘往事的口吻，语调轻巧地说："我老实同您讲，您可别怪罪。其实我胆大包天，真的对您存了喜欢的心思。沈瓷情知配不上您，家父又还有遗愿未完成，因而知晓自己与您绝无可能。现在好了，您即将迎娶高门府邸的官家小姐，我也要回到我该待的地方，今后不再见面，才敢冒昧把这陈年旧事说与您听。"

她一席话一鼓作气地说完，几乎没有换过气，生怕言语一断，该说的便说不全了。

沈瓷的话音落下，过了许久，马车里一点儿声音也没有。朱见濂低下头，默不作声地把她的话重新过滤了一番，确定自己算是听明白了。

她表明心迹的同时，又决然地拒绝，甚至说出了再不见面这样的话语。这哪里是在剖白感情，分明是在划清界限。

他看着她跪在他面前，替他端茶送水，姿态恭敬，分明是曲意讨好的模样。可是，她的俯首帖耳、千依百顺无论多么循规蹈矩，都从骨子里透出一股淡漠和敷衍。这是他早就发现的事情，最开始是应用到朱子衿身上，而现在却用到了他这里。她说的是爱慕的话，用的是渴盼的眼神，可实际上做的，却是绝情的事。

朱见濂突然咯咯笑起来，声音朗朗，霎时将寂静的氛围打破。他伸出手来指着她，捂着肚子，笑得上气不接下气："哈哈哈，姑娘你这么急着拒绝，不会，不会是以为我真对你有意思吧？"

沈瓷愣了愣，方才的气定神闲都不见了，只茫然无措地看着他。

"世子……"她看他笑得腰都弯了，伸出手去扶他，朱见濂却一把将她的手弹开，渐渐敛下了笑容，他憋着一张正经的脸，撑了不到须臾，一个没忍住，扑哧一声又咧嘴笑开了。

"姑娘啊，小瓷片儿啊，你考虑得真是太多了。其实你不用这么急着拒绝，就算只有前面那半段话，你难道以为我会强迫你回到王府吗？"他笑得更大声，乐不可支，"别的咱们不提，就说你这脸吧，你的脸才巴掌大。还有你这腿，这么短一截……"

沈瓷轻轻插嘴："那是因为我个头不高。"

"对对，你的小矮个，哈哈哈哈……"他笑得眼睛都红了，眼泪积在眼角，"还有你没曲线的身材，哈哈哈哈……"他看着她，手指戳戳她的肩，"你说，你就这个样子，我怎么会，怎么可能……"

沈瓷不说话了，等着他把话说完。

"算了，我懒得再说了。"他一副意犹未尽的样子住了嘴，扯过一个宝相花纹的锦织软垫，瘫倒般地靠在身后，面上还强撑着，"可惜你要在景德镇下车了，不然让你见见方家的方若然小姐，人人赞她高挑俏丽，那才是美人……"

沈瓷还是跪着，身体却已经僵硬了。她默默听完他这番话，四肢百骸都似被抽离了一般。她闭上眼，像是真的认真做了思考，良久，才慢慢地，一字一顿地开口："世子……"

朱见濂坐直了身子看她。

此时此刻，他脸上那些夸张的笑容都消散了，背脊直挺挺的，似乎在暗暗期盼着什么。平日里高高在上的世子，竟在这时带了点儿眼巴巴的味道。

可是沈瓷并没有看到，她只是低着头，慢慢张开了嘴，完全理解、心悦诚服一般，深深叩首道："……世子，您说得是。"

朱见濂挺直的脊梁一下便垮掉了。

马蹄嗒嗒地敲击着地面，溅起阵阵尘雾，车队又行了片刻，马车外的丫鬟怯生生地跑到窗边请示道："世子，清心湖到了，世子是否需要下车观赏，稍作休整？"

朱见濂轻吸了一口气，他觉得自己现在的确很需要清一清心，静一静气。由是，他应允了一声，那窗外的丫鬟便赶忙跑去队前通报，未几，整支车队便都停了下来。

朱见濂掀开了车帘，却没有立马跳下车，他背对着沈瓷，望着车外的天光云影，说道："我这一路游山玩水，想必会耽误姑娘的行程。你的马车还在队伍最后，可以自己先行离开。"

说完，也未等沈瓷回答，便干净利索地跳下了马车，逐客令下得毫无回旋余地。

沈瓷呆立片刻，敛了敛衣裙，待朱见濂走远了，才慢慢扶着门沿下车。她的腿还是瘫软的，脑中一片空白，孤身一人回到了那辆低调寒碜的小马车上，回到了她本来的位置。坐在车内，她轻轻地将窗口的粗布绉纱掀开一角，见世子面向着碧波湖水，未有回头的打算，才完全放下绉纱，对车夫道："走吧。"

瘦马牵动着车，嗒嗒地向前走着，渐渐便离车队远了。沈瓷闭上了眼，头靠在车壁上，只觉身心俱疲，在这有节奏的震动声中，渐渐虚弱地昏睡过去……

而清心湖畔，朱见濂望着静静湖水，心中堵得要命，他沉吟良久，没有回头，耳朵却将那阵孤单的马蹄声收在心底。待确定沈瓷已经离开后，才慢慢转回身，命令道："所有人都听清楚，此行不去婺源了，掉头，回王府！"

就在朱见濂一行踏上了前往婺源的路途后，王府的一切也在紧锣密鼓地进行。

秋兰从昨日起，头脑便有些浑噩，到了临行这天的清晨，已是精神萎靡，不得已留在了王府。府中的大夫来看，只说她是食了不干净的东西，没有大碍，不久便会好。

她放下了心，安安静静躺在床上休养，却不知这一切，早已被有心人安排好了。

杜氏母女被禁足良久，虽说衣食无忧，但毕竟被限制了自由。杜氏的父母得到消息，曾亲自来到淮王府调解，却奈何如今家族失势，再加之杜家吞了淮王府不少钱，终究还是无声妥协。在侍卫的监督下，他们同杜氏见了一面，瞧着杜氏依旧锦衣玉食，虽成了侧室，却没遭什么大罪，便也不再过问。

杜氏苦闷，又没了倚仗，只得三番五次让下人通传王爷，想要寻几日自由，却一直未得到回应。可这一次，距离她上次请求的日子已经过了十余日，本以为又是无望，却在今日，万分意外地得到了解禁的应允。

杜氏惊讶，忙问通传那人："王爷今日为何应允，可有缘由？"

那人想了想，道："大概是世子去了婺源，大约要二十日后才回来。"

一时间，杜氏的心情又喜又怒。喜的是，淮王终究不忍让她们一直禁足，终于能出来活动几日；怒的是，她竟只能在朱见濂游山玩水时才得到这点儿微薄的自由，由此对他还有他的随身侍女秋兰，更加恨之入骨……

朱见濂是走了，可没过多久，不用杜氏自己问，贴身侍女碧香便匆忙跑来，贴在杜氏的耳边说："夫人，我无意中听到下人们说起，秋兰病了，没随朱见濂去婺源。"

杜氏眼前一亮，如今她失了王妃之位，若想继续在王府待下去，朱见濂是动不得了。可她这满腔的怨气能找谁发泄呢？不能寻世子，悄无声息地惩罚一个丫鬟总可以吧……

杜氏磨磨牙，在心底盘算着法子。她本想让碧香下毒混在秋兰的汤药中，但她的房间早在软禁之前便被搜查过，这两日自由活动的范围又仅在王府内，怕是寻不得药物。

杜氏闷哼一声："这样也好，喝了药，无声无息睡在梦里，岂能如此便宜了她。碧香，你来，你这样做……"

她拉过碧香，在耳边轻语了几句，又从房中取出三锭金子，塞进碧香的手里。如今，她这华美宅院，除了金银珠宝，也没别的东西了。如此想想也是悲哀，但这悲哀，亦恰恰成为她行凶的武器。

接下来的事，顺利得简直超出了她的想象。

没了朱见濂的院落，护卫和丫鬟所剩无几，院内空空荡荡的一片。碧香一路异常畅通，毫无阻碍地便到了秋兰的房门口。

她透过窗缝朝里打量，屋子里一个多余的人都没有。

碧香推门走了进去。

秋兰躺在床榻上，呼吸还有些虚浮。她紧闭双眼，似乎疲倦至极，迷迷糊糊中听到脚步声，睁开一只眼去看，正看见碧香站在床边，阴沉沉地看着她，唇角带着诡谲的笑意。

秋兰手中的床单一下子就抓紧了。

"你，你怎么逃出来的？"秋兰呼吸不匀，警惕地看她。

碧香轻巧一笑："不是逃，是王爷恩准的，如今世子远行，王爷立马便取消了禁足的命令。"

秋兰皱眉，心中升起一股不祥的预感："你来做什么？"

"你说我来做什么？"碧香伸出手，三锭黄灿灿的金子在掌心闪耀，"这是王妃娘娘赏赐给你的。"

秋兰苍白着嘴唇冷笑："她早就不是王妃了，她的儿子也做不了世子，永远做不了。"

碧香猛地收紧手中的金锭，虚着眼睛看她，半晌笑道："对，我家夫人如今已经不是王妃了。但是，这是谁害的？又是谁顶替她的儿子做了世子？"她向前走了一步，坐在床榻边，声音压低下来，"秋兰，你主子夺走了我主子的东西，他不偿还，便只能你来了。你终归不过是主子身边的奴才而已，贱命一条，我家夫人肯关注你，已是你的荣幸了。”

秋兰从她的话语中觉出异样，这人不是来争辩的，是来要命的。秋兰的胸口起伏，瞪大了眼睛，拼尽全身力气，刚大喊了一句“来人！”便被碧香猛地捂住了嘴。

秋兰本就身体虚弱，如今受人钳制，更是无力反抗。刚才那声叫喊已花了她大半的力气，可等了半晌，门外却是空空如也，一个人都没有。

她霎时就明白了这一切到底是谁的手笔。

世子远行，身体不适，解除禁足，清空门人，最后再使这么一招借刀杀人。她效忠了十余年的淮王，终是将刀刃对准了她……

那一刻，心中的薄凉与自嘲几乎将她整个人湮没在浑噩的沙尘之中。她看着碧香拿出手中的金子，一锭一锭地塞进她的嘴里。窄窄的喉管被坚实的硬度堵住，第一锭还能顺利穿过喉管，进到她的胃里，到第二、第三锭连续卡入时，只死死将喉咙封住，无法呼吸，好半天才坠入肠道。她满脸泪水，无力反抗，绝望至极。呜咽唤着世子的名字，心中却明白，他绝不可能会在此时出现……

碧香离开世子的院落时，消息同时也传到了淮王那里。

强行吞金，不会马上致命，却会因疼痛难忍折磨致死。他在幕后操纵着一切时，并未想到，杜氏竟会用这样狠绝的法子。

以他对杜氏的了解，秋兰或许会受刑，或许会失贞，或许会缺胳膊少腿。届时，淮王便会以她不宜待在世子身边为由，在朱见濂回来之前，给她一笔钱，将她送到一个难寻的村落。他并不想要她的命。

可淮王没有料到，杜氏被禁足的日子里，不仅没有收敛，反倒被激发得更加极端，竟是直接使出了这种残忍的法子。

他的心里有说不清的矛盾，可如今事已至此，再难回头。他听完了消息，沉默良久，终是叹息一声，嘱咐了一句：“下去吧，别让任何人打扰秋兰。”

淮王脚步虚浮，踽踽迈入内室之中，心中想着，如此，世子的身世便能永远尘封了吧。他这样宽慰着自己，为自己失策的计谋寻求借口，却没有料到，此时朱见濂的车辇，已提前踏上了路途……

朱见濂与沈瓷分开行路后，掉头便回了王府。诗茶会不想去了，世子妃不想见了，满心破罐破摔的冲动。

他如今只想回王府好好睡一觉。

可既然他根本不想去，当初又为什么要踏上行程呢？

他想了想，终于回忆起来，这是秋兰的主意，是秋兰想随他去婺源避暑，结果她没去成，也让他白跑了一趟。朱见濂坐在沉闷闷的马车中，又为自己找到了借口，他想，对，回去得先说一说秋兰，然后再去好好睡一觉。

他并不知道，此刻的秋兰，已是气数将尽，只仰头躺在床榻上，独自望着空荡荡的屋顶，等待生命在痛苦中一点点消耗殆尽……

朱见濂回到王府，未等拆卸行装，便匆忙朝秋兰的住处赶去。他心中有无奈需要发泄，二话不说便推开了门，恍然一看，却发现秋兰已是脸色惨白，嘴角溢出血，流得到处都是。

朱见濂一瞬间觉得天地都在飞速旋转，大声唤她的名字："秋兰，秋兰！"他心急如焚，转头就朝门外吼，"愣着干什么？快去叫大夫来啊！"

"没……没用的，世子。"秋兰的一字一句像是用血凝成，她头没动，眼睛睁大，泪水慢慢滑下来，这样无力和悲哀。

朱见濂靠近，颤抖着声音劝慰她："秋兰，你再等等，再等等，大夫马上来了。"

"别让其他人进来……"秋兰艰难地挤出话语，"奴婢，奴婢有话同您说……"

"好，好，你说，我听着。"他扶住她的肩，试图给予她支撑。

秋兰看着他，那双空洞的眼睛突然有了神采，一边忍耐着巨大的痛楚，一边将所剩的气力汇于舌尖："世子，夏莲、夏莲才是您的亲生母亲，死于四年前王爷入京述职之时。杀她的人……"秋兰喘着粗气，这条命已在生死一线，"下令杀她的人，是万贵妃，动手的人，是汪直……"

朱见濂张着嘴，什么话都说不出来。

秋兰回光返照，不知道哪儿来的力气，突然就把他的手握住了，死死的，毫不退让，眼中含着哀求和决绝："奴婢，奴婢照顾了您十几年，请您一定要相信，一定要……"

话音刚落，整个人便如同一条没挂好的绸子，软软地垂落下去，只有那只手，还紧紧地挂在他的腕上，似在强调她最后的话语……

门外响起了急促的脚步声，听说世子突然折返的淮王和提着药箱的大夫匆匆赶来，于同一时间跨过门槛。大夫上前，探了探秋兰的鼻息，无可奈何地摇摇头，很快告退。而淮王愣在原地，望着秋兰那只抓着朱见濂的手，惴惴不安的同时还有不祥的预感。

千算万算，最后还是算漏了一环。

朱见濂呆呆望着秋兰那青筋突起的指节，心中的某些东西悄悄发生了变化。

他终于知道了自己要做什么。

陈年旧事，过往纠葛，携着蚀骨的痛楚而来，转眼间，又将掀起新的诡谲风云……

第五章

瓷笔生花

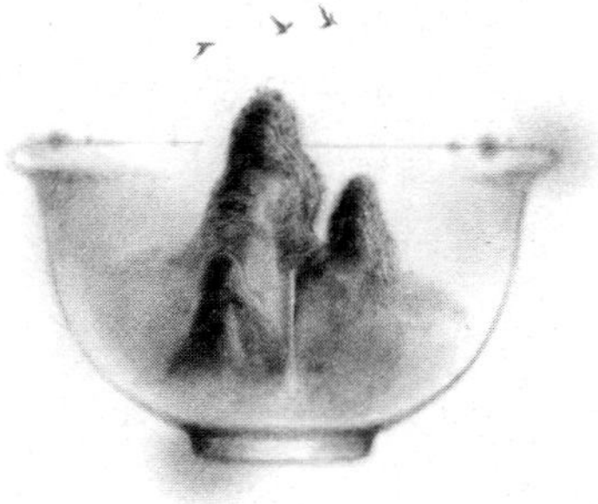

清风习习，鼓入袖中，隔开了肌肤和衣裳，仿佛贴身便是和煦柔风。沈瓷昨夜走到半路，甚是疲惫，寻了个客栈休息一晚，直到巳时才抵达景德镇。

她谢了车夫，独自走在熟悉又陌生的青石板路上，仰头看看这云净天高的气象。夏日灼烈的阳光渐渐透出了炎热，一错眼，便觉得一切都罩上了浅浅的光晕。青石阶下，菁菁素草冒了个头，在阳光的映衬下，闪烁着轻柔的光泽，仿佛那上面照着的不是阳光，而是灵动的喜悦。

沈瓷不由得提了一下长裙，似怕惊扰了这石阶下的生命。四下张望，青墙黛瓦的一间间屋子里，处处都传递出浓浓的陶瓷气息。透过敞开的窗门，得以看见工匠们正在细致耐心地制作着，透着一股安静详宁的气息。

这景象她从前见过多次，在景德镇，哪一天不是这样的景象呢？陶瓷，是这里随处可见的主题。她从前并未细心感受过这种氛围，如今阔别返乡，方识得其中滋味。

两年了，她终于遵循当初的诺言，回到了这里。

一阵风拂过，翻起了沈瓷的衣袂，她轻轻地用手又压了下去。想到自己即将要去的地方，她方才的喜悦淡去，转而带了几分忐忑的颤抖。

檐铃与树枝乱摇，她继续前行，那衣裙却似不触地，只听得轻微的脚步声。当她终于站在曾经的沈氏瓷铺前，那份紧张和揣测反倒是淡了，化为了时过境迁的苍凉。

若不是她曾经在这里生活了十几年，当真会以为自己走错了地方。曾经的沈氏瓷铺早已改头换面，变成了一家生意红火的饭馆。

这饭馆修得相当考究，雕栏玉砌，白石台矶，桌子用的是上好红木，细雕了新鲜花样。墙面上挂着水墨书画，亦有意趣。阳光透过镂空的雕花窗框射入店内，更显得贵气精致。

若是从前，沈瓷看见这般阔气的饭馆，必因囊中羞涩而绕路。可如今不同了，她身上还余有卖瓷挣来的银两，加之这饭馆所在的位置便是从前的沈氏瓷铺，没多想便进去了。

小二见她衣着光鲜，必定是出自锦衣玉食的人家，上前招呼道："这位姑娘，您想点些什么菜？"

"上两三个你们这儿有特色的菜吧。"沈瓷没心思多问，目光徘徊在饭馆内。从前，后院的瓷窑与前方的瓷铺是有墙隔开的，中间只有一道窄门。如今这家店却是全部打通，做成了一家规模较大的饭馆，再无前后之分。果真，这一回来，是什么都变了的。

小二把菜品端上桌，花菇鸭掌、挂炉山鸡以及一份枣泥糕。她连日奔波，真的有些饿了，执起筷子尝一尝，纵然吃过许多淮王府烹饪的美味，也不得不承认，这家饭馆的食物的确令人口齿留香。

"姑娘是头一次光顾小店吧？"小二问。

"嗯，是。"沈瓷不想同他多说，淡淡道，"你去忙吧，挺好吃，我会再光顾的。"

小二见她心不在焉，也不再多话，很知趣地退下了。可是他们的对话虽然无心，却传入了另一个人耳中。

那人原本是背对着沈瓷的，听见了对话，转过头去看，眼睛都瞪大了。手里的筷子一个没捏住，不小心落在了地上。

"阿，阿瓷？"她试探地叫着，几乎不敢相信。沈瓷听了这一声，稍稍一愣，咬了一半的鸭掌停下来，抬起头，竟是在这儿遇见了她从前的好友卫朝夕。

如今，时隔两年，昔日好友再次见面，竟还是在这时过境迁的店铺内。

卫朝夕从凳上跳下来，一溜烟坐到了沈瓷旁边，两个人眼对眼看了片刻，卫朝夕突然一把抓住沈瓷的肩膀，前前后后使劲摇晃："你、你、你这个没良心的，回来都不告诉我，你还当我是朋友不？"

沈瓷被她摇得头都晕了，用手止住她，面色无奈："我是今天刚回来的，在马车上颠簸了一日，一到景德镇就奔这儿来了，真不是不告诉你。"

卫朝夕眨眨眼，有些怀疑："真的？"

"真的。"沈瓷的眼神不能更真诚了，虽然她被卫朝夕摇得天昏地暗，但回到景德镇，还有这么个人惦记着她、在乎着她，她心里是温暖的。

卫朝夕想了想，慢慢松开了沈瓷的肩膀。她伸出手，摸摸沈瓷的脸，又捏捏她的腰，眉眼慢慢就笑开了："哟，在王府被养得挺好嘛，皮白肉嫩的，看来淮王没亏待你呀。"

沈瓷原本还觉得有点儿无所适从，但卫朝夕依旧亲密的言语动作让她放松下来。在王府的两年，让她变得隐忍而沉默，竟已忘了与朋友亲近是这般感觉。

两人叙旧的话还没说几句，对面就有人发话了，是卫朝夕的父亲卫宗明。他将方才两人的言语举动收在眼底，用指节轻轻叩了叩桌面，说道："朝夕，回来先把饭菜吃了再叙旧。"他顿了顿，看看侧旁的沈瓷，又补充道，"沈姑娘若是不介意，便一起吃吧。"

沈瓷想到卫宗明从前对她的不喜，犹豫了片刻，还是点下了头。卫朝夕帮着她将桌上的三道菜转移了过去，三个人围成一桌，一下子便热闹起来。

"阿瓷，你在淮王府过得还好吗？"卫朝夕拿了一块从沈瓷桌上移过来的枣泥糕，边吃边说。

沈瓷还未回答，便听到卫宗明沉声道："朝夕，把嘴里的东西嚼完了再开口，别没规没矩的。"

卫朝夕嚼完了嘴里的枣泥糕，嘀嘀咕咕："这桌上又没外人……"

沈瓷不禁笑了笑，对卫宗明道："卫老爷，没关系的。"又回答卫朝夕道，"我在那里一切都好。"

说到"一切都好"时，她自己也迟疑了一下。那算是好吗？忆及昨日与世子在马车内的言语，便如同有一把飞薄的利刃割在她的皮肤上。只隔了一日而已，如今坐在这景德镇的饭馆中，却像是已经离她很远。

世子现在在哪儿呢？应当快要见到那位高挑俏丽的方家小姐了吧？她无声地叹了口气，抿了一口粥，突然听见卫宗明接下了话茬儿："既然一切都好，敢问沈姑娘为何要回来？"

"爹！"卫朝夕有些不高兴了，觉得他提问的方式过于刁钻。

沈瓷却是不以为然，轻巧道："该学的东西学完了，该做的事情也做完了。学成归来，是我早与淮王约定好的。时机到了，我提出，淮王便应允了。"

“这么说，姑娘在府中还与淮王交流甚多？”卫宗明坐得端正了些，想着沈瓷如今是淮王认准的恩人，面上便多了几分恭敬，“看来淮王还挺念旧恩的。”

沈瓷心里对这说法不太认同，但也敷衍地“嗯”了一声，没有多说。

卫朝夕不想看自己老爹在这儿瞎说一通，往沈瓷身边凑了凑，问了要紧的话：“阿瓷，你回到景德镇，打算怎么办啊？”

沈瓷思索片刻道：“我近日先住客栈，在镇上找找屋子，争取早些寻得落脚的地方。”

卫朝夕眼前一亮：“还找什么啊，卫家的宅院这样大，房间空着也是空着，你搬过来跟我一起住呗。”

这一次，以为淮王感念旧恩的卫宗明也点头了：“是的，我今日就可让下人收拾出房间来。”

“多谢卫老爷的垂怜，但是不必麻烦了。”沈瓷摇头，她已过累了寄人篱下的生活，不愿从一个屋檐下辗转到另一个屋檐下，只说道，“我身上的银两还有宽裕，待寻得瓷活儿做，可以自力更生。”

卫朝夕愣了愣，皱着眉头问道：“可是……阿瓷你如今都没有瓷窑，怎么揽瓷活儿？难道要去给别人当窑工吗？”

沈瓷早就想过这个问题，径直答道：“暂时当窑工也没关系，因为我想去的，是御器厂。”

“御器厂？”卫家父女同时重复了这三个字，颇有些惊讶。所谓御器厂，便是指的官窑，代表着如今瓷器技艺的最高水平，只为皇家烧瓷，进贡给皇室。最精湛的技艺，最精细的原料，最充足的资金，都汇聚在那里，无数精美绝伦的瓷器都出于此。

要进入御器厂，绝非易事。如今御器厂采取的是“官办民烧”的形式，那里汇聚着各方陶瓷巨匠，普通制瓷人千挑万选进去了，也只能当个干杂活的小窑工，薪水微薄。沈瓷年纪轻轻，又是女子，更不招人待见，还不如好好做民窑，还能赚得些钱。

由是，卫朝夕无法理解沈瓷的决定，嗔怪道：“御器厂的瓷器虽好，但出头太难了，阿瓷你做做普通的民窑，轻松快活，生计已是不愁的。”

沈瓷笑了笑：“我决心已定，不为赚钱。御器厂的许多工艺都不外传，我只想研磨技艺，做出最好的瓷器。至于商业卖瓷，我在鄱阳已经试过，如今已不太在意了。”

卫朝夕见劝不动她，只得作罢，又低头去啃桌上的挂炉山鸡，三人沉默了一会儿，待卫朝夕啃完了手中的骨头，再要伸手去拿时，却听卫宗明突然开口道：“沈姑娘，我这些日子与御器厂的督陶官李公公有些交集，要不然，我帮你引荐一下？”

沈瓷眼前一亮：“可以吗？”

卫宗明没点头，斟酌道：“三日后，正是我的寿辰，邀请了督陶官李公公前来赴宴，届时我可将你介绍给他。若是李公公心情不错，送你入御器厂没问题，但具体做什么活儿，就很难说了。”

督陶官，便是从京城派往景德镇，专门负责监督御用瓷器生产的官员，大多是由宦官担任。在景德镇这样的瓷都，督陶官的地位并不亚于浮梁县县令。

沈瓷闻言，不由得蹙了蹙眉：“在御器厂做什么活儿，不是看制瓷水平吗？”

卫宗明往四周望了望，见无人关注此处，低声道：“李公公哪会管这么多，他领着朝廷的俸禄，按时交上瓷器就行了，在景德镇悠闲着呢，压根儿不愿管太多。”

他顿了顿，见沈瓷陷入思索，遂又道，“不过，我听说，前面几批送入京城的瓷器，皇上都不太满意，告诫李公公若是还不改进，就罢免他的职务。所以，他最近才拿出点儿计划，不光要督促高级御器师制造精瓷，还说要在民间寻找有资质的瓷艺人，由高级御器师指导制瓷，估计也是真的心慌了。”

沈瓷从他的话中觅得希望：“还有这等事？”

卫宗明睨了她一眼：“进御器厂问题不大，但跟高级御器师学习这事，你别抱什么希望。你是女子，被举荐的可能性微乎其微，本身便有劣势。”

沈瓷仍是坚定：“那也要试试，反正我已经打定主意要去御器厂了。”

卫宗明看看她：“行吧，总之我替你引荐一面，其余看你自己。但沈姑娘，我得跟你提个醒儿，这李公公的下一批瓷器若是还不得皇上满意，这位置就悬了，届时换一位督陶官，御器厂的情形就说不准了。这督陶官是整个官窑的监制人，换了头领，难保下面会变成什么样，你得做好这个准备。”

沈瓷点点头，心中已有了数：“谢卫老爷，我都记住了。”

两人话毕，这才重新拿起筷子，正欲夹去，看着餐盘中的菜品，却都是一愣。

“嘿嘿，不好意思啊……”卫朝夕咬着下唇不好意思地笑了，“我看你们聊得太投入，插不上嘴，只能专心吃东西，不小心，就给吃光了……”

沈瓷讶异地打量了卫朝夕一番，这芙蓉秀脸，婀娜身段，根本看不出她竟能吃得这样多。两年前的卫朝夕便贪吃，许久不见，相比从前倒是变本加厉了。

卫朝夕嘻嘻而笑，露出两排晶晶发亮的雪白细牙，笑靥明媚，看看沈瓷，又看看她爹，透出腮边的小酒窝儿，殷红的嘴唇舔了舔，说道：“这家店的菜真挺好吃的……要不然，我们再点一个红烧鱼头吧？”

卫宗明唇角抽搐了一下，在女儿殷切的目光下，只得无奈转头：“小二，加菜！”

三日后。卫府。

卫家作为景德镇的大户，在卫老爷四十岁寿辰之际，往来宾客络绎不绝，多是有头有脸的人物，督陶官李公公亦是其中之一。

沈瓷虽没什么身份，但既然借着卫朝夕的薄面参加，当然也给卫老爷送上了一份礼物。

一套亲自制作的青花瓷餐具，包括盘、碗、碟、匙等。青花瓷虽然不算稀罕，但贵在其间花样纹饰，灵动秀丽，绘制精细，光凭图案便值得收藏。

这一次回景德镇，除了必需的衣物和沈父留下的薄胎瓷外，沈瓷还带了几件瓷器。其中之一便是送给卫老爷的这套青花瓷餐具，此外，还有两件稍有瑕疵的中上等釉里红，以及一件上佳的青白瓷葵口碗，以备不时之需。

卫宗明收了沈瓷的礼，略有惊叹。没想到沈瓷去了淮王府两年，竟真是去学艺的。他记得她从前画瓷也是流畅秀美，但图样远不如现在生动灵气，一时间心中有了底，从这一套青花瓷餐具中拿出一只茶杯，准备说给李公公的话也理顺了。

待宾客几乎都到齐了，督陶官李公公才姗姗来迟，他手执一柄羽扇，身姿摇曳而来，执扇的手微微翘着兰花指，细声笑道：“卫老爷，寿辰大吉啊。”

卫宗明将李公公请于上座，又亲自为其在杯中满上茶，恭敬道：“李公公大驾光临，实乃卫某的荣幸。”

李公公颔首，翘着兰花指端起茶杯轻轻地吹，眼神不自觉微微向下，便见澂滟茶汤中茗叶飞舞，而茗叶之下，竟有一只锦鸠若隐若现。他不禁再次吹开了茶叶，瞧着那锦鸠立于竹石之上，长长的翎毛形象逼真，妙得自然。在茗叶飞旋的意境下，更显淡雅空濛。

这么一看，茶叶都舍不得喝了。李公公将杯子从唇边拿开，又去看杯外的图案，隽细的花纹描绘着风吹枝柳，郁郁葱葱，流出几分写意的风范。

“卫老爷，您这茶杯上的纹样不错啊。”李公公啜了一口茶，笑问，“多少银两买下的？”

“并未花任何银两。”卫宗明道，“不瞒李公公说，这茶具是祝寿的人今日清晨送的，是卫某闺女的好友亲手制成的。”

“哦？”李公公轻轻挑起眉毛，“我之前倒是不知卫家女儿还有画瓷手艺这样好的朋友。”

卫宗明见他略有不满，立刻道：“之前李公公不知道，是因为她并不在景德镇，而在鄱阳，前几日才回来。”

“哦？饶州府？”

“正是。”卫宗明抬头看看他，近了两步，压低了声音道，“李公公可还记得两年前，淮王到景德镇视察时，遭遇了刺杀？”

李公公忆及往事，面色微惶：“自然记得，当时浮梁县令与本官都有陪同，幸得最后有个工匠替淮王挡了一剑。”他思忖片刻，又回过头来问卫宗明，“这同你女儿的朋友有何关系？”

卫宗明叹了一口气：“当初替淮王挡剑的工匠，姓沈，他女儿名为沈瓷，便是小女的好友。”

李公公终于恍然大悟：“这么说，她还是淮王的恩人了？”

“正是如此。”卫宗明说到这里，终于将目的顺理成章地引出，“这沈姑娘喜爱制瓷，回到景德镇，便是想要进御器厂。按理说，本该经过一番严苛挑拣，才能成为御器厂的窑工。但这沈姑娘背后是有淮王撑腰的，卫某也是给您提个醒，别不小心把人看漏了，省得淮王亲自来问候。”

李公公听了这番话，深以为然，再看手中的茶杯，竟觉得这花饰图纹更加精致，再有淮王这一座大山压下来，很快抬头答道：“多谢卫老爷提醒，沈姑娘天赋出众，必会在御器厂有所施展。”

卫宗明目的达成，颔首作揖，转身又去招待其他宾客了。而李公公还执着茶杯，慢慢饮着，若有所思。

没过几日，沈瓷便收到了御器厂的消息，称李公公赴宴卫家时，无意中瞧见沈瓷所制的茶杯，觉得此女大有可为，特批她直接成为御器师。

这消息来得突然，女御器师又是少之又少，不免令人咂舌。有记得沈瓷的景德镇人，纷纷称她是凭借淮王的势力才得到特许，颇有不服。

沈瓷想，他们还真就说对了。盘算起来，若是没有淮王这层关系，李公公顶多让她先进御器厂当个窑工，若要做到御器师，按照李公公这懒散性子，还不知道要等多久。

但是，有没有借势而上是一回事，做得好不好，又是另一回事。先要有机会，才能获得施展的空间，

由是，对于种种妒言，沈瓷皆是一笑而过，挽过卫朝夕的胳膊："为庆贺我顺利进入御器厂，请你吃好吃的去。"

卫朝夕的眼睛立刻变得闪亮亮的，一个劲儿地点头："好，我今天想吃……"她扶着脑袋，认真想了想，猛地拍案，"想吃你做的梅花董糖！"

梅花董糖。

这四个字锤击在她的心上，某些回忆骤然翻涌而出。

那个清风明月的夜，几声黄莺躁动的啼鸣，牵动了小王爷紧蹙的眉头。他不开心时，她也曾喂给他自己做的梅花董糖，只是如今不复当初，再不能拾取那一味甜香。不知如今的小王爷，又在做什么呢？

沈瓷顺利当上御器师时，朱见濂已体面地办完了秋兰的葬礼。竹青因与马宁已经结为夫妻，在沈瓷走后，再次成了朱见濂身边的丫鬟，与马宁也能相互照拂。

碧香被查出害死了秋兰，但她咬紧牙关也只说这是自己的主意，从未经过杜氏的允许。淮王本身也不愿再查下去，便将碧香送给衙门处理，被判终身监禁，而杜氏则因御下不严，再次被禁足。

朱见濂默默看着案审的一切，并未插手。他心中明白，事情不可能这样巧。自己前脚刚走，杜氏后脚就被放出，碧香行凶过程当中，自己的宅院竟然没有旁人在。这事情，实在太过蹊跷。

他想起自己临行之前，曾经减掉了三个本来准备随行的丫鬟，嘱咐她们去照

顾秋兰，由是，便把这三人调来一问。三个丫鬟战战兢兢地站在他面前，低着头开口，竟说当时有人宣称后院走水，院中人皆数被调去，到了以后才发现，一切仅是虚惊一场。

朱见濂听完了，心也凉了。

杜氏被禁足，不可能提前筹备好这些。若是无人在她耳边聒噪，她也不会在解禁后立刻将矛头指向秋兰……秋兰的惨死，一部分是因为杜氏对朱见濂的仇恨，另一部分，才是更加致命的原因。

他想，秋兰最后为何命悬一线也要告诉他身世的真相，不仅是为了夏莲的在天之灵，或许，更是为报复淮王的薄情寡义。

秋兰其实给了他两个选择。

当她将仇人的名姓尽数列出，便不仅仅是让他知道身世这样简单；她其实还在说，去报仇，去为夏莲报仇。但她没有说出口，只用眼神恳求着，那恳求中，又带了一点儿报复的快感。

是夜，幽深蜿蜒。朱见濂站起身，缓缓踱到庭内，伸出手，似要触碰这月华缟素。清光映在地面，投在怀中，笼在桂树的罅隙间，整个天地都泛着素然冷光。

他想，自己同父王，是不一样的。父王可以为了淮王府的安危，将爱人的死亡视若无睹，甚至因此杀掉跟随了十余年的亲信，但是，他不会。夏莲，他此刻再想起这个名字时，竟觉得所有面貌都清晰了起来。四年前，他以为她无声无息地赎身返乡，过上了悠闲俊逸的日子，可如今才知晓，她竟是随父王入京述职，然后一去不复返……

四年前的京城，到底发生了什么？

这其实是一场豪华的赌博，面对万贵妃和汪直的权势，他抵押的是身家性命，博的是陈年真相；是无愧于心；是终有一日，不因苟且爵位而忍气吞声，不因谄媚奉上而背信弃义。

他是在赌博，赌淮王不敢赌的东西。

他深吸了一口气，对着月亮，慢慢将手握紧，似要将那光华抓在手里。荷塘里的莲花谢了，泛黄的莲叶垂下来，映着他单薄的身影，浮在池面上，孑然无言。

朱见濂没有再启程去婺源。

他没有对淮王提及秋兰临死前告诉过他什么，淮王拐着弯问起时，他也装作毫不知情，摇摇头，若无其事地叹息道："秋兰是很想同我说什么的，但金块卡在她的喉咙，已将她的喉管撑坏了，发不出丝毫声音……若是可以，我也很想知道，她临终之时，还有什么未了的心愿。"

淮王事后寻人查过，秋兰的喉管内部，的确是鲜血淋漓，哪怕说一个字，都必定万分痛苦。可纵然如此，他仍是不敢全信，继续试探道："既然秋兰待在你身边许久，你想想，她平日里，可曾透露过什么？"

朱见濂作势思索，无奈地垂首："我不知道，她从未说过她有什么心愿。若是硬要说她平日提及的心愿，便是希望我能够平安康乐。"

末了，朱见濂又发出一声沉沉的叹息，靠在椅后，懊恼自责道："也有我的错。我就不该去婺源，为了急着见一个方家小姐，没让生病的秋兰一起去，才让碧香有了可乘之机。"他作势思索，又皱着眉头道，"或者，我看这方家小姐，就是克我的命。还没进门，就克了我最亲近的侍女，今后还不知道会怎样。我看，我与她命数驳斥，今后，还是不要见面的好。"

淮王瞪着眼睛看他："这怎么能说是方家小姐的问题呢？为父都让道长算过了，你们生辰八字都很配。秋兰之事，只是偶然而已。碧香如今已经被送入狱中，再不会出来，你不必再有担心。不能因着一个侍女，就耽误了自己的终身大事。"

这句话戳中了朱见濂的情绪，他面色微凝，反问道："秋兰跟了我十几年，父王觉得就仅仅是一个侍女这么简单吗？"他长袖一拂，凛凛道，"在我看来，秋兰与我的命数休戚相关。若是我与方家小姐卦象相合，那一定是因为我最近本身运道不好，不宜娶妻。更何况，如今秋兰刚去不久，府中戾气仍在，父王您还惦记着我的婚事，实在令人伤怀。"

淮王见朱见濂凭着这事，连婚都不结了，忙寻借口道："正因为戾气仍在，才需要娶妻冲喜……"

"父王。"朱见濂未等他说完，已抢白道，"世子妃一事，还请父王勿再多议，等过一阵运道好转了，再看情况吧。"

朱见濂这话说得果决无比，甚至还打断了淮王的话，这是以前鲜少的事情。淮王看着他，觉得自己的儿子的确发生了某些变化。可是他分不清，这变化是因为贴身侍女死去的哀伤，还是知晓秘密后隐藏的愠怒。

淮王面上不显，心中却仍是狐疑，怕朱见濂情绪有诈，也没心思再提及娶世子妃一事。想了想，反正之前也未曾同方家定亲，缄默半晌，终于松口道："那婚事便耽搁一阵，我们以后再议。"

朱见濂点点头，面色未有变化。两人僵冷着氛围，又各怀心思地敷衍了几句才散去。

选料、熬糖、制糖芯、制糖骨，之后将糖骨展开，均匀配以糖芯，包褶往复，压切成型。沈瓷用了一整日，做出卫朝夕念念不忘的梅花董糖，入口即化，酥松香甜。卫朝夕咂咂嘴，闭眼回味着甜腻的香味。

沈瓷将她从香甜中叫醒："我住的地方已经找好了，房子买了下来，今后你若想找我，不必再去客栈。"

卫朝夕愣了一会儿："你银两这么多？自己就能买房子了？"

"一来，这房子小，价格不贵。二来，景德镇买瓷的商人多，我将之前做出的釉里红卖出去了。"沈瓷把最好的两件精品釉里红都送给了朱见濂，又从余下的里面挑了两件稍次的，带到了景德镇。那两件釉里红，虽然略有瑕疵，但是红色纯正，只不过因为上釉不够均匀，飞走了一小处颜料。沈瓷瞧着颜料空缺处，重新想了个法子，用适当的纹饰，绘以釉上彩，重新入窑，用低温烧制，弥补了一些缺陷，看起来亦是可人，价格也卖得不错。再加上之前带的银两，总算是把这房子买了下来。

"行啊你。"卫朝夕捶捶她的肩，"你如今卖瓷就能买房，可不比当时，一个小瓷窑的租金还得拖欠。"

沈瓷苦笑："你不知道，为了烧釉里红，我花费了多少松木和上等的高岭土，色料也选的最好的。成本太高，自然卖得也贵。"

"我不管这些。"卫朝夕又眨巴着眼睛，笑眯眯的，"你既然搬了新居，是不是应该请我吃点儿好的？"

沈瓷盯着她："你不是刚刚才吃了董糖吗……"

"是啊。"卫朝夕答得坦然。

"怎么干什么都忘不了吃？"沈瓷颜色颇为和悦，开玩笑道，"朝夕，在你眼里，还能不能有比吃更重要的东西？"

卫朝夕仰起头，真的认真想了想，片刻后郑重答道："可能是有的。"

沈瓷惊讶问："什么？"

卫朝夕咧开嘴笑，似是对未来充满向往："要是我喜欢上了一个人，很喜欢很喜欢，那也许会喜欢到……可以一整天不吃饭的程度。"

她在阳光下明媚无邪地笑着，那样灿烂，未染尘埃。那一刻，沈瓷心底是有些羡慕的。她想，爱情或许真的应该像朝夕憧憬的那样，美好而幸福。可她的爱情，她初萌芽的少女心事，却在诉出的一瞬间，迅速碾落成泥。

又过了几日，沈瓷终于获得了进入御器厂的正式通告。她换了身利索衣裳，又将头发细细挽起，终于头一次得以进入从小便梦寐以求的御器厂。

官窑的制瓷秘方不外传，平日里皆不对外开放。她小心翼翼地踱着步，不肯放过周边的任何场景。御器厂规模宏大，多的是拉坯和上釉的地方，工匠们挽着袖子忙活，挑水、拉坯、摇杆、上釉，各司其职。画瓷的人则在更加安静的地方，坐在桌前，或用画笔，或用刻刀，手中龙蛇飞舞，于瓷坯上雕画出各式纹路。

若不是有卫宗明的引荐，沈瓷现在大概会拿个小板凳蹲在辘盘旁，替别的御器师摇摇杆。但现在，她需要先前往内厅，传信的人说，督陶官李公公今日有话要吩咐。

她到了以后，才发现内厅已经站了好些人，大多数都是刚从窑工转为低级御器师，也有一些刚刚晋入中级。沈瓷因是女子，容貌亦秀丽，同他们站在一起，很容易显得出挑。

李公公见人差不多来齐了，轻轻咳嗽了两声，细细的声线伴着勾起的兰花指，开口道："我早先便说过，要从你们这些人当中，选取资质较好的，由厂中的高级御器师带着学习，以便为皇家制出更精致的瓷器。今日是初选，通过的人可参加一月之后的终选，届时，将由高级御器师自行选择跟随的人选。"

沈瓷脑袋里"轰"的一声，她初来乍到，还完全不熟悉环境，之前也没人告诉她今日初选，全然没有准备。她方才在路上看了看，御器厂所用的拉坯辘盘，和她在淮王府用的差别较大，适应起来，估计还需一段时间。

她慌了片刻，很快冷静下来。此刻没了别的办法，只能尽量克服。谁让她初来乍到，吃点儿亏也是正常的。

周围的人都是早已得知消息，李公公挥挥手，众人便自然前往一间制瓷厅，各自找位置坐下了。

近旁的御器师都是男性，有人瞟了一眼沈瓷，若有若无地轻哼一声："女人来凑什么热闹，反正也选不上，不如早些退出。"

沈瓷转过头看看他，觉得无趣，不想答话，复又低下头，只专心观察着这辘盘与从前的不同之处。

那男子见她目光凝重，不由得再笑："不会吧？小丫头连辘盘都不知道怎么用，怎么当上御器师的？"他想了片刻，用手指着沈瓷的鼻子，"我想起来了，之前说的那个，没当过窑工就直接转成御器师的，就是你吧？"

沈瓷这才抬起头睨了他一眼，见这人目含挑衅，反倒是对他笑了笑："对，就是我。"她回答得轻描淡写，桃花瓣似的嘴唇轻轻翻动，"还请您多指教。"

那男子被她不软不硬的话搪塞过去，一时竟也觉得无话可说。恰好这时候瓷泥被拖了进来，分发到各位御器师的辘盘里，另给每人配了一名摇杆的窑工。

淘洗瓷泥是窑工已经做完了的，随着摇杆的摇动，沈瓷抱住柱体，不停推挤，在坯料高高升起的中央，抠出一个窝来，慢慢地下压。

因着辘盘设计的不同，到这一步，沈瓷的手稍有不稳，需得用比平时更大的力量。可是这样一来，便易用力不均，造成坯料歪斜。沈瓷适应了好一阵，终于渐渐有了手感，把控住力度。但这次比试是限时完成，她还没来得及使泥窝外沿变得更薄，时间便到了。

器形算是浑圆有致，可这瓷坯厚度，在这高手云集的御器厂中，便显得有些逊色了。

虽然相对于画瓷而言，拉坯并不是她的强项，但今日做出的瓷坯，实在与她的真实水平相差甚远。

沈瓷本以为，自己还能在画瓷一项扳回一局，可没想到，选拔竟是每一项都会淘汰一批人，拉坯不够好，便根本没有资格进入下一轮。

她看看自己做出的厚瓷坯，再看看旁人的薄瓷坯，那本也是她可以做出来的，如今却无计可施。她尴尬地望着那件自己都嫌弃的瓷坯，坐在小板凳上煎熬，等待着李公公过来审查，决定是去是留。

淘汰的比例并不小，其中不乏中上品的瓷坯，只要李公公不中意，便是轻巧地一挥手。到沈瓷了，她顶着几个男人嘲笑的目光，垂头丧气地任瓷坯展示在李公公面前，本以为必定被淘汰无疑，可是李公公探过头看了看她，似有深意地打量了她一番，点点头，竟是给了通过。

周围顿时一片哗然。

沈瓷自己亦是震惊不已，拿起瓷坯，在细细碎碎的议论声中走了出去，将瓷坯晾晒，准备参加下一轮的画瓷。

这样的水平，连她自己都觉得惭愧，正琢磨着李公公为何要让自己通过时，便见李公公周围的小太监跑了过来，向沈瓷颔首致礼，低声道："沈姑娘，李公公让我来告诉您，终选的决策权在各位高级御器师手里，他插不了手。但是，他初选会保您通过，不至于让您失了面子。还希望您今后有机会呀，让淮王多关照关照。"

沈瓷总算明白过来，原来是来套关系的。她咬咬下唇，向那小太监道："替我谢过李公公，沈瓷明白了。"她道谢的同时，心底又在揣测，自己事先并不知初选一事，是不是李公公为了示好而刻意隐瞒的呢？她暗暗担忧，有李公公这样的督陶官在，要制出皇家满意的精瓷，还得等上多久。

接下来的画瓷和上釉，沈瓷都发挥得较为正常，再加上有了李公公的保证，自然顺利通过了初选。

可是，无论她画得多生动，上釉多均匀，始终有人记得她那糟透的拉坯，再加上她女子的身份，沈瓷一时成为御器师们的众矢之的。不光众人暗中讨伐她，就连她自己也暗自羞愧。可眼下这节骨眼，羞愧又有何用呢？唯有努力练习，适应辘盘，才是正道。

此后，沈瓷整日将自己关在制瓷间内，用心琢磨，全意投入。以期在好不容易得来的终选机会里，再做施展。

竹青握着一只小银勺，舀了点儿大夫配置的药汤，小心翼翼地喂给伏在软垫上的紫貂。紫貂伸出舌头舔了一下，呜呜低叫了两声，在竹青的柔声劝慰下有一搭没一搭地喝了两口，便把虚弱的脑袋埋在软垫里，又趴着不动了。

紫貂的病，已经有八九日了。初时只是嗜睡，错过几顿饭后，便渐渐发起热来。它整日趴着不动，就算偶尔起身活动，眼皮也是垂耷着的。竹青找了大夫，虽说人与紫貂体质不同，但还是循着相似的症状开了几味药。竹青细心熬了，药味有些苦，紫貂至多体谅地喝两口，便再也喂不进去。

眼见着紫貂的身体一日比一日虚弱，气息一日比一日浅淡。竹青心里着急，心中踌躇良久，还是忍不住告诉了世子。

彼时，朱见濂刚沿着书房外的小径走来，打着伞，在淡淡的雨雾中跨过地面浅浅的积水。他的脚步本是稳当，突然瞥见竹青一脸焦急地立在门口，不知为何，一脚便踏了个偏，踩进水坑中，玉色长袍上溅起了星星斑点。

竹青开口唤他，一张嘴却带了丝哭腔："世子。"她轻轻敛下情绪，喉咙动了动，说，"世子，沈姑娘留下的那只紫貂，怕是不行了。"

朱见濂半晌没有言语，过了很久，才沉默地点了点头，提起步子仍往书房里走。竹青眼眶红红，咬着下唇望他的背影，直望到书房的门缓缓关上，情绪也沉到了谷底。她想，自己这是来做什么呢？世子怎么会关心一只小动物的死活，就连沈瓷离开以后他都不闻不问，自己跑这一趟又是想得到什么呢？

她兀自叹息，转身踱了两步，却突然听见背后的门猛然拉开，朱见濂步伐急躁地走了出来："快，带我去看看。"

竹青连忙抹去泪水，带着朱见濂朝紫貂的栖处行去。昏黄的雨线沾湿了衣袖，将朱见濂的心也浸湿了。他行至屋内，紫貂听见声响，撑起眼来看了看他，似是疲倦至极，没过多久，又闭上了眼。

它已没有力气对朱见濂蒙住眼，亦没有力气再闪避。那双圆溜溜的小眼睛里，光彩正在逐渐流逝，呼吸一道比一道弱了下去，最后再无生机……

次日，竹青在后花园寻了处幽静之地，将紫貂埋葬于此。朱见濂立在一旁望着，忽觉天地万物都渐次转作了昏黄。这些日子被他无意忽略或是刻意忘记的碎片，褪去硬邦邦的表象，再次浮现在心中。

两年前，小紫貂还是只初生的幼崽，他把它从树洞里提着脖子拎出来，看着它水亮亮的眼睛，像是那个抱着薄胎瓷在店里听她胡扯的姑娘，执意将它带回府中，想要借此讨她的笑靥。如今忆起，他突然明白了一切。为何在她拒绝他时，心中会猛地蹿上冲天的怒火，那膨胀的火苗将温柔的情绪无声地掩盖下去，那样明白和确切，他却一直假装忽略，以为自己置身事外。

风缓缓袭来，穿过重重雨幕，复又缠在他的皮肤上。那冰凉而熨帖的触觉，使他想起她手指的温度，曾携着他的手，缓缓扶起塌下的泥坯，转为圆润而饱满的柱体。他终于回过神来，伸手握住，想要抓住她的手，却只抓住一缕冰凉的雨丝，空空如也。

竹青埋葬好小紫貂，幽树环绕中多了一团小小的土包，间或有青白花叶，落于其上。朱见濂静静看着，终于把自己那点儿隐匿的心事看得明白。

闭上双眼，她的眉眼清楚得如同就在身边，可这细雨纷扰、风声袅绕，都不过是幻梦而已；她若在，站在眼前，才是真真切切的触感、实实在在的慰藉。

他转过头，隔着浅梦般的雨帘，对竹青道："明日，启程去景德镇，紫貂跟了沈姑娘两年，也该让她知道。"

竹青抬起眼，讶异道："您也去吗？"

对方半晌没有言语，就在竹青以为世子因为这句问语生气了时，才听对方低声答了一个字："嗯。"

竹青心中顿时翻腾起复杂的情绪，连忙领命去收拾行装。朱见濂却仍是执伞站在雨雾中，望着这昏黄细雨，若有所思。

沈瓷这些日子颇有压力，因着她初选时拉坯技术不精一事，在同期参加比试的御器师中备受争议，遭了不少白眼。若她是高官的女儿或者大型民窑窑主的女儿，这也就罢了，可她偏偏还是个孤女，由此引起更多人的不满。

沈瓷不知作何解释，说自己不适应辘轳，只怕会引来更深的嘲讽，唯有将全部心神放在终选上，才能稍稍缓解复杂的情绪。

辘轳需要摇杆，配合着她转动摇杆的，是个刚进入御器厂的小窑工，名为殷南。配合得多了，两个人的交流也深入了些，时不时也会扯些闲话。

现下，殷南一边看着沈瓷画瓷，一边道："沈瓷姐，听说终选时，高级御器师都会前来。这些人一手好技艺，平日里都在为他们专门配的制瓷间里，很难得见的。"

沈瓷问："高级御器师，从前都不带学徒？"

"是，一般都是中级御器师带学徒，高级御器师专心为皇家制瓷就可以了。"殷南道，"高级御器师中，最厉害的便是首席御器师徐尚先生，是得过皇上亲自褒奖的。只不过这些年或许是有些老了，皇上觉得制出的瓷器好是好，却没新意，总想要御器厂弄出点儿新花样来。"

沈瓷笑道："皇上贵为天子，这样想是自然的。北宋时有钧瓷，南宋时有黑釉茶盏，元代有釉里红，咱大明朝永宣时期都有压手杯、双耳扁瓶这些创新。当今皇上是爱瓷之人，喜欢得紧，自然期望也高。”

殷南点点头，若有所悟，安静片刻后将目光转向沈瓷刚刚绘制的纹样，瞧着四下无人注意此处，压低了声音道：“沈瓷姐，老实说，我觉得你在瓷上的画技，并不比高级御器师差，你压力别太大，这次好好发挥，一定可以通过的。”他嘻嘻笑着，“到时候，就可以带上我去听听了。”

沈瓷得到他的鼓励，心里放松了几分，面上也有了笑容。两人又随意聊了几语，忽然听见旁侧有人发出疑惑的声音：“李公公今日怎么有闲心到这儿来了？”

话音刚落，沈瓷果然听见了李公公那极具辨识度的、细细尖尖的声音。此刻，那声音中多了一丝谄媚，一丝讨好，向身旁之人示意道：“世子，人就在里面，您稍等等，我去给您叫来。”

沈瓷一听，手中的画笔蓦然跌落在地，她静了片刻，缓缓转过身来，看见门外那人，整个人便定住不动了。

李公公往屋内瞧了瞧，沈瓷一身女子装束，一眼便能辨识出来。他走上前，把沈瓷往屋外请：“沈姑娘，世子找您呢。”

沈瓷不由自主地颤抖了一下，不由得慌张了，可心底里又带了点儿期待。她抬起头来，朱见濂已是背对着她朝前走去，似是不喜此处人多口杂，等着她追上去。

沈瓷在一道道异样的目光中，随着李公公往前走，纵然李公公万分心急地想要赶上世子，沈瓷也是不温不火地迈着小步。她的心跳得飞快，暗自揣测他今日亲临的原因。从前在王府时，若是无事，他尚且不会来寻她。如今来到景德镇，必定是有要事相告。

朱见濂在前面走着，久未见沈瓷跟上来，无奈停下了脚步。李公公一看这情形，心跳便漏了半拍，连忙催促沈瓷道：“你怎么能让世子等着呢？快，快点儿。”他面色焦急，眉毛都快拧成一团，沈瓷见了李公公这模样，想到自己今后还得在御器厂待下去，这才轻抿着薄唇快步追上。

待终于走至近前，朱见濂一看她这副忸怩模样，不禁笑道：“哟，姑娘这是怎么了？两个月不见，我还叫不动你了？”

沈瓷低着头，没敢说话。朱见濂竟是扑哧一声笑出来，问李公公："这人我可以带出去吗？不碍事吧？"

李公公连声应道："可以，当然可以。"说罢朝朱见濂鞠了一躬，自觉退下了。

沈瓷见没了旁人，悄悄舒了一口气，这才福身道："沈瓷给您请安了。"

"哈，这下又知道懂规矩啦？"朱见濂打量了沈瓷一眼，白净脸庞，星眸皓齿，下巴小小尖尖的，似乎比从前瘦了些。

沈瓷扯动嘴角，不知如何回答他的问题，只慢慢问道："世子，您如何知道我在这里？"

朱见濂反问："我打听一个人的下落，很难吗？"他原本和悦的神情稍稍紧凝，再回忆了一遍她方才的问语，觉得这个称谓从沈瓷口中说出来，怎么听怎么别扭，又补充道，"你今后不要叫我世子了。"

沈瓷不解："那如何称呼您？"

"像从前那样，叫小王爷便成。"朱见濂这话，许久之前便想同她说，奈何寻不得契机，自己又找不到恰当的理由，便再三作罢。他不喜欢沈瓷唤他世子，一来，这世子之位，原本就不是他所惦记的；二来，"殿下"二字，从她嘴里唤出来，总带着一种异样的敷衍。

他喜欢她唤他小王爷。小，王，爷，三个字拆开，柔情与臣服都在里面；三个字合起来，哪怕是她轻描淡写的声音，也带着一种不动声色的妩媚。

沈瓷闻言，也不问为什么，点点头顺从答道："是，小王爷。"

她这样叫着的时候，习惯把"小"字的音拖得长一些，"爷"字的音微微上扬，转了个弯，绕得他心里曲曲折折。

朱见濂满意了，伸出手拍了拍她的小脑袋，柔软的发丝蓬松着，很是舒服。沈瓷感受到他异常亲密的动作，身体不自觉往后缩了缩，紧张地问道："小王爷今日前来，是有什么事吗？"

念及自己刚觉醒的心事，朱见濂心下一沉，把手收了回来，只简洁道："先出去再说。"

言罢，抬腿就往御器厂大门走去，待出了厂，才发现竹青等一干下人都候在外面。沈瓷看见竹青，顿时大喜，笑脸毫无顾忌地扬起来，大方唤道：

“竹青！”

竹青也迎了过来，却是泪眼婆娑：“姑娘，你瘦了。”

朱见濂暗自腹诽，沈瓷见了别人都比见了他高兴，居然还敢声称喜欢他？他立在一旁，轻轻咳嗽了两声，问道：“你如今住在哪儿？带我去看看。”

沈瓷讶异道：“陋室寒碜，小王爷怎么能去？”她其实是想说，女子寡居，男子怎能随意进入？

朱见濂想了片刻，也明白了她心中所想。景德镇不比王府，市井流言毕竟是令人不愉快的事，遂改口道：“算了，我还懒得去了。去寻个饭馆吧，我有些饿了。”

沈瓷舒了一口气，这才给朱见濂指了方向，带他去了位于沈氏瓷铺旧址的那家饭馆。小二瞧着朱见濂器宇轩昂，赶忙迎上去，将朱见濂和沈瓷送入了饭馆包房，竹青等仆从则在大厅进食。

沈瓷听着朱见濂的指示，战战兢兢地跟在身后。她鲜少同小王爷一同进餐，如今看这情景，更不知他为何而来。想起两人上次临别之际的话语，沈瓷突然产生了一种近乎窒息的猜测：他是即将迎娶世子妃的人，莫非此次，他是邀她去欣赏那位方家嫡女的天人之姿？

想至此，沈瓷心中微叹，却发现自己并未如想象当中那般难过。兴许是上次已被小王爷的话语刺得心灰意冷，又加上近日满脑子都是如何通过终选，便很少思虑儿女情长之事。二人身份上的差距是早已注定的，自己对小王爷的这点儿情谊，早看清楚，也就没那么多痛苦的奢望了。

“你最近都在忙些什么呢？”朱见濂看她出神，开口问道。

沈瓷回过神来：“回小王爷，近日御器厂有一场选拔，若是通过了，可以跟随高级御器师学习。我来到御器厂的第一日，恰逢初试，侥幸通过，近日都在准备终试。”

菜没上来，酒倒是先端了上来。朱见濂给自己和沈瓷各倒了一杯，轻笑道：“去的第一日就通过了初试，意思是你在高手云集的御器厂也已经很厉害了？”

“并非如此。”沈瓷摇头，实话实说，“相反，初试时，我的瓷坯做得糟透了，是李公公看在淮王的面子上，放水让我通过的。”

这次朱见濂倒是惊讶了，半正经半逗弄道：“你之前送我的那两件釉里红，有客人来时看见了，称是价值千金。怎么到了御器厂，初试还得放水了？”

沈瓷眼前一亮：“您说那两件釉里红价值千金？”

“哎，你怎么就不听我的问题，光注意前半句话去了。”朱见濂失笑，挑眉道，“怎么？知道值钱了，舍不得送给我了？”

沈瓷的兴致已明显比刚才高了许多，唇边漾起一抹欣慰的笑意：“不，既然送给了小王爷做大婚礼物，自然是真心实意，哪有舍不得的道理。”

这一次轮到朱见濂蹙眉，大婚礼物？他要如何告诉她，自己并未订婚，现在没有，在一段时间之内，也不会。他原本是想要在两人对饮正酣之时，借着双方的酒劲告诉她此事。上次在马车内，沈瓷一边告白一边拒绝的方式让他招架不住，由是，他希望当她听到自己那番话时，不要过于清醒，不要将困难盘算得那样清楚。再退一步而言，若是她一口拒绝，自己还可凭着酒劲为自己开脱。

可是，眼下既然提到了这个话题，他也不欲再遮掩。正欲开口时，沈瓷却抢先回答了他方才那后半句所提到的疑问：“至于为何初赛差点儿被淘汰，其实是因为不习惯那种辘轳，没找准手感。”

朱见濂被她的话打断思路，只得顺着问道：“那你如今练了二十余日，找准了吗？”

因为被众多御器师明讥暗讽了多日，平日里又忍气吞声不肯解释，如今小王爷这么有耐心地提起，沈瓷顿时有了倾诉的欲望：“有些体会了，官窑的辘轳其实很好用，用熟了便觉得比之前的辘轳更顺手。”她兴致一高，伸手抓起桌上的酒杯饮了一口，热辣辣的灼烫感刺激着喉咙，更进一步激发了她的倾诉欲，“小王爷，您不知道，我一直都想要进入御器厂，这里的资源最好，技术最精，是所有爱瓷之人的梦想之地。如今好不容易进来了，又遇到了这样的机会，我真的很想把握住，一点儿也不想在终选失误。”

沈瓷的酒量不太好，一杯酒下肚，脸便红了起来，在两颊处染上了薄薄的红晕。她瞧着朱见濂不语，知道他在耐心地听，咯咯笑道：“我在淮王府的时候，就想清楚了，等我回到景德镇，一定要来御器厂，就算是先当个小窑工也没关系。我小时候，我爹便告诉我，做瓷就要做精品，粗制滥造的瓷器，是没有灵魂的。所以这次终选，我用尽心思去准备，就是想能跟着一位高级御器师学习，把官窑不外传的技术秘方学到手。”她眼中神采飞扬，说到兴处，却又低沉垂首，嘀咕道，“若是这次不能通过，便不知，还要等多久才能再有机会……”

沈瓷抒发的是担忧之情与宏图之志，可这番话一点一滴落在朱见濂耳里，却让他的心境慢慢发生了变化。

朱见濂想，她从一开始便想好了，要回到景德镇，要进入御器厂，如今又全神贯注地为了父亲的遗愿努力……那么自己即将剖开的话语，岂不是在这个关键的节骨眼上打乱了她的计划？他想让她跟自己回王府，便势必会要求她离开御器厂，按她如今对终选的重视，十有八九不会同意，那自己岂不是得不偿失了……

朱见濂端起酒杯，轻轻啜了一口，看着沈瓷，把到了喉咙口的话换成了鼓励：“你连釉里红都做出来了，在鄱阳的月瓷坊也能经营得生意兴隆，不必担心太多。”

沈瓷得到鼓励，展颐一笑，如同春花齐绽：“那便借小王爷吉言了。”

朱见濂亦牵强一笑，心头暗道，等等吧，好歹等到终选过去，才能让她腾出点儿心思谈别的事。

沈瓷已有些微醉，偏着头看他，似乎想了好半天，脑袋转过弯来了，这才用疑惑的目光看着他，复又问道：“话说回来……小王爷您今日到景德镇来找我，总不会是想同我聊天的吧，到底有何事？”

朱见濂看着沈瓷微醉的神态，她的胳膊放在桌上，手扶着头，袖子滑了一半，露出白白净净的手臂，衬着她嫣红的脸蛋和嘴唇，孩子般的娇媚。

他自己要说的话，已决定推迟；而关于紫貂的消息，他却是说不出口。只沉默着，待沈瓷差不多吃饱了，才对守在门外的丫鬟说：“唤竹青过来。”

竹青匆匆进入包房，沈瓷朝她望过来，脸上还带着笑。朱见濂冲竹青微微点了一下头，她便明白自己需要说什么了。

无奈之下，竹青只得咽了下口水，喉咙动了动，屏息片刻颤声道：“姑娘……世子这次带着我们来，是想让你知道，小紫貂，前日去世了……”

沈瓷的瞳仁陡然收缩，笑容僵在半空，竹青心中酸楚，不敢看她的眼，只娓娓道：“本以为是普通的伤风感冒，过几天便好，可后来便渐渐吃不下饭，熬的药也不愿喝……最后世子命我将它埋在后花园的林子里，地处僻静，应该能让它好生安息……”

沈瓷愣愣地听完，眼帘也缓缓垂了下去，良久，才低声道：“多谢，多谢小王爷……”

气氛沉滞了下来，一丝风也无。竹青的话说完后，这桌席上的言语也已经耗尽。沈瓷的背上蒙了一层薄薄的冷汗，颓然坐在原处。沉默良久后，朱见濂站起身，轻声对竹青道：“时候不早了，我们也该启程回去了。”

沈瓷看了他一眼，心还在痛，但也不忘起身相送。待行至饭馆门槛处，朱见濂才回过身来，看着沈瓷的眼睛道：“过些日子有空儿，我再来找你。”

按照小王爷从前散漫的性子，沈瓷只把这当作一句客套话，脑子都没过，便应道：“恭候小王爷到来。”

朱见濂转身上了马车，没再多说。反是竹青握着沈瓷的手安慰半晌，待马车已经启程，才赶忙跟上了队伍。

车辇慢慢驶过长街，出城以后，人烟便稀少了。郊外的小路寂静无声，唯听见车轮辘辘的声响，搅人心神。

这一段路临湖，岸边草色青青，生长着一片繁茂的芦苇。微风缭绕，掀起一片碧绿的浪涛，也掩住了芦苇叶之后的景致。

朱见濂无心欣赏美景，只倚在榻上出神。突然，车身猛地一晃，领头的骏马打出一个响鼻，发出一声惊诧的嘶鸣。

朱见濂的头“咚”的一声撞到车壁，他原本便心情不佳，此刻撞得额角火辣辣地疼，不禁火起，一把将门帘掀开，斥道：“怎么回事？”

门边侍卫道：“有个人突然从一旁的芦苇荡走出来，惊了马。”

“好端端的，怎么藏在芦苇荡里？”朱见濂更是不悦，探出头去看，正瞧见一人坐在地上，面带惶恐，倒似被马惊着了。

侍卫上前，用脚踹了踹那人：“我家主子问你，你为什么藏在芦苇荡里？”

那人还瘫在地上，嘴唇发白，站不起身，好半天才反应过来：“藏？我没藏啊……”

话音没落，两个侍卫已将他架起，扭送到朱见濂面前：“这人惊扰车驾，请您发落。”

朱见濂瞧着那人身材消瘦，衣服已破旧不堪，看起来十分可怜，摆摆手示意侍卫将他松开，问道：“你为何突然惊扰马车？”

那人露出惶恐的神情，连忙伏地道：“大人恕罪，小民岂敢惊扰大人的车驾？是小民在路上流浪已久，刚才进了这芦苇荡洗了把脸，本想顺带挖点儿芦苇根充饥，可是用来挖掘的工具方才被我扔在了路边，只得探出身来取。只怪小民饥饿已久，神志恍惚，没注意别的，这才不小心惊扰了大人。”

他说话的时候，虽然很快很急，但因久未进食，声音是哑的，气息也虚弱。侍卫听了他的话，果然在岸边发现了一个包袱，里面有个竹筒子，想必就是他口中的工具了。

朱见濂了解了情况，也不欲再追究。瞧着这人饿得不成样子，吩咐一旁的丫鬟道：“拿点儿东西给他吃。”

丫鬟领命，端出一盘新鲜的水果和几盒精致糕点，放在那人面前。那人眸光大亮，眼睛都看直了，再次叩首：“谢大人隆恩！”

朱见濂放下门帘，这事便这样揭过了。马车重新启程，还未驶出一里地，便听见车窗外的侍卫马宁沉声道：“世子，马宁有事禀报。”

朱见濂撩开绉布，窗外，马宁正与车辇同速走着，一脸郑重模样。

朱见濂看了他片刻，见他严肃的神情丝毫未减，又不肯开口，当即明白：“你进来说吧。”

马宁跃上车辇，掀了帘进入，单膝跪在朱见濂面前，压低了声音禀报：“禀世子，方才再次启程后，我无意中听到两名侍卫议论，说这从芦苇荡里出来的人，面貌长得跟汪直非常相似……我就回忆起前几日您让我找的汪直画像，的确是像。”

秋兰死后，马宁俨然成为朱见濂最信任的近侍，他专门交代过马宁留意汪直和万贵妃的消息。前几日，马宁才寻了汪直的画像给朱见濂看。是以，如今听见了这番议论，觉得世子或许会有兴趣，便连忙禀报来了。

朱见濂身体一震，问道：“是哪两人在议论？”

马宁说了这两人的名字，朱见濂回忆了一番，模模糊糊地记了起来。这两人跟他的时间都不太久，是他当上世子以后，才从父王的手下拨来的。想必是四年前随父王入京述职时，曾在京城见过汪直。

朱见濂脑中还没什么思路，只觉得这等机遇不宜错失。虽然尚且不知要做什么，言语却已反应过来：“停车！”

马车应声而停，朱见濂懒得掉头，直接跳下了车，带着马宁快步往回走，不给停滞的车队任何解释。

那人还蹲在原地，大口大口往嘴里塞着水果和糕点。他衣衫褴褛，尘土满身，唯有一张脸，方才在芦苇荡洗过，非常干净清晰。

朱见濂这才蹲下来仔细看他，细细长长的眉眼，挺拔的鼻梁，看起来比朱见濂要大七八岁，果然同马宁拿来的汪直画像十分相似。虽然长途跋涉的风尘让他的皮肤不再细腻，但这不妨碍他有一张俊美无俦的脸，可谓容华摄人。

被朱见濂盯得久了，那人的目光开始紧张起来，他慌忙将未吃完的糕点往怀里拢了拢，小心翼翼地看着朱见濂问："大，大人，您这是……"

朱见濂睨了他一眼："放心，给你的食物，不会收回。"

那人立马松了一口气。

朱见濂看着这人的一举一动，心中不禁感叹暴殄天物。这人有着如此俊美的面容，浑身上下却散发着一股毫无气质的乡民味道，实在令人扼腕。汪直从小生在皇宫中，深得皇上和万贵妃的喜爱，又独掌西厂大权，就算真的同此人相貌相似，也绝不可能是这等卑微惶恐的样子。

朱见濂站起来，不用这人再做解释，他已完全相信，面前这个瘫坐在地上的饿死鬼，必定不是汪直。

但不是汪直，并不代表这个人没有用处。

朱见濂看着他那副可怜兮兮的模样，问道："你叫什么名字？"

那人嚼着满嘴的食物，囫囵答道："杨福。"

"好，杨福。"朱见濂指了指他手中的梨，言语中带着引导，"你想不想今后再不挨饿？每天都有人送各式各样的食物给你，衣裳、住处、银两，都不缺。"

杨福眼前似出现了一幅美好的蓝图，啄米般地点头道："自然是想的。"可没过一会儿，眼又垂了下去，"但也只是想想而已……"

朱见濂闻言，腰慢慢直起，站了起来，认真道："这并不难，我可以帮你做到。"

杨福骤然抬起头，目光充满期待。

朱见濂一边在心里盘算，一边道："人多口杂，我不宜明目张胆地将你带回淮王府。反正这儿离鄱阳也不远了，走路也不过两三个时辰，你可以悄悄跟在队伍后面，别被人看到就行。”他顿了顿，从怀中取出一锭银子，放入杨福手中：“这是提前给你的银两，待到了鄱阳，我让马宁给你安排住处。”

杨福伸出手，颤抖着收下了这一锭白银。望着银子白花花泛光的表面，他在难以置信之后，紧接着便欣喜若狂，连声应道：“好的！好的！小民一定悄悄跟在马车后，随您前往鄱阳！”

朱见濂看他的神情，皱眉道：“此事不可让他人知晓，你安安静静地跟上便好，若有人问起，只说不知道。”

杨福再次点头，眼中光彩不减：“您交代的事，一定照办。”

朱见濂这才点点头，吩咐马宁走在队列最后，时不时查看杨福跟随的距离是否过近或过远。他不想将今日之事扩散，便不能让马车等得太久，加快步子回去，旁人只当是世子方才内急，并不知他是回去找了那衣衫褴褛的饿鬼。

他坐回车内，似是抓住了一个关键的筹码。闭上眼，长长地舒了一口气。

抵达鄱阳以后，朱见濂径直回了王府，而马宁则带杨福去了世子的一处别院，地处偏僻，距淮王府有六七里远。

马宁亲自安排好杨福的衣食住行，在杨福的感激涕零中离开。马宁回到王府，正欲向朱见濂禀报时，却见世子凝神遥望，杯中的茶汤已是凉透，还未曾碰过一下。

瞧着马宁进屋，朱见濂唤他过来，吩咐道：“你去查一查那个杨福，是哪里人，家中有谁，做过何事，细细打听清楚。此事不要惊动他本人，也不要传到父王的耳朵里。”

马宁一一答应，领命而去。朱见濂这才缓缓坐下，端起桌上的冷茶喝了两口，不小心灌入两片苦涩的茶叶，顿觉头皮发麻，伴随而来的，还有心中的悸动。

杨福这个人，是一颗上好的棋子，但能不能为他所用，又被他用得好，朱见濂并没有把握。这人就像一把淬了毒的剑，不知会刺向何人，但刺或不刺，全凭朱见濂自己决定。

四年前的旧日恩怨，亲生母亲的突然离世，他迷惘了这么久，终于找到了向前的劲头。如同沈瓷身负着父亲的遗愿，他也得利用杨福这个切入点，去承担需要承担的东西。

御器师终选的日子很快到来，由八位高级御器师亲自出面，挑选具有资质的人选。

候选者中女子有二三名，沈瓷因着初试的事件，可谓饱受议论。因为李公公不介入终试，许多人等着看她好戏。重男轻女的思想终究根深蒂固，就算沈瓷同他们没有仇，也免不了遭受一番奚落。

终试规定了必须做青花瓷，但器形和图纹不限，每个人自带图纹样板，自由发挥。这次的时间比初试充裕，沈瓷最擅长画瓷的环节，因而花了一整日，才在宣纸上绘制出了一幅《梅竹寒禽图》，并在想象中将画作投于瓷上，亦觉适宜。

所有的候选人进入制瓷间，落座后，先用统一配好的瓷泥进行拉坯。替沈瓷摇杆的是殷南，两个人已经配合得十分默契，很快便进入状态。

沈瓷揉压泥团，依次将空气从坯料中挤出。搓揉成长条形后，再竖起压短，随着旋转慢慢揉捏。

她这次拉出的是一件梅瓶，造型优美，比普通盘碗的难度高一些。小口短颈、瘦底丰肩，轮廓一点儿一点儿在她的指尖凸显。由于梅瓶上部宽大，下部窄细，容易倾倒，沈瓷在即将成型时，还巧妙地将瓶体下部加厚，降低了重心，使其不易碰倒。

旁人看得惊诧，没想到这姑娘居然能在一个月的时间内，有这样大的进步。待梅瓶成型，更是频频引来侧目。自永乐以来，梅瓶多是雄健敦厚，富有男性特征，但此刻沈瓷手中的梅瓶，却是挺秀俏丽，恰似美人的盈盈身形。

有高级御器师从旁侧探看，路过沈瓷身旁时，目光稍稍多停留了几眼。梅瓶已经成型，就在旁人以为沈瓷要结束动作时，她却又蘸了蘸水，动作轻盈地在坯料上抹动着，两只手的四个指尖相对，继续朝里挤压，要将瓶壁变得更薄……

这样的拉坯手艺，在御器厂虽然称不上顶尖，但在女子中已属罕见。

拉坯的作品完成，比沈瓷构想中稍微大一些，不过因为烧窑以后，坯料会变小，所以这个大小正合适。

沈瓷坐着等了一会儿，待坯料半干时，转动车盘，用刀旋削，使坯体厚度适当，表里光洁，终于完成了在辘轳上的部分。

她自己左看右看，对这件梅瓶还挺满意的。却不知，就在她的后座，一个低级御器师见她进步如此，咬咬牙，狠狠地攥紧了拳头……

终选时，看的便是整体，不再分阶段淘汰。所有候选人做好瓷胎，休息了几个时辰，待晾干后，便进入画瓷环节。

沈瓷将带来的图样放在侧旁，直接将瓷胎放在桌上，蹲下身细细描绘。坐在沈瓷后座的那人看了她一眼，只取了一点儿青花色料，先不动声色地坐下了。

待绘制到四分之一，沈瓷后座那人色料用完，突然起身，去前方补充了一大份青花色料。他顿了顿，偷眼看着沈瓷，微微眯起的眼里透出戾气。端起色料，假装急于回到位置，加快了脚步往回赶。

他的手原本就微微倾斜，经过沈瓷身旁时，脚下猛然一个趔趄，手中的色料盘一脱手，倒扣着便朝沈瓷桌上的梅瓶摔去。

沈瓷惊叫一声，下意识用手将色料盘弹开，盘子是木制的，打在手背上并没无大碍，可其中的青花色料却泼洒开来，将梅瓶中部的一整块尽数染上……

挺拔秀丽的梅瓶污了一大片，梅花之下，本该绘制寒禽之处，此刻却成了一团浑浊。沈瓷抬起头，一双眸子怒视着他，还未开口，那人却抢先道："对不起，我不是有意的。"

那人语气恳切，眸中却是淡然。沈瓷咬了咬口中细牙，死死盯着他看。

众目睽睽下，其中不乏对沈瓷不满之人，瞧着她不肯原谅，阴阳怪气地帮腔道："姑娘自己出脚绊倒了别人，还好意思找碴儿。"

此言一出，又有一人拥护道："对，我也看见了，她是故意伸出脚的，却没想到把色料洒在了自己的瓷胎上。"

沈瓷没想到被倒打一耙，可奈何对方人多，又是言之凿凿，简直百口莫辩。

就在对方步步紧逼不肯放松之时，周围突然静了下来。转过头去看，正看见首席御器师徐尚缓步走来。这是位上了年纪的老先生，却自有一股镇定的气场，脚步一顿，众人便不敢再开口。

"吵什么吵。"徐尚先生泰然自若，一个斜睨扫过去，慢慢道，"当这里是什么地方，啊？"

静了片刻，沈瓷后座的男人嘀咕道："这位姑娘故意伸出脚来绊我……"

徐尚先生面色未变，转过头看他："你端着色料走，都不看路吗？看你也没伤着，还多嘴什么，还不快抓紧画去。"

那人闻言，不敢再反驳，赶忙回到了位置。他倒是没事了，可沈瓷望着梅瓶上那一大片无法去除的色料，茫然不知所措。眼见着徐尚先生就要离开，连忙拦住他道：“先生，我的梅瓶被染上了一大片色料。您能不能宽限我一点儿时间，让我重新拉一次坯？”

“拉坯环节已经结束，现在是画瓷。”徐尚先生眼都不眨，复又抬起脚步，只扔下一句话，“自己想办法。”

徐尚先生飘然而去，后座亦响起几声得意的窃笑，心道小姑娘不过如此，不知分寸，还敢跟男人争夺位置。

沈瓷毫无他法，只得定了定心，左右转动着梅瓶，思索解救之法。色料沾染的面积太大，不可能将这一团浑浊的污渍再演化为恰当的图案。更何况，青花本就是讲究淡雅意境的瓷器，若是强行改图，只怕效果也不佳。

若是入窑烧制，沈瓷倒是有个办法。因为青花是釉下彩，烧制出来以后，还可在上釉后涂上彩料，将釉上彩再放入窑中低温烧造，只要图案适当，或许还可覆盖青花色料留下的痕迹。

可是，因为这不过是一次学徒的选拔，并不会入窑烧制。就算烧窑，还牵扯到瓷器摆放的位置以及窑内的温度，不可能达到公平。

沈瓷的身体不禁瘫软，慢慢坐下，抚了抚额头，眼看着一切努力将要付诸东流。她叹了口气，盯着那团污浊的色料，恨不得把瓷胎的表层刮下来，可是这瓷泥的韧性还不足，原本就薄的梅瓶若再削下一块，很容易在烧窑过程中破裂，失败的概率极大。

等等……在烧窑过程中破裂？

沈瓷一个激灵，脑中豁然开朗，既然此次评比不入窑，那么破裂不破裂，已不在自己的考虑范围之内。

她嗖的一下站起身，在屋子前方的工具箱里拿出一把小刀，以旋削手法，将那一片青花污渍连带着周围的一片刮去，留下一块长方形的凹陷。

沈瓷将削完的长方形再修缮了一番，确保其工整，这才重新执起笔，细细绘制。

凹陷的长方形被绘成了雕花的窗。窗内，是空插珠花懒画眉的晓妆女，一头青丝垂下，对镜自怜；而窗外，梅仍是梅，竹仍是竹，只是那禽鸟缩小了比例，成了站在窗檐下一隅仰头窥视，更添几分灵气。

化污渍为神奇，且在短时间内重新做出适合瓷器的构图，不单是有“画技”，画中还带着精妙的“瓷味”。

沈瓷绘完时，大部分御器师都已完成制作，她连忙上好釉，将釉料涂抹均匀，最后一个完成了全部工序。

高级御器师们依次走过，检审着候选人面前的瓷器，其中一位高级御器师盯着沈瓷的成品看了许久，确实觉得精妙，可念在她是女子，又有些犹豫。

就在这个犹豫的当口，又有人嘀嘀咕咕捣乱来了。

“她这件瓷器，看着不错，但出窑的效果多半不好。这次用于比试的瓷泥缺乏韧性，看她削去那一块的薄度，十有八九都会破裂。”

那原本犹豫的高级御器师听了，想想也是如此，不仅要好看，还得烧制成功才行，便从沈瓷面前讪讪地走过了。

一圈下来，诸位高级御器师都已在心中盘算好了人选，皆是男性，但没有一个人率先提出，都等着首席御器师徐尚先生发话。

徐尚是最后压轴的检审人，他绕了一圈，将目光定在了沈瓷的梅瓶上：“想了这个办法啊？”

沈瓷点点头，轻答了一声“嗯”。

徐尚拎起梅瓶，拿在手上看了看。梅树老硬，竹篁丛生，禽鸟的刻画柔和，展翅欲起，宛然欲活，衬得画中生气盎然。最妙的是那窗户里的美人，凹下去的长方形增加了立体感，使得整个画面刚柔并济，颇有意趣。

徐尚先生点评道：“画得倒是不错，可曾考虑到实用性？”

沈瓷颔首答：“考虑过。若是追求实用，其实可以在青花上再加一层釉上彩。只是，比试并不入窑，只能采用削去之法，实属无奈之举。”

徐尚轻哼了一声：“没什么无奈不无奈，瓷器烧制不成功，画得再好也无用。”

听首席御器师说出此言，周围人不禁心头窃喜，皆以为沈瓷已被淘汰。谁料沈瓷听着听着，脑海中猛然蹿出与小王爷初见时他说的那番话，竟是张口顶撞道：“工艺是很重要，但不能过于强调工艺性。徐尚先生，您想想，为什么朝廷不让景德镇自己绘制瓷器图样，而一定要让远在京城的工部绘制呢？因为，工艺是可以学的，但画家本身对于意境氛围和绘画精神的把握，是工匠学不来的。徐尚先生说我画得不错，是因为我并非单纯的工匠，我可以变画为瓷，这并不多见。今日之事实属偶然，往后，工艺不足我可以学，但融画入瓷，并非人人可为。”

沈瓷一口气说下来，都没有停顿，就像早就准备好了这番话似的。

徐尚听了她的话，沉默片刻，继而朗声笑道：“不错，说得有道理。”他用手指着沈瓷，“你的这番言论，亦是我近日所思，倒是无意间有契合之处。能将画面让位于瓷，又将画展现得隽永悠长，你小小年纪，确实不易。”

沈瓷呆了一下，没想到徐尚竟是如此爽快地认可了她的说法，还加以表扬，一时有些愣怔。

“听不懂吗？”徐尚看着沈瓷还滞在原地不动，以指节敲击了两下梅瓶的瓷面，道，“还不快拜见师父。”

沈瓷听了这句才缓过神来，一瞬间，欣喜之情溢于言表，连忙伏身，诚挚叩首道：“沈瓷拜谢师父！”

周围一片唏嘘，众人皆没想到首席御器师徐尚先生，最后竟收了个女学徒。其他高级御器师反倒是挺高兴，看见徐尚先生没点中自己属意的弟子，终于可以放心地收徒了。

周围还有些许非议，徐尚先生理都不理，待比试结束后，便带着沈瓷潇洒离去。

沈瓷还有些愣神，接连的转折令她恍如身在梦中，跟在徐尚先生身后走了半晌，才想起了什么，连忙跑到徐尚身前解释道：“徐尚先生，我……我没有用脚绊那个人。”

“我知道。”徐尚先生一丝惊讶也无。

沈瓷诧异反问：“您知道？”

徐尚先生笃定道：“他第一次取青花色料时，我就知道肯定不足够，还提醒过他。但他第二次又取得异常多，我便多看了几眼，瞧见他盯了你好一会儿，经过你身旁的时候，果然就出了事。”

沈瓷恍然，思索片刻后，本还想问徐尚先生既然知道，当时为什么不替她解释。但想了想，觉得事情已经过去，问出来反倒有些责怪的意思。

沈瓷没开口，徐尚先生倒是自己提起来：“当时我没提，一来，我也并非亲眼所见；二来，提了也没用，反倒是加深仇恨。总之事情已经过去，你是有天赋的，今后好好学便是。”

沈瓷点点头，转念一想，若不是那人做出此举，说不定徐尚先生还注意不到自己，算来，也是因祸得福了。

两人一前一后，步行同去。沈瓷觉得此刻的身心都舒畅极了，往后，她便能跟随首席御器师研制瓷器，离自己立志要完成的梦想，亦越来越近。

第六章

缘起殊途

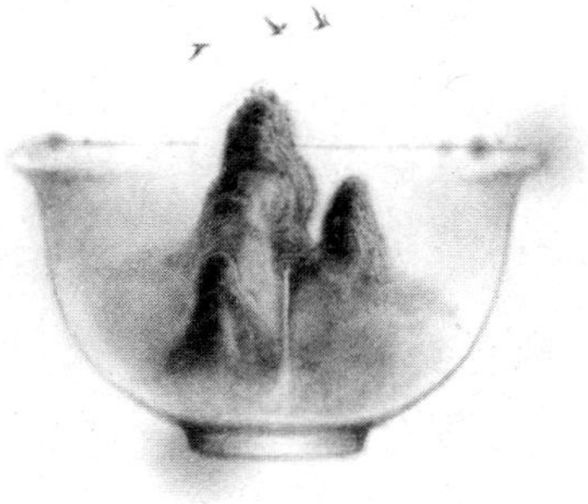

马宁按照朱见濂的意思，在外调查杨福，过程颇为顺利。不过八九日的工夫，便完成任务，回府向朱见濂禀报。

朱见濂正执笔临着一幅字帖，见马宁入室，问道：“查明白了？”

马宁抱拳道：“是。”

“这么快？”朱见濂放下狼毫笔，正色道，“说吧。”

马宁道：“杨福自小便是穷困之人，孤儿，七八岁时便在鄱阳郊外混迹，此后数年，都生活在郊外，有迹可循。直到两年前，实在穷得不行，住的地方也没了，想在外找些事做，便去了周围的城镇，可一直没稳定下来，流浪不定。”

朱见濂蹙着眉头听着，思考片刻，又问：“他这两年，去过哪些城镇，停留的时间是否衔接无缝，你可仔细查过？”

“这……”马宁犹豫了，“他独自流浪，居无定所，我的确在几个周围的城镇查到过他的行踪，但之间是否衔接无缝，这个恐怕很难查到。”

朱见濂也知这个要求实在难为人，便没再逼问。他回忆了一番，觉得杨福的出现虽巧，但并无破绽。闭目思索半晌，慢慢睁开眼，对马宁道：“现在出府，随我去见杨福。”

朱见濂和马宁悄悄离开王府，为防范淮王的耳目，他们选择绕道而行，行至一半，躲藏起来，等了会儿，确保无人跟随后，才从另一条小径继续前行。

行至杨福居处，开门的是马宁安排在这儿的丫鬟。马宁看杨福不在她身后，遂问道：“这几日，杨福可有任何异常举动？”

丫鬟摇摇头：“您叮嘱过他不要出门乱跑，他果真就没迈出大门一步，这几日都在院中，吃吃东西散散步，可高兴了，并无任何异动。”

马宁颔首，本想将世子请进堂屋，再叫杨福过来，朱见濂却是摆摆手：“我去里屋寻他。”

临到了屋门口，丫鬟才向杨福通报了朱见濂的到来。杨福已经换了一身干净的锦缎长袍，整个人便好似变了个样，衬得他那张脸更加英俊了。可他虽然衣着变了，气质却是没变的，朱见濂觉得他看起来憨憨傻傻，虽是锦衣玉食，仍免不了一股乡土气息。

朱见濂打量了他几眼，脸上浮起笑容，问道：“杨兄弟，在这儿住得如何？”

杨福对他这句称呼感到受宠若惊，迭声答道：“很好，很好……”

朱见濂再笑：“不必拘束，在途中遇见，便是你我有缘。”他邀杨福坐下，脑中念头一闪，随口就编了一段话，郑重道，“之前算命的道士说，我从景德镇回鄱阳这一路，会遇见命中贵人。初见你时，我还没想起这话，又走了一里地，才猛然记起，这才将你邀了回来。”

杨福坐了下来，面色惊异，没敢动。

朱见濂又亲自替他倒了茶：“你别介意，我当时没邀你上车，也是有苦衷的。今后，但凡你愿意，就在这儿吃好喝好，绝不会亏待你。”

杨福的神情终于渐渐放松下来，他眼中泛光，屈身点头道：“虽然杨福我没什么用处，也没什么银钱，但是您放心，有用得着我的地方，我一定尽力，一定尽力……”

朱见濂就想听他这句话，无论此人值不值得信赖，都可就此一试。他展颐一笑，又问道：“敢问杨兄弟家住何处，家中又有何人？”

杨福并未犹豫，张口便答：“从前住在鄱阳郊外的一处小破屋里，并没有亲人。偶尔来镇上做工，都坚持不长久。近两年四处漂泊，居无定所。”

他这番话，倒是同马宁查到的一一相符，并无破绽。

朱见濂心底舒了一口气，又与杨福随意聊了些闲话，待日暮黄昏，才起身告辞。

杨福一直把朱见濂和马宁送到了门边。待两人回到王府，驱散四周奴仆后，朱见濂方开口说道：“你去打听一下，有没有被释放的宫女，或是曾与汪直相熟的可靠人物，叫人按照汪直的言行，教一教杨福吧。”

马宁闻言一怔，很快便猜到朱见濂的用意，遂沉声领命而去。

朱见濂这厢正细密筹谋，沈瓷也没闲着。自从跟随徐尚先生以来，她每日都过得无比充实。那些官窑御器师沉淀许久才得出的秘方和技巧，被她在短时间内接受吸收，只觉妙趣无穷。

这日，她正在制作一件压手杯。坦口折腰，自下腹壁处内收，凝重中可见灵巧。这是永乐时期御器厂创烧的样式，手握杯时，于虎口处相贴，给人以契合之感，由是称作“压手杯”。

她拉好了器形，经过印坯、利坯、晒坯，正准备执笔在上面绘制青花。转过头，却见徐尚先生摆出之前磨好的黄、绿、紫、蓝四种色料，正对着画样盘算着，并在图纸上标上相应的文字。

沈瓷见了，不由得问道：“先生，这是做什么呢？怎么还要标注文字？”

徐尚看了看她，将四种色料依次排开，同她解释道：“这宫廷用瓷，可不能像你从前那般随便，想做什么就做什么，别说观赏瓷要讨人喜欢，就连餐具也是有规矩的。”他把手中的图纸递给沈瓷，指点她道，“比如，这皇太后和皇后用的餐具是黄釉的，贵妃用里白外黄的，普通妃子用黄地绿龙的，嫔用蓝地黄龙的，一般贵人则用绿地紫龙的。娘娘们位份不同，所用的餐具也是不同的。”他说到这儿顿了顿，忽而一笑，随口接道，“不过，宫中的万贵妃是个例外。虽然是贵妃，但吃穿用度，都不亚于皇后娘娘。”

沈瓷头一次听到宫中轶事，不禁好奇：“还有这回事？”

“当然，皇上宠爱万贵妃，什么都想给她最好的。若是我们做的瓷能得万贵妃满意，那皇上可比自己喜欢还高兴。”徐尚先生看着沈瓷好奇的目光，笑笑道，“若是哪次进贡皇族的瓷器中，有你的作品了，我可安排你去往京城送瓷，届时若得皇上满意，说不定还能得到面圣的机会。”

“京城？”沈瓷回味着这两个字，便觉遥不可及。她从小长在景德镇，后来去了鄱阳，这一回来，还是在景德镇，压根儿就没出过江西的地界。若是能有机会前去京城，她是真的想去看一看的。

“别急着好奇。”徐尚提醒她，“等你能做出进贡给皇上和宫中娘娘的瓷器，再考虑这个问题。送给这些人，光做得好是不够的，还得新。好东西他们都看遍了，就喜欢没见过的式样。”

沈瓷莞尔一笑：“我明白，会时时提醒自己的。”

她低下头，再看手中的压手杯，突然便不想再绘以青花色彩。她盯着这凝重又玲珑的器形，脑海中已在瓷上镌刻出一幅画来——明黄做地，紫龙与绿龙相互戏珠，头尾相衔。黄、紫、绿，这三种颜色搭配在一起，带着一种别样的贵重感，只在心底绘出，就已让沈瓷暗暗称奇。

想至此，她按捺不住，几乎想要直接在压手杯上刻下此图。但这三种颜色是釉上彩，如今还未上釉烧坯，不能直接绘制，只能暂且先将压手杯放在一旁，取过一件已经烧好的圆盘，将脑中的画面重新排布，想要就此绘下图案。

徐尚先生见她突然换了圆盘，还蘸了明黄的色料，问她欲要做何。

沈瓷同他解释了一番，却听徐尚先生叹了口气道："类似的设想，我也做过，但最后烧制出来的效果并不理想，各种色料需要的烧制温度不同，成品的图案时常不够完整，你还是打消将三色直接绘于釉上的想法吧。"

沈瓷执笔的手悬在空中，不免有些失落。她缓缓将手放了下来，脑中的图案却仍呼之欲出。她盯着眼前的这口圆盘，用手摸了摸光滑透明的釉料，突然心生一计。

此时的彩瓷，还处于一个极不成熟的阶段。一来，彩料难配，十分昂贵。二来，温度难控，对于釉上彩的烧造工艺，还处于初级阶段。

如今在御器厂，彩料是有的，要如何才能让烧制成功的把握更大呢？

沈瓷萌生出一个念头：用素胎。

素胎，便是陶瓷生了坯，但还没有上釉时预烧的胎。这种胎可以增强坯体的强度，搬运时不容易损坏，更重要的是，用素胎上彩釉时，不会因为浸湿坯体而导致坼裂。

但素胎也有缺点，便是容易造成瓷器釉面的开裂，俗称"开片"。自然开片的纹痕，是不会深入到胎骨的，仅在釉的表面形成纹路。

沈瓷想，如果彩料膨胀是导致"开片"的原因之一，那么如果她先用刻刀在素胎上刻画好纹样，然后再将彩料填充进去，是不是能够弱化这个问题呢？

她将这个想法告诉了徐尚先生，徐尚思索了片刻，虽然未曾实践，但亦感觉可以一试。

徐尚先生取了几件刚拉好的瓷胎，交予沈瓷，自己也拿了几样，开始用刀细细雕出纹样。初试验时，并未尝试太复杂的图形，预备先画些简单式样，先入窑试验几次，若能成功，再精细做。

两人的刻刀在胎上笔走龙蛇，逐渐形成了图案。上透明釉时，将刻好的图案留出，先将其用高温烧成素胎。待出窑后，再在素胎上施彩，并用低温烧制。

素胎，是高温烧制成的；釉上彩，是低温烧成的。两次入窑的心血，再加上彩料的昂贵，都注定了这一器物的稀少珍贵。

沈瓷站在窑炉外，望着一排排上好釉的素胎被送入窑内，心情忐忑不已，不知这一次，窑火又将赋予它们怎样的生命……

鄱阳的天气，已是连阴了数日，空中云层坠坠，却又久不落雨。朱见濂略觉胸闷，刚坐下，便见马宁从外面回来，已完成了朱见濂交代的事。

这些日子，马宁暗中打听，竟真在江西寻得一位从前皇宫里的人，且与汪直有过短暂的接触。马宁盘查此人履历是真后，将他带回了鄱阳，望他能够帮助杨福学会汪直的言行举止。

朱见濂心头一震，命马宁立刻带着那人去见杨福，自己收拾了一番，也立刻启程了。那被叫来教杨福的人本是一脸不解，待见到杨福后，竟是忍不住跪地，当即拜道："见过汪大人！"

气氛僵冷了片刻，朱见濂与马宁对视了一眼，没有说话，最后还是杨福手忙脚乱地扶起了那人，揉着脑袋道："你认错人啦，我不是什么汪大人。"

他言语一出，那人才意识到不对劲，再看看这身形，这气度，着实与汪直不太一样。他退后一步再打量了一番杨福，嘴里喃喃念道："像，真的是像。"

杨福一脸困惑，问他："汪大人是谁？"

那人并未作答，转而看向朱见濂，指着杨福问道："您希望我教的，便是这人？"

朱见濂点头。

杨福更困惑了："要教我什么？"他想了想，眸中骤紧，慌忙道，"我大字不识一个，诗书都不会的。"

"别急，此事并不需你识字。"朱见濂道，"杨兄弟，这些日子，我待你不错吧？"

杨福听了这话，不免心惊，慢慢开口道："很好。"

朱见濂笑笑，屏退了其余两人，继续对杨福说道："我上次说，杨兄弟是我命中贵人，你可还记得？"

"记得。"

朱见濂敛了笑，换上一副凝重面容，蹙眉道："如今，我果真遇见一件事，有求于杨兄弟，不知你能否答应。"

杨福面露惊异，眼眸却是微微一亮，似已等候这话多时。他沉默半晌后，方开口道："杨福一生，从未像这段日子般逍遥自在，全靠世子您垂青。您有什么吩咐，杨福若有这个能力，一定会全力而为。"

朱见濂没想到，看似憨厚呆怔的杨福，竟能说出这番话来。更何况，如今他还没提出要求，杨福便将任务包在自己身上，实在纳罕得很。但此刻，欣慰的情绪暂且压下了怀疑，他抬头看向杨福，肯定道："这件事，只有你能做……"

"我？"

朱见濂神情肃穆："此事关系重大，你附耳过来，我说与你听。"

一炷香后，朱见濂已将事情的大体轮廓讲给了杨福。杨福反应慢，好半天才回过神来，又把朱见濂的话掰开拆解重新问了几遍，终于明白自己要做什么了。

朱见濂瞧着杨福神色，目光锋利地扫过去："能行吗？"

杨福醒了神，这才意识到自己还未答复朱见濂，立刻应声道："世子的恩情，杨福记得，必会尽力。"

朱见濂心道，但愿他真能记着。嘴上却未出口，只郑重叮嘱道："此事重大，成败皆以你为关键。你若学不像汪直，入不了皇宫，或是入了皇宫被拆穿，我们的努力，便会付诸东流了。"

杨福登时紧张起来，低低答道："是。"

朱见濂这才点点头，感觉没有什么话要说了，不禁沉默下来，心底微微叹息。

如今，箭已备好，只待弓弦拉满，飞驰而去。那四年前的往事，似乎又离自己更近了一步。可是，事情进行得这样顺利，他却未觉喜悦，反是暗暗有种未知的惶恐，蔓延开来。

感到无趣，朱见濂起身离开。待跨过院子的门槛时，久未落雨的天空竟然坠下了几滴雨珠，将天地模糊，也将他无所适从的心情晕染开来。

他望着这潇潇秋雨，突然觉得有一些冷了。梧桐的落叶铺满径道，足底踩上去，发出"呲呲"的响声，在寂静的秋雨中，竟也显得十分生动。

他踏着满地的狼藉，伸手掬了一捧雨水。到这时，他终于承认，自己是有些孤独了。身边的人一个个离自己远去，父王如今还处处提防着自己，已辨不清能够全心信赖的还有何人。他自己也是变了的，在这片寂寥中，曾经散漫游离的小王爷已是不复存在。

没来由地，他突然想起了沈瓷。她当初成了孤儿，独自来到淮王府的时候，也曾有过这般感受吗？如今她怎么样，过得好不好，是不是离她父亲的愿望又近了一步？就像如今的他，似乎也离四年前的恩怨，更近了一步。

瓷器入窑后，沈瓷在窑炉外守了三天三夜，随时记录火势状况和窑内氛围，终于熬到了灭火的时刻。

等待冷却了一整天后，祭香，拜窑神，终于等到出窑。窑工们将一件件匣钵取出，她同徐尚先生便随后一一查看。

放在窑炉边侧的瓷器，基本都没有成功。可是当打开中央几件匣钵时，竟是令人眼前一亮。

绿、黄、紫，三种颜色恰到好处地融在同一瓷面上。以黄作底色，紫绿龙纹戏珠，头尾相衔。虽然徐尚先生说试验期间的图案应该以简单为主，但沈瓷还是忍不住将心中构想的图案绘制到了盘上，经过烈火的灼烧后，竟比想象中更加庄重华美。

“这……”沈瓷激动得说不出话来，手捧着瓷盘，心底百感交集。徐尚先生也愣了愣，小心翼翼地从沈瓷手中接过瓷盘，不由得感慨道：“居然成功了……这，这可是从前未曾出现的陶瓷品种了。”

“是吗？”沈瓷眼中晶亮，谨慎问道，“那，这种瓷应该叫什么才好？”

这倒是给徐尚先生出了个难题，他的手捏着下巴，凝神思索了半晌，提议道：“不如，便叫素三彩，如何？”

“素三彩？”沈瓷问道，“是因为瓷胎是素胎，所以取了这个名字吗？”

徐尚先生点点头，又摇摇头：“这只是其中的一个原因。颜色中，红为荤色，而你选取的是黄、绿、紫三种色料，因色彩中没有红色，便取之为素三彩。”

沈瓷听了他的解释，亦觉有理，也想不出更为恰当的，欣喜同意道：“行，那便就叫它素三彩好了。”

徐尚先生的胸中仍有激动的情绪在沸腾，他再次端起瓷盘，用手拂过图案雕刻之处，因为釉料均匀，基本摸不出凹凸的质地。其造型庄重，胎质细腻，款式又极为新颖，已能达到呈给皇室的贡品标准。

他们又将剩下的所有匣钵扒开，除了方才那件外，还有一件绘了花卉的瓷杯烧制成功，只不过图案稍微简单了些，送给一般的妃子把玩，倒也不错。

“满窑的瓷器，在试验时，能烧出两件成品，已是不错。”徐尚先生掐指算了算时间，道，“如今距离送瓷入京还有两个月的时间，你便在这两个月主烧素三彩，别的都先放一放。但愿这次的新瓷器，能得到皇上的喜爱。”

沈瓷本就有如此想法，于是赞同地应了一声“好”。

“还有，”徐尚先生看了看她，补充道，“若是做出的成品不错，这次送瓷入京，便由你来担任首要运瓷人。”

“我？”沈瓷身形一顿，惊异中带着欣喜，“真的吗？”

“我还骗你不成。”徐尚先生扬了扬眉，又补充道，“前提是，我们还得做出上得了台面的素三彩。这次一整窑出了两件，接下来保不齐碰上失误，说不定一次都出不了一件，得抓紧时间。”

沈瓷认真地点了点头。

徐尚先生又问：“这一次烧窑的火势状况和窑内氛围，你可有记载？”

“都记着的。”

“那好，下次还用今日这位把桩师傅。我先去寻几个刻画功夫好的御器师，这两个月便辛苦一些，争取将素三彩作为这次进贡的主体。”

沈瓷从徐尚先生的语气中感受到了他对素三彩的重视，心中的激动快要满溢出来，她强自将情绪按捺下去，颔首道：“明白，沈瓷一定竭尽全力，完成这批官窑瓷。”

接下来的两个月，沈瓷便再也没闲下来过。徐尚先生是宽宏的人，虽然沈瓷只不过是他的学徒，但他亦没有凭借这点将制出素三彩的功劳全部揽在自己身上。他是觉得自己老了，无须再争夺这些名利，虽然名义上，这次素三彩的大批烧制仍是他主导，但落到实处，他却常常让沈瓷出面。

这样的行为，无疑让众人颇为惊讶。当初许多人皆以为沈瓷仅仅是侥幸入选，如今得知素三彩的主意竟是她先提出来的，也不禁在心底暗暗佩服。

李公公作为督陶官，虽然什么事都不爱管，但如今皇上对御器厂盯得紧，他若是再拿不出点儿成绩，这位置便难保了。由是，听说最近御器厂创烧了素三彩这种新瓷，李公公抡着羽扇，也来看了。这一看，便定住了眼，迫不及待找人向京城传信。信上说的是，自从皇上对贡瓷不满后，他李公公加紧钻研，终于，这一次御器厂研制出了一种新瓷，皇上定会喜欢。

李公公想，皇上会不会喜欢其实说不准，重要的是先稳住他的情绪，别突然不耐烦，在瓷器送到之前，便把他的官儿给撤了。

经过两个月高强度的制瓷，素三彩终于确定作为此次入京进贡的主要瓷器。而沈瓷，也同徐尚先生承诺的一般，成为这次进贡的首要运瓷人。若是瓷器得到器重，甚至能够得到面圣的机会。

临出发的前一天，沈瓷去了卫府，想同卫朝夕做一个短暂的告别。

“我要去京城待一段时间，这些日子你若是找不着我，可别奇怪。”沈瓷道。

“京城？”卫朝夕的兴致来了，“你去京城做什么？”

沈瓷忍不住腼然笑了笑：“送一批瓷器入宫。”

“还能入宫？”卫朝夕原本是趴在桌上的，听了这话，噌的一下站了起来，激动道，“这等好事，怎么能少了我？”

沈瓷愣了愣：“你也要去？”

卫朝夕看向她，坚定地点了点头，只过了须臾，肩膀又塌了下来：“我是想去，但我爹肯定不让。”

沈瓷失笑：“那还能怎么办？只能听你爹的话了。”

卫朝夕嘟着小嘴，单手叉着腰，仰着头想了片刻，突然眼睛一亮，乐呵呵道：“不如，我先跟你一起出发，然后再让下人告诉我爹，等他知道的时候，我们早就跑远了。”

沈瓷的唇角抽搐了一下：“不行，这样你爹会担心的，若是出了事可怎么办。”

“能出什么事！”卫朝夕笑起来，腮边显出两个甜甜的小酒窝，拉了拉沈瓷的衣袖，“你就带我去吧，我从来没去过京城，去开开眼界也好。更何况，有你在，我能出什么事。”

沈瓷看她一副兴致勃勃的样子，知晓此刻是劝不动她了，正在心底斟酌此事是否可行，卫朝夕已拍了拍她的肩，兀自说道：“那这件事就这么定了啊，等你出发的时候，我就随送瓷的队伍，与你一同出行。”她并不给沈瓷回旋的余地，话还没说完，便已是一溜烟儿地跑开，嘴里还说着，“好啦，我先走了，我得回去先收拾收拾行李。”

待跑出了七八米远，她忽又顿住了脚步，转回头看着沈瓷，挤挤眼，叮嘱道：“说话算话哟，可别不带我走。”话毕，这才彻彻底底地跑掉，如同一阵风，去得无影无踪。

沈瓷真是哭笑不得，这么一件事，怎么就在卫朝夕的自言自语中定下了呢？不过，长长见识也是好事情，毕竟就连她自己，也对这一次的京城之行充满了期待。

翌日清晨，运瓷入京的队伍已整装待发。一件件御用瓷器被放置在木盒中，小心翼翼地搬上了船。

瓷器是易碎之物，不宜马车颠簸。景德镇临江，因而此次运瓷，便是走的水路。

沈瓷正督促着工人将瓷器小心轻放在船上，突然有人在身后拍了拍她的肩，转过头一看，是卫朝夕那张笑靥明媚的脸。

“你真来啦？”沈瓷问，“你爹知道吗？”

“他要知道，我还能来吗？”卫朝夕蹦了蹦，一脚踏上船板，“我连大船都没坐过呢，这次可算圆了梦了。”

她转着眼珠子左看右看，样样都有兴致，仰头望了望高高的船桅，便走得更近了些，要细细去观察。

沈瓷拗不过她，便先由她看去。直到所有的瓷器都一件一件被搬上了运船，她才松了一口气，也准备上船去。

可是，她的脚还没踏上船板，眼前“嗖”的一下便出现了一道黑影。待她回过神来，定睛一看，竟是闻讯赶来的卫宗明卫老爷。

卫宗明今早听丫鬟说，卫朝夕昨日便在收拾行装，似有远行打算。卫宗明心中奇怪，匆匆忙忙跑去朝夕房里一看，果然人已经不在了。他知道卫朝夕与沈瓷要好，顺着一打听，便知道今日沈瓷将要送瓷入京，赶忙找了过来。

“你，你给我回去。”卫宗明揪着卫朝夕的耳朵，却也舍不得下手太重，半拎半推地把卫朝夕弄下了船。

“放开我！”卫朝夕抓开卫宗明的胳膊，用手揉着发红的耳朵，嘟哝着，“我不就想去个京城吗？又不是什么大不了的事！”

卫宗明气得胡须一翘一翘：“你一个闺中小姐，随处乱跑，让别人怎么说？我还想着让你嫁一户好人家，你没个正经样子，可别坏了自己的姻缘。”

卫朝夕嘀咕：“我还省得了……”

“什么？！”卫宗明凝着眉头问。

“没什么。”朝夕不由得噘起嘴，知道老爹这次是铁了心不让自己去京城，向往地再看了看即将远行的运船，满眼失落。

“还看什么看，跟我回去。”卫宗明抓住她的胳膊，把她往回家的路上拽。末了，他还转过头，狠狠地瞪了沈瓷一眼，满是责怪。

运船即将启程，船上的伙计吆喝了好几声，沈瓷不宜再耽搁，赶紧上了船。桅帆飘扬，碧波荡漾。船头掠江而行，分开一条水路。层层波浪携着银白的水花掠过船舷，然后在艇尾汇合，留下一条烨烨发亮的水带，这水带向两边逸散，又扩大到旁侧的湖面上，泛起粼粼波光。

运船已行了三天三夜。

这段日子，水势平和，天气晴朗，一路都是顺风顺水，并未遇到什么阻拦。已近京城，想来也没什么人敢在天子脚下动土，大家都放松了警惕，聚在一起东聊西扯，气氛甚是欢悦。

意外便是在这时候发生的。

不知从什么时候开始，四艘船从四个方向分别包抄，渐渐围了上来。船不大，但运作灵巧。尖锐的船头如同离弦的箭，长驱直入，转眼已成逼仄之势。

“这，这是……”掌船的师傅虚着眼打量，只见那四艘小船上各站着几个人，一身匪气打扮，手里操着家伙，刀枪都已备齐，眼睛贼眯眯地将这艘运船扫视了一遍。掌船师傅骇得发抖，扯着嗓子大叫：“救、救命啊！江匪来了！”

此刻，运船上闲聊的人才回过神来，个个惊惶不已：“江匪，怎么会在这儿遇见江匪？”

“是啊，这条水路临近京城，以前都没事的啊！”

“糟了糟了，若是御用瓷器不能送到皇宫，我们这船上的护卫和工人，指不一定会有什么下场呢……”

“别说了！”沈瓷厉声打断了聒噪的人声，抽出随身携带的小刀，“吵有什么用？他们看起来人多而已，又不一定打不过。护卫准备！”

听了她的话，护卫们立刻拿起武器，提高警惕，站在船舷之处，蓄势待发。

眼见着江匪越来越近，沈瓷额上的汗也涔涔落下。她是这次运瓷的负责人，若是出了事，枪打出头鸟，指不定就瞄准了自己。这次运瓷，是她难得的机会，若是搞砸了，皇上一怒之下发了话，或许今后便再难出头。

两方人对峙而立，持续了片刻，领头的江匪突然狡黠一笑，从腰上抽出一把长刀，“咔”的一声，狠狠地朝船板上一插，沉声道：“上！”

对峙的状态彻底瓦解，江匪一个个朝运船上攀来，不一会儿，两方便搅在一起，全力拼杀，难解难分。

这群江匪根本没把船上的人放在眼里，目标只在货物。护卫冲上去拦，刀刃相见，手腕一转，便是血花四溅。江匪们本不想伤人命，但眼见这群人死命护着这批货，劲儿便上来了，横举大刀，不由分说便要硬闯。

青灰的天光下，只见长刃舞动，散出摄人的凶光。

江匪分成两批，一批挡住运船上抗争的人，另一批负责搬运货物。护卫的人数不多，再加上江匪是一群亡命之徒，砍起人来不要命，不多时便落了下风。眼见着瓷器就要被搬走，窑工们也慌了，心一横，一窝蜂涌上去想要帮护卫，场面顿时变得混乱不堪。

忽而一阵喝声传来，似有一阵风，携着凛凛寒气而至。沈瓷觉得这喝声的来源不像是船上的人，转过头去看，但见一白衣男子，眉宇傲气，凤眼细长，站在一条制作精良的小船前端，双手负立，风流自成，是个不可多得的俊美男子。就在男子身后，十名戎装军人整齐站立，正朝沈瓷所在的运船驶来。

离船舷还有三四米距离时，只见最前方那男子足尖一点，直接飞身上船。他身后的军人亦是气势昂扬，丝毫不拖泥带水，朝那群江匪直奔而去。

这些人，竟是为了救援他们而来！

寥寥十人，虽然不多，但看得出训练有素，招招式式都在点上，绝对不是普通的军人所能及。尤其领头的白衣男子，疾步挥剑，不多时，情势便发生了逆转。

江匪节节败退，渐居不利，已搬到船舷的瓷器被生生阻拦下来。先前他们便被这群护卫死命不放货物的行为激怒，如今眼睁睁看着将要失败，索性举起了手中木箱，用力将瓷器抛入滔滔江水之中。

一个人带了头，剩下的江匪也争相效仿，就算不靠近船舷，也在原地狠狠地摔下装瓷的木箱。沈瓷看着江匪们近乎疯狂的行为，耳膜被那阵阵瓷器碎裂的声音刺激得发聩，禁不住要冲上前去拦。

在一片混乱之中，沈瓷身后突然出现了一个江匪，已是砍上了瘾，高举着刀，正欲往她的背上刺下去。沈瓷还在往前走，那江匪已小跑加速，离她越来越近。突然，耳畔似有一阵风呼啸而过，伴随着一道迅捷的白影，掠到了她的身后，一把卡住那江匪的手腕，同时往边侧一扭，刀的方向已偏离要害。

只是这江匪之前小跑的速度太快，惯性也太大，刀刃歪斜的程度，还不足以避开沈瓷。锋利的刀刃从她的背部斜划过去，响起了血肉连同布帛一起被撕裂的声音。未及要害，却是疼痛非常。

她如同一块没有挂好的绸布，软软地跌了下去，白衣男子一把扶住她的身体。眼看船上战况已定，便不再插手，迅速将衣袖撕下一块，熟练地给她包扎了两圈。

沈瓷受了刀伤，已晕了过去。江匪一个个被绑了起来，强行跪在地上，眼里还狠狠的，咬牙切齿。

白衣男子看着这群江匪的眼神，嘴角勾起轻蔑的一笑。他将沈瓷交给旁侧的军人，慢悠悠踱到江匪头子面前，看也没看他，问道："知道你们今天为什么被逮住吗？"

江匪头子哼了一声，没说话。

白衣男子瞄了他一眼，道："抢货也不看看地方，此处已临近京城，敢在皇上眼皮子底下动手，你们早被盯上了，就等瓮中捉鳖。"

江匪头子闻言，脸色顿时煞白，惹上宫里的人，这可不是小事情。这一次，可真是触到霉头上了。

听白衣男子说自己是宫里人，船上的窑工和护卫倒是瞎猜测起来。莫不是因为这一次做出了素三彩，皇上不放心，所以叫人半路来接应？想至此，有护卫便问道："您是专门来保护我们的？"

"什么？"白衣男子轻飘飘地瞟了他一眼，"我抓我的江匪，专门保护你们做什么？"

那护卫的脸色暗了下去，嘟囔道："我还以为皇上尤为期待这批瓷器呢。"他想了想，望着这一船的狼藉，又道，"不过也好，若是专门派了人来，瓷器还交不上去，或许情况比现在更惨。"

白衣男子从他的话中听出了端倪，问道："你们这船运的是御用瓷器？"

那护卫低低答了一句"是"。

白衣男子也愣了片刻，方才江匪把木箱朝江里扔时，他并未拼尽全力阻拦。一来，当时情况太混乱，抽不出手来加以保护；二来，他只以为是普通的货物，不想为此打断抓捕江匪的任务。

可事实上，这并非一艘普通的运船，而是满载着官窑瓷的船。他知道，皇上最近对瓷器看得紧，对这批新进的瓷器很是重视。他挥挥手，唤过一名下属，吩咐道："去查查，瓷器毁坏了多少。"

那军人领命，不一会儿，查完回来汇报："禀大人，从瓷器碎片来看，的确是官窑瓷，但是，除了少数几件完好的以外，其他都破碎或者沉入江底了。"

船上的窑工和护卫闻言，顿时怨声载道，有些憋不住怒火的，还过去踢了跪在地上的江匪几脚。白衣男子见状，耸耸肩："那没有办法了，此次误了御用瓷器的事，是你们运势不好，只能看皇上心情如何了。"

有护卫扑通一声跪下："您可要为我们做主啊！这不是我们的错，是遇到江匪了啊！"

白衣男子已有些不耐烦："我自然会提起江匪的状况，但并不代表皇上就会因此息怒。越是他重视的事，办砸了，惩罚或许会更重。"

船上立马哭声一片，白衣男子听了心里烦躁，不想再与这些人交谈，觉得还是找个能担起责任的人才好。他寻了个离他最近的窑工，随意问道："你们这次，领头的运瓷人是谁？"

有人指了指他身后："就，就在您后面呢，晕倒的那位。"

白衣男子回头一看，瞧见旁人扶着的沈瓷，而她依然闭目不醒。她背对着他，方才绑住的绷带已徐徐渗出了血迹，看来伤口比他想象中更深一些，需得尽快入京救治。

"行了。"他不想再多废话，下了决断，"先回京城再说。我得交送这批江匪，你们当中也有人受了些伤，需及时医治。其余的，以后再论。"

他说起话来颇有威慑力，一语既出，众人也不敢再反驳。唯有一名年长的工人，往返运瓷已是多次，也略微听过一些宫中琐事，总觉得眼前这人甚是熟悉。他拖着受伤的手臂，走到白衣男子近前，抬起眼小心翼翼地问："多亏大人今日相助，我们才能保住小命。敢问大人您尊姓大名，在宫中做何差事？"

白衣男子面不改色，也不避讳，转过脸对着那人，字字清晰地说道："西厂提督，汪直。"

又行了不到半日，运船终于抵达了京城。

瓷器是只余下碎片了，但为了防止皇上对素三彩存疑，这些碎片也被搬到了岸上，也算是有个对证。

上了岸，汪直让下属带着受伤的窑工和护卫去了间可靠的医馆，自己则将江匪们押进了大牢。近日大患得以解决，他闲闲地漫步回住处，却又听下属来问："汪大人，窑工和护卫如何处置？"

汪直道："瓷器碎了，再精致的碎片，肯定也不足以让皇上亲自传唤运瓷的御器师。窑工和护卫待着也没用，就先再养几天吧，这种小角色，皇上是顾及不了的，大概等风声过去，就没事了。"

汪直垂下头，又仔细想了想，补充道："对了，把那位领头的姑娘留下。虽然这是护卫的失职，但她作为运瓷的负责人，估计着皇上会迁怒。"

下属抱拳，领命答道："是！"

沈瓷在医馆上药包扎后，仍没有醒来。她在京城无亲无故，独自住在旅店又没人照顾，汪直的下属便把她送到了汪直在宫外的一座园子，顺便拨了两个侍婢过去。

汪直深得皇上和万贵妃的喜爱，平日里出入宫并未有什么限制。他在宫外的园子虽然去得少，但也会时不时来一趟，因此侍婢们平日都会将房间打扫干净。

沈瓷刚住进来，汪直便被皇上传唤进了宫。他将江匪的事做了个简短的汇报，又顺口提及，这次江匪所劫持的运船，装载的正是本次御器厂准备进贡给皇上的瓷器。

皇上闻言，心痛不已。他早先便收到李公公的来信，说是本次研制的素三彩美妙绝伦，由是期待了两个月，却等来这样的消息。他看过碎掉的瓷片以后，更觉愤愤，单是在这破碎的瓷片上，黄、绿、紫三色交融已让人赏心悦目，可惜成了碎片，无法把玩使用。

皇上望着残碎的瓷片，越看越不舒服，简直是怒火攻心，一定要发泄一番。他用力将手中瓷片往地上一掷，下令道："这次的江匪，全部严惩不贷！还有，谁负责这次运瓷的？撤销其御器师资格，不允许再入御器厂！"

汪直对皇上的这项命令早有预料，虽然保护瓷器是护卫的责任，但名义上，领头的还是御器厂派出的御器师。下面的人出了问题，领头的就算无辜，也得担上责任。

他想了想，慢慢问道："这件事，主要是江匪的错，其次是护卫的失职，怎么反倒先罚运瓷的御器师？"

换了旁人，听到皇上的命令，怎敢多嘴再问？但汪直不同，他从小便跟在皇上身边，早已被宠惯，想问便问了。

"罚的就是御器师。"皇上靠坐在后面的锦垫上，道，"万贵妃最爱把玩瓷器，但已经很久没有遇上满意的了。不光是这一次，朕对御器厂前几批的成品都不满意，忍了许久，结果这次居然还给我送了一堆碎片！朕看，不光要免除御器师之名，还得重罚。找到人以后，先重打五十大板，以惩罚其失职！”

汪直见皇上又加上了杖刑，忍不住插嘴提醒道：“皇上，这次负责运瓷的御器师，是个女子。”

皇上愣了片刻，神色很快恢复如常。他目光流转，落在汪直身上，说道：“重点不是男子女子，而是表明朕的态度。往常，运瓷入京就是个风光差事，不担什么风险，御器厂都会派比较看重的御器师来。朕这次就先从这个人开刀，然后就是那个督陶官李公公，得让他们清楚，这日子不是得过且过，做不出好瓷，万贵妃不开心，他们也逍遥不了。”

汪直蹙了蹙眉头，原本他觉着这件事同自己也有些关系，便想着帮忙说两句话。可他如今听明白了，敢情不光是因为护瓷不当，还是要提点整个御器厂。再加上还有万贵妃的原因，更难有回旋的余地。这下，那姑娘可要倒霉了。

汪直了解了皇上的态度，方才想劝的话也不再提了，只微微俯首应道：“臣遵旨。”

“行了，我也没什么事，就是你久了没回宫，召你来看看。”皇上冲他招了招手，“来，陪朕下盘棋再走。”

皇上面前的桌上已摆好了棋盘，汪直上前，与皇上对坐，两人皆是一番闲趣。待几轮博弈后，汪直下完棋离开时，已是黄昏时分。

他想了想，没留在宫中的住处，乘着马车，去了自己宫外的那处府邸。

红日西沉，阳光渐隐，暮色静静融在了满天霞光之后。汪直刚迈入门槛，还没走几步，便见拨去照顾沈瓷的侍婢匆匆赶来，道：“大人，您送来的那位姑娘醒了。”

“醒了？”汪直点点头，轻描淡写道，“好，我知道了。”

侍婢见他没了下文，尴尬道：“那姑娘急着要见您，醒来以后，都催了好几遍了……”

“她急着见，我就得马上去吗？收留她就不错了。”汪直不慌不忙地进入内室，褪掉外衣，换了身便装，才出来对守在门外的侍婢说，“让她等着。我得先吃完饭，再说别的。”

侍婢见汪直对这位姑娘并不太上心，颔首称是，退了出去。

沈瓷背部的伤口虽是包扎了，但触碰起来，依旧疼痛难忍。她保持趴着的姿势已是许久，好不容易等到侍婢回来，连忙问道："怎么样了？"

侍婢答："主子正忙着，等忙完了，自然会来见姑娘。"

沈瓷听了这话，顿时有种遥遥无期的感觉，侧过头，可怜巴巴地望着那侍婢："我也没别的意思，我就是想知道他是谁，还有船上那批瓷器怎么样了，不耽误他的时间。我一醒来，就莫名其妙躺在这个完全陌生的屋子里，总是得了解些什么，心里才安稳些的。"

侍婢仍旧不买账："既然主子并没亲自告诉姑娘，那么我们这些下人，也不便多说。至于其他事，我们也不是很清楚，还是等着主子来告诉您吧。"

沈瓷听她口气，已知是说不通了，低低嘟囔了一句"怎么这样麻烦"，突然觉得脖子有些酸了，便把头换了个方向，继续趴着。

趴着趴着，她便又睡着了，陷入沉沉的梦境当中。似乎又回到了那艘运船上，平静的湖面突然掀起轩然大波，一个浪潮接一个浪潮地打过来，江匪上了船，抬起满箱的瓷器狠狠往下砸。沈瓷只听得满耳都是瓷器碎裂的声音，她的心也随之破碎。她想奔上前去阻拦，背部却撕裂地痛，逼得她挪不动步，只能停在原地等待。就在这几乎万念俱灰之时，她看见有人乘着一艘小船，风度翩翩地立于船头，手执一把长剑来救她。浓深的眉目，黑洞般的眼睛，像是要把她吸进去一般。这是谁？这是小王爷呀……

沈瓷只觉心都快要飞起来了，是小王爷来救她了。她朝他伸出手，想要碰碰他的脸，碰碰他温润的嘴唇，可还没触摸到，天地便像是要裂开般剧烈地晃动起来。转瞬之后，她从梦境中醒来。

沈瓷缓缓睁开惺忪的睡眼，这才发现了晃动的来源。侍婢站在床边，握着她的胳膊摇她，嘴里还叫着："姑娘，姑娘该醒了，主子来了。"

见沈瓷终于醒来，侍婢退到了一旁，露出了坐在凳子上的白色身影。沈瓷揉揉眼，反应了片刻，认出这就是那日赶来营救自己的男子，心底不禁惶惶生出悲凉。

小王爷不会来的，他怎么可能无缘无故出现在江面上呢？这个梦，不过是贪嗔妄念，黄粱一梦而已。

"睡得真沉。"汪直只把侧颜对着她，开口道，"说吧，有什么想问我的。"

沈瓷努力撑起身体，将肩膀斜靠在墙面上，勉强坐起来，缓了片刻后虚弱地问道："请问您是……"

"汪直。"对方简洁答道。

沈瓷觉得这名字有些耳熟，像是曾经听别人提到过，一时没想起来，只好再问：“那日见您率兵赶来，您是将军，还是……”

汪直没想到这姑娘居然没听过他的名号，略感惊讶，答道：“西厂提督。”

沈瓷这下想起来了，如今，就算不知当今宰相是谁，也该知晓西厂厂公的名号。只是坊间的流言中，都说汪直位高权重，一手遮天，想来应该是个心机满腹的中年人，却没想到，竟只是个二十出头的翩翩少年。

沈瓷心里有些矛盾，看他的模样，不像是骗自己的，也不像是有恶意；但毕竟听过传言，都说此人穷凶极恶，混乱朝纲，心里难免有点儿害怕。

汪直见沈瓷久未再语，斜睨了她一眼：“问完了？”遂站起身，作势要走。沈瓷一看便急了，连忙呼出一声“没问完”，对方这才顿了顿脚步，身子却没转过来，说道：“我没那么多时间等着你耗，有话快说。”

沈瓷连忙道：“我想知道，运输的那批瓷器怎么样了？”

“碎了。”

沈瓷盯着他：“全碎了？”

“只有几件残存，已经不顶什么用了。”

听闻此言，沈瓷的肩膀塌了下来，连带着背部的皮肉，也牵扯得一阵疼。她胸口闷得发慌，嘴唇带着颤抖：“皇，皇上知道了吗？”

汪直听她气息不稳，亦知此事对她打击极大，不再用背影对着她，平静地坐了下来，声音却还是方才那般不冷不热：“知道了，我已告知皇上。”

沈瓷忽然觉得头皮发麻，额头有薄汗渗了出来，她立起身体，费力地将脚放在榻下，站起身，向汪直慢慢福身道：“多谢汪大人救命之恩，这次的事情有我的责任，多亏您在其中斡旋，小女甚是感激。之后，就不多打扰您了。”

汪直轻笑一声：“这就要走了？去哪儿？”

“我要去找同行的窑工，尽快回到御器厂，弥补自己这一次的过失。”

汪直双手负立，在月光和烛光的映照下，他那细长的眉眼如有魅惑，更显得容华摄人。他没拦着沈瓷，反倒是笑着让出了一条道：“走吧，不送。”

他这么一说，沈瓷反倒是犹豫了。哪有这样的人，不由分说把她接回府邸照顾，如今还在养伤，却只留下这样凉薄的一句话。

可是，她愣了一下后，还是觉得自己应该早些回到御器厂，刚走了两步，背上便一阵钻心地疼，忍不住停下来歇了歇。

“好了。”汪直等够了，上前握住沈瓷的肩膀，往上一带，直接把她提到了床边，又顺手将她的肩膀按下去，让她坐在床榻上，开口道，“姑娘别异想天开了，真以为皇上知道了会无动于衷？你已经被下令革除御器师资格，并且不得再入御器厂。今日你从我这个门出去，在外面被人捉住了，便有五十大板恭候着你。我看你这身板，受不了的，这五十大板打下去，不死也只剩半条命了。所以，别想了，先把你的伤养好了，再想出去找死的事。”

沈瓷僵住了，如果不能再入御器厂，不能再做御器师，那好不容易才拥有的今天，岂不是全部付诸东流？那么父亲的遗愿，自己的梦想，又要如何去实现？

汪直以为她是被这五十大板吓傻的，拍了拍她的肩，慢慢道：“这五十大板你也不一定会挨，悄悄寻个道溜走便是。只要你不回御器厂，不回景德镇，皇上也没有心思专门派人去寻你。”

沈瓷喃喃自语：“可是，如果不回御器厂，我又能怎么办呢？”她忽然抬起眼，望向汪直，眸中水光盈盈，“汪大人，如果我主动出现去挨这五十大板，皇上能不能收回成命，让我回御器厂？”

汪直被她这样的目光看得心头一紧，话说得也有些不忍，回答道：“两项惩罚是一起下达的，并没有接受哪一项就废除另一项的说法。五十大板你还可以逃，但御器厂你要是回去，立马就会被发现。”末了，还拙劣地安慰了两句，“就是个御器师的位置而已，没什么用，不需太在意。”

“可是，这对我很重要……”沈瓷咬着下唇，此时此刻，周遭的一切都像是悬浮在空中，令她有种摇摇欲坠的错觉。她在迷惘之中，一下子抓住了汪直的手，低声恳求道，“世人都说您最得皇上信赖，这次遇见江匪，也是您亲眼所见。能不能……能不能请您帮我说说情，只要能让我回御器厂就好。”

汪直皱起眉头，不动声色地抽出了手：“若真的单单是你一人的事，我顺口一说便是。但皇上现在是对整个御器厂不满，要拿你开刀，并不是只为运瓷失败这一件事。”

他抽手的动作惊醒了沈瓷，自己这是怎么了，一瞬间的慌乱，竟向汪直提出了这样的请求。他的拒绝合情合理，自己和他初次相识，能够留在他府中调养，已经是看在运船一事的面子上，怎会为了她去求皇上。

她很快冷静下来，声音很低，却很清晰：“抱歉，方才是小女冲动了，不该如此为难汪大人。既然如此，我便只能再多留些时日，待伤养好再想办法，还请您多担待。”

沈瓷在汪直府中安心养伤，淮王府也正在筹备一件大事。

淮王身为地方藩王，如今又到了回京述职的时候。平日里，藩王未经允许，不能擅自进京，更不得擅离封地。因而，回京述职成了淮王每隔几年的头等大事，可谓慎之又慎。

从前，淮王念在朱见濂年少，没携他一同入京。可今年，朱见濂刚封了世子，若是不带，于理不合。

朱见濂早已掐算好了日子，就等着有机会入京。他是藩王世子，同父亲一样，无召不得入京，很久才能得到这样一次机会。他得知了入京的具体时间后，首先召来了那位熟悉汪直言行举止的旧宫人，向他询问杨福模仿的情况。

提起这事，那位旧宫人便激动地答道：“他学得太快了，我每次只需提点一两句，他试了几次后，便能渐渐摸到门道。原本我看杨福性格憨憨傻傻，觉得至少需要一两年才能练出来，可他在短短两三个月的时间里，竟是进步神速。”

“进步神速……”朱见濂琢磨着他的话，问道，“像到什么程度了？”

“汪直的气场和精髓虽然很难学会，但随意聊几句，只要不接触太久，以假乱真还是可以的。”

不知道为什么，听了这话，朱见濂心底的疑惑反倒压过了喜悦。杨福表面上看起来，不像是擅长模仿的人。又或者，他如今呈现的这副面孔，也是模仿出来的？他心里有些不安，可又想不出，对方能从自己这个逍遥世子的身上得到些什么。自己现在拥有的，也只是财富而已，或者还有一个世子的名声。其余的，他已经没有什么可失去的了。

朱见濂留了一个心眼，但这步棋，已经出手，就必须走下去。

待旧宫人退下后，朱见濂抚额思虑良久，一言不发。他其实是想说些什么的，可如今，周围已经没有人能让他无所顾忌地敞开心扉了。他叹了口气，转眸看见立在书房左侧的釉里红，那份压抑着的冲动再次弥漫上来。

他等不下去了。

之前，沈瓷即将参加御器厂的终选，完全没心思考虑别的事，他便忍耐下来，想等她境况稳定后再去寻她，也是希望能给她更多施展的自由。他之前派人打听过，沈瓷不出所料地成功通过选拔。如今已是几个月过去，她的状况应是稳定下来，总该能分点儿心思到别处了吧？

他这样想着，喉中便觉有些渴了，唤来马宁，吩咐道：“备马，随我去景德镇。”

马宁微微一愣，劝道：“世子，再过几天就要去京城了，您也知道王爷这些天小心得很。您若是这个时候还跑去景德镇，恐怕会有所耽搁……”

“不会。”朱见濂语气强硬，“不坐马车，仅是策马，你我二人现下赶去，途中休息四五个时辰，明日清晨便可到达，黄昏便能回来。”

“这么着急？”马宁讶异道，“如此奔波，恐怕对世子身体不利，不如等从京城回来再去，也不迟的。”

“不等了。”朱见濂用手撑着桌面，深吸一口气，站了起来：“我等那小丫头片子够久了，再等，黄花菜都凉了。”

马宁闻言又愣了，听这话，世子这次是要跟沈姑娘把话挑明了？朱见濂回头，看见马宁仍在原地站着，用指节叩了叩桌面，提高音调道：“还站着干什么，去备马啊。”

马宁连忙点头，带着点儿喜悦又兴奋的心情，去马厩领了两匹上等的枣红马，准备妥当。

夕阳西下，在渐次黯淡的天光下，两人策马狂奔，朝着景德镇的方向，疾行而去。

次日清晨，朱见濂带着马宁，终于赶到了景德镇。他们只在途中的一家小客栈休息了四个时辰，其余时间便借着微弱的灯光赶路，真算是风尘仆仆。

一夜下来，小王爷想见沈瓷的心情居然没有丝毫回落。他知晓，若是这次见不到沈瓷，便只能等从京城回来后了。但此去京城，是凶是吉，成败与否，他并不清楚。由是，这带着诀别意味的见面，更激发了他的冲动。

朱见濂先去找了李公公。御器厂不能随意进入，还得需李公公替他引路。谁知李公公听到他的来意后，赶忙摇了摇头道：“沈瓷不在御器厂，不光现在不在，估计以后啊，也不会再回来了。”

朱见濂身体猛地一颤，如遭雷击，他震惊而激动地望向李公公，咬牙道：“你什么意思？”

李公公连忙申辩：“这不是小人的意思啊，是上面的意思。”

朱见濂微一扬眉，声音沉冷：“说清楚。”

李公公连忙俯身，一五一十地道来："沈瓷在御器厂没多久，就新做出了一种瓷器，叫作素三彩。首席御器师想要提携她，就派她做这次的运瓷负责人，结果没想到，路行了一半，瓷器被江匪抢了。皇上原本对这批瓷器期待很高，得知消息后大怒，下令让沈瓷不得再回御器厂……"

朱见濂急切地问道："江匪劫船，她可有受伤？"

"应该是有伤的，但并无大碍，具体伤在哪儿，我也不知道。被江匪劫船以后，所有的护卫和窑工都被送到了医馆，听说那时候沈瓷也一起被送了进去。可出来以后，却没看见她人，估计是知道自己会承担责任，先躲起来了。"

朱见濂不解："不在御器厂，还可在民窑做，为什么要躲起来？"

李公公皱了皱眉头，小心翼翼地抬起眼看朱见濂，犹豫良久才道："刚才，说漏了……皇上还说，若是发现了沈瓷，先杖责五十大板。"

五十大板！朱见濂睫毛猛地一跳，下意识地收拢自己的手指，仿佛要克制住手心的颤抖。沈瓷那样瘦瘦小小的身体，若是在杖棍之下，怎么能承受得住？

朱见濂瞪大眼睛看着李公公，逼问道："她现在人在哪儿？"

"我，我不知道啊……"李公公嗫嚅了一下，被朱见濂的阵势所骇，艰难地猜测道，"应该，应该还在京城吧。皇上虽然没发动什么兵力去找她，可是出入京城都是需要证明的。按她如今的情况，大概是出不去的。"

朱见濂缓缓收回目光，自语了一句："在京城？"想了想，觉得她若是一直待在京城，也不牢靠，又多问了一句，"她在景德镇可有好友？若是她回来，李公公觉得她应该会去找谁？"

李公公整理着记忆的脉络，道："我去卫宗明家做客时，曾经听他说过，沈瓷和他的女儿卫朝夕，是从小一起长大的好友，很是亲近。"

"好，我知道了。"朱见濂点点头，与李公公该说的话都说完了，也不愿再耽搁，同马宁启程去往卫府。

临到卫府门口，还没敲红色的大门，便听见几声银铃般的嬉笑。未几，卫府的门被打开，一个笑靥明媚的女孩从里面走了出来，看见有人堵在门口，不禁"咦"了一声，问道："你们是谁，来做什么的？"

朱见濂的目光从她脸上扫过，又见她的衣服质料上乘，骄矜贵重，料想这便是卫老爷的女儿，遂问道："请问姑娘，卫朝夕是否住在此处？"

果然，那女孩答道："我就是卫朝夕，你们是……"

马宁站出来，替朱见濂介绍道："这位是淮王世子，我是世子手下的侍卫。"

卫朝夕听了他的名号，立刻反应过来："来找阿瓷的？"

朱见濂点点头，道："她回来找过你吗？"

"没有。"

这个答案，在朱见濂预料之中。他想了想，说道："她现在多半还在京城，估计会想法子离开。我听人说，你是她最好的朋友，若是她能寻路回到景德镇，还望你能先照顾照顾。"

"你不说，我也会照顾的 。"卫朝夕撇撇嘴，"不过，什么叫我'先'照顾照顾，难不成以后，还归你照顾了？"

朱见濂瞥了她一眼，镇定道："我是这样想的。"

卫朝夕被他的回答吓了一跳，再联想到沈瓷从前同她提起小王爷时的脸红模样，很快悟出了点儿什么。她张了张嘴，一时竟想不出该说些什么。

趁着卫朝夕愣神，朱见濂继续道："让你先照顾，是因为三日后我将启程前往京城，届时也会努力寻她。只不过防患于未然，先来你这里一趟，做个提醒。"

卫朝夕听到"京城"二字，眼睛霎时变亮，方才的迟滞都抛却了，激动地问道："你也要去京城？"

朱见濂点头。

卫朝夕眨眨眼，腮边的酒窝泛起，望着朱见濂，连语气都变得温柔起来："世子，带我一起去京城吧。"

朱见濂看着她的态度突然一百八十度大转弯，从方才的无所谓瞬间变成了谄媚的语调，不禁笑了："为什么要带你去？"

这可难倒了卫朝夕，她摸摸头，想了好一会儿，说道："阿瓷如果回了景德镇找我，我的贴身侍婢肯定会好好照顾她。不过，既然她在京城的可能性更大，我也想同你一起去找。我和她有感应的，距离近了，说不定我就知道她在哪儿了。"她顿了顿，见朱见濂依然没有反应，干脆要起了无赖，"你要是不带我去，我就在阿瓷面前说你坏话，让她不喜欢你！"

朱见濂觉得好笑，这连心灵感应都搬上来了，还有什么不能说的。他没想太多，觉得她想去就顺带去吧，这样的机会本来也不多，便点头道："带你随行也没什么问题，只是别惹事。到了京城给你另外寻个住处，我可没空儿管你，自己安分点儿。然后回来时，再在路上捎上你。"

卫朝夕觉得朱见濂比沈瓷好说话太多了，居然这样便答应了，她大喜过望，立正应道："明白！到了京城我就自己管自己，一定安分！"

朱见濂和卫朝夕约好，三日过后，入京的队伍从鄱阳出发，路过景德镇时，顺便捎带上她。

卫朝夕吸取了上次的教训，将激动的情绪掩藏好，收拾行李也是等到夜深人静时，借着月光在自己房里暗暗拾掇。但她毕竟是藏不住事的姑娘，想到即将去京城，她这两天心情甚好，食欲也大增，眼角眉梢都弯弯的，喜不自胜。恰好最近卫府换了个厨子，老爹卫宗明见了她这副模样，只当是这新厨子的菜合她口味，也未多想。

三日之约很快到来，卫朝夕起了个大早，偷偷摸摸溜出卫府，候在城郊的大路旁。她抱着一小袋行装蹲在路旁的草丛里，等了足足有两个时辰，才见淮王的车队缓缓行来。

她站起身，车队没有停下。但朱见濂坐在马车中，冲她挥了挥手，指了指后方道："你去第四辆马车上，车上还有父王的两位侧室，性子还算温良敦和，我之前已经同她们提过你了。"

卫朝夕眉开眼笑，直点头道："好好好，谢谢世子。"说完便抱起她的小包裹，小跑着跳上了车。

那两位侧室年纪比卫朝夕大不了几岁，多一个小姑娘说说话，也是一件好事。三个人一路都是有说有笑，到了午膳的时辰，车队停下来，男子在外用餐。至于她们这一车女眷，不宜抛头露面，只需待在马车中便可。

丫鬟将饭菜端进来，还是热乎乎的，闻起来喷香，想必后面还跟着一辆专门负责膳食的马车。卫朝夕一边吃着，一边感叹淮王车队的奢侈。芝麻牛肉、宫保兔丁、莲子粥、栗子糕。出门在外，菜肴虽不如平日丰富多样，但亦算是美味。尤其是那份栗子糕，栗子泥里夹着金糕片和澄沙馅，松软细腻，香甜适口，吃得卫朝夕那颗心都快飘出来了。

"这个栗子糕，一会儿还会再上吗？"卫朝夕垂涎欲滴，眼巴巴地看着另外两人。

其中一位侧室扑哧一笑："出门在外，除了王爷和世子，每个人分配的饮食都是定量的，姑娘忍一忍吧。"

卫朝夕的嘴里咀嚼着，终于把最后一点儿栗子糕嚼了个干净，但味觉还留着贪恋，一时间坐不住了："两位姐姐，我……我还是出去问问有没有多的。"

在两位侧室含笑的点头中，卫朝夕轻手轻脚地溜下了马车，四处张望。她先寻了那辆准备膳食的马车，得知栗子糕已全部分发出去，不由得失落。

就在这时，她眼尖地瞟到了一个丫鬟，提着一个食盒，往后方一辆毫不起眼的马车去了。她的鼻尖仿佛又嗅到了栗子糕的香味，想着在马车内用餐的应当是女子，便兴冲冲地奔了过去，想腆着脸要一两个。

待丫鬟放下食盒离开，卫朝夕轻手轻脚地攀上了马车，轻轻把帘子拉开一角，小脑袋悄悄地探了进去。

这一探，整个人便愣住了。

马车内哪是什么女眷，分明是个颠倒众生的俊美男子，凤目狭长，面如冠玉。

就是……看起来有点儿呆。

"你、你、你……"卫朝夕张着嘴，不知是因为没料到车内是男子，还是被这俊美的容颜摄了心魂，竟是语无伦次。

马车内的杨福，本来稳稳当当地坐着，突然瞧见卫朝夕的脑袋伸进来，也被惊了一跳。

"你是谁？"杨福问她。

"我啊……"卫朝夕指了指自己，看看杨福，又看看食盒中的栗子糕，吞了吞口水，乖乖回答，"我叫卫朝夕。"

"没问你叫什么，问你来做什么的？"

杨福说完，担心卫朝夕半个身子悬在外面太久，容易引起别人注意，又补充道："你进来说。"

卫朝夕神思略有恍惚，趔趄地钻进来，合上门帘，反应了好一会儿，才想起自己的目的："我，我就是想来问问，你的栗子糕，能分给我一个吗？"

话一出口，见杨福眉宇放松下来，又纠正道："不，两个。"

杨福看了卫朝夕一眼，有些困惑："就这样啊？"

卫朝夕咬着下唇，滴溜儿乱转的眼睛在他脸上绕了一圈，憋了半天才开口："那就，三个？"

杨福看着眼前这姑娘，红扑扑的脸蛋，灵巧的眼睛，期盼从其中自然而然地显露，对着食盒里的栗子糕流口水。看样子，她是真的为了吃而来。

他把栗子糕从食盒中取出，递给卫朝夕："总共四个，都给你了。"

卫朝夕喜滋滋地接过来，心里想，这人是个好欺负的，长得好看，人又呆，得寸进尺都照单全收。今后要是有什么好吃的，还能上他这儿讨。

杨福看着她："现在没事了吧，没事就快走！"

"这么快赶我走做什么？"卫朝夕一心想要同杨福拉近关系，坐直了身体，把栗子糕放在桌上，"这栗子糕可好吃了，我也不能独吞，来来来，一起吃。"

她大言不惭，说得好像这栗子糕是她给杨福的似的。她率先咬了一口香甜可口的栗子糕，心满意足地闭上了眼睛。

杨福没动，重复道："你还是快走吧，出去以后，也别说糕点是从我这儿拿的，就当没看见我这个人。"

卫朝夕睁开眼，奇怪道："为什么啊？"

杨福低头抿唇，没回答。

卫朝夕上下瞄了他一眼，嘴里还没停，好半天囫囵道："你不会是自卑吧？"

杨福抬起眼来看她，嘟囔着："谁说我自卑了？"

卫朝夕一脸认真地看着他："一个大男人，吃饭还要躲在马车里，这不是自卑吗？"她边吃边说，"我跟你讲，你用不着自卑，你长得可好看了。虽然有点儿呆，但容貌没的挑。"

杨福默默地看着卫朝夕，头皮发麻，终于忍耐不住，咬着牙说："你……能不能吃完了再说话？"

卫朝夕嘴里的动作停了，拿着栗子糕的手也悬在半空。杨福看她欲言又止的模样，以为自己这话说得重了，刚准备道歉，便看见卫朝夕呼吸一提，"嗝"的一声，毫不客气地打了个响亮的饱嗝。

杨福把即将出口的话憋了回去，捂住头，不想再看眼前这人了。这真是个姑娘吗？一定不是的，一定不是。

"唔……"卫朝夕舒了口气，方才吃了三个栗子糕，身心都得到了极大的满足，她笑呵呵地把最后一个往杨福面前推了推，"最后一个了，给你吃，别客气啊。"

杨福彻底没招了，低声下气道："这位姑……姑娘，您还是上别处玩吧。我的菜都凉了，你要是再不走，我就吃不下去了。"

卫朝夕吃饱了，又听见门外的车夫吆喝着快启程，点点头道："也好，既然你害羞，那我就先走了。"

她跳下车，拍拍屁股走了两步，又像是想起了什么，转回头又撩起了帘子的一角，把笑眯眯的眼睛从缝隙里露出来，问道："嘿，这位小哥，我还不知道你叫什么名字呢。"

杨福头上浮起几条黑线，咬牙道："不必知道。"

"不说就不说。"卫朝夕嘟起嘴，转瞬又笑了，"今天谢谢你的栗子糕，下次有机会，我再来找你玩儿啊。"

说完她便放下车帘，风风火火地跑掉了。唯余下杨福还坐在车内，一脸无可奈何地苦笑。

卫朝夕回到马车上，那两位侧室看她红光满面，笑问道："这下吃饱了？"

卫朝夕摸摸肚子："饱了，饱了。"

"是准备膳食的人还留了多余的吗？"

卫朝夕摇摇头，刚要张口，突然想起杨福的叮嘱，转而又点了点头。

提问的人迷糊了："到底是不是呀？"

"是，就是这样的。今天运气好，准备膳食的马车上刚巧还留了些栗子糕。"卫朝夕解释道，"吃得太饱，脑袋有些迷糊了，想睡觉呢，刚才没反应过来。"

提问的侧室笑了笑，也没怀疑什么，给卫朝夕腾出一片空位："看你迷糊的，快睡吧，等起来又该吃晚膳了。"

卫朝夕理了理枕头便斜躺下来，闭上眼，嘴里栗子糕的香味还在。她咂咂嘴，唇角不禁勾起了一抹笑意。那个躲在马车里不敢出来的男子，模样那般好看那般傻，他究竟是什么人呢？他自己坐了辆马车，肯定不是普通的侍卫；可那马车又那样破，里面还装载着行李，哦，对，他应该是给王爷照看贵重行李的人。

这样一想，一切都顺理成章了。卫朝夕想，他整天守着硬邦邦的行李，人又像个木头一样，必定很无聊，自己得多去找找他，陪他说说话，可别让他那么俊俏的一张脸闷坏了。

她心安理得这样想着，渐渐就睡着了。梦里还遇见了他，他就坐在她对面，从食盒里一盘又一盘地拿出色香诱人的珍馐，如意卷、龙须面、奶汁角、甜合锦……然后傻笑着看她，憨憨的，呆呆的，不停地说："吃吧，吃吧，这些都是给你的。"

这可真是个甜蜜的梦境，卫朝夕一不小心，就在梦里笑出了声。

第七章

密云暗涌

京城的寂夜，云雾缭绕，池中的水波倒映着粼粼的月光，寂静无声。

沈瓷背上的伤已经好了许多，她时不时会下床走动。今夜别来无事，她披着大氅在院中散步，唯有呼啸的长风伴随左右。

院中种了几株朱槿，一树火红的花，映着波光清影，分外妖娆。春露浓重，染湿了她的裙裾，也不知在原地转了多久，她懒懒地坐了下来，正盯着颓落的花瓣呆呆出神，却看见一双乌皮靴踩在了一瓣蜷缩的红色上。

她愣了一下，顺着靴子抬眼往上看。汪直穿着一件泼墨流水云纹白色绉纱袍，剪裁精细，显得格外修身挺拔。

“深更半夜的，你一个姑娘家，不好好养伤，跑到这儿来赏什么风景？”汪直立在沈瓷面前，俯视着她，俊美的侧脸映在影影幢幢的光线中。

沈瓷将头靠在膝上，低声说：“我在想今后怎么办，不能再回御器厂，我就不知道自己今后应该去哪儿了。”

汪直就着月光看了她一眼，撇嘴道：“唉，纠结什么呢，别只盯着这一块儿了。那破御器厂有什么好，在督陶官李公公手底下干活，还能痛快吗？”

沈瓷抬起眼看他：“你认识李公公？”

“不熟，有过交情，不喜欢他那人。”汪直说得直截了当，一分情面都没留，扬了扬眉道，“又想得利，又不愿做事，皇上早看不惯他了，要不了多久他就会被撤职。”

他这话，倒是同沈瓷想的一样。只不过汪直为人口无遮拦，想什么便说什么，也不怕得罪谁。可沈瓷讲这话之前，必定会先思量思量。

“可如今我一出去就可能被抓住，还能怎么……”

沈瓷的话问了一半，忽然见汪直身后有一个人影疾冲过来，陡然改口：“小心！”

话音未落，人已随声而至。但汪直反应更快，抽出腰上的长剑转身横挥，与对方的长剑斩在一起。

剑影重重，眼花缭乱。

沈瓷连退几步，准备跑去搬救兵。汪直却是突然哈哈大笑起来，收起长剑，拍了拍那人的后背：“又玩这种把戏，都过时了。”

沈瓷定在原地，再回头去看，便见汪直冲她抬了抬手：“不用着急，这是兄弟，王越。刚率兵从西北打了胜仗归来，开个玩笑而已。”

沈瓷绷紧的神经霎时松开：“兄弟见面都这个路数吗？”

王越瞟了眼沈瓷，又意味深长地看了看汪直，一脸“你怎么在府里留了个姑娘”的嫌弃表情，开口道：“好久不见，你倒是有了好兴致，深夜里跟小姑娘谈心呢？”

汪直仍是镇定自若：“你管得宽。”

王越被他揶揄了一句，也没介意，笑道：“话说回来，你最近应该挺忙的吧？一个个藩王在这几个月入京述职，西厂免不了需要一番查探。”

如今朝纲，正是东西厂针锋相对之时。早在明成祖永乐十八年设置的东厂，由宦官管辖，凌驾于锦衣卫之上。而当今皇帝，又加设了西厂，权力凌驾于东厂和锦衣卫之上，活动范围自京师遍及各地。

西厂直接听命于皇帝，不受其他任何机构和个人的牵制，而汪直又是西厂提督，在各位藩王入京之际，他必定需要紧查行踪，以免节外生枝。

汪直点点头道：“事情是不少，先派人查着，并非事事都需我亲自来盯着。”

沈瓷听到藩王入京，头脑中不禁嗡声一片，紧张地看了眼汪直和王越，忍不住问道：“江西饶州的淮王，近日也会入京吗？”

汪直知晓沈瓷是从景德镇来的，隶属饶州府的管辖，想了想答道：“如果不出差错，淮王已经启程了。”

沉默不过片刻，沈瓷胸中已是千般潮涌，她咬咬下唇，还是支支吾吾地问道：“那……淮王的子女也会跟着来吗？”

听了这一句，汪直心觉怪异，多看了一眼沈瓷的表情，答道：“这可就说不准了，不是什么子女都能带的。如果是世子，带来的可能性很大。”他顿了顿，回忆道，“如果我没有记错，这是淮王立了世子后首次入京，理论上来说，应当带世子一同前来。”

沈瓷只觉胸口一滞，在淮王府两年的时光，是她生命的重大转折。如果没有小王爷，便没有今日的她。那心底的觊觎，从浅浅淡淡的思念而来，却不知归于何处。

沈瓷攥紧了手指，强自压下心中波澜。虽然脸上还笑着，但眼神已经变了，目光落在了虚无的前方，寻不到确切的焦点。小王爷要来了，同在京城，自己应该去见见吗？小王爷会希望见到她吗？

她下巴紧绷，一时不知该说些什么。如今自己算是戴罪之身，连景德镇都不能回，这个当口见他，难道要再次寻求他的庇护吗？不，她不想这样。更重要的是，在她如今的认知里，小王爷即将大婚，或许已经与方家的嫡女订了婚……

想至此，沈瓷的胸口像堵塞了般难受，一种窒息的感觉让她的心一直往下沉去，也慢慢将涣散的目光收了回来。她抿了抿下唇，吐出一口气，朝汪直扯出一个笑容，耸耸肩道：“也没什么，随便问问而已。”

汪直见她眸色凝重，没再多问，转而看向王越：“对了，你何时回的京城？”

王越打了个哈欠，看了看面前两人道：“刚回来，晚膳都没吃就过来寻你，还被晾在一旁老半天，都快睡着了。”

“不就几句话的工夫嘛。”汪直背过身往屋里走，同时吩咐不远处的丫鬟道，“快，去准备几个菜。”

丫鬟领命退下，沈瓷看着这情况，也打算回去休息了。她朝前踱了两步，正准备开口，却听王越问汪直：“这姑娘是谁啊？听口音，不像是京城的人。”

“确实不是。”汪直道，“是御器厂这次负责运瓷的御器师，路上遇见江匪，受了伤，在我这儿待一阵养伤。”

王越一晃脑袋，大剌剌道：“那这么说，我还受伤了呢。你不知，我这次出征西北，遇上一个特别难缠的鞑靼将领，声称所向披靡。虽然他最后败在了我手下，但差点儿把我的胳膊斩了下来。”他说着就把衣袖挽起来，露出一截粗糙精壮的手臂，上面横竖遍布着伤疤，最醒目的一条长疤，痂还是新结的，看起来很是恐怖。

王越抬手指了指自己的伤疤，却是嘻嘻笑着，对汪直道："你看，我也受伤了，你筹措筹措，看是不是也能让我在你这儿养养伤？"

汪直瞥了他一眼："能别这么不要脸吗？"

"这怎么能是不要脸呢？"王越昂首挺胸，把长剑扛在肩上，瞧见沈瓷还站在旁边，又把目光转向她，"嘿，姑娘你评评理，我这要求难道不合理吗？"

沈瓷没料到话头一下子转到了自己身上，想了想，见王越与汪直友情甚笃，遂答道："朋友多住几日而已，汪大人想必不缺这点儿钱。"

王越朗声大笑，指了指沈瓷："还是姑娘懂事，话说到了点子上。来来来，饭菜快上了吧，姑娘一起来吃。"

沈瓷本觉不妥，但见汪直也笑着对她点了点头，也不再扭捏，随二人一同入了膳厅。

坐下来以后，王越便一直得意扬扬地说着自己在边关那些跌宕起伏的故事，讲到兴致高处，还用马靴蹬蹬地面。汪直一面听着，一面时不时插嘴奚落他几句。

这两人久未相见，兴致高得很，可谓是无话不谈。

从两人的言语之中，沈瓷了解到，汪直不仅是西厂提督，还能带兵打仗，曾多次与王越征战西北，两人配合默契，都是军功显赫。

只可惜，汪直身为宦官，按律制，内臣至太监无秩可升。别人可以升官加爵，汪直作为最高统帅，却什么也得不到，只能加食米，以十二石为一级。因着皇上对汪直宠爱至极，在一次汪直回京后一下子加了三百石，前所未有，简直恩宠到了极点，但皇上似乎还觉得对汪直有所亏欠。

"他啊，"王越指指汪直，醺醉的红爬上腮边，看着沈瓷道，"他啊，跟个火炮似的，走到哪儿点到哪儿，搅得朝廷上下鸡飞狗跳。从皇亲国戚，到内侍太监，只要犯了事的，没少被他弹劾落马。所以你看，在外面名声那么臭，臭得我都闻不下去了。哈哈，姑娘，你醒来后知道他是汪直，怕不怕？"

汪直皱着眉头，抢白道："怎么说得我好像你的臭脚一样？"

"哎，没问你呢，让人家姑娘说。"

沈瓷掩嘴偷笑，也抿了几口酒，回忆了一番当时的境况："是有点儿怕，但还多亏汪大人救了我。刚刚把一条命捡回来，也就顾不上怕了。"

王越拍拍汪直的肩，笑道："姑娘不错啊，形容镇定，来啥接啥，碰上你这个大奸宦都淡定得很。"又看了看沈瓷，"哎，你姓什么来着？"

"姓沈。"

王越咯咯笑着，两条大腿分开坐着，对着汪直一扬下巴："看在沈姑娘替我说话的份儿上，你可得把人照料好了啊。"

"之前没看你的份儿上，不也没亏待她吗？"汪直反问他一句，忽然想起了什么，看着沈瓷道，"你现在伤也快好了，之后打算怎么办？"

沈瓷念及自己如今的境况，声音也变得稍微沉郁："短时间内查得严，我恐怕没法离开京城。但我不能光闲着不做事，准备在京城寻一处小民窑做做工，先攒攒钱，然后再想办法。"

王越嘻嘻笑着，手撑着汪直的肩膀，嘀咕道："找你们汪大人想办法……"他的语气先是高扬，渐渐低了下去，已是醉得酣畅，不一会儿，呼噜便打得震天响，如同隆隆雷声，隔着一道门都听得到。

沈瓷眼瞅着这两人来来回回地对嘴，无话不谈，顿感所谓忘年之交，便是如此了。王越比汪直足足大了二三十岁，两人却是邪味儿相投，一拍即合。王越睡着以后，汪直将他扶起，亲手交到两个护卫那儿，嘱咐他们带王越下去休息，这才回过头来对沈瓷说："无论你之后想做什么，出行都得小心，最好扮成男装。我这宅院平日都空着，若是寻不到住处，还可在这里多歇一阵。"

沈瓷的脸皮没有那么厚，遇见江匪原本就是意料之外的事，她受罚也同汪直没什么关系，在他这里混吃混喝了这么久，也不能一直赖着，轻声说道："多谢汪大人，我会尽力想法子的。"

"随你。"汪直背过手，畅聊欢饮之后，难免有些困倦了。月色迷蒙，清风徐徐，隐幽的月映照在他的面容上，光彩照人。汪直转过头来看看沈瓷，一瞬间他的神情略有波动，转眼又恢复了那副清傲模样，仿佛刚才的波动，只是月光在他脸上投下的幻影而已。

翌日晨起，侍婢送来了几件新衣裳。沈瓷觉得自己在这里被伺候良久，已是过意不去，本想说不要，眼神往侍婢手中的衣物瞥了一眼，却把即将出口的话憋了回去。

这是几件男装，从头到尾的武装，连束胸的布料都带上了。她陡然想起汪直昨夜说的话，觉得也有道理，便伸出手，捧过侍婢手中的衣物，冲她们点头致意道：“你们都下去吧，我自己在屋内试一试便好。”

侍婢们退下后，沈瓷将衣裳置于榻上，铺开理了理，总共有三套。沈瓷取出其中一套穿上，纹饰并不华丽，质地却是柔软细腻。她在淮王府生活了两年，锦衣玉食的生活已是有所体会，这三套衣裳的质量虽算不了上乘，但穿上置于市井之中，却也不会同普通民众混为一谈。再加上沈瓷身姿纤细，面目清秀，人们大抵会将她当成文人墨客，倒也不会过于突兀。

她对这身衣服很是满意，又将满头的青丝束了起来，拢在冠帽中。她对着铜镜转了一圈，倒真像是个清秀的少年模样。站定，又将帽子扶了扶，背挺得笔直，冲着镜子眨了眨眼睛，便这样出门了。

她同汪直的侍婢交代了一声，从府邸的后门溜了出去。绕过一条曲曲折折的胡同，终于到了一条市井小街。街上各式的店铺都有，沈瓷身着男装，还有些紧张，走了一会儿，见周围没什么人紧盯着她不放，才稍稍自然了些。

她踱着步，路过陶瓷店铺时，脚步会慢下来一点儿。她想要寻一处规模较小的瓷铺，但用料不要太寒酸，不以量取胜，而是注重质，能有自由发挥的空间，工钱少一些也没关系。

这样的民窑，并不太好找。民窑不比官窑，不可能不计成本地制作精瓷，总是精打细算的。沈瓷还想要默默无闻地掩藏其中，难度便更大了。

两个星期后，沈瓷才在距离京城繁华街市较远的一处民窑，寻得了一份工。店铺是新开的，规模不大，但老板本身有些人脉，做的是专门定制的瓷器，用料也还算精致。沈瓷刚开始去，老板见她年纪轻轻，又是细皮嫩肉，便先让她试用一段时间，薪水微薄，待正式做工后，便可长居于此。不过还没试用两天，老板见了她制瓷的手艺，便迫不及待地留下她，甚至给出了开始商议价格两倍的工钱。

沈瓷的手艺，自然不止这个价格。但要寻得一间中意的作坊不易，她也没还口，顺顺当当地点头应承下来。确定在此做工后，沈瓷便在不远的地方租了一间房子，是个四合院的小厢房。银两是找老板预支的，老板为了留下沈瓷这个潜力股，二话没说就答应了。

她凭着自己的好手艺，以男儿之身，顺顺当当地寻得了落脚处。临行前，她在汪直府中多逗留了三四日，为的是当面向他道一声谢，顺带交代一下自己的去向。从江心遇险到府中逗留，她与汪直的交集虽然不过浅浅几次，却也对这个风姿卓绝的男子心怀感激。

可三四日过去，汪直都没有回府，想来，应当是宫中事务繁多，绊住了身。沈瓷觉得不宜再继续耽搁下去，烦侍婢向汪直表达自己的感谢，又交代了之后的去向，带着汪直送她的那几套男子衣裳，在一个积雪开化的日子，离开了汪府。

从鄱阳到京城，路途遥远，需行一个多月。

自从那日抢了杨福的栗子糕以后，卫朝夕的脑海中时不时会浮现出他那张又俊又呆的脸，寻思着什么时候再找借口去探探他。她同淮王的一位侧室散步时，特意换了身准备到京城才穿的漂亮绿裙子，路过杨福的马车时，轻轻提起了裙裾，垫着脚尖走，小心翼翼地绕过地上的砂石。

侧室笑道："刚才就同卫姑娘说了，路途颠簸，不必穿得这样精致。"

卫朝夕故作可惜："裙子若是在这荒郊沙尘里拖了地，洗也难得洗尽，此行出发匆忙，这可是我带来的最好看的一条裙子了，若是污了，真是可惜。"

她的音量不大不小，是说给马车内那人听的。这一路少见女性，她以为他呆呆傻傻，必定会因着好奇，掀开帘子往外看一看，她便可借机调侃他几句，顺带再一睹他那张俊朗的面貌。

然而，车帘一动不动，连一丝细微的颤抖都没有。

侧室对卫朝夕提议道："要不然，卫姑娘还是回到马车上，换一件利索衣裳吧。这地上黄土松散，风一来便失了仪容。女眷不宜在外过多走动，我也有些累了。"

卫朝夕盯着那一丝动静也无的帘子，咬咬下唇道："你先回去吧，车里闷久了，我想溜达会儿。"

那侧室也担心一会儿风吹来，会让王爷看见自己灰头土面的模样，也不客气，袅娜着身子回到马车上去了。

卫朝夕待她走远了，这才迈着碎步慢慢前行，来往的护卫随从看见她，已是见怪不怪，目不斜视地走了过去。等到一个周遭无人的时机，卫朝夕快速掉转回头，一下就钻进了杨福的马车。

车内空荡荡的，里面一个人都没有。

卫朝夕的手中，还提着她漂亮的绿裙子，那点儿兴奋的心情来无影去无踪，就如同杨福的行迹，隐秘出现，又陡然消失。

自打那日以后，她便再也没有见过他。

此后，车队停下来用膳时，卫朝夕有意无意都会寻找杨福的身影，车外的人群中不见，那辆破旧的马车中也不见。有时途经城镇，除了马夫留下看守外，众人都前去饭馆用餐，卫朝夕东张西望，将所有护卫随从的面目看了个遍，还是没有。

情窦初开且富有想象力的女孩子，往往都有这样的毛病：交集浅薄中偶然遇见的人，原本不过是因为无聊无趣，想同对方随便多说几句话，却因为种种缘由未能达成，从而留下了遗憾。这遗憾在心底发了芽，便一点点拔节向上，渐渐长成了茁壮的执念。她还不知道他叫什么名字，是做什么的，但是他有那样一张好看的脸，憨厚的面容后却藏着神秘。他不明的行踪，俊美而憨厚的外貌，都在她的牵肠挂肚中愈发具有吸引力，在脑海里自行杜撰成神秘莫测的隐者，渐渐就从随意一瞥，演化成缱绻邂逅。

长途的旅程何其无趣，唯有反复描摹，才能消遣光阴。卫朝夕为此唉声叹气了一路，连最喜欢的栗子糕也没心思吃了。

临近京城，她终于再次遇见杨福。

那是一个细雨蒙蒙的夜，淮王一行下榻在京郊的驿站，预计次日清晨便能抵达京城。在烟雨笼罩的阁楼里，卫朝夕透过窗户上细细的竹帘，看见枯树枝丫下一个灰黑色的人影匆匆走过。

那人的身形她只见过一次，却已在这些日子的记忆中描绘了多次。短短一瞥，她赶忙趿着拖鞋，转下楼梯追了出去。雨水细细密密地打在她的头顶，浸得她头顶潮湿，却也顾不得打伞，只用手遮着头顶，踩着细碎的小步，踉踉跄跄地追着那人的方向寻去。

进入一条曲折的径道，来来回回绕了好几个弯，卫朝夕都快把自己绕晕了，还是不见人影。她转着头，正四处寻觅时，突然听见不远处，似有两人低声交谈。

“烦您回去告诉大人，请他放心，我必会竭尽所能完成任务。”这是杨福的声音，却不复之前的憨厚木讷，而是低沉暗哑，带着一股诡谲的气息。

“那就好，你莫忘了大人两年来对你的栽培，你的命既是大人给的，也能随时被夺走。”这阴森森的警告声音，听起来陌生，应是卫朝夕并不熟识的人。

杨福语气深沉，像是一个字一个字从牙缝里迸出来般：“杨福不敢忘。”

对方这才缓了缓语气："算你识相。待入了京城，便是大人的地盘，届时会安排人暗中与你联络，切记小心，勿耽误了大人的事。"

杨福低声郑重道："多谢大人叮嘱，在下必定竭尽所能，不负所望。"

对方已把事情交代清楚，不再多言。没过一会儿，卫朝夕便听见一阵风声，那人似已飞身离去，唯留下雨打芭蕉，水花飞溅，周遭再次归于平静。

卫朝夕的心底澎湃起伏，日夜的妄想杜撰竟然在此刻成真。这个凤眼细眉的俊美男人，他的憨厚只是掩饰，而他真正的身份，这样神秘莫测，背负着不可言说的使命。她浑身的每一寸神经都跃动起来，既想要知道他那深不可测的秘密，又害怕知道。这样的矛盾与犹豫，无疑让之前的那点儿情思纠葛再次升华，在小心翼翼的躲闪和欲言又止的喟叹中放大了情意，将这份困顿且懵懂的感情镌刻下更深的印记。

卫朝夕这边还在激动不已地畅想着，却突然被人从后面掐住了脖子，一把推到墙上，额头鼻子都朝坚实的墙面猛地贴过去，撞得有点儿疼，再动弹不了。

"谁？在这儿偷听什么！"杨福的声音如同染上霜雪，冷冰冰的。

"是我，才一个月没见，这就不认识了？"卫朝夕的嘴唇被墙面蹂躏着，嘟哝道，"这儿就你一个人，我能有什么好偷听的，莫不是你觉得我喜欢听你自言自语？上次刚告诉你不要自卑，你倒是学得快，现在还自恋起来了。"

她感觉掐着自己脖子的力道小了些，赶忙转过身来，瞪着杨福："上次明明说好之后再见，你却没了人影，这下好不容易被我逮住了，居然还掐我。"

杨福望着她气得通红的脸蛋，想起来了，这是马车上那个抢栗子糕的女孩，有着两个浅浅的小酒窝，活力无限的模样。他意味深长地盯着她看，似要从她的表情里瞧出些端倪，冷言道："我可没说希望再见到你，躲都躲不及。"

"你……"卫朝夕被他噎得说不出话，一个"你"字出口后，良久都没有再吐出半个字。他的憨厚，他的冷漠，他的柔顺，他的低沉，数张面孔交织在一起，混花了她的眼。卫朝夕想起这一个月自己伸长了脖子寻他的身影，再对比此刻剑拔弩张的氛围，嘴巴张了张，话语哽在喉头，鼻子一酸，眼泪止不住地滚落了下来。

杨福愣了愣，慢慢把手从她的脖子上拿开，看着她。

"怎么还哭了呢？"杨福撑起一丝笑容，在这小姑娘红红的眼眶下，竟是有些手足无措，又恢复了那副憨厚的模样，"逗你玩呢，我这人不会说话，听你说我自卑又自恋，心里不服气，我就多嘴顶了一句，你别往心里去啊。”

卫朝夕抽抽鼻子，小巧的下唇被她咬得红艳艳的，腮帮子鼓起来：“你这个小气鬼，不就是之前吃了你几块栗子糕嘛，真当我没吃过啊？我尝过的山珍海味多了去了。就是路上无聊想找你说说话而已，你……”她擦擦眼泪，看见杨福呆呆地站在她面前，手足无措的模样，语气陡然就软了，“你说，今后我要是想找你，上哪儿找去？”

杨福的嘴角抽了抽：“姑娘，我跟你说真的，我不是什么正派的人。好言劝慰才同你说，真别来找我，我忙，没空儿，也没心情同你周旋。”

卫朝夕的手握紧，拽紧了裙裾，被雨水沾湿的衣服皱巴巴的，她的情绪也皱巴巴的。她就是雨中的一只落汤鸡，身上被浇了透湿，心也似被咸水浸泡着，几乎皱缩在了一起。

杨福还看着她，皱着眉头，一副劝她回头是岸的模样。卫朝夕从小生在大户人家，哪受得住杨福这般拒绝，胸口提起一口气，扭过脑袋就走了，把杨福最后的话扔在后面。他说，你要是平日里糕点不够吃，我让人把我那份都给你送过去。

回去以后，卫朝夕的房间里已摆满了菜肴。驿站的饮食很丰盛，她吃着这满桌的美食，竟食不知味，连精致的绿豆酥都没吃几块。她的脑海中不停地浮现出杨福的影子，他的面容，他的话语，他神秘莫测的身份，令她捉摸不透又着迷不已。

这天，她难得剩了许多菜，正准备叫人把桌上的剩菜撤下去时，却听有人敲了敲门，打门一看，是送菜的丫鬟，她的手里，还捧着一盘绿豆酥，分毫未动。

卫朝夕愣住了，拿起一块放进嘴里咬了一口，眼中流出泪，唇边却带了笑，望着那满盘的绿豆酥，低声道：“真是木头。”

淮王的车队于次日清晨抵达京师。

早在到达龙江驿时，驿官便将淮王的行程和动向禀报京城，朝廷遣了侍仪和通赞舍人前来接应，隆重礼待。之后，礼部尚书奉旨宴劳，行酒作乐。宴会结束的第二日，又有官员被派过来，亦是一番酒饮宴劳。

这还只是淮王到达驿站之后的程序，由于正式的朝觐仪式非常复杂，程序严谨，不可僭越。待入京之后，藩王还需去寺庙习仪三日，择日朝见。

淮王去了寺庙，世子朱见濂却还待在城中。他没闲着，将从淮王府带来的大半护卫都调动起来，命他们在京城寻找沈瓷的踪迹。

此种方式，在人来人往的京师，便如大海捞针。

朱见濂自己也去找，只不过他不像护卫那样广撒网，而是专门去逛京城各式各样的陶瓷店。

他走进一家陶瓷店，看上几眼，便又匆匆出门。有老板见他气度不凡，仍想竭力争取，急促追上去拦住他："这位公子，您想要怎样的瓷器，我们这儿种类很多，您再看看吧。"

朱见濂只是轻飘飘地瞥了一眼那人，声音低而沉静："我想要的，你这儿没有。"

"摆出来的这些您若是不喜欢，还可以专门订制。我们家的瓷器都是一等一的匠人手工制出的，送给有身份的人也是能拿得出手的……"

"不用了。"朱见濂淡淡地打断他喋喋不休的话语，声音轻缓，慢慢地说，"这些，都入不了我的眼。"说罢，捋了捋袖子，快步往下一处瓷铺寻去。

沈瓷同朱见濂一样，都是师承孙玚先生，她的画风、运力与用色的习惯，他一眼便能看出来，只寥寥几笔，便能瞧出端倪。

他其实比她想象中，更了解她。

朱见濂在短短三天内，将京城的大多数瓷铺跑了个遍，仍未寻得沈瓷的丝毫踪迹，派出去的大批护卫，也没有任何消息。在人海茫茫的京师，这个结果原本就是可以预见的，但小王爷的心里，难免十分不快。

他胸中闷着一口气，又是自责又是懊悔，复杂的情绪沉淀下来，又成了局促不安的担心。她如今在哪里？伤怎么样了？他派人去宫里问了问，确定沈瓷的行踪还未被发现，只不过把守城门的护卫得到通告，一旦发现沈瓷离京，便捉拿刑讯。至于平日在城内，并未刻意派人寻觅。想来，上面也并不是真的想惩罚这个小姑娘，而是想给督陶官李公公和御器厂的众御器师提个醒儿。

三日之后，淮王习仪归来，等候朝觐。

皇上这些日子腾不出空当，朝觐之事恐怕会有所耽搁。淮王回了下榻的住所，却惊异地发现护卫少了大半，一问才知道，朱见濂竟是让这些护卫在茫茫人海中去寻找那个被他逼出府的平民孤女。

淮王当即大怒，召来朱见濂，面色阴冷："你还有没有规矩？竟让我淮王府的护卫去做这等毫无意义之事！"

朱见濂没有答话，只淡淡道："我会把她重新接回府里。"

淮王眼皮一跳，更觉怒意横生。半晌，方冷冷道："沈瓷如今是戴罪之身，你要纳她为妾，还有诸多风险。"

朱见濂抬起头，平静地看他："我有说要纳她为妾吗？"

淮王的瞳仁瞬间放大，眯起眼打量着朱见濂，意味深长。朱见濂面色不变，与淮王站立对峙，那眼神中，是倔强，是坚硬，甚至还带了丝丝挑衅。

秋兰临终之际告诉他的那段往事，他面上不说，心底却是锱铢必较。父王为何将事情隐瞒至今，无非是求一份安稳的名利，惹不起，便当作没有发生过。朱见濂忍耐了这么久，却在父王逼问沈瓷之事时，忍不住将积郁已久的情绪带入。

良久，淮王才沉沉开口："你之前不愿娶世子妃，难道是为了这个沈瓷？"

朱见濂不语，背过双手，不再看他。

这便算是默认了，淮王面上不由得露出一副狠戾神色，怒道："尊卑有别，不得善终，她是做不了世子妃的。"

朱见濂镇定地提醒道："她父亲为了救您，丢了性命。"

淮王哂笑，面上浮出鄙夷之色："她父亲救过我一次，淮王府的一切便握在她手中了吗？若是每年牺牲的护卫子女都如此，你的世子妃恐怕已经多得数不清了。"

他的这副神情，让朱见濂更加痛心疾首。再忆及他的生母夏莲，想来当初，或许也是因着父王一句"尊卑有别，不得善终"，才最终堕入如此境地。

念及此，朱见濂不禁出口反驳："淮王作为藩王，本就没有什么实权，只要做好封地上的清闲王爷便可，还需要通过联姻来巩固地位吗？"他漫不经心地嗤笑，"不过是名声而已，我知道这是父王最在乎的东西，可您也知道，我向来不关心这些。"

淮王语中尽是恨铁不成钢之意，再道："在其位，谋其职，很多事不是你想不想，而是你应该不应该。你迟早会成为下一任淮王，父母之命，媒妁之言，由不得你。"

朱见濂思虑半晌，觉察到自己方才的表现有些失控，转而换上一副哀戚神色，蹙紧眉头道："若只是萍水相逢，孩儿或许能够很快忘却，按照父王的要求迎娶世子妃。可我已与沈姑娘朝夕相处两年，感情甚笃，难以分别。不知道若是换成父王您，能不能就此舍弃？起码，我是做不到的。"

朱见濂话音落下，抬起头来看着淮王。那最后一句问语，朱见濂是故意说给他听的。当初夏莲与淮王身份悬殊，他不是同样也深陷其中了吗？

果然，淮王面色微变，往事已逝，痕迹却未被抹去。半晌，他的情绪平复了几许，缓缓叹道：“真是孽缘。”他的神情已有困倦之意，言语中却仍在坚持，“莫要行无望之事。她是戴罪之身，做妾做妻都不可，你若是真舍不得，像从前一样做个没有名分的通房伴你身边，也勉强可以，但还不能声张。”

朱见濂想起沈瓷那一双灵动眼眸中偶然透出的坚决，摇头道：“她不会愿意的，也委屈了她。”

淮王冷笑：“那我们没什么可说的了。”他挥手招来了护卫长，吩咐道，“传令下去，所有护卫，一律召回。没有我的命令，谁都不能再轻举妄动，就算是世子下令也不行。”

朱见濂连忙阻止：“若是没了这些护卫帮忙，我要如何寻得她？又如何确保她的安危？”他像是急了，似要同父王掏心相告，“孩儿这些年，从未遇见如此倾心的女子。说来，还是父王您将她送到了我身边。那些世家女子在我看来索然无味，唯有沈瓷与孩儿情谊相投。若要舍弃，便如肝肠寸断。”

“肝肠寸断？”淮王默默重复着这个词，心中甚是惊诧。自己这个儿子，有情绪从来不会直白诉出，可如今为了一个女子，竟是发生了如此大的变化。

淮王面色上仍是冷峻，心中却渐渐舒了一口气。为了一个女人在京城大动干戈，总好过暗地里不声不响地筹谋。

思及此处，淮王的语气缓了缓：“也罢，你这些日子好好休养。调兵遣将的事，在朝觐之前，不宜擅动。待结束了朝觐，我们再讨论此事。”

“可是，父王……”

“好了，我累了，你下去吧。”淮王摆摆手，不再听朱见濂解释，闭目养神。朱见濂没有办法，僵立片刻也不见淮王回应，只得退出了屋子。

待屋门被合上，淮王霎时睁开眼，瞧着朱见濂映在窗棂上的影子渐行渐远，才低低叹息：“如今，让他被女色所惑，也是好事。他这样痴迷不已，在京城只顾着寻找沈瓷，我倒也能放心了。”

淮王并不知道，朱见濂回了房间，那副焦急的面孔立马变得凝重起来。他唤来马宁，吩咐道：“父王想必已经放松了警惕，你告诉杨福，可以开始筹备了。”

马宁抱拳领命，应承下来后，却又语带犹豫地问道：“那沈姑娘……”

“找，当然要找。”朱见濂答得斩钉截铁。在淮王面前，那不加掩饰的夸张词句是违背本性的戏码，可这情谊，是掺不得假的。

小王爷翻遍了京城寻找的小瓷片儿，此时正安安静静地待在这座偏僻的民窑瓷坊内，执笔描绘。

她猜得到朱见濂会随淮王来到京城，但绝对猜不到他正在寻她，亦不敢奢望什么。窗外，簌簌微雨落下，她嗅到空气中湿润的泥土气息，侧目望着雨中迷雾。水珠一串一串从房檐上落下，枯树的影子映在积水里，有淋湿的鸟雀叽叽喳喳地鸣叫，翅膀扑扇出一阵又一阵的风。

汪直举着一把伞，仍是白衣，虽然行于雨中，却未将衣裾染上丝毫水色。

他来到了这间瓷坊。

远远地，便瞧见沈瓷纤细瘦削的身材，隐在雨帘之后。汪直走近了几步，见她将一件花口瓶器放置在腿上，弓下身来细细描画。她穿的是男装，却掩不住面庞的清秀，细腻白净的肌肤因吹了冷风泛起微红，桃花瓣一样的嘴唇晶莹温润，如同上了釉一般光滑莹亮。可这一身干练朴素的男子着装，又为她平添了几分英气，倒也显得十分融洽。

汪直收了伞，大步走到沈瓷面前，也不怕吓到她，直接用修长有力的三根手指敲了敲桌面，笑着打量她。

沈瓷被这突然伸出的三根手指惊了一跳，抬头才舒了一口气，压低声音道：“汪大人，您怎么来了？”

瓷坊中除了沈瓷，还有四五人，汪直也不见外，在这小瓷坊里绕了一圈，点点头：“你倒是真寻了个僻静的地方，若不是你在侍婢那儿留下了去处，我还真不容易找得到。”

沈瓷笑道：“京中之事，还有什么是汪大人不知的？”

“这话说得挺对。”汪直捋了捋袖子，坐下来，细长的眉毛轻轻挑起，眼睨着沈瓷道，“上次你问我淮王入京述职一事，现下，淮王已经带着世子入京，正等候朝觐。”

沈瓷握笔的手不禁一颤，复又镇定笑道：“此事与我无关，当时提及，只不过好奇而已。”

汪直盯着她看了两秒，然后侧过头，将伞沿的雨水抖了抖。他的话其实只说了半句，作为西厂提督，他不仅知道淮王携了世子入京，还知道淮王进入山寺习仪后，淮王世子却整天游荡在街市的各个瓷铺中，且拨了大半侍卫，走街串巷地寻找一名女子。

那女子没有画像，却有一个精致的名字——沈瓷。

汪直不相信，这只是凑巧同名而已。

可是，看眼下这状况，沈瓷是不会说实话了。而他，原本是存了提醒之意，也在这雨雾迷蒙的一瞬间，突然不想再多嘴说那后半句。

他将目光移到了沈瓷绘了大半的瓷画上。

画的是万壑松风，却不似一般画者将松画得挺拔粗壮。在她笔下，这松是柔弱细瘦的，沾了女子气，却吹不弯腰。其笔墨秀劲，柔中带刚，去繁就简。汪直侧过头望她："谁教的你画瓷？"

"我爹。"沈瓷答。

"别唬我，这画风，我看着甚是熟悉。"

沈瓷想着汪直在宫中多年，或许也与工部画院的人有过接触。他救过她的命，且在日常的相处中加深了信任，遂答道："不瞒汪大人，沈瓷师从孙玚先生，不知汪大人可曾听说？"

"是从前工部画院的孙玚先生？"

"正是。"

汪直恍然，心中顿悟："孙玚先生的画艺，值得人钦佩，你既然是他的学生，自然也是不错的。"

他看向沈瓷，伸手过去摸了摸那幅画，食指摩挲了两下，心中一念乍起，问道："你可想进入工部画院？我可以帮你。"

"工部画院？"沈瓷睁大眼睛，四下看看，见周围人时不时朝这边打量，只得将汪直拉到屋外檐下的僻静处，低问道，"工部画院，还能收女子？"

汪直道："不能。"

沈瓷微张着嘴，心中陡然生出些无奈，垂下眼道："那我怎么可能进得去……"

汪直斜睨了她一眼，指了指地面上的一汪积水，道："自己照着倒影看看，你是女子吗？"

沈瓷愣怔的瞬间，已被汪直拎起衣领往前推了两步，脑袋朝下摁，正正看着自己水中的影子：面目清秀，不施妆容，不正是个清俊瘦弱的小少年嘛！

沈瓷盯着自己看了片刻，叹息一声："终归是女子，身子骨架小，在宫中那样的地方，还是担心自己会不小心露出端倪。"

"那可以淡化。"汪直肯定道，"若你愿意，可扮成宦官入宫。"

宦官中的一部分人，时常带着些女子气息，露点儿端倪也少有人会较真，顶多有士大夫在背后嘲弄几句，这对她来说，并不是问题。

沈瓷思虑片刻，又问："如果去了画院，我需要做什么吗？"

"明面看来，是伺候画院待诏们作画，听候画院当官差遣。"汪直的目光扫过她的面容，又补充道，"不过，你也可以什么都不做。现在画院也不差你这么个人手。"

沈瓷淡淡一哂："那我进去干吗？若是为了生计，如今我在这瓷坊，过得也挺不错的。就算有一天被发现是女子，也不用像在宫中一样提心吊胆。"

汪直眼都不眨，双手负立，慢慢道："你不知道吗？御器厂的瓷器图样，都是工部画院提供的。"

沈瓷呼吸一滞，已多了些迟疑。

汪直的眼睛唇角勾起得逞的笑意，目光在她身上定了一瞬，又将筹码加大："你若是真能做得好，我可替你将瓷画呈于万贵妃，若能得到褒奖，你之前犯下的错，只不过是一句话就可消除的事。"

其实，根本用不着万贵妃，汪直若是想，自己到皇上跟前说两句，也必定不成问题。因为皇上早年无子，几乎是将汪直看成了自己的孩子，凡事都相当宠溺。早先沈瓷的罪责定下来时，汪直是不屑去管；可如今，他却突然变了想法，想将她带进宫去。

沈瓷听了这话，是真的心动了，低声轻问："皇上亲自下的口谕，也能一笔勾销？"

"这是自然的。"汪直不以为然，率直道，"皇上为了万贵妃，可不顾伦常纲理，让你这么个小宦官将功抵过，又有何难？再者，你也不一定非要穿出自己的女子身份。"

沈瓷认真想了想，就在汪直满心以为她即将答应时，沈瓷却是摇了摇头："我还是不去了。"

汪直这下奇怪了："为什么？你不是一心想回御器厂吗？既然回不去，能画出瓷器上的图样，也是差不多的。"

"可是，一旦入了工部画院，我便很难再出宫，也做不了瓷了。"

汪直方才那高高扬起的眉毛蹙了起来，她拒绝了他好心的提议，他却反倒有些急了："你在这僻静的小瓷坊，也难有出头之日的。"

"你的提议，我很心动。只不过若是做了宫中的假宦官，今后恐怕没法再制瓷，只能困在宫墙之中。我爹的夙愿，便实现不了了。"沈瓷叹息道，"再者，我也并没有把握，能让万贵妃喜欢。"

汪直看着她，又侧目看着雨中的一株幼芽，心中转了个弯，反问道："你看我每日宫内宫外来去自如，像是困在宫墙之中的人吗？"

沈瓷摸了摸自己的头，声音渐渐低了下去："那是你，我等小人物，哪能如此……"

汪直洒脱地挥挥手，语气嚣张："我能你就能，你是我安排入画院的人，是我西厂的人，不归朝廷的条条框框管辖。我出宫时，你随我便是，想走就走，不需那么多规矩。"

沈瓷眼睛一亮，诧异地问道："这样也可以？"

汪直的嚣张傲慢全然不减："西厂是什么地方？我听外面有人说西厂的建立，是为了与东厂相互制衡，完全是放屁。我西厂从一开始建立，就是一家独大，东厂完全没有可比性，把锦衣卫和东厂压得死死的，做的都是最机密的事。我要带个人出宫，还有谁敢说什么？"

他语气轻狂，气度却不减。沈瓷心底一阵喜悦，一阵感激，还有一阵仰慕，终于忍不住笑了，不好意思地搓了搓手："那，那我以后，就跟着汪大人混了……"

汪直见她终于被说服，亦是一阵喜悦，爽直道："没问题，包吃包住包推荐。你收拾下东西，明日便随我入宫。"

沈瓷换上一身新装，在汪直的指示下，打扮成宦官模样，于次日清晨入宫。

瓷坊的工作没有辞去，在周围租的房子也没退。老板本不愿，但汪直报上了自己的名号，老板早知他恶名，也不敢再说什么，战战兢兢地同意了。

沈瓷在汪直的安排下，顺利进入工部画院，连任何审核都没有，很快便一路顺当地办妥了手续。

沈瓷办理完相关手续，进入工部熟悉各司情况，汪直则收到旨意，被万贵妃召入后宫。

沈瓷是女子之身，到底还是会有别的担心。她同办理手续的人打探了几句，得知工部的宦臣都是两人或三人一屋，不禁心中为难，不知自己会被如何安置，试探问道："这儿可有一人独居的房间？小些破些都没关系，我不喜与人同住。"

那人抬头看了看她，心道，汪直身边的人，果然要弄出点儿特立独行的事，面上却还赔着笑："沈公公，你是西厂的人，在这儿挂个名而已，不需与工部的其余宦臣同住一屋。"

他那句恭恭敬敬的"沈公公"，让沈瓷头皮发麻，别扭地转了转手腕，反应了一阵才再问："那我住在哪儿？"

那人摆出一副讨好的嘴脸，欠身道："汪公公方才留了话，把您安排在西厂人员的住处，大抵是离他比较近的地方。汪公公现在正受万贵妃召见，走得匆忙，说等他回来，亲自带您回去。"

沈瓷点点头，轻轻"嗯"了一声。望着那人谄媚的嘴脸，心想汪直的权势和威望还真是不假，在这宫中，有他庇护，日子应该不会太难过。

汪直迈入殿内，万贵妃正侧卧在榻上，用一根麈尾逗弄着懒洋洋的白猫。她头戴紫金翟凤珠冠，只着一袭玫红色镂金百蝶穿花云缎衣，那绣花精致的立领，衬出她保养得当的面容，说不出的妩媚与凌厉。

"娘娘。"汪直开口唤她。

万贵妃用麈尾末端的羽毛轻轻从白猫的头顶一路滑下，直到尾巴。猫儿被羽毛逗得舒服了，趴在她身边，闭目小憩。万贵妃这才抬起头，一双丹凤眼微微向上飞起："你来了。"

她一边伸手逗弄猫儿头上的软软细毛，一边说道："许久不见你，最近皇上交给你的事，不少吧？"

汪直道："近日宫中五行灾祸不少，宫外又出现了'妖狐夜出'的诡异事件，便少了来探望娘娘。"

万贵妃用手肘支起身体，汪直便上前去扶，待万贵妃站起来，又稍微理了理头上珠冠，才松开了手。万贵妃将白猫抱在怀中，看了看汪直，笑道："本宫还以为皇上替你建了西厂，权势滔天了，眼里便没了我这个娘娘了。”

“娘娘说笑了，汪直幼时便在您的身边，有娘娘的关照和宠爱，才有今日。”汪直的眼睛澄明莹亮，说的是谦恭的话，却不显谦卑。

万贵妃这才舒缓了神情，目光从容地看着他：“随口说两句罢了，最近皇上事务甚忙，本宫也是闲来无事，无聊得紧。”

万贵妃觉得手有些酸了，将手中的白猫转给汪直，站立了一会儿，似想起了什么，眸中的凌厉之色渐渐浮现，问汪直道：“封地的藩王，最近也是先后都来朝觐皇上了吧？”

汪直颔首道：“是，都是往常旧习。”

万贵妃的手指如同春葱凝露，抚着下巴，若有所思：“淮王今年可来了？”

“已至京城，安排了后日朝觐皇上。”

万贵妃轻哼了一声：“今年，他可还像上次那样不长眼睛？”

“想必是不会了。”汪直答道，“他应当知道上次的事触犯了娘娘，此次带的是世子觐见，没有任何女侍。”

“还算他识相。”万贵妃的丹凤眼越眯越长，染上几丝狠戾，“没办法，谁让皇上上次看中了他的美貌贱婢。为防这些贱女人诱惑勾引圣上，只得斩草除根，以绝后患。”顿了顿，万贵妃又问，“对了，上次处置了他那个贱婢后，淮王没意见吧？”

汪直道：“淮王并未追究。”

万贵妃唇角勾起一丝满意的笑意：“谅他也不敢有任何意见。这次淮王前来，你替本宫看好他，若是这次他小心守矩，便赐点儿金贵东西给他。”

汪直答了一声“是”，心中略微恍神。提及淮王，不禁想起那满京城寻找沈瓷的淮王世子。他们之间，到底是什么关系呢？他思虑的空当，万贵妃已走到近前，从他手中抱回了白猫，道：“你最近事务繁多，便先去忙吧。若有什么事，随时来向本宫禀报。”

汪直颔首，领命退去，待行至门口抬起头时，不经意回头一望，恰看见万贵妃手中的白猫，睁着一双幽深的眼睛，目不转睛地看着自己。

汪直离开万贵妃宫中，已是日近黄昏。

他乘上马车，脑中还想着淮王世子走街串巷寻找沈瓷一事，再结合今日万贵妃所说之事，总隐隐觉得有事即将发生。他的手下意识地摸到腰上的佩剑，抬头看向此时的夕阳余晖，心中蓦然升起一丝不安。

他从来不是满腹心思的人，率性洒脱，傲慢无畏，很少有过所谓“不安”的感觉。他尚且年幼时，作为大藤峡叛乱中的瑶民后代，被俘入宫，从此便是一路荣宠。他并未花费任何心机，甚至不懂什么算计，全凭皇上和万贵妃的宠爱，在毫无身世倚仗的情况下，直接就坐上了宦者的最高职位，甚至是前无古人的赏赐。他这样一个人，身居高位，也并未花任何心思保全位置，又怎会了解所谓“不安”或是“惊惶”的滋味？

但是此刻，他竟真真切切感受到了一种迷惘与失控。这种情绪让他觉得陌生，不愿再继续想下去。遂放下车帘，不再让窗外残景勾动自己的负面情绪。

马车行过工部画院时，他停下车，派人将沈瓷寻来。

未几，沈瓷穿着瘦瘦窄窄的宦官服饰，不急不缓地朝这边走来。汪直看得出，她有意挺直背脊，步子迈得比平日更大了些，似乎有意给自己添上几分男人气息。

终归还是个小姑娘，平日里看着再坚韧再冷静，还是有着可爱又谨慎的小心思。

汪直撩开车帘看着她，语带调侃：“沈公公，感觉如何？”

沈瓷浑身打了个哆嗦，见四周并无外人，才埋怨道：“我都听别人这么叫了我一天了，太瘆人了。到了你这儿，能不能别这么叫我，给我点儿缓冲。”

汪直朗声笑道：“行，那你说现在还能怎么叫你，总不能还叫你沈姑娘吧？”

“哎，你小声点儿。”沈瓷紧张起来，“我这刚进宫，可不能立马就被拆穿了。”

“知道了。”汪直笑着拉开马车的门帘，朝她伸出手，“上来。”

沈瓷余光看见他修长白皙、骨节分明的手，心底犹豫了片刻，佯装没看到，伸手撑着门框，一跃上了马车。

汪直迅速收回了手。

沈瓷自以为做得不露痕迹，却只是自以为而已。眼前这个从来率性直言的男子，这次却默默将她的这一行为收进了眼底，未置一词。

沈瓷为了掩饰方才的轻微尴尬，找话说道：“今日去观摩了画院画师们的作品，都很精彩，宫中不愧是人才会聚之地。”

“万贵妃是女子心思，这些画师画得好则好已，不一定能讨她的喜欢。”

“那万贵妃喜欢怎样的画？”

“精细的，小巧的，秀美的。瓷器也是如此。只可惜御器师大多是男人，缺乏女性审美，总易出偏颇。”汪直选了个舒服的姿势，背倚在车内的软垫上，。

沈瓷默默将他的话记下，再问：“那皇上喜欢的呢？”

汪直笑笑：“万贵妃喜欢的，皇上就喜欢。”

沈瓷想了想，轻轻挪了挪身体，离汪直更近些，低声问：“皇上为何如此宠爱万贵妃？我听说万贵妃比皇上大十七岁……”

“你怎么对这事感兴趣了？”汪直看看她。

“从前不在宫中，不关心这些。但如今到了这儿，听人提起，免不了想要多知道些。”

汪直本无心思议论帝妃之间的感情，可眼下瞧见沈瓷那双好奇的眼，轻咳了两声，还是开口道：“皇上两岁的时候，万贵妃便一直照顾他。因着土木堡之变，皇上的太子之位被废，亦只有贵妃娘娘陪伴他左右，不曾离弃。后来，先皇复辟，皇上重新被立为太子，但从此以后，便再离不开娘娘了。”

先皇朱祁镇两度登上帝位的曲折故事，沈瓷也是听说过的，此刻闻言，忍不住感慨：“皇上是痴情之人，娘娘亦是。在生命最灰暗时期，还能相互扶持、不离不弃，这段情着实值得珍惜。”她停了停，和汪直相处已久，竟是没了什么顾忌，话锋一转，想到什么便问了出来，“可是，我听宫人说，贵妃娘娘因爱生妒，自己无法生产，就想法除去了皇上几乎所有的子嗣和一些家世不显贵的得宠妃子，可是真的？”

汪直收敛下怡然的神情，陡然沉默。

他幼时被俘入宫后，最初便在万贵妃手下当差，后来升为御马监太监，也是亏得万贵妃的推荐。有时他也会得到她的命令，将被皇上宠幸过或者意欲宠幸的宫女除掉。

汪直迟疑良久没有回答，就在沈瓷心生悔意，觉得自己的问话触犯了他时，却听汪直声音沉沉，轻吐出一个字：“是。”

沈瓷愣了愣，见汪直脸色沉沉，也不再多问，另起了话题，闲闲碎碎地扯了些别的，终于抵达了西厂人员的住处，在汪直住所旁侧的一间单人房里，安顿下来。

又过了两日，淮王带上世子朱见濂，入宫朝觐。

沈瓷原本是不知道此事的，但按照礼制，中央六部需要各出几个宦官，前往迎候。迎候藩王朝觐是个累差事，仪式烦琐，流程冗长。沈瓷身在工部，又是新来的，这事她便赶上了。

“淮王的仪仗啊……”沈瓷喃喃自语，脑海中又浮现出小王爷那双又浓又深的眉眼，黑粼粼的，望着她，不言语，心魂便被摄了去。想到今日能再次见到他，竟生出一种恍如隔世之感，脚步虚浮。

她半清醒半惘然地，随同众宦官，去往西门，等待淮王一行的到来。

鼓声乍起，乐作混响，沈瓷等一众小宦官的前方，还站着文武百官，皆是身着朝服，侍立静待。淮王带着朱见濂，跟在执事者后，由西门进入奉天西门，威仪行来。

透过层层叠叠的人影，沈瓷从细微的罅隙间看见了朱见濂。他穿着一件深紫色的端庄礼服，发丝用上好的无瑕玉绾了起来，贵重中自有一份少年的勃勃英气。伴着灼烈的日光，更衬得他身量颀长，神清气爽，轩轩似朝霞举。

周围乐声大作，沈瓷却觉得天地都在此刻安静下来，再无任何声息。自从景德镇一别后，她便没有见过他，又怎能想到，再次遇见，已是世事轮转。从前她是他名义上的小宠，是他偏房里身份暧昧的姑娘，两个人隔得那样近，却是说不清的你来我往。而现在，他依然是他的淮王世子，她却成了宫中的小宦官，站在人群之中，远远地、无声地望着他。

锣鼓喧天，卷帘鸣鞭，沈瓷同众宦官一起跪了下来，恭迎淮王到临。她抬起头，看着朱见濂的背影越走越远，丝毫没有注意到她的存在，胸口闷得窒息，直到周围的宦官用手肘碰了碰她，提醒道：“别看了，脑袋抬这么高。”

沈瓷垂下头，慢慢闭上了眼睛，将自己融在一片跪下的宦官之中，伏低身体，头埋在双臂间，眼泪在眼眶里转了转，还是没忍住，掉了下来。

朱见濂行在路上，越往前，越觉得似乎哪里不对劲。他的脚步越来越慢，忽然停了下来，转过头朝人群中看去。

随行的从官急了：“世子你看什么呢？文武百官都瞧着这儿呢。”

朱见濂没答话，目光在人群中转了一圈。黑压压的一片，除了士大夫，便是宦官和侍卫。

除此以外，什么也没有。

他转回身，莫名怅然，低低地对从官叹道："走吧。"

淮王带着朱见濂行至殿前丹墀，等候圣驾。

皇上身着礼服，御舆而出。御史报了时辰，淮王等人各就拜位，行八拜礼毕，又呈奏折于谨身殿，将近年封地境况，予以详述。

万贵妃与皇后一左一右，立于皇上两侧，而汪直则站在万贵妃身边。

朱见濂一抬眼，便瞧见汪直那张脸，与杨福的确相当相似，几乎一模一样，可是，两人的气质相去甚远。即使杨福专门学习过汪直的言行举止，可那狂傲得眼里不容人的姿态，那飞得高高的眼角眉梢，却是学不来的。

他并未想到，汪直此刻作出的狂傲，也是因为看见了他。

两个人都默不作声地打量着对方，天空明净无痕，却有一团灰黑的乌云，已在两人之间暗涌。

第八章

妖狐夜出

冗长繁杂的朝觐仪式结束之后，皇上设宴，邀淮王一行及众卿赴宴。

皇上身置高台首座，其余人则落座左右。定席后，朱见濂同汪直恰好处于对面。

皇上只待了片刻，便率先离席，将宴会会场留给其余人。不多时，有序的座列便被打乱，觥筹交错之间，众人开始忙着各自交谈。朱见濂跟着淮王应酬了一圈，不多时便到了汪直跟前。

"汪公公。"淮王举起酒杯，"几年不见，风采不减啊。"

汪直并不寒暄，一只手端起酒杯，朝前伸了伸，轻轻碰了碰淮王手中的酒杯，似有若无地饮了几口："今日身体不太舒服，就不多喝了。还请淮王见谅。"

"无妨。"淮王兀自将杯中酒饮了大半，心中虽是痛恨汪直，但表面功夫还是得做好。他同朝中许多大臣一样，私底下对汪太监痛恨至极、鄙夷至极，面上却还是要有恭维。皇上和万贵妃，都太过信任汪直，若是汪直借西厂调研之名，给自己扣上一顶子虚乌有的帽子，以后的日子必定不好过。

汪直狭长的凤眼挑起，轻飘飘地瞟了淮王一眼："淮王从鄱阳赶来，舟车劳顿，想必十分辛苦。贵妃娘娘差我来问候您一声，也准备了一些见面礼，待您回住处后，差人给您送去。"

淮王脖颈一僵，后颈已冒出几根青筋，面上却笑道："还得多谢贵妃娘娘惦念。"

汪直唇角浮起一丝若有若无的笑意，道："贵妃娘娘关照着您呢，希望您这次的述职，能够一切顺利，不再出任何岔子。”

“汪公公说笑了，如今仪式已完成，待皇上将奏折检审后，就可回江西了。”淮王刻意回避他的话中深意，似是随意寒暄一般，问道，“对了，汪公公可曾去过江西？”

汪直闭了闭眼睛，又慢慢抬起眼皮，答道：“没有。”

淮王佯作无谓地假笑了两声：“若是日后有差事在江西，欢迎汪公公来，本王必定好生款待。”

汪直低低地答了一个“嗯”。

朱见濂没有插话，揣着手站在淮王身后。他在没有见到汪直的时候，就已对这个人心怀恨意，如今见了这人的嘴脸态度，心中更是蹿起腾腾怒意。那似有非有的敷衍动作，那样轻飘飘瞥人一眼的神情，那似笑非笑的挑衅神情，充满了傲慢无礼。

怎么会有这样的人？杀掉毫无关系的女子，还能懒洋洋地坐在这里，意味深长地提点别人切勿再提。不过是个扰乱朝纲的宦官而已，真以为凭借皇上的宠爱便能滔天了？

若说之前朱见濂对这个素未谋面的汪直还有一丝犹豫的话，那么此刻，他已全然下了决心。

正同淮王敷衍谈话的汪直，眼神时不时往朱见濂身上瞟，脑中一边想着事，一边看着朱见濂越来越凝重的神色，越来越僵硬的脊背，还有那双幽深的眼睛和紧绷的嘴唇——他发觉淮王世子也同他一样，第一次见面就十分厌恶对方。

“这是淮王的世子？”汪直明知故问，又是那副眉毛挑起的神态。

朱见濂紧紧地盯着他看，一双眼黑森森的，没说话。

“正是犬子。”淮王见朱见濂不语，替他答道。

汪直似笑非笑地说：“淮王世子为何这样看着我？身体不舒服了？”

朱见濂慢慢举起手中酒杯，一直举到两人目光的中间，将对方脸部的神情用酒杯阻隔一部分，只余下两双对峙的眼，互不相让。

朱见濂没说要敬酒，手中那杯本来应该同淮王一起敬给汪直的酒，此刻被他一饮而尽，一滴都没剩。

汪直愣了一下，随即笑道：“世子好酒量，看模样也是风流倜傥，想必平日里也在花丛中流连惯了。做藩王的子女就是好，什么事都不用做，衣食无忧，守着封地便是了。真不错。”汪直口无遮拦，凤眼斜睨，握着手中剩下的半杯酒，手腕晃动，杯中的液体明晃晃的。

淮王心中咬了咬牙，却仍维持着表面的和平，还是笑了：“汪公公说得不太好听，但也的确没错。”

汪直已明白淮王是个软柿子，最看重名利，一丝忤逆都没有，眼中不禁生出几分不屑。他转过头，再看看沉默的朱见濂，手腕继续漫不经心地晃动，凤眼又飞了起来：“你不同意啊？”

朱见濂盯着他看了一会儿，突然就笑了起来，指了指汪直那带着点儿挑衅的凤眼，一字一句清晰无比地说道：“那也比你一个宦官，整天忙着扰乱朝纲，要好得多。”

汪直愣了一下。

朱见濂寸步不让，笑容还挂在脸上，他波澜不兴的面孔上看不出鄙夷，仿佛只是在讨论着今日的天气，素淡无奇。

淮王连忙打着圆场：“犬子说笑呢，汪公公权倾朝野，无人不知，一举一动都左右着朝廷的动向，他是觉得汪公公日夜奔波，过于忙碌。”淮王转过头来看朱见濂，“你是这个意思吧？”

朱见濂笑容更深：“不是。”

淮王脸都灰了，却见汪直拍了拍手，发出几个响亮的巴掌声。不知从什么时候开始，他那双眼不再斜睨着朱见濂，而是正视着他，拖长了声：“世子真是幽默得很，扯皮的功夫不错啊。不过，我若是世子，要在京城找一个女子，是轻而易举的事。不会光顾着瞎扯，要办的事，到现在还没有眉目。”

朱见濂的笑容敛了下来，沉声道：“汪公公知道的可真不少。”

汪直反唇道：“是你阵势不小，却毫无成效，我实在看不过眼了。”

朱见濂瞪视了他片刻，想起沈瓷如今下落不明，心底像是有一根针，细微却刺痛。须臾后，他的神情已恢复如常，如无风的湖面，默默将细微的涟漪藏在深处，说道：“汪公公身在西厂，做的就是特务的事，是职能所在。若是要在京城找一个人，想必是轻而易举之事。只是，汪公公既然如此神通广大，已经知道我在寻找一名女子，不知是否已经查到她人在哪儿了？”

汪直其实从将此事说出口的那一刻，便有些后悔了：主动提及此事，或许会在不经意间透露沈瓷如今的行踪。然而他是直言直语，说出去的话便如泼出去的水，收不回来了。手肘放在桌上，背微微后斜，侧脸道：“不知道。”

朱见濂再笑：“查到了我在京城找人，却不顺藤摸瓜地查下去吗？”

汪直已有些不耐烦：“没有必要。西厂是为皇上做机密之事的，不关心淮王世子又看上了哪家女子，又流连于哪段风尘。”

朱见濂轻轻笑了笑，瞧着汪直已不复方才的张狂模样，没再追问。他原本就是试探一提，并没指望汪直会告诉他，也绝不会有恳求他帮忙寻找的心思。只是汪直何故会提起此事？他在心中暗自无声揣测着，埋下了一颗怀疑的种子。

淮王眼瞧着朱见濂和汪直互相看不顺眼，心知对话不能再继续下去，心不甘情不愿地同汪直致了歉，带着朱见濂去了别处。

持续了几个时辰的宴席结束之后，淮王与朱见濂同乘一辆车辇出宫了。

朱见濂今日，除了在汪直一处对峙良久外，其余都是规规矩矩，一路顺遂。他的言行，虽纾解了淮王压抑的愤怒，亦让他忍不住猜测其中缘由，生怕他已意识到汪直是仇家。

“你为何对汪直摆出如此脸色？”淮王蹙紧眉头，问朱见濂。

朱见濂早就编好了谎话：“如今朝野上下，谁人不知汪太监扰乱政事。每月上了奏本严厉弹劾汪直的人不计其数，我这就嘴上随意说两句，也不是针对他，而是实在不满当今宦官掌权，皇上无限制放纵。”他顿了顿，又说，“今天遇见的，就算不是西厂的汪直，而是东厂厂公尚铭，我也会如此反驳。”

淮王虽仍是半信半疑，但还是舒了一口气，训斥他道：“下次切莫如此莽撞，这人如今说什么皇上信什么，若是他惦记上了淮王府，会不择手段的。”

朱见濂佯作认同，敷衍了一声“嗯”。

淮王继续补充道：“不仅遇见汪直不能如此，下次若是真遇见东厂厂公尚铭，也勿要在明面上得罪。如今尚铭笼络了一大帮朝中重臣，意欲再次弹劾汪直，虽然三番五次地失败，但从未放弃。东西厂向来针锋相对，虽然如今西厂占了上乘，但照这样弹劾下去，这今后，东西厂形势如何，也是说不准的。”

“东厂？”朱见濂喃喃地重复了一句，下意识地对淮王点点头，表示明白。他转过目光，透过半透明的纱帘看向马车外，陷入深深的沉思之中。

淮王同朱见濂回到了住处，褪去了繁冗庄重的礼服，各自烧水沐浴。

下人们调好水温，拉了窗帘，备好干净衣物，朱见濂便命他们全部退下。氤氲的水汽，蒸腾在空气里，升起一圈圈迷蒙的涟漪，朱见濂轻咳了一声，水雾中便渐渐走出两个人。

马宁，还有杨福。

“世子。”两人行礼唤道。

朱见濂不在意地抬抬手：“免礼，说正事。”

马宁点头，问：“您今日可看见了汪直？”

“看见了。”朱见濂眼睛盯着杨福，再次将他从头到脚打量了一番，“你果然同他长得像，但瞧起来，比他顺眼多了。”

杨福好奇地问道：“此话怎讲？”

朱见濂脑中又浮现出汪直那副飞着眼看人的神情，那狂傲得没有一丝收敛的挑衅，侧过脸道：“汪直太过锋芒毕露，气候不长。”

杨福屈着身体，立刻便恭维上来：“那是必然的，汪直同世子作对，气候能长到哪里去。”

朱见濂瞥了他一眼，冷淡道：“如果你今后继续这副恭维模样，很快就会被人瞧出端倪。到时候，气候不长的，就是我们了。”

杨福连忙低下头，小声地说：“我错了。”

朱见濂盯着他：“哎，知道错了你还低着头，拿出点儿汪直看人的阵势来啊。”

杨福一愣，随即把屈下的背挺直，头高高抬起，下巴也扬了起来，转瞬换了傲慢的眼神，问朱见濂道：“这样，行不行？”

“一个诀窍。”朱见濂点了点他的眼睛，“斜着目光看人，眼白朝人，眼珠朝天，眼睛眯得细细长长，便对了。”

杨福配合地演示了一遍，却始终抓不住精髓，倒像是个眯着眼睛的瞎子，总缺了那么一份气场，瞧起来很是别扭。

“得了，还不如刚才呢。”朱见濂扁了扁嘴，“就你之前那样吧，勉强还过得去。汪直也不是看谁都这副做派，只是对我和父王的态度尤其傲慢。”

马宁想了想，问道：“汪直为何会对您如此态度？不应该啊，他并不认识您……”

朱见濂背过手：“这个问题，我也想过。他或许是戒备着父王，连带着把我也划入了戒备范围。”他顿了顿，回忆起当时的境况，声音越来越低，自语道，“但也好像不对，汪直对我的厌恶，似乎比父王更深……莫非，还有什么我尚不知道的隐情，埋伏在我和汪直之间？”

马宁的话语打断了朱见濂的思路：“话说回来，近日打听到了汪直的消息，他最近动作不小，在宫外逗留的时间居多。”

朱见濂问：“汪直在宫外做什么？皇上派他查事？”

“对，最近京中出了几件大事，皇上大怒，命汪直将事情真相探查清楚。”

“都为何事？讲讲。”

马宁指了指杨福：“最开始，这还是杨福悄悄躲着时，听见几个女人的窃窃私语，然后告诉我的。我再去查，才顺藤摸瓜地知道这事归了汪直管。鉴于我描述不够生动，让杨福讲给您听。”

朱见濂将目光转向杨福。

“我也是偶然听到。”杨福搓搓手，似乎意识到自己的动作又错了，直起腰板，才道，“这事，是朝廷禁止相传的，因为太玄乎，民间都乱套了。”

他带着点神秘，手掌侧展在颊边，小声道：“说是京城有个商人，叫作赵灵安，这次他出城做生意时，碰到了一个美女，因为美得倾国倾城，所以不得不戴上面纱。这赵灵安不小心跌倒，从面纱下看到女子容颜，说的是什么形容词来着，我想想……对，说是眉如翠羽，肌如白雪，腰如束素，齿如编贝。只嫣然一笑，赵灵安的魂魄便被她迷惑了去，忍不住把这美女带回了京城府中。”

朱见濂笑道：“朝廷还管商人的风流韵事？”

“这可不是什么风流韵事。”杨福睁大眼睛，做出惊惧的神情，透出一股憨厚气息，道，“事情就发生在这美女被带回府的第二天，宅子里所有的人，全部死了个精光，就连看门狗也未能幸免，整个宅子一个活物都没留。更可怕的是……”杨福停了停，想要故意留个悬念，但朱见濂没有追问，只好自己接话继续道，“更可怕的是，所有死去的人和动物，都没有任何伤痕。”

朱见濂并未表示出丝毫诧异，问道：“那位美女呢？”

“不见了，就像是突然消失一般，无影无踪。赵灵安平日里非常惜财，为了防范窃贼，在围墙外设了多名护卫，大门处更是派了好几人镇守，每个人都说，一整夜都未看到任何人进出，那美女就此凭空消失，再寻不得任何踪影。”

朱见濂沉思片刻：“如今，民间是如何传的？”

“这事发生以后，站出了两三个人，说是深夜里看见一只白色的狐狸从围墙底部的小洞里钻出来。不知说的是真是假，但渐渐就传开了，加之那女子被形容得美若天仙，很多人便说是狐狸精作怪。民间称之为‘妖狐夜出’。”

“狐狸精？”朱见濂扯了扯唇角，不乏轻蔑，“这也有人相信？”

杨福一副迷信模样：“怎么不能信了？说是狐狸精，不正好一切都说得通了吗？”

马宁拍了拍杨福的肩，示意他说完就可以闭嘴了，向世子恭恭敬敬地欠了欠身，开腔道：“民间传得玄乎，只是因为此女子戴着面纱，状似神秘，让人联想。也是因为传得过于邪乎，此事才到了皇上耳边。我打听到消息，说是皇上信鬼神，对此事尤为在意，派了心腹汪直前去探查。刚派出没多久，便又有好几人说看见一个戴着面纱的美女四处游荡，这不，前日又死了一个人，也没抓住那女子。”

朱见濂听出了端倪，看着马宁泛着光的眼神，已大致明白他心中所想：“你的意思是……”

马宁道：“目前我们计划中最大的问题，便是汪直的行踪不定，毫无规律。随意一消失，便是几个月没了影。可藩王能够留在京城的时间有限，我们的机会并不多。我料想，这事应该是个连环锁，还会再发生，汪直也免不了会为此继续奔波。我们不如利用这个契机，锁定他的行踪，伺机下手。”

此话正应了朱见濂胸中筹谋，他瞳孔凝缩，黑粼粼的眼如同幽洞，不说话，将此法仔仔细细地在脑海中过滤了一遍，分析其中的风险与利弊。

见朱见濂只是沉吟不语，杨福等了良久，下唇绷紧，意欲再次勾起朱见濂的好奇，突然插嘴道：“我倒还真想知道，除了狐狸精，还有什么可能。”

朱见濂全然没领会他的意图，反被他一句话扰乱了思路，出口问道：“你这么想知道？”

杨福心中咯噔一下，对自己的冲动后悔不迭，面上却强作不变，憨憨地瞪着那双眼睛：“就算不能知道，我还没见过狐狸精长什么样，能美到什么程度，我就是好奇嘛。”

朱见濂的目光在他脸上绕了一圈，这才重新舒展开笑容，慢慢道：“也是，爱美之心人皆有之，可是杨兄弟得小心，千万别为此丢了性命。”

杨福屏着一口气，没说话。瞧见朱见濂表情温和，并无怀疑，却也丝毫不敢放松。

朱见濂多看了杨福两眼，这才转向马宁，慢条斯理地回应他方才的提议：

“想得不错，这件事，就照你说的办。”

马宁立刻领命，杨福迟滞了须臾，也点头称是。朱见濂摆摆手：“你们下去吧，我沐浴的时间已经够长了，再久，恐怕会引得父王怀疑。”他看了看眼前的两人，再次叮嘱马宁，“保护好杨兄弟，千万别让他暴露了。”又前行两步，重重地拍了拍杨福的肩，语气郑重，“杨兄弟，你就安心韬光养晦，不久后就靠你了。若能事成，我朱见濂必定感激不尽，但凡我有的东西，你想要什么，都可以给你。”

杨福骤然抬起眼，眸中闪过一丝光亮，仿佛要向朱见濂确认，重复道：“只要你有的东西，我想要什么，你都可以给我？”

朱见濂笑：“除了女人。”

“我哪敢碰世子的人，您可真是会说笑话。”杨福眨眨眼，将眸中光亮隐去，傻笑着鞠了一躬，“世子将我从路边捡过来锦衣玉食地养着，杨福已是感激不尽，哪敢再有更多奢望。”

杨福从朱见濂处离开，戴上面罩，在马宁的帮助下，又躲回了一处毫不起眼的隐蔽小屋。为了掩人耳目，入京后，他并未同淮王等人同处一院，需要商议事情时，都凭马宁转达。

他自认做得够隐秘够谨慎，却没料到刚进屋子，身后突然传来一阵敲门声。

杨福立刻提高警惕：“谁？”

敲门声停了，过了一会儿，一个人影浮在窗棂上，梳着简单的双平髻，是个窈窕灵巧的姑娘身形。那姑娘把脑袋凑到窗缝间，什么也没瞧见，又把手窝在唇边，对着里面低声喊道：“是我。”

杨福一听便知道这贸贸然而来的姑娘是谁了，又好气又好笑，故意道：“你是谁啊？我哪能知道？”

“哎呀，是我啊。”小姑娘有些没面子了，语气微恼，“是我，卫朝夕。”

杨福微眯起眼，透过墙上的暗孔打量门外，确定卫朝夕是一个人来的以后，才将门打开了一条缝。

卫朝夕立马从门缝里跳了进来。

杨福关上门，锁好，再次确定没有其他人。

卫朝夕一愣，两只手交叉抱在胸前：“你，你这是要干什么啊？”

杨福歪着头看她：“你自己溜过来找我，还问我要干什么？”

卫朝夕想想，好像还真是这样，慢慢放下了手，摆着一张苦瓜脸："我今天好不容易找到你的，你最近都上哪儿去了？"

"我不是告诉过你了吗？别找我，我忙，没空儿。"杨福已恢复正常神态，进屋倒了两杯水，卫朝夕就默不作声地紧紧跟在他身后。杨福没注意，端着水杯一转身，迎面对上了卫朝夕头顶的两团双平髻，吓得手一抖，杯中滚烫的热水溅出，落在他的手背上。

"啊！"杨福痛得惊叫一声，声音都扭曲了，"你干什么啊？阴魂不散的……"

卫朝夕背脊挺得直直的，慌了神，忙捉起杨福的手："对，对不起……"

杨福咬着牙，一把扯过自己的手，朝水桶的方向奔去，快速将烫伤的手伸入凉水之中，长长地吐出一口气，额头汗水直冒。

"你还好吗？"卫朝夕追上他，又凑了上来。

她就像是个鬼影子，杨福走到哪儿她就跟到哪儿，比特务还准确还难缠。杨福不得不伸出没有受伤的那只手推推她，与她隔开一点儿距离："你离我远点儿。"

卫朝夕急惶惶向前探的动作定住了，眼睛耷拉下来，可怜巴巴地看着他："我真不是故意的……"说完，抿紧嘴唇，四处张望，拿起一旁矮桌上的瓢，舀了勺凉水，小声对杨福道，"这个……用流水冲洗比较好。"

杨福忍着痛将手拿出水面，看着卫朝夕，她便忙不迭舀了一勺又一勺的凉水往他手上冲洗。她吃得虽然多，力气却不大，不一会儿就累得气喘吁吁，但也没停下，看了看杨福被烫得通红的手背，眼泪不知不觉流了出来。

"怎么又哭了？"杨福最见不得女孩儿流泪，拿她没法，伸出手想要去擦，却被卫朝夕一把打开。

"谁说流眼泪就是哭了？"她那纤细的眉毛轻轻一挑，红红的嘴唇微微一噘，别过头，哼了一声，"给你舀水累了，困死我了。"

杨福低笑，再看她的小脸被胭脂搽得红扑扑的，嘴唇晶莹鲜艳，语气软下来："怎么每次遇见你，都得闹腾出一点儿事来，你到底是什么人啊？"

卫朝夕抽抽鼻子，手里的动作还没停，一勺勺舀得更快，像是在赌气。杨福一把抓住卫朝夕的胳膊："好了，不疼了，别舀了。问你呢，你是什么人啊？"

卫朝夕用力将水瓢扔在桶里，嘴唇抿得薄薄的，说："你说我能是什么人？

我，我……”她憋了老半天，小脸都憋成了包子，那句话才脱口而出，“我就是想见你啊！”

杨福看着她：“想见我干什么？能给你好吃的人多了去了，怎么就盯上我了呢？”

卫朝夕双颊绯红，咬住下唇，倔强地侧过脸道：“因为无聊得很。”

杨福揉揉太阳穴：“京城这么大，到处都是好玩的，出去走走就不无聊了。”

“一个人，寻不到去处。”卫朝夕低下头，看着自己纠缠搅动的手指，“要不然，你陪我一起出去走走？”

杨福细细长长的眉眼笑起来，那样温和那样好看，有股厚实的气息：“姑娘，我跟你很熟吗？你让我陪你去陌生的地方，不怕我把你拐了啊？”

卫朝夕双手叉腰，瞪着眼睛虚张声势：“怕什么怕，你这么呆，还能把我怎么着？”

“给你点儿吃的，不就把你拐走了吗？”杨福轻轻吹了吹手上的红肿处，慢悠悠地说，“姑娘，我有我自己的事情要做，你也不知道我究竟是什么人。之前我说过别见面了，是真的，不是想忽悠你。你走吧，这儿你也别再来，来了还给我惹麻烦。”

他说完就站起身，抓住她的胳膊，把她往门外拉。

卫朝夕被他推着往外走，快到门口时，从旁边的米袋子里抓起一把大米，抬起手就往杨福身上扔。细细碎碎的米粒打在杨福身上，他屈身一躲，突然被卫朝夕按住了肩膀。

卫朝夕咬牙半天，抬起头来怒目瞪着杨福：“你真当我是给点儿吃的就能走的人啊？你把我想得太简单了吧？”她欺身上前，盯着杨福的眼睛，清清楚楚地说，“你的事，别以为我不知道，那天我可都听到了。”

杨福脸色一变，目露凶光：“你听到什么了？”

卫朝夕也不知从哪儿来了破釜沉舟的勇气，指了指杨福，声音也洪亮了几分：“我知道，你背后有人……“

她话还没说完，杨福一个闪身，便猛力捂住了她的嘴巴，声音低沉颤抖：“不想活了，是不是？”

他离她很近，两个人的脸近在咫尺。隔着这样的距离，卫朝夕可以清清楚楚看到他脸上的细斑，他眼中的慌张，慌张过后，又是凶狠毕露。

卫朝夕闭上眼，深吸了一口气。此时此刻，杨福手中的力度突然加大，把她的脸掐变了形。卫朝夕心里害怕极了，可又在这扭曲的对峙中，获得了一种奇妙的快感。香艳的刺激与撕扯的姿势，令她力不从心，却又仿佛急吼吼的鼓点，敲得她情绪翻涌。杨福那厚实温暖之后隐藏着的迷雾，将她情绪中的快乐与悲伤瞬间掀起，抱着一种近乎悲壮的慷慨，她从牙关里挤出两个字："放手……"

杨福一愣，手中的力度真的减弱了两分。

卫朝夕趁此机会开口，铆足了勇气："我知道你的事，但是我一句话都没给别人提过。告诉你，就是想让你明白，我可以成为你的盟友，不会给你走漏丝毫的消息。"

她将腰杆挺得笔直，浑身的肌肉都紧绷，平日里笑容弯弯的大眼睛这时候瞪着，一刻都不敢放松。

杨福沉默了。

卫朝夕的脸被他掐得难受，忍不住痒痛，不禁咳嗽了一声。声音刚刚收了尾，便感到杨福的手心一颤，索性乘胜追击，继续咳了下去，咳得快要弯下腰，果然杨福松开了手，定定站着，望着她。

卫朝夕手捂着腮帮子，立起衣领，绕上围巾，将鼻子以下都严严实实地遮住，嘶哑着补充道："我要是想害你，早就同世子说了。"

对于卫朝夕这样头脑一根筋的迷糊姑娘而言，杨福背后的人物，她既猜不出，也全然没有兴趣。可是她也说不清自己是怎么了，这个憨厚又神秘的男人，对她像是有着致命的吸引力，因而不顾是非曲直有无危险，忍不住想要靠近。

沉默良久，杨福突然绽出一个傻笑："这是做什么呢？我哪能要一个姑娘做盟友。既然你都知道了，就应该明白我行事需要小心。要想配合我，就不要只挂在嘴上，别再来找我，免得把别人引来，这样，就是你对我最大的帮助了。"

卫朝夕的心怦怦直跳，他这是松口了吗？她乘胜追击："你教我怎么做，我可以帮你。"

"你帮不了。"杨福说得斩钉截铁，看着卫朝夕瞬间失落的表情，又补充道，"不过，如果有事，我会去找你。"

卫朝夕眼中一亮："当真？"

"当真。"杨福看着她生龙活虎的模样，心中叹息。他不该让她活，但他也舍不得让她死，无辜的人不应为他的行动买单，他是知道的。现下之计，只有稳住眼前这个小姑娘，莫让她节外生枝，等到一切尘埃落定，便不需再张皇了。

同一天，中途离开宴席的汪直，别的什么地方都没多待，乘着马车，直向工部画院奔去。

他胸中有满腹的话语想要问沈瓷，淮王世子同她什么关系，他们如何相识，又寻她做何？汪直屏着一股冲动，督促车夫快马加鞭，可是走着走着，沸腾的心情却渐渐冷却了下来，他想：她是自己什么人啊？自己又是她什么人啊？

这个反问令他思维迟滞，方才的冲动霎时烧成了一片灰，沉静了下来。他听着嗒嗒的马蹄声，脾气变得无比焦躁，闷声道："转头，不去工部了。"

可是已经晚了，车夫勒住了马缰，小心地替汪直掀开了半边车帘，恭敬回应道："汪大人，工部……已经到了。"

汪直愣了一下，走到跟前还回避，并不是他的风格。

"在外面等着。"他给车夫丢下一句话，便跳下了车。

穿过一道曲折的游廊，没走几步便是端庄严谨的两层宫室。周围有几个人走过，见了汪直，也不跪拜，只是抱拳施礼道："见过汪公公。"

工部的文人墨客不少，染了文人气，大多看不惯汪直这样败坏朝纲的宦官，私底下对他厌恶得咬牙切齿。见面时，虽然心有不悦，面上却还要敷衍几语。

汪直对此心知肚明，懒得计较，也不屑计较，径直进了屋，跷着腿靠在椅子上，伸手随便指了指旁边的一个小宦官，侧着脸问："有个新来的沈公公，你可知道？把人给我叫来。"

小宦官点点头，忙说："知道，知道。"紧张得肌肉都绷紧，说完便一溜烟跑去寻人。

他知道这位新来的沈公公，是因为沈瓷刚来画院，便闹出了一点儿小动静。

工部画院的差事很是清闲。沈瓷身为宦官，又有汪直的照拂，并没有太多杂事可做。只是偶尔会去秘阁，取出藏画供画师们品鉴临摹，而平日里，事务稀少，她只须侍立在侧，听画院的官员讲学或看画师们作画。

沈瓷来到工部画院的第二日，便遇上众画师品鉴临摹的日子，而这次从秘阁中取出的画作，是一幅雀鸟山石图。

沈瓷小心翼翼地架好画作，立于旁侧，瞧见众画师都专心致志开始临摹，不禁也觉得手心痒痒，曾经在淮王府随孙玚先生学画的时光如在眼前，瞧见画室最后还有空座，便执起画笔，细细描绘。

她沾了朱见濂的光，得了孙玚先生两年真传，画起来可谓得心应手。其笔劲工稳挺秀，画面淡雅空濛，只是填彩不如孙玚先生华丽，自有其清丽委婉。

有画师搁笔小憩，无意间发现了沈瓷，怀着奚落的心情，踱着步过来看，边走边说："哎哎，你一个宦官怎么也坐下画画了？画些个什么东西呢？"

这句话出口，引得周围的画师和宦官都朝这边看来。沈瓷舔了舔嘴唇，站起身来退后一步："恕在下唐突，扰了各位画师的雅兴。"

"这倒没有，我就是来看看。"那人脸上划过一抹轻飘飘的鄙笑，站在沈瓷身后，一瞧见她架子上的画作，整个人便愣住了，好半天才开口："画得还挺不错。"

大家都知道这位画师为人挑剔，又瞧不起宦官，此时听他说了句"不错"，便有人离座，跑过来围观。

几只雀鸟姿态各异，刻画细致，质感丰厚，有孙玚先生的风格，却也不全然相似。

一人指了指她的画，问："这山石竹丛是怎么描的？我之前琢磨了半天，也没画出合意的感觉。"

沈瓷没遮掩，说："山石只需略加勾点，然后再以皴笔擦出。竹丛则是用勾填法绘出，沉下心思画便可。"

那人点点头，一副恍然的模样，又问："你怎的还懂画画？看起来不似自学，敢问师承何人？"

沈瓷想了想，觉得此时撒谎说没有师父，反倒显得自己张狂，低下头，诚实答道："是孙玚先生。"

此语一出，人群霎时掀起一阵骚动。

"孙玚先生？前任画院主事孙玚先生？"

沈瓷愣住，她并不知孙玚先生曾是画院主事，也未想到在人才济济的画院，孙玚先生的名头依旧如雷贯耳。

有画师议论开了："骗人吧，孙玚先生为人高洁，怎么可能收一个太监为学生？"

"我……"沈瓷觉得自己这次闯祸了，担心这样下去会对孙玚先生的名声造成影响，吞吞吐吐半晌，竟是憋出了一句，“那时候，我，我还不是太监……”

周围的哄笑声一下就停了。

工部的知识分子们虽然诟病权宦，但也同样富有同情心。瞧着沈瓷面露难色、神情纠结，便自动脑补出了一个身不由己的悲惨故事。或许沈公公身世跌宕，是被迫净身入宫的吧？设身处地地替这个小宦官想了想，心中的嘲弄便减了大半。再看她面目清秀，身姿纤细，并无半点儿奸邪狼狈的气息，剩下的嘲弄也随之消减了。指指沈瓷画的那幅半成品：“还真挺不错的，若你不是宦者，说不定还能成为画师。”

沈瓷脸上的肌肉僵住，勉强摆手一哂：“各位画师说笑了，在下才疏学浅，不过是班门弄斧，不敢再打扰诸位的雅兴。”

她说完便低垂着头溜了出去。

可从这事以后，画院的一半人都认识了她。如有惋惜，如有同情。

被汪直派去寻找沈公公的小宦官想着这事，跑了好几处，终于找到了沈瓷，此时她正快步朝前走，心中想着事，没注意旁侧。

小宦官连忙叫住她：“沈公公，汪提督找你。”

“哎？”沈瓷顿住脚，回过神来，“刚好，我也要找他。”

沈瓷被小宦官领到了前厅，汪直抱着双臂，撇着嘴看她：“这么久？要找到沈公公很难啊。”

“找汪大人更难。”沈瓷轻声道。

“你找过我？”汪直将跷起的腿放下，挪了挪身，“找我做什么？”

“我这两天想出一趟宫。”

汪直那埋在心中的疑虑瞬间被点燃，猛抬起头：“你出宫找谁？”

他开口说的是一句问语，可心里已经有了答案。她初次来到京城，除了认识自己，还有一个可能与她熟识的人——淮王世子。

可是，她之前曾说淮王世子与她无关，现下，又会给出一个新的解释吗？

汪直盯着她的嘴，似要将她的唇齿撬开，一时间，竟有一种迫近而易逝的惶然之感。他绷着脸仰起头，就在已经做好听到答案的准备时，却听沈瓷淡淡道：“不找谁。之前我不是在一家民窑做工吗？亲手制了几件比较满意的瓷器，走之前问过老板，这两天该出窑了，想回去看看成品如何。”

“这事啊……”汪直泄了一口气，身子又靠了回去。方才眼睛一眨不眨睁得太久，已有了些酸胀之感，不禁闭上了眼。

沈瓷误以为他这是不同意的意思，忙补充道："只要一两个时辰，不碍事的。我就去看看，什么也不拿，就悄悄溜回来。"

汪直慢慢睁开眼："我有说不让你去吗？啊？"他语带不满，"之前带你入宫时就告诉过你，想出宫就出宫，以为我是说话不算话的人啊？"

沈瓷腼然一笑："是我方才误会了。"

汪直睨了她一眼，站起身就往外走："我跟你一起去。"回过身看见沈瓷还没反应过来，扬声道，"还愣着干什么？我在宫中闷乏了，现在就走。"

汪直同沈瓷离了宫，又来到京城偏远处的这座小瓷坊。

如同老板先前所说，沈瓷临走之前制作的瓷器已经全部出了窑，因为烧窑时基本都放在正中位置，竟有九成的成功率。

民窑在乎利润，并未烧制难度太大的瓷器，沈瓷的这几件亦是如此。但贵在图式新颖，纹理精细，带着显著的女子特征，是需要花功夫才能绘出的。

"你看看就行了，我们之前说好的，我付了你钱，你做出的瓷器归我卖，可别想着要回去啊。"老板说。

沈瓷亦觉得理应如此，她来这里，只是有个执念，觉得自己做出的瓷器，一定要看看最后的成品。如今瞧着成果满意，脸上也是笑吟吟的，正欲点头，话头却被汪直抢了过去。

"谁说的？"汪直扬起下巴，瞥了一眼那老板，"你给的那点儿工钱，还不够别人买这件瓷器的零头。不划算。"

沈瓷拉拉汪直的袖子，低声道："没关系的，老板也不容易。"

汪直神色不变，没理沈瓷抓着自己袖子的手，拿起腰上西厂提督的令牌在老板面前晃了晃："给不给？"

身在京城，谁人不知汪直的大名，老板面露惊惧，当即伏下了身："给给给，全部给。"

"这还差不多。"汪直收起令牌，端着一副傲慢态势，又说，"也不会让你白给，我出沈瓷工钱的二十倍，买下了。"

老板在已经做好了全盘放弃的准备后，出乎意料地收获了一笔钱，竟觉感激涕零，连声道谢。

沈瓷皱起眉头，低声对汪直道："不用这样的。老板不卖，我也没地方保存这么多瓷器，你买来也没什么用处。”

“你懂什么。”汪直命随侍将沈瓷做的几件瓷器收起来，瞥了她一眼，“你忘了，之前我说过，你做得好，我帮你引荐给万贵妃。没有成品，我怎么引荐？你又把我的话当耳边风了吧？怎么我说什么，你那脑袋瓜都记不住呢？”

沈瓷恍然，心中涓涓淌过感动的细流，张开嘴，谢谢的话还没来得及说出口，便听见身后一阵嗒嗒的马蹄声，紧接着传来了一道高扬的喝声：“汪直，大事不好了！”

汪直转过头一看，是骑着骏马风尘仆仆赶来的王越。

“你可让我一番好找，要不是上次听到你家侍婢说了这地方，我可能还真的寻不到你了。”王越翻身下马，快步走到汪直面前，未等他发问，便急吼吼道，“妖狐又出现了，死了一院子六个人，还是一样的手法！”

汪直皱眉：“死者何人？”

“一家蔡姓商户，并不熟识。”

“走，带我去看看。”

汪直提步向前，跨上了马，才想起了沈瓷，回过头问她：“你怎么办？”

沈瓷没别的地方可去，只犹豫了一瞬间便道：“跟你一起去。”

“会骑马不？”

“不会。”

汪直不再废话，伸手便拎起沈瓷的衣领，稍一用劲，沈瓷便感到自己飞身而起，一个旋转跌坐，已稳稳当当地跨在马背上。汪直的双臂拢住她，下巴朝王越抬了抬，手中缰绳一勒，马儿便撒开腿跑了起来。

此时已有月色浮出，街道两旁的星星灯火将京城的千楼万阙点亮。沈瓷的耳边风声呼啸，飞扬的衣裾翻动，将灯笼中的烛火引得轻颤。长街宁谧，整个京城的灯火都似乎在风中流动，明明暗暗，迷蒙似幻。

沈瓷紧紧抓住马鞍，在疾驰的颠簸的马背上有些害怕，却没吭声，咬紧牙关伏着身子。汪直的双臂就在她身侧，两人保持着一个亲昵暧昧的姿势。她感到别扭，却又竭力说服自己无须介意。他是宦者，不是吗？他在后宫见过形形色色的皇帝的女人，又怎会对寻常女子心存异思？

她垂下眼睑，既想为眼下的情景开脱，又为这个念想感到十分歉意，心底不由得升腾起些微的抗拒与疑惑，头垂得更低，将自己的面容和身影融入夜色之中。

到了蔡家院外，门口已聚集了诸多民众。汪直又把沈瓷的衣襟拎起来，一个飞身旋转，放到了地上。

他这一手来得突然，沈瓷险些没站稳，不满道："我其实可以自己跳下来的，再不济，你拎之前，也应该通知我一声。"

汪直利索下马，扫了她一眼，低低一笑："这样方便，节约时间。"

沈瓷情知眼下的案件才是当务之急，也不再多语，跟在汪直和王越身后，也向院内走去。

到了门口，王越转回身来看见她，伸手拦住，压低声音道："别以为你扮成了宦官就不是姑娘了，这家人全部死光，你还是别进去了，免得看见了晚上做噩梦。"

汪直也转过头来，看见沈瓷面上并无任何惊惧之色，窄窄瘦瘦的身体依然挺直，扬了扬眉道："进来也无妨，看点儿场面，杀杀她那点儿倔脾性。"

还真被汪直说中了，沈瓷的确不怎么害怕，相比起来，若让她在门口无所适从地站着，才更觉尴尬。

王越最爱和汪直斗嘴："你还要不要脸，撺掇一个姑娘去看死人？"

汪直拽过沈瓷继续往院内走："就是这么不要脸。"

沈瓷又被汪直拎着衣襟过了门槛，她扭了扭肩，甩开汪直的手，退了两步，与他拉开半步的距离："我刚才说什么了？怎么过个门槛也要拎？"

汪直没回头，细长的眼却是眯了起来，带着笑："怕你腿短，跨不过来。"

沈瓷盯着他的背影，心里居然一丝怒意也没有，只好说道："汪大人日理万机，操心的事真是太多了。"

三人迈入院内，便有早到的官员和仵作围上了汪直和王越，恭敬行礼。王越扬了扬手，遣退了只顾寒暄的无用之人，道："做事要紧。"说完便替汪直腾出了空间，方便他查看情形。

死者死亡的时间在昨日深夜。只不过这家没有护卫，白日也没有访客，仅在黄昏时与一名商人约定了洽谈，对方久等不见，便差人来住处问，这才发现了此案。

而就在今日清晨，有京中游民看见，一名戴着面罩的白衣女子在附近出没，身姿翩翩，肤白胜雪，纵然看不见面容，也能想象其美艳动人。

两者串联起来，又惹得民间一番惶恐揣测。

汪直大致看了看现场，并没有什么血腥场面，只不过尸体的嘴唇大张，眼睛鼓出，很是夸张。就连看门的狗也瘫倒在地，舌头吊出。

这样的表情，若非是痛苦至极，便是恐惧至极。

这已是京城“妖狐夜出”案件的第三起，由一个绝美白衣女子引发的一连串命案。作案时间毫无规律，发生地点难以揣测，使用手法神秘莫测。就在上一起案件刚刚发生了一周后的今天，惨案再次发生。

汪直看向一旁的仵作：“可有验尸？”

“验过了，同之前的两起‘妖狐夜出’案件一样，浑身上下没有任何伤痕。”

“可有检查头部？这里最易被忽略，或许是被头发掩住了。”

“查过了，没有，浑身上下一点儿伤痕都没有。”

“一点儿伤痕也没有……可有验毒？”

“剖腹检查过，没有发现用毒的迹象。状况与前两起相同，推测应该是同一人所为。”那仵作说到这里顿了顿，声音低下来，改口道，“也许是同一狐所为……”

“说什么呢！”汪直呵斥道，“身为西厂的人，居然还迷信所谓的妖狐传言，真丢人！”

那仵作不吭声了，低头看着地面，嘴里还嘀咕着：“一个普通的柔弱女子，哪有这等能耐，所有人都觉得是妖狐出没，还不让人说……”

汪直懒得再同他计较，心中忖度了几番，仍觉得用毒是最有可能的法子。虽然仵作检验不出来，但这天下奇毒何其多，就算中原没有，西域那些各式各样的无解奇毒，也未尝没有可能。

他脑中念头一闪，问王越道：“你可知道，当初商人赵灵安将这面纱女子带入京城时，曾说过她是哪里人吗？”

王越摇摇头：“并未听说。”

汪直又道：“那去探探此事，顺带打听下，近日有没有人从西域走私货物。”

王越“咦”了一声，两只手摊开，语气嫌弃道：“这是你西厂的事，我一个带兵打仗的，帮忙找你过来就不错了，还支使我干特务啦？”

汪直将他两只手合拢起来：“不是你去，是我们一起去。”

王越歪着头：“那你这不还是把我当特务使吗？”

汪直瞄了他一眼：“到底去不去？”

“去！”王越握住了腰上的佩剑，“我最近军中休假，就勉为其难帮你一把咯。”

沈瓷瞧着眼前这两人，只觉凶案现场的氛围都缓和了几分，方才看见尸体的凝重感也有所纾解，长长舒出一口气，拿手抚了抚额头。

而此时，就在不远的地方，朱见濂和马宁蹲在屋顶的瓦砾上，以檐脊做掩护，藏在暗处，正目不转睛地看着沈瓷。他们的住处离得近，率先得到了消息。料想“妖狐夜出”事件，汪直必定会亲自审查，便马上赶了过来。

原本，马宁是带着其余护卫一同来的，但是朱见濂不放心，也隐在了蔡家院外的一处。可是马宁看着当下的状况，汪直不仅自己前来，还带了个威震四方的常胜将军王越，至于跟汪直同乘一匹马的小宦官……

马宁擦了擦眼，这小宦官，怎么长得这样像沈姑娘？

马宁怕自己看花了眼，特意让其余护卫将此事通报了朱见濂。谁知小王爷听到了，二话不说，也上了房顶，连一身华贵衣裳也不顾，单膝蹲在灰黑的瓦砾之上，盯住便不动了。

沈瓷的面容，沈瓷的身形，就算她扮成了宦官，他也能隔得老远一眼看出来。辗转寻了无数次也未果，却不想在此时遇见，以如此唏嘘巧合的方式。

他突然就明白了，汪直在宫宴上对他的敌对与打量，到底是为了什么。

他心心念念寻找良久的小瓷片儿，是如何到了汪直身边，又扮演了一个怎样的角色？小王爷之前镇定自若的心境在这一刹那陡然发生了改变，心脏狠狠地抽疼了一下，几乎想要跳下屋檐立刻带走她，然而，情势不允许他这样做。

他的手脚发硬，一动不动地看了良久，才抿了抿薄唇，下令道：“今日撤回，伺机再动。”

为防止身份在此暴露，朱见濂并不能逗留太久，派马宁监视汪直和沈瓷的动向，便离开了蔡家大院。

他不是不想冲过去见她，只是那样的场合，实在不合时宜。

有些话，他早就想说，也曾经有机会说。当他意识到自己的心意，连夜快马加鞭赶赴景德镇，以为一切都可豁然。只是最后为了给她的理想更充裕的时间，他放弃了那次机会。

未曾想过，只一次错过，便是万水千山的阻隔。

往事将他一把搡入回忆，空气中弥漫着的温暖与清冷间隔的气流，静静地流经他的身边，辗转起欲说还休的缱绻。过去的时光纵有太多唏嘘感喟，也抵不过一次错过带来的藩篱。

可纵然世事更迭，她依然是他的小瓷片儿。一眼就能从远处认出，不带丝毫犹疑。

朱见濂将手中的一根狼毫笔翻来覆去转了几圈，终于放下，对门外守候的侍婢道："去把卫朝夕叫来。"

他重新坐回，喝了一口新沏的茶叶，心思飘得很远。茶叶混着温烫的茶汤，一齐流入他的嘴里，竟没有感到不适，只是觉得有些苦，涩味满嘴都是，也忘了将茶叶吐出。他低头看着被自己不知不觉喝空了的茶杯，听见门外的脚步声，是卫朝夕踩着小碎步来了。

"进来，坐。"朱见濂道。

卫朝夕趔趄着步子进了屋，抚了裙子坐在凳子上，额头铺了一层密密的细汗："世子，这么晚了，找我有事？"

卫朝夕提着嗓子眼，朱见濂虽带她一路同行，却从未与她单独说过话，如今夜色已至，却突兀地把她叫来，难道是杨福的事被他发现了？

卫朝夕抿抿唇，暗暗下了决定，无论世子如何逼问自己，都不能出卖杨福。这样一想，一股慷慨就义的悲壮感油然而生，她之前对杨福那点儿云淡风轻的惦念，在自我遐想中再次被放大。

朱见濂保持着方才的姿势没动，过了一会儿，才抬眼看了看卫朝夕，却是只字未提杨福，轻声问："你与沈瓷，从小便一起长大？"

卫朝夕暗暗舒了一口气，用手抚了抚胸口，才声音轻快地答道："是啊，我同阿瓷从小便很好，在她去淮王府之前，我们几乎每天都见面的。"

朱见濂放下手中杯盏，问："那你可知，她以前是否曾来过京城，或者认识什么京城的人？”

卫朝夕摆摆手：“不会的啦，她怎么会有机会来京城。更何况，在她入京之前，曾经同我说过，她是第一次来京城，人生地不熟，想多看看。”

朱见濂的拇指下意识按住食指的指节，照这样看来，沈瓷与汪直多半刚认识不久，彼此还不算熟识。他放下了一半的心。

“世子怎么突然问起了这个，难道……”卫朝夕歪了歪脑袋，眼前突然一亮，“难道是找到阿瓷了？”

朱见濂不想在事态不明时节外生枝，从容答道：“没有。”

卫朝夕一个失落的眼神看过来，他又觉得不忍，补充道：“不过，应该快了。”

卫朝夕的表情又欢喜起来：“那便是有线索了。若是有需要我的地方，世子可得告诉我，我也希望能够早日找到阿瓷。”

“嗯。”朱见濂心不在焉地答了一声，便听得门外传来马宁的声音：“世子。”

朱见濂神经顿时紧绷，马宁怎么回来得这样快，莫不是遇见了什么事？他再没心思同卫朝夕说话，匆匆下了逐客令：“我这儿还有些事，你先走吧。”

卫朝夕站起身走了两步，还觉得不放心，又转回头来看着朱见濂：“世子今夜叫我来，只是为了问我阿瓷的事吗？”

朱见濂反问：“若不是为此，我还能有什么事需要找你？”

卫朝夕愣了片刻后牵强一笑：“没……没有了。”说完便转过身，一溜烟跑了。

马宁脚步急促，待卫朝夕前脚一走，便进屋关上门，伏身跪下：“请世子恕罪。”

朱见濂眼皮一跳：“说。”

马宁屏着一口气，垂首沉声道：“我……我跟丢了。”

“跟丢了？”

“汪直本身是做特务的，同王越都是武艺高强之人，我跟了没多久，便被他们觉察出来，在巷道中拐了几个迂回，再一看，就不见了人影……”

朱见濂攥紧了拳头，没说话。

马宁小心试探道：“世子？”

朱见濂的背脊挺得笔直，沉默良久才开口：“前几日你不是已经查出汪直宫外的府邸了吗？现在，带我去。”他说着便披了一件裘皮在身上，脚步已迈开，口中喃喃念道，“她或许，是在那里。”

是夜，寂寥幽深。

朱见濂蛰伏于汪直的府邸，已是守了半夜。

府中一丝异动也没有，也寻不得汪直或沈瓷的任何踪迹。

朱见濂其实知道，汪直行踪莫测，毫无定数。今夜看来，多半不会出现在这里。可他固执地等着，像是在弥补某种失误，不愿再有丝毫的错过。冷清的夜色中，屋脊上惊起几只栖息的宿鸟，扑扇着翅膀，朝天空更深处飞去。

马宁偷觑朱见濂的脸色，迷蒙的黑夜中看不清晰，只是那双浓深的眼里，似燃着两簇幽暗的火苗，将夜色灼化开来。马宁在朱见濂身边追随多年，极少看见他有这样的神色。今夜之前，朱见濂原本是笃定的，也曾盘算过找到她时的情形，却如何也没想到她已成为汪直随行携带的“宦官”，甚至同乘一匹马，以那样暧昧亲昵的姿态……

马宁在心底打了个哆嗦，小声提议道：“世子，先回去休息吧，这个当口还没动静，多半是不在这里了。再且，汪直并非等闲之辈，若是他真的回来，很可能会对你我有所察觉。”

朱见濂仍盯着前方，过了半晌，方从齿缝里挤出话语，似是诘问：“她同汪直，是何种关系？”

马宁无从答话，见朱见濂又沉默下来，只得低声道：“无论怎样，都是多了一条线索。沈姑娘既然扮成了宦官模样，想必宫中亦有人识得。之前我们多在宫外寻找，如今有了这条线索，不怕查不出，世子您已经等了大半夜，还是先随我回去吧。待我查到了沈姑娘的下落，您有什么话，再同她说也不迟。”

朱见濂愣了一霎，竟是低声自语：“我有什么话同她说……”他目光冷凝，瞧着那无声冷寂的院落，薄唇紧紧抿了起来。院子里种了几株朱槿，一树火红的花，本是鲜艳热烈的颜色，在沉沉的暗夜中却显得滞重发紫，如同结痂的疤，碰一碰便疼得厉害。他有什么话……他能对她说什么话？他翻来覆去地想着，原本心底积攒了那样久的言语，到了今夜的情境，却觉难以启齿。他的爱人同仇人站在了一起，这其间的煎熬和揣测，竟是如此摧心折肝。

朱见濂心乱如麻，一种前所未有的惊惧萦绕着他，寒冷的风拂面，竟还丝丝渗透了些冷汗，带着些沉痛的压抑。他又在夜色中看了半晌，直到天际微亮，黎明将至，才默不作声地离开。

沈瓷这夜并未留宿宫外，而是快马加鞭地随汪直和王越回了宫。

走到半途，汪直突然说后面有人跟踪，便抄了一条远道，在曲曲折折的巷子里七拐八拐，总算把那人给甩掉。

“你觉得跟踪那人是谁派来的？”王越问汪直。

“朝廷上下讨厌我的人多了去了，我哪能个个都知道。”汪直挑了挑眉，“不过，最有可能的，还是东厂尚铭那老头子，事事都要同我较劲。”

王越抚掌赞同：“说得不错，皇上将机密之事全部交给了你，尚铭心里怨气必定不小。”

汪直不以为然：“他怨气小不小，跟我半毛钱关系都没有。”

沈瓷同他们待了几次，也渐渐从两人的对话中听出了些当下朝廷的局势，相处亦渐渐放松起来。此刻听两人论及东西厂之事，不禁随口道：“这妖狐夜出的事件这样诡异，分明就是有人操控。会不会正是东厂下的套，想借此污了西厂的名，重振东厂？”

王越一听就乐了，指指汪直，大剌剌地对沈瓷道：“沈小公公，你这就不懂了吧？你以为他汪直是单靠办案能力得到皇上的信任吗？才不对，最重要的，是靠脸啊。”他跳到汪直跟前，用一双布满老茧的军人的手，掐上汪直那白净细腻的皮肤，还用手指弹了弹。汪直皱眉，一把扯开他的手甩了出去，王越冷不丁被他甩了个趔趄，回过头来却笑了。沈瓷憋不住，也笑了。

“你想啊，当年才四五岁的小汪直皮薄肉嫩，皇上又一直没有子嗣，看着这张脸就想，我儿子要是长这么好看就好了，从此便常常把他带在身边。所以啊……”王越一边联想一边说，眼睛笑得眯成一条缝，佯装神秘，对沈瓷悄声道，“所以，东厂那帮老家伙早就清楚，妖狐夜出事件，不可能动摇西厂的地位。怎么可能靠这事来打垮西厂？”

“原来如此。”沈瓷恍然大悟，放心了几分，但疑虑未消，“那若是为了其他原因，有没有可能是东厂故意制造的呢？”

汪直扁嘴看了眼王越，轻哼一声，摆摆手对沈瓷道：“猜也没用，我先去将情形汇报给皇上。等我回来，再商议从何着手。”

沈瓷颔首，在汪直和王越前去面圣时，独自回了宫中住处。在外奔波了一天，束胸勒得她有些喘不过气，她提来烧好的热水，把自己泡在木桶里，舒舒服服地享受做回自己的稀少时光。

木桶是深色的，她低下头，便能看到水中的倒影。头发盘了起来，原本是塞在帽子里的，可是现在帽子摘了下来，头发又浸了水，她一眼便能看见额角那平日被遮住的月牙形伤疤。看着看着，便觉得隐隐发疼，又想起那日在皇宫西门迎接小王爷的情景，是那样遥远和无力。

水蒸气升了上来，她却觉得脸上涩涩的，是流泪了。她吸了口气，无声地将头埋入温水之中，心中想着：此后一别，她回不去江西，他不再来京城，自己同小王爷，还能否有再次相见的机会？

汪直这几日忙得风风火火。

纵然朝廷下令，严禁以讹传讹，但“妖狐夜出”的影响还是越来越大，在民间已被传得神秘莫测。皇上将此事盯得紧，朝廷的文臣们还不忘三天两头弹劾汪直一下，日子过得相当紧凑。

与此同时，朱见濂也丝毫没闲着。顺着沈瓷如今的宦官身份，他动用了在京城能够利用的所有资源寻找她。然而，汪直并未在宫中替沈瓷建立档案，西厂人员的名单又属机密，偌大的皇宫，宦官的职位无数，找起来很是费力。

如此过了几日，终于在工部探得了沈瓷的消息，可是这时，离淮王预定离京的日子，已只剩下三天。

藩王觐见后，若无特殊状况，不得在京逗留太久，然而汪直常乔装隐于人群，行踪难觅。朱见濂一面琢磨怎么拖延在京滞留的时间，一面寻了个法子混入宫中。他得见她，他必须见她，这声音在他心底迭起。在这样紧迫的时刻，花费心思入宫，不能说是一种明智的做法。但是他想，这不仅是因为惦念，也因为，或许能够从她那里，打听到汪直的消息……

这天午后，沈瓷得了空闲，在众画师外出采风时，独自留在画室内，描摹绘画。

窗户没有关紧，微风吹过花影，带着一阵奇异的香气灌入室内。沈瓷嗅了嗅，觉得好闻，在休憩的间歇，踱步到窗边深吸了一口。听到游廊上一阵脚步声渐近，再熟悉不过的节奏。沈瓷的心提了起来，然后，便看到了朱见濂。

沈瓷垂下眼睑，再睁开，那个人依然在，并不是幻觉，这才脚步轻飘飘地走过去。

“……小，小王爷？”她控制不住手心的颤抖，犹自不敢相信。

朱见濂点头，看着她的眼睛，清晰地说：“是我。”

她定住不动，没有问他是怎样找到了这里的。京城不是他的地盘，但她相信这对小王爷来说并不是难事。他总归是有办法的，不动声色，却心中有数。

“在宫中过得还好？”朱见濂问她。

“挺好。”

“事情多吗？”

“不多，挺清闲的。画师们外出采风去了，今日没什么人。”

朱见濂长腿迈入屋内，将画室的门掩上，看着她道：“那能否同我说几句话？”

沈瓷还如在梦中，轻轻点了点头。

两人便这样相对站着，四周安静无声，唯在门外有着窸窸窣窣的杂音。话语的开端，是最难的。沈瓷一直低垂着眼帘，朱见濂觉得若是自己不说话，她恐怕是不会开口了。

朱见濂的目光在画室里扫了一圈，找话题道：“还没问你，怎么突然就到了宫中？”

沈瓷晃了晃迷蒙的头，轻声答道：“我暂时出不了京城，也回不去景德镇。恰好有了机缘，便入了宫。”

朱见濂点点头：“我去景德镇找过你，知道你得到任务运瓷入京。瓷器损毁的事，不能怪你。”他停了停，又问，“听说你受了伤，现在怎样了？”

“劳烦小王爷惦记了，我很好。”

朱见濂轻舒了一口气，想了想，试探道：“你怎么还成了小宦官？”

沈瓷把话说得模糊：“大概是这样的打扮最易入宫。”

朱见濂见她只字不提汪直，低低笑了笑，也没追问，转而说起了自己：“还没告诉你，我是随父王述职，所以来到了京城。”

沈瓷下意识点头：“嗯，我知道。”

朱见濂一愣：“你知道？”

沈瓷声音平静：“我看见了，小王爷从奉天西门入宫的时候。”

朱见濂轻吸一口气，想起当时跪拜着的黑压压的一片宦官，还有自己莫名的驻足转身，问道：“你当时在场？”

“我在。”

“所以你早知道我来了京城？”

沈瓷觉察到他语气的波动，抬眼看了看他，声音低了几分：“是……”

小王爷滞了片刻后牵强一笑：“就没想过来见见我？”

沈瓷把头低得更深：“见不到，人太多了。而且，我担心小王爷没有时间……”

朱见濂沉默片刻，良久，才重新开口，声音却多了几分喑哑，慢慢地说：“怎么会没有时间呢……你来，怎样都有时间的。”

她身体一僵，这才缓缓抬起头，看着他的眼睛，那双幽深的眸子现下明泽动人，静静地闪着光。往昔两人淡然相处的画幅展开，她在他若有若无的庇护下，才得以安之若素。沈瓷觉得鼻子酸涩，发不出声，也动不了，生怕最细小的动作便会让眼泪控制不住流下来。如今又想起了这些，已是如此不合时宜……

沈瓷稳住混乱的心神，舔了舔有些发涩的唇，撑起笑道：“小王爷该是已经大婚了吧？没来得及祝贺，世子妃必定是精挑细选，贤良淑德。”

朱见濂摇头，凝起眉头看她：“今天我来，便是要告诉你两件事。第一件就是，我并没有什么世子妃，也没有婚约。”

沈瓷身体一震，不自觉侧过脸去，企图将自己的心虚隐藏，喉咙动了动，问道：“那第二件事呢？”

“第二件事，就是，”朱见濂停了一下，伸手捧住沈瓷的脸，轻轻扳了过来，让她直视着他，“我心里，一直是有你的。”

“……”

“从前没有看清晰，总是欺负你。后来终于懂得了，便是等你，寻你。从前说过一些言不由衷的话，伤害过你。你对我有怨言，我也能理解。可是……可是小瓷片儿，从我第一次在景德镇的瓷铺和你见面，你便留在我心里了。”

沈瓷思绪翻涌，听着小王爷娓娓道来，鼻子发酸，眼泪在眼眶中氤氲聚齐，几欲夺眶而出。从前他们日日在同一院落中，若有若无地靠近或远离，两人之间打着太极拳，你来我往，心意看不清晰。唯在分别之时，才有剖心相诉的一语，却又转瞬零落成泥。她是思念着他的，可时间奔腾而逝，这思念也不再如当初那般强烈蚀心，渐渐成了几瞬模糊的念头。

然而现在，小王爷就站在她面前，不容抗拒地把那份淡去的情愫再次翻出，竟依然在她心里掷地有声。只是如今还回得去吗？遗落了最恰到好处的机缘，他们都已不再是从前的模样……

小王爷看着沈瓷眼中无声垂下的泪，伸手替她擦去。他的手指温热，抚在她冰凉的面颊上，更惹得她柔肠百转。朱见濂心中其实并不那么笃定，他几乎可以确信，沈瓷之前所说的机缘，指的便是汪直。

他摸了摸她柔软的发，有股好闻的气息，他贪恋地嗅了嗅，音调缓然：“第一次去景德镇找你，就想同你说的。可时候不巧，你正在准备御器厂的终试。没想到你很快就离开了景德镇，来了京城，还出了事。我若是能早知道，若是早知道……也不会现在才来的。”

沈瓷只觉哽咽难言，努力调匀了气息，指甲在掌心掐出印子，隐隐作痛，过了一会儿，慢慢地松开来，声音发抖，千言万语，却也只轻唤了一句：“小王爷……”

朱见濂捧起她的脸：“跟我回江西吧。”

沈瓷抬起眼，舌头打结：“可是，可是我回不去。”她眼中黯然，迷惘道，“我运瓷不当的罪名还在，出不了京城，也不能被御器厂的人发现，否则……”

朱见濂打断她：“这些，都交给我来解决。”

沈瓷愣了愣，没往下接话。

朱见濂又说：“不会被御器厂的人发现的，因为你不需回景德镇，随我回淮王府便是。”

“然后躲在府中，不能出来？”

朱见濂笑笑：“当然不会。我知道你惦记着你爹的愿望，月瓷坊还给你留着。就同从前一样，不会有改变。”

沈瓷的身体微微一瑟，久久不说话。如今她是宫中宦官，受限不少，境况不见得就比回鄱阳更好。对小王爷的心思，自己早就觉察到了，纵然如今时过境迁，她心里依然有他，她其实，是想跟他走的。

可是以她如今的戴罪之身，就算跟小王爷离开，也有诸多限制，从此便是掩掩藏藏，声张不得。她可以忍耐受限的生活，但若是有更好的法子，她还是希望能够自由一些。

她用手背抹了抹脸上的泪痕，终于抬起头来看他：“小王爷，能……能不能再给我一些时间？”

“做什么？”

沈瓷抿抿唇，想起汪直之前对她的承诺。这人看起来是个说话算话的，之前在民窑做的瓷器已经被他收去，或许真的会呈给万贵妃。若是恰好侥幸得了万贵妃的喜爱，或许过去的罪行当真能够一笔勾销，她便可以不再过躲躲藏藏的生活。

沈瓷道：“我想在宫中多待一段时日，只是一小段。我在等一个重要的结果，希望小王爷能够多等我几日。若是临到淮王非走不可的时候，我的结果依然毫无音信……”她停了一下，望着他的眼睛说，“到那时候，我会跟您走。”

朱见濂悬着的一颗心落了下来，结结实实的，有说不出的熨帖和暖意。她或许还没从震动中清醒，也未说任何煽情的话语，可她心里是有他的。

只是朱见濂非常不希望她留在宫中，汪直是他心中极大的隐患，遂试探道：“我先接你出宫，你想要的结果，可以就在京城等，不必非要在宫中。”

沈瓷认真想了想，轻轻摇头：“如今在宫中的宦官身份，我还不能丢弃。只是再多几日而已，也不会受委屈，还请小王爷成全。”

她的声音温顺，却很坚定，她并不知朱见濂真正介意的其实是汪直这个人。朱见濂沉思了片刻，还是没有将实情告知。他最了解，沈瓷面上瞧着是逆来顺受，实际上比谁都倔。转念一想，自己在宫外还有诸多事情需要做，让沈瓷待在宫中，也不失为一件好事，终于轻轻点了点头。

“好，我会想办法推迟离京的时间。临走时，我来接你。”

沈瓷微不可闻地呼出一口气，方才紧绷的脊背塌下来，渐渐放松。抬起头，小王爷仍旧看着她，不知从什么时候起，他已绕过两人之间的画架，缓步到了她面前。那双深黑的眸子明亮如泽，更显出他的颀颀英气。沈瓷看着他的五官，别致俊朗的轮廓，刚才抚过她面颊的手还存有温度，这才恍恍惚惚确认方才并非梦境。

朱见濂伸出手，握住沈瓷的一双柔荑，两个人还有些生涩，都不太自然。沈瓷感到脸上烫得发慌，微微别过脸，朱见濂却不松手，反而用另一只手揽过沈瓷的肩，将她搂入怀中。

“这些日子，让你受苦了……”他说。

沈瓷的脸贴在他胸前的衣襟上，有一股温厚妥帖的力量。模糊的泪光中，唯听见他怦怦的心跳，撞击入耳。方才只顾着震惊和感喟，如今才识得心头甘苦。

她本想开口问，如今带她回去，该是何种身份。可话到嘴边，又觉得多余。面对小王爷，她还没有勇气想到什么就问什么。话语缩了回去，只是笑了笑，轻声道：“并没有受苦。”

朱见濂意识到她的少语，只当是她还未适应。低首，嘴唇轻轻碰了碰她的额头，更紧地握着她柔若无骨的小手，状似无意地提醒：“宫中宦者，诡计奸邪，你身在这样的群体之中，一定要多加提防。有些宦者状似正常，实则心理扭曲，背地里坏事没少做。既然你坚持要在宫中多待几日，便一定要保护好自己，切莫被伤了。”

沈瓷静静接受他在她额头的亲吻，也不回应，只在片刻后笑道：“小王爷莫担心，我身在画院，担着闲散职位，周围没有那么多诡计多端的人。”

朱见濂看着她，目光凝重：“不光是画院的人，还有宫里别处的。或许对方只是想利用你，不要太轻信。”

沈瓷一愣，脑中浮现出汪直的影子，再看小王爷深锁的眉目，心中有一道模糊的念头闪过，闪得太快了，她没能抓住，只在心中留下一味怅然，点了点头道：“多谢小王爷，我记住了。”

“别再同我说谢。”他的左手依然在她手上，右手将她的身体拢了拢，让她离自己更近，“原本父王决定三日后离开，我会多争取几日时间，但愿那时，你已等到想要的结果。”

那多争取的几日，不仅是为了答应沈瓷的事，更因为，他还有自己的计划尚未完成。

沈瓷张口，还想道谢，硬生生憋了回去，只轻答了一个“好”字。

一阵风吹过，刮得窗子砰砰作响。门外响起匆匆的脚步声，继而有人催促道：“快点儿，快点儿，画师们马上回来了，赶紧收拾一下。”

朱见濂看向沈瓷：“我是无诏入宫，不宜被发现。这里人多，我得走了。”

沈瓷的神经紧了紧，才相见不久便是分别，下意识攥紧他的袖子，端详着他的脸，贪婪地想要再多看看。纵然已不复从前的熟稔，可心意还在，留恋还在，踌躇着还有几句话想说。

门外的脚步声越来越密集，随时都有推门而入的可能。朱见濂最后抱了抱沈瓷，将她小小的身体融在自己怀中，只是片刻，便又分开，在她耳边低声道：“等着我，等我来接你。”

他说完便离开了，唯留下沈瓷一个人在画室。她静了一会儿，走到画架前，拾起笔面对着眼前这幅半成品，可是手悬在空中半晌，也无法下笔，便这样举着手臂，良久也没有动作，百感交集。

朱见濂从宫中出来，与守在外面的马宁会合后，朝住处行去。

他一面走，一边琢磨着如何拖延离京的时间，问马宁道：“从前若有藩王滞留在京，是依着什么理由？”

“藩王不比旁人自由，理论上讲，不允许在京城待太久，述职后应尽快回到封地。但事无绝对，属下查过，从前曾有一位藩王，因与皇上情意深重，特准留京半年。此外，若是遇上不可抗的缘由，例如流感、灾荒或不宜奔波的病症，也许能被特许留京。”

朱见濂手撑着头，闭上眼思索。他拿不准“妖狐夜出”什么时候还会再发生一次，如有必要，他不排除自己会特意编一出戏，引汪直亮出行踪。

可眼下的当务之急，是如何延长留京的时间。朱见濂在心里快速将几种方法都过滤了一遍，正想着，马车突然被人拦下，是淮王身边的一名侍婢。

“世子。”那侍婢欠身行礼，抬起头来时，显而易见的神色慌乱，连声音都在颤抖，“王爷……王爷今日在驿站突遇行刺，身中数剑。”

“什么？”朱见濂大为震惊，“何人所刺？竟然在京城胡作非为。”

“这……奴婢一介仆从，只知道刺客被当场斩杀，其余什么都不了解，世子还是去问王爷吧。”

朱见濂想想也是如此，语气缓和了些：“父王现在怎么样了？”

“已在医馆处理过了，现在回了驿站休息，并无性命之忧。只是伤口较深，伤及经脉，不宜奔波劳累。离京的日子，恐怕要同皇上申请延缓两月了。”

朱见濂不禁重复：“两个月？”

侍婢神色惊惶，低声道：“医师说，伤筋动骨一百天。王爷休养两个月，虽然不足养好，但已能上路。”她又福了福身，道，“王爷派我来，便是请世子快些回去，他有事同您交代。”

“事不宜迟，走吧。”朱见濂连马车都没乘，直接跨上马背，朝驿站奔去。他心中隐隐涌动着不安，自己刚琢磨着怎么拖延时间，父王便遇到了刺客，恰巧为他的滞留制造了理由。这事来得太巧，又气势汹汹，背后似有一双手在操控。可是，这双手的主人会是谁呢？

朱见濂赶回驿站，衣裳都没来得及换，便立刻面见淮王。

淮王仰面躺在床榻上，腰部和大腿都动弹不得，听见朱见濂推门的声响，慢慢把头转过来看他，声音不复往常的威严浑厚，如同飘浮在空中，问道：“上哪儿去了？”

“随便出去逛了逛。”

淮王咳嗽了两声，反问道：“出去逛逛还要特意甩掉我派的护卫？”

“您知道我不喜欢有人跟着。”朱见濂走得离淮王近了两步，清楚地看到他发白的嘴唇，心底不禁抽了抽，语气转为担忧，“父王现在感觉如何？”

淮王盯着他，眼神不放松丝毫：“只要你不在京城给我惹出事来，我就挺好。”

朱见濂笑道：“我能有什么事可惹？一切尽在父王的掌握中。”

“我知道你悄悄入了宫。”淮王道。

朱见濂背脊一僵，面上仍是平静。

“你可知，藩王世子，无诏入宫，会惹上什么罪？”淮王仰躺着，用尽全身气力，厉声斥责，“为了一个女人，你想惹得皇上猜忌，把整个淮王府都搭进去吗？”

听闻此言，朱见濂反倒暗暗松了一口气，淮王并未以为他入宫有其他图谋，便算是幸事。他面带悔意，皱眉颔首道：“孩儿知错了，这等错误，今后必定不会再犯。”

淮王微眯起眼睛打量他半晌，终是叹息：“罢了，你本也不是荒唐的人，注意掂量好分寸。如今本王被刺客所伤，暂时不宜行动，这几个月事情都需你料理，担子重，可别出了岔子。”

朱见濂目光不由得一跳，低声问道：“不知父王是被何人所伤，可有抓到刺客？”

淮王闻言，疲倦地闭上了眼睛，良久，才慢慢开口：“你还记得三年前在景德镇的行刺吗？”

朱见濂喉头一哽：“自然记得。”

“当时我还怀疑，此事到底是不是汪直所为，现在看来，的确是了。”

朱见濂面目变色：“此话怎讲？”

淮王忆及今日行刺之事，顿时神思恍惚，剑刺的痛感再次袭来，按住起伏的胸口道：“行刺之人被当场斩杀，从他身上，翻出了西厂密卫的腰牌。”

朱见濂身形一滞，一字一句清晰地问：“您的意思是，刺客是汪直派来的？”

淮王慢慢点了点头。

朱见濂眉头一皱：“为什么？”

“我也不知。”淮王在心里叹息一声，觉得憋屈，还没法声张。西厂行事，皇权特许，他又如何知道这次刺杀到底是不是皇上的主意？可无论是不是皇上的命令，他都认准了汪直。

仇怨从五年前夏莲死时便结下了。恨已根深蒂固，原本的摇摆不定也在恨意中演化为斩钉截铁。若是没有三年前景德镇一事，他或许还会对刺客的身份再多些怀疑，可事已至此，新仇旧恨加起来，便是积重难返。

朱见濂问：“那三年前景德镇刺杀一事，父王已确定是汪直？”

淮王笃定道：“本王找人探过，那时汪直恰好在宫外，确实有行刺的时间，又有护卫看到了他的容貌。现在，再加上今日行刺一事，足够令本王相信三年前的事亦是汪直所指使。只是不知，他为何一而再，再而三地为难本王。”

淮王提及容貌之时，朱见濂不禁凝目深思，霎时想起了杨福那张同汪直一模一样的脸，静静想了一阵，视线扫过淮王身上的伤处，方缓缓道：“恕儿臣直言，看父王这一次受伤的情形，刺客似乎并未下死手，伤处虽多，却都不致命。对于西厂密卫而言，若真的要杀人，不至于有这样的疏忽。”

淮王怔怔问：“你的意思是……”

朱见濂垂目道：“我觉得此事还有些蹊跷，应当彻查，将前因后果弄清楚。”

淮王深深看他一眼，良久，才慢慢吐出一句话：“可以，但务必暗中进行，莫将事情闹大。”

朱见濂“嗯”了一声，退出了淮王的房间。他面无表情地行在回廊，心中的疑团越扩越大，原本的计划莫名其妙变得复杂起来。那双无形的手，到底是有意帮他，还是，另有所图？

第九章

得失荣枯

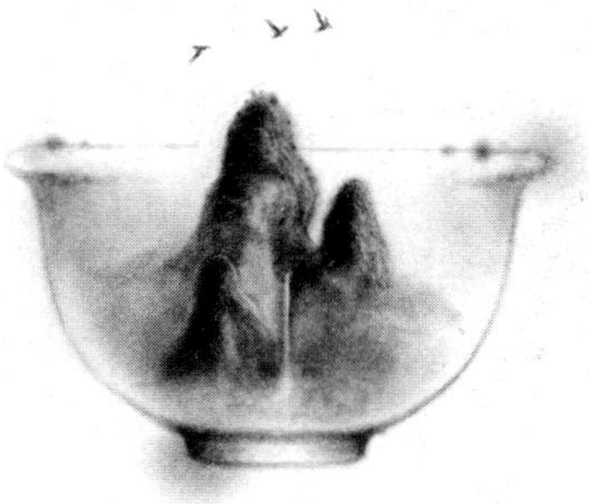

夜色初起，宫灯尽点。寂寂宫墙之中，唯有暗黄的光晕随风晃动，映出飘忽不定的影子。

天空已暗，汪直刚从宫外赶回。他接连奔波数日，纵然平素再精神，也终归有些疲累。方要踏入自己的居处，突然从旁侧闪出一道人影，跪在汪直面前。

汪直认出这是自己指派在沈瓷身边的暗卫，狭长的凤眼微微眯起："怎么了？"

"汪大人让我暗中照顾沈公公，不过今日，遇到了突发情况，需向您请示。"

昏暗中，汪直俊美而诡异的五官多了几分凝重的味道："说。"

"今日，画院的画师们都外出采风，午后唯有沈公公独自一人在画室。原本一切无恙，可突然出现了一名男子，并非画院中人，他先是隔着窗户同沈公公对话，不久便进了画室，两个人在里面待了约有一炷香的时间，那男子才偷偷离开。"

汪直陡然升起一股不祥的预感："是谁？"

"……小的跟着他出了宫，那男子在宫外有人接应，然后便快马加鞭，回到了……淮王下榻的驿站。"

汪直只觉肩膀一硬，身体好似僵住了："他在画室中同沈公公说了什么？"

"声音很小，听不清。但我透过缝隙朝里看，恰看见此人抱住了沈公公，还，还在沈公公额头上亲了亲……"那人吞了吞口水，犹豫道，"其实，宫中有龙阳之癖，并不罕见。属下的职责本是保护沈公公，也不知此事该不该禀报，无从定夺之下，只能同您请示，如果……”

“闭嘴。”汪直打断他，双手负立，闭上双眼。

遣走了那人，汪直静静地在原地站了良久。他长身玉立，下巴微扬，依旧是往日傲然的姿态。可是一阵风吹到颈背上，竟觉出些许冷意。瑟瑟的寒风如刀锋划过，掀动他白色的衣裾，如有惶然，如有失意。

汪直平静下心绪，正要跨入居处，眼角瞥见沈瓷房中的灯还亮着，不由得掉转方向，信步走了进去。

沈瓷好几日不见他，只知道他正忙着查妖狐夜出的案子，其余一概不了解。汪直也没空儿寻她，此时进来，瞧着她还穿着一身宦官服饰，静静坐在桌前，看着面前一盏幽暗的烛火，怔怔不动，连他入室都没有觉察。

汪直挑挑眉，故意嚣张地咳嗽了两声。

沈瓷身体一颤，平日里她的住处无人擅入，下意识以为是小王爷又来寻她。睁大眼睛回头，瞧见是汪直，不由得吐出一口气。

汪直径直走到她对面，不客气地拉过椅子便坐下：“想什么呢？天这么冷，怎么也不拢个炭火烤烤？”

“没觉着冷。”沈瓷抬眼看看汪直，问，“你是习武之人，不应该受不了这天气啊？”

汪直回眸看向沈瓷，心想，她不冷，恐怕因为心是暖的。这个念头刚一浮出，便想到方才属下同他说的话。沈瓷同淮王世子的关系，汪直早有揣测，可此时揭出，仍觉心头难耐。他的手在空中挥了挥，似要挥去烦躁的思绪，开口道：“我有说自己受不了吗？不过方才在外听见几个宫婢说冷，便多问了你一句。”

沈瓷轻笑：“那就谢您关怀了。”

汪直笑笑，状似无意地问道：“今天做什么了？可有什么好玩的事同我讲讲解解闷？”

“画院能有什么事，每天都一样，不怎么新鲜。”沈瓷淡淡说着，没提朱见濂。

汪直胸口一滞，却朗朗笑了两声：“想来也是。”

“妖狐夜出的案子查得如何了？”

“还没有我解不了的案子，总会有水落石出的一日。”

沈瓷赞同地点点头：“我也相信。”

她说完，目光又落在面前的红烛上，她一面想着今日朱见濂同她说的一字一句，一面琢磨着如何尽快得知万贵妃的态度。稍一恍神，便又分了心。

晚风轻漾，烛光便如水波粼粼晃动，映出沈瓷白皙的脸庞。汪直见她发鬓微松，宦官的帽子有些歪，想要提醒她扶正，却发现沈瓷双目瞪视前方，竟又是出了神，一副心不在焉的模样。

汪直被她的心不在焉惹得意兴阑珊，真觉天气有些冷了，鼻子一痒，没控制住，打了个响亮的喷嚏。

沈瓷被这一声惊醒，屏去方才的迷惘，恢复常态，关切道："生病了吗？"

汪直望着幽光中她柔软的轮廓，连日的奔波疲累陡然卸下。他再是精力旺盛，也终归有觉得累的时候。不光身体累，心也累。他统管西厂，京城之事无一不晓，却是忽略了身边这个人。可这并不是他的失误，归根到底，他其实压根儿不想知道她的过去。他有一种孤立般的骄傲，只要她能够以如今的身份伴他左右，他不愿计较她过去经历的种种。可是如今，他发现她的过去已横亘在眼前，而他，并不能置喙任何。

"没生病。"汪直抚了抚额，语气软了下来，身体靠在椅背上，"大抵最近太过忙碌，有些失神了。"

沈瓷从未看过汪直这副神态，以往，他总是精神饱满，风流自成。那袭本将他衬得俊美挺拔的白衣，此刻有些病恹恹的味道。可没过一会儿，汪直便又重新整理好精神，仿佛方才的疲累只是幻觉，说道："上次从民窑取回了你的瓷器，我都命人收着的。明日我得空儿了，会去看看万贵妃，顺便把你做的瓷器也带去。"

沈瓷方才正想着这事，如今就被汪直提出，顿觉意外："明日就去？"

汪直敛着目光："怎么，你不愿意？"

"不是的，是太惊喜。"沈瓷连忙否认，站起身来，敛衽为礼，笑道："若是没了您，真不知如今我该是何等处境。汪大人的恩情，沈瓷没齿难忘。"

"没齿难忘……"汪直低低地将这四个字重复了一遍，嘴角不动声色地勾起一丝笑意，只轻描淡写道，"不必在意，小事一桩。"

他说的是轻描淡写的话语，端的是张狂自信的姿态，心里却有一个地方一点儿一点儿垮了下去。时辰不早了，他亦不再多语，又随意寒暄了两句，便从沈瓷的居处离开。

檐下宫灯，随风而动，他怔怔地站了一会儿，看着烛火摇摆久了，即便闭上眼睛，也能感觉到有几团昏黄的光晃来晃去。抬起头，在宫灯照耀不到的地方，黑暗深沉得如同胶着了一般。冬日的夜色，已是到了深处。

翌日，细雨霏霏。汪直命属下带着沈瓷制作的几件精巧瓷器，前去拜见万贵妃。

马车上，他自己先将瓷器把玩了一番，忆及他初次去那座民窑找沈瓷时，也是这样细雨迷蒙的天气。她隐在雨帘后，纤细瘦削的身形如同弱柳扶风，面上的神情却是认真专注，一丝懈怠也无。他清楚地记得，她画的是万壑松风，在她笔下，这松是柔弱细瘦的，沾了女子气，却吹不弯腰。他看看她的画，再看看她，发现冷风已把她的小脸冻得泛红，可配上一身干练装束，竟在纤细柔弱中存了几分倔强的英气。

他如今回忆，觉得自己大抵便是在那时候，对她有了不同的眼光。

马车停下，汪直跳了下去，不需人通传，便迈入殿中。万贵妃本若有所思地翻着书，余光瞥见汪直来了，也没抬头，只低声道：“来了？”

“娘娘。”汪直道，“之前几日一直在宫外，昨夜刚回宫，见时辰已晚，便等到今晨才来叨扰娘娘。”

万贵妃慢慢将书翻过一页，还倚在榻上，一双丹凤眼抬起，在汪直身上转了一圈：“瘦了。累的？”

“也不累，只是宫外饮食不好。”

万贵妃试着撑起身子，汪直上前扶起，待万贵妃坐稳，才松开手，听她道：“本宫听皇上说过了，妖狐夜出的事，在民间影响不小，又难有头绪，辛苦你了。”她微微一笑，又道，“东厂的尚铭近日又撺掇人弹劾了你几本，都被皇上压了下来，你且安心做事便可。”

汪直直言不讳：“我并不觉得自己做错了什么，弹劾也不关我的事。”

万贵妃捂嘴低笑，看着汪直，像看一个不懂人情世故的孩子，道：“我就喜欢你这直朗的性子。”她的心情被汪直一句话说得清朗了些，目光往后一看，瞧见汪直的随从手中捧着一个精致的木盒，用手指了指，问，“那是什么？”

此问正中汪直下怀，他理了理心绪，对万贵妃笑道：“之前得知，娘娘您最喜玩赏瓷器。我最近无意间搜罗了一套可心的瓷器，觉得图样纹饰甚是精致新颖，便特意带来献给娘娘。”

“也就你最有心。”万贵妃笑意更浓，眉梢眼角都染上些喜色，下巴朝木盒抬了抬，“呈上来，我看看。”

汪直冲身后随从扬了扬眉，那人便将木盒递呈上来，汪直接过，在万贵妃面前打开，里面正是沈瓷在民窑制出的瓷器。汪直专门挑选了几件万贵妃偏爱的器形纹饰，以投其所好。

白色胎质，如冰似玉。细腻温润，浅酌低唱。图案有青花，亦有彩绘，两种都是万贵妃的偏爱。她不爱看纯色的瓷器，嗜好艳而不俗、华而不媚的笔触。因而虽对彩色情有独钟，又不喜过于张扬的描绘。

当今瓷业，仍以单色釉下彩为主，五彩的瓷器并不多见。而沈瓷所绘的彩瓷，釉色淡而清雅，含蓄细腻，更有女子特质。

“是我想要的感觉，清新娇美，又不失意趣。”万贵妃抬眼看向汪直，“这套瓷器的画风相似，是一人所制？”

“是。”

万贵妃指如春葱，轻轻抚了抚光洁的瓷面，笑问：“是民间寻来的工匠？”

汪直摇头：“不，是一个宫中宦官。”

“宦官？”万贵妃来了兴致，“宦官也有会制瓷的？”

汪直含糊答道：“这人刚入宫不久。”

“原来如此。”万贵妃恍然，想必此人是近日才净了身，充入宫中，不过转念一想，又问道，“宫中没有瓷窑，既然宦者入了宫，又是在哪里制的瓷？”

问及此处，汪直也懒得再避讳，道：“这小宦官已被我收入西厂，瓷器是她入宫前做的，成品是我准许她出宫取的。”

万贵妃笑了，毫不介意他的坦白之言：“原来是西厂的人啊，怪不得。”她这句“怪不得”说得纵容，舒舒服服地靠在坐榻的软垫上，向汪直淡淡一笑，“本宫觉得这套瓷器做得不错，挺喜欢。至于怎么奖励你的下属，你看着办吧。你也知道，但凡你看中的人，想要他去做什么，本宫和皇上大多都是支持的。”

汪直展颐，傲然的表象褪去，现出孩子般的率性清朗，微笑道：“皇上和娘娘待我最宽厚。”

万贵妃垂首再看了看手中的瓷器，愈发觉得符合心意，再开口道：“这人虽是宦官，但有这么一手制瓷的好手艺，也别荒废了。每季度御器厂送来的那些瓷器，也不见得就比这人做的更合我的心意。唉，你也知道，本宫最喜精巧秀丽的瓷器，看见了便释不了手，过段时间，再给本宫送一套这人做的瓷器来。”

听这话，便知万贵妃是真的喜欢了。汪直颔首应承，既为沈瓷感到高兴，又蓦然生出一种迫近而易逝的失落感。

万贵妃担心汪直性情直率，不懂得收拢人心，还特意提醒道：“那宦官若有什么想要的东西，别太过分的，你可做主先赏给他。”

汪直一怔，他再清楚不过，沈瓷最想要的，便是将皇上之前亲口下的谕旨免去，从而让她光明正大地回到御器厂。可那样一来，她很快便会从他的身边离开。两个人从见面到相处的日子还不长，他并不希望她走，更不希望她走得干脆且毫无留恋。

于是他下意识道：“我之前恰好问过，她并没有什么特别想要的。娘娘既然发了话，让她莫浪费了才能，不如就赏些银两，允她自己制瓷，也不至于没有成本购置原料。”

万贵妃顺应点头道：“你说了便是。你西厂的人，自然交给你来安排。”

汪直点点头，因方才的话语略觉忐忑，但很快，他的骄傲就将这份忐忑压了下去。

汪直离开万贵妃的宫殿，先去了工部画院。

沈瓷想到汪直今日要去见万贵妃，整个早晨都有些心绪不宁。她尽力平息心情，还是忍不住揣测联想。眼下时间紧迫，要在小王爷离京之前撤去罪名，实在不易。

沈瓷与汪直向来都以朋友的身份相交，她虽早听过汪直大名，却还没意识到他在皇上和万贵妃身边的地位。因而虽然抱有希望，却并不浓厚。

汪直差人将沈瓷从画室叫了出来，沈瓷一迈出门槛，瞧见是汪直的马车，踩着碎步便跑过来，开口第一句便问：“怎么样？”

汪直睨了她一眼：“这么着急，不像你啊。”

沈瓷仍不收敛神色：“你知道我尤为在意此事，我也不用在你面前隐瞒什么，哪还需要冷静。”

她这话令汪直感到些许熨帖，狭长的眼笑得眯起来：“贵妃娘娘很喜欢。”

沈瓷仍未放松：“那……娘娘还说了什么？”

汪直微微侧过脸，不去看她：“娘娘说，让你莫荒废了制瓷的手艺，近日再给她送一套你做的瓷器过去。娘娘赏赐了你一些银两，足够你的制瓷成本了。”

没有提及免罪之事。沈瓷紧绷的身体渐渐松懈下来，并没有哀怨，亦觉得如此结果理所应当，只是眼神之中，忍不住透出几许失落。

汪直觉察到她的失落，拍了拍她的肩道：“上次你制瓷时条件受限，这次有了娘娘口谕，必定能做得更好。届时再获自由之身，更有把握。”

沈瓷认真地看着汪直，点点头，又摇了摇头，犹豫半晌，终于道：“可是……我的时间不多了。”

汪直一听便知道沈瓷要说什么了，心底狠狠抽痛了一下。他的眉宇皱成一团，缄口沉默。

沈瓷只当汪直还什么都不知道，娓娓继续道：“我留在京城的时间不多了，再过不了多久，我得回江西去。”

她顿了顿，等着汪直发问，可那人别过脸，只留给她一个俊美的侧颜，什么话都没说。她是要走的，终究是要走的，之前的揣测成了真，一语成谶。

沈瓷敏锐地觉察出他的不悦，动了动喉咙，在一片僵硬的沉默中，生涩地解释道：“并不是宫中不好，只是我一个姑娘，以宦官身份待在宫里，终究不是长久之计。但是您待我的恩情，沈瓷铭记在心。从在江上遇见劫匪到现在，我心中，心中一直感念着您……”

沈瓷说到此处，生出难以言喻的怅惘。她的心默默下沉，又轻吸一口气，重新提了起来，展开笑脸对汪直道：“还不知道什么时候走呢，应该还有一阵……我没忍住，同您说得早了。”

汪直终于忍不住转头看她，字字句句用了力：“你要走，守城的护卫见到你怎么办？你不怕被抓回受刑吗？五十大板可少不了的。”

沈瓷咬咬唇，想到小王爷那句“这些，我都会安排好的”，渐渐放松下来，闭上眼回应道：“有办法避免被抓的，我会小心。”

她自始至终，没有同汪直提及朱见濂的任何事情。

于她而言，淮王世子毕竟是未来的藩王，朝廷也许派了人盯梢，她不想贸然给双方惹麻烦。但这在汪直听来，更觉心头钝痛。他本来还想多说几句，最终也只是握了握拳，眉毛挑起，侧过脸道：“随你。”

青灰的天色下，他白衣翩然，落拓成风。周遭安静，他的手不自觉抚上剑鞘，眼角轻轻挑起，似被激起了欲念的剑客，伴着低低呜咽的风鸣，却全然不知该以哪招哪式出手。

沈瓷当天下午就被汪直安排去了一座有官方背景的民窑，没有走漏任何风声。

这座民窑既然有官方背景，自然追求华贵的精品。虽然无法与景德镇御器厂相比，但因着官势与地势，与宫廷也有合作，在京城还算有一席之地。

汪直与开设瓷窑的官员相识，三言两语便将万贵妃的话交代了，特许沈瓷自由发挥，并不多加拘束。只是瓷窑有瓷窑的规矩，以三日为期，封闭工作五日，再休假两日。如今正是工期的第一日，还望她能够配合瓷窑的时间。沈瓷犹豫片刻，同意了。

她的犹豫是因为小王爷。

她离宫匆忙，并未知会小王爷，也不知如何才能与他取得联系。之前以为自己会一直在画院待到离京，没想到汪直随随便便在万贵妃面前一说，自己便到了这儿。别的一切都好，只是小王爷还能找得到她吗？

她仔细想了想，觉得小王爷连宫中都能寻得，如今在宫外，应当更容易才是。只要去画院一问，便知她已离开。

“汪大人，想麻烦您一件事。”沈瓷在京中并无旧友，唯有托付汪直，“我走得匆忙，没来得及同画院的人留下口信。若是有人到宫中寻我，可否将我如今的去处告知对方？”

汪直觉得自己应该假装不知地问一句“谁会来画院找你”，可他到底是个直率性子，问不出这等假话，又无从指摘，只得皱着眉头“嗯哼”了一声。

沈瓷没明白他的立场，迟疑道：“嗯哼，是什么意思？”

汪直姿态未变：“自己体会。”

沈瓷苦笑：“我体会不到啊。”

汪直被她堵了一记：“再体会。”

“那是……同意了？”

“嗯哼。”

沈瓷愣了片刻后笑笑：“那我便当您是同意了啊。”

汪直还是没说话。

不是故意不说，只是实在不知，这样的境况下，自己还能说些什么。

沈瓷抬起头：“汪大人您不开心啊？”

汪直一口咬定："没，没不开心。"

沈瓷轻笑："谁敢惹您不开心？"

汪直心里嘀咕，就是你惹的。面上还傲得很，挑眉看她："哎，你怎么问这么多？"

"我问得多，是因为您什么都不说。"沈瓷如今很是信任汪直，既然有事托付他，也不能全盘瞒着，遂问道："您方才就不问问，什么人会来宫中寻我？"

沈瓷想说，汪直偏偏不想听，不愿她将她同淮王世子的关系清楚地摆在他的面前。他一个台阶都没给她，低声道："我懒得知道。"他说完觉得不太对劲，又补上了一句，"我想知道的话，自然会知道。"

沈瓷原本愣着，又被他补充的这一句逗笑了，配合道："是，您什么都能知道。"

"就是。"汪直按下方才心底的无措，眼角挑起，细长的眉目又恢复往日风流，"你虽然到了这里，不过还是老样子，遇见什么事就同我说，汪哥哥帮你。"

"哈哈，汪哥哥……"沈瓷掩不住笑，配合着他大言不惭的嚣张气势，轻轻福了福身，眼睫弯弯，"那沈瓷却之不恭，就此谢谢汪哥哥了。"

气氛回暖，两人你来我往又说了几句，正在兴致高处，忽见一名宦官匆匆赶来，走到汪直近处方停下，请安道："汪大人，皇上命您速速回宫，有要事商议，不得耽误。"

自从朱见濂那日同卫朝夕说有了沈瓷的线索后，卫朝夕每日都要到他这儿来探一探消息。

刚开始的时候，朱见濂并不愿说，想将沈瓷带回来后再告诉她。但卫朝夕坚持不懈连问了多日后，朱见濂也不再隐瞒，告诉她道："沈瓷虽然已经找到，但你见不了她，因为她在宫中。"

"什么？宫里？"卫朝夕睁大眼睛，话都说不清楚，"阿瓷她、她、她，被皇上看上了？"

朱见濂皱眉，全然弄不懂这姑娘的脑回路："什么跟什么啊？"

"宫里的女人，不都是皇上的女人吗？"卫朝夕手比画着，突然灵光一闪，击掌道，"啊！我明白了，皇上下令阿瓷不许回御器厂，还拿五十大板恐吓她。

看似惩罚，实则强留，阿瓷现在是不是已经成了宫中娘娘？”

朱见濂扁着嘴，一脸无奈地看着她。

卫朝夕的眼睛滴溜溜地转，问出了她最关心的问题：“皇上长得怎么样，好看不好看？要是样貌太丑了，就算是九五之尊我也不愿意。”

“这怎么又跟你有关系了？”

“这都不懂，我这是为阿瓷设身处地着想呢。”卫朝夕已然陷入想象中不可自拔，手托着腮帮子，忽而挺直了腰杆，摆了摆手，“哎，不行不行，长得好看也不行。”

“又怎么了？”

卫朝夕凝重道：“你想啊，万贵妃十余年恩宠不衰，又是跋扈之人，我听说啊……”她压低了声音，故作神秘道，“听说，她下令杀了不少嫔妃皇子，皇上都不怪罪。不仅如此，但凡皇上看上的女人，她都会竭力斩草除根，以绝后患。”说到这里，卫朝夕倒吸一口凉气，“阿瓷现在，会不会已经被万贵妃盯上，准备杀人灭口了？”

朱见濂嘴角抽了抽：“姑娘，你想得太多了。她没被皇上看上，连皇上的面都没见着。等再过些日子，我就会把她接出来。”

他话音落下，心却被卫朝夕的言语突然点醒了。当初万贵妃与夏莲无冤无仇，为何会下令杀她？思来想去，只有一种可能，便是皇上看上了夏莲……

他想到此处，面上如同蒙上一层霜雪，寒气骇人。卫朝夕顿觉背脊有点儿冷，眨巴着眼睛，不解地看着朱见濂，一边看还一边在心里想：还是我的杨福好，脸俊面憨又举止神秘，就算藏着心事，也有股好闻的厚实劲儿。

卫朝夕正想着，突然门外传来一阵急促的脚步声，护卫匆匆赶来，在门外叩首道：“世子，有要事禀报。”

朱见濂从沉思中抬首，示意卫朝夕退下。卫朝夕扭扭脖子，觉得有些僵，慢吞吞地告退离开，刚走出去，便听到身后护卫不大不小的声音，颤抖不止：“禀世子，沈姑娘……从宫中消失了。”

卫朝夕顿住脚步，听见朱见濂猛一拍案，斥道：“怎么回事？”

“昨日午后，汪直去见了沈姑娘一面，将她接走，不多时便出了宫。他武功很高，似乎意识到了有人跟着，将我等甩开。再后来，就不见两人了，守了一整天，最后却只发现汪直独自策马回了宫，直奔皇上寝殿……而沈姑娘，不见踪迹……”

朱见濂拳头攥紧，良久，慢慢从牙关里逼出两个字：“汪直！”

另一端，汪直得了诏命，马不停蹄地赶回宫中，直奔皇上寝殿而去。

好不容易到了目的地，他整肃仪容，待人通传后迈入殿内。皇上正抓着一份奏折，见了他，面色不由得一凝，招他到了近前，问道：“昨日淮王在京城受伤一事，你可知道？”

汪直点点头：“知道。”

皇上毫不迂回，直言又问：“那你可知，刺杀淮王的人，身上带着西厂密卫的令牌？”

汪直愣了一瞬：“不知。”

皇上对汪直的话并没有怀疑，却明显不满：“最近你是不是分心太多，怎么连这都不知？”

汪直头顶着皇上的森严发问，知晓自己最近心绪不宁，确有影响，垂首道：“是臣的疏忽。”

皇上看了看他，到底还是没追问下去：“罢了罢了，朕也知道，妖狐夜出的案子，线索少，周期长，的确消耗了你不少心力。不过刺杀淮王是大事，就算淮王想掩盖，不代表你就能忽略。更何况这事查出来居然牵扯到西厂，连你都不知，东厂又是如何得知的？”

汪直皱起眉头：“东厂？尚铭？”

“对，虽然淮王并未声张，但尚铭在今日午时向我禀报，说已查明死去的刺客确实是西厂的密卫，且人证物证俱在。”

汪直蹙眉更深：“我没有派人刺杀过淮王。”

皇上无奈地瞥了他一眼，叹气道：“把控好你的人，别弄些来路不明的人到西厂。”

汪直反驳道：“不一定是我的人来路不明，也可能是东厂偷了块令牌，易容栽赃陷害。”

皇上这才将手中捏了许久的奏折放下，挥手道：“无论如何，所幸这次淮王并无大碍，他为人谨小慎微，大抵担心是我派西厂下的手，也不愿多追究，是个畏上的，多安抚安抚便是。”

汪直想到五年前夏莲被杀之事，淮王明明知道真相，还选择忍气吞声，亦对皇上所言表示赞同。

皇上略略移袖，掀开旁侧火炉上的铜壶盖子，在氤氲的白气间看了汪直一眼："我已批准淮王安生休养，两个月后再离京。这事虽然没起什么风波，但你得盯紧了，找出幕后之人，就从东厂开始找。还有，"他停了停，又道，"淮王受伤了，你替我传令，把淮王世子请进宫，该安慰该压惊的，还是得做。"

汪直凝目不动，半晌，方慢慢开口道："好。"

风轻云淡，雨霁天晴。朱见濂得到皇上的传讯时，磅礴的大雨刚停。地上的枯枝败叶淋得透湿，几只黑鸦乱鸣着，斜斜地掠天而去。

"淮王世子，皇上邀您进宫一叙。"来禀的宦官揖手为礼，清晰说道。

朱见濂瞥了身旁的马宁一眼，马宁会意，贴近朱见濂的身边，耳语道："汪直还未出宫。"

朱见濂点头，眸中如同黑漆一点，吩咐道："备马车，入宫。"

在朱见濂还没来的当口，皇上带汪直去他的藏瓷阁，观赏他收藏的一批瓷器。众臣皆知，皇上不喜政务，最爱的便是琴棋书画诗酒瓷这些，因此放权于宦官，就连万贵妃偶有参政，亦是睁一只眼闭一只眼。

眼下，皇上带着汪直去了他收藏瓷器的殿宇，汪直同皇上转悠了一会儿，又随性谈了谈自己的喜恶，突然间"咦"了一声，指着前方不远处的一件绿、黄、紫三色融在一起的瓷器问道："咦，这不是之前御器厂送来的那批素三彩瓷吗？我记得精品基本全碎了，原来还有保存良好的啊。"

皇上摆摆手，待走到近前，才指了指这件黄地紫绿龙纹碗的边角："你看，这里有一道裂痕，是我后来差人补上的，并不完好。"

汪直看着这釉面莹滑的瓷器，脑中便浮现起沈瓷的面容，克制不住地联想。他凑近再看了看瓷上裂痕，状似无意道："既然皇上如此喜欢，当时何必重罚运瓷的御器师呢？听说，那位御器师，正是素三彩创意的提出者。"

皇上闻言一愣："这么巧？"

"微臣也是事后才听说。"

"那倒是可惜了。当时朕实在气急，想给御器厂一个教训，后来不经意从碎瓷中瞥见了这件，实在觉得新鲜漂亮，加之裂缝修补后并不明显，便收藏起来。"皇上叹息一声，想了想，看向汪直，"讲到这儿，听说你给万贵妃送了一套瓷器过去，她很是喜欢。这套瓷器是谁做的来着？哦，对，说是一个西厂的小宦官。万贵妃玩赏过许多瓷器，遇见喜欢的不容易，你得派人多关照关照那人，只要贵妃娘娘高兴，什么都好说。”

汪直哪会派人去关照，直接自己关照便是。他听皇上提起沈瓷，兴致亦高，笑了笑，话语便敞开了，说道：“说来也巧，这小宦官名为沈瓷，恰好便是瓷器的‘瓷’字。名中有瓷，手中制瓷，怎样都同瓷脱不开干系。”

皇上闻言颇觉有趣：“名字倒是挺好记的，与瓷有缘。不错。”

汪直也不懂得避嫌，顺口就接下：“臣也觉得此人甚好。”

皇上笑眯眯地看着他：“你喜欢这人啊？”没等汪直回答，便道，“以后有机会，朕可以瞧瞧。”

皇上所谓的瞧瞧，便是要有所嘉奖了。但凡汪直看中的人，多多少少都有所升迁，不足为奇。汪直也不跟皇上客气，点点头，半分推辞也无。

又是一番玩赏后，皇上与汪直方步出藏瓷阁，便听门外宦官禀报：“皇上，淮王世子已候在寝殿外，等待通传。”

汪直唇角扁了扁，并不想见到朱见濂，正欲告退，却听皇上道：“淮王在京城遇刺，与你西厂也有关系，趁此机会，你也同我一起去见见吧。”

朱见濂并未想到，自己正欲寻汪直，汪直便自己站在了他面前。这人从不懂得什么叫谦虚和低调，站在皇上侧旁，还是一副趾高气扬的模样，细长的眉毛挑得都快飞起来了。

“臣朱见濂，参见皇上。”他揖手为礼，躬身前拜，半句没提汪直，仿佛他只是空气。纵然汪直权倾朝野，但终归不是皇室中人，他本不需行礼。

皇上给朱见濂赐了座，笑问：“淮王的身体可好些了？”

朱见濂虽看不惯汪直，但总归知道轻重，礼数周全道：“承蒙皇上关怀，家父身体并无大碍，只需静养便可。”

皇上明知故问：“刺客呢？”

“当场斩杀。”朱见濂抬眼看看皇上，又看看汪直，沉下声道，“是西厂密卫，有令牌为证。”

皇上转过头，状似质询：“哎，汪厂公，这刺客怎么是西厂的？你说说，这是怎么一回事啊？”

汪直瞧着朱见濂眸似深渊，正定定地看着他，唇边勾起笑意，上前一步。

“我没有派人行刺淮王。”汪直看着朱见濂，斩钉截铁，也没什么过多的解释。

皇上皱起眉头，觉得汪直应该多解释几句，就这么不咸不淡的一句话，敷衍之意太过明显，恐怕会对事情起反作用。

朱见濂似笑非笑地看着汪直，对他的态度早有预料，面色不变道：“我并未说那刺客是汪公公指派的，此事疑点甚多，淮王府自然不会妄断。”

皇上松了一口气：“淮王世子明晓事理，值得嘉奖。”他瞥了一眼汪直，对他在此时摆出的态度不甚满意，转头吩咐，“赐淮王世子十箱珠贝锦缎，再赐南国刺猬滋品、雪莲仙补品。愿淮王好生休养，早日康复。”

朱见濂揖手道：“谢皇上。”

皇上又说了几句安抚之语，觉得圣恩已足，身体也有些乏了，便挥挥手道：“你们下去吧，朕累了。”

朱见濂和汪直行礼告退，一同走出宫殿。虽不分先后，但两人之间拉开了两三米的距离。

走下宫阶，朱见濂突然顿住了脚，收起方才在皇上面前的恭敬，声音沉沉地开口：“汪公公。”

他不直呼其名，更不会像其他人那般叫“汪大人”。“汪公公”的叫法没错，身份也不需指摘，但他就是要揭汪直的短，于潜移默化处提醒他。

汪直瞥了他一眼，没打算说话。

朱见濂咬着牙，面上却带着一丝莫测的笑意：“汪公公，您认识一个叫沈瓷的宦官吗？”

汪直走了几步，听了他这句问语，改主意转了身：“认识不认识，与淮王世子何干？”

“您说有何干系呢？”朱见濂盯准汪直的表情，要在他的一举一动间揣测他对沈瓷的心思。是无意之举，还是有意促成？是君子之交，还是情愫暗生？

“你没资格知道。”汪直下巴抬起，但终归掩不住神色中一丝不甘。朱见濂看到了，捕捉无误，终于确定沈瓷安然无恙，暂且松了一口气。

但松气的同时，亦有担忧。

若是汪直并不知沈瓷是女子，说是断袖还好办。可他若是已经知道了……朱见濂陷入了沉思，他本以为，宦者对男女情爱是无感的，但转念一想，后宫中那么多宫女太监对食的例子，不能不说是一种隐患。以汪直的身份，若是强行要沈瓷做他的对食，再拉上皇上或万贵妃为证，自己恐怕也无能为力。

但他料想，若是汪直真对小瓷片儿有所企图，此时，应当比他更无能为力。

朱见濂笑了，慢慢地说："我有没有资格，是次要的。您别让我的人受委屈，才最重要。"

汪直终于转过头，直视着他的眼，目似嘲笑："你的人？她早知道你在京城，却迟迟不愿去找你，你竟还有底气说她是你的人？"

朱见濂毫不回避，清晰道："素闻汪大人虽是高傲，却向来有风度。为何方才在皇上面前，却如此刻意敷衍，失了分寸？"他眸似幽洞，挑起嘴角道，"你怕了。"

汪直挺直脊背："我没有。"

"我不是在说一个疑问句，我只不过陈述了一个事实。我说，你怕了。就这样。"

朱见濂说完，转身就离开了。

这一夜，汪直睡得并不安生。

第二天他早早出宫，去了沈瓷所在的瓷窑，同守卫交代了两句，便进去寻她。

瓷窑的规矩是封闭工作五日，再赦假二日。如今正是第二天，他明白，三日之后沈瓷得了假期，必定会设法去找朱见濂。

他知道自己阻止不了，可还是情不自禁来到了这里。他的孤傲不允许自己放低姿态，但他的欲念又不能被浇熄。在汪直心里，朱见濂是个笑里藏刀的人，眸色深沉，暗中筹谋。这样一个人，不够坦荡，不够直率，总像在掩饰一些东西。汪直不喜欢朱见濂这个人，一开始就是如此，他更不愿让沈瓷堕入朱见濂怀中，快乐不足，忧思更盛。

汪直找到沈瓷，她坐在一个矮矮的小木凳上，面前是已经晾干的瓷胎。她托着腮帮子，什么也没做，眉间凝了一个弯曲的弧度，似在思索。

"想什么呢？"汪直站在她身后问。

身后突然传来声音，沈瓷先是一怔，待分辨出来者是谁，站起身莞尔一笑："咦，你怎么来了？"

“我就不能来看看你吗？”汪直笑笑，再问，“盯着瓷胎发呆作甚？不知道画什么了？”

“不是。”沈瓷摇头，捧起眼前不着一色的瓷胎，娓娓道，“只是想起了一件旧事……从前我刚进入御器厂时，需要经过选拔，才能成为高级御器师的学徒。终选之时，有人故意将大片青花色料洒在了我的瓷胎上。我绞尽脑汁想办法，突然想到釉上彩的烧制温度比釉下彩的低，可以通过二次入窑来掩去痕迹。但入窑烧制是看运气的事，比试时并不需要入窑。因此，我便将染上色料的那部分瓷胎刮薄，绘了一个窗间美人。而当时所想的二次入窑的法子，也就没派上用场。”她顿了顿，抬起眼看着汪直，“上次你拿了几件我做的青花瓷和彩瓷，说贵妃娘娘甚是喜欢。我方才想着你的话，突然忆及从前之事，不禁揣测，若是能将青花釉下彩和釉上彩结合起来烧制，或许能制成一种新瓷……”

“好啊。”汪直虽没全然听懂，但很快明白了沈瓷的意思，干脆道，“我支持你！”

沈瓷抿唇微笑，心觉慰藉，片刻后才道：“可我还有顾虑。如今彩瓷的烧制温度原本就不好把控，我烧素三彩的时候，就充分体会到了这点。若下面还要多一道青花纹的烧制，难度又翻了一倍。任何一个环节有误，都会毁掉之前的心血，难度不小。”

汪直轻笑道：“你担心什么？万贵妃上次不是赐给你一些银两吗？更何况，听你讲了以后，我觉着她必定会喜欢，赏赐是顺理成章的事。”

“不，此事不能直接告诉万贵妃。运瓷之事，便是因为督陶官李公公提前知会了皇上素三彩的事，期待越大失望越大。釉上彩和釉下彩结合只是我的一种设想，没有把握，便不必说。”

汪直想了想，耸耸肩道：“也成。”瞧着沈瓷站得久了，他伸手按下她的肩膀，让她坐回矮凳，自己也盘腿坐在地上，这样一来，两人恰能平视。

汪直对这个状态很是满意，兀自点点头，笑道：“提起素三彩，我倒有个好消息要告诉你。昨日我进入皇上的藏瓷阁，发现素三彩并未全毁，皇上补全了一件有裂痕的，收藏了。”

沈瓷喜色上了眉梢：“这么说，皇上已经不怪罪我了？”

汪直愣了一瞬，声音低了半度：“他确有惋惜之意，但并未收回成命。”

汪直话音落下，沈瓷的笑容却没有如他预料中一般消散，眼角眉梢仍是弯弯的，眸色清明。

汪直见状不解，还以为沈瓷没明白他的意思，又硬生生地补上一句："你的罪责，恐怕没法那么快消除……"

沈瓷扑哧一声笑了出来，语调染上几分愉悦："我听明白了，汪哥哥你不用再补上一句。"

汪直眉心一跳，她这句"汪哥哥"叫得平淡无奇，只不过是调笑之语，却听得他身体一怔，细细的凤眼扬了起来。

沈瓷见汪直嘴唇微干，起身替他倒了一杯茶，递到汪直面前，才慢慢道："虽然罪责还在，但我做的瓷器能被这天下的九五之尊收藏，于我爹而言，应算是安慰。"

汪直接过新斟的热茶，刚抿了一口，便听到沈瓷的话，抬起头问："你爹？"

他以前从未听她提起过家事。

"对，你看我名为沈瓷，便知我爹是如何痴迷于瓷器了。"沈瓷的面上仍是笑着，但提及往事，语气难免一沉，"我家原本是景德镇众多瓷坊中的一家，我亦是从小耳濡目染，情结难解。原本日子并没有什么波澜，但有一日，原本想要杀掉淮王的刺客取了我爹的性命……此事以后，兜兜转转，我才有了今日际遇。"

汪直气息一凝，心道，原来如此，原来如此，她与朱见濂的际遇，想必就是从这时候开始。他曾经有无数个机会可以去查，但是他没有，他不是纠缠过去的人，亦不在意她曾经的枝枝蔓蔓。但此刻听她提及旧事，依旧耐不住心头凛然。

沈瓷明澈如水的眼波里泛起阵阵涟漪："这些年，我没有一天不提醒自己，我爹的遗愿，便是做出最精美的瓷器。'精美'如何定义，'最'又如何定义？我不知道，也不想知道。但从前有一个人告诉我，要想自己的瓷器流传于世，就得烧制出别人没有过的精品，得去除'匠气'，多些'灵气'。那人是个不懂陶瓷的外行，可我一直记着这话，从未忘记。"

她说到此处，忆及同小王爷生活在淮王府的两年，已记不清自己是何时对他生出了情愫，却知晓，她能有机会潜心制瓷，向孙玚先生习得一流的画技，与小王爷密不可分。

汪直深受触动，终于明白为何她对瓷器如此执着。他曾因为她过于在意御器师的名号而嗤之以鼻，如今才理解，背后还有这般缘由。

他心有惭愧，更觉爱怜。看着她眼中盈盈泪光，犹豫了一下，将手放在了她的肩上："过去的事，不要多想。从今以后，我会支持你。"

沈瓷吸着鼻子笑了两声："不知不觉说了这么多，让你见笑了。其实我就是想说，方才提及的上下双彩结合的瓷器，我虽有顾虑，但无论多难，无论之前有没有人做过，我都会竭力一试。"她顿了顿，望着手中素净的瓷胎，喃喃道："久了便明白，制瓷，便是我制一半，天制一半，成或败都是偶然，也都是必然。"

汪直捏着她瘦瘦窄窄的肩膀，一股柔软的情绪在心中漫开。她头一次对他敞开心扉，泪与笑都豁出来。那两颗清澈明晰的杏仁眼，剪开是秋波，缝上则是沉沉帘幕。她着一件灰黑色的简便男装，肤白胜雪，素净如一幅水墨画。他想要抬起她小小的下颌，再细细看她的眼睛，手伸出去的刹那，却变了念头，只是拍了拍她的背，如同安慰。

他想说，她能告诉他这些，他挺欣慰。可嘴拙如他，话到嘴边却觉得矫情，静了半晌，又恢复本性，扬声肆意道："怕什么，汪哥哥替你坐镇，什么釉上彩釉下彩，都不是问题。老天爷那一半，一定给你成了！"

沈瓷展颐，几语诉出，觉得通体舒畅，方才尚存的顾虑亦在汪直朗朗的言语中消散。两人站起身，漫步至屋外，只见天青云淡，遥遥可见郊外山峦，仍是一派郁郁苍苍之色。她转头看看身边的汪直，广袖当风，衣袂翻飞，顿觉湛然安心、万籁清明。

接下来的日子，沈瓷潜心投入新瓷的研制中。

因为大多彩色颜料在窑炉的高温中会颜色失控，她若要配置新的色料，就需要采用不同矿料配比，提炼出多种彩料。这件事，她从前在御器厂便尝试过，也有从前相识的几位御器师的配比可供参考，尚不算难事。难的是，这些彩料都需利用精选的特殊矿粉，提炼成本比黄金还贵，且因为提炼的成功率极低，如今已不在御器厂的她，经不起太多次失败。除此以外，釉下青花以何种形式呈现，两次入窑该如何上釉，画瓷时该采用怎样的笔法……诸多以前从未涉足的问题，一一摆在面前。

传统青花，呈色单调。而她想要做的，便是将釉下淡雅的青花和釉上艳丽的五彩相互融合，其间需要的探索和试验，极其耗费心力。

民窑里色料有限，沈瓷几乎把万贵妃赐给的所有赏赐都花在了购置彩料上。她琢磨着青花应该以何种形式呈现，思前想后，还是觉得将青花作为轮廓及虫禽的羽毛最为恰当。

想到这一层，她便开始着手绘制图样。以彩色为主，而青花则起填彩、点彩、加彩之效。因为有万贵妃的口谕摆在那儿，汪直帮沈瓷调来了几个窑工打下手，也为她减轻了不少负担。

汪直来得愈发频繁，案子虽在调查，但时不时总会抽出一点儿时间，到沈瓷这儿晃一圈。

原本，沈瓷是打算在正式赦假时，再去找小王爷。可是就在赦假前一日，汪直刚走不到一炷香的时间，屋檐上便飘下一人。仔细一瞧，竟是马宁。

“沈姑娘。”马宁揖手为礼，“是世子让我来的。”

沈瓷放下心，扶了扶自己头顶的宦官帽，笑道：“已经很久没有人叫过我沈姑娘了，真是难得。”看了马宁一眼，问道，“是画院的人告诉你们这地方的吗？”

马宁躬身道：“不是。”

沈瓷怔了一瞬：“那是……”

“姑娘突然离宫，宫中并未留下任何备案，画院里也没人知道消息。世子只知你被安排在宫外，便安排我等挨个画坊和瓷坊进行调查，查到这里时，恰好听说汪直近日来得频繁，果然便在这儿找到您了。”

沈瓷惊讶道：“画院里没人知道我的消息吗？”

“没有。”

沈瓷微微垂眸，她当初托付汪直将行踪告诉画院的人，怕的就是小王爷寻不到她。或许，或许……是汪直太过忙碌，不小心忘了罢。她心下不安，突然想起了什么，嗫嚅问道：“小王爷怎知顺着汪直的踪迹找我，他与汪直早就相识？”

“这个问题，属下怎会知道，姑娘还是留着去问小王爷吧。”说罢做了一个请的手势，欲带沈瓷离开。

沈瓷迟疑道：“瓷窑有瓷窑的规矩，不宜说走就走。眼下已近黄昏，还请您稍等一个时辰，也省得翻墙了。”

马宁目光闪动，斟酌着点头道：“那好，一个时辰后，会有马车在瓷窑外等候姑娘。”

到了酉时，斜阳的余晖染红了天，在云朵霞片中徐徐下沉。瓷窑的人纷纷停了工，各有去处。沈瓷上了马车，七弯八拐，行了好一阵，才抵达淮王所在的驿站。

小王爷早就迎候在门口，马车停下，便上前几步，把手伸给了她。

沈瓷拉开车帘，低头便看见小王爷骨节分明的手指，修长有力。她迟疑片刻，不太敢伸出手去碰，两人所谓的剖开心扉，也只有上一次见面而已。小王爷寻她良久，情愫早是蓄势待发，状态转变得太快；可现下于她而言，仍是生疏。

小王爷见她怔忡，轻拉过她的手，顺力拉着她下了马车。

“还没用晚膳吧？想吃什么？”他问。

“都可以。”沈瓷腼然道，“我不挑食。”

“也是。”朱见濂笑笑，一边拽着她的手往前走，一边问，“路程可还远？”

“不远。”

朱见濂铺垫了前面几句，这才顺理成章问道：“你怎么去了那座瓷窑？连个信都没留。”

他的语气带了几分好奇，眼中却闪过一抹锐利。这抹锐利没能逃过沈瓷的眼睛，她心中一凝，没立刻回话，只笑道：“无论我在哪儿，小王爷不还是找到我了？”

他的手掌扣得很紧，生出些许细密的汗，笑容有些牵强，带了丝痛惜的意味，看着她的眼睛，慢慢开口：“小瓷片儿，京城不是我的地方，，我并不是每次都能够找到你的……”

沈瓷的心霎时便软了，垂下头：“我有托人给你留下口信，没想到他给忘了……”

“你拜托的人，是汪直吧？”朱见濂一副“早有预料”的表情。

沈瓷惊愕抬头：“小王爷认识他？”

“见过两面。”朱见濂敛了笑，认真道，“汪直这个人，你不要同他走得太近。”

沈瓷不解地问：“为什么？”

为什么？朱见濂总不能说自己正在算计汪直，只不咸不淡道：“这人在宫内宫外口碑极差，嚣张傲慢，怕你受委屈。”

沈瓷暗暗松了一口气，摆摆手不在意道："这倒不会。民间流言，难免以讹传讹，他并不是这样的人。说到底，我这条命还是他救的。"

此言一出，朱见濂心底骤然响起破裂之声，将他原本就煎熬无比的情绪，推到了万丈深渊的边缘。

"他……救过你的命？"

沈瓷想改善朱见濂对汪直的印象，遂细细说道："运瓷入京的途中，江匪从我后面挥下一刀。若不是汪直及时出现，现在，我恐怕就没法站在小王爷面前了。"

朱见濂顿觉脚下一软，又是后怕又是担心。汪直对沈瓷有恩，汪直竟对沈瓷有救命之恩！这个认知令他饱受折磨。若是沈瓷知道了自己的计划，又岂会容许其继续下去……无论如何，不能让她知道！

朱见濂稳了稳心绪，沉静道："纵然他救了你不假，可我依然有顾虑。汪直在朝廷树敌众多，你若同他走得近了，恐怕会成为某些人算计的目标，不得不防。"

沈瓷听他此言，亦觉有道理，不忍再扫他的兴，只好点头道："记住了。"

朱见濂瞧着沈瓷神色怡然，知道她并未把自己的话听进去，一边往前走，一边在心里盘算着怎么让沈瓷不再回瓷窑。正想着，一个灵巧的身影突然从一株圆冠榆后面蹦了出来。卫朝夕满面激动，眼里流光溢彩，朝着沈瓷就扑了过来。

"阿瓷！"她张开双臂，一把搂住沈瓷的细腰，拿额头蹭蹭她的脸，好半天才松开，将沈瓷从上到下看了一遍，"你怎么穿成了这个样子？像个男人。"眼睛一转，恍然大悟的模样，"哦！怪不得世子上次说你入了宫，原来是装作宦官了啊。"

"就你聪明。"沈瓷见到卫朝夕，心头一暖，捏捏她的手，"你到底还是来了京城。"

"怎么，世子还没同你说过吗？"卫朝夕噘着小嘴，目光转向朱见濂，眉毛拧起来，"光顾着自己，提都不提我，你也太小气了。"

朱见濂玩笑道："不是小气，是气。多带一个你，浪费我多少粮食。"

"你看，还说不小气！一点儿粮食都斤斤计较！"卫朝夕挽起沈瓷的手，撇着嘴道，"不理他，我们两姐妹单独去说说话。好久不见，阿瓷我可想你了……"

沈瓷转过头看着小王爷。

朱见濂失笑："我这话都还没说上两句，你倒好，把人给我抢走了。也罢也罢，开饭了叫你俩。"

沈瓷咬唇，朝小王爷粲然一笑，这才挪动步子，轻快得像是要飘起来。短时间内袭来的幸福让她措手不及，她曾以为自己在京城孑然一身、无所依靠，但竟幸运地得了汪直的照拂。如今，她心中惦念已久的小王爷，还有她最好的朋友居然都陪在身边。她不知自己是交了怎样的好运气，竟似枯木逢春，否极泰来。

进了卫朝夕的房间，沈瓷一眼便看见桌上摆满了各式各样的吃食，水果点心，样样都不缺。卫朝夕坐下来，先放了一颗葡萄在嘴里，笑吟吟地看着沈瓷一身宦官服饰："阿瓷，好久不见你，在宫里待了这么久，可有什么好玩的事同我讲讲？"

沈瓷想了想："其实宫里也没什么稀罕，每天的事都差不多。"

"胡说。"卫朝夕又往嘴里塞了块桃花酥，眼睛眨了眨，靠近沈瓷道，"那天我同世子聊天，聊到一半，听到有个护卫来禀报，说是汪直把你接走了，之后便全无音信。这个汪直……不会是那位出了名的西厂提督吧？"

沈瓷笑起来："还真就是了。"

"哇！"卫朝夕一拍桌板，连东西都忘了吃，眼中光泽流动，"他长什么样，是不是凶神恶煞，一脸奸相？"

"乱说些什么呢。"

"话本里写的啊，奸宦都是这副模样。"

"尽听这些胡说的。"沈瓷辩白道，"汪直不是奸宦，甚至是出了名的廉洁。只不过恩宠太甚，权势过旺，受到朝臣妒忌，又为文人所诟病，所以有诸多恶名。他行事虽然不够变通，但到底还是公平公正，并未诬陷忠良，只不过对罪臣不留余地罢了。"

卫朝夕瞪大眼睛，不敢相信："真的？"

沈瓷点点头，忍不住继续为汪直说话："真的。他是外冷内热，看起来不搭理人，其实很好的。我刚到京城的时候，压根儿不认识他，他还腾出地儿来让我养伤。"

卫朝夕嚼着杏仁想了想，随口道："哎，他是不是对你有意思啊？"

沈瓷一愣："怎么可能……"

卫朝夕点点她的脑袋："别以为不可能，宦官也是人啊，人都有七情六欲，不足为奇。话说，他长什么样啊？"

沈瓷脑中嗡声一片，静了一会儿，在脑中勾勒出汪直的容貌，尽量客观地形容道："长相……也就二十出头的样子，丹凤眼，挺鼻梁，薄嘴唇，身姿挺拔，风流俊美。实话说……"她斟酌着评价，"若他不是宦者，在京城必定算是排在前列的美男子了。"

卫朝夕听她这么一形容，立马变了风向："嗯，听你这么一说，我完全相信他不是奸宦。不仅不是奸宦，若真有这等长相，必定是忠良啊！"

沈瓷："……"

卫朝夕托着腮帮子，喃喃道："其实，我也遇见了这么一个人，和你描述的很像……"

沈瓷心不在焉地问："谁啊？"

卫朝夕张口就要倾诉，话到嘴边突然想起杨福的叮嘱，硬生生又咽了回去，吞吞吐吐道："也没什么，就是在京城街上闲逛时看见的……"

卫朝夕向来皮厚，此时竟因为这一句话脸红起来。若是平日，沈瓷必定不会相信什么闲逛遇见。可如今，她被卫朝夕方才那句问语搅乱了心神，无暇追问。两个人各有所思，一时竟没了话。待反应过来，已不知再说些什么。恰好这时，外面的丫鬟敲了敲门，通传道："世子邀两位膳厅用餐。"

"来了。"沈瓷应了一声，若无其事地挽上卫朝夕的胳膊，"走，吃饭去。"

卫朝夕仍是一脸惘然，看了看她最好的朋友沈瓷，仍旧有开口的欲望，却始终说不出来。她叹了口气，无奈地认命。所以，自己的苦恼只有自己知道，朋友虽亲，却也无法和盘托出。

几乎就在沈瓷离开瓷窑的同时，汪直得到了消息。

她会去找朱见濂，是他意料之中的事，可她不光走了，还是大张旗鼓坐着淮王府的豪华马车走的。汪直明白，这是朱见濂故意做给他看的。再忆及那日宫阶之下他那句"你怕了"，此中寓意，已不能更加明晰。

他憋着一腔怒火无处宣泄，快马加鞭，冲入王越府中，叉腰站在门口便朝里面吼："王越，你给我出来！"

没等多久，就见王越沿着回廊小跑了过来，看见是汪直，一下便笑了：

“哟，汪大人，我的小汪汪呀，你怎么来了？”

汪直现在心情不好，就是想来发泄的。二话不说，拔剑就朝王越刺去。王越身为兵部尚书，这点儿功夫自然不在话下，一闪身便躲过去，也拔出剑来对阵：“汪汪今日心情不好？无妨，便让我来陪你疏通疏通。”

“少废话，出招！”汪直心下焦急，剑招更加狠了。侧身一挥，再度出手。

剑雨飞花，落英长啸。两人长剑疾刺，来如雷霆，震怒万丈。汪直只觉四肢百骸都聚拢了一股无法言说的酸楚与钝痛，疾行，舞动，务必耗尽体力，才能挥斥而出。

待两人斗到精疲力竭，才罢手休憩。回廊两侧有木质长凳，汪直累了，直接躺在了上面，胸口还是起伏不定。

“小汪汪，你今儿也太狠了吧！”王越坐在汪直的对面，　　　跷起二郎腿，看了看汪直，“瞧你这玉体横陈的姿态……谁把你惹成这样，我都觉得暴殄天物。”

汪直经过方才的发泄，心头已舒服了许多。此刻听王越戏言，又回到从前模样，坐起身瞟了他一眼：“怎么玉体横陈都说出来了，怎么念书的？”

王越笑眯眯地说：“难道我成语用错了？”

汪直一想，自己这玉树临风的身姿，也当得起“玉体”二字，遂不再计较王越的说法，只开口道：“我同朱见濂结了仇。”

王越一愣：“淮王世子？”

“嗯。”

“为什么啊？”王越完全理不清两人之间的关联，乐呵呵地胡问，“难道是因为我？”

汪直没理他，只望着光秃秃的树枝道：“因为沈瓷。”

王越微微张嘴，一脸错愕：“到底怎么一回事啊？”

汪直自动忽略了他的问题，兀自说着：“我同朱见濂第一次见面就互相看不惯，沈瓷如今还是我西厂的人，轮不到他来指摘。”

王越在一旁点头：“讲得好。”

汪直于是说得更顺溜：“再说了，朱见濂和沈瓷相识许久，可他居然还能让沈瓷身涉险境，流落京城，这人怎么能可靠呢？”

“万一人家是有难言之隐，或是不小心……”

汪直一个白眼扫过去："你帮谁说话呢？"

王越忙拍了拍胸脯："我始终和你站在一起！"

"这还差不多。"汪直收回白眼，"所以，不能让朱见濂糟蹋了她。"

王越插嘴："不过，换了你，也不一定就不糟蹋别人了啊……"

汪直闻言一怔。

他其实早就想过这一点，之前的焦急失落亦是基于此。但眼瞧着朱见濂同他耀武扬威了两次，他已经意识到任何纠结和犹豫完全没有意义。

他就是自私了，可自私了又何妨？他不会勉强她，但他就是这样一根筋的人，认准了，便执拗了，其余的，且抛到后面再想吧。

晚膳过后，卫朝夕说她有些不舒服，先回房休息了。朱见濂看沈瓷仍是一身宦官衣裳，心里别扭，便吩咐丫鬟拿出早就备好的女装，先让沈瓷回房间换上。

房间是新为沈瓷单独整理出来的，如今已快入夜，想来也没什么外人再来拜访。沈瓷依言换回女子装束，仍害怕被有心人瞧见，只待在房内。丫鬟正为沈瓷打理着一头青丝，忽听见有人叩了叩门，是朱见濂的声音："换好了吗？"

丫鬟回道："发式还未梳理，请世子稍候。"

话音落下，朱见濂已不客气地推门进来："发式我来就行，你下去吧。"

"是。"

沈瓷有些不知所措，发髻才刚刚挽了一半，她只得用手托着还未固定的发，怔怔转过头来看着小王爷。

"不用紧张，放松。"朱见濂上前，解开沈瓷的发髻，漆黑丰盈的发丝流泻下来，握在手中柔滑而秀泽，有一种平顺却强烈的质感，正如他此刻的心绪。他倾过身去嗅了嗅，声音低而暧昧："好香。"

温热的鼻息吹入沈瓷的后颈窝，她哪里听过小王爷这般言语，只觉耳根都燥热起来，想要站起身，小王爷却不让，稳住她道："坐好，我来给你梳。"

沈瓷褪去惊异，透过铜镜看见小王爷漾着暖意的眉眼，也渐渐平静下来。小王爷按捺下心中的一丝喜悦，一边用梳子顺着沈瓷的长发滑下，一边看着镜中她的容颜，似是又寻回旧日感觉。她还是穿女装好看，绯红绣的锦长衣，银白闪珠的缎裙，披散的黑发衬出她白皙的脸蛋和嫣红的唇，娇怯中别有一番风致。

朱见濂梳得心神恍惚，一股按捺已久的冲动在心中叫嚣。恰巧这时，沈瓷在镜中偏着头对他粲然微笑，他忍不住心神俱动，索性放下木梳，直接将手指没入她的发中，轻缓滑动。

待他的手指滑下她的发梢，朱见濂却不再梳了，顺势绕到沈瓷侧旁，抬起她的下巴，在她的唇上轻轻啄了一下。

“小，小王爷……”

沈瓷脑中顿时一片空白，羞赧中无处遁逃，瞧着小王爷还目光如炬地看着她，不禁轻轻垂下了头。

朱见濂捧起她的脸：“上次在宫中见你，很是匆忙。让你随我走，你虽答应了，却一句多余的话也不问，我也不知你心里究竟是怎么想的。你也不说说吗？嗯？”

沈瓷其实也不太清楚自己心里到底是怎么想的，如今自己境况复杂，思考过多反是累赘。她想了一会儿，才抬起头郑重答道：“过去小王爷心中没有沈瓷，如今才有了。可是……在沈瓷心里，却一直都有小王爷的位置。”

她说完便垂下眼，睫毛轻轻颤动，面上也染了一层红晕。朱见濂听了这番话，再瞧她这般模样，更觉心擂如鼓，拥抱的力度加了几分，将她拢在怀中：“不，不，你说错了。我心里一直有你，只是从前太傻，不知道而已。”

说完，小王爷再次低头覆在了她的唇上，这一次却不像方才那般轻易离去，而是慢慢将她的唇瓣含住，一点儿一点儿地吸吮舔吻。

她的嘴唇，温软，柔绵，还带着丝丝甜味。他叼着她的唇瓣反复厮磨，用舌尖沿着她双唇的轮廓来回勾扫。干燥的唇已被两人的唾液浸湿，喉咙却好像越来越干。

沈瓷被他吻得呼吸急促，不禁张开口想要呼吸，立刻被他占据。他的舌尖在她的嘴里窜动不休，追逐着她无处可去的舌，令她避无可避，索性乖乖闭上了眼。

小王爷很是满意，品尝着沈瓷的嘴唇，如同品尝一道上好的佳肴。这滋味比他想象中更好，贪恋着，疼爱着，将舌头顺着她的牙龈一寸一寸地刮舐，要将她的唇舌一一侵略。他全身仿佛燃起一把火，上蹿下跳，不禁将她更紧地拢在怀里。这是他的小瓷片儿，阔别良久，依然是他的，从未变过。别人休想把她藏起来，也休想在她身上打什么主意……尤其是汪直，这人于他有杀母之仇，如今小瓷片儿又总说他的好话，他务必防着。

他必须将她留在身边。

朱见濂稍稍往后退了退，就在沈瓷觉得自己魂儿都快被他抽走时，他终于停了下来。他将沈瓷紧紧搂在怀里，低头轻轻摩挲着她的发，良久，慢慢开口："小瓷片儿，别再走了，成不？"

沈瓷脸贴着他的胸，轻轻蹭了蹭，唇间还余有羞赧的笑意："等回了江西，小王爷若是不嫌弃，我，我便一直陪着您。"

"我不光是说回江西以后。"朱见濂眼中凝着化不开的担忧，手松了一点儿，让沈瓷得以抬头看他，低声道，"我的意思是，京城那个瓷窑，你别再去了。万一我再一恍神，你又被转移到别的地方，我怕就真找不到了。"

沈瓷用细嫩的拳头轻轻捶他的胸，只当这是怜惜之语，微笑道："我又不会被关起来，你找不到我，我还可以来找你呀。"

"我不放心。"他皱起眉头，出乎意料地坚持，"皇上推迟了父王离京的时间，我们还要在京城待上两个月，这两个月会发生什么，谁也说不准。就听我的，别再乱跑，新房间都给你收拾出来了，安心歇着。"

沈瓷握住他的手，慢慢解释："小王爷，我前几日刚有了新瓷器的思路，原料都备齐了，花了不少钱。放着不用，着实可惜了……"

"回到江西，有的是钱容你制瓷。"朱见濂心中焦躁，想到横亘在两人中间的汪直，越听越急，突然极不耐烦地打断了她，眉峰竖起，音调霎时提高，"我说过，你不准走，这两个月就老老实实待着。在京城久了，现在我的话都不听了吗？"

沈瓷没想到他会突然发火，愣愣僵在了原处，什么话都不敢再说。上一次在宫里，小王爷分明允许她待到淮王离京时，为何这一次，却如此斩钉截铁地要她留在驿站？

沈瓷没再反驳，但她清楚地知道，自己不会应允。

朱见濂也意识到自己语气有些重了，他倾下身，再亲了亲沈瓷的脸，劝道："我这样做有这样做的道理，总归是不会害你的。"

沈瓷头都没抬："我知道。"

朱见濂瞧着她这副模样，便知道她没听进去，叹息一声："我有我的难处，你再想想，可好？"

沈瓷"嗯"了一声。

“也不早了，你整日在瓷窑辛苦，早些休息。”

“好。”沈瓷将朱见濂送到了门口，心中想着，兴许小王爷只是一时舍不得她，等过两天，自然会好。

接下来的假日，两人都暂且没提这事。

直到假期最后一日的下午，闲来无事，沈瓷同朱见濂并肩在花园里散步。

花园里多是些枯木，有少数植物长出些嫩芽，还没有撑开，只瞧见点初生的绿意，点缀着萧萧冬日。

沈瓷信步走着，分了点儿心去思考将要制作的新瓷。图样有了，成本有了，制作流程也初步想好，但瓷器的名字，还没个着落……

沈瓷一边想一边揉着太阳穴，瓷器的名字她已在脑中拟了许多，始终没有中意的。心中有事，不知不觉便走得快了些。

朱见濂跟上，觉得这景致是没什么好赏的了，只得一边赏人，一边轻声道：“这园子里的花木品种是很多的，若是再过十几日开春，必定是一番争奇斗艳的景象，届时再与你闲逛，必定更有氛围。”

他等着沈瓷同他回话，却见她突然顿住脚步，眸中莹光闪闪，一下子转过头：“好主意！”

朱见濂只以为她对春日满怀期待，笑得温柔：“还有更好的呢，等我们回江西以后，我带你……”

“小王爷，我不是说赏花这主意好。”沈瓷脱口而出，“是方才听了您那句话，觉得新瓷的名字终于有了着落。”

“说说看。”

“方才您说到花草争奇斗艳，我要做的新瓷，便是釉下青花和釉上五彩相配，不就是一种色彩的争奇斗艳吗？您觉得‘斗彩’这个名字如何？”

朱见濂想了想，亦觉“斗彩”这名字颇有点睛之意，颔首道：“甚好。”

沈瓷喜上眉梢：“我也觉得满意，今晚回去便告诉两位画师。”

朱见濂面上笑容僵住：“回哪儿去？”他目光中染上锐利，“你还是要回瓷窑？前日我同你说的话都白说了？”

沈瓷本以为他不过是当时舍不得她，一时较劲罢了，没想到现在火气还这么大，心沉了下来，嘴唇紧紧抿成一条线，不说话，但眼里满是倔强。

朱见濂一看她这副样子，胸口又蹿出了一团火。心想她坚持回去，莫不是急着要见汪直吧？他想着自己心爱的女人，在他面前替他的杀母仇人说好话，额上的青筋都快跳出来，一把拽住了沈瓷的胳膊。

他的力道很大，拽得她发疼，沈瓷挣脱不开，只默默盯着地面，脚底像是粘了胶水，不肯再往前一步。

无声有时是最好的抗议，朱见濂被沈瓷堵得胸口发闷，又不能同她将事情摊开了明说，心里愈发沸腾，用力将她一拉，连拖带拽地把她推回了房间。刚一进门，沈瓷觉出不对劲，抬腿想要跑出去，再次被朱见濂逮住胳膊："给我乖乖待在驿站！"

沈瓷用手将挡在眼前的乱发挑开："小王爷如今是要把我强行留在这里吗？我已经同您说过多次，我在瓷窑没有危险，也会同您离开，您这又是何苦呢？就算是出尔反尔，也得告诉我一个理由吧。"

"最近不太平，待在这里是最安全的。"小王爷立场不变，敷衍出一个理由，吩咐门外的丫鬟，"看好她，没有我的吩咐，谁都不许放她出来！"

沈瓷心中一沉，目带探究地看着他："小王爷没把真正的原因告诉我吧？您从前不会这样做。"

小王爷心里抽疼，别过了脸。他不能说，也不可说。这样便好，至少把她留在这里，不必夹在他和汪直中间。等到今后，她纵然无法理解，也应当能明白。

他从她的房间离开，门从外面死死锁住。沈瓷跌坐在凳子上，愣了须臾，在心里反复揣度小王爷的转变，这转变似乎是从她提及汪直开始的。可小王爷久居鄱阳，能同汪直有什么交集？莫非是在吃醋不成？

她静静坐在榻上，念及此处，颇有些无奈。若是有什么重要的缘由，她不是不能理解。但小王爷什么都不说，又让她从何思虑？若是这两个月的时间里，她不能脱罪，回江西后伴随她的，将是一生的桎梏。

开工后整整一天，沈瓷都没有回瓷窑。

早上汪直还未想太多，到了黄昏，终于有淮王府的人去瓷窑打了声招呼，说沈瓷身体有恙，在淮王府休养，不会再来瓷窑了。

淮王虽不在京城，但终归是藩王，开瓷窑的官员不敢得罪，只将此事告知了汪直。

汪直一听便"噌"地站了起来，手按着腰上的佩剑，狭长的眉目眯起，语气愤然："他朱见濂好大的胆子，真以为我怕了吗？"

他说完就提着剑往外走，王越在后面叫住他："哎哎，你自己一个人去啊？不带人吗？"

"不用。"

王越上前拉住他："好歹带几个护卫，我知道你不怕，但多几个人可以充场面是不是？气势不能弱！"

汪直想了想，觉得也在理，点头道："不错，那就给我来一打。"

王越调来十二个亲卫，他是军人，训练出的亲卫自然都是一等一的好手，往汪直后面一站，气势自成。王越大剌剌地拍手称赞，满意道："行，就这样吧，出发！"

"谢了，老兄！"汪直朝王越揖手为礼，跨上骏马，就这么气势汹汹地带着一打人马直奔驿站而去。

朱见濂正同沈瓷用晚膳，他夹了一块麻仁鹿肉到她碗里，沈瓷用筷子把鹿肉赶到碗的边沿，一口没动，兀自扒着白饭。

"还生我气呢？"朱见濂用筷子敲敲她的碗沿，"这不也没关着你吗？你要是想出去玩，我也能陪着你，只是不希望你再卷入朝中，跟奸邪之人走得太近。"

沈瓷没抬眼："是不是奸邪之人，我自己会判断。"

朱见濂失笑："长脾气了，最近很喜欢跟我顶嘴是不是？"

沈瓷也放下筷子，平静地看着他："不是故意要同您顶嘴，而是如今我有机会摆脱罪名，虽然希望渺茫，但还是想要争取。我不想一辈子，都因为皇上的一道口谕被绊住了手脚。"

朱见濂也回望她，笃定道："鄱阳是父王的封地，你是我的人。你回了那儿，只要不去御器厂，难道还有不相干的人敢为难你不成？"

这两者自然是不一样的。沈瓷在心里嘀咕，知道自己是劝不动朱见濂了，闷下头继续默默扒饭。

两人正是沉默的当口，护卫匆匆来报："世子，汪直带着十二名亲卫进了驿站，说是要您前去接旨。"

沈瓷霎时抬起头，眼神晶亮。

朱见濂的手一僵："他把皇上的旨意都搬来了？"

"没说是圣旨……"

朱见濂把玩着桌上的酒盅沉思片刻，长袖一拂，迈步朝外走去，沈瓷也站起身跟在他身后。谁知临到门口，朱见濂突然转过身，朝下人使了个眼色，叮嘱道：“看好沈姑娘，让她好生进餐。”

沈瓷被两个护卫拦下，只得慢吞吞地又折返餐桌。面对满桌佳肴，食不知味，眼神时不时往外瞟，可膳厅离大门太远了，什么也瞧不到。

绕过假山苍松，朱见濂一边走近汪直，一边笑问：“汪公公大驾，有失远迎啊。不知汪公公远道而来，所为何事？”

汪直不喜欢做面子上的功夫，没搭理朱见濂皮笑肉不笑的寒暄，径直道：“贵妃娘娘有旨，你听好了。”

朱见濂听到万贵妃的名号，心里咯噔一下，静立以待。

汪直轻咳了一声，张口道：“贵妃娘娘说了，西厂沈瓷的瓷艺不错，甚得欢心，命她在指定的民窑为贵妃娘娘制瓷，不得违抗。淮王世子私自窝藏此人，有违娘娘旨意，所以，”汪直顿了顿，懒得再继续编下去，高声道，“总之，把人交出来！”

他这番话说得直白，一句套话都没有，不像是字句斟酌的旨意，倒像是随口说的话。

朱见濂看着汪直两手空空，问：“旨呢？”

“口谕也是旨。”汪直毫不服软。

朱见濂朗朗大笑两声，忽而收了笑：“空口无凭，我怎知汪公公不是为了一己私欲，胡编乱造出来的？”

“我既然敢大张旗鼓地说出来，就绝非杜撰之言。”他在院前扫视一圈，没有看见沈瓷的身影，朝身后的亲卫一挥手，“有贵妃娘娘口谕在此，进去找人！”

“站住！”朱见濂发出一声呵斥，“如今家父身受重伤，需要静养，任何人不得擅闯！”

汪直压根儿不管：“找的也不是淮王殿下，惊扰不到他。找！”

汪直身后的亲卫正打算分散开，朱见濂身后突然急急冲出一层护卫，足有六七十人，牢牢将各个关卡守住，防止汪直的亲卫闯入。

朱见濂揣着手往前走了两步：“汪公公，为了一个小宦官，何必坏了和气。我这里没有西厂的人，父王也不愿被人打扰，还请回吧。”

汪直亦朝他逼近了几步："你这里有没有，我清楚得很，不需要你同我交代。"

事已至此，朱见濂也不打算再瞒，望着他嗤笑一声，悠悠道："你没能力拥有的，就不属于你，抢也抢不来。"

汪直攥紧了拳头，他真讨厌同眼前这人说话，眉毛一挑，没回应朱见濂，只同亲卫再使了个眼色，见者欲动。

朱见濂紧盯着汪直，扬声道："你若继续硬闯，就别怪我不客气。"

汪直睨了他一眼，咬牙道："谁不客气还说不准。论武力，你这一院子护卫，未必抵得过我带来的这十二个人。"

朱见濂冷哼一声："那你便试试看。"

此言一出，双方再也沉不出气，举起刀剑向对方扑去，霎时便搅成了一团。战斗格局还没完全打开呢，便听见院中一道高声呵斥："住手！"

是淮王的声音。

可是，渐渐靠近的，却并非淮王，而是四个抬着担架的仆人。

淮王便躺在那担架里。

他听闻汪直来宣旨，自己这个不省心的儿子却同他打了起来，便再也躺不住，赶紧派人将自己抬了出去，好在如今局势不算大乱，尚有挽回的余地。

"汪大人。"淮王躺在担架上，轻轻用手向汪直致礼，叹息道，"犬子不懂事，望汪大人赎罪。"

汪直看淮王浑身绷带，绑得像个木乃伊一样出来调解，也没了什么气，摆摆手道："无妨，只是贵妃娘娘钦点了一个西厂的小宦官制瓷，却被淮王世子藏在此处。我只是来找这人的，无意与他大动干戈。"

淮王疑惑地看向朱见濂，不知他为一个宦官较什么劲，遂对汪直道："既然是您西厂的宦官，归还于您，自然是理所应当的。"

"父王！"朱见濂惊呼一声，稳了稳神思，赶至淮王身前低声道："父王身体尚未痊愈，这些小事就不必忧思了，剩下的交给我来处理就好。"

汪直揣着双臂漫不经心地插嘴："看来，打扰了淮王休息的人，可不是我啊……"

淮王身体一挺，仍是动弹不了，唯有声音依旧浑厚，瞪视着朱见濂："本王还在这儿呢，用不着你来捣乱！汪大人来讨西厂的人，配合就好了，不必多事。”又艰难地转过头看着汪直，“这驿站虽不是本王的府邸，但规矩还是要有。汪大人来找人，我会配合，但若是强行搜捕，场面就不好看了。不如汪大人将这人名姓告知本王，本王再派人将其提来。”

汪直本来也不想把事情搞大，开口说了两个字：“沈瓷。”

淮王微愣，他只知道沈瓷这两日住在驿站，全然没想到她与汪直有交集，甚至还奉了万贵妃的旨意。

往昔同夏莲的回忆爬上心头，淮王虽然忍气吞声，却不代表不恨，瞬间又对沈瓷多了一分不满，执意要将她和朱见濂拆散，下令道：“把沈瓷带过来。”

朱见濂急在心上，干干迈出两步，又赶紧收回。他不能与淮王有更多冲撞，若是淮王被逼急了将他盯得更紧，他此行的计划恐怕难以实施。

不一会儿，沈瓷从院间的拱门里款款走来。汪直一见她便迎上前，蹙眉问道：“你这几日是被关起来了？没事吧？”

沈瓷眼风扫过朱见濂一张铁青的脸，福了福身道：“谢汪大人关怀，不过是身体不适，误了回瓷窑的时辰。”

汪直听着沈瓷语中生疏之意，已无暇分辨真假，瞧着她的确面色不佳，再问：“可有找医师看过？”

“淮王世子请大夫看过，已经好多了。”

“既然好多了，便收拾收拾回瓷窑吧。”汪直话是对沈瓷说的，目光却对着朱见濂。

沈瓷没立刻回答，同汪直福了福身，低着头走到朱见濂身旁：“小王爷。”

他咬着牙看她：“一定要走吗？”

沈瓷轻声道：“贵妃娘娘的口谕，是真的。”

谁人不知，如今后宫真正的掌权者是万贵妃，不可轻易作对。朱见濂明白了沈瓷的意思，嘴唇紧抿，无力感从胸口蔓延到指尖。

“小王爷想让我留下，却没告诉我一个合理的理由。我回瓷窑，却是真的有要事，我还是希望……自己能没有任何罪责牵绊地回去。”她抬眸打量他，“小王爷，您能够理解我吗？”

朱见濂微微合上双目，没了别的话语可说，慢慢道：“能。”

“那请小王爷容许我回到瓷窑，可以吗？”

朱见濂看着她，心里明白，她并不是在等自己回答，她早就已经做好了选择。

这样的小瓷片儿，可为自己顺从柔软，但她坚持的那一部分，自己从来无法撼动。

朱见濂睁开双目，望着她清秀的面容，她略微发白的唇，唯有定定回道：“好。”

沈瓷不忍见小王爷如此神色，又道：“五日后的假期，小王爷若是不嫌弃，沈瓷还会过来……”她停了一下，又凑近他耳边道，“同小王爷约定的，我也是不会忘的。”

她最后一句加重了语气，既是为了宽慰小王爷，也是想要提醒他，当初她答应与他回江西时，小王爷曾许诺离京前的日子可由她自己安排。如今他允她回到瓷窑，也算是践行他当日诺言。

淮王见情势已定，方道：“汪大人，人已经带到你面前了，若是没有别的事，就请先回去吧。莫让无关的人看到你带着亲兵闯进来，还以为本王犯了什么事。”

汪直亦不愿再看沈瓷同朱见濂在这儿啰啰唆唆，下巴扬了扬：“既然如此，便不打扰淮王休养了。沈瓷，走。”

朱见濂面色愈发沉冷，沈瓷看了他一眼，仍然猜不到他心中的筹谋。再福了福身，缓步随汪直离去。

前院侧旁的假山后，杨福静静看着眼前发生的一切。

这并不是他第一次见到汪直，在遇见朱见濂以前，他便在京城专门受过长达两年的训练，只为模仿汪直的一举一动。因而，后来朱见濂再找人教他，不过提点几语，他便能模仿得惟妙惟肖。

汪直行事，向来为所欲为，不顾章法。这一点，杨福已是了解得很清楚。可纵然他已作为汪直的影子活了好几年，今日的情境依旧让他大开眼界。

朱见濂将心爱的女子关在驿站，却又被汪直强行夺走，这样一幕好戏，背后掩藏着的枝枝蔓蔓，能有何等作用？

杨福小心隐去身形，悄悄回了住处。篮子里放着卫朝夕昨日送来的大红苹果，他洗干净咬了一口，静心思索。板凳还没坐热，忽然见门底多了一张字条，是马宁留下的暗号：朱见濂要见他。

朱见濂原本便痛恨汪直，经过今日一事，更被戳中了软肋。待沈瓷与汪直离去，淮王也被抬走，他才回了房间。

桌上碧色的茶汤已凉透，朱见濂浑不介意，端起饮了一口。茶盏是上好的南宋黑釉，釉色中透着兔毫般细密的筋脉。茶叶沉淀在底部，配上这如幻玄妙的纹路，如同鬼蜮的独眼，在黑夜中诡谲凝视。朱见濂心境不宁，忽感头皮发麻，一个扬手便将茶盏抛掷出去，黑釉茶盏跌落在地，碎得四分五裂。

当马宁带着乔装的杨福赶来时，恰好看见一地破碎的瓷片。朱见濂却好似浑不在意，任意踩上去，脚底又发出一阵阵轻微的碎裂声。过了好一会儿，才将目光投向等待的两人："妖狐夜出的案子，指不定什么时候发生，也可能再也不会发生。趁着风头还在，我们伪装一起案子，借此拿下汪直。"

马宁试探道："伪装？难道要杀害无辜的人吗？"

朱见濂指节叩击着桌面："自然不会。只要戴面纱的白衣女子鬼鬼祟祟地出现，汪直自然会来，不至于挨到死人的时候。"

马宁松了一口气："说得在理。"

"不过，此时万万不能露出同淮王府有关的把柄。这风险太大了，一旦被抓住，没准之前妖狐夜出的罪名都会给我们扣上，所以万事必须小心。"朱见濂说。

马宁听得心惊："没有更好的办法了吗？利用别的案子怎么样？妖狐夜出如今盯得紧，万一露出了马脚……"

"没有比这更合适的了，若是更小的案子，汪直都是先派手下去，不到关键时刻，不会亲自出手。"

马宁犹豫着点点头，表示理解。朱见濂又看向一直没有开口的杨福："杨兄弟，你觉得呢？"

杨福只是傻笑："计谋什么的我也不懂，你们跟我说怎么做，我尽力配合就是。"

朱见濂鼓励般地拍了拍他的肩："当初这妖狐夜出的事件还是你告诉我们的，到了关键时刻，还得靠杨兄弟啊。"

杨福见他方才还面色阴鸷地盯着地上的碎瓷，如今神色已变得亲善，不禁恍惚。朱见濂瞧他不语，轻轻咳嗽一声，杨福回过神来，拜谢道："杨福……必当竭尽全力。"

朱见濂笑笑："有你这句话，我就放心了。"

第十章

女督陶官

沈瓷被汪直接回瓷窑，继续研制新瓷。

虽然如今新瓷还未成形，但它已有了一个漂亮的名字：斗彩。

取名的灵感是小王爷带给沈瓷的，釉上和釉下的色彩，一素一艳，一动一静，争奇斗艳，却又相映成趣，沈瓷自觉再找不出更加贴切的名字了。

万贵妃是女子，偏爱精巧的小物什。因此，沈瓷此次做的，都是可以握在手中把玩的瓷器，个头儿较为娇小。能够绘上斗彩的瓷胎，都是些精挑细选的佳作。胎质细腻纯净，胎体轻薄如云，图样也必求精美。

构想已趋于完整，沈瓷开始着手制作。

她亲手调和土与水的比例，让胎土几乎不含任何杂质，再用青花在瓷胎上双勾出纹饰的轮廓线，罩上透明釉用高温烧制。这一步，同普通的淡描青花器相差无几。之后，她又在釉面的青花双勾线内，根据纹饰的需要填以多种色彩，再入窑用低温烧制。

沈瓷尽力做到每一步都精益求精，只是最难的，便是色彩的描绘。

彩绘的技法有许多种，也并不是每一种颜色都能同青花搭配得相得益彰。彩色虽艳，却必须是清雅柔和的艳，才能清晰地体现釉上釉下争奇斗艳的效果。

正当沈瓷犹豫图样之时，汪直发话了："同你透露一下，你设计纹饰时，其中起码要有一幅的图案是鸡，还有一幅是猫。"

沈瓷不解："为什么啊？"

"因为皇上尤为喜欢鸡这个意象，而万贵妃喜欢猫。"

汪直从小跟在皇上和万贵妃身边，对这两人的喜好可谓张口就来。沈瓷觉得自己捡了个大便宜，咯咯直笑，随口又问：“万贵妃喜欢猫我理解，不稀奇。但是皇上为什么会喜欢鸡？我以为老虎苍鹰这些更威猛的物像更合适。”

汪直存心逗她：“因为皇上觉得鸡肉最好吃。”

沈瓷歪着头想了须臾，笑道：“你骗我的吧。皇上什么山珍海味没吃过，难道会贪恋最常见的鸡肉？”

“哈哈。”汪直细细的眉眼笑成了弯弯的一条缝，一面说话，一面伸出手，替沈瓷正了正头上的帽子，“真正的原因有两个。一来，成化元年是鸡年；二来，‘鸡’和‘吉’谐音，皇上相信运道命数，便觉得鸡是个好兆头。”

他的手扶在她的帽檐，不算是亲密的动作，可在他扶正的过程中，手指有意无意滑过她脑后的发，带着几丝微痒，蹭得她惶惶不安。

沈瓷退后一步，状似思考，轻叹一句：“这样啊……”汪直被迫离她远了些，手也顺势从帽子上落下，两人再无任何接触。她自以为做得不动声色，却不知汪直的毫不觉察只不过是表象。

“你呢，你最喜欢何种禽物？”汪直问她。

沈瓷愣了一瞬，缓缓道：“紫貂。”

“这可是金贵的禽物，难道你养过？”

沈瓷点头：“小王爷……就是淮王世子，他曾经送过我一只，养过两年多，如今已是病逝了。”

“……”

“汪大人，您脸色怎么看起来不太好？”

汪直只觉胸口像是被毒药腐蚀出一个洞，飕飕的凉风吹来，仿佛直接从他身体里穿了过去。所谓心痛，大抵便是这般感受。他正了正神色，少见地隐瞒了自己的真实想法，只说道：“没事，只是最近妖狐夜出一案刚有了新的线索便再次断掉，有些苦恼。”

沈瓷亦觉妖狐夜出的案子颇为蹊跷，问道：“什么线索？”

汪直理顺气息，长长的睫毛垂下，又睁眼扬起，慢慢道：“找到了一种可能的杀人手法。”

“所以，绝非什么狐妖鬼怪？”

汪直将方才的郁结抛开，点头道：“近日我的人得到消息，西域有人制出了一种奇毒，名为无影红。无影红毒性极强，但使用后只需一个时辰便自行挥散，验毒也验不出。因此，死者身上才没有任何伤痕，也查不出中毒痕迹。”

沈瓷诧异：“世上竟有如此奇毒？”

“更麻烦的是，这种毒无色无味，只有淡淡的异香，融在汤中，寻常人根本闻不出来。”汪直蹙眉道，“可纵然如此，也不至于所有人都中了毒。所以我猜想，除了不知不觉饮下毒药的人之外，其余人应当是被强行灌入毒药，因而才有一部分人脸上出现可怖神情。没有伤痕，可见凶手手法相当利落，是武功高手。甚至有可能……凶手不止一人。”

沈瓷听得愈发心惊：“做出这样的事，凶手的目的到底是什么？复仇抑或只是想搅乱民心?”

“不知道，目前西厂正在整理遇害人之间的关系，看起来毫无关联，还需要调查。”

汪直噼里啪啦说完了，才意识到自己同沈瓷讲的都是机密之事。她一问，自己便迫不及待地答，真是守不住嘴巴。但他并不介意，甚至还有一点儿舒心，只随口附加了一句叮嘱：“方才的话，你自己知道就行了。”

沈瓷笑道：“此等大案，沈瓷自然会保密。还愿汪大人早日破案。”

汪直一哂：“你还是把自己的事料理清楚吧，别等做好了新瓷，贵妃娘娘都把你忘了。”

沈瓷颔首应下，头上帽子本就宽松，因着她这一低头，又有些歪了。汪直顿时肌肉紧绷，忍住伸手帮她再次扶正的冲动，装作没看见般拧了拧自己的袖口，只随意再说了几语，便匆匆离去。

四日后的黄昏，汪直正独自乔装在外探查，突然得到急报，称京郊有人目睹戴面纱的白衣女子出现，其身形婀娜，行踪缥缈，与之前其他目击者的描述如出一辙。

“如今可有人伤亡？”汪直焦急地问。

“尚未得到消息，但往常都是在有人目睹白衣女子前后，便有命案发生。”

他话音未落，汪直已把他从马背上拉下，自己跨了上去，二话没说便挥鞭而去。

汪直明白，等自己赶到时，白衣女子必定已不在原处。但是，之前查出的无影红毒只是一种猜测，若他能在一个时辰内找到尸体，毒性尚未挥发，好歹能够确定死因，破除京城狐妖的迷信之言。

他快马加鞭，路过王越的府邸时，突然一个念头闪过，不禁刹了一脚，急躁地令守门人把王越唤出，却意外得知，王越刚得了皇上的诏令，此时应当正在宫中。

“好家伙，偏偏在我最需要的时候没了影。”汪直未及多想，同守门人说了个地址，道，“王越若是回来得不晚，叫他来此处寻我。”

他说完夹了夹马肚子，在吹起的风声中说道：“若是晚了，就不必让他来看热闹了。”

大约一炷香的时间后，汪直赶到了事发地。京郊鲜有人居住，此处唯有一座独院，单看外围，并不像有人长住。

门是大开的，一眼望去，可看见正对着门的屋子窗户敞开，两个熟悉的身影侧着脸站在屋内。汪直认出这两人皆是西厂密探，想来应该是最早发现情报之人，一边急匆匆迈入院内，一边扬声问道：“情况如何？”

他走了七八步，渐渐发觉不对劲，这两人不仅没有回答他的问题，而且姿势僵硬，毫不动弹。汪直放慢脚步，手不动声色地按上剑柄，目光虽未动，但整个人已经沉静下来，蓄势待发。

砰的一声，院门从背后关上。

与此同时，破空之声从天而降，三道凌厉的黑影朝他劈头斩来。三人皆是蒙面，剑气搅碎西风，来得又狠又快，一看便知下了死手。汪直没想到此处有这等危险等着他，但也不至于乱了阵脚，他的目光闪过一丝寒芒，拔出长剑，凌空倒翻，险险掠过惊鸿剑气。那三人却是不依不饶，紧逼而上，未几，又有六人从隐蔽处杀出，竟个个都是经过训练的好手。

汪直的武功虽然不在他们任何一人之下，但多人联手，又事发突然，没过多久便觉得吃力难挡。眼前的九人分两层围住他，剑指中心，训练有素，已是形成围剿阵法，看样子竟是专门为他设置的陷阱，已在这里等候多时。

杀气连连翻卷，汪直挥汗如雨之际，扬声发问：“你们是何人所派？”

剑风未停，没有一个人回答他的问题。

逼人的剑气，催得枝头枯木惊颤不已。汪直身陷其中，无路可进，又无路可退。他知道这样下去，自己必定气力渐失，支撑不下。索性不管不顾，以勾剑之法穿行其中，在降低防御的同时，也将对方的阵法打乱。

勾剑之时，一道剑光划过他的胸口，留下长长的血痕。汪直没工夫检验伤势，他足尖一点，逮准了对方阵法混乱的时机，腾然而起，越过屋檐，呼吸急促地往外逃去。

蒙面的九人立刻追了上去，不给汪直丝毫喘息的机会。汪直用手捂住胸口，血从指缝间一股一股往外涌，天地都好似颠倒过来。他拼力支撑，不敢松懈，眼下这队人就是奔着杀死他而来的，一旦他此时倒下，必定只有死路一条。

可惜就算他轻功再好，也是受伤之躯。渐渐地，视线中的一切都模糊起来，人影幢幢，摇摇晃晃，他感到肩膀被人从后扣住，下意识地回身挥斩，几番缠斗过后，终是支撑不住，彻底倒在了地上。

蒙面人绷紧肌肉，挥剑欲斩，锋利的剑刃即将落在汪直脖颈上时，突然从拐角处袭来一道身影。此人二话不说，一脚踢在蒙面人的胸口，使其连退数步，方才站稳。

“敢伤我兄弟，看本将军怎么收拾你们！”王越手腕一提，一剑长虹如同数道光影，破风前去。蒙面的九人再度举剑，欲形成包裹阵法，如同方才刺杀汪直一样想搞定眼前这人。

但很快，他们就打消了念头。

仅在片刻之后，王越身后便有二十个亲兵一字排开，他将汪直护于身后，分寸不让。

“撤！”审时度势后，蒙面首领快速发出了命令，九人迅速朝侧旁的山林里撤去。

“你们，给我去追！”王越同身后的亲兵下了命令，自己则留下照顾汪直。他扯下一片衣料给汪直的胸口粗粗包扎起来，再将其放在马背上，一转眼便发现殷红的血液已浸透了白布。一时再顾不得其他，急急返回城中，扛起汪直直奔医馆。

“大夫，他怎么样了？”王越搓着手站在大夫身旁，同样的话已是问到了第三遍。

“我这儿救人呢，你别吵行不行？”老大夫终于忍耐不住，没好气地横了他一眼，兀自继续手中动作。王越的心提到了嗓子眼，却不敢再说话，撇着嘴，眼巴巴地看着汪直昏睡的面容，一点儿劲都使不上。

良久，老大夫才站起身，瞟向王越，没好气地说：“行了。”

“行了是什么意思？”王越瞪大了眼睛。

“行了，就是能活命，残不了。这人身体素质不错，扛得住打，没有意外的话，睡一觉，明天早晨就能醒。他伤口虽然深，但并非要害，休养个十天半个月，也就差不多了。”

王越长长地舒了口气：“那就好。”又啰啰唆唆地向大夫问了一番医嘱，才命人驾来一辆马车，本想将汪直送回汪府，又担心贼人再袭，自己照应不上，转而将汪直安置到了自己府上。

事实上，还不到第二日清晨，只在半夜，汪直便醒了过来。他忆起黄昏之事，再看眼前并不是自己的房间，差点儿把这儿当作阴曹地府。他尝试着起身，胸口猛地袭来一阵剧痛。这痛令他放下心来，有感觉，说明还活着。他再看四周，虽然光线昏暗，但在月光的映照下，屋内的陈设也能瞧清一半。他心觉熟悉，半晌后终于想了起来：这是王越府中的格调。

想到是王越，他便不客气了，扯着尚且沙哑的嗓子喊道：“来人！来人！”

守在门外的护卫推门而入：“汪大人有什么需要？”

“我要见王越。”

“现在？”

“现在。”

护卫犹豫片刻，想着自家主子与汪直关系甚密，还是去通传了。

王越是军人，半夜被叫醒本就是常事，并未生气。听闻汪直醒来，他甚是激动，只披了一件裘皮大衣，便疾步赶去。

“小汪汪，你可算是醒了。还疼不？”王越走过来，一屁股坐在汪直的床沿上，力道太大，震得床榻一抖，连带着汪直受伤的胸口也被震得疼了起来。

“疼，当然疼了。”汪直咬着牙，拧了一把王越腰上的肉，当作报复。待听到王越如他所愿地沉哼了一声后，才问道：“今日是怎么回事？我怎么到了你这儿？”

王越笑得得意：“你被九个蒙面人刺杀，打不过，千钧一发之际被我救了，就是这样。”

汪直没在意他的扬扬自得，只问道：“抓住人没？”

王越的表情霎时低落：“没有……”

汪直眉毛挑了挑：“你一个都没抓住？”

王越叹息一声："若是我，肯定就已经抓住了。但问题是……你当时危在旦夕，我只派了手下去追。我带去的人看起来声势浩大，但其实都是我随便带的花拳绣腿。那九个人武功都不弱，山林里又易于掩藏，最终还是没能捉到……"

"你啊，怎么能让他们全部给跑了呢……"汪直颇为无奈，不过想到王越是因为自己才错失了追捕的良机，心下又有了几分柔软。他闭上眼，复又睁开，问道，"提前到现场的那两个西厂密探呢，是否遭遇不测？"

王越摇摇头："没有，他们只是被劫持，但并未被灭口。可见对方是专门冲着你来的，他们做得很小心，几乎没有说话，而且全程蒙面。"

"全程蒙面，必定是怕被人发现端倪，牵扯更广，多半是朝廷中人。"汪直眯起眼，狭长的眸中闪着考究般的魅惑，"你觉得，会是谁出手便要置我于死地？"

"最可能的，自然是东厂，但此事说不准。你还是先好生休养吧。"

汪直点点头，将目光聚于王越脸上，又伸手拧了一把他的腰："还得多亏你，今日及时赶到。"

王越怨怼地护住腰部："别跟我说谢啊，听起来生疏。"

"我也没说啊。"汪直一哂，笑道，"对了，我的伤，大夫怎么说？"

"并无大碍，只是需要安心休养几日，不得下床，勿让伤口再裂开。"

汪直唇间勾起一丝狡黠的笑意，突然话题一转，颇有深意地问道："沈瓷明天该放假了吧？"

王越撇嘴："人家姑娘放假，肯定要往淮王府跑的，你惦记什么啊。"

汪直不作声，那双明眸背后仿佛酝酿着一团烈火，将他的脸点染得愈发俊美逼人，良久，悠然道："我受重伤了，脾气不好，你这里的人我都看不过眼，嫌弃得紧。所以，你应该去找沈瓷帮个忙，让她趁着明后两日空闲，来照顾一下身受重伤、情绪不稳的我，对不对？"

"啊？"王越一愣，待反应过来，不禁用手指着汪直，"你、你、你真不要脸啊……"

汪直在查案过程中遭到刺杀的事，很快传到了皇上耳里。皇上暴怒非常，将相关的西厂密探提来审问，都说自己只是听乡民说有一美艳的戴面纱女子进入院中，刚撞门进去，便迅速被挟持，逼迫他们侧脸站在窗前。

详加盘问后，几人证词并无疏漏，可终究还是对凶手一无所知。加之这一次没有平民伤亡，可见是专门冲着汪直来的。

“传旨下去，妖狐夜出一案，不用汪直再查，令他好好养伤。”皇上眸中散出几丝狠戾，捏紧扶手道，“此外，从西厂调几个高手在他身边，别再弄些花拳绣腿的家伙，切莫再出现这样的事！”

皇上安排了新的查案人，相关人员纷纷领命，待事情交代得差不多了，王越上前一步道：“臣还有一事相报，是汪大人想让我转达给陛下的。”

皇上眼尾扫了扫王越：“哦？他说什么了？”

王越揖手道：“汪大人说，妖狐夜出一案，已在京城造成民众恐慌。甚至有人宣扬是因为陛下治国不善，才引得狐妖作祟，实在有辱您的圣德。汪大人的意思是，虽然此次并无人员死亡，但我们可以趁此机会，对外宣称死了两名流浪汉，并且已经对其进行了检查，其死因并非什么魑魅魍魉，真正的死因是中了西域的无影红毒。”

“无影红毒，我知道，汪直同我提过。虽不确定这到底是不是真正原因，但也是目前除了狐妖之外，唯一合情合理的说法了。”皇上思索片刻道，“如今，平定民心确实是最重要的事，就照他说的来办吧。再找几个唱戏的，把这事编排一下，传播得快些。”

“臣遵旨。”

皇上疲惫地合上了眼，语气放柔和了些，对王越道：“你也回去好好准备一下，明日便要出大同。鞑靼近日很是狂躁，镇压之事，朕就交给你了。此次你救下汪直也有功，等回来，一起赏。”

“请皇上放心，臣必定不辱使命。”王越是武将风范，见皇上合上了眼，行罢礼起身就走。

出宫门时，天边已燃起赤红的霞光。大内的钟声传了过来，只余下悠悠长音，酉时已到。

王越记着汪直的嘱咐，算来现在沈瓷已是告假，便命马车朝瓷窑的方向驶去。到了门口，拉开窗帘一看，恰好瞧见沈瓷走了出来，淮王府的马车就停在前方不远处。

“沈瓷，你等等！”王越一个凌空翻滚，将沈瓷硬生生拦下来，“我有话同你说。”

“王将军？”沈瓷顿住脚步，疑惑道，“你怎么来了？有事吗？”

王越双眉蹙起，摆出一副哀切神情：“汪大人，他、他、他……”

沈瓷被他的神情弄得心头一凝：“汪大人怎么了？”

王越叹了口气，面露不忍：“他如今身受重伤，卧床不起，恐怕……”

他把尾音拖得长长的，“恐怕”之后的话还未说，便如愿以偿地被沈瓷焦急地打断：“快带我去！”

王越心中大笑，赶忙将她迎上马车。沈瓷一只脚刚踩上去，又突然收了回来：“我得先同小王爷知会一声，等一会儿看完汪大人后，我再去他那儿，估计也就是稍晚一两个时辰吧。”

王越看了一眼候在前面的马车：“行，你等着，我帮你去说。”

沈瓷咬唇道：“小王爷对汪大人有些偏见，只说我会晚些到就好，不必多提缘由。”

王越点头，往前走了几步，对淮王府的车夫低声道：“告诉淮王世子，沈瓷这两天都不过去了。瓷窑里有事，抽不开身。”

车夫纳闷，转过头用询问的目光看向远处的沈瓷，见她肯定地朝他点了点头，才放下心，驾着马车走了。

“好了，现在可以走了。”王越憋住笑意，“汪大人如今在我府中休养，挑剔得很，我府中用人全部被他嫌弃了个遍，想来是受了伤脾气不好，沈姑娘你去了以后得帮忙劝劝他啊。”

沈瓷点点头，低垂的眼帘下透着不安：“王将军还没告诉我，他到底是如何受伤的？”

王越将昨日在京郊发生的事同她大致讲了一遍，还好心替汪直补着面子：“若是寻常以一敌九，汪直肯定没有问题。但刺杀的那九人皆是武艺高超，他能够劫后余生，已是幸运。”

沈瓷的睫毛不禁颤动：“王将军果然是汪大人的挚友，危难之际可见真章。”

王越听得高兴，笑道：“我真诚待他，他真诚待你，都是差不多的。”

沈瓷心中一动，表情却无一丝改变，认真道：“我也将汪大人看作恩人，没有他当初相救，或许如今便没了我。”

王越听她言语中将两人的关系界定得清楚，似乎只有恩义，并无情分，一时竟不知再往下接什么话。场面有些冷，所幸这时马车已经慢慢减速，撩开车帘一看，王越的府邸到了。

将沈瓷带去安置汪直的房间后，王越抬腿便准备离开，这时，沈瓷叫住了他："王将军也一同留下说说话吧。"

王越咧开一个笑容："我明日还要去大同，得去收拾一番。"

汪直剧烈地咳嗽了两声，转过脸诧异地看着王越："你明日就要走？"

"对啊，不然你以为皇上昨天把我召进宫干吗？"

沈瓷看了一眼王越，不禁担忧道："从前汪大人长期在外奔波，行踪不定，找到他便需要费一番工夫。如今他在王将军府中养病，若是被有心人知道了，您又不在府中，他岂不是很危险？"

王越冲她眨眨眼："他才不危险，今晚西厂的高手便会来保护他。更危险的是我好不好？马上就要去大同打仗，鞑靼的士兵也不是吃素的……怎么你们就没人关心一下我……"

沈瓷正欲劝慰他，突然听见汪直嗤笑一声："多大的人了，还好意思求关心。"

"你不也好意思吗？"王越反讥了汪直一句，转头同沈瓷告状，"沈姑娘，我告诉你。他虽然没危险，可情绪不好，一心想同我说说话，我哪有时间陪他瞎耗啊。除了我以外，他只想同沈姑娘说话，只得把你请过来帮帮忙，你就看在他可怜的分儿上，陪他说几句话吧。"

汪直将脑后的枕头扯出，一把朝王越扔去："滚滚滚，收拾你的东西去。"

王越乐呵呵地接住枕头，又给汪直掷了回去，冲他挤挤眼，一溜烟跑了。

沈瓷搬了个独凳到汪直床边，两个人一坐一躺，对于这样的交流方式，颇有些不适。她下意识地替他掖了掖被子，问道："伤口还疼吗？"

"还行。"

"会留疤吗？"

汪直一哂："又没伤在脸上，留不留都无所谓。"

沈瓷也笑起来，目光落在他略显病态的脸上。皮肤苍白，眼睛却明亮。暖橘色的灯光映在他如玉的脸庞上，浓密的睫毛垂下来，眸光半遮半掩。

相由心生。沈瓷心想，就算外面把汪直传得多么奸邪谄媚、工于心计，但她仍然相信，他是个率直锐利的人，只是不懂得圆滑而已。他权势不小，却多次救她于危难，如今身受重伤，又点名让她来看望，可见是真把她放在了心上。既然如此，她也应真心相待，视她作挚友。

“汪大人受伤期间，若是无聊想要同我说说话，尽管找我来便是，不必客气。”沈瓷微笑。

“你平日里忙着制瓷，瓷窑有瓷窑的规矩，又关乎万贵妃的需求，我怎能想找就找。”汪直只客套了一句，心头的真面目便露了出来，“要不然，你就有假时过来吧。王越在隔壁也备了客房，这两日你就待在这儿别走了。”

“可是……”

汪直盯着她看：“刚刚你说什么来着？”

沈瓷怔了怔，想到自己方才刚说随时可以找她，刚出口两字的话便噎住了。她想了想，汪直昨日刚受伤，这两日正是最难熬的时期，王越走了，想寻个顺心的人照顾也是不容易。终归只是两日而已，小王爷那边日子还长，也不急在这么一时。

沈瓷浅浅一笑，改口道：“可是，您也知道我同别人有约在先，得先去说一声才好。”

汪直“嗯”了一声：“这个，让王越去安排就好。”他对沈瓷笑笑，心里想的却是，还想让我告诉朱见濂，做梦去吧。

暗黑色的天幕下，朱见濂立于院中，缄默不语。

几株老树的虬枝上，已长有未放的花苞，只可惜空气中寒意阵阵，冻得花苞惴惴发颤。

初次计划失败了，便注定今后会更加困难。

考虑到上次妖狐夜出时，王越与汪直一同出现，他还特意选了王越入宫的时机。只是没想到汪直专门给他留了口信，在最后时刻把他的人挡了回去。

只一个差池，如今，汪直身边的警戒加强了，妖狐夜出案件的契机消失了。唯一的好消息，只不过是王越明日将远离京城而已。

而刚刚传来消息，声称在瓷窑做工的沈瓷，其实竟是跑去照顾汪直……

如同背负着沉重的枷锁，朱见濂在暗夜中踽踽独行。他握紧了拳头，又慢慢松开，认清自己手中其实空无一物。

马宁从他身后走来，低声问：“要不要我派人去把沈姑娘叫回来？”

“不用了。”朱见濂定定地望着眼前枯木，轻声道，“原本我让她留在驿站，便是不希望她搅进这些纷争，是我低估了汪直的偏执，居然直接到驿站来抢人。以如今的情形看来，我是没有办法避免她蹚入这浑水了，只能收敛一些，让她不要起疑。”

马宁迟疑地问：“您的意思是说，沈姑娘如今已经觉察到您对汪直的仇意？”

朱见濂伸手折下眼前枝杈，冷笑道：“她向来闷着声不爱多说，却是个心里有主意的人。她如今必定是觉察到了，只不过以为我是吃醋，探究不到更深的原因。若是我再执意强求，她未必不会往更深处想。”

马宁点头赞同，脱口而出：“确实，在我们旁人看来，汪直不过是一个宦者，他从前随侍万贵妃的时候，就是皇上也放心得下。再加上，他对沈姑娘的确有恩，您要是拦得太过火，确实容易令人怀疑。”

朱见濂轻嗤一声：“宦者本是弊处，怎么如今被你说起来，反倒成了我不得大动干戈的借口？”

马宁意识到自己方才失言，半晌没说话。

“让他们两人维持交往的关键，不在于我没有脸去拦，而是情势所需。如今，皇上不让汪直再查妖狐夜出的案子，我们已失去了一条线索。让沈瓷同汪直保持联系，也是无奈之法，不过倒是能由此获得更多汪直的消息。”

“那……您是要将事情的缘由告诉沈姑娘吗？”

朱见濂摇首：“不，就让她什么都不知道，这样最好。”

马宁微有震动，不禁感慨道：“谁又能想到，京城那么多人，偏偏是汪直同沈姑娘走得近。若是当初她没离开淮王府，便没有如今这些事了。”

朱见濂眸射星光，遥望着深远无尽的夜穹：“时也，命也。世事无常，既然走到这一步，便不需做其余虚妄的假设了。”

他沉吟良久，似在喃喃自语，叹息深远、无奈：“只是，小瓷片儿，本不想将你牵扯进来的……但如今，是不得已了。”

卫朝夕这两日闷得发慌。

原本她只是想来京城随便玩玩，却没想到这一趟出乎意料地久。先是因为皇上公务繁忙，推迟了觐见的时间。如今更是因为淮王受伤，将归期延迟了整整两个月。

她这人平日总是大大咧咧，但耗到此时，也免不了焦躁起来。更何况，她在京城不能跑得太远，在有限的范围内，除了不让女人进的醉香楼之外，其他好玩的好吃的基本都已经被她试了个遍。

她想回江西，又不敢自己离开，只得百无聊赖地等在驿站，同时慢慢飘出一个念头——她要去醉香楼。

卫朝夕本想等沈瓷这次到驿站，两个人再乔装一起去，可沈瓷没来，她便把主意打在了杨福身上。

又或者，沈瓷的缺席正合她的心意，让她终于有了一个寻找杨福的理由。

黄昏时分，卫朝夕还像往常一样在院子里散步，走着走着，便出了驿站。她挑了远路，七拐八弯才到了杨福的住所。手指颤抖地敲了敲门，退后一步站得笔直，好让里面的人看清楚。过了一会儿，杨福把门拉开一条缝，她猫着腰缩了进去。

几日不见，她又觉得杨福有了些变化，多了一种箭在弦上、随时可发的紧绷感。卫朝夕以为他开口第一句该是“你怎么来了”，但是没有，杨福这次没有一点儿不耐烦，简简单单说了一个字：“坐。”

卫朝夕坐在那略微摇晃的小木凳上，觉得紧张，拿起桌上的苹果啃了一口，自己先招了：“我这次来，是，是想同你一起去醉香楼……”

杨福把刚含进嘴里的一口茶喷在了桌上：“你知道那是什么地方吗？”

“知道啊。”

“知道你还让我同你去？”

卫朝夕挠挠脑袋：“我也就是想去见识一下，生平还没去过青楼呢。”

杨福苦笑：“那干吗找我啊？你不知道我不能随便出去吗？还是让朱见濂随便拨个侍卫陪你去吧，一样的。”

“那不一样，我跟那些人不熟，没劲。”卫朝夕说完，觉得自己与杨福似乎也没熟到哪儿去，又矜持道，“原本我是想让沈瓷陪我一起去的，她近日忙碌，我这才退而求其次找了你。”

杨福觉得这名字有些耳熟：“沈瓷是谁？”

“我的好朋友啊，从小一块儿长大的，如今也在京城，几天前还来过驿站。”

“是不是打扮成一个宦官模样？”杨福本就想找卫朝夕打探那日被汪直强行带走的人是谁，此刻听她主动提及，不由得加以试探。

“你知道呀？”卫朝夕拍着手惊喜道，“她看起来是个宦官，其实是个实打实的女子。你别说，她的容貌清秀干净，扮成宦官还挺像，说不定这样混进醉香楼，别人还以为是个白面软书生呢。”

杨福心中震动非常，再次确认：“是不是西厂提督前几日从驿站强行带走的那个？”

“我当时没见着，只听说是有这么个事。”卫朝夕见话题越绕越远，推了推杨福的胳膊，“话说回来，你陪不陪我去醉香楼呀？”

杨福却似没有听到，只是问：“你同沈瓷好到什么程度？”

卫朝夕想了想：“有福同享，有难同当。若是她有危险，我一定去救。”

“那若是你有危险呢？”

卫朝夕觉得他这问题有点儿怪，皱着眉头道：“她对我，当然也是一样的啊。哎，你管这些干吗，一句话，到底去不去？”

杨福沉吟片刻，抬起头扫了她一眼：“你就这个样子去醉香楼？”

卫朝夕听他口气松动，惊喜道：“当然不是了，我们俩都要乔装打扮，贴个胡子，涂点儿泥巴，再穿得风流倜傥些，不会让人认出来的。”

“涂泥巴就算了，涂完以后，你也别想风流倜傥了。”杨福自从知道自己同汪直长得相似后，便学习了易容之术，骗过普通人还是可以的。他端起茶喝了一口：“乔装的事，你就别掺和了，交给我。”

卫朝夕眼中泛着水亮的光彩，拍手称庆：“你这是答应了？”

“嗯，不过要等两天，我需要准备一下。”杨福朝她撑开一个笑容，这笑容带点儿生硬，也带点儿愧疚。但卫朝夕此时只沉溺在喜悦中，丝毫没有觉察。

王越出发去了山西大同。汪直伤口未愈不宜颠簸，仍留在将军府。同时留在将军府的，还有皇上差来的西厂高手。

汪直在外跑惯了，乍一停下来，有诸多不习惯。但他亦享受这种闲适，时不时同沈瓷说会儿话，竟颇有些偷得浮生半日闲的趣味。

“能休息几日是不错，但没必要弄这么多人守在外面。把刺客都给吓跑了，我还指望着他们再来呢。”汪直蹙眉道。

沈瓷端了汤药过来，微微扶起他，又在他背后放了张软垫：“你啊，先安心养着，别一语成谶，等刺客真来的时候，连跑都跑不动。”

汪直哼了一声。

沈瓷淡笑，把汤药递到汪直手中，问道：“对了，你受伤以后，皇上如今把妖狐夜出的案子交给谁了？”

汪直扁扁嘴，心想这时候你不应该喂我吗？他一边嘀咕一边接过药自行灌入喉中，末了拿起沈瓷递来的方帕擦了擦嘴，冷着脸道：“还能有谁，自然是东厂尚铭那个老家伙。”

沈瓷目光流转，语气随意：“不知道为什么，我总感觉东厂的立场，在这件事当中有些奇妙。”

汪直侧过眼看了看她：“怎么说？”

“只是一种感觉而已，我从未接触过东厂，也没有任何证据。你听一听便是，不可当真。”沈瓷对他笑了笑，语气轻松道，“那日，我听说无影红毒珍贵难寻，价格奇高。若非资力雄厚且掌控权势之人，很难得到。可是，这么珍奇的毒药，仅仅用于杀掉几个没什么防范的商户，说是单纯的复仇，我觉得不可信。” 汪直默默将手中方帕放下，不禁认真起来。

沈瓷继续道：“所以，对方要做的，并不是单纯杀这么几个人而已，一定有别的目的。更深层的缘由，我并不知。但因为无影红毒的运用，杀人手法变得离奇莫测，传得人心惶惶。普通的杀人案件，自然不会落到你汪大人的手里，但这等惊扰了皇上的大案，顺理成章便归了你管。再之后，刚好在王将军入宫时，你因为听说妖狐再现，独自一人赶去京郊，却遭到敌人的埋伏。”

汪直细细想来，的确如此，眉间涌出煞气：“算来，东厂想要暗算我的动机最强，也有钱有权。别看他们面上没多少俸禄，但私底下常在货物里夹带黑货，赚了几大笔。无影红或许就是这样被他们带来的。”

“哦？他们私底下还有业务？”沈瓷再次揣测，“那妖狐夜出案选择的商户，会不会正是因为与他们有利益冲突？”

汪直已是面沉如水，咬牙道：“有可能。我记得之前还同你说过，凶手也许不止一人，而且身怀武功。东厂虽然不比我西厂，但这样的人多得是。”

沈瓷见他语气凌厉，面色铁青，怕引起他身体不适，忙劝慰道：“刚才说了，这不过是个猜想而已。我不懂什么朝政断案，只不过说说感觉而已，你莫要动气。”

“没有，你分析得很对。纵然有其他可能，但这一种可能性最大。”汪直目视前方，下意识地握住沈瓷的柔荑。

他目似刀锋，沈瓷看得心中一沉，只能任他抓住自己的手，过了半晌，才听汪直开口道：“或许东厂已下定决心除掉我，不过，呵，哪有这么容易？”

京城的天空连阴了数日后，终于盼来了澄清明朗的一日。

天气晴好，春意初生，初萌的花草探出了头，给凋敝的视线着上了绿色。

沈瓷离开王越的府邸，正在赶回瓷窑的路上。她撩开车帘，望着这晴朗湛蓝的天幕，不由得轻声催促车夫行得快些。在休假之前，她已完成了斗彩瓷第一轮的烧制，选取出青花当中的翘楚，再绘制好了釉上彩，只等着二次入窑。

而之所以没在绘好后马上入窑，便是担心连日的阴天会对烧窑有所影响。天气晴好之时，成功的概率会更大一些。哪怕这影响只是微不足道的一点，她也希望斗彩瓷的头一次烧制能够更加顺利。

眼下正是好时候，天气初晴，阳光煦暖，看上去还能维持好几天。她下了马车便告诉把桩师傅，今日进行第二次入窑，备好松木，事不宜迟。

装了匣钵，放入瓷窑，熊熊大火燃起，隐隐可见火光映照着湛蓝的天空。把桩师傅控制着火势，沈瓷便在他身边守着。这是她的习惯，就算这个环节不需亲自操作，也要对整个过程熟稔于心。

把桩师傅是个皮肤黝黑的老伯，和蔼有趣，经验丰富，无聊时便喜欢随便说两句话：“哎，你这瓷器也是稀奇，还得入窑两次才行，出来能是什么样子啊？”

沈瓷拿过他手中的蒲扇，在火势平稳时帮忙扇了扇，道：“在二次入窑之前，彩料看上去都是深色的，瞧不出效果。我是第一次做，也不知出窑后会是什么样。反正釉上彩烧窑的时间短，只要好好控火，今日便可看见。”

老伯微笑点头，已有了期待，又随口聊道：“沈公公你知道不，御器厂又送了一批新瓷入京。”

沈瓷一愣，被他提及伤处，心底微抽，咬着唇淡问：“这么快？距离上次也就一个多月而已啊。”

“上次的瓷器，不是都损坏了吗？所以御器厂又加紧做了一批，又加了点儿以前的存货，赶忙又送了一趟。可能是因为赶制得太急，皇上还是不满意，颇有微词。”

沈瓷忆起从前在御器厂的时光，精英汇聚，设备完善，有任何想法都能不计成本地尝试，只为了做出千窑一宝的珍品。念及今后再无法回到御器厂，甚至无法回到景德镇，她的心情不由得低落，垂首低声道：“御器厂汇集了各方高手，若是连官窑都顺不了皇上的意，其他的就更难了。”

“官窑高手多是多，但架不住督陶官过于迂腐。我与运瓷的窑工是故交，已听他抱怨过督陶官好几次。”老伯一笑，露出一嘴漏风的牙，喜滋滋道，“我还听说啊，皇上这次，是准备罢免督陶官李公公了。”

卫朝夕在铜镜前站得笔直，她穿一袭深蓝团蝠服，腰际束着绛色的长青带，脚下垫高了，兴奋道：“哟，还真像个男人！”

杨福替她加深了肤色，鼻梁挺直，眼角下拉，本来已经足够了，但卫朝夕偏还要体验一把有胡子的感觉，杨福只得给她再添上。

而杨福自己，则成了络腮胡，普通人乍一瞧，的确不易看出。

卫朝夕兴奋异常，声音都不禁提高了：“走咯，逛窑子去咯！”

杨福一把上前捂住她的嘴：“这话怎能大声嚷嚷，含蓄点儿，你还是女人吗？”

卫朝夕起了劲，厚脸皮道：“现在不是了。”

杨福笑着松开她：“你这姑娘，一天到晚都没个正经。”

他语气中带了点儿纵容的味道，卫朝夕听在耳里，甜在心上，觉得今日的杨福尤为亲近。他就算打扮成了络腮胡子，也依然比别的络腮胡子都好看。这个念头闪过，她又不由得踌躇起来，支支吾吾问杨福：“你……你去醉香楼，除了赏乐观舞外，还会不会……”

“会不会什么？”杨福假装听不懂。

卫朝夕双颊绯红，脸皮又加厚了一层，问道：“……会不会再点一个醉香楼姑娘，与你共度春宵？”

“哎，你提醒了我，这也有可能的。”杨福笑着说。

卫朝夕脱口而出：“不行，不可以！”

“为什么？”

“因为……”卫朝夕抿紧薄唇，沉吟片刻后一拍巴掌，“因为你不能被人发现啊！还是在大堂观赏歌舞最保险。”

“那我还不如不去呢。”

卫朝夕噘起嘴，不满道：“这可不行，你答应了我的。”

她说得认真无比，表情亦是一派天真。杨福骤然觉得自己的心被拧了几转，想到一会儿即将发生的事，竟是有了一丝犹豫。

“别再磨蹭了，天都黑了。”卫朝夕再也按捺不住，拉过杨福就往门口走。一路上，她都是兴致高昂，情绪热切。街边的赏灯璀璨晶莹，星星点点铺成绵长的一线，映在她晶莹明澈的眼中。她与杨福并行在街道上，一路灯火为伴，整颗心都暖起来，仿佛有了脚下生风的力量，又有了闲庭信步的悠然。此番场景，她幻想已久，如今成真，恨不得这段路程无限延长。

两人在醉香楼门口停下，门口有殷勤的小厮立刻将他们迎了进去。今晚的醉香楼也是热闹，楼上楼下都是人，在一楼的中央搭了个台子，醉香楼的姑娘正弹着琴，奏的是绮情丽曲，缠绵悱恻，闻之动容。

卫朝夕同杨福的打扮看起来还算是富贵，很快便有姑娘围了上来，挽着他们入了座。耳边是瑟瑟琴声，怀中是温软美人，卫朝夕心道，怪不得男人都爱来这地方，就算她是女子，也快被酥化了。

但杨福就没这么好过了，身边的美人一贴上他，卫朝夕便一把揽过杨福的肩，顺势将美人的手打开，脸上还笑嘻嘻的，说：“杨兄，你觉得这支舞可好？”

“挺好，挺好。”杨福以前并未来过这种地方，脸皮又没卫朝夕那么厚，反而显得拘束。因此她此种行为，反倒令他松了一口气，脸上出现一个憨憨的笑容，这一次，是不由自主的。

卫朝夕调戏身旁的小美人：“你看我和杨兄，谁更俊朗？”

那小美人眼角一抹娇媚风情：“卫公子是俊俏之美，而杨公子……”她瞥了瞥杨福的络腮胡，“杨公子看似粗犷，粗犷中又有细腻。”

“我，粗犷？”杨福指着自己的鼻子，愣愣问道。

卫朝夕哈哈大笑，她真想把杨福的络腮胡给拔下来，把脸也洗干净，让这人看看他其实长着怎样一副魅惑众生的面孔。然而转念一想，这满场人当中，唯有自己知道他的真实面目，心中又难免有点儿小得意。

两人看着歌舞，品着佳肴，靠着美人，乐趣顺手拈来。杨福自从替背后那人效力以来，从来没有享受过如此肆意的时光。可就算是在这份肆意中，也夹带了不安与愧疚。他一边放纵地笑，一边警惕地等待。终于，在第六首乐曲的尽头，该来的还是来了。

一队东厂的人马涌入醉香楼，封锁大门，声称通缉的大盗正藏在醉香楼内，要对所有人进行搜查。楼上楼下霎时乱作一团，你推我搡，卫朝夕被挤得不成人形，艰难地转着头四下寻找，杨福却不知去了哪里。

混乱之中，卫朝夕眼前一道绿影闪过，紧接着被人猛地一撞，再看时，怀里已多了个包裹。

“请公子替我保管。”那绿影声音冷漠，只轻飘飘留下这么一句话，便不知又窜去了哪里。卫朝夕连那人的脸都没来得及看清楚，只觉眼前昏花，抱着包裹站了一会儿，听见周围渐渐安静，抬眼一看，两个东厂着装的人正朝她走来。

卫朝夕本来以为他们要找别人，站在原地没动，可是近了，才发现这两个人一左一右站在她面前，指着她的鼻子，大声道：“这个！像是！”

卫朝夕周围的人不约而同地往后退了一大步。

“我？”卫朝夕心中大呼，我是女的呀，又不会武功，怎么能是大盗呢？她下意识抱紧手中包裹，突然起疑，用手捏了捏，莫不是这包裹有什么蹊跷？

她想到了，东厂的人自然也想到了，伸手便夺过她手中包裹：“这是什么？”

卫朝夕诚实解释：“我不知道，是方才有人在混乱中塞给我的。”

“呵，别人塞给你，这种借口也说得出来，打开！”

话音刚落，包裹便被强行拆开。卫朝夕看了一眼，顿时放下心，包裹里装的，不是金子，也没有银票，只不过是一身纯白的衣裙，一张面纱，还有一个密封的深色瓶子，上面刻着三个字：无影红。

卫朝夕不明白其中寓意，可是东厂侍卫却个个瞪圆了眼，忍不住惊呼出四个字：“妖狐夜出！”

周围的人明显倒抽了一大口凉气，又朝后退了几步，人们挤成一团，离卫朝夕更远。

须臾的静止后，领头的下了命令：“还愣着干什么？把人押回去！把物证收好！”东厂的人立刻拥上前，牢牢地把卫朝夕按在地上。卫朝夕还没明白怎么回事，只能一个劲儿辩白：“不是我，我没有偷！”

侍卫用麻绳把卫朝夕的手从背后牢牢绑住，用棍子架着她的脖子：“你确实没偷，你犯的事，比偷盗大了去了。”

卫朝夕被这群人拽得生疼，泪眼氤氲间，突然看见了重重叠叠人影后的杨福。他就那样静静站着，望着她，看不清任何表情。

天色已暗，杨福走出醉香楼，仰头看了看空中弦月，清冷的幽光洒在街道上，犹带着刺骨的冷意。他拢了拢衣襟，让自己的脸遮挡得更加严实，并未直接回到住处，而是去了他与尚铭事先约定的地方。

他在一座楼阁外停下，扯过袖子胡乱擦了一把脸上的冷汗，任凭守门人将他从上到下打量了良久，才携他入内。阁内有一人背对门户，身材微胖，已近中年，正是东厂提督、汪直的死对头，尚铭。

杨福站定，拱手致礼：“大人。”

那人闻言转过身来，眼窝下闪过一抹狡黠之色：“事情都办妥了？”

“妥了。”杨福气息微滞，一咬牙，轻问道，“可是，这样真的有用吗？”

“无论有用没用，总归是对东厂没有坏处的。”尚铭的脸色微有阴沉，绷着脸道，“如今，妖狐夜出的案子被扔到东厂头上，若是最后什么都拿不出来，皇上那儿必定交不了差。这案子原本就是东厂一手操作，总不能把自己拿出去当证据。”

杨福忍不住插嘴：“可她毕竟只是个未谙世事的小姑娘……”

尚铭看着杨福，冷笑如冰：“你事都做了，如今再来替她求情，有意义吗？”

杨福将头低低埋下：“我之前只知道您要利用卫朝夕试探汪直的软肋，并不知道您居然把妖狐夜出这么大的案子扣在她头上……”

尚铭微有嗔色，沉声道：“怎么，心疼了？后悔了？”

杨福身体一震，声音发颤：“没，没……在下不敢。”

“这不就结了。”尚铭神色稍霁，“再说，她也不一定会有事，她不是还有那个朋友沈瓷，能找汪直帮忙嘛！”

“可是，我并不确定，沈瓷到底对汪直是否重要……”

尚铭皮笑肉不笑：“所以，才需要试一试。”

此时云开雾散，阁内的窗格未贴窗纸，竹帘卷了一半，月光和阵阵微风入室，地面上是花枝与月华的重叠纵横。尚铭往前走了几步，在主位上坐定，伸手示意杨福也坐下。

杨福仍是不安，迟疑了一下，勉强笑道："今晚醉香楼的人太多了，我想，若是卫朝夕一口咬定是陌生人把包裹硬塞给她的，又有旁人做证，皇上或许会起疑。"

"起疑是再正常不过的，东厂也没指明说她就是犯案人啊。但是，就算她是无辜的，人家凭什么偏偏就把包裹塞进她怀里呢？关押起来调查是免不了的，届时，她的朋友沈瓷必定会求汪直相助。看看汪直的态度，我们再决定怎么用这个沈瓷。"尚铭粗眉挑起，神色漠然。

杨福表情为难，喃喃道："若是皇上盛怒之下，直接判定卫朝夕有罪，那可怎么办？"

尚铭阴沉一笑："卫朝夕是随淮王进京的，她若是被定了罪，淮王一干人也必定会受到牵连，不正合了你的心意吗？"

杨福不由得呼吸一窒，屏息低首，不敢再言。

"这些后续的事，你就不必担心了，做好自己分内的事就行。"尚铭声音尖厉，喝茶的时候，小指微微翘起，过了半晌问道，"朱见濂那边怎么样，你可试出他为何要整治汪直？"

杨福摇头道："没有，朱见濂看似对我礼遇，其实防范甚严。任何行动，都不会告诉我具体细节，对其中缘由也避而不谈。"

"淮王这对父子，还真是各怀心思，互相隐瞒。"尚铭冷嗤一声，"当初，我得知淮王派人到京城打听汪直的消息，觉得蹊跷，便派你去试探，万万没想到，朱见濂反倒将你收入麾下。"

杨福识趣地纠正："并非大人有意指派，当初是我自己想要接近淮王父子，主动请缨的。"

尚铭目露满意："你与淮王有不共戴天之仇，偏要自己去，我岂有不同意的道理？具体什么仇，你不愿意说，我也没兴趣。只要你忠心替我办事，总归少不了你的好处。"

杨福眉睫一震，再次施礼："有大人这句话，我就放心了。也请大人不要忘记当初之约，事成之后，还请您帮忙达成我的心愿。"

尚铭低低笑道："这是自然，等你取代汪直，坐上了西厂提督的位置，只要乖乖听我的话，无论你想要如何报复淮王父子，我都会助你一臂之力。"

斗彩瓷二次入窑的温度，没有第一次那么高，时间也相对较短，只在当日就烧制完成。待冷却了一夜后，沈瓷带领众窑工祭拜窑神，缓缓将窑炉的大门打开。她情绪紧张，眼窝下多了两抹瘀青之色，正是昨夜失眠所致。

窑工将一个个匣钵从窑炉中取出，在地上整整齐齐排了两列。眼下又是博戏赌物的时刻，结果难料，却又因难料而格外期待。

匣钵一个个被打开。

入窑一色，出窑万彩。次品虽不少，但在成品中，仍有两件精品。釉上青花与釉下五彩搭配得恰到好处，不浮夸，不突兀，器形娇小，一只手盈盈可握，透着精致的味道。

一件斗彩缠枝灵芝纹蒜头瓶，一件斗彩莲池鸳鸯纹盘。

虽然仅有两件，但精致可爱。其造型玲珑秀奇，胎质细润晶莹，色调柔和宁静，不同于永乐瓷器和宣德瓷器的大气，而是追求小巧流畅，追求赏心悦目，有着轻盈秀雅的独特风格。

沈瓷觉得唯一美中不足的，便是色料不够精细，不够纯正。但眼下的斗彩，已是大大突破她的期望，争奇斗艳的美感，比想象中更赏心悦目。

沈瓷将两件精品用刻刀做了最后的修缮，然后在木匣中垫上海绵，小心翼翼地将斗彩瓷放入，交给汪直时常用来传话的侍者，说道："如今还是工作的日子，我不能出去。烦请您把这两个木匣，拿去给汪大人瞧瞧，记住，路上要小心。"

"行，没问题。"

对方接过，谨慎地将斗彩瓷抱在怀中，去王越府上交给了还在养伤的汪直。

第二天，沈瓷得到万贵妃口谕，召她入宫觐见。

沈瓷初得消息，惊了一跳。她把斗彩瓷交给汪直，的确有希望他呈给万贵妃之意，但没想到事情发展得这样快，转眼便得到万贵妃的召见。

她的第一反应便是犹豫该穿什么衣服，下意识在衣柜里翻了一遭，才意识到自己如今已是宦官，只需仪容整洁便好。她淡然一笑，登上备好的马车，竟意外发现汪直坐在里面。

“你怎么在这儿？”沈瓷问。

汪直反问：“我怎么不能在这儿？”

“你要去哪儿？”

“我跟你在一辆马车里，你说我去哪儿？”

沈瓷皱起眉头，有些不悦道：“你的伤还没好，不宜颠簸，还是回去好好养着吧。”

汪直指了指自己胸口：“伤也不是在腿上，在这儿。都躺着养了两天啦，只要不骑马，坐个马车完全不成问题。”

沈瓷看着他：“你确定？”

“确定。”

沈瓷这才坐下来，轻轻舒了一口气。她即将见到民间传言甚多的万贵妃，听多了她的嚣张跋扈，此时难免有些紧张。若是身边有个熟悉的人陪着，的确舒心许多。

沈瓷朝汪直身边挪了挪，轻声问：“你是什么时候把斗彩瓷给万贵妃看的？”

“今天早上。”

“你看过吗？做得怎么样？”她声音中带着期盼。

汪直“嗯”了一声，语气平平道：“看了，还不错。”

沈瓷听他言语并无波澜，不由得失落。目光垂下时，不经意滑过他的脸，精准地捕捉住他唇角的笑意。

她会心一笑，放下了心，轻轻咳嗽了一声，低声却清晰地说道：“谢谢。”

汪直装作没听见，撩起窗上绉纱看着窗外，唇际笑容却不减。两人又浅浅淡淡说了些话，不多时，万贵妃的宫殿便到了。

沈瓷撩开车帘，正欲下马车，突然听见汪直从身后叫住了她：“等等。”

“嗯？”沈瓷回过身，微笑着，“还有什么要吩咐的？”

汪直静观她片刻，开口道：“在万贵妃面前，你不要提及上回运瓷入京的事。她若要赏你，也千万不要请求免除之前的罪责。”

沈瓷眉睫一颤，她来到这里，本就是为了将功抵过，想要有朝一日重回御器厂。可方才汪直的话，已然违背了她的初衷，不禁问道：“为什么？”

“那次运瓷的主使，明明是一个女子，可如今却变成了宦官。你乔装入宫，虽然本身目的单纯，但终究触犯了宫规。我怕贵妃娘娘不肯宽宥，届时弄巧成拙，后果更糟。”

汪直压住心头焦躁，想要劝住沈瓷。此时，他最怕她张口便问，既然如此，当初他又为何劝她入宫。汪直想不到应对的策略。因为对于他而言，只要在万贵妃面前说一说，这等小事没人会计较。可是他不想说，也不想让沈瓷离开宫中。这些日子，他想到沈瓷不久后要随朱见濂离开，隐秘的惦念就一日更甚一日。她以为这是她离开的机会，实际上，却是他将她留下的契机。

早在今日清晨，汪直便乘马车来到万贵妃宫中。他将沈瓷所制的斗彩瓷呈上去，万贵妃甚是喜欢，未等汪直主动提及，便下令宣沈瓷入宫觐见。

汪直见万贵妃对斗彩瓷爱不释手，必定是要重赏，不由得问道：“贵妃娘娘打算给这位沈公公什么赏赐呢？”

“无非是些金银珠宝罢了，一个制瓷的宦官，也没办法给他别的什么。不过，他新做的这两件瓷器，本宫可真是喜欢，就这般模样的，下次再给我送几件过来。”万贵妃玉手轻挑头簪，慵懒地抚摸怀中的白猫。

汪直趁机道：“贵妃娘娘既然如此喜欢，我倒有一个建议。”

“说说。”

“不如，您就给沈公公定个官位，命他掌管梁太傅创办的那座瓷窑，也就是他现在待着的那座。今后再做出新品，呈来给您也方便。”

万贵妃笑着反问：“若是不给个官位，难不成他还能跑了？”

“如今沈公公在瓷窑无职无位，没有约束，亦没有地位。若是其他部门要调走他，也是轻而易举的事。他既然喜欢制瓷，便予他一些方便，一道明旨下去，他也能竭力而为。”

万贵妃唇角翘起，悠悠道：“若是这样，本宫不如直接派他去御器厂，也没人说御器师不能是宦者啊。”

汪直心头一凝，立刻反驳：“不可。”

“嗯？”万贵妃凤眼轻轻扫过汪直，“这么激动做什么？”

汪直已有些语不达意，他思索片刻，心一横，索性道：“老实禀报娘娘，沈公公机敏灵秀，在西厂手下做活时，我用着甚是顺手。他若是在京城，西厂繁忙时我还能把他拿来用一用。可若是派去了景德镇……”

“怎么听你这么一说，倒好像生怕他跑了似的。”万贵妃用手支着额头，鬓上斜插的瓒凤钗轻盈作响。

汪直见她神色轻松，也扬起嘴角："贵妃娘娘说笑了。"

"好了，本宫明白你的意思了。"万贵妃站起身，由汪直扶着踱到门边，"晚些这位沈公公入宫时，本宫不会让你为难的。"

而眼下，沈瓷得知自己不能提及过往罪责，并未急着责问汪直当日之诺，而是细细琢磨了半晌，方蹙眉问道："那汪大人觉得，我该如何说才好？"

言下之意，她的目的不变，还念着回到景德镇。汪直沉默半晌，似作思考，这才抬起头来看着沈瓷："虽然不能提起当初之事，但当贵妃娘娘说要赏赐你时，你可以提出想去御器厂。这样，便是以西厂宦官沈瓷的身份重新回去，纵然被其余御器师发现，也不过是新旨取代旧旨了。"

汪直仍是坐着，脸微微扬起，窗外的阳光照在他容光摄人的脸上，染上一丝无奈之意。他心里明白，就算沈瓷提出这个请求，万贵妃也不会应允。早在今晨，一切便已安排好了。

他想要自私这么一回，给她加上一层桎梏，让她留在离自己不远的地方。

沈瓷细细想了想，觉得汪直刚才的话说得在理，舒开笑颜点头道："还是你考虑得周全，无论成与不成，沈瓷都万分感念。"

汪直垂下眼睑，默声不语，起身朝车外走去。如往常一般，他撩开车帘直接从踏板上跳了下来，脚踩在地面之时，震得自己胸口一阵揪疼。

沈瓷赶忙上前扶住他："你还好吗？"

"无妨。"汪直只在原地顿了顿，很快朝宫阶走去。

"别逞强，你走慢点儿。"沈瓷从后面追上他，汪直却突然停下脚步。迎面走来了一个小太监，贴在汪直耳边说了句话，他听完之后，陡然色变。

"怎么了？"沈瓷问。

汪直沉吟半晌，才低声道："他说，皇上也在里面。"

"那我们……"

汪直担心多一个人情况有变，对那小太监说："我们等皇上离开，再去拜访贵妃娘娘。"

小太监恭谨道："汪大人，方才您马车停在宫阶下的时候，便有宫人进去禀报了。皇上说不碍事，已准许您同沈公公进去了。"

汪直哑然，眉间一跳，霎时涌起一股不好的预感。

他原本便觉得自己这事做得不太地道，眼下又出了这么一桩意外，再是不安，也只得硬着头皮进去。

金顶红门，琉璃飞檐，殿中装饰，尽是奢华之物。蓝水晶珠帘逶迤倾泻，再进入帘后，便瞧见了斜倚着桌子的皇上，而万贵妃站在他身旁，替他揉捏着肩膀，动作力度皆是熟练。

“参见皇上，参见贵妃娘娘。”汪直同沈瓷齐声道。

“不必拘礼。”皇上今日看起来心情甚好，笑着抬手，“今日贞儿心情极好，朕还奇怪是为了什么，结果是你呈上了一件新鲜瓷器。”他说着，就拿起放在桌上的斗彩莲池鸳鸯纹盘，问汪直道，“哎，这叫什么瓷来着？”

汪直开口道：“回皇上，名为斗彩瓷。”

“斗彩……”皇上细细品味，把玩着这下素上彩的娇小美瓷，“没有庙堂祭器的肃然体庞，没有宫廷陈器的高峻刚硬。这般剔透小巧，可月下对酌，可搁置闺案，可把手摩挲，如此玲珑，颇具阴柔之美。”他说至此处，喝了一口清茶，悠然道，“釉上倪人醉彩绘，釉下青花山林碎。真是极妙的。”

沈瓷得此盛赞，又是惊喜又是赧然，俯身道：“谢皇上赐句。”

她的声音清亮盈耳，如甘泉入口，如流水击石。皇上之前只知是个宦官做的瓷器，此刻听着声音竟像是个女子，终于侧眸看向她：“你是做瓷器的人？”

“是。”沈瓷颔首。

皇上多看她几眼，愈发觉得这小宦官长得眉清目秀，明眸皓齿。模样长得好，自然惹人青睐。当初，幼时的汪直便是因为样貌出挑俊美，深受皇上宠爱，加之他本身又机敏，才得今日的器重。

“你是西厂的人？”皇上曼声问了一句。

“是。”

“汪直，你的这个手下，不错。”皇上看着沈瓷纤细单薄的身体，柔弱得像一件随时能摔碎的薄瓷，笑道，“不过，朕看他细皮嫩肉的，似乎不太适合做西厂特务啊。”

汪直默不作声地瞟了眼沈瓷，应道：“沈公公体格虽小，但头脑灵巧，我用着很是顺手。”

“哈哈，是吗？人不可貌相啊。”皇上笑了两声，再回忆了一遍汪直的话，突然想起了什么，转念道，“特务的工作，灵巧归灵巧，但既然如今万贵妃喜欢他做的瓷，朕想给他安排个别的差事，你有异议吗？”

汪直觑了一眼万贵妃，还没开口，万贵妃便插话进来：“真是巧了，臣妾也有此意。既然沈公公爱好在瓷，陛下不如就下旨让他掌管梁太傅的瓷窑，距离不远，做好了便能及时送到臣妾这儿来。”

沈瓷霎时脸色苍白，之前她身份模糊，没有宫籍，选择余地尚有。可若是皇上一道明旨下来，她还想回到江西，境况便会比现在更糟。

沈瓷按捺不住，已欲出口，却见皇上摆了摆手：“不，这样不好，梁太傅的瓷窑虽然不错，但相比御器厂，毕竟还是差得远。”他温和一笑，说道，“汪直，你看中的人，朕向来是最放心的。既然你称他头脑机敏，又在瓷艺上有一手，朕便生出了一个想法，让他去御器厂得了。”

汪直感到胸口刀伤再显，愈发疼得厉害。果然，皇上的突然出现，让事情向一个难以控制的方向滑去，他激动得当场脱口而出：“这不……”

“沈瓷领旨！”她清亮的嗓音突然发出，压过了他的话，也惊醒了他的神思。

自己方才差点儿说了些什么？若真当着她的面，阻止她回到御器厂，两个人之间必定会生出难以消除的嫌隙。

他庆幸自己没有说出，又怨怼自己不能说出。

皇上眸中的笑意轻漾了一下：“你们一个个，瞎着急什么？朕话还没说完，就急着领旨了。”

“那皇上还有什么没吩咐完的？”万贵妃顺势问道。

握了握她的手，皇上抬头说道：“朕对御器厂送来的瓷器，已是许久没有满意过了。早就想要撤下那个李公公，又不知道让谁顶替他督陶官的位置。这不，眼前就出现了一个现成的，还是汪直亲眼相中，贵妃也喜欢的。朕瞧着，甚觉满意。”

沈瓷微张着嘴，将皇上的话来来回回想了三遍，终于确定，他是真打算让自己担任御器厂的督陶官。霎时，喉咙像是被卡住了般，各种情绪汹涌而来，难再发声。

皇上很满意看见沈瓷因受到恩惠而激动难言的表情，继续道：“往常，督陶官都是只负责监督，并不需自己亲手操作，但如今，朕觉得这种法子不好。领头的都没本事，又如何御下呢？沈公公，瓷艺是朕的一大爱好，也是王公贵族的珍藏，朕对你寄予厚望，你也不能让御器厂继续令朕失望。听明白了没？”

沈瓷尤在激动之中，长长的睫毛下，一双盈盈秋水的眸子如同凝住，片刻后才跪地叩首，声音发颤：“沈瓷明白。”

万贵妃虽然知道沈瓷是宦官，但因他形貌娇柔，不由得想起那些在皇上面前变着法争宠的女人，不由得嗔怪道：“要谢恩就好好谢，怎么听起来激动得像是要哭了？”

沈瓷用衣袖胡乱抹了把脸，音色已是恢复平静，含笑道：“这……这是小的多年来的夙愿。”

皇上见沈瓷说得情真意切，微觉震动，吩咐侧立在旁的近侍：“一会儿就去拟一道旨意，罢免李公公，命沈瓷为新任督陶官，一个月后赴景德镇上任。”

“是。”近侍领命退去。

皇上看着沈瓷：“此去甚远，一个月，足够你把现下手头的事交接好，安安心心地过去。这段时间，你还可待在梁太傅的瓷窑中，来去自由。”

沈瓷略略一算，一个月后，差不多能赶上小王爷离京的时间，欣然应道：“谢皇上圣恩。”

皇上微微点头，眼珠一转，这才注意到一旁已是久久没有说话的汪直。他面色铁青，呼吸滞重，眉眼挑起，似乎颇有不满。皇上疑惑，不禁问道：“汪直，你有异议？”

汪直身体轻飘飘地站在原地，顿时清楚地感觉到三道目光都齐齐落在自己身上，而其中最为强烈的一道，便是沈瓷的目光。

他转头看了看沈瓷，眼神里有渴求和埋怨，说不出来，只一瞬便收敛回去。他脑海中翻动着异议的潮涌，开口时，却只是简简单单的一句嘶哑：“臣……附议。”

瓷骨

下

酒澈 ㊟

百花洲文艺出版社

目录

第十一章

如芒在背

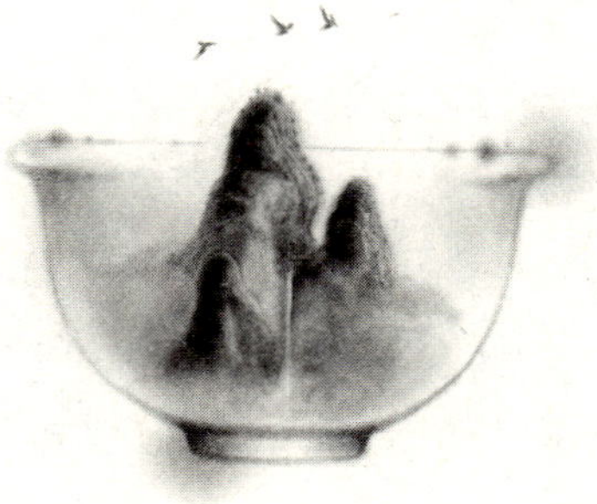

宫殿中飘浮着淡淡的安神香气，本是令人心平气和的味道，汪直却久久难以平静。身旁，沈瓷的脸上喜色正浓，向他投来感激的目光。这目光令他周身渐暖，但念及此后别离，又好似雪虐风饕。一时间，他不知心中该是苦是甜，是悲是喜，是怨是恨，是惊是痛……只觉胸口疼得厉害，万般煎熬却又无可奈何。

皇上看着汪直的神色，不由得关切地问："是胸口的伤又疼了吗？"

别的理由搪塞不过去，汪直只好回答："是。"

"那就别在这儿强撑着了，快回去好好休养，朕还指着你替朕做事呢，身体可不能垮。"

"谢皇上！"汪直没精打采地说了一句，与沈瓷一同告退。两人走至门口，正有一内侍匆忙入殿，禀道："皇上，东厂厂公尚铭称有要事相报，与妖狐夜出一案有关。"

沈瓷已走出殿门，隐约听了这句话，不由得顿住脚步，扯了扯汪直的袖子，提醒他道："听到了吗？东厂说妖狐夜出的案子查到了，你之前查了那么久，要不要听一听？"

汪直全无心情："不想听。"

沈瓷方才一直沉浸在大喜过望的兴奋中，本以为汪直亦有欣慰，眼下才发觉并非如此。她敛了声，知趣地不再言语。

再度坐上马车，气氛已与来时不一样。汪直不说为何，沈瓷也拿不准缘由。隐隐地，她感觉已猜中了汪直的心思，却又觉得不太可能，很快将想法推翻，只当他是身体不适。

“汪大人，多谢！”沈瓷思虑再三，虽觉眼前氛围不太适宜，仍忍不住说了出来。她是真的感激，从相识到如今，虽不过短短数月，但她已将他视作挚友，如亲人般熨帖。

汪直的掌心被指甲掐出印子，隐隐作痛，慢慢地松开来，良久才问道：“接下来一个月，你打算怎么办？”

距离沈瓷赴任还有一个月的时间，本不需要继续待在瓷窑，可若让她全然闲下来，又觉得无趣。她对斗彩瓷还有一些尚未实施的想法，想要乘胜再试，可忆起小王爷之前的反对，又有些犹豫。

“我还没想好，看情况吧。”

汪直看着沈瓷紧蹙的眉头，难得读懂了她心中所思，顿觉干涩难语：“现在你去哪儿？”

“驿站”两个字已经滑到沈瓷的嘴边，又鬼使神差地被吞了回去，转而答道：“瓷窑。”又补充道，“先送你回去休息。”

“好。”汪直亦不推托，揣着手靠坐着闭目养神。到了府邸后，他先下了马车，待听见身后嗒嗒远去的马蹄声时，才转过身，凝望着远去的马车，自嘲一笑，喃喃道，“是顾及我的感受，才说要去瓷窑的吧。现在我先下了马车，你又会去哪里呢？”

汪直离开后，沈瓷叫车夫调转了方向，将目的地改为驿站。

纵然汪直和朱见濂没有明说，但显而易见，这两人互相都看不惯。若不是因为知道朱见濂以前从未来过京城，沈瓷都会怀疑这两人有未解之仇。于是，她尽量避开在他们面前提及对方的名字。

到了驿站，朱见濂正立于书房，见沈瓷进来，目光一闪道：“回来了？”

他走近她，把手搭在她的肩上。那样的眉，那样的眼，浓深如墨，俊逸依旧，可眼下挂着两片青黑，显然休息得不太好。

沈瓷将他的手从肩膀上拿下来，握在自己手心，有意让他开心，温柔道：“小王爷，我有个好消息想告诉你。”

“刚好，我也有一个消息要告诉你。”朱见濂说。

沈瓷一愣：“那你先讲。”

朱见濂凝视她片刻，轻吸一口气，慢慢道：“卫朝夕，被东厂的人抓走了。”顿了顿，用手指揉了揉额角，补上一句，“同妖狐夜出的案子有关。”

“朝夕怎么会同妖狐夜出案扯上关系？”沈瓷诧异不已。

朱见濂沉吟片刻，他也拿不准是因为自己在伪造案件中有所疏漏，还是因为别的。按理说，若是留下了线索，当初汪直受伤时就能发现，为何拖到了，现在还莫名其妙地与卫朝夕扯上了关系。

沈瓷见他皱眉不语，料想他也不知原委，转而问道：“可打听到什么消息？”

朱见濂道：“她如今被关在东厂单设的地牢里，东厂的人也没说她是主犯，估计是想从她嘴里套出更多消息。”

“他们凭什么说朝夕同妖狐夜出案有关？”

“她昨晚去了醉香楼，东厂派人去搜查大盗，恰好看见她怀里抱了个包裹，打开一看，里面有传说中狐妖的装束，以及一瓶无影红。”

沈瓷皱眉道：“无影红乃西域奇毒，刚研制出不久，怎么随随便便一队搜捕的人就能判断出来？”

“此事确实疑点重重。卫朝夕坚持说，那包裹是一个绿衣女子在混乱中硬塞给她的，也确实有证人称她进入醉香楼时什么都没带，可这并不能证明她与此案无关。更何况……”朱见濂停顿片刻，皱了皱眉头。

“更何况什么？”

“更何况，她好端端一个女子，扮成男装去逛青楼，本就不是寻常之事。东厂的人说，那易容之术有模有样，并不似初学。”

“易容之术？”沈瓷稍作犹疑，又立刻果决道，“朝夕不可能去做这样大的案子，我了解她。她心地单纯善良，在京城又没有仇家，必定是被人挑中了栽赃陷害的。”

朱见濂未予置评，只叹道：“我所打听到的，就只有刚才说的这些。除此以外的细节，也无从得知了。”

“那现在怎么办？”沈瓷目光黯淡，眼皮跳个不停，“朝夕从小没吃过苦，凡事都有她爹护着，怎能经受得住地牢里的环境，若是再受刑，怕是顶不住的……”她越想越心惊，抬起头看着朱见濂，“小王爷可有法子帮她？”

“你也知道，卫朝夕是我从江西带过来的。她一被抓进去，我和父王是主犯的概率最大。此刻我若出手，局势恐怕会更加不利。”

“那……那现在怎么办？不能放着朝夕不管啊。”沈瓷急得在房间里来回踱步，突然顿住脚，脑中电光石火般地闪过一个人。她抬眼看了看小王爷，没敢说出口。

朱见濂将她的动作收入眸中，淡淡道：“我想过一个办法，但是，听不听在你。”

“小王爷请说。”

朱见濂看着沈瓷的眼睛说：“这个案子，之前不是汪直在负责吗？他还因此受过伤，你找他来帮这个忙，是再合适不过的了。”

沈瓷身体顿时一紧，愕然看向他，一时间怀疑是自己听错了。她的确会去找汪直求救，但由小王爷主动提出，着实让她觉得惊讶。

沈瓷煎熬无比，一时间分不清他说的是真是假，嗫嚅道：“可是现在，这案子已经归东厂管了。”

“这没关系，交到东厂手里面还没几天呢。西厂之前出动了诸多人力物力办这件差事，最后得到的线索都交给了东厂，让对方坐收渔利，心有不甘是正常的，再留下几个人继续追踪，也符合情理。”朱见濂面无表情，话说得不冷不热。

沈瓷虽琢磨不透他的用意，话却是听进去了：“小王爷的意思是，让汪直谎称卫朝夕是西厂的人，手中握着的是西厂找到的线索？”

朱见濂坐下，低头喝了一口茶。

沈瓷思索须臾，脸上掠过了一抹为难之色：“不行，汪直不会做这样的事。他查案向来雷厉风行，即使重金贿赂他，他也不手软。对朝中重要官员如此，对朝夕这样名不见经传的小女子更不会例外。何况……朝夕如今是东厂在妖狐夜出案发生后抓到的唯一嫌犯，嫌疑的确不小。”

朱见濂冷冷一笑：“你倒是真了解他。”

沈瓷一愣，不自觉咬了咬下唇：“只是在宫中待了一阵，多多少少听过一些。”

朱见濂未再追问，只道：“我说过，我不过提出一个想法，听不听，在你。”

沈瓷抬眼看了看他，犹豫着没说话。

朱见濂面色平静，心底却是波涛翻滚。用脚指头想也知道，此事牵扯到妖狐夜出案，沈瓷绝对会去找汪直帮忙。与其毫无成效地阻拦，不如加以引导。

汪直的行事风格，汪直的偏执与狂傲，朱见濂也是知道的，正因为知道，所以这说客，只能是沈瓷。一来，这的确是目前快速救出卫朝夕的唯一方法；二来，也可以明确知道，沈瓷到底在汪直心中处于何种地位，又抱着何种心思；最重要的是，汪直若是真的如此作为，就算凭着皇上的信赖成功救出了卫朝夕，也必会因此引得皇上不满，届时必会放松对汪直的保护，或是有所疏离，他动起手来也能更容易。

沈瓷沉默良久，想着尚在地牢的朝夕，最终还是点点头：“好，我去试试……但我的话，他未必会听。”

朱见濂放下茶盏，似笑非笑：“反正我的话，他是肯定不会听的。”他侧过脸看着沈瓷，问道，“对了，你方才想要告诉我的好消息，是什么？”

沈瓷已全然没有了之前的兴致，平淡道：“我可以回御器厂了，这段时间也不用一直待在梁太傅的瓷窑。原本想问你能不能允许我在瓷窑再待些时日，不过现在朝夕出了事，我也没这个心思了。”

“皇上收回之前的成命了？”朱见濂问。

“没有，但是我将以宦官的身份，重新回到御器厂，任督陶官。”

宦官的身份……朱见濂冷笑了一声，她不说他也知道，汪直在这其中必定起到了推波助澜的作用，否则，皇上不可能将督陶官任命给一个默默无闻的宦官。只是，助沈瓷回到江西，汪直真舍得吗？朱见濂再次对汪直的心思产生了怀疑。

“你还是要回御器厂。”朱见濂停下纷乱的思绪，轻叹一声，“本想让你同我一道回鄱阳的，如今看来，恐怕是不行了。”

“之前小王爷说的，是与您一道回江西……”沈瓷轻声道，“景德镇离鄱阳不远，又是淮王的封地，小王爷若是不嫌弃我，见面是不难的。”

朱见濂的手指拂过她的发：“怎会嫌弃？来日方长。”

朱见濂替她高兴，又心下黯然，眼下的局面并不是他为她促成的，反而是他的杀母仇人之功。这异样的情绪拨弄着他的心弦，朱见濂稍稍顺了顺胸口的气，心中暗道：待今后她身在景德镇，便是在饶州的管辖范围内，那时，自己必定保她周全，容不得他人为她牵线搭桥。

只是眼下，他还有事要做，诸多迫不得已。只得将此念头，暂且埋在内心深处。

沈瓷的心思早已不在这上面，蹙眉叹道：“这些以后再论，如今，我只希望朝夕能早日出来，能同我们一起回到江西……”

朱见濂道：“她是我带到京城来的，若是有失，我也有责任。”

沈瓷心里着急，念及如今在地牢里的卫朝夕，再也站不住：“那我先去汪直那里问问，早些去问，早些放心。行吗？”

如同针一般细密的痛刺在朱见濂的脊背，他脸上没有表情，心里长叹一声，微不可见地点点头。

汪直褪去上衣，解了胸口的绷带，伤口已有些许开裂，疼痛丝丝入骨。

侍婢替他重新上了药，将绷带一圈一圈缠好。做完这些，又端来了热汤，汪直喝了几口，只觉心中异常疲惫，挥手让她们下去，和衣躺在床榻上，闭上了眼。

他头脑浑浑噩噩的，睡得并不踏实，模糊中忆起今日宫中状况，心里愈发觉得烦躁。开裂的伤口疼如火灼，即使他乏得全身都脱了力，也睡得不安生。

迷糊中，他感到有人在他身上轻轻搭了层被子，周身暖和了一些，模模糊糊地听见身边人在问：“这是怎么了？”

这听起来，竟像是沈瓷的声音。他心中默念，慢慢撑开沉重的眼皮，从透出的眼缝里一点一点去看。

沈瓷仍穿着之前那身衣服，因为冒风奔来，她两只手互相揣在袖子里，肩膀微微收拢。

汪直见真的是她，一下子清醒过来，问：“你不是去驿站了吗？怎么到这儿来了？”

沈瓷心头一惊，方才离开时，她只说要回瓷窑，原来，他已经料到。

一旁侍婢答道：“方才沈公公在外面说有急事要见您，因为您准许他在府中来去自由，我便将他引了过来。”

汪直微有失落，他差点以为沈瓷是为了看他才过来，原来是有别的事。他了然地点点头，转头看向沈瓷：“什么急事？”

沈瓷张了张口，身体如同定住了一般，忍不住改口先问：“你现在身体感觉怎么样？是不是恢复得不太好？”

“伤口重新包扎了一下，没什么。”汪直笑了一下，“你总不会是为了问我这个问题专程过来的吧？”

沈瓷眼睫下垂，弧度小巧的下巴向里微收，并无唉声叹气，却在默默无言中浮现出一种直击人心的愁楚。汪直挥了挥手，命其余人尽数退下。待房中只余下他们两人时，沈瓷沉默了一会儿，才轻声开口：“汪大人可还记得，我曾经同您提过我家的事……我父亲爱瓷如痴，曾经有一座小瓷窑……”

汪直愣了一下，颔首道：“记得的。”

“那天光顾着说自己，有些话没有讲全。其实我们在景德镇的那座瓷窑，并不是我们自己的，而是从卫家租借的。卫家的卫朝夕小姐是我从小到大最好的朋友，正是因为她，她爹才将瓷窑租给了我们，有时候付不上租金，也是她帮着应付。”

汪直静静听着，没插话。

“我遭遇意外离开景德镇，再回来时，许多人都已经忘记了我，唯有朝夕依旧待我如初，时时惦念。因此，如果她遇到了危险，我不可能袖手旁观。”

汪直听明白了一点，他不喜欢打哑谜，径直问道：“你来找我，是因为你的朋友卫朝夕遇到了危险？”

沈瓷的视线在汪直脸上逡巡片刻，认真地点了点头。

“她怎么了？”

沈瓷喉咙动了动：“不知汪大人有没有印象，今日我们从万贵妃宫殿出来时，东厂的尚铭正准备向皇上禀报妖狐夜出案的新进展……大概这新进展，便是因为我的朋友。”

“她同妖狐夜出的案子有关？”汪直凝目看了沈瓷片刻，直言道，“妖狐夜出是近年来最大的案子了。不仅是连环惨案，还涉及鬼怪之说，扰乱民心，有损圣威，是皇上亲自下令审理的民间案件。但凡涉案者，不可轻赦。”

沈瓷听他此言，心中不免一沉：“你说的，我都清楚。”她飞快地抬袖拭目，眸中残留盈盈水光，看向汪直，“可是，朝夕是无辜的，她初次来京，性情天真，没有动机，也没有能力牵涉其中。”她心中焦灼，赶紧将从小王爷那里打听到的消息一一告诉汪直，并将其中疑点剖析给他。

汪直默默听了一阵，最初只考虑其中的疑点，但听着听着，渐渐觉得不对劲起来。若只是抓捕当时的场面，沈瓷打听打听，的确能知道。但其余更加隐秘的消息：卫朝夕关押的位置、易容的程度、牢中的证词，沈瓷是怎么知道的？这些是谁告诉她的?

不须做更多思考，汪直立刻明白过来。只是，朱见濂为何把这些主动告诉了沈瓷？自己与他，如此清清楚楚地互相讨厌，他明知道放出这些消息沈瓷必定会来找自己，又为何放任她如此？真的只是为了救卫朝夕吗?

甚至……沈瓷来找他，到底是她自己的主意，还是朱见濂的主意?

“汪大人？”沈瓷见汪直听得愣了神，轻唤他一声。

汪直用手掌抹了把脸：“我听着的。”他面色微寒，微一皱眉，定定看向沈瓷，“为什么想到来找我？你知道的，我与东厂势不两立，若要我直接去找他们讨人，不仅捞不出你的朋友，或许还会让她在牢中遭受更多皮肉之苦。”

“我知道，可是我在京城认识的人不多，除了你，再没有别人能帮朝夕……”她抿紧嘴角，颤抖道，“还有，帮我……”

汪直似有所触动，看了看沈瓷，又仰面向天，眉间添了两道淡淡的皱纹：“这个案子，如今已被东厂全权接手，与我无关了。”

沈瓷脸色哀戚，焦急之中伸出手，将汪直的双手牢牢握住：“可是，以前是西厂负责探查的，不是吗?”

“那是在我受伤之前了。”

“这样大的案子，交接起来必定烦琐，余下几个西厂的人继续追查，不算奇怪吧?”

汪直慢慢抬起眼打量着她：“你这是想让我怎么做?”

沈瓷张了张嘴，小王爷给她指出的路就在喉尖，她却突然间迟疑了。她沉下气，仔细想了片刻，隐隐觉得其中有她未意识到的蹊跷之处，可她想不出，拨不开，情急之下吞住话头，只低声道：“不是我想让汪大人如何做，而是走投无路没有办法，不知汪大人能够怎么做……”

汪直眼角挑起，配上轩眉凤目，不免显出了些许怆然冷意：“你方才不都给我指了要怎么做吗？交接不过几日时间，你想让我说，你的朋友其实是替西厂做事的，是西厂在宫外发展的情报网的一员，你是这个意思，对吗?”

沈瓷垂下长长的羽睫，忍下喉间腥甜滋味，无言默认。

汪直的眼前似乎是她，又时不时浮现出朱见濂那张脸，侧过脸去，叹道：“你只看到我平日的模样，却不知我如何行事。我是怎样的人呢？其实民间的那些传言，还是有理有据的。从前，我在宫中替万贵妃做事，如今在西厂给皇上办事，不错过任何漏网之鱼是我的职责所在。我不会无缘无故抓人，但是，我宁可抓错，也绝不放过。”

“汪大人……”沈瓷轻声叫住他，微带颤抖。

汪直定住，收回目光看着她。

两人对视，四周的空气沉淀下来，方才剑拔弩张的氛围渐渐坍塌。汪直在这宁谧中渐渐平静，攥紧的手慢慢松开来。

沈瓷克制着音调，尽力平静道：“我不是来强求你做这件事，只是希望你能考虑考虑。你……原本就有拒绝我的权利。现在我明白了。”

沈瓷的脸上泪有残痕，窗格外的光线渗透进来，映在她的脸颊上，晶亮亮的，晃得汪直眼睛发疼。他突然有些后悔，无论那人的心思是什么，但眼下的情况，沈瓷的确是走投无路才找上了自己，淮王世子就算如何阻拦，也是挡不住她的……或许事情原本并没有弯弯绕绕，沈瓷只不过是真心想救她的朋友，仅此而已……

他心软了，伸出手，这次终于没再收回，头一次替沈瓷轻轻拭去残留的泪水，沉默片刻，慢慢说：“这件事，我会再想想。”

他如此说，便是有希望。沈瓷顿时醒了神，一把抹去脸上的泪水，这突如其来的惊喜让她一时不知该如何堆砌赞誉之辞，只是不停重复道：“谢谢，汪大人，真的真的太感激了……”

“我需要的不是你的感谢。”汪直微微别过头，咽下了后半句话：我需要的是你。

沈瓷走后，汪直一个人立在窗边，望着渐次暗下的天色，只觉心境凄惶。窗外夕阳横斜，本就稀薄的光线，正一寸一寸短去……

沈瓷回到驿站，小王爷还等在书房，见她进来，搁下笔问：“他怎么说？”

“他说考虑一下。”

“嗯。”朱见濂淡淡应了一声。

沈瓷见他神色淡然，迟疑片刻，还是忍不住问：“朝夕从小生活在景德镇，他如果真要把朝夕归成西厂的人，该怎么说呢？皇上若是不信，会不会反而责罚他……”

朱见濂的心重重一跳，她对汪直越关心，他便越觉心痛，好似牵扯到了某根神经，在身体深处隐隐生痛。

他站起身，走近沈瓷，低低问道："你是不是一定要救卫朝夕？"

沈瓷肯定地点头："必须救啊。"

"那除了去找汪直以外，你还有别的方法吗？"

"……没有。"

"那既然如此，你还在想什么呢？"朱见濂说，"安安心心地等着吧，既然你只能这么做，又何必东想西想。"他弯下身，亲亲她的额头，"今日你奔波累了，屋子都收拾好了，早些休息吧。"

沈瓷愣了愣，最终还是被他说服："是，我也没别的办法了……"

朱见濂送她回了房间，侍婢照朱见濂的吩咐，早已替她备好沐浴的热水。在氤氲升起的水汽中，沈瓷闻到了一股淡淡的药味，那是汪直房中的味道。身置其中时并未在意，现下不禁微微迟滞，静下来再嗅了嗅，有些苦，有些涩。

"你说什么？"皇上提高了音调，圆目瞪着汪直，"你是要告诉朕，这个被东厂关起来的犯人，是你西厂的人？"

"是。"汪直眉心一跳，颔首道，"妖狐夜出的案子，交接得太急，卫朝夕当时还未得知消息，只一心查案，没想到被尚铭的属下误抓了。"

皇上扁了扁嘴，吩咐身边内侍："去查查，这个人在不在西厂的名册里。"

汪直立刻拦下："不用去了，她并未被记载在名册中。"

"那你凭什么说她是替西厂办事的？"皇上目露怀疑。

汪直沉下一口气："皇上可还记得，三年前江西都指挥使儿子刘晔一案？"

"自然记得。"皇上点点头。

这刘晔虽然自己是个小官，但其祖父威望甚高。三年前，他在江西戕害了数条人命，可刘家在江西势力不小，当地官府不敢审理，直到有官员悄悄将案情直接上奏到了京师。

在朝廷进行专案调查时，主犯刘晔却带着大量金银潜入京城，大肆行贿，疏通关系，就连当时朝廷派去江西探查的刑部主事，也被重金买通。

这本来不关汪直什么事，但是，坏就坏在刘晔将汪直也列入了行贿名单。汪直不收贿赂，听了这事直接把刘晔关入西厂大牢，连番行刑审问，亲自探查，甚至将朝中诸多受贿的重臣也牵扯出来。

"卫朝夕，便是在那时为西厂所用。"汪直说，"皇上您知道，西厂的特务网渗透京城内外，并非只有登记在册的西厂人员。卫朝夕是女子，女子便有女子的用处。在刘晔一案中，她正是利用女子的身份潜入青楼，从受贿的歌伎口中套出了关键性证据，因此这回她来到京城，我也吩咐她暗中探查。只不过案件交给东厂后，还没来得及特意通知她罢了。”

汪直向来的行事风格，皇上是清楚的。当初刘晔一案，牵扯到众多重臣，老道的查案人都知道适可而止，但汪直偏不，他用重刑对刘晔逼供，但凡扯上些关系的官员，统统提来审查。宁愿抓错，绝不放过。

当今皇上是个追求舒适的主儿，童年的经历使他的性格较为弱势内敛。因此，有汪直替他处理这些朝中官员，他是宽心的。但此案非同小可，汪直此番言语看似顺理成章，却依然没有实质性的证据。顿了顿，皇上转过头，向身边内侍道：“去，把东厂尚铭给我叫过来。”

尚铭对于皇上的召见早有准备，此刻得到消息，嘴角掠过一抹阴鸷的笑意。他赶入殿内，还不待虚与委蛇，便听皇上劈头问道：“你们东厂抓住的那个人，现在何处？”

“回皇上，关押在东厂的地牢内。”

皇上瞥了一眼侧立在旁的汪直，问尚铭道：“可有审问？她如何说的？”

“她坚称自己是被人栽赃陷害，也不承认她同妖狐夜出的案子有任何关联。不过，此案非同小可，她一旦承认，便是死罪难逃，一口咬定自己是被陷害的，也是常理。”尚铭眼中闪过一丝寒光，他虽不知汪直用什么理由去说服了皇上，但既然他如今能站在这里，尚铭此举最重要的目的，也就达到了。

皇上皱了皱眉头：“她没有提及自己同西厂的关系？”

尚铭一副恭谨模样，肯定地答道：“完全没有。”他瞟了汪直一眼，“莫非此人还同汪公公有关系？”

皇上也将目光转向了汪直，无声质询。

汪直的头皮硬了硬，没理尚铭，上前一步致礼道：“皇上，西厂与东厂素来势不两立，卫朝夕既然知道自己被关在了东厂的大牢，自然不会傻到主动交代她与西厂的关系。”他扬了扬眉，嘴角狠狠地一抿，“到时候，若是因着东西厂的恩怨无辜受牵连，她恐怕会比现在更不好过。”

他口无遮拦，根本不介意在皇上面前表明与东厂的不和，场面上的话都不愿说。

“一派胡言！”尚铭眸中荡过一丝凶意，“汪公公是把东厂当作西厂了吗？汪公公的酷刑可谓花样百出，直教人生不如死。但你大可以去问问关在东厂狱中的卫朝夕，可曾受过刑法逼迫？”

汪直冷哼一声：“那是你们还没来得及用。”

“汪大人这是以己度人。”

“我是奉皇上的旨意，没空儿来度你。”

“可汪大人今天不是为了皇上的旨意来的吧？听你方才的意思，是想将重案的疑犯从东厂的大牢中捞出来？”

汪直咬牙道：“她是无辜的。”

尚铭笑了笑：“你有何证据？”

“那敢问尚公公，您的下属抓捕卫朝夕时，凭什么认定她同妖狐夜出的案子有关？”

“她带着妖狐的衣装，更重要的是，还带着无影红的毒药。说来，这种毒药还是汪大人之前查出来的呢。”

“这毒药没几个人能辨认得出，尚公公几个普通的手下怎么一眼就确定了？”

尚铭面无表情，答道：“瓶上标记得很清楚，就是无影红。我们先抓了人，之后又请深谙西域毒物的医师鉴定过，没有错。”

汪直闻言，霍然抬头道：“请皇上细想，为什么药瓶上会明明白白写着‘无影红’三个字？若是真的用毒者，会把毒名标在药瓶上吗？只有害怕不小心拿混了或者误用了，才会特意如此吧。她手中的衣物和毒药，想必都是事先收集好的证据，并非真正的犯案之人。”

尚铭微微一愣，当初策划之时，他考虑到辨识无影红的难度，才故意在瓶上做了标记，没想到此时反倒成了汪直反攻的利器。但他很快一笑置之，反正目的已经达到，是否要同汪直争出胜负，并不重要。

皇上听这二人针锋相对，早已心闷烦躁，见汪直所述还算有理，赶紧摆了摆手道：“行了行了，都别说了。既然汪直称嫌犯有所隐瞒是因为身在东厂，这样吧，汪直你亲自去一趟，她若真是西厂的人，看见你来，自然明白应该说实话。届时若与你所言相符，便让尚铭放人吧。”

说罢，皇上闭上了眼，手指一圈圈揉着额头，似已万分疲惫。汪直和尚铭都对这种方式较为满意，见皇上倦怠，便不再多言，领过旨意退到殿外。

尚铭被皇上召见之后，汪直安插在东厂大牢的内线即刻行动起来，将汪直交代的事项转述给卫朝夕。

卫朝夕听全了，记住了，待内线离开后，心里却纳罕起来。她凭什么要这么说啊？这西厂怎么跟自己扯上了关系？这番话，到底会帮到自己，还是害了自己？

卫朝夕躲在角落，身体缩成一个小小的团，不知该相信还是不相信。她有时想着美味佳肴，有时想着远在景德镇的爹爹，但绕来绕去，脑海中最后总会浮现出杨福那张看不清表情的脸。

那日她在醉香楼被带走，回头一瞥，他就站在远处，不声不响，静静凝望。视线碰撞的瞬间，卫朝夕清楚地听见了心脏破碎的声音。杨福的平静出乎她的意料，仿佛两人毫无干系。她甚至怀疑，杨福破天荒地陪她外出，是不是对这一切早有预料？

她越想越悲伤，忍不住抱着膝盖啜泣起来。在景德镇，有爹爹纵容她，可到了京城，谁都不能相信，谁都无从依靠……

她决定拒绝相信西厂的内线，继续坚持自己最初的说法。

然而，在牢门被推开时，她立刻改变了立场。

她看到了杨福。

模样还是从前的模样，但不知怎的，气场却与从前大相径庭。那点憨憨的气息不见了，取而代之的是一种狂傲。眼睛斜着上扬，一双凤目轩然。

此外……似乎比平日里更高了一些。

卫朝夕以为的杨福，正是与尚铭一同来到地牢的汪直。她激动万分，只觉自己死寂的心跳又怦然复苏，自动忽略掉气场和身高的差异，将来人牢牢认成她心中的那个人。

她想，原来方才内线说要来救她的人是杨福，原来他当时的冷眼旁观并不是置身事外，而是早就想好了救她的法子……

一时间，卫朝夕几乎快被幸福冲昏了头脑，她朝汪直看去，温热的脸紧紧贴在冰冷的栅栏上，巴望着，期待着。

汪直神色冷然，朝前走了两步，料想不久前内线已经同卫朝夕说得很清楚，淡淡开口道："我来了，你不必再畏惧东厂，一会儿只管说实话，懂了吗？"

卫朝夕小鸡啄米般地点头。

尚铭轻哼了一声，召来负责审问卫朝夕的狱卒："问吧。"

狱卒颔首，看向卫朝夕："物证俱在，你可认罪？"

卫朝夕平静下来，眼睛骨碌转了一圈，照方才内线教她的话说道："这些都是西厂查到的证物，我是协助西厂查案的暗桩，何来有罪？"

"你什么时候成了西厂的暗桩？"

"三年前，在江西，查探刘晔一案时。"

…………

狱卒提出的问题，都是之前内线教过卫朝夕的，她人又机灵，加上有"杨福"在一旁，满心动力，对答如流。最后，狱卒实在忍不住，狠狠拍桌道："你之前可不是这么说的！"

"那是因为，之前我害怕说出自己西厂暗桩的身份，会受到东厂的加害。"卫朝夕顺溜地说出了最后一个答案。

狱卒还要发作，汪直已打断了他的话头："尚公公，现在事情该盘查的都已经盘查了，还有什么不清楚的吗？"

尚铭对如今的情形早有预料，他本身并不介意汪直把卫朝夕救出去，反正已是无关紧要的人，于是无所谓道："既然这样，按照皇上的旨意，汪公公自然可以把人带走。"

汪直点头，看了一眼狱中的卫朝夕，吩咐随从将她送回淮王所居的驿站，自己则提步先行，率先离开了东厂大牢。

"喂！"卫朝夕见他离去，情急之下大叫了一声，转念想到杨福的特殊身份，那叫声立刻喑哑下去，又变成了蚊子般的嗡嗡。她双眸流盼，定定地看着那人离开的背影，不知怎的，竟觉得心里有几分不舒服。比起这样气势锐利的背影，她更怀念平日里杨福背部微驼的憨萌模样，带着些厚实的好闻气味，让她感到赏心悦目。

卫朝夕被顺利从东厂大牢接出后，尚铭回到宫中，向皇上禀报情况。

皇上今日已听倦了这事，懒懒地合上眼道："我知道了，辛苦你了。"

尚铭皱了皱眉，如同随口一语："也是奇怪了，以前从没见过汪公公袒护嫌犯。就算是西厂的暗桩，也不能完全免除嫌疑，也不知道这人到底同他有什么关系……”

皇上睁开眼，若有所思，又听尚铭自问一般喃喃低语：“汪直是那种看别人可怜就出手相助的人吗？当初后宫那么多无辜女子……”

“你嘀咕什么呢！”皇上打断尚铭的话头，颇有些不悦。这不悦顺带牵连了汪直，引得皇上忍不住联想，汪直最近的确有些过分活跃……他应该明白，审查嫌犯乃是东厂本职，若是查了真没罪，到时候再要人也不迟，这样着急强硬，莫非有什么隐情？

此事与汪直平日的风格颇有出入，纵然平日再受宠爱，此时，皇上心中也不免埋下了一颗怀疑的种子。

事情并没有就此结束。

次日，尚铭撺掇朝中重臣再度弹劾汪直，理由是徇私枉法，妄自尊大，未按流程放掉东厂嫌犯，实属滥用职权。

这类的弹劾，汪直隔三岔五便会遇到一次，他通常左耳朵进右耳朵出，早已经习惯。皇上平日里看得多了，也是见怪不怪。

但是这一次，与往常有些差别。

从前，汪直所做之事虽然行事手法嚣张了些，但归根到底都是皇上或者万贵妃授意，若有朝臣指责，稀里糊涂也就盖过去了。但这次，皇上早已将案子交给了东厂，汪直还横插一手，虽然皇上同意他把人捞出来，但终归在心里打了一个结。

当然，这也不是什么大事。他料想是自己平日对汪直过于宠爱，才使得他如今行事过于狂傲。想了想，总觉应该象征性地罚一罚，以示警戒。斟酌一番，首先将之前派到他身边保护的高手撤去大半，又命汪直在府中幽禁一周，不得外出。

卫朝夕被汪直的下属送回驿站，沈瓷赶忙迎了上去，向汪直的下属千恩万谢，承诺改日必定登门道谢，又转头细致询问卫朝夕是否安好。

朱见濂远远看着，因着卫朝夕的得救松了一口气，但转瞬又冷笑一声，若有所思地进了屋。

这就是汪直的选择，此刻清楚明白地摆在了他面前。朱见濂清楚，对于汪直这样的人来说，让他顶着自身安危为沈瓷撒谎的原因，只有一个。

而这原因，沈瓷知道吗？

一念及此，朱见濂的拳握得愈发用力，牙齿咬得紧紧的。不过，很快他便得到消息，汪直身边的高手被皇上撤去了大半，且被下令幽禁。

要在汪直的地盘动手，就算他是幽禁之身，也不易得手。西厂本就是干特务的机构，难度可想而知。但即便如此，朱见濂还是决定找准时机，伺机行动。

无奈他的机会还没等来，考验便来了。

“我今日想去汪直那里，亲自登门道谢。”沈瓷说。

朱见濂抬眼看了看她：“他如今正被幽禁，也是皇上有意让他安心养伤。你急着去能做什么？”

“虽是幽禁，但并未说不能见访客。再怎么说，他出入受限也是因为朝夕的事，一声谢谢总该说的。”沈瓷语气坚定，末了盯着朱见濂的眼睛，又加上一句，“小王爷，您说对吗？”

无论如何，救出卫朝夕一事也是欠了人情，他没有正大光明的理由拦住她。朱见濂想了想，点头道：“好，去吧，我同你一起去。”

沈瓷愣了一瞬，头脑发怔时，已被小王爷牵住了手，拉着她上了马车。

“这么着急走，总得先备份礼物吧？”沈瓷四下张望着建议道。

“他在幽禁期间，你若是大张旗鼓地带着礼物去，反倒会给他添麻烦。”朱见濂道，“放心好了，礼物我之后会找人专程给他送去的。”

轻装简行，出发越迅速，沈瓷花费在准备上的心思就越少。朱见濂这样想着，只随意带上五六名护卫，便命车夫朝汪直府邸的方向行去。

拉车的是一匹栗色的高头大马，马夫长鞭一扬，马蹄声阵阵响起。

小王爷握住沈瓷的手：“方才同卫朝夕聊什么了？”

“也就是问问她在狱中可曾受刑，吃了什么苦。”沈瓷舒了一口气道，“还好，东厂的人没有为难她，并未施刑。”

小王爷笑笑：“我看她精神头挺好，眼睛还发亮呢，不像是受了虐待的模样。”

“她进去以后，就被审问过一次。连她这个犯人，都觉得东厂问得过于敷衍，预想当中的酷刑完全没有。”

小王爷的笑容还挂在脸上，却是渐渐僵住了，蹙眉反问道：“你说东厂审她审得敷衍？”

“朝夕是这么说的。”

“不对。”小王爷收回目光，低声道：“东厂与西厂一样，都是只听命于皇上的特务机构，遇见妖狐夜出这样大的案子，应当无所不用其极地令嫌犯招供，卫朝夕居然没受什么苦，这是怎么回事？除非……”

朱见濂身体一震……除非，东厂早就知道卫朝夕是无辜入狱，抓她进去，只不过是一个幌子罢了。可若是如此，这个幌子背后是什么？东厂到底想要什么？

东厂的目的，一定不在卫朝夕。一来，她构不成什么威胁；二来，东厂也没有让卫朝夕直接顶包的意思。他们把她敷衍一般地关起来，就好像是故意等着汪直将她救出来，可东厂又怎么知道汪直会来救她呢？

想到此处，朱见濂惊出了一身冷汗。他心中盘算的，东厂也有人盘算准了。这个局里的人，只有汪直可能是东厂最后的目的。而其中最关键的诱饵，就是他身边的沈瓷！

他指尖微颤，手不自觉地握紧，沈瓷被他捏得发疼，轻嗔了一声：“小王爷。”

“小瓷片儿……”朱见濂缓缓抬起头，眸中愁绪难断，“我好像做错了一件事。”

“什么事？”

“……”

烟尘自他们中间漫过，沈瓷看着他的眼睛，深暗而懊丧。

忽然，栗色大马长嘶一声，失控般地朝前狂奔而去。正在行驶途中的沈瓷和朱见濂猝不及防，身体一倾，因着惯力跌在冷硬的木板上。

栗色大马如同发了疯一般，拉着车不管不顾地朝前猛奔。一路行人惊叫，混乱不堪。车夫长鞭连甩，也丝毫没有作用。

“怎么回事！”朱见濂厉喝一声，试图出去控制住马匹，但刚撩开车帘，便瞧见一道黑影闪过，很快，便听见车夫跌落在地的呻吟声。

眼下，连控制缰绳的人都没了，其他随从又已经被马车远远抛下。那黑衣人又朝朱见濂探了过来，一把抓住他的肩膀，欲将他也向外扔去。与此同时，车内的沈瓷也觉出了异样，从身后拽住了朱见濂的衣服。

千钧一发之际，朱见濂从黑衣人的动作中觉出了这人的真实目的。黑衣人欲将朱见濂扔出车外，目标明显并不是他，那么所有可能性只剩下一个：他是冲着沈瓷来的！

朱见濂脑中电光石火般划过两个字：东厂！

情势已经迫在眉睫，朱见濂武艺不精，与眼前之人相比，硬拼肯定不行。他当机立断，马上转身抱过沈瓷，顺着黑衣人的掷力，同沈瓷一同摔向泥地。

朱见濂控制着方位，让自己的背部着地，避免沈瓷承受这一击。他反应极快，在撞向地面的瞬间已经微蜷身体，抱着沈瓷接连向前三四个翻滚，卸去了力量，才保住了骨头。

黑衣人并未善罢甘休，见沈瓷也被朱见濂拉出了马车，立刻跳了下来，向滚在地上的两人逼近。

朱见濂试着站起身，但后背的痛楚使得他动作迟缓。沈瓷扶他起身，刚站稳又被他紧紧牵住了手。

“别乱跑，这个人的目标是你。”朱见濂在她耳边说。

“我？”沈瓷难以置信，她有什么东西值得别人如此大动干戈？

围观的人们尚未分清状况，看见马车失控，纷纷躲在旁边，不敢近前。

眼看黑衣人越逼越近，朱见濂扫视周围，瞥见近处有一家瓷铺，门口支起一个木架子，上面稳稳当当地摆着三排瓷器，守着瓷器的是一个体格壮硕的男子，面无表情地盯着眼前情形，全然置身事外。

“我们过去，你先去砸了那些瓷器。”朱见濂低声说着，果断将沈瓷护在身后，一同往瓷铺方向迈了两步。

沈瓷很快领会到他的用意，看着满架子的瓷器，她舍不得破坏，但情势已容不得她犹豫，伸手过去就将架子腿拽起，往前猛地一掀。

那男子猝不及防，眼睁睁看着满架子的陶瓷倾斜而下，落在坚实的泥地上，清脆的破碎声盈满于耳。下一瞬，火气立马便蹿了上来，盯准了沈瓷不放：“你你你，不许跑！赔钱！”

说完，他向瓷铺门口站着看热闹的大娘使了个眼色，示意她跑回店里搬救兵。

朱见濂动也不动，只将沈瓷拢在怀里，牢牢锁住。黑衣人疾步近前，很快已逼到他身边，一只手掐住沈瓷的胳膊，欲以蛮力将她从朱见濂的保护中扯出；另一只手狠狠击在朱见濂背部方才着地的伤处。

朱见濂咬紧牙关，以臂膀与黑衣人的手抗衡。黑衣人没想到淮王世子会对沈瓷如此维护，下狠力也没能把两人掰开。偏偏在执行任务前，为避免事态闹大，他还被嘱咐不能动淮王世子。

僵持没多久，方才被打翻了架子的男人带着一帮人过来围堵，对着沈瓷和朱见濂指指点点，声音尖厉道："摔坏了瓷器不认是不是？你这什么意思？告诉你，今儿你就别想走了！"

朱见濂姿态未变，只指着黑衣人，冷静道："我们没钱，我们的钱都在旁边这人身上。"

讨债的目光立刻转移，甚至有几个壮汉举起了木棍："替他们还钱，不然都别想走！"

黑衣人被这帮人堵得心烦，长刀一亮，骇得他们连退几步。愣了片刻，这帮人反而被激发了斗志，再次蜂拥向前："别以为我们好欺负，我们占着理呢！"说着便围得更紧，直把黑衣人挤得动不了身。

若是撞上追杀弑命，普通民众只敢躲在一旁，生怕惹祸上身。但眼下事情演变成了赖账不还的闹剧，围观的人便渐渐多了起来。

黑衣人耐心全失，再管不了这么多，抬起手臂，劈掌便朝朱见濂的后脑勺击去。朱见濂怀里拢着沈瓷，躲闪不得，只觉脑后一沉，下意识地紧紧抓住了她，却挡不住意识渐失，终是无力地倒了下去……

"小王爷！"沈瓷环住他的腰，瘦弱的手臂几乎支撑不住他的重量，只得缓缓蹲下身，让朱见濂靠坐下来。她还没将小王爷放稳，眼前骤然一阵天旋地转，再清晰时，她已被扛在黑衣人的肩上。

这时，瓷铺的壮汉一窝蜂上前拽住黑衣人的胳膊腿："哎！你把他打晕了，要是还把这女人扛走，账就算在你身上了！你可别想走！"

黑衣人已被耽搁了太长时间，眼中锋芒渗出："再不放手，就全部杀了你们！"

众人被震慑住，见他手中寒刃泛光，果然慢慢放开了手。

黑衣人周围终于空出了几分空间，还没来得及走，凌空便飞来了五道人影，以马宁为首，正是方才被疯马抛下的护卫们。

马宁一眼便看见倒在地上的朱见濂，登时目露愤光。他出手极快，长刃挥动，其余四人相辅，不多时便响起了布帛撕裂的声响。

黑衣人武功不差，但方才被一群人纠缠太久，此刻这五人又来势汹汹，终是气息不稳。再这样下去，恐怕不仅抓不到人，还会把自己搭进去。

他权衡利弊后，突然双手托起沈瓷，往前方正欲挥刀的马宁身上猛力一掷，惊得马宁立刻将刀甩在了地上，伸手想接住沈瓷。

然而事发突然，人没能接住，但他抓住了她衣襟的边角，好歹有了一个缓冲力，沈瓷跌落在地时，只不过受了点儿皮肉伤。

马宁欲上前扶起她，沈瓷连忙摆了摆手："别管我，快，快去看看小王爷。"

朱见濂仍是昏迷不醒，瓷铺的壮汉见马宁跟朱见濂一伙儿，面相还算是和善，再次撺掇着叫嚣起来："赔钱！你朋友故意砸掉了我们一架子瓷器，别想跑！"

马宁扫了一眼满地碎瓷，又回头看了眼沈瓷，见她点头，一句没多问，顺手便从兜里掏出一锭金子："这个给你，够了吧？"

原本摆在路边木架子上的瓷器，也不是什么珍品，都是些用于日常家居的盘碗。不过，若不是这帮人拖着时间，他们就不能及时赶过来了。

对方用牙咬了一口金子，顿时喜笑颜开，连声道："够了，够了。"

马宁点点头，吩咐其余四名护卫，先将朱见濂和沈瓷送去最近的医馆。

沈瓷只受了一些皮外伤，并无大碍。朱见濂头部和后背遭到重创，但好在他应对得当，未伤到骨头，醒来后休养一阵，也没什么大问题。

不过，就眼下的情况，再去拜访汪直，已是不可能了。

朱见濂仍在昏迷，沈瓷全然没了别的心情。稍微静下来，眼前便浮现出方才的情境。

小王爷以身体为盾，免她遭到伤害。

她一点一点看着他合上了眼，浓深的目光渐渐恍惚，失去意识之前，还用力握了握她的肩膀，如同一块绸布般软软地倒了下去。

若是黑衣人下手重一些，他醒不过来该怎么办？

突然额头一股冷汗渗了出来，夹杂在热泪中，惊得她的皮肤一阵发颤。

自他同她重逢以来，便是意外不断。虽有亲密，却无浓情。从前因着误解和羞赧未曾说出的话语，隔了京城与鄱阳的距离，似乎总带着那么点儿疏离。

他是她寄人篱下的主人，是她暗中惦记的妄念，是她几番命运的转折点。当他找到她，让她跟他一起走时，她几乎是立刻便答应了。只因她心里仍是有他的，虽然生涩，却从未忘记。

可她一直拿不准，自己在他心里到底占了多少位置，直到今日。

小王爷心里，还藏着话没同她说吧？她清楚，但她不会催促，亦不会强求。从前，她害怕悬在手心的爱情一握就碎，如今，她心已安。

卫朝夕自从出了东厂大牢后，心里便再没消停过。

一天以前，她还对杨福在醉香楼的不闻不问失望透顶；如今，杨福在她心里已成了天神般的存在，解救她于肮脏囹圄之中，无所不能。

她坐立不安，颠来倒去，终于按捺不住，再次溜出驿站去找杨福。

在那扇平实无华的木门前，卫朝夕来来回回绕了好几圈，做足了心理准备，才深吸一口气，抬起了手。

叩门的姿势做到一半，又停住了。

她要同他说些什么呢？

那点儿小鹿乱撞的羞赧情绪，再一次膨胀起来，令她的脸颊发红。卫朝夕还在心中浮想联翩，门却开了。

“进来吧。”杨福嗓子微哽，喑哑道。

卫朝夕嘴唇微张，很快便缩着身体蹿进了屋，眨眨眼看着杨福：“你什么时候发现我在外面的？”

杨福背过身倒茶，不敢直面卫朝夕，只低声问：“你还来做什么？”

“我？我来谢谢你啊。”

杨福一怔。

“此处只有我们二人，你也不必遮遮掩掩。”卫朝夕巧笑嫣然，拍拍胸脯道，“我知你身份神秘，但没料到你竟有这样大的能耐。你放心，我保证没有说出去，就连阿瓷问我，我都没泄露你的消息。”

杨福有些糊涂了。

他的确恳求过尚铭不要对卫朝夕用刑，吃穿用度都善待她一些。就连尚铭原本打算让卫朝夕顶包的想法，也是因杨福极力反对才放弃的。

但毕竟是他将她送进了东厂大牢。

莫非这个傻大妞一点儿怀疑都没有？

杨福转过身打量着她，幽静月华下，她的双眸清亮明澈，带着一抹玩笑意味："怎么？现在没别人，莫非你还要说那日救我出狱的不是你吗？"她笑着看他，"虽然那日牢中光线很暗，你装得格外凌厉和傲慢，但我还是看清了你的脸，别想狡辩！"

"……"杨福沉默了。卫朝夕出狱的细节，尚铭从未告诉过他。他只知道尚铭想把汪直引来，却没料到，汪直会亲自去东厂大牢接卫朝夕。

杨福的额头有涔涔冷汗落下，原来，她竟将救她出去的汪直，当成了自己。

如此机缘，如此巧合，但若是有一个不小心，便会全盘泄露。

他用手背抹了抹额间薄汗，心中挣扎一番，终究还是点了点头："的确是我。但是，这又怎样？"

"对你不怎样，但对我不同。"卫朝夕低语一句，手指在背后揉搓，鼓起勇气看向杨福，"我这趟来，除了道谢，还想问一问……你，你为什么要救我？"

杨福眼皮微跳，呆了好一会儿，才别过脸硬邦邦地说道："不过是略施绵力罢了……"

卫朝夕一瞬不移地盯着他面上神情，又逼近了一步："你在犹豫，你没说实话。"

她的情绪酝酿充分，那股不屈不挠的任性劲也跟了上来，多日积累的怀疑、感激、惦念融成一片，此刻凝成高点，激得她一头扑进他怀中，脸颊紧紧贴在他的胸口："我虽然不懂狱中的条条框框，但也不傻。东厂抓捕的阵势那样大，救我出来必定要费一番周折。杨福，我不想知道你究竟是什么人，就是想再问一遍，你，为什么要救我？"

杨福眼中闪烁，霎时有千万种念头奔过。他还记得第一次见到卫朝夕时，小姑娘盯着他餐盒里的栗子糕，口水都快流出来了。她这样爱吃、莽撞，又一腔任性，以至于被利用之时顺手拈来，完事后还傻乎乎地帮他数钱。

他想到这里，心中又是柔软又是歉意，不禁伸出手去，轻轻抚摸她柔软的发。

卫朝夕身体微怔，感受到他的动作，双臂越绞越紧，直把两个人勒得喘不过气。

"你只问我为什么救你，却不问为什么你会被抓进去吗？"杨福终于忍不住问。

"同你有关吗？"

杨福眼神黯然，点了点头。

卫朝夕手软了一下，又飞快地再次抓紧了他：“那也不管，反正最后是你把我救出来的。”

“傻姑娘。”杨福觉得心酸，搂着她圆润的、可爱的肩膀，心里想，是从什么时候开始，他心里开始惦念这个姑娘的？

他与她的相处，每一次都是风风火火，却又鬼鬼祟祟。两人一共也没见过几次，却这般荒诞不经地生出了情愫。她在牢中之时，他屡次忍不住想要救她，但终究力薄，最后带她出来的那个人，并不是他……

可他不愿意拆穿这误解。

“如果，我是说如果……”杨福被卫朝夕的情绪感染得激动起来，手中发丝柔滑的质感，令他久已褶皱的心也舒展开来，“如果有一日，我能够完成使命功成身退，我答应你，一定去找你。”

“你还不知道去哪儿找我呢。”

“你同淮王世子一起来京，必定是在鄱阳了。”

卫朝夕摇了摇头：“不，我不在鄱阳。我在瓷都景德镇。你记住了。”

“景德镇？”

“嗯。”

某些回忆袭上心头，杨福的手掌颤了颤。

“怎么了？”

“没什么……”仿佛被冷水浇过，杨福方才的激动瞬间减退。他看了看窗外一轮弦月，觉得有些冷，伸手替卫朝夕拢了拢衣领，“天色已晚，你该回去了。”

“那方才你的话……”

“算数。”杨福犹豫了一下，将她略微冰凉的小手满满握在自己的掌心，心里盈满了许多话，还想说，却什么都没有说，只喃喃念着，“若我能功成身退……”

若他能功成身退，了结陈年旧仇，原本就计划去景德镇。因为在那里，还有一段因他一时错手欠下的命债……

卫朝夕从杨福那儿回到驿站以后，发现驻守的护卫突然多了几成。

莫非是淮王又遇刺了？鉴于上次淮王在驿站遇见刺客，还落了个多处骨折，卫朝夕首先便想到了这种可能。

她找旁人一问，果然是遇见了刺客，只不过对象并非淮王，而是沈瓷和朱见濂。

“阿瓷怎么样了？”卫朝夕慌忙问。

那驻守的护卫答道：“我当时并不在场，你去找沈姑娘看看便知，她现在在世子房中。”

话音刚落，卫朝夕便慌忙跑了。

朱见濂在床上昏昏沉沉地躺了一整天，到此时才醒过来。他睁开蒙眬的眼睛，在烛火摇曳中看清了沈瓷的脸。她守在床前，一双柔荑握住他的大手，见他醒来，眸中泪光微闪：“小王爷，你醒了？”

他恍然觉得时光倒流，似乎回到当初，她替他挡下梅瓶的重击时，他也是这般守在她的床边。

原来从那时起，他便已对她有了惦念。只因当时太过年少，不懂情谊，生生错过了。

但好在眼下，还来得及。

他用力握了握她的手。

“幸好，你没被带走。”朱见濂嗓音微哑，嘴唇发干。

沈瓷急忙到桌前倒了一杯温水，半扶起小王爷饮下：“是马宁他们及时赶到，才救了我们。”

朱见濂撑起身体，嘴唇润了几口水，还有些虚弱地说：“这些日子，你能不能听我的，尽量不要再出去了？若是一定要出去，同我说一声，我多派些人陪着你，可好？”

沈瓷温顺应道：“都听你的。”她想了想，又轻声问，“不过，我不明白，会有什么人冲着我来？我在京城没有仇家，也没有什么利用价值，实在想不通。”

朱见濂垂下眼帘，心说小瓷片儿你的利用价值太大了。可他没开口，此刻他丝毫都不想提及汪直，半晌后才慢慢道：“父王的伤渐渐好转，再等半个月就能启程了。在这之前，我会加派护卫，保你无恙。”

沈瓷补充道：“还有你自己，也须注意。”

朱见濂点点头，捧起沈瓷的手，若有所思："现在我们这一行人，父王，你我，还有卫朝夕，多少都遇上了些麻烦。只是不知道，盯着我们的，是不是同一路人……"

他话音还未落下，门突然被推开，卫朝夕踩着小碎步跑了进来，开口便唤道："阿瓷！"

卫朝夕走近，皱着眉从头到脚将沈瓷看了一遍："你怎么样？伤在了哪里？"

"我没事。"沈瓷浅笑着，指了指坐在床上的朱见濂，"只是小王爷受了些伤，需要调养。"

卫朝夕并不太关心朱见濂的身体，不过还是礼貌性地问："世子殿下可还觉得身体不舒服？"

朱见濂转头看了一眼卫朝夕，见她发髻微松，面有尘土，鞋底还沾着些淤泥，反问道："卫姑娘这是从哪儿回来啊？你这刚出狱就到处乱跑，不害怕再出意外吗？"

卫朝夕微微一愣，看了一眼自己鞋底尚还湿润的泥，牵强笑道："就是在花园里瞎逛了两圈，踩泥地里去摘花了。"

"嗯。"朱见濂眼睫微垂，点点头，未再追问，似突然想起一般问道，"对了，还没来得及问你，你一个姑娘家，之前怎么会女扮男装去醉香楼呢？"

"觉得好奇，就想去看看啊。"

"一个人去的？"

卫朝夕下意识想摇头，又及时刹住了动作，手指在后背缠紧，看了看沈瓷说："原本是想叫阿瓷陪我一起去的，但她当时没回来，我就只好自己去了……"

朱见濂捏了捏沈瓷的手："你们俩还有这爱好？"

"我可没有。"沈瓷低声辩驳道。

朱见濂笑了两声，又问："听说卫姑娘还会易容术，去醉香楼时装扮得很像男人。你同她一起长大，是不是也会啊？"

他的话是在问沈瓷，眼睛却盯着卫朝夕，清楚地看见她咬了咬下唇，喉咙微动，没说话。

卫朝夕此刻心中已是九曲十八弯，万分后悔自己闯进了朱见濂的房间。若她早知会被追问，决计半步都不会踏进来。

沈瓷见朱见濂语带深意，似乎是对卫朝夕有所怀疑，忙打圆场道：“朝夕从小爱玩，卫家老爷又管得严，多假扮几次便像了。至于我，向来没什么束缚，装扮起来就没那么像了。”

朱见濂想了想道：“说得也是，看她这性格，也的确如此。”

卫朝夕松了一口气，生怕不小心就把杨福泄露出来，点头道：“阿瓷说得对。”

朱见濂冲她招招手：“哎，你进来这么久，怎么还站着，那有凳子，坐下聊。”

“不用了不用了，我就过来看看阿瓷，正准备回房了。”卫朝夕担心自己毫无准备地说下去，指不定哪句话就把杨福给卖了，拔腿就往外走。

朱见濂将手中茶盖扣在杯沿上，发出不轻不重的一声响，笑道：“卫姑娘别急，我还有话想接着问你呢。”

卫朝夕微微一怔，转过身问：“还要问什么？”

“你别紧张，我只是想了解一下情况。”朱见濂声音温和，用手示意卫朝夕坐回来，才继续道，“我听说，你是以西厂暗桩的身份被救出的。可你在江西，西厂在京城，如何把你说成暗桩的？”

卫朝夕回缓过来，心里掂量着这事应该不会影响到杨福，答道：“是三年前江西的刘晔一案，此事虽然明面上由刑部主审，但因为受贿官员过多，最后其实是落在了西厂手里。是这案子，将我同西厂扯到了一起。”

“三年前，刘晔的案子是由西厂查的？”朱见濂神色微变。刘晔一案发生时，正是三年前的秋天，也是淮王在景德镇视察遇刺的时候。那时候，曾有侍卫说，刺杀淮王的人似乎是汪直……想到此处，他呼吸急促，张口便问，“西厂厂公汪直，当时可曾亲自去江西查审？”

卫朝夕皱着眉头：“这我怎么会知道，我只不过是照着别人教给我的话说而已。”

朱见濂也意识到自己问得冲动了，渐渐平静了下来，一旁的沈瓷却来了兴致：“小王爷怎么关心起汪直去没去江西了？”

朱见濂沉默片刻后斟酌道："没什么，随口一问。"

卫朝夕趁着两人说话之际，打了个呵欠："我有些乏了，想回去休息，世子可以放我走了吗？"

朱见濂终于松口道："请便。"

沈瓷将卫朝夕送到门边，嘱咐了几句后，脑中还是想着方才朱见濂特意问起汪直一事，心中嗔怪。不过，也正是因为此刻提起了汪直，她才觉悟过来，之前光顾着守候小王爷醒来，竟还未去向汪直道一声谢。

她若有所思，小步移到床边，瞧着朱见濂神色无虞，才开口道："小王爷，今日本该去谢谢汪直的。既然因着事故没去成，我想……明日上午我还是再去一趟吧。"她顿了顿，又补充道，"你好生休养，我让马宁带几个人陪我去，不会有危险的。"

话毕，朱见濂的脸便一阵发青，脖子一扭问："你这是故意不想让我陪你啊？"

沈瓷蹲在床边，握着朱见濂的手："这不是想让你再好好休养一阵吗？"

朱见濂深看她一眼："那如果我不许你去呢？"

沈瓷凝滞片刻后对他笑笑："这怎么会？小王爷既然曾经提议让我去找他，必定也是同意礼尚往来的。"

"礼尚往来？"朱见濂轻笑了一声，"我从未说过要同他礼尚往来。"

"那小王爷是想如何呢？"沈瓷开玩笑道，"不是礼尚往来，那难不成还是有仇必报？"

朱见濂身体微震，反问沈瓷："我同他有什么仇？"

沈瓷眨眨眼，笑道："别在意，只是感觉您一提起他便带着点儿火药味，随便说说而已。"

"我有火药味吗？"

"有。"沈瓷肯定地点头道。

朱见濂还觉得自己对汪直表现得太过客气了。

每次看见汪直，他都恨不得一把长刃挥过去。这股冲动酝酿已久，却施展不出。

事情尘埃落定前，他还得沉住气。

“那若是下次有机会再见，我会对他客气些。”朱见濂说得口是心非。

沈瓷轻轻拧了拧袖口，又将话题绕了回来：“既然这样，明日我去看望汪直时，也代小王爷说一声谢。”

“不怕再遇到危险吗？”朱见濂皱着眉头，“你不害怕，我却是担心得很。”

“总不能一直窝在驿站里啊。”沈瓷拍拍他的手，像是安慰一般，“我会小心的。”

朱见濂心底仍是不愿意，但情势尚不能勉强。有些事情，他不能强求，唯有无奈接受。无论自己怎样痛恨汪直，卫朝夕一事，汪直终究是下了功夫的。

他沉默半晌，终于说道：“那让马宁多带几个人保护你。”咬咬牙，又补充道，“顺便把父王带到京城准备送礼的那颗黑珍珠拿去。”

“黑珍珠？”沈瓷怔住了，“应当是非常名贵的东西了，小王爷是要我送给汪直？”

“不然让你拿去干什么？”朱见濂揉了揉额角，心里掂量着，自己若是不出手，指不定沈瓷会准备些什么。他就是要让汪直清清楚楚地看明白，这名贵的礼物是他朱见濂准备的，沈瓷没花一点儿心思在上面。

沈瓷见他待汪直如此大方，不禁怀疑自己之前的判断，展颜一笑道：“好，那我先回去准备一下。”

她站起身，正欲离开。

“等一等。”朱见濂突然制止道。

“嗯？”沈瓷转回身，以询问的目光望着他。

迎上沈瓷的眼，朱见濂顿了顿，他其实想问：“汪直这么做，你对他的感激有多少？如果他趁此机会倾诉衷肠，你会不会有所动摇，或者有所感动？”

可是话到嘴边，他却问不出来，别开眼道：“你不必替我同他道谢，我没有什么需要感激他的。”

原来是这事。沈瓷以为小王爷是好面子，轻轻一笑：“好，知道了。”

说完，再次提步拉开了房门。

“小瓷片儿。”他再一次叫住了她。

沈瓷僵了僵，觉出他不寻常的情绪，静待原地问：“小王爷还有什么话想同我说？”

“你……”他理了理气息，带着迟疑和郑重，慢慢地看向她，目光如同深潭的碧水，似看进了她的心底，“你要记得，早些回来。”

沈瓷心中温软，走了回来，替朱见濂又掖了掖被角，微笑点头道：“你好好休息，别担心，不会有危险的，有马宁他们在呢。”

她从外面关上门离开，风抚过，带起门帘微微飘动。朱见濂侧脸望着紧闭的房门，久久不动，心中一声叹息。

第十二章

以心相剖

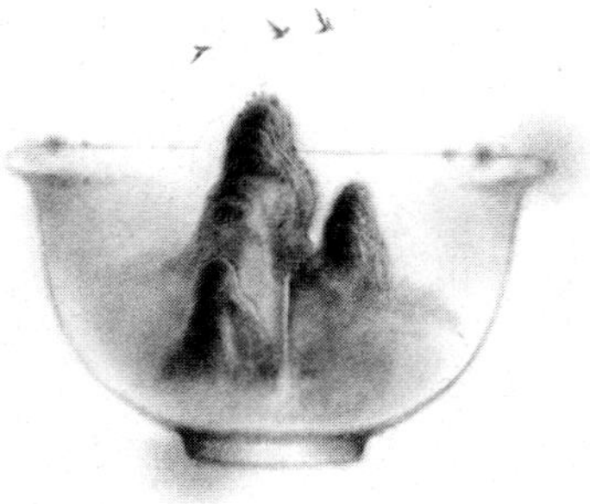

翌日清晨，沈瓷在马宁等护卫的陪同下去看望汪直。进入宅院，她发现的第一件事，便是守护的侍卫少了许多。

她心中又是难过，又是愧疚。想到汪直如今被幽禁，也是因为自己，更觉得心里不是滋味。原本他不必插手这件事，是她，利用两人之间的交情，才让汪直受到皇上的惩戒。

“你就带着人在前院等我吧。”沈瓷同马宁说。

马宁拒绝道：“世子吩咐了，不能让您单独行动。”

沈瓷犹豫了一下：“可……我这是去向别人道谢，总不至于聊天还带着这么一帮人，倒像是讨债了。”

“可是世子吩咐过……”

马宁话还没说完，汪直的下属传话道：“我家主人说了，除了沈瓷，谁也不见。”

马宁只好闭口不言。

沈瓷入了后院，被引着走了一阵，见汪直立于庭中，正赏玩着池中金鱼。旁侧，迎春花开了几枝，嫩黄的花瓣，似苔枝缀玉，携着悠悠的暗香。汪直手里抓了把鱼食，往池中一撒，便见无数条金色聚集于一处，而他拍了拍手，将残余的鱼食拍落，转过身看着沈瓷。

“我以为你会早些来看我。”他说。

开口竟是这一句，沈瓷微感意外，答道：“本来昨日该来的，路上遇到一点儿意外。”

“我听说了。”汪直长身玉立，目光扫过沈瓷，“看你精神挺好，没受伤？”

“兴许是刚入京时养伤太久，老天也不忍再让我受伤了。”沈瓷提及从前在汪直私宅休养一事，唇边不由得挂上一缕浅笑，“汪大人的气色也好了许多。”

“我也没别的事可做，只能专心养着。”

他神情淡淡的，沈瓷分不清这话是有意还是无意，想了想，开口说道：“朝夕被救出一事，还要多谢汪大人！”

“不必言谢，你我也不是第一次见，用不着这般客套。”他期盼她来，已是许久，现在她来了，自己又不知该如何表现，字句都模糊成了一片，只是一问一答，竟有些不知该说些什么。

“这便是朝夕的谢意了。”沈瓷从袖中取出一件雕花木盒，递给汪直，“稍微备了一份薄礼，来得仓促，您将就着收下吧。”

汪直眼中一亮，看向那有着精致雕花的木盒，脸上多了些温柔的情绪，那双细长眉眼因此轻轻眯起，沾染了笑意。

他接过去，毫不客气地径直打开，竟是一颗珍奇昂贵的黑珍珠。

沈瓷期待他的目光中露出几许满意，却意外地看到汪直的笑容僵在了脸上，眸色一沉，眉间多了一道直立的皱痕。

他直接把木盒塞回了她手上。

“我不喜欢。”

沈瓷呆若木鸡，定定地望着他，哪有人这般拒绝礼物的？她僵住了，半晌才问道：“怎么了？”

“换一个。”汪直说，“换一个，要你自己准备的。”

“可这就是我准备的……”沈瓷话说一半便吞了回去。礼物虽是她送的，但的确是小王爷准备的，可这黑珍珠出了什么问题？难不成还能是假的，又或是……某种她猜到却不愿说出口的原因？

起风了，空气中有细细的尘埃浮动。沈瓷侧着脸去看枝上花萼，汪直的眼睛看着她，只觉眼前女子真切非常又疏离非常，一颗心也随着这刮在庭中的风，空了下来，凝了下来。

良久，汪直方开口道：“我不需要这样贵重的黑珍珠，空摆着也没用，还碍我的眼。让淮王世子留着送别人吧，别往我这儿塞了。”

沈瓷无可奈何地颤抖了一下，她转过头来，汪直的眉目清清楚楚就在眼前，却又带了些云里雾里的味道。

他又说："若真想谢我，就送给我一件瓷器，你自己做的。我要独一无二的。"

沈瓷迟疑片刻，低语道："瓷器不也只能空摆着没用嘛……"

汪直眼神睨了过来："你这不是道谢来的吗？我这都明确提出要求了，难道你还要拒绝？"

沈瓷微微垂下了眼帘，轻语道："制瓷须去瓷窑……可昨日我刚答应了他，为防危险，不轻易外出。"

她口中的"他"，指代不明，却是再清楚不过了。汪直心底狠狠一痛，胸中似牵扯到某根神经，未痊愈的伤口又在暗处丝丝渗出血来。他按捺不住，一把抓过她的手，竟发现她的掌心在不停地出汗。沈瓷方才的脸色还算平静，但被他抓住手掌的那一刻，脸色虽然白了白，却没有惊讶，只是感觉她在瑟瑟发抖。

汪直突然想起了一个词：执子之手。

可眼前的情境，明显不是这句古老诗词中的含义。他如今握着的这双手，或许明日就握不到了；眼前的这个人，或许明日便看不见了。他想起两个人共同度过的时光，想起驿站中那个处心积虑提醒他远离她的淮王世子，想起自己被迫残缺的身体，不由得无声一笑。

因他这一笑，沈瓷突然觉得难过异常。过往种种如浮影般再现，下一刻，已是明晰了然。她羽睫微颤，慢慢抬起头来看着他，手腕酸软。

"你猜到了吗？你猜到了吧？"他声音低沉地问，似有鲜血从胸口处一股股涌出，连带着四肢百骸皆是酸麻，如饮烈酒。

沈瓷没有答话，细瘦的手腕被汪直攥住，心中像是有一捧冰水浇在炽烫的铁器上，霎时冷热相融，"嗞"地化出一阵阵水雾，朦胧了她的眼，惹得鼻子微微发酸。

他离她这样近，反倒像是看不清晰。那双细长的眉眼里，平日盛的是疏狂风华，今日却带着说不清道不明的情愫，只觉他一双眼黑得怪异，亮得怪异。萧萧风声中，唯感到他握住了她的手，其余触觉统统都浅淡了去。

就在这一刻，在两人执手无言的这一刻，他异常想要留下她，想要在这诡谲变化的世事中索取一分稳定。哪怕只是堕入一场空梦，也情不自禁。

他慢慢转过头，看着她的眼睛："留下来陪我，好吗？"

他的嗓音喑哑，一个字比一个字更低，到最后便只剩下一口气，轻轻吹入她的耳中，挠得她耳根发痒，如同一声靡靡的叹息。

沈瓷的身体不禁颤了颤。

她的手紧握成拳，时间久了也没有松开丝毫。汪直看了一眼，眉头微蹙，伸手过去将她的手指一点点掰开。沈瓷一怔，下意识地想缩回袖中，却被汪直牢牢捏住了手腕。

但见她掌心之中，竟显出几道细细的血痕。

是指甲嵌入的痕迹，密密匝匝，触目惊心。

汪直的目光定住，透过这不深不浅的痕迹，仿佛看到了沈瓷心中的害怕和颤抖。她将指甲狠狠嵌入皮肉之中，将疼痛作为提醒，她怕说错一句话便会完全失去他，更怕不适的拒绝会对他造成伤害。她的手心不停出汗，却不敢贸然说出一句话，做出一个动作。那细密的血痕，是她对他感受的顾念，亦是于无声中对他的答复。

汪直的手心莫名疼了一下，一时间，他分辨不出现在是醒着，还是在梦里；分辨不出自己是想剖白，还是含糊；更分辨不出她的心跳有没有为他加快哪怕只是半拍。

此般情境，他甚至弄不清，自己到底是应该高兴，还是应该悲伤。

时间凝滞半晌，慢慢地，汪直还是放开了她的手。

他的声音一点一点哑下去："不过是希望你能专门替我做件精美些的瓷器，总不至于拒绝吧？"他低叹一声，方才有关陪伴的一问，似乎从未说出口，已然烟消云散。

没等沈瓷回应，他附在她耳边继续道："我知你担心再遇到危险，淮王带来的护卫毕竟武功有限，我让西厂的人与你同道。我不喜黑珍珠，只想在你离开之前专门送我这么一件你亲手做的东西，就当是我帮了卫朝夕的谢礼吧。"

沈瓷无从辩驳，喉咙里空空荡荡，恍惚中好像失去了什么要紧的东西一般。凝了半天神，才勉强笑答道："好。"

此情难却，别离在即，这样的要求，她没有拒绝的理由。

汪直侧眸看向池中游鱼，即便再强作玉树临风的身姿，此刻也不禁带了些许狼狈的意味。

尴尬的沉默，沈瓷犹豫半晌仍不知还能说些什么，见汪直也全然没有再提之意，动了动喉咙，嗫嚅道：“汪大人，那……那我先回去了。”她说完，默默将装黑珍珠的木盒敛于袖中，又用拇指摩挲了一番掌心掐痕，刺痛犹在，只觉方才还是灼烈的疼，此刻却又染上了冰凌一般的凉。

“回去？”汪直轻轻反问了这一句，唇际勾起自嘲一笑，没有转过头来看她，目光只聚焦在虚空的一点，点了点头，“好，那就回去吧。”

沈瓷垂下头，一口气压在喉间如何也吐不出来。她总觉得应该再说些什么，但此般情境，两个人都不宜多语。走出几步，她又转过身，深看了一眼他的侧颜，屈膝为礼，在风声中缓步离去。

“汪直没有收下黑珍珠。”沈瓷将镂空木盒递还给小王爷，神色倦怠。

朱见濂对此并不惊讶，只奇怪于这一趟回来，沈瓷的模样为何变得如此疲倦，低声问道：“累了？”

沈瓷缓缓点头，兴许是外面的寒气所致，她的脸被冻得有些僵硬，尤带着颤抖。朱见濂略一思索，拍拍身边的位置，让沈瓷坐了过来。

沈瓷踱步过去，刚一坐下，一双手臂便将她拥入温暖的怀抱中。

“外面挺冷吧？”朱见濂从后环抱着她的腰肢，温暖的大手捧起她纤细冰冷的柔荑，传递出阵阵暖意。

沈瓷因他突然的亲密微微颤了颤，的确觉得温暖，不多时便闭上了眼，只安静休憩在他的怀中，应道：“今日天气回凉，本来已近春日，该是冰消雪融了，却不知为何冷得紧。兴许再回凉这么一两日，就全然入春了。”

他将下巴抵在她的肩膀，衔住她的耳垂轻声问：“看你不光冷得哆嗦，声音气力也不足，可是不舒服？你昨日终归是受了伤，还是注意些好，要不再差医师来看看？”

沈瓷摇摇头：“无碍，不过是胸口有些闷痛罢了，与那点儿皮肉伤无关。”

朱见濂皱眉道：“你总穿着宦官的衣裳，束胸多了，难免觉得压迫。如今驿站内多是我们的人，不必拘礼过多。不如你平日换回女装，自己也轻松自在些，如何？”

沈瓷尝试着吸了一口气，果真感到胸口紧紧绷住的裹布压迫得自己难以呼吸，松开口喘了两声，应道：“好。”感觉身体终于灵活了些，她顿了顿，小心开口道，“还有一事，方才未说完的。”

“嗯？”

沈瓷的音量低下来：“我想去瓷窑再待几日。”

朱见濂眉头皱起：“之前不是说好了，尽量别出去吗？”

沈瓷垂下眼睫，深知自己理亏，但她没法告诉他，自己要替汪直去做一件礼物。这是她自己欠下的人情债，仅卫朝夕这一项便足以偿不清，更罔提他曾经的种种帮助。

她仍记得，今日瑟瑟风声之中，他问她：“留下来陪我，好吗？”

可恍惚间，这句话好似迷梦一般，不再被提及。她亦分辨不出，那到底是郑重相问，还是一时冲动。

无论如何，他在她临走之前提出的要求，是要她以精瓷作为谢礼。

这是她能做的，微不足道的一点偿还，权当谢意，理所应当。可是，她却不知，要如何据实告诉小王爷。

沈瓷想了想，解释道：“离我们回江西仅有不到二十日，最后还得匀几日收拾行装，至多也就在瓷窑中待十日。我有时无聊便过去待一会儿，每日都会回来。不然白天你忙别的事，我也无聊得紧。”

“还有卫朝夕可以陪你呢，她一天到晚也没事做。若是你觉得彩料昂贵，想要物尽其用，带回去便是。不过，你回去都赴任督陶官了，难道还会缺昂贵的彩料？”

“朝夕自然是要陪的，但也不至于时时刻刻。”沈瓷觉得自己的理由快要说不下去了，索性抬起头，看着朱见濂直言道，“我已决定要去，几日不制瓷便手生，我不能这样直接回去赴任督陶官。”

沈瓷性格中那种温柔的倔强，他再了解不过。因而，当她说决定要去，朱见濂便知道，没什么再能说服她。

而他亦有他自己的考虑。

诚然，他希望沈瓷留在驿站，多少能安全一些。但同时，他现在做的许多事，都是她不应该知道的。越是亲近，越容易被撞破，于他而言，也需要自己的行动时间。

“你真是一刻都闲不下来，都已经被人盯上了，还不忘往外跑。”朱见濂微有愠怒，声音却慢慢低了下去，最终还是抿了抿唇，叹气道，“算了，一直留在驿站，也未必就全然安全。届时，我会派人暗中保护你。”

沈瓷依着朱见濂的话，在驿站里换回了女装。

晚膳之后，她陪着朱见濂在园中散步。一身宝蓝色织锦无花短襦，下身着一件浅色的藻纹绣裙，头发绾起简单的桃花髻，只别了一枚银凤镂花的长簪。不一会儿，卫朝夕折了一朵小花跑过来，愉悦地替她别在发间。

躲在暗处已易容的杨福，本是奉东厂之命探看沈瓷的行踪，不想却看到她换回女装的模样。虽然他从卫朝夕那里，早已得知沈瓷是女子，但此刻细看后才发觉，这张脸竟是如此熟悉。

他是在哪里见过这张脸呢？

杨福脑中电光石火般闪过卫朝夕的话。

——“不，我不在鄱阳。我在瓷都，景德镇。你记住了。”

——“阿瓷呀，她现在虽然扮成宦官，其实是个女子，是我从小一起长大的好朋友。”

——“她家里曾经遇到变故，我们分开了两年，但再见面时，依然同以前一样好。”

他记得沈瓷这张脸，这张他对其怀有歉疚的脸。他曾特意赶往景德镇打听沈工匠家人的下落，便是那时，他知道了这个孤女的存在。

景德镇，沈姓，与淮王有关系，曾经遭遇变故。

丝丝缕缕串联起来，杨福完全可以确定，沈瓷便是当年那间瓷铺主人遗留下来的孤女。

杨福想到此处，不由得身体一震，立马转过身离开，抑制不住心中的潮涌，疾步去向负责接头的酒家传道：“告知尚铭，我有急事，必须尽快见他。”

当日深夜，尚铭赶赴接头地点，杨福已等得焦灼不已。

“什么事？”尚铭落座，指了指身旁的椅子，对杨福道，“坐下说吧。”

杨福却是没坐，他直愣愣地站在原处。明明是微冷的初春，额上却渗出些汗来，开口便道：“尚大人，沈瓷不能动。”

他突然来了这么一句，尚铭的脸登时便有些难堪：“你这么急匆匆叫我赶来，就是为了告诉我，这个沈瓷不能动？”

杨福怕尚铭认为自己全因私心，暂且没把自己与沈瓷的关联道出，只慌乱道："沈瓷不光深得汪直信任，还是淮王世子的红颜知己。您要利用她对付汪直，淮王世子也不是善茬儿，原本是可以与您结为盟友的人，莫因为沈瓷坏了关系。"

"这点，我早就知道了。"尚铭漫不经心地看着自己修长的指甲，小指微微跷起，"前几日劫马车那次，是我小瞧了她，以为派一人去就能搞定，没想到淮王世子竟会舍命救她。下一次，不会再这么轻松了。"

尚铭语气沉沉，说到最后，已是染上狠戾之意。杨福手指微冷，见尚铭不为所动，无措之际，俯身到他的脚边，吞吞吐吐道："尚大人，其实……其实我与沈瓷是旧识，还请您放弃之前的计划，总还有别的办法。"

尚铭眯着眼打量着他，发出一声轻嗤，字字句句问得清晰："杨福，是不是我之前太宽待你，让你觉得什么要求都能跟我提？"

杨福见他目如寒冰，大觉惊惧，颤声道："属下不敢。"

"你怎么不敢？"尚铭声音凛凛，阴沉道，"之前颇费周折地抓了一个卫朝夕，原本想着用她来顶包，妖狐夜出的案子也就顺理结了。偏偏你不许，还不得施刑，在牢里给她好吃好喝供着，最后还平平安安放了出去。我仁义至此，还不是因为你吗？"

杨福听他提及"仁义"二字，忍不住多嘴："卫朝夕生性纯善，莫名被搅了进来，原本便与此事毫无关系……"

"既然拿了证据，没关系也是有关系，全看如何运作。哈，你拿这眼神看我什么意思？告诉你，莫说是我，就算是把卫朝夕从牢里带出来的汪直，只要情势需要，便是宁可错杀，也不能放过。"尚铭笑得森冷，双眸中透出一股狰狞。

杨福嘴唇抿紧，颤声道："不管别人如何……请再给我最后一次宽待，这沈瓷已是孤女，还是顾念着一点儿吧。"

尚铭不以为然："既是孤女，才更不需要顾忌太多。卫朝夕的事就算了，这沈瓷，莫非也是你的红颜知己？"

杨福垂眸不语，尚铭睨了他一眼，不悦道："杨福，你最初说要投靠我时，可不是眼下这般态度。你今日匆匆把我叫来，若仅仅是这番说辞，难道是故意想戏耍我？"

杨福一怔，露出惊恐万分的神色，双唇颤动，却不知话语该如何开口。

三年前，他凭着一腔不计后果的孤勇前往景德镇，却意外失手，被淮王的护卫一路追踪。也是运气好，他在逃亡途中偶遇两人，正是尚铭的属下。彼时，西厂已暗中接手江西刘晔一案，东厂因为受过刘晔的贿赂，亦悄悄派人尾随，欲从中作乱。

尚铭的这两个属下，初看见杨福时，皆以为是遇见了汪直。但那时的杨福，虽样貌与汪直相似，可行为举止、声音气势，都与汪直相差十万八千里，那一身厚实劲，是汪直无论如何也学不来的。

更何况，杨福的武功不似汪直那般精深，寥寥几招博弈的招数，便可见端倪。

两人并未踌躇太久，很快出手将逃亡中的杨福救下，此时，杨福已是筋疲力尽，若不是这两人相助，决计无法逃过淮王的追捕。因而，可说尚铭对他有间接救命的恩情。只是这二人施救，是为了他的这张脸。

随后，两人得到授意，杨福被带入京城，送到了尚铭面前。

尚铭同他提出条件，他助尚铭除掉汪直，且在汪直死后暂替身份；而尚铭，则为他取淮王的性命，不仅要淮王死，还要让他身败名裂。

身败名裂，这无疑是比让淮王单纯地死去更诱人的结果。

杨福答应了。

整整两年的训练，杨福依照尚铭的要求，按汪直的饮食起居生活，模仿他的身姿、神情、音色……以及其余的一切。

原本敦厚憨然的声线变得狂傲冷峻，原本微有驼背的身形强撑得挺拔笔直，原本亲和厚实的神情变得漫不经心……因着生活习惯的近似，他与汪直的面目竟也越来越像。

慢慢地，他已不再是他，而成了汪直的影子。

只在某些特定的时刻，才会露出自己本来的面目。

比如，一年前在乡间蒲苇中装作偶遇朱见濂时，为了引他入局，杨福特地乔装了一番，而这乔装的憨样，竟是他本来的样子。

再比如，看着卫朝夕小眼发亮，满嘴喷香地啃着栗子糕、绿豆糕、枣泥糕等一切好吃的食物时，他的心也禁不住变得温柔，眼中点缀着熨帖的气息……

如今已是三年，他成了一个无法再做自己的人，事事都需小心谨慎。一面做着尚铭的棋子，一面做着朱见濂的棋子，周旋其间，如履薄冰。

一切，只为了心中那个目标，一个尚铭答应助他完成的目标。

可眼下，尚铭已经动怒，就在杨福恍神的间隙，他的手掌猛拍在扶手上，起身朝门外走去。

“尚大人，留步！”杨福慌忙制止，急急上前将尚铭拦住，额上冒着虚汗，“今日叫您前来，并非有意戏弄。而是因为，因为……”

他情急之下语无伦次，尚铭等了片刻，见他久久没个“所以”出来，抬腿又要走。

杨福下意识地拉住尚铭的衣袖，咬牙脱口而出：“是因为我今日才发现，这个夹在汪直和淮王世子中间的沈瓷，正是当年我刺杀淮王不成，转而误杀之人的女儿！”

尚铭顿了顿，没了动作。

过了一会儿，才慢慢转过头，似笑非笑地轻哼了一句：“怪不得。”

杨福眼巴巴地望着他，看不清态度，一颗心悬着。

尚铭道：“你考虑的东西和人太多，便会顾此失彼。前几日是卫朝夕，今日是沈瓷，如此下去，何时才能成事？”

“我孑然一身，并没有什么好顾念的，这是最后一次特例……我对这位沈姑娘已有巨大亏欠，不想再做伤她安危之事……”

“你倒是个有情有义的。”尚铭语带嘲讽，紧接着话锋一转，“不过，我倒是可以答应你，不伤她安危。”

“当真？”杨福转忧为喜。

尚铭冷言补充道：“没说不用她，只不过变一套方法而已。”

“……”

“我得到消息，淮王曾差人在京中打听汪直在某段时日的动向。而那段日子，正是你三年前刺杀淮王的时间。”尚铭看向他，一双眼泛着光，“由此可见，淮王当时将你认作了汪直，只是心中并不确定，派人到京城求证来了。这事后来不知怎的没了动静，想来应是淮王害怕汪直弄权，他当时性命也无恙，便暂且放下了。”

杨福听闻此言，打了个哆嗦：“淮王不知我的存在，朱见濂却是知道的，会不会他已经开始怀疑我，或者一开始就是为了求证此事才将我纳入麾下？”

“怀疑有可能，但若一开始便是为了此事，他便不可能将你养在身边这么久，还想方设法把你带入京城。根据他入京后的种种迹象，也可确定，他是真的想杀汪直。”尚铭踱了几步，重新坐回椅子上，继续道，“退一步而言，就算他已经怀疑上了你，也是不敢确定，只能提防提防，毕竟为了完成他的事情，还不能同你翻脸。”

杨福颤声道：“可若仅仅是因为刺杀怀王未遂，就要除掉汪直，此举未免太过疯狂……朱见濂看起来并不是这样的人。”

“这也是我想到的，所以，一定还有别的原因。”尚铭沉吟道，“更何况，如果只是想除掉汪直，需要你做什么？必定是希望你在顶替汪直过后，利用这个身份替他做一些事。他可曾告诉过你，之后要你做什么？”

“属下尚且不知……”

尚铭瞪了他一眼：“没用。”

杨福垂下头，不敢作声。

尚铭留着杨福是为了稳定局势，免得汪直死后，皇上第一个怀疑到他头上。他得先稳住情势，再寻一个完全与自己无关的契机，比如皇上派“汪直”带兵打仗，再让其消失在京城的千里之外……

可是朱见濂，又能让“假汪直”做什么呢？

尚铭无论如何也想不通。

好在两人除掉汪直的初步目标完全一致，虽不相识，也算是助力。

尚铭思忖半晌，丝丝缕缕理了个大概，终于又将话题扯了回来：“既然他们怀疑杀掉沈瓷父亲的人是汪直，不如将计就计，索性就让沈瓷把这当作真的。”

杨福眉心一跳，一股不安的预感闪过：“您的意思是……”

“杀父之仇，不共戴天。眼下这情势，你说让谁来杀汪直最不费吹灰之力？”尚铭唇际划过一抹诡谲的笑意，幽幽道，“自然是这位沈瓷姑娘了。”

杨福自从与尚铭面谈后，几日都处于强烈的内心挣扎之中。

在尚铭的计划里，一步一步逐个击破，让沈瓷最后认定当初的杀父仇人就是汪直。而这一步步计划当中的关键，正在杨福身上。

除此以外，还免不了要利用卫朝夕。

杨福思来想去，只得告诉自己，真的再没有别的路可以走。借沈瓷的手除掉汪直，确实是最简单容易的方法。若非如此，按照尚铭之前以沈瓷为诱饵的计划，还会让她承受许多身体之苦。至于朝夕……如今的他，尚没有谈情说爱的资格。

可是，沈瓷原本的杀父仇人，毕竟是自己……

杨福闭上眼，在两种不同的声音里来回穿梭。他隐忍蛰伏三年，为的便是尚铭当初许诺的一句话。既然还未让淮王身败名裂，便不能放弃。而汪直作为西厂提督，手中沾染的人命和鲜血必定不少，如此行径，便当作为那些死去的亡灵报仇吧……

他以如此借口说服自己，终于心头一定。还没来得及睁开眼，便听到一阵敲门声。

两轻一重，是卫朝夕特有的叩门规律。

杨福心头一紧，忙收拾好心绪，拉开了门闩。

刚刚透出点儿门缝，卫朝夕的小脑袋便凑了过来，待杨福抬起头时，眼前直愣愣地映着卫朝夕的脸，靠得那样近，近到他能够看清她脸上细细软软的寒毛。

杨福不由得一怔，别过脸去。

卫朝夕却是全然没意识到杨福的怔忪，轻快地进了屋，手里拿着一个袖珍的小食盒，乐呵呵道："我的好朋友昨晚做了点儿梅花董糖，特别好吃，我带来给你尝尝。"

杨福揉揉耳朵，有点儿不相信："你还有把好吃的分给别人的时候？"

"这话怎么说的，听起来好像我多抠门似的。"卫朝夕佯装愠怒，下一刻便没憋住笑了，"不过，你的话也没错。我以食为天，平素只有我抢别人手里好吃的份儿，还真没怎么心甘情愿分给别人过。"

她顿了顿，一双明媚的眼中如凝秋水，看着杨福："但是，若把对象换作是你，我心甘情愿。"

杨福被她一语击中，鼻子突然觉得有点儿酸，为了逃避她的话语，径直伸手拿过她手中的食盒，打开看了看，着实色香诱人。

他随便挑了块放进嘴里，转移话题道："你刚才说这是谁做的？"

卫朝夕眼中闪过一丝失望，低低答道："我的好朋友，阿瓷。"

杨福被这个名字提醒，心中立刻警醒起来："哦，对，沈瓷，你同我提过的，她和汪直关系不错吧？"

卫朝夕噘着小嘴，步子拖沓着坐了下来，没说话。

"怎么了？"杨福问。

卫朝夕刚刚借着食物倾诉了衷肠，却见杨福半分回应也无，懊恼道：“我来看你的时候也不多，怎么总顾着转移话题？”

“我也不是无缘无故提起这位沈瓷姑娘的。”杨福咬咬牙，朝她走近了两步，借着刚下定不久的决心，开口道，“上次你被东厂的人抓走后，我看她是真心关心你，如今她有了危险，就想着提醒一下你。”

卫朝夕一惊，原本懊恼的心思刹那间烟消云散：“危险？阿瓷有什么危险？”

“我记得上次汪直专门到驿站把她带走了吧？那可不是什么好人，身为西厂提督，嗜杀成性，恐怕沈姑娘会被他牵连。”

“哎，这事啊。”卫朝夕摆了摆手，“阿瓷同我提过汪直，说这人挺好的。民间的风言风语不能全信，更何况人家受皇命办案，也不一定是自己愿意为之。”

“我并非道听途说。”杨福正了正神色，掩盖发虚的内里，“我讲的是实情。”

卫朝夕见他神色郑重，转念想到杨福既然能够从东厂的监狱里把她捞出来，必定也有能力接触到一些内情，不由得端正了态度，问道：“那你说说，实情如何？”

杨福照着尚铭告诉他的话说了下去：“诚然他是受皇命办案，但沾染的人命中难道没有无辜的人？而且，汪直原本是万贵妃的内侍，在西厂建立之前，他主要是替这位贵妃娘娘做事。无论是宫中怀了孕的嫔妃，还是皇上临幸的宫女，甚至是皇上稍微留意的美貌女子，万贵妃都不愿轻易放过。而那时她派去结果对方性命的人，大多都是汪直。”

卫朝夕倒吸一口凉气：“这么说，女人他也杀？”

杨福点点头：“若实在因为对方家中权势没法下手的，也得想办法把龙嗣除去。”

卫朝夕嘴唇动了动，沉默良久后，小心试探道：“或许……那是因为他在万贵妃手下当差，才被迫如此的。他还救过阿瓷的命，听阿瓷说起来，他也不像是坏人……”

她的声音越来越弱，到最后便像是蚊子哼哼，连带着眼睫也垂了下来。

杨福见她如此神色，语气放软了些：“或许真像你说的，他如今不再残害无辜的女子，待沈姑娘也是真诚。既然汪直于沈姑娘有救命之恩，她必定心中对他有所感念。我告诉你这些，只是希望你最好能给沈姑娘提个醒，哪怕并不能改变什么，也让她心里有个数。”

卫朝夕连连点头：“你说得对。恩情不能忘，但也不能让阿瓷全然信任他。我得去告诉她。”

杨福得了她这句话，知道初步目标已达成，就等着卫朝夕替沈瓷将这心理铺垫做好。他稍稍松下半口气，旋即又心虚起来，伸手又拿了一块梅花董糖，酥脆的香甜漾在舌尖，却不知为何，竟品出了一丝苦涩的滋味。

沈瓷身置瓷窑，面对眼前这一摊坯料，不知从何入手。

汪直的心意，她虽不敢多想，却也是隐隐能够体会的。临别时一件亲手所制的瓷器为礼，不可随意了事，亦不敢过于郑重。

随意，便没有用心。郑重，或许会在无意中附加了多余的情愫。

她便这样静静地坐在辘轳面前，有时脑中想着，有时放空一片，隐隐地，仿佛心里开了无数个小孔，有什么重要的东西正通过空隙缓缓流逝，味同失去。

她想到这儿，胸口微微发闷，深吸一口气，悠悠看了一眼面前的坯料。

突然便想到一种瓷器，与她此刻的内心如此相符。

玲珑瓷。

玲珑明澈，镂花梦影。于流逝中晶莹，浮梦往事皆似剔透。

若是说不够独特，便再于玲珑瓷中添上斗彩技艺。眼下，斗彩的制瓷技艺还未外传。玲珑斗彩瓷，总能应了他口中的独一无二。

她沉下气息，就这样做了决定。

轮盘转动，如葱细指在旋转的坯料上揉捏提拉，慢慢让瓷泥在她手中流动成形。仿佛有阳光透过心中的罅隙照射下来，泛出点点莹白的光晕。

一周的强制幽闭结束后，汪直的身体亦恢复得差不多了。

他听下属汇报，说现下沈瓷正在瓷窑，点点头，抽出佩剑在庭院中练了一阵，手还没生，过程却索然无味。由于精神不集中，练到一半，陡然没了气力，剑跌落在地，却不愿去捡，想了想，进屋更衣，还是决定去瓷窑看看。

春日抽条的新绿中，他又看见了沈瓷。她正手握刻刀，坐在院里的藤架之下。阳光照在她脸上，被藤架的阴影分割得支离破碎，一格暗一格亮地拼凑出她侧脸的容颜。

时光仿佛静止下来，年华凝固，温好无声。

他以前没发现，自己竟也会这般诗意地去欣赏一帧静止的画面。

似乎感受到他的目光，沈瓷的手微微一顿，转过头来，看见是他，眸中似有云雾缭绕，一时错愕，竟不知该以哪句话起头。

汪直眼角微挑，也看着她，由远及近。

他十分不喜这般欲言又止的氛围，走了过去，看见她在手中的素瓷杯盏上，镂刻出一个个有规则的小米孔，两壁洞透，如同扇扇小窗。

“这分明是饮水的杯盏，四面却都是洞，如何能装得了液体？”汪直问她。

这样自然的开场，似乎已经忘记上次两人见面时说过的话。沈瓷松了一口气，手里心里都更自在了些许，展开一抹春阳笑意，答道：“汪大人在宫中，应当是见过这种玲珑瓷的，只是眼下仅是半成品，一时没认出罢了。”

她指了指素胎上一个个米粒状的“玲珑眼”道：“现在虽然看起来满是孔洞，待上釉烧窑后，便不是这般模样了。雕刻完成后，先如同窗户糊纸一般，给这些小孔上一层特制的透明釉，然后再通体施釉。烧制出来后，这些洞眼便成了半透明的亮孔，明澈透亮，不洞不漏。”

汪直想了想，的确有些印象。宫中万贵妃日常用的碗碟，似乎的确有一部分，上沿有些半透明的小孔。他所见的玲珑瓷器多为青花，既有镂雕艺术，又显青花特色，既呈古朴又显清新。水盛在碗中，阳光便透过小孔照射在桌面上，还带着水的细纹，煞是精妙。

“这是给我做的？”汪直不由得问。

沈瓷微笑，点了点头。

小孔已镂刻了一大半，还剩下窄窄一片并未雕出。汪直从她手中拿过素胎，转一圈儿玩赏了半晌，定然道：“剩下的我来雕。”

沈瓷犹豫了一下，若是一个孔雕刻失败，便会影响瓷器整体的美观。不过，既然这礼物原本就是送给汪直的，加一些他自己制造的成分也无妨。她把手中的刻刀递给了汪直：“你若觉得好玩，试试也无妨。”

若实在惨不忍睹，大不了她重新再挑个素胎雕一次。

汪直接过刻刀，真的坐下来开始动手，拿刀在素胎上比画了两下：“握刻刀的手法对吗？这样，还是这样？”

“这样。”沈瓷的手搭在他的手指上，飞快地矫正了他的动作。

触感，清凉如玉，纤细如瓷。

汪直不自觉握住了她正欲抽离的手腕。

下一个瞬间，却又陡然松开了。

他并没有再被拒绝一次的愿望。

偏过头，似乎刚才只是一场错觉一般，重新将目光凝在素胎的小孔上，沈瓷顺势抽回了手。

“不过是挖个洞而已，有什么可难的。”他轻嗤一声，不知嗤的是自己，还是素胎，不再询问，只将手腕转动，在素瓷上缓缓雕刻，终于成功刻出了第一个孔。

与先前沈瓷雕刻得匀称流畅的小孔相比，汪直雕刻的孔果然奇丑无比。

汪直眉头蹙起，眼角是一个不开心的弧度：“我不刻了。”

沈瓷从他手中抽出素胎，仔细看了看：“难看是难看了点，但难看得还挺有特色的。”

“……”

她抬眼看了看汪直：“汪大人只刻一个孔的话，倒也有修正的法子，只不过，您是想要这件，还是我再雕一个新的给您？”

汪直想也没想：“我第一次雕刻，自然是要用我亲自刻过的。”

他早知自己雕刻出来的，必定不是什么精美模样，可依然坚持要如此。他不在意她送他的瓷器多么名贵珍稀，只希望这瓷器能融和他和沈瓷各自的痕迹。纵然今后，沈瓷可能制瓷无数，但唯有这一件，是属于他和她的。

这才是独一无二。

汪直到瓷窑的时候，原本便不算太早。没过多久，日光稍暗，沈瓷看了看天色，说道：“我得回去了。”

“好。”汪直无奈应声，喉咙发干。

彼时，太阳还未落下，即便两人都尽力维持平日的愉悦氛围，终归还是有那么点儿不同。

汪直看着她将雕刻完的瓷器放置妥当，仍觉依依不舍。但马宁已等在外面，唯有送别。

沈瓷回到驿站。

“今日回来得这么早？”朱见濂牵过她的手，又听马宁在他耳边轻轻附了一语，登时便明白了。

因为汪直去了，所以回来得早了。

此番不寻常的背后，是怎样一番曲折心思？

上次沈瓷同汪直道谢回来后，朱见濂便觉得她有些不对劲，今日如此推演，已隐隐猜到事由。

他一句也没有多问她。只是弯下身，轻轻将她冰凉的手捧在掌心，待焐得暖了，才开口道：“卫朝夕让你回来后去她房间找她，有事要同你说。”

沈瓷感觉心也好似被他温暖的手捧着，浑身上下一片纾解，不由得笑着点头道：“好，我这就去，一会儿再过来找你。”

朝夕的性子，她是知道的。不说则已，一旦想说，便铆着一股冲动随时准备出口，若再让她继续等下去，该着急了。

沈瓷同小王爷屈膝行礼，转身离开。待她走远了，朱见濂才将目光移向马宁：“查清楚了？”

“查清楚了，近日跟着沈姑娘的暗卫，除了我们的人之外，还有汪直的人。平素里并无任何风吹草动，应当也是为了保护沈姑娘。”

朱见濂冷冷一笑：“汪直还真是想得挺周到。”

马宁头皮一阵发麻，问道：“那您看怎么办？”

“能多一些暗卫保护，我自然放心些。”朱见濂背过手，沉吟片刻后说道，“不过，说来也奇怪，自从那日在街上马匹失控后，她便再也没有遭过任何威胁。不知对方是已经偃旗息鼓，还是看她周边护卫过多无法下手。”

马宁答不上来，只说道：“无论他们放没放弃，照眼下这情势，想要劫走沈姑娘，都不是易事。”

“她不出门时，汪直派来的暗卫在何处？”

“一半仍在驿站附近，还有一半散去休息，大抵是轮着班的。”

朱见濂眸中泛起一丝凛冽冷光：“我之前还真是小瞧了汪直对她的心意。”

马宁是武人心思，摇首道：“我不懂，汪直既然是宦臣，您又何必有这般担心……”

朱见濂看了他一眼，从牙齿缝里慢慢蹦出几个字：“你知道对食吗？”

“……”马宁悚然一惊，支支吾吾道，“的确，的确听说过……”

朱见濂叹息一声：“我相信小瓷片儿，但我不相信汪直。看她今日的避嫌举动，想必她已觉出汪直对她的心意。她能当上督陶官，重回御器厂，是有汪直的举荐，但不一定是汪直的本意。既然我们料不准汪直之后还会做些什么，要行动须尽快。这几日她待在瓷窑的时候，恰是绝好的进攻时机，你明白吗？”

“绝好的时机？”马宁细细想了想：汪直刚解除幽闭一天，皇上不会派给他太多事务，多半仍会住在他宫外的私宅，因而有迹可循；汪直抽调了一部分人去护着沈瓷，性格又很疏狂，自身的防范必定有所疏漏；汪直时常会去看望沈瓷，而瓷窑地处偏僻，只要在这条路上设下埋伏，未尝没有成功的可能……

马宁将这条条缕缕理顺，眸中霎时一亮，抱拳恍然道：“明白！”

那一头，沈瓷刚推开房门，便看见卫朝夕双手揣在衣袖中，皱着眉在房间里踱来踱去，步子里透着焦灼。

“朝夕？”沈瓷轻唤了她一声。

卫朝夕踩着小碎步迎了上去：“阿瓷，你可回来了。”

沈瓷见她语气急促，先拉着她坐了下来：“慢慢说，怎么了？小王爷说你有事找我。”

“是，是……我这正想着这事呢，就是不知道该怎样同你说。”

沈瓷轻声问：“和我有关？”

卫朝夕点头。

沈瓷轻轻拍了拍她的手，语气温柔：“想到什么便说什么，我听着的。”

“就是……就是你上次同我说过的那位西厂提督，你说他生得身姿挺拔、风流俊美那个。”

沈瓷听她此番形容，不由得苦笑：“你的重点在哪里？”

卫朝夕用手捶了一下大腿：“总之就是那个西厂厂公，阿瓷你得提防着点儿。”

她一股脑儿地把杨福的话原封不动地倒给沈瓷，又道：“纵然他办案时难免沾些鲜血，但若真的如此戕害无辜女子，实在不是值得信赖的人。”

沈瓷听完，良久没有说话，半晌才问卫朝夕：“谁告诉你的？”

卫朝夕之前没想到她会问这个，喉咙一下子像被堵住了，结结巴巴地解释道："我……我是出去闲逛时，无意中听几个当官模样的人说的。"她有意回避此问，将音调拔高了一截，慌忙道，"不管是真的，还是假的，我只想把这事告诉你。也没任何目的，你该如何相处还如何相处，就是心里多一层提防罢了。"

沈瓷早知万贵妃飞扬跋扈，在宫中亦听说过她残害女子之事，却并不知这里面许多都是汪直去做的。她想起自己曾经问汪直，万贵妃残害皇上子嗣是不是真的，却没料到他原本怡然的神情陡然沉下，良久才轻轻吐出了一个"是"字。

那时她并未在意，如今想起，方才拼接无误。

可她仍觉难以置信。

民间的风言风语再多，终归不在她真实的认知里。可如今，她最好的朋友特意来同她说了这番话，又恰与一段回忆不谋而合，着实令她打了个寒战。

汪直是怎样的人，重要吗？她从不担心他会加害于她，也愿意对他报以信任，可若是……

沈瓷思绪混乱，只觉脑中的线绕成了一团，理不清晰。

翌日，沈瓷照旧去了瓷窑，与此同时，朱见濂的计划亦开始蠢蠢欲动。从汪府到瓷窑，有一条偏僻的必经之路，他们便蛰伏于此，伺机而动。

汪直来看沈瓷时，总是随性而为，毫无规律，且往往是一人独行。即便上次在京郊受伤后，平日里会多带那么两三个人，但在寻她时，也总习惯性地把其他人撇下。

今日亦是如此。

念及沈瓷十余日后便要离开京城，他的步子又不自觉地朝瓷窑迈去。昨日的话还没说完，这人，是见一天少一天。一旦离开，今生还有机会再见吗？

他这般想着，只觉胸中涌出一股悲凉，拉了拉马的缰绳，双腿一夹，马儿便撒开腿跑了起来。

一直跑到距离瓷窑不远处一条偏僻的路上，汪直突然觉出了周围有异动。下一个瞬间，便见数十道黑影从房檐瓦砾后飞出，直朝他倾轧而来。

风声破空而来，汪直迅速将腰上长剑拔出，严阵以待。

人数比他想象中的更多，显然是埋伏已久。他凝目闻声，一股肃杀之气出现在脸上。伴随着刀剑相交的凛冽寒音，于一片黑影之中闪动出一袭白光。

汪直左右轻闪，以剑护身，右手执长剑千回百转，携着劲头，朝四面的黑衣人挥去；左手仍紧拉马鞍，双腿猛地一夹，马儿受惊狂奔，欲从层层包围中突围。

领头的黑衣人见状，未有丝毫犹豫，一刀便斩断了马的前腿。

骏马长嘶一声，倏然跪地，连带着汪直也倾身落下，险将跌落。他平静气息，迅速翻身跳下，足尖在地面打了几个旋，稳住身形的同时，伸手到口袋里摸出信号弹，迅速引爆，扔向天空。

可信号弹一点儿反应也没有。

怎么会这样？

汪直这才感到气息紊乱，继上一次受伤后，他出门都随身携带信号弹，就是为了防患于未然。却没想到，早已被人换成了一颗哑弹……

他大伤初愈，动武过久，不多时已是面色惨白，为从突围中杀出，招招都是夺命之势。这队人的武艺亦不差，两厢缠斗，血光四溅，落在地面的积水之中，漾成刺目的红。领头的黑衣人见汪直已是疲惫不堪，选准时机扑了上去，左手挥剑直入，右手突然抽出一把小匕首，倒持横划，直直相逼。

汪直一阵愕然，立刻收紧小腹，腹背受敌之际，但见匕首在半空中横飞过一个弧度，朝他的胸口掷去。他躲闪不及，只得以手为盾，两指夹住飞来的匕首，指缝间顿时血流如注。

未及缓和，又是两柄匕首飞出，左右夹击，狠戾而来。

是谁？是谁如此处心积虑地蓄谋杀他？

汪直横臂在前，护住自己的要害部位。飞旋的匕首打在他的骨节，手松开，剑落下，发出一声清脆的声响。他痛极，仰头向后，无数朵乌云变成无数个虚影，渐渐看不清晰……

沈瓷左手捧着素瓷，右手执起刻刀，只需再雕出三个“玲珑眼”，镂刻便完成了。她眼里看着昨日汪直胡乱刻出的小孔，心里想着卫朝夕同她说的那番话，手悬在空中良久，仍是没有动作。

于她而言，汪直是恩人，是挚友，就算这一切是真的，也无法抹杀她对他的感激。可他到底是怎样的一个人呢？她发现自己对他还称不上了解。

无法静下心，不如暂且放下。

沈瓷扔下刻刀，起身在庭中踱了几步，捺不住心中疑虑，披上外衣走出瓷窑。

她联想到汪直的种种行径以及宫中传言，对卫朝夕的话，其实已经信了大半。可她不愿相信，更不愿因此揣测不安。她得去问问他，最好从他那儿亲口得知，卫朝夕的话只不过是谣传所得而已。退一步而言，如果是真的，至少，也能坦诚一些。

她不愿在京城遇见的唯一深交之人，还需自己时时提防。

沈瓷出了门，汪直派遣在她周边的暗卫，也跟了上去。

待走到一段人迹稀少的道路，忽然听见前方拐角处传来刀剑相交的缠斗声。

沈瓷脚步顿下，扶着墙角微微探出头去，还没有看清，便感觉数道人影已从自己身后唰唰掠过，加入了纷乱的战局。

竟是汪直派在她身边的暗卫！

此刻，她并未涉险，所有暗卫为何倾巢而出？沈瓷心下一愣，陡然升起一股不祥的感觉，揉了揉眼，终于看清，那置身血红乱局中间的人，正是汪直！

她眼见着他用两根手指钳住匕首，血从指缝间不停涌出；而下一瞬，两柄匕首急速飞出，从左右两侧分别朝他逼去。而他以臂相挡，筋疲力尽地朝后仰去……

“不！”伴随着沈瓷的惊叫，暗卫们已杀入重围，杀到汪直身边，将他包围在中间，驱退重重进攻。

形势很快发生了逆转。

有沈瓷引来的暗卫加入，黑衣人渐渐落了下风，汪直虽已昏迷，但暗卫将其护得严严实实，再难攻破。

“撤！”审时度势后，黑衣人首领下了命令，其余人听命，从数个方向四散撤去，使得汪直的暗卫难以分散追捕。

那黑衣人首领撤离的方向，正是沈瓷所在的位置。

沈瓷眼见他带着两三人朝自己跑来，大气不敢出，生怕一不小心便丢了性命。可多看了几眼，竟发现那首领的身形有些眼熟，再细细观察那露出的部分，左眼的眼角长了一颗痣。

她隐隐记得，马宁左眼同样的位置上，也有一颗痣。

沈瓷浑身一震，咬紧发颤的牙关，从地上捡起一块石头，从墙角跑出，挡在黑衣人首领身前。

追赶的暗卫瞥见情况，忙要上前阻止。沈瓷微微抬手，示意不用，她的目光直视着黑衣人首领。

那人看沈瓷突然出现，一时竟也顿住了脚，眸中大骇，急急倒退了两步。

沈瓷从他这般反应中得到了确切的答案，握紧手中石块，死死盯着他的眼睛，低声问："为什么？"

那人没有说话，睁大一双眼，反应过来后就要绕开沈瓷继续逃。

沈瓷的手止不住颤抖，酸得快要拿不动手中石块，喑哑着轻叫了一声："马宁。"

声音不大，只有两人可以听见。

那人的脊柱有瞬间的僵硬，没有回头。他提着剑飞身跃起，很快隐匿了踪迹。在他左手的袖口中，血液一滴滴落下，溅在地面上，留下一条时断时续的血痕。

"哐当"一声，石块从沈瓷湿热的手中跌落，狠狠砸在冷硬的地面上。她的眼前一片飘忽，仿佛陷入一摊软泥，情愫在思绪的翻腾中千回百转，终究寥落成虚妄的一瞬。

汪直的暗卫还要继续上前追赶，沈瓷抬了抬手，扬声道："别追了。"觉得言语单薄，她又黯然补充道，"还是先去救汪大人，更为要紧。"

追下去，会是何种后果？

看今日的阵势，绝非单凭马宁就能调动的。若是淮王出手，自然有他的亲信，绝不会让马宁做头领。她不用多想便明白，这番刺杀的背后，到底是谁的手笔。

那几名暗卫对视了一眼，甚是不解。不过，既然汪直令他们保护沈瓷的安危，如今他昏迷不醒，听从沈瓷的话，也无可厚非。

暗卫点头，未再追逐，返身回到汪直身边。沈瓷跟了过去。

"他怎么样了？"沈瓷嗓音低哑地问道。这低哑中透着焦急，听来便有些撕裂的味道。

一名探过汪直伤势的暗卫答道："除了指缝间的伤口外，并没有什么较大的创口。"

在如此攻击下，竟还不及上次伤得重。也亏得沈瓷今日突然想起去寻汪直，将他的暗卫及时引了过来，方才侥幸逃过一劫。

沈瓷下意识地去看他的手，食指和中指之间，清晰地裂着两道伤口，正是方才他以手指夹匕首所伤，隐隐透着森森白骨，看着颇为惊心。

她心痛之余，想起那背后主使同自己的关系，又对汪直多了几分愧疚。她从自己的衣服上撕下一条绸布，先帮汪直将伤口大致包扎了一番，轻柔动作间，竟见汪直的睫毛颤了颤，悠悠醒转了。

他睁开眼，打量了一番眼前情境，唇角微微一勾：“呵，我还活着呢？”

沈瓷一怔，转而惊喜不已，忍不住泪光点点：“你醒了？感觉怎么样？”

汪直尝试着动了动身体，痛得皱起眉头。

沈瓷更觉酸涩难当：“对不起，让你受苦了……”

汪直静静地看着她，片刻后轻笑道：“你说什么对不起啊？本是让我的暗卫保护你，没想到到头来是你带着他们来救了我……咳咳……”他胸口起伏，剧烈地咳嗽起来。两名暗卫将汪直半扶坐起，纾了纾他的胸口，气息才稳定下来。

“你别说话了。”沈瓷忙道，“先回府去，我叫几个医师过来。”

汪直没管她的话，再次开口：“你怎么会来？”

沈瓷心中颤动，回避道：“先别问了，稳定好心神。等你缓过来了，想问什么，我自然会答。”

将汪直送回府中后，医师开了药，称并无大碍。而且因为他当时是右掌执剑，伤在左掌，不影响平日用手的习惯。

汪直闭上眼，长长地舒了一口气：“两次捡回这条命，真是难得。”他看了看沈瓷，叹道，“当初救你一命，你现在还我了。”

“没有什么还不还的，救你的不是我，是你自己的暗卫。”沈瓷想起马宁的身影，想起小王爷对汪直的敌意，甚是愧疚，生怕哪句话不小心泄露了情绪，就拿起医师留下的药说道，“我去煎药，你先休息会儿。”

“煎药的事，就让下人去做吧。”

“不用，我来就好。”沈瓷坚持，逃一般地出了门。

今日思绪过于繁杂，在煎药时氤氲升起的湿气中，她像是溺在晦涩的牢笼，欲语还休，于悲恸中彷徨。

小王爷，他怎会对汪直下如此狠手？

是两人之间有什么未解的仇怨，还是因为——她？

一股若冰的寒寂霎时冻结了她的心，只觉四肢百骸都被冰封起来，动弹不得。

待药煎好，沈瓷盛了一碗，放在木质托盘里给汪直端去。

“这药熬得可真够久。”汪直看着她，几缕乱发垂了下来，脸色仍是不佳。

“熬得久一些，才有药效。”沈瓷朝前走了几步，见汪直左手已被白布牢牢裹住，将药碗放在桌上，先将他扶了起来。汪直略略动了动手指，本想拒绝，又有些贪恋，终究还是任凭她的气息靠近，隔着薄薄的衣料，若即若离地感受她指尖的温度。

她的手冷得如冰一般。

汪直皱起眉头：“你的手怎么比我这个病人的还凉？”

沈瓷没想到这样他都能感觉到，默默低下头，极力克制自己，不再去想今日小王爷的这般行径，平静道：“方才吓得不轻，体寒所致，过一阵便好。”

沈瓷扶他坐稳，从袖内取出巾帕，捧住略烫的药碗，看了一眼汪直的手，稍有犹豫。

仿佛看穿沈瓷心中所想，汪直瞟了她一眼：“我都成这样了，你难道还不喂我喝药？”

沈瓷原本便心有愧疚，听他这么一说，更觉对不住。嘴唇动了动，还未开口，便见汪直朝她伸出了右手：“算了，我也不想一口一口慢慢喝下这么苦的药。”说罢将她手中药碗抢过，单手举起一饮而尽，如同豪迈饮酒一般，“咕咚咕咚”咽下去，最后皱着眉将碗递还给她。沈瓷顺势瞧了瞧，连碗底的药渣都被他喝干净了。

“苦。”他舌头微麻，只用一个字作了评价。

连带着沈瓷的心底也觉得苦涩起来。

“现在是什么时候了？”汪直突然问。

“应是刚到未时。”

“哦……”汪直在心底默默盘算着她还能留在这里多少时间，自嘲笑道，“不知怎的，在你面前，我的狼狈就一桩接着一桩，这已经是第二次让你看见我这样了。”

沈瓷心中一动，轻声问：“听你这么说，似乎遇见我之前，从不曾狼狈过？”

“可以这么说。”汪直倚在身后的软垫上，悠悠叹道，“从前向来只有我杀得别人措手不及，顶多再被弹劾两句，没多久便又一切无恙。东厂尚铭虽然盯我盯得紧，却也不敢贸然动手，可没想到，最近竟接二连三地受伤，今日还正巧被你看见了。”

沈瓷面色一沉，小心问道：“汪大人是觉得，今日之事是东厂所为？”

汪直蹙眉道：“开始我也以为这是东厂的把戏，可想了想，又觉得不对劲。”

“哪里不对劲？”沈瓷屏住呼吸问道。

汪直道：“具体的我也说不清，只是感觉而已。东厂想除掉我，是为了独揽大权，得到皇上更多倚重。但若是有所差池，所付出的代价更大。今日之事，距离上次京郊事件太近了，若是东厂，应当会等风头完全过去再行动，毕竟弹劾了这么些年，耐心还是有的。可我觉得，这行事之人有些着急了，似乎是赶着要尽快完成任务一般。”

沈瓷心擂如鼓，见汪直神色如常，似乎并未怀疑她同此事有何关系，这才稍稍定下了心，又问道：“那除了东厂，你心中可有怀疑的人选？”

汪直眼睛一闭，朝后靠了靠：“我树敌这么多，又怎么知道？”

沈瓷被他的话哽住，一时不知该如何接话。

“方才你去熬药之时，我已差人去查了，也问了些当时的状况。行事之人心思缜密，黑衣人当中就算是被我杀得只剩下一口气的，也都被带走了。除了血迹，没留下任何痕迹。他们必定在周边设下了隐藏之地，我有几个暗卫追上去，竟没见着人影。”他慢慢地说完，睁开眼睛，看着沈瓷问，“方才暗卫还说，他们要去追黑衣领头人时，是你叫他们不要去追的。”

沈瓷只觉一双手已然凉透，两腿忍不住打起战来，她极力稳住心神，这才缓缓道：“我并不知那人是头领，只看见黑衣人从八方逃走，过于分散。我当时看见已有几个暗卫追了别的黑衣人，我自己又不会什么武功，若是此时再有一拨人袭击，便真无任何招架之力了。所以……我怕再有什么差池，便想着多留些暗卫在身边。”

汪直原本便没怀疑她，此刻听她口中所言正是他心中所想，点了点头道：“防患于未然，你做得挺对。”

沈瓷却仍是不敢擅动，背脊一阵阵发冷。愧疚与不安的情愫夹杂，甚至还带着丝丝缕缕的恐惧，然而平静的语气、歉意的声调，似也掩盖不住心底的犹豫，只低低回了一个“嗯”字。

“你还有一个问题没有回答我。”汪直突然又道。

沈瓷的神经再次绷紧：“什么？”

“其实方才那些，是谁动了手，查清有几何，都不是该同你探讨的问题，这些也不是同你说说便能解决的，反倒惹你忧思了。”汪直抬眼看着她，目光里有期待，“可我很想知道，你原本是在瓷窑的，为什么突然离开了？你走的并不是回驿站那条道，你是专程来找我的？”

沈瓷想了想，答道：“是。”

“找我做何？”

眼下汪直受伤，沈瓷总不至于在这个节骨眼儿上把卫朝夕的话拿来问他，抿了抿唇，借口道：“你昨日雕坏了玲珑瓷的一个孔，我想到了补救的法子，却不知此法合不合你心意，就特地来问问。”

“原来是这样。”汪直神色微黯，期待如退潮般散去，“你说说看。”

沈瓷一时想不出更好的缘由，斟酌着说道：“能不能让我把你雕的孔再扩大些，刻成一个较大的水滴形状，居于纹饰的正中，便不会显得奇怪了，反而能多些特色。”

“不行。”汪直回答得斩钉截铁，他原本便是想在她做的瓷器上留下自己的痕迹，往后看见，也能忆及两人同行的场景，遂当下拒绝道，“我也不是什么鉴瓷高手，有点儿瑕疵不介意，就像昨日那样别变了。”

沈瓷倒没想到他会有这般回答，不过好在方才他提出的问题已暂且避过。她稍稍舒了一口气，应了声“好”。

忽然一阵烈风刮过，冲开了原本虚掩着的窗弦，冷风从缝隙里窜出，汪直鼻尖微痒，被激得咳嗽了两声。

沈瓷起身，替他将窗户关紧，抬头望了一眼窗外的天色，雾蒙蒙的，是一片压抑的乌灰。

正似她心上布满的疑云。

那模糊不明却纠葛不已的心思，才从紧蹙的眉头上滑落，又堕入怯怕的心窝，怎么都无法摆脱思维的桎梏。

她好不容易挨到现在，以为自己可以在时间的流逝中冷静下来，却仍是疑虑绕心，没有丝毫纾解。

不能再如此逃避，沈瓷想。她得回去，得当面问一问小王爷，哪怕成效甚微，也不能听之任之。

她关上窗户，走回汪直的身边，欠了欠身道："天色不早了，汪大人，我还有些事，便先回驿站了。"

"这么快？"兴许是受伤时的神经比平日虚弱许多，他好似忘了平素那股总是扬着下巴看人的疏傲，话语脱口而出。此番她来，虽然待了好几个时辰，但大多数时间都在厨房里熬药，转过头刚说了几句，面目都未好好看清晰，却又要离开。他下意识地将自己的手搭在沈瓷摊开的掌上，左手叠着右手，牢牢抓住她纤细的柔荑。

沈瓷微愣，待反应过来，却不敢挣脱。他左手两根手指的伤口，仍历历在目，生怕自己稍稍一动，便牵扯出他的一阵疼痛。

两人便维持着这样的姿势，一抬头，正巧遇见了对方的眼睛。这个瞬间，沈瓷看见了汪直眼中复杂的情愫，留恋、无奈、惊痛、彷徨，而须臾之后，这复杂中又闪过一丝破釜沉舟般的光。沈瓷心中一悸，别过脸，已说不清自己此时的尴尬与惭愧。

汪直却仍定定地看着她，用受伤的左手，将她的脸又正了回来。沈瓷担心他的伤口，全无办法，忧心之下，又不敢做丝毫反抗，只得随着他的手转过了脸。

无任何预兆地，她听见他略带嘶哑的嗓音，低低地问："做我的对食，好不好？"

沈瓷身体僵直，一时以为自己听错了，愣愣地看着汪直。待确定他的言语后，全然不知如何作答。

沉默许久，一语难言。

她期待像上次那般，不等她回应，汪直便自己将此事否定。于是两人便可默契地当作从未发生过，不需有回应的尴尬。

可是这一次，等了良久，汪直依然没有丝毫闪避的意思，定定地看着她，一字一句重复道："做我的对食吧。"

沈瓷在巨大的震惊中后退了一步，不经意间触碰到汪直手指的伤口，听见他痛得"嘶"了一声，立刻定住，只得僵硬地维持着动作，任他捧住自己的脸，不敢再有丝毫偏移。

汪直从她惊讶的双眸中看见了无措，却未再开口，只静静等待着她的答案。

他经历过欲言又止，经历过出口便收，可是这一次，他偏要默默赌一回。赌她在目睹自己离死亡如此之近后，能够发觉某种隐匿深处的情谊；又或者，不发现也好，就算她为了安抚他的伤情答应留下，原本的无情也是可以培养的。

强人所难，这原本就是他常做的事。只是放在她身上，突然变得格外宽容了而已。

沈瓷好半天才从震惊中回过神来，勉强勾起一丝笑意："汪大人……是想让我今晚同您吃饭吗？"

"当然不是这个意思。"汪直知晓她必定明白，不过是故意绕弯子而已。自己同眼前这人，如今每一次见面都可能是最后一面。他不想让她再逃，哪怕这结果是残忍的，也不会比她离去后独自饮恨更糟。

心思如同刀刃般锋利，他不想再去管什么朱见濂，管什么督陶官，管她的什么梦想和目标。沸腾的情绪连带着灼痛的伤口，将他推向不管不顾的方向，在心底掀起惊涛骇浪。他用手轻轻触碰着她的脸，忽觉似乎太迟了，又抱着那么一丝残存的期望，字字句句清晰无比："沈瓷，我想让你今后每顿饭都同我一起吃，今后每一段日子也同我一起过。这样说，你能听明白吗？"

沈瓷愣怔片刻后苦涩一笑，以玩笑的口气道："汪大人，您也知道，十余日后，我就得离开京城。您这想法实在不现实吧？"

汪直看着她，并未接过她的话，而是神色认真道："不离开，不就可以了吗？"

"可这是皇上的旨意。"

"你还未赴任，一切并未成定数。只要你留下，我会想办法。"汪直眉眼挑起，"你原本便不是宫中人，却以宦官的身份成为督陶官，也不合律法，只要我同皇上将此事一说，你便不需赴任。"

"……"沈瓷听他口气竟隐隐含着威胁，心下一沉，"既然汪大人一开始就不愿我成为督陶官，又为何要同万贵妃举荐我？"

"那日皇上出现，是我没有料到的。"汪直想了想，终归没有把那日原本希望将她永远留在京城的想法说出，只说道，"现在，我后悔了，不愿意放你回到御器厂。"

"可是我并不愿意留下。"沈瓷终于加重了语气，在他的步步紧逼下有些着急了，"汪大人，我来京城原本就不是为了新鲜玩乐，而是想在御器厂立住脚跟。我当初入宫，为的什么，您也再清楚不过。我没有办法……没有办法为了您留下来。”

汪直眸中现出一抹浑浊的苍白，咬牙道：“你在御器厂能完成的瓷器，怎么就不能在京城完成呢？”

“京城终归是风云密布之地，景德镇才是我的家乡。”沈瓷知汪直此时心已成乱麻，耐心解释道，“景德镇的条件得天独厚，上好的瓷泥、色料的矿物、精湛的工匠都汇聚于那里。若是在京城也能完成，当初皇上何必把御器厂设在景德镇，在京城不是更方便吗？”

“这根本不是重点，你仍在回避。”汪直目光如炬，压根儿听不进她的解释，声音低沉地问，“那如果，换作是他呢？”

沈瓷身体一僵：“什么他？”

“如果是他在京城，你会为了他留下吗？”

沈瓷从未听汪直这般提起过小王爷，在如此的情形下，以如此的口气，她半晌才别过眼，轻轻吐出一句：“这不一样。”

汪直身体前倾，再度相问：“怎么不一样？”

他一靠近，沈瓷的眼便落在他额角一道浅浅的血痕上，倏然想起小王爷今日派马宁刺杀汪直的举动，呼吸窒住了，忽然说不出话来。

汪直在她的沉默中，脊柱越来越硬，脸色越来越僵，到底哪里不一样呢？氛围沉滞之际，他见沈瓷难以开口，首先想到的，便是两人身体的不同……

竟还是因为这个……

他霎时面如死灰，手顺着她的脸颊缓缓垂落，垂眸片刻后又豁然抬头，猛地攫住沈瓷的肩膀，种种情愫聚集在身体的一处，紧紧盯着她，那目光从她的皮肤浸入，豁开骨节，仿佛要看穿她整个人，要在她的缄默不语中探寻那么一丝残存的亮光。

那只受伤的手重重施力，将沈瓷的肩膀越捏越紧。

虽然两根手指受了伤，但是整个手掌的力量依旧强势。沈瓷被他突如其来的转变惊到，接着便感觉肩头传来了一阵剧痛，好像骨头都快要被捏碎一般。

汪直亦是大汗淋漓，他知道此刻自己的伤口有多痛，她就有多痛。然而他今日刚刚经历了逼近眼前的死亡，那种永恒的消逝和深刻的无力感那样清晰，致使他心中的焦灼达到顶峰。是，哪怕他和朱见濂不一样，他仍旧不肯因此而放松对她的逼迫。他恍恍惚惚地想着，这样的疼痛他们共同领受，这样的逼迫他们共同体会，会不会这样，她便能够理解他一些？

沈瓷生生地承受着他的力，疼痛难当之际，也只咬了咬牙，并未闪躲。这似是她的赎罪和挽回。小王爷置汪直于险境，差点儿夺走了他的性命，她是放走凶手的那个人，且至今仍为其遮遮掩掩。她明白，这对汪直是不公平的，她羞愧难当，亦是别无选择。如果这番施力能让他觉得好受一些，那么她甘愿承受。

此番僵持了半晌，她骤然发现汪直的额头已是大汗淋漓，惊痛难耐，再偏过头，发现他左手包扎完毕的白布上已浸出了血迹，殷红浓深，不由得扬声叫了一声："汪直！"

他手中的力道停住，她以前从未直呼过他的姓名，都是"汪大人"一般的尊称，此时听她厉声叫出他的名字，不知怎的，反倒有一丝自嘲的欣慰。

沈瓷趁机脱离了他的桎梏，站起身，和他拉开两三米的距离，皱着眉头看他，厉声道："你心里不痛快，我明白，发泄便发泄，可也不该拿自己刚受伤的手出气，医师方才给你缝合包扎还费了不少工夫，特意叮嘱过近日不可擅动，你如今这般，这只手是不想要了？"

汪直哼了一声，冷冷嗤笑："反正我在你眼中已是残疾，再少两根指头，又有什么区别呢？"

沈瓷这才明白他方才在想些什么。

她念及此处，又觉言语被堵住，可眼下这情况，不说也得说，再不能沉默下去。她舔了舔干涩的嘴唇，终于回应他方才的问题："我同他……我同淮王世子，三年前遇见，一起生活了两年。情愫虽然鲜有言明，但共同的经历并不少。当初我家遭遇变故，最无助的时候，默默陪在我身边的是他。我很感激汪大人，您的种种好处，我都记在心里，不能忘，不敢忘，一辈子都感念不已。汪大人若有什么吩咐，沈瓷必定万死不辞，但若是因此要以心相许……恐怕这颗心，已不是完整的了。"

她眸色闪动，弯下身体，朝汪直深深致礼，仿佛竭尽全身力气，低声道："对不起……"

窗外已从乌灰变成墨黑，风撼动着窗棂，发出阵阵声响。他看着她，似有一条大江在心底浩荡流动。即便这江水经过了一路的千回百转，终归难以汇聚到大海。而眼下，这江水更是牢牢被黑暗与严寒湮灭覆盖，思念丢失了期盼，之后一路的蜿蜒似乎就失了凭借。

他喉咙沙哑，身体发冷，彻彻底底地问出，彻彻底底地明白。这一刻的理解，裹紧了被衾也感觉不到半丝热气，好半天，才颤动着声音再次开口："如果，我是说如果……如果没有朱见濂，没有你父亲的遗愿，也没有皇上的任命，那……你会不会为我留下？"

沈瓷定住了，那一瞬，也不知她脑海中跃出了什么，只轻启朱唇，简简单单地说了一个字："会。"

仅这一个字，甚是安慰。然而，那些前提终归是不存在的。

可好歹，他还有这一个字的安慰。

汪直沉默良久，缓缓闭上了眼："你若想走，便走吧。我一个人静静。"

他神色疲惫，说完便缩回了被子里，背对着她躺下。沈瓷抿了抿唇，本想要再说一句"我还会再来看你"，又深感无力。只低低应了一声，轻手轻脚地拉开门，离开了。

第十三章

金丝鸾钗

沈瓷回到驿站，方踏入门槛，就感觉已与今晨离开时迥异。

这迥异并非出自表象，驿站内仍运作如常，只是她的一颗心悬在空中，上不着天，下不挨地，不知道自己即将面临的是怎样一番说辞。

她并未在庭院中看见小王爷，往常她回来，小王爷都会在前院等着她，可今日，庭中只剩谢了的梅花，干枝枯叶，花瓣早已凋零在风中，唯有枝干深处的一缕暗香，还在浮动绵缠。

沈瓷静静站着看了一会儿，没有人来问她，她谁都没问，便迈步径自朝书房走去。

朱见濂果然坐在书房内，他两手空空，什么也没做，只在案边燃了几炷香，他便看着那袅袅升起的青色烟雾，似乎就是为了专程等待沈瓷的到来。

“回来了？”他转过头看她，两眼之下是郁青的颜色，颇显疲态。马宁负伤回来以后，已将沈瓷突然出现的情形告知了他。

如此天时地利人和之势，却因为她的出现，全面崩盘。

他只差一点点便可以为夏莲报仇，但这个阻拦他的人，却是他最心爱的女子，他放在心上整整三年的人。

他无法对她有丝毫责怪，他不能，也不想。纵有千般无奈在心底郁结，见到她的时候，也只有单薄的一句：“回来了？”

“马宁在哪儿？”沈瓷面无表情，淡淡地问道。

她虽语气平静，朱见濂却不由得身体一僵，那双点漆般的眸子深深看了她一眼，答道：“大概在外面。”

“哦？他一点儿没受伤？”

朱见濂似乎并没有否认的意思，点点头答道：“已经包扎好了。”

沈瓷见他如此态度，微微惊讶，他承认得这样快，倒让她顿觉举步维艰，片刻后才清了清嗓子，轻声道：“说说吧，为什么？”

朱见濂抬起头，眼窝下的青黑亦更加清晰，语气仍是从容镇定，反问道：“你想听什么？”

沈瓷轻轻一笑，不乏嘲讽：“我想听什么，小王爷还不清楚吗？”

朱见濂看她片刻，不置可否，只说道：“你想听的，并不是在这个时机下你适合知道的。”

“什么是我不适合知道的？”沈瓷朝他逼近了一步，眸带深意，索性将心中之事完全揭开，“小王爷是说，您想杀汪直，怕我有所阻拦，因此不适合知道？”

在这一刻，朱见濂几乎是要脱口而出了，告诉她汪直是他的杀母凶手，告诉她自己的顾虑和苦衷。可话到了嘴边，还是压了下去。

他不想让沈瓷知道，并非是怕她阻拦。更重要的是，汪直对她有救命之恩，他不希望她处于两难的境地。

恩是恩，仇是仇，这个道理他分得清。即使再怨恨汪直，也不愿将沈瓷的恩念搅入其中。那样，除了让她陷在两难的痛苦中，并不会有别的成效。

朱见濂停了片刻，说道：“不要过于相信你看到的，你眼见的场景，并非源头。”

“我正因明白这个道理，今日才站在这里。”她看了看他，试图引诱他说出口，开口道，“据我所知，小王爷您以前从未随淮王来京中觐见，又能与汪直结下何种仇怨？”

“不需碰面，也会结仇。”朱见濂站起身，走到她身边，轻轻抓起她的手放在掌心，“你只管相信我便好，我有我的理由，绝不会戕害无辜。”

沈瓷摇摇头，将手抽出：“今日都瞧见了这番场景，要我如何相信？”

朱见濂一把攥住她抽离的手指，握得比方才更紧了几分，字字清晰道：“我是怎样的人，你难道不知道吗？”

她听闻此言，不禁抬起头来看着他。还是这样浓深的眉眼，模样这样好看这样俊，可是又与从前不太一样，到底哪里变了呢？沈瓷想了想，似乎是自她离开淮王府以后，他的身材眉目便似乎渐渐脱去了青涩之态，举手投足间颇有大家风范，但也比从前更加多思多虑。

他是富贵安宁、衣食不愁的小王爷，为何竟有了这般改变？

她突然间发现，就算淮王如今卧床养伤，宫中亦没有多少事务，可来到京城后，除了陪伴自己的时间，她竟很少看到小王爷闲下来过。

他在忙些什么？此刻已是昭然若揭。

沈瓷抿了抿干涩的嘴唇，看得出她在极力克制心中的颤动，又问道：“汪直在京郊遇刺，是不是你做的？”

朱见濂心头一惊，问道：“明明是妖狐夜出的连环案，怎会是我？”

“京郊那一次，并不是真正的妖狐夜出。虽然朝廷对外宣称死了两个人，但不过是掩人耳目而已。主使者并不像其他妖狐夜出的案子一般滥杀无辜，反是布下了陷阱等着汪直。我原本还奇怪这人如此做法的意义何在，但是将此事同今日所见联系到一块儿，自然便想到了。”沈瓷感到自己说完这番话，胸口像是堵着一团淤泥般，想知道答案，又有些不想知道，好半天才低低地问，“那么……是你吗？”

朱见濂发出一声长长的叹息，一种深刻的无力感，如同深沟巨壑般吞噬己心，他既不忍用真相让她为难，却也无法辩驳，太阳穴突突生疼，好半天终于吐出了一个字：“是。”

是，他已经出手，还不止一次。

而她和汪直竟一直以为，京郊之事是东厂所为。

沈瓷定住了，眼前渐渐模糊起来，再难抑制心潮的起伏，一个是自己的恩人，一个是自己的爱人，两个人她都是打心眼儿里珍惜，可眼前如此寸步不让的对垒，让她的一颗心片片撕裂，全身上下的每一个罅隙似乎都灌满了凉风，吹得她声音打战：“一定要这样吗？到底能有什么仇怨，什么恨意，要让你这样去对他？上一次他半条命都快没了，这一次，若不是我及时赶到……”

“我宁愿你没有赶到。”朱见濂打断了她的话，“我与汪直的仇怨，并非聊几句话就能解决的。一个人做了事，就要承担后果。他做了，理应想到自己会有今天。”

沈瓷脑中霎时浮现出汪直两指的伤口，森森的骨节从血肉中露出，不由得哽咽：“我知晓他风评不佳，行迹有劣。可是……可是他做错了事，总有别的解决方法，不必非要赶尽杀绝的，对不对？”

“解决？如何解决？已经发生的事，是无法逆转的。”朱见濂只觉胸中涌出一股难以抑制的悲辛。千回百转，千言万语，都在她半哀求半质问的话语中停滞。哪怕此刻碎身化为齑粉，也比眼下的煎熬来得舒坦。

他握她手的力度加了几分，明白今日若是什么都不说，恐怕不行了，他闭上眼，慢慢道：“小瓷片儿，我只问你一句，换到你身上，若是你的杀父仇人出现，你会怎么办？”

沈瓷一时怔住了，一滴冰冷的汗水顺着她灼烫的脊骨慢慢滑下，脑中顿时涌出千万思绪，不知该是悲是喜，是惊是异。

“我会……”沈瓷顿了一顿。这个问题，从父亲遇害那一日起，她已想过无数遍。血海深仇，哪怕是误杀，也难以原谅。她唯一的亲人，便那般沉寂于别人的刀剑之下，再无法存在于世间。若要她去同杀人凶手寻求什么别的解决办法，根本不可能。

她猛地从朱见濂的话语中觉出了什么，抬起头来看着他。

朱见濂已觉累得要命，对上她的目光，无意间将脸一偏，涩然道：“推己及人，你……能不能理解我一点点？”

沈瓷张了张嘴，却说不出话，喉头像是被哽住了，满腔的义愤陡然化成了窒闷，在黏腻潮冷的空气中，难以呼吸。

沈瓷深感话语艰难，努力调匀了气息：“他怎么会与你有血海深仇？”

“我也没想到，等我到了京城，他竟是同你有了交情。”朱见濂眸光低垂，两弯眉浑如刷漆，那张俊朗的面容此刻黯淡无光，靠近她，逼近她，鼻子几乎要贴在她的鼻子上，叹息一声，“那时候，我满京城地找你，找遍了几乎所有你可能在的地方，却万万没想到，你竟以宦官的身份被汪直安排在了宫中。”

他的话题转换得不动声色，用鼻尖轻轻触碰她的鼻尖。沈瓷听他语气沉滞，不由得心口微痛，一时竟忘了方才的问题，嗫嚅道：“我那时……并不知你特意在找我。”

“你当然不知，那汪直呢？”朱见濂冷笑，“当时寻你，闹出那么大动静，汪直作为西厂提督，你觉得他会不知道？”

“……他大概并不知我与你的关系。”

朱见濂轻哼一声，嗤道：“姑且算他那时不知。那么，你从画院到了瓷窑时，我找人去画院打听，居然无一人知道你去了哪里。那时候我刚刚去宫中寻过你，他总该隐隐猜到一点儿了吧？若不是他刻意隐瞒消息，会这样吗？”

沈瓷一怔，想起当时汪直的确带自己走得匆忙。她曾提出回去与画院的伙伴告别，被他拒绝了，很快便带她离了宫。

朱见濂眉锁深深，咬牙道：“这些话我早就想同你说，早就希望你能够远离他。可你那时是听不进去的……你不知……”他深情地看着她，一个拳头狠狠抵住胸口，似要抵住那蔓延至四肢百骸的疼痛，“你不知，每次眼睁睁看着你去寻他，我是怎样一番感觉……曾经试图拦下你，终究还是没有用……他是你的救命恩人，在你眼中，自然是好的。可是于我而言，仇恨不共戴天，每每看你离开去看他，我的心里……我的心里……”

他喉头一哽，再说不下去，只伸手将她揽在怀中，久久不动弹，脸庞贴着她柔软的鬓发，有力的手掌环上她纤细的身体。

一刹那，过去的许多事拼接起来。他为何极力阻止自己去瓷窑，又为何在她的坚持下黯然妥协，都在此时找到了恰当的答案。

他如此疲累，是因为既要坚定自己的立场，又要顾念到她的立场。他恩怨分明，不愿将自己的仇恨施加在她身上，在这样的境况下，竭力于两难中获取一些平衡，而结果，便只能自己默默地去承受爱人与仇人站在一处的锥心之痛……

沈瓷额角的伤口隐隐牵扯出一阵火烧般的灼痛，然而无论身体如何疼痛，都抵不住心口那微微的撕扯，似乎有一条极细的线牵扯着那里，每一次心跳都带动起更深刻的痛。

她感到他的身体也在微微颤抖，那般压抑两难的处境，那般眼睁睁的无奈和悄无声息的守盼。怪不得，怪不得她每一次回来，他几乎都会在庭院等待，此番隐藏的焦灼，最是悲凉。

轻轻地，小王爷的双手，沿着她的脊骨寸寸游离，一只向下揽住了她的腰肢，另一只却向上轻移，捧住了她的下巴。他微带颤抖的嘴唇轻轻地贴上了她的唇瓣，有些潮热，有些温暖，渐渐地，这热吻又变成了轻咬，将她柔嫩的唇瓣吮入，用牙齿摩挲，咬住深吻，带着埋怨，带着疼爱。

直到一丝带着咸味的泪水滴入沈瓷的嘴里，她才蓦然醒了过来。

泪水的滋味，苦楚而又酸涩。

今夜她从一个梦魇堕入另一个梦魇，方才还是义愤嘲讽，此时却是悲凉无力。仿佛从烈火跌入玄冰，步履维艰。

他们三个，谁又不是身在局中？

沈瓷只觉胸口重重一跳，脑中已是一团乱麻，纾解不开，越绞越紧。她将双手抵在他的胸膛，装作喉咙痒痒地咳了两声，悄无声息地将他推开，好让自己混沌的头脑将今日发生的事再梳理一遍。

她全然不知自己应该怎样去做。

诚如他所言，自己还是不知道来得更加轻松快活些，或许也能处理得更加游刃有余。如今，这层遮掩的纸在她的步步逼迫下揭开了，情形便变得全然不同。

她是否应该为小王爷三缄其口，又或者该告诉汪直其中关节？

无论哪一种，都是得此失彼。

她长长地叹了一口气。

朱见濂本是在激动之下忍不住吻她，饱含情愫，心绪繁杂。此刻被她强行推开，这份失落便来得更加猛烈。他微微垂下了眼帘，好似牵扯到了某根敏感的经络，身体的深处隐隐生痛，从胸口抽疼到指尖。他低低问了一句：“汪直让你留在他身边的时候，你是如何回答他的？”

沈瓷愕然抬头，不可思议地看着他：“小王爷你怎么知道……”

朱见濂原本还抱着一丝不确定的侥幸，听她此言，已印证了自己的揣测，不由得苦笑：“我猜的。”自从那日，沈瓷因为卫朝夕出狱一事去拜谢汪直后，他便已经觉察出来。加之后来她在瓷窑中避讳与汪直的尴尬独处，更确定了心中猜测。

沈瓷为他这一笑难过异常，哽咽道：“我并未应允他。”

“可你觉得有愧于他，对不对？”

沈瓷一怔，沉默良久，还是点了点头。

朱见濂紧紧盯着她：“那为什么不答应他呢？”

沈瓷更觉惊异，略带迷茫地看向他：“小王爷觉得我会答应？”

朱见濂神情未变，不作声，只是背在身后的双拳攥得紧紧的，直将指甲嵌入肉中。

沈瓷浑身瘫软，慢慢地闭上了眼，复又睁开，提起一口气看着他，声线低婉，轻声道：“我心里，已经有小王爷了啊……”

朱见濂攥紧的拳头终于松开，胸中那一道郁结的气息，终于散去了些许。

“我只是希望你能想清楚，你有愧于他，只是出于恩义，并非别的。莫要想得太多，反而变了质。”朱见濂看着她，悄悄用拇指抚了抚那掌心中的掐痕，目光中凝起郑重，每个字都像是从牙关里迸出来般，“你是清楚的吧？你拒绝他，是因为你心里只有我，只能有我。从过去到未来，都是如此。”

他的语气坚定，面容严肃，或许是看起来太过郑重，那言语之中的一丝颤抖渴求，连自己都没有发觉。

她也没有发觉。

沈瓷深深吸了一口气，凝在喉头，慢慢点了点头，垂下眸子，鼻腔里发出细细的一声“嗯”。

书房内一阵静默。

这静默有些难堪，他亦不愿再给她时间将他同汪直的旧仇问得更多，颔首淡淡道：“回去休息吧，我让人送你。”

沈瓷回过神来，定住没动，总觉得像是少了些什么，半晌后终于想了起来：“我还是想不明白……您同汪直，怎会有如此旧仇？不知他当时是害了……”

她最后一个“谁”字还未问出口，朱见濂已抬手打断了她：“我今日太累了，不想再提。今后若是有机会，我会一一告诉你。”

他神色疲惫，又经历了方才那一番言语缠斗，确让沈瓷不忍再往下问。或许正如他最初所说，能够告诉自己的，也就只有方才那么一点点了。可哪怕只是这么一点点，也足够令她哑口无言。

这样的傍晚，天是暗灰色的，庭中的凉风刮过，吹起她的衣裾，把寒意灌入她的皮肤，她的骨节，她的血液。

沈瓷被小王爷身边的人护送在回房的路上，只觉身前身后都是无垠的黑夜。她的眼睛被风刺得酸涩，眼前的一切仿佛都在瑟瑟发抖。浑身上下，没有一处不觉得冷。诡异的风声被身体劈开、蔓延，竟像是有人在暗暗饮泣。

她脚步迟滞，越走越慢，强自压住心中疼痛。待回到了屋子，关上门，终于再难遏制，将额头抵在门上，身体瘫软，慢慢地跪了下去。

沈瓷离开后，朱见濂站在窗前，整个人安安静静，恍然间不知今夕是何夕。他在心底隐瞒了这样久，今日终是无可奈何地说了出来。

天地静谧无声，似乎可以感受到黑暗蔓延的速度，连绵不断，此起彼伏。

他看着她渐行渐远，直至隐入深沉的夜色，再看不见，这才合上窗户，慢慢坐了下来。

小瓷片儿会做何选择呢？

他并没有把握，她会站在自己这边，也不认为她会一味地去帮助汪直。可若是她想要两相平衡，基本上是不可能的事。

顾此就会失彼，她应该也是清楚的。

朱见濂正思虑着，不想这时传来一阵叩门声，他神经略略一缩，问道：“谁？”

门外的侍从道：“世子殿下，王爷有事要同您说，请您现在过去一趟。”

朱见濂现下实在疲累，太阳穴突突发疼。他揉了揉酸涩的额角，回绝道：“夜已深了，父王需要好好休养，有什么事还是待明天再说吧。”

门外仍是颤巍巍的声音，却异常坚持：“王爷专门叮嘱过了，是急事，请您现在就过去。”

朱见濂深深吸了一口气，努力让自己显得面色如常，这才拉开门，问道：“什么急事？”

“小的也不知道，还是请您亲自去一趟吧。”

朱见濂思及今日之事，不免惴惴不安，皱了皱眉头，下了决心，抬步朝淮王的住处行去。

淮王并未缠绵榻上，而是披了一件貂衣坐在椅上慢慢饮茶。见朱见濂入内，挥手让周围人尽数退下，斜倚而坐，示意朱见濂上前，说道：“这么晚了，你方才还在书房？”

屋内除了淮王所坐的椅子外，唯有两把独凳，且都放在角落。朱见濂见状，料想淮王是没有让自己坐下的意思了，索性坦荡荡站着，答道：“对，精神尚好，便随意翻了会儿书。”

淮王点了点头，突然问道：“最近你都在忙些什么呢？”

朱见濂胸口一紧，笑道：“每日来同父王问安时，不是都说过了吗？”

淮王无声地打量了他片刻，方开了口：“今日府中的暗卫，你调动得不少啊，做什么去了？”

朱见濂心中一沉，却也早有预料。这一次的行动比京郊那次动用的人更多，虽然他选择的都是平日里最信赖的侍卫，但人多口杂，加上淮王以身份压迫，当中出现了一两个守不住话的人，亦不算奇怪。

更何况，他此次原本是抱着必成的决心，因此，纵然考虑过淮王的质问，他也依然义无反顾地出动了可以信任的最大力量。

谁知，却疏漏了沈瓷的突然出现。

朱见濂“哦”了一声：“前几日同您说过，我和沈瓷外出时遇到了危险，就多加了些保护，调动的人自然也多些。”

淮王冷笑一声，那冰寒的笑在他的病容上显得格外刺眼：“保护一个姑娘，你动用这么多人，真当本王是病糊涂了吗？”他饶有深意地看着他，皱眉道，“为何你们刚遇上危险那几天不用，偏偏今日一窝蜂用了，这你又作何解释？”

朱见濂不知淮王到底对此事了解到什么程度，他让马宁牵头，却并未告诉暗卫所刺杀之人的真实姓名。这些暗卫以前都未入过京，想必都没有见过汪直。

想来，淮王得到的信息并不全面。就算知道他是蓄意刺杀，应该也没觉察到刺杀对象是汪直，否则，便不会冷静地坐在这里同他兜圈子了。

朱见濂思忖片刻，答道：“到今日才用，是因为昨日我才发现那人的行踪，竟是一直在沈瓷所在的瓷窑周边徘徊。我料想他这几日还要出手，便集结暗卫，埋伏周围，欲抢先一步，提前将其铲除。”

淮王一听，这事倒与暗卫报告自己的情形差不多。但朱见濂这番话，他并不太相信，顿了顿问道：“这人是谁？”

朱见濂只觉后背直冒冷汗，胡诌道：“我并不知他是谁，只是那日遇险，识得他的面部特征。”

淮王沉滞半晌，望了朱见濂一眼，也不知这话自己该不该相信，但此事无论如何影响都是恶劣的，态度万万不可软下，若是传进宫里，指不定皇上会作何感想。

“不事先告知本王，便擅自行动，你可真是长本事了啊！”淮王微微将身体向前倾了倾，“怎么？以为自己这个世子做了一两年，就能完全掌控这些暗卫了？我在淮王这个位置上，已经坐了二十年，自然有人会清清楚楚地告诉我你让他们做了什么。”

虽隔着一段距离，但可以清晰地闻到淮王身上的药气。朱见濂垂目低眉，端的是恭敬姿态，略略点头，完全同意的模样：“是，孩儿自然不敢同父王相比。”

淮王眯起眼审视着他，只觉在他这恭敬之中，紧张、提防、敷衍和漫不经心兼而有之，顿时心中不悦，嘲讽道：“说来，你挑人的眼光也是真不错，起码你挑中的那些，都未向本王直接报告，真是本王的好儿子。”

朱见濂嘴角抽了抽，姿态仍是有礼，却装得好像听不懂他言中深意，颔首道：“多谢父王夸奖！”

“哈？夸奖？”淮王见他竟如此厚颜，扬手便将手中茶盏扔了出去，滚烫的茶水洒了朱见濂满身，就连面上也溅上了点点茶汤。那片片娇嫩的茶叶，便这样粘在他深紫的锦袍上，略有狼狈，又于狼狈中显出一种岿然的气度。

他丝毫没有躲闪，只看着淮王，颔首道：“此事是我太过急躁，昨日的决定来得太晚，且念及父王有伤在身，不忍再叨扰您，还请父王宽宥。”

淮王看着朱见濂满身的茶叶，满心的怒气已发泄了几分，终于缓了缓语气，问道：“对方有没有发现袭击的暗卫是你指派的？”

朱见濂心中拿不准，若沈瓷告知汪直，便是发现了；若是没有告知，就没留下什么痕迹。可眼下的情境，他只能答：“并未发现。”

淮王点了点头，闭上眼：“罢了，也是我管教不严。眼下本王的骨伤还未痊愈，很多京中来往之事不能亲自处理，还是少不了你的。”

听见淮王松口，朱见濂却不敢松懈，反觉心头更加沉滞，咬着唇等待他的下一句话。

“不过，惩罚还是要有的。”果不其然，淮王继续道，“你使用暗卫的权力，本王收回。你外出之时也不多，带上马宁他们四五个护卫便足够了。若有特用，需来同本王请示。这道命令，我已经同暗卫下达过了。”

朱见濂一愣。

没有了暗卫的力量，无疑削减了自己大半的力量。就算他在暗卫中有十余名能调动的亲信，但终归是忤逆了淮王的命令，无法再像从前那般光明正大。

可是，在这样一个称得上是很轻的惩罚之下，他到底是无从辩驳。

“多谢父王！”朱见濂胸口沉闷，深深叩首，不由得在心中长长叹了一口气。

淮王的骨伤还未好，不能久坐，瞧着朱见濂并无抗命之意，心中稍微放心了些。摆摆手道：“夜色已深，你回去吧，本王也要休息了。”

“那孩儿先退下了。”朱见濂退了出来，牙齿已将下唇咬出了深深的印痕。

眼见着淮王的身体一日日好转，离京亦是迫在眉睫，失了暗卫的力量，他要如何才能替夏莲报仇？

他伫立着，目光落在庭中的枯枝残叶上，脑中隐隐冒出了一个词：东厂。

汪直的伤刚调养了一日，便收到了皇上的诏命，要他入宫一叙。

汪直掐指算了算，自己被幽禁了一周，结束后没两天便再次遇袭，的确是许久没有见过皇上了。比起从前天天在皇上跟前晃，他最近着实很是懈怠，遂收拾了一番，入宫面圣。

“汪直，你脸色不太好啊。怎么还戴上手套了？冷吗？”皇上靠在榻边，看着汪直问道。

汪直觉得有点儿丢脸，将手背在身后，昂首道：“不过是手上生了些小疮，不太好看。”

“从前倒没见你长过什么小疮，就连冬日也未曾有过。”皇上想了想，道，“大抵是因为现下开春，有些过敏了。”

汪直点点头，顺应道：“我猜也是如此，多谢皇上关怀。”

皇上颔首笑着，顿了顿，似乎想起了什么，忽而凝眉，又问：“幽禁结束以后，怎么没见你来看朕，难道是对幽禁之事心中有怨吗？”

“怎么会？”汪直做出困惑的表情，直言道，“在尚铭那群人的弹劾之下，皇上能只用一周的幽禁压下，已是轻中之轻。我这些日子也是过得清闲，万分感念着您的决定。”

皇上的眉头舒展开来：“那你说说，这两天都在忙些什么？”

汪直微微一愣，这两日，他一颗心挂在沈瓷身上，有事没事就往瓷窑跑，还因此受到了暗袭。念及前日沈瓷的一番剖白，忽觉心如刀绞，顿时喘不过气来。

可是，他又想起，在临走之前，她低声却清晰地说的那个“会”字。

即便那些前提并不成立，但因这一个“会”字，可见……她终归还是对自己有那么一些感情的吧？

眼下这般绝好的机会，皇上亲自问起，必有关照，他真的要就此放她离开吗？

艰难地、慢慢地，汪直抬起了头，一种鬼祟的心思占据了他的头脑，开口道：“回皇上，我……我有了心仪之人……”

“哦？”皇上大为诧异，瞪大眼睛看着汪直，有些难以理解宦者那番情爱心思，犹疑地问道，“你是说，你有了心仪之人？”

“……对。”

“那这两日，你是都陪在这人身边？”皇上没想到从小养在自己身边的汪直有一天也会说出这番话，虽然宫中太监不乏娶妻之人，但终归和常人不同，不免有些好奇。

“也不全是陪着，但确实扰了些心思。”汪直背手负立，叹息一声，“她……很快就要离开京城了。”

皇上闻言，不由得蹙眉：“这人不是宫中的？”

这问题让汪直犯了难，按理说沈瓷如今在皇上的印象中是宦官，算是宫中人；可汪直从来没有给沈瓷入过宫籍，只是凭着喜好带了进来。他思忖片刻，回道：“她是西厂的人。”

“西厂的人为何会离开京城？你自己派出去的？”皇上大惑不解，见汪直愁眉蹙额，大手一扬道，“你自己的人，喜欢就留下啊，朕给你做主便是。”

皇上张口便应允了，汪直却未有多少喜色。欢喜与悲哀两相抵消，又染上两分犹疑。

沈瓷对她的暗示也回避了，明示也拒绝了，现下出其不意地用一道旨意拴住她，她会认命接受吗？

汪直还在想着，却听皇上突然“咦”了一声，从头到脚将汪直扫视了一遍：“对了，你说这人是西厂的……那，到底是男是女？”

西厂除了分布在宫外的暗桩外，其余正式入编的人员都是太监。

汪直又愣了愣，对啊，沈瓷假冒宦官这事还未揭过，如今莽撞在皇上面前道出，便是有了欺君之嫌。即便以皇上对汪直的纵容，或许不会惩罚过重，但纵容终归是有限度的，很可能会因此牵扯出一堆麻烦事。

思及此处，汪直已经不再去想她是否愿意接受的问题，成功地将心中的犹豫淡去，只思考着如何开口道出沈瓷的身份。

避重就轻，不失为一种逃避的方式。

那犹豫鬼祟的症结被刻意遮掩，汪直抬了抬头，复又微垂，索性先不考虑那么多了，开口坦白道：“其实，这人啊，皇上您是见过的。就是上次在贵妃娘娘殿中，我带去的那人。她叫沈瓷，不知道皇上还记得吗？”

"沈瓷？"皇上稍稍回忆几秒，很快想了起来，"是这个人啊，朕有印象。名字取得直白，那斗彩瓷甚合贵妃的心意，长得也是清秀可人，着实挺讨人喜欢……"他说着说着，声音渐渐放低，目光不禁转到了汪直身上，有那么一瞬间的沉默，皱眉问道："不过，你……竟是喜欢太监？"

汪直扁了扁嘴，争辩的欲望就在喉头，却又被硬生生咽了回去。眼下说出沈瓷假扮宦官之事，多少会惹得皇上不快，还是等事情尘埃落定后，再慢慢揭开的好。汪直被皇上的这个问题憋得耳根发红，半晌，才厚着脸皮缓缓吐出四个字："情难自禁。"

他把每个字都咬重了音，羽睫垂下，凤眼微睨，眉梢还带着一丝若有若无的叹息，说得皇上的心尖儿都颤了颤。

他本觉荒谬，太监喜欢太监，这算是什么事？可眼下，不由得满怀同情。说到底，身为宦官也是无奈之举，相互依偎取暖，大抵便是与正常人之间的"断袖"差不多吧。

可是，汪直身为西厂提督，若是传出此般轶事，比他娶妻还要劲爆，影响终归不太好……

汪直见皇上沉吟不语，双手在袖中紧握成拳。等了好一会儿，仍不见他开口，不由得上前一步，觍着脸说道："我对沈瓷，虽然比不上皇上对贵妃娘娘的深情，但也不见得会少多少。"

此言一出，立刻戳中了皇上的软肋。万贵妃比皇上大十七岁，容色自然比不上后宫那些年轻貌美的妃子，加之无法生育，一直被文武百官所诟病。可是，就是这样一个女子，占尽了皇上几乎所有的宠爱，她想要什么，他就给什么。在世人眼中，这是不伦之恋，无从理解，但唯有他自己心里清楚，她于他非凡的意义。

皇上的心软了下来，汪直的情况，不也与他有些相似吗？都是不伦之恋，旁人不解，这样的心情，皇上是理解的……

"好好好，朕明白你的心思了。"皇上站起身，走到汪直近旁，用手扶住他的肩，目光里满是理解和同情，看得汪直不由得别过脸去。

可以说，遇上这样一个皇上，这般想得开，实在是汪直的幸事。换作别的主子，莫说成全，不重惩便是好的了。

"你方才说，沈公公很快就要离开京城……我想起来了，朕命他为督陶官，大概没剩几日便要去景德镇赴任了吧？”

汪直黯然点头：“正是。”

“你不希望他走？”

“当然。”

皇上忽而一笑：“你今日特意在朕面前提起，无非就是想让朕收回任命，让这人留在京城，是吧？”

汪直见他神色温和，语态自然，已知此事十有八九能成，诚实答了一个“是”字。

“那你可知，两个宦者若是在一起，必定会引人非议。你又是西厂提督，本就在风口浪尖，朕就算再纵容你，朝中大臣却是不会如此的。”

皇上的顾虑，汪直也是明白的，他答道：“我的愿望，只是希望沈瓷能够继续留在京城。至于其他的仪式或者名分，都不太在意。在外相处时，也必定会谨慎，不会惹人非议。”

汪直嘴上这么说，心里想的却是等此事尘埃落定，沈瓷是女子的身份也会慢慢暴露，届时再有群臣议论，也不算是难以接受了。

皇上展颜，点了点头：“你同手下的太监来往密切，也不是什么稀奇事，注意些便好。至于你想让他留在京城……可以是可以，不过，他如今毕竟是朕亲自任命的督陶官，赴任在即，你若是想让他留下，还得替朕办妥一件事。”

汪直眉心一跳，立刻道：“不论何事，汪直必定竭力而为。”

皇上见汪直回应得如此急迫，顿时生出几分成人之美的满足感，笑道：“并不是什么大事，只不过是要你帮朕去物色一下新任督陶官的人选。”

汪直松了一口气，顿觉轻松：“皇上放心，这事就交给我了。”

“也不能随便塞个人过去，无论是让官员还是宦官担任，都得精挑细选，就算赶不上沈瓷，也不能差得太多。”皇上念及此，甚觉惋惜，叹道，“你知道，万贵妃相当喜欢瓷器，朕也因此对御器厂格外关注。沈瓷是个好材料，那日所见的斗彩瓷，至今想起，仍令朕惊叹不已。对从前的督陶官李公公，朕早就不满了，本觉得让沈公公去做督陶官再合适不过，哪知他同你还有这番关系。”

汪直听他语中明显有不舍，却不愿退步迂回，只垂首道：“劳皇上烦心了。”

皇上又幽幽叹息一声：“朕虽然惋惜，但相比起来，你跟了朕这么些年，有了心仪之人，朕总不能不成全吧。”

汪直心念一动，胸口似涌出了一股感激的热潮。皇上曾经给过他诸多荣宠，但唯在这一刻，这份感激使他忍不住俯下身体，深深叩首，道：“谢皇上！汪直，感激不尽……”

“好了，起来吧。”皇上虚扶他起身，捏了捏他的肩膀，“话说回来，既然你俩心中有情，那日我提出让他去景德镇赴任时，他看起来为何那般开心，立刻便接旨应下？你也不吭声，没把这层关系告诉朕。”

汪直的额头硬邦邦的，沸腾的心情过后，霎时被提醒，像是一盆冷水迎头浇下。是，她做梦都想回到御器厂，她并不想留在京城。可是，他不能这般告诉皇上，只模模糊糊道：“那时，我还未同她道明心意……”

“那现在说清楚了吧？你俩这次可得商量全了。”皇上笑起来，露出眼角的鱼尾纹，想起自己同万贵妃的这些年，纵然阻碍重重，但因着对彼此的深情不变，也都过来了，不由得对汪直恳切地谈起了心路，“今后，哪怕有再多人非议你们的宦官身份，只要你们二人同心协力，便没有过不去的坎儿。凡事得要两个人商量好，同进同退，莫要再出现让朕收回成命这般情形。”

“是。”汪直点头，淡淡应下，心中倏然升起一阵悲凉。他知晓，自己是不能同沈瓷商量的。他以万贵妃作为理由，打动了皇上；可他同沈瓷，毕竟不是两厢情愿。

现下，她甚至还不知道，她已无法回到她魂牵梦绕的景德镇……

“沈公公这督陶官的任命，朕先不撤回。等你找到接任者，再一同把罢免和任命的旨意颁了。免得还未找到继任者，这职位看起来空着，御器厂那帮人又心乱了。”皇上道，“时间不多，你好生物色。得在沈公公原定的离京之日前敲定此事，以保证下一任督陶官顺利赴任。”

汪直咬咬牙，迫使自己从悲凉的感受中抽离出来，只去体会沈瓷即将留下的欣喜，再次叩首：“汪直必定精挑细选，办妥此事。谢皇上成全！”

皇上笑得欣慰：“行了，快回去把这消息告诉沈公公，莫让人等急了。”

汪直背脊僵硬，应声退下，刚走到门口，又被皇上叫住：“对了。”

他只得又折返回来，皇上道：“文武百官的蹴鞠赛快到了，怎么没见你报名参加？”

汪直算了算日子，开春时节，蹴鞠赛的确该开始了。去年有王越在，偏要凑热闹拉着他参加；如今王越去了山西，他便没把这事放在心上，只好道：“我不小心给忘了。”

“无妨，就算忘了报名，正式比赛结束后，不是还有一场即兴比赛吗？朕还记得你去年的精彩表现，今年可不能缺席啊。”皇上道。

“这是自然的。”汪直毫不含糊地应了下来。

皇上这才满意地颔首，再次挥手示意汪直退下，过了会儿，似是想起了什么，又对身旁的御前太监道：“在京中的藩王还有谁来着？哦对，福王，淮王，让他们干待着也不行，也一同来参加吧。观赛或者参赛都行，随他们意愿。哎，朕差点儿忘了，淮王之前遇刺受伤了……既然这样，那便让淮王世子来好了，也是一样的。你走一趟，请他们也届时前来。”

这御前太监领了命，不多时便出了宫。告知福王后，又来到了淮王所居的驿站。

朱见濂带着人出来迎接，沈瓷身着宦者衣饰，原本是打算去瓷窑的，恰好在临出门时遇见朱见濂，便停下与他一同等待。

“皇上让我来，是请淮王世子出席一年一次的蹴鞠赛，文武百官大多会参加，就在三日后。”御前太监道，“本来也要请淮王的，但皇上考虑到淮王身体有恙，便叮嘱我邀请您去。当然，若是淮王身体好转，不妨也去瞧瞧。”

朱见濂摇首道：“父王虽有好转，但仍然不宜移动，还是在家休养的好。”

“那便祝淮王早日康复了。”御前太监笑得灿烂，看着朱见濂道，“淮王世子的身子骨瞧着真不错，想来平日里锻炼得不少，蹴鞠应该也是会的吧？”

“会一点儿，但技艺不太好。”朱见濂直言道，“我没有参赛的心思，还是在场边看着别人一决胜负的好。”

“这也无妨，正式的蹴鞠赛结束之后，还有一场简短的即兴赛，届时王公贵族或者文武百官都可随性参与，一球定胜负。凡参与者，皇上重重有赏。这是皇上近几年蹴鞠赛新定下的规矩，淮王世子届时若来了兴致，也可试试。”

御前太监的话说得周全，朱见濂见状，心下明白了几分，示意身边侍婢塞了两锭金子在其手里，道：“劳烦公公跑一趟了。”

“职责所在，职责所在。”御前太监顿时笑得合不拢嘴，将金子收入袖中。原本到这里，就该离开了。谁知他一抬眼，不经意看见了站在朱见濂身后的沈瓷。

“哟，沈公公也在这儿呢？”御前太监兴致甚高，脱口而出。在汪直带着沈瓷面见万贵妃时，他是见过沈瓷的，此番在淮王府遇见，不由得好奇：“沈公公在淮王这儿做什么呢？难道是汪公公有事要交代？”

提到汪直，朱见濂不由得面色一沉，朝沈瓷看去。

沈瓷亦是微微一怔，觑了眼小王爷的神情，略微尴尬道：“我与淮王世子早就相识，并非汪大人的指派。”

“原来如此，是我误会了。”御前太监不以为意，笑道，“既然沈公公在淮王世子这儿，有件喜事，想来您还不知道，我先在这儿道声恭喜了。”

沈瓷听得迷糊：“什么喜事？”

那御前太监见淮王世子在此，也知晓两个太监相恋这般禁忌的话题不宜提起，只笑了笑，走近沈瓷，在她近处模糊道：“汪公公今日已经入宫面圣，皇上同意了。”

他自以为已说得足够明确，却不知沈瓷全然一头雾水：“同意什么了？”

与此伴随着的，还有朱见濂锐利而冷峻的目光。

御前太监被看得浑身一抖，不知自己是哪里说得不恰当，已是消散了方才的好兴致，不愿再多说。他拢了拢袖中的金子，一边慢慢离开，一边答道：“小的不多说了，还是让汪公公亲自告诉您吧。”

沈瓷被他这不明不白的回答挠得心中痒痒，想要追上去问个明白，又迫于小王爷在身旁，不敢擅动。

自从朱见濂道出与汪直的血海深仇后，她便尽力避免在他面前提及汪直，怎奈何，就连御前太监也将她和汪直绑在了一起。

“汪直入宫同皇上说了些什么？”待御前太监走后，朱见濂转过身问她，颇有些咬牙切齿的意味。

“我也不知道。”沈瓷愁云惨淡，看向朱见濂的眼睛，“是真的不知道……”

朱见濂挑了挑眉：“一点儿都猜不到？”

沈瓷无力地摇头：“全无头绪，不过……听方才那人说起，终归是喜事，应该不太坏。”

朱见濂嗤了一声：“那是他的喜事，不是你的。”

沈瓷缄默，垂下眼帘，潮涌般的无力感再次袭来。

“现在你要去哪里？瓷窑？”朱见濂沉吟片刻，见沈瓷确实并无头绪，语气放柔了些，问道。

“是的，还有半成品没做完。”

“那我让马宁带几个人同你一起去。”朱见濂握着她的手，温厚的掌心摩挲着她冰凉的小手，说道，“我调动暗卫的权力被父王收回了，保护你的人手恐怕没有从前那般多。最近京城不太平，你自己也要万事小心。”

沈瓷抬眼看着他，见他神情认真，并不似说笑，心中竟突然觉得窃喜。朱见濂使用暗卫的权力被收回，是不是意味着他很难再对汪直发动袭击？他若无法出手，汪直便不会有事，自己也不必总在告诉和不告诉之间徘徊。如此这般，何尝不是一件好事。

“明白了，我会小心。”沈瓷轻声答，想了想又道，“也会早些回来的。”

话音刚落，一阵急促的脚步声传来，方才给御前太监塞金子的侍婢跑了过来，瞧见眼前仍在说话的两人，脚步生生停住，僵立不动。朱见濂用眼角余光瞟了她一眼，拍拍沈瓷的手背，道：“你快去吧，有什么事记得同我说。”

“嗯。”沈瓷回握了一下他的手，冰冷的皮肤已近回暖，松开后翩然离去。

待目送沈瓷走远了，朱见濂才将那莽莽撞撞的侍婢唤了过来：“问了？”

“嗯，问出来了。”侍婢答道，“我说我是沈公公派来的，想知道皇上是如何同意的。他原本还要推辞，但我说沈公公心情急迫，片刻不愿耽误，又塞了一锭金子，他这才说的。”

“不错，问法还算得当。”朱见濂压住自己忐忑的心情，严肃问道，“他说什么了？”

“他说……”侍婢面露难色，偷偷瞅了一眼朱见濂，咬唇道，“他说，汪直在面圣时，告知皇上他有一心仪之人，便是沈瓷。汪公公请求皇上收回督陶官的任命，让沈瓷留在京城。皇上不忍拆散他们，最终……同意了。”

朱见濂浑身一震，抿唇不语。

风起云涌，云涌风动，潺潺的细流飞速聚集，在心头汇聚成滔天巨浪，狠狠地席卷而来。

一道圣谕，便似一纸诀别。汪直够狠，够恶劣，沈瓷不同意，他竟动了这般掠夺手段。他丝毫不怀疑沈瓷参与过这件事，因为再没人比他更清楚，沈瓷绝不会放弃回到御器厂的机会。就算她对汪直真的有意，也不会。景德镇是她的家乡，制瓷是她的执念。若要让她待在人生地不熟的京城，只依附于汪直一个人，对她来说无疑是痛苦的。

汪直还是不够了解她。

“皇上既然同意了……那么，可有颁发相关旨意？”朱见濂喉咙干哑，艰涩地问。

“皇上说，等汪直寻到合适的新任督陶官时，再一同下发罢免和任命的旨意。此外，今后还会在京城给沈瓷安排个差事，以保证沈瓷能留在京城。”

还未公开旨意，如此看来，还有回旋的余地。

最简单粗暴的方式，便是早日解决汪直，让杨福顶替上去，如此便能保证沈瓷回到江西。可是前两次失败的经验让他意识到，解决汪直，并非易事，更何况……现在沈瓷已经知情，一旦她决定暗中阻挠，此事更是举步维艰。

若要赶在汪直挑选出新任督陶官之前，他至多还有十日，或许，连十日都不足。

这般冷透心扉的滋味，这般从双臂蔓延到内心的惶然，这般不可付诸言语的惊痛和绝望，只能由他独自吞咽。他在心里默念，汪直，汪直，拳头猛地一紧，咬牙切齿，深恶痛绝。

时隔两日，沈瓷终于将玲珑瓷上的小孔镂雕完成，就连汪直胡乱戳的那个孔，也被她轻轻用刻刀磨得圆润，且据此设计出一幅画，主体为缠枝石榴花纹，茎叶如行云流水，花心托起那枚独特的小孔，两相点缀，倒也不显得突兀。

她在一个个小孔上施以特制的透明釉，待用青花勾勒出底部图案后，再通体施釉。如此，便可进行第一道烧窑。

她将瓷坯装入匣钵，刚刚送入窑炉的中心，转过头一看，汪直已站在她身后。

她低下头，咬了咬嘴唇，有一瞬间的慌乱，又很快平静下来，用手背擦了擦额上的细汗：“……汪大人。”

“刚才入窑的，是准备送我的礼物？”

“嗯。”

“那我是来晚了一步。”

沈瓷顿了顿，轻声道：“不急，得入窑两次的。”

汪直从鼻腔里“嗯”了一声，抑制住翻涌的心思，细细看了看沈瓷，从她刻意回避的目光中窥见闪躲，勾起唇角笑道：“我也不是第一次来，怎么感觉今天你这么慌呢？”

“哪有，只是有些累了……”

沈瓷面色沉静地别过头去，心里却道，怎么能不慌呢？上次两人那般不欢而散，她又意外得知小王爷同汪直之间的旧仇，今日再见，已不似从前那般坦诚畅快。

静默片刻，汪直突然问：“你打算什么时候离开京城？”

“大约还有十日。”沈瓷牵强笑笑，“离开前肯定会把给你的礼物做好，放心好了。”

“十日……”汪直不由得重复一遍，也就是说他要在十日之内，找到可以顶替沈瓷的新任督陶官，还要让皇上满意，时间略显紧迫。不过，想到今后沈瓷就能陪在自己身边，又于焦灼之中，泛出点滴欢喜的滋味。

他并不打算在此时将这个消息告诉她。

自然是隐瞒得越久越好，等到一切尘埃落定，她已经留在了他的身边，到那时，他自会尽心竭力地待她好，以弥补他的擅作主张。

“我今日来，是想送你一件东西。”汪直并不打算让尴尬持续下去，开口打破了沉默。他从怀中拿出一个形状瘦窄的漆盒，中央雕了几枚初绽的梅花，周围衬着的两组竹叶中贯穿了一叶芭蕉，倒是很精致。

他将漆盒递给沈瓷，双眸定定地看着她，蕴着不安，蕴着期盼，道：“打开瞧瞧吧。”

沈瓷一怔，恐慌和羞愧同时涌上来，惹得手心微微发疼，但终究还是伸出手，打开了盒盖。

原来是一支金丝凤鸾钗。

钗头是一只展翅欲飞的鸾鸟，脖颈伸长，仰首向天，羽翼为赤色五彩，每个细节都雕铸得精巧细致。

沈瓷却是不敢多看，若是在他表明心迹之前，她或许还会大大方方地收下，如今的情势，却似乎变了味，令她不敢妄动。

“为何送我这个？”沈瓷抬头，看向汪直，顺势合上了手中的盒盖。

“还需要理由？”汪直也不知自己该用一个怎样的由头，这金钗在他心中算是件定情之物，可他却不能如此告诉沈瓷。他顿了顿，见沈瓷目光有疑，想了半天，这才答道，“你的瓷器连皇上和万贵妃都万分青睐，送了我一件，我也得回礼不是？”

沈瓷嘴角抽了抽，苦笑道：“我如今每日做宦官打扮，压根儿用不上这个。”

“会有用得上的时候。”汪直心道，等确定她留在京城，他总会寻求时机揭开她的女子身份。他又将漆盒推了推，道，“你且收下吧，至于戴不戴，便是以后的事了。”

他的眸中有光，眉宇间添了一道深深的沟壑，看得沈瓷一颗心慢慢坠了下去。近旁，窑炉的温度已是升了起来，红光从缝隙里渗出，越来越亮，将那张俊美无俦的脸映得明明晃晃，忽近忽远。

沈瓷的手紧了紧，犹豫片刻，突然绽出笑容，大方地将漆盒放入袖中：“明白的，礼尚往来嘛。既然如此，我便不客气地收下了。”

汪直这才暗暗松了一口气，仰头看天，唇边却不自觉挂上了一丝舒心的笑容，原本魅惑的细长眉眼中点缀了些许柔和的光，修长的手指在背后交错相握，倒也显得舒坦亲切。

沈瓷看他这般神色，忽觉惶然，这个人，这双手，难道他真的如卫朝夕所说，屠杀过那么多无辜的女人和孩子吗？

她知道，汪直作为西厂提督，手上沾满鲜血并不奇怪。若是朝廷中的风云变幻所致，也就罢了。可那些因被万贵妃嫉妒的美貌女子，那些不小心怀上的胎儿，何其无辜，何其无助，他怎么狠心下得去手？

他是人人闻之色变的西厂提督，并不会令她觉得害怕。可若他真的伤及了那么多无辜的人……

沈瓷眼前微微一黑，不自觉地将手伸入袖中，用指腹轻轻摩挲着漆盒上的梅花镂雕，只觉得窑炉腾腾的火光都暗了一下。

“……汪大人。”沈瓷轻唤了他一声，怕自己临阵反悔，未等他转过脸回应，便迅速说道，“我有一事，想要问您……或许太过唐突，可若是不问，我心中难安。”

汪直蹙眉道：“你说。”

“……”沈瓷咬了咬下唇，在脑中反反复复地斟酌言语，深吸一口气，试探道，“汪大人可还记得，有一日在宫中，我曾问您……万贵妃残害皇上嫔妃和龙嗣之事是真是假？”

汪直不由得面色一沉，半晌回应：“……记得。”

“那时候，您给了我一个肯定的答复。”沈瓷嗫嚅着，料想这番话问出后，若是真的，两人的关系必定会打折扣；可她毕竟还抱着那么一丝希望，万一是假的呢？万一只是别人误会他呢？这点小小的期盼使得她鼓起勇气问出，抬眼道，“我知道您在还未成立西厂时，是万贵妃手下的人，唐突地想要问一问……您有没有，也曾经得到万贵妃这样的指令呢？”

汪直整个人顿时被寒冰冻住，背脊僵硬，心中涌起一阵不可遏制的痛。他本是大藤峡瑶族人，作为俘虏入宫，若是不能得到主子的信任，在宫中便是举步维艰。因而，当万贵妃需要人替她除去那些眼中钉时，他应了下来，而且做得很好。也因此，他得了万贵妃的信任，被推荐到了皇上面前。

后来，西厂成立，他雷厉风行，惩处无数，从未觉得痛心。可是，却清楚地记得，那一个个女人跪在地上痛苦而无助地哀求，那腹中胎儿坠下时的团团血红……而他，闭上眼，狠下心，手起刀落，便是性命。

他别开眼，想要回避记忆中的画面，嘴角抽了抽：“怎么问起这个了？”

沈瓷轻轻摇了摇头，坚持道：“能不能先回答我，有还是没有？”

汪直一个字都说不出来。

沈瓷看着他的眼睛，一颗心越来越沉，越坠越深，恳求般地求证：“没有的吧？或是就算提出，你也没有去做的，对不对？”

汪直听了她后面这番话，更觉痛楚，仿佛是一只被拿住了七寸的毒蛇，自知理亏，唯有用恼怒来遮掩破碎的心。他猛地转头，指了指沈瓷：“你心里没我，便拿这件事来做挡箭牌吗？”

沈瓷怔住了，被他的一句反问堵得说不出话。

“人是我杀的，但并不是我想杀的。的确是我动的手，可是这又怎么样？沈瓷你说说，我待你如何，我伤害过你吗？这些事同你有半点关系吗？你这般问起，难道是觉得我有可能提着剑来杀你吗？”他心里越慌，语速越快，苍白的面容上泛起潮红，嘴唇发颤。

沈瓷被他这一长串话惊了一跳，不由得后退了几步，一个趔趄，袖中的漆盒摔了出来，盒盖被弹开，露出了里面的金钗。

“你躲什么？怕我吗？”汪直上前两步，从地上拾起跌落的漆盒，用手擦了擦上面的灰尘，目光定定地看着盒中的金钗。这是他送给她的第一件礼物，用意本在定情，眼下却很是刺目。

沈瓷回过神来，敛去面上的惊慌神色，可说的话却仍是生涩：“我没有这样想，也从未觉得您会伤害我……”

汪直声音干涩，语气执拗：“那你又何必问？现在你问完了，满意了吗？然后呢？”

然后？沈瓷也不知然后该如何。但从他亲口承认的那一刻，她的心便好似撕裂一般地疼。眼下看他的模样，竟是不见丝毫惭愧，反倒是用恼羞成怒来掩盖。

心里，难免生出了几分失望。

她只能安慰自己，汪直身为宫中宦官，总归有些不得已的立场。更何况，确如他所言，他即便真做了那些事，待自己终归是好的。

她抬头看着他：“我还是那句话，您的恩情我不会忘，我也是真的将您视为挚友。您如何惩处有罪之人我不在乎，如若您还能听我一句，我只希望……只希望如果可以，今后请不要再杀害无辜……”

汪直狰狞的表情定住了。

他从她的言语中捉住一个词：今后。

听起来，似乎并无任何恩断义绝的意思。

他看了她许久，终于走近，将覆在她颊上的两缕碎发捋到耳后，道：“若我答应你，那你可愿继续陪伴我？”

沈瓷想了想，没弄清他口中的“陪伴”是何种陪伴，便将他的话做了改动，只答道：“您仍是我在京中唯一的好友。”

汪直皱着眉头笑了一下，没有纠正。一时间无任何话可说，又掸了掸漆盒上的细灰，重新递给沈瓷：“既然如此……我还有事，先走了。你忙吧。”

他的背还有些僵硬，略带狼狈地离开了，留沈瓷独自站在原地，只觉有些话还没有说清，却又无从说起。她揭开漆盒，拿出那支金丝凤鸾钗又细细看了看。背后，是窑炉冲天的火光，汹涌蹿起，映红了半边天空。

第十四章

蹴鞠双斗

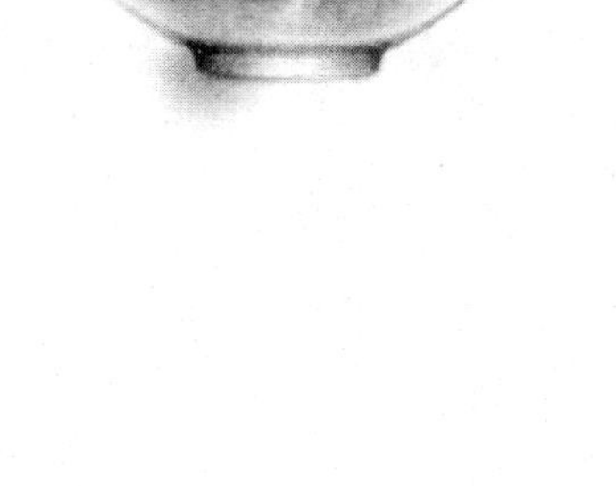

汪直前脚刚迈出瓷窑，朱见濂后脚就到了。他报上名号，向守门那人打探汪直今日是否来过，得到肯定的回答后，心中顿时升起一阵不安。不等通传，便径直走了进去。

沈瓷刚将汪直所赠的金钗敛入袖中，余光便瞥见朱见濂急匆匆走进来，面上是极为罕见的焦虑神情。

“小王爷，你怎么来了……”

她话音刚落，便被一双大手拥住，跌入了他温暖的怀中。

“幸好你还在。”他将脸贴着她柔软的发，虽已尽力控制，声音却仍是隐隐带着一线走调。

沈瓷一直站在窑炉附近，脸上被映得火烫，此刻被朱见濂带入的冷风一吹，思维渐渐清明起来。她觉出朱见濂的异样，不由得伸手摸了摸他的脸，笑道：“我还能去哪儿呢？”

他并没有立刻说话，只是微微拥紧了怀中的人儿。

沈瓷静了静，又问：“是不是发生了什么事？”

朱见濂慢慢直起身，但见她眼眶微红，原本澄澈的眸子如同被风吹皱，竟像是不久前激动过。他清了清嗓子，纵然心里翻江倒海，声音出口时已显平稳：“刚才我问守门那人，说是汪直方才来过了？”

沈瓷面上略略变了颜色，回过神后，轻轻“嗯”了一声。

“他可同你说了什么？”朱见濂迫切问道。

沈瓷倏然想起方才同汪直的对话，在维护无辜人命和取得万贵妃的信任之间，汪直选择了后者，从此仕途顺遂。而在她的立场，却不能多说些什么。那个基于信赖提出的问题，最终被他的答案搅碎，连带着她的心也揉成了一团。

她心中叹了口气，摇头道："并未说什么特别的。"

"真的没有吗？"朱见濂盯着她那双微微泛红的眼睛，一字一句说得轻而缓慢，"他难道没有告诉你，他已同皇上请旨，罢免你督陶官的职位，让你一直留在京城吗？"

沈瓷浑身一震，双眸陡然大睁着问："你说什么？"

"你听清楚了的。"小王爷见她如此神色，已明白她的确尚不知晓，对汪直的怨恨又多了几分，不由得一讪道，"我原本担心汪直不等圣旨下来，便着急先把你带走了。现在看来，他倒是更聪明些，沉得住气，大概要等到尘埃落定再告诉你。"

"他怎么能这样……"沈瓷陷在巨大的震惊中，话语轻飘飘的，仿佛刚刚出唇，便融化在了空气中一般。她神思恍惚，半晌才回过神来，抬头蹙眉问，"小王爷方才说，圣旨还没下……那么，你是怎样知道的？"

朱见濂反问道："还记得今天早上御前太监同你说恭喜吗？"

沈瓷恍然，怪不得，怪不得今晨那人说了这么一番莫名其妙的话。如今醒悟，方才知道是什么意思。

这滋味，比刚才亲口确认汪直杀害无辜更为酸涩。

"不行，他不能这么做！"沈瓷身体紧绷，浑身上下的每一个毛孔好似都在战栗，她握紧双拳，相互击捶，扬声道，"我得去找他！"

"我陪你去。"朱见濂也有此意，虽然他心中已有打算，但若是汪直能在沈瓷的劝说下自己放弃，倒也算了了一桩心事。

两人乘着马车到了汪直的府邸，沈瓷执意独自进去，上前叩响了朱红的大门。朱见濂则待在马车内等她，同时命护卫撑足精神，以备不时之需。

门被打开，守门人认识沈瓷，一见她便笑了："是来找汪大人的吗？大人现下不在，今日要去宫里，这几日忙，大概都不会过来。"

沈瓷只觉头脑一阵嗡响，只好道："我能留个口信吗？若是他过来，请告知他，我有要紧事要同他说。"

"是，小的记下了。"

沈瓷脚步虚浮地回到马车里，不经意抬眼，便迎上朱见濂的目光。她坐稳，听见车轮的辘辘声响起，空气沉默得像是要黏在一起。

朱见濂方才已听见门口侍从的言语，并不需再多解释什么，往她的身边挪了挪，抓起她的手握紧。

沈瓷心中疲累，微微向内倾过，将头枕到了他的胸上，犹豫良久，轻轻问道：“汪直眼下去宫中，是因为忙着物色新的督陶官吗？”

朱见濂沉吟片刻：“大概是的，他时间紧迫，需要寻一个人来代替你。”顿了顿，又鼓励一般地补充，“虽然在那闭塞的宫里，并没有什么人能有足够的实力替代你，但若是他想，很快便能寻得人选。”

沈瓷的声音仿若飘飘荡荡的枯叶，好半天才着了地：“那若是皇上真的下了旨意呢？我又能如何？”

“不会的。”朱见濂未有犹豫，果决答道，“我不会允许这样的事发生。只要你不肯待在京城，就算是圣旨下了，我也总会想办法把你带出去。”

“只是那时，就算回去，也只能偷偷摸摸生活了……”沈瓷抿了抿唇，顿时感觉一切又回到了之前的境况。当时她执意留在宫中，想要免去运瓷有失的罪责，如今，罪责的确是不再追究了，可她依然失去了一部分自由。

她已不知，自己到底是该感激汪直给她的机会，还是该怨怼他的强行逼迫。

“小瓷片儿，别下定论。汪直他就算已经找到了属意的人选，但为了不让皇上感到他是草率推选了一人，必定还会拖上几日。我们还有时间去找他，也说不定，他自己便能幡然悔悟。”

沈瓷闻之动容，闭上眼，把脸埋在了朱见濂的锦袍之中，深深地嗅着他身上温厚的气息，情绪渐渐平静下来，皱紧的眉头舒展了几分。

“你从前不是说想去看看我逮住小紫貂的那一片山林吗？现在是初春，太冷了，等到了夏日，天气更暖和些，草木也更繁盛，我们就去那里玩一阵。还有月瓷坊，你走了以后，便一直闲置着，回去我们好生经营，你想做什么，我都陪着你。从前在江西的日子，我们没能好好过，如此多的不圆满尚未弥补，我又怎会让你满心郁闷地留在京城？”

他虽说是在和沈瓷说话，却更像是自语，到了最后，已有几分下定决心的铿锵意味。平素那双深深静静的眸子，眼下却亮了起来，灼灼闪耀，像是两簇燃烧着的小小火苗。

沈瓷听他言语，心中柔软，闭上眼偎在他的怀中，轻轻回了一句：

“真好。”

当握在手中的夙愿岌岌可危，当饱满的幸福在几日之内一点点化为齑粉，好在还有身边这个人，在她快要无路可退的时候，为她留一条后路。

黄昏将逝，杨福的住处，多出了一个人。

那人居高临下地看着他，冷冷发问：“尚大人交代你的事，做完了吗？”

“初步的铺垫已经完成，先将汪直残害后宫女子及龙嗣的真事说出，让沈瓷先看清他是怎样的人……”杨福垂下头，低声道，“至于之后那一步，毕竟不是真的，说出来需要小心……我还在等待时机。”

“你还在磨磨蹭蹭地等什么？眼下就是最好的时机。”那人语中愠怒，言道，“大人的命令，最迟明日，得让沈瓷听到大人想让她听到的。听明白了吗？”

杨福嗫嚅着，还想要争辩：“明日？是不是太快了啊……”

对方好似全然没听到他的话，眼中射出两道凌厉的光，强硬地重复了一遍：“听明白了吗？”

“……明白了。”杨福只好答应。

“很好。”那人终于点头，“明日，大人等着你的消息。”说完便闪身离去。

杨福背脊已是冷汗涔涔，他缓了缓神色，看见天色一片青黑，叹了口气，给自己略略做了一番易容，便朝驿站走去。

卫朝夕正欲睡下，突然听见屋外一阵响动，趿着鞋下床，小心翼翼地把眼睛贴在窗缝间看，忽觉飕飕的凉风从后颈灌入，下一瞬，一只手从后面放在了她的肩膀上。

她吓了一跳，张嘴便要尖叫，还未发声，便被一只手捂住了嘴巴，一股温热的气息从耳畔飘来，轻轻吐出了四个字：“别怕，是我。”

卫朝夕辨出是杨福的声音，僵硬的身体霎时懈下防备，伴随着他松开的手，立刻激动转身，恰看见他经过易容的脸。她微微一愣，很快想起去醉香楼那夜，杨福也是这般装扮，不由得伸手捏了捏他的鼻子，看见他鼻尖微微歪斜，终于实打实地确定是他，便一下子扑过去，勾住了他的脖子。

“你居然会主动来找我，我……我真是太开心啦。”卫朝夕一双眼亮得如同明媚春水，满是情窦初开的少女情怀，伸出一个手指头比在杨福面前，“这是你头一次主动来找我呢。”

她的喜悦越是单纯，杨福心中便越是不忍，用手掌将她伸出的手指包住，压低音量道：“小声点儿，我这次来，是有事情要告诉你。”

卫朝夕嘟起嘴抱怨道：“那要是没事的话，你就不来啦？”

这姑娘的关注点总是这样出其不意，一句话就把杨福刻意制造的严肃氛围搅得变了味，不知下一句话该如何接上。

好在卫朝夕也不是真的生气，憋了一会儿没忍住，“扑哧”笑了出来：“逗你的呢，木头。”

杨福无奈地扶了扶额头，还是憋不住笑意，眉目渐渐舒展开来。

似乎唯有同卫朝夕在一起时，他才能有些许放松的情绪。

卫朝夕拉着他坐下，一盏飘忽的烛火立在两人中间。她兴奋难掩，从桌下的小屉里拿出几份糕点，一一摆在桌上：“饿不饿？吃吧。”

杨福皱眉道：“怎么三更半夜你房间里还有这么多吃的？”

卫朝夕理直气壮地说：“我怕夜里饿。”

“你这么能吃，怎么都不见胖？”

卫朝夕笑得眼睛都成了一条缝，扬起下巴道：“我也不知道，大概是因为天生丽质。”她两指夹起一枚如意果，喜滋滋地含在口中，味觉舒坦了，这才想起来问，“哎，你方才说，找我来是有什么事来着？”

她倾着身体看着他，眸光晶莹，不染尘埃。杨福心神一动，一股难以克制的温柔情愫蔓延开来，如同沉陷的泥沼，引他自甘堕入。

意识到这一点，他顿时打了个激灵，别过脸去，强迫自己不再看她。

卫朝夕嗔怪着推了他一把：“想什么呢？问你话呢。”

“我听见了。”杨福将情绪梳理了一番，被卫朝夕这么一搅和，即将出口的话都变得艰难无比。

但他终究还是说了，咬咬下唇，歉意与谎言一同从牙关里进出：“我今日听到了一件事，一件大事。”

卫朝夕挤挤眼，刚从轻松的氛围切换过来，还当他要讲笑话，嘿嘿笑着：“什么事呀？说来开心开心。”

杨福面无表情，严肃道：“这事不开心，同你的朋友沈瓷有关。”

卫朝夕立马便不笑了。

“阿瓷怎么啦？”她声音迫切，想了想，又问，“难道是与上次我们说的那个汪直有关？”

杨福颔首：“正是。”

“怎么回事？”卫朝夕开始充分发挥想象力，“难道……是汪直杀惯了女人小孩，这会儿准备对阿瓷动手了？”

“并非如此。”杨福别过脸，眼前霎时浮现出三年前，景德镇沈氏瓷铺里，那满地的鲜血和破碎的瓷片。他攥了攥拳头，无声地吸入一大口气，继续道，“不是准备下手，而是三年前，两人便有所关联。”

“不可能。阿瓷告诉过我，她是入京之后才遇见的汪直。”卫朝夕辩驳道。

“这话不是我说的，三年前的事，你跟我解释没用，我只是把我听来的告诉你而已。”杨福立刻撇清干系，道，“我问你，你既然是沈瓷从小长到大的好友，可知道她在三年前遭遇的变故？”

“知道。”卫朝夕点头，想起当年，仍是心有余悸。

杨福看她恍惚的神情，顿生怜惜，脑中隐隐冒出两分放弃之意。但他立马将这念头打住，硬着头皮道：“原本，汪直是想刺杀淮王的，却没料到沈瓷的父亲突然挡了过来，这才失手杀错……”

“你的意思是……汪直同阿瓷亲近，是因为他当时错杀了她的父亲？”卫朝夕大为震惊，忆及沈瓷对汪直的种种好感，不由得在手心捏了一把汗，“那汪直到底是想斩草除根，还是想要弥补过失？”

杨福皱着眉摇了摇头，心想言多必失，只迂回答道：“这些我就不知道了，我听到的东西十分有限，但这源头是可靠的。”

“源头？”卫朝夕微有怀疑，“三年前的旧事了，怎会如今突然提及，你是听谁说的？”

“淮王。”杨福说出早已想好的答案，“三年前，淮王的人就在追捕过程中看见了刺客的脸，正是汪直。只是到了今日，我才得知。”

淮王是事件的直接参与者，说的话颇为可信，卫朝夕歪着头想了想，终归还是相信了杨福，真把他方才的话听了进去。

登时，汪直在她脑中已成了一副狰狞危险、面目可憎的模样，禁不住磨着牙斥道：“……汪直谋杀皇亲国戚未遂，为何现在还能逍遥法外？淮王既然知道，又怎么不见丝毫动静？”

杨福叹息一声，心中已是不愿再说，却仍要配合着卫朝夕：“汪直是皇上眼前的红人，与他对峙还不知谁输谁赢。淮王……或许是在等待一个汪直失宠的契机。”

卫朝夕手指绞成一团，又霍然松开：“淮王要如何，我不想管，我担心的是阿瓷……她还不知道这件事……”

杨福鼓动道：“对啊，她是你的朋友，你不能让她蒙在鼓里啊。”

卫朝夕被杨福的话语煽动，握拳道：“说得对，阿瓷有权利知道。”话音刚落，语气又软了下来，“可是，她的性子我再清楚不过，看起来虽然若无其事，临到认真时，却固执得很。我担心……担心她一时想不开要替她父亲报仇，反倒会被汪直所害……”

这其实也是杨福所担心的，他已经亏欠过沈瓷一次，不想再亏欠她第二次。但经历一番思想斗争之后，终归还是自己的私心占了上风，再次诱导卫朝夕道：“沈瓷是个聪明人，不会轻易做出莽撞之事。倒是不让她知道，才更加危险。此事没有万全之策，你大可权衡一下，到底如何做，才是利大于弊。”

卫朝夕此时已是焦灼不安，顺着杨福的话一想，果真觉得有道理，勉强点了点头道：“现在已是半夜，她必定已经歇下，且容我再想想。”

杨福见她神色已是动容，再劝便显得刻意了，只在最后叮嘱道：“莫要拖得太久了，多拖一日，危险便会增加一分。”

“嗯……”卫朝夕已是心乱如麻，浅浅应了一声，已再没心思与杨福打趣。她目送他轻手轻脚地从窗户离开，又坐了良久，这才起身灭灯，钻进了被子里。

辗转反侧，一夜难眠。好不容易折腾睡着了，第二日醒来，却发现已是日上三竿。

沈瓷已经离开了。不仅是她，连带着朱见濂，都不在驿站了。

一大早，沈瓷便同朱见濂上了马车。今日，正是一年一度的蹴鞠赛，因着皇上喜爱，皇亲国戚、文武百官纷纷到场，场面甚是热闹。

沈瓷陪朱见濂行到了宫门口，便掉头去了瓷窑。朱见濂则带了几名亲信入宫，在几名宦者的引领下到达蹴鞠赛场，座列前排。

座位前有一张长台，水果茶点样样不缺，有上次入宫觐见时认识的官员前来寒暄，朱见濂一一应对。不知从何时起，他对这些已是游刃有余，分寸拿捏得很是妥当。

他正与福王世子说话时，眼角突然瞥见不远处有一道熟悉的人影。宦者衣饰，却是双手负立，姿态挺拔，还是那副眼角微微向上的傲慢模样，似用眼白看人一般。朱见濂转过头细细看去，才发现那人也正在看着他，两人中间隔了几张长台，那目光却恨不得化为利刃，一刀一刀朝对方狠插过去。

汪直的情绪并不掩饰，越是对视，眼中的锋芒便越尖锐，一副目中无人的模样。朱见濂沉着脸看他，在汪直有意的挑衅下升起一团火，掩藏在目光下。他的新仇旧恨，都与汪直紧紧关联，而眼前这人竟是丝毫不懂收敛。

朱见濂握了握拳头，提步便要朝汪直走去，被一旁的福王世子拉住："去哪儿啊？皇上快到了，别乱窜了。"

"我很快便回。"朱见濂说完，又欲前行，却听周围人声骤然清静。他转过头，正看见皇上的车辇徐徐行来，紧接着一道拖长的声音响起："皇上驾到！"

朱见濂只好停住脚步，站在自己的座位旁，与众人一同参拜。

不多时，正式的蹴鞠赛便开始了。在这之前，各方队伍已经角逐多场，而能让皇上和百官亲自来看的这场，便是最终的夺魁之战了。

比赛相当精彩，满场的叫好声中，却有两人心不在此。

汪直虽是西厂提督，但座位依序安排在皇室成员之后，一抬头便能望见朱见濂的背影。但见他与周围人寒暄得体，辗转有余，偶尔在与人对话时，半边脸转过来，往汪直这儿瞟一眼，暗流在深处汹涌流窜。

汪直想不通，这人到底用什么把沈瓷牢牢迷惑住。明明放她独自一人入京，又跟过来穷追不舍，还能拥有失而复得的机会。而汪直自己，莫说失而复得，连"得"的滋味都未尝过。同是爱着一个女子，他的境况却远不如朱见濂，凭什么啊？

汪直眉眼挑起，想要把朱见濂看得更清，看清他这副俊朗皮相下的叵测心思。他瞧得清晰，朱见濂方才本是要过来的，这正合了他的想法，只不过皇上突然驾临，没能成功。

没关系，他们还有对垒的机会。

这机会很快便来了。

决战结束，皇上兴致甚好，重重赏赐了魁首队伍。趁着热情高涨，又展开了即兴赛，在座的官员皆可参与，皆是重重有赏。

规程宣布完毕，皇上的眼风瞥向汪直。汪直会意，二话没说就上了场，背着手盯着朱见濂，狭长的眉眼带着一丝轻蔑，似挑衅的邀约。

朱见濂吹了吹手中清茶，不疾不徐地饮了一口，重重将杯盏放在桌上，发出“啪”的一声，继而站起身来果断迎战。

多人蹴鞠是需要团队合作的，对于即兴组来的队伍，必定混乱。因而，即兴赛采取的是双人鞠，多组同时进行，可自行选择对手。

福王世子也参加了，他方才坐的位置，就在朱见濂旁侧，两人聊得不错，此刻便朝他发出邀约：“咱们俩试试？”

朱见濂却好像根本没听见，只将目光凝在一处，攥着拳头向前走去。

两人四目相对，周遭一切嘈杂退去，只成了模糊的背景音。

福王世子自讨没趣，只得再去寻他人对阵。

每组一个鞠球，放在对垒的两人中间。令官手执一柄小红旗，向空中高高扬起，汪直与朱见濂对视一眼，便立即向着中间那球直冲而去。

汪直率先跑到球前，飞起一脚，鞠球便以猛烈之势朝朱见濂的脸砸去。朱见濂反应极快，立马侧闪两步，以缓冲鞠球的冲力，将球控制在了自己脚下，又带着球朝汪直的球门跑去。

情况便是在这时失去了控制。

朱见濂带着球，汪直从前方围堵过来，突然伸手抓住了朱见濂的臂膀，猛力朝外一拧，紧接着一脚踹在他的小腹上，拼了狠劲，没留丝毫余地。他这番动作严重犯规，可因为来得突然，众人只顾掩嘴惊呼，竟是没反应过来。

说时迟那时快，朱见濂顺着他用力的方向转过身体，保住了手臂，却没躲过那一脚猛踹，小腹挨了重重一击，整个人向后跌在了地上。

他按捺着腹中疼痛，迅速起身，眼里火光冒出，直朝汪直扑去。两人都顾不上鞠球去了哪里，近身撕缠，扭作一团。

没有刀剑，只有拳头。两个人斗得你死我活，都拼了全力，眼睛红得快要瞪出血来，如同仇恨漫溢的兽，每一回厮打都是冲着对方的性命而来。皇上开始还饶有兴致地看着，渐渐觉出了不对劲，忙站起身连声喝止。

那两人谁都没听到。

直到裁判官看皇上快要龙颜大怒，这才集结了几个人上前，把两人强行分开。

他们的比赛自然是终止了，两人的脸都是皮开肉绽，青红一片。朱见濂小腹出血，手臂脱臼；汪直后脑勺磕了个洞，那两根包扎上的手指再次受伤。两人都是一副惨相，却还在拿眼死死瞪着对方。

皇上本欲责问，结果看到这两人的模样，连责问的心情都没了。摆摆手，不耐烦地让人先把他们送去太医院，好兴致都被破坏了。

鲜少有人猜得出，西厂提督与淮王世子是如何结下了如此深仇大恨，竟忍不住在皇上面前厮斗起来。明眼人瞧见了，最初是汪直率先动手，若要惩罚，也必定更为严重。不过，汪直深受皇上宠爱，因而连带着两人的罪责，皇上都没有再追究。

朱见濂和汪直都被送入太医院。诊治完毕，两人分别被各自的马车送回去休养，结果临跨出太医院门口时，又遇见了。

挑衅的氛围已经过去，两人又都已是一身伤痕，筋疲力尽，故而没有再打。冷冷地，朱见濂咬牙切齿地吐出一句："你最好早点儿放弃让沈瓷留在京城的想法。"

汪直没料到他这么快就得到了消息，愣了片刻后讽刺一笑："有本事你自己去向皇上求赐婚啊，你那世子妃的位置，她能坐得稳吗？"

"又是皇上，你除了靠皇上的恩宠活着，还能如何？"朱见濂嗤笑一声，凛凛看向汪直，"没了皇上，我依然是我；但没了皇上，你能是什么？"

未等汪直回应，他又摸了摸下巴，补上一句："哦……说得不全对，没了皇上，你还有万贵妃做靠山。"

汪直身体绷紧，又生出朝他脸上打一拳的冲动，可两手都被纱布束缚得紧紧的，不远处的人又一脸警惕地看着他俩，只得作罢，轻哼了一声道："你犯不着在这儿冷嘲热讽。你若是全然有信心得到沈瓷，今日又怎会气急败坏地同我打起来？说到底，还是知道你自己无能为力。"

他说到最后，重重强调了"无能为力"四个字，说出口后，却觉更加无能为力的是自己，爱慕不得，竟只能以单方面的意愿将她强行留下。

朱见濂眸中泛出寒光，盯着汪直道："我今日同你斗，只有一半是为了沈瓷，还有一半……大概你杀过的人太多，已是记不起来了。"

汪直抬了抬眼，不由得问道："你在说谁？"

“死在你刀下的无辜女子，难不成你还一个个记得她们的名字？”朱见濂正色道，“新仇旧恨，今日我且当作与你一同算了算。你若是有自知之明，就该明白，沈瓷是不可能跟你留在京城的，还是早些放手吧。”

汪直反唇相讥：“那也比做你的世子妃，来得更好更轻松。”

朱见濂微微一笑，言语却是愈发锥心：“你哪儿来的自信说出这句话？你一个宦官，又能给她些什么？”

汪直双唇抿紧，气得浑身发颤，右拳捏紧，正欲不管不顾地再同他厮打一顿，脑中突然电光石火般地闪过一个念头。

怪不得。

怪不得沈瓷特意问他，杀害后宫女子之事，到底是真是假。若是朱见濂真的同他有旧仇，是不是早就告诉了沈瓷。而她，其实是朱见濂派到自己身边的间谍……

这个念头刚一冒出，汪直不由得惊得冷汗淋漓。可他转念一想，又觉出不对劲。若是沈瓷真要配合朱见濂加害于他，那日他在瓷坊附近遭遇埋伏时，沈瓷便不会出现……若那样，自己现在便已是命殒黄泉。

这原本的巧合，被汪直这般串联起来，让他不由得一阵心悸，全身的血液似乎都在倒流。他没了心思再与朱见濂对嘴，身体趔趄着上了马车。不一会儿，车轮扬起一阵尘埃，渐渐远去。

朱见濂看了看汪直离去的方向，心中的沉滞却丝毫未减，反倒感觉被压迫得近乎窒息。一旁的侍从过来，扶着他走向马车，还未踩上踏板，却突然被一个宦官拦下。

那宦官俯低身体，鞠躬为礼，拿出腰牌呈到朱见濂面前，道：“我家大人听闻淮王世子到了宫中，不知可否请您前去一叙。”

朱见濂瞟了一眼那腰牌，椭圆形的紫光木檀上，清晰地刻着两个字：东厂。

汪直回到府邸，守门人迎了上来，见他一脸青红颜色，顿时惊道：“大人您这是怎么了？”

汪直瞪了他一眼，没说话，径直朝内室走去。行了一段路，发现那人竟还跟在身后，不由得暴躁，不耐烦地斥道：“还跟着我做什么？滚回去！”

那人颤颤巍巍，犹豫片刻，壮着胆子道：“回大人，沈……沈瓷来过了。”

汪直这才回过神，睨着眼发问：“她来过？什么时候？”

那人见汪直终于有了反应，暗暗庆幸自己说出来是对的，舒了一口气道：“大约在昨日晡时。”

“昨日晡时？”汪直皱起眉头想了想，似喃喃低语，“那时我才刚从瓷窑离开……她这么快找我做什么？”沉吟片刻，抬首问道，“她可有说些什么？”

“她说她有急事，让您回来后知会她一声。”

在汪直的印象中，沈瓷似乎没有遇见过让她着急的事。她总是不疾不徐，惊慌一瞬后就镇定下来。

想到在太医院门口朱见濂说的那番话，汪直猛然醒悟。既然朱见濂已经知道了他在皇上面前请旨留下沈瓷，那么……沈瓷也应该知道了吧？

他一个趔趄，连忙扶住廊柱，一种被拆穿的无所适从令他站立不稳，喘息连连。

“汪大人，要不，我知会沈瓷一声，便说您回来了？”

沉默良久，就在那人以为汪直已经默认时，忽然听见他冷冷道：“不需要。”

“啊？”

汪直下一瞬便暴躁起来：“听不懂吗？我说不需要！”

那人闻之胆战，哆哆嗦嗦应道：“是是，那小的这就退下了……”

“滚！”

汪直停在原地，心底翻转出无尽的窘迫与辛酸。她这么快就知道了他的目的，还如此急切地想要和他商谈，不是拒绝是什么？再加上今日朱见濂同他说的那些话，他有何颜面在此时见她？

她纵然再不愿意，再多挣扎，也得先留下再论。他的想法不会变，因而她的诉求必定得不到回应，如此，再多商谈只是做无用功而已，只会令人更窘迫。

他不想面对她，也不敢面对她，唯有选择回避。

哪怕明知无望，也可借此希冀那万分之一的可能……

窑炉仍是沸火滔天，沈瓷仅在晨曦时去看了看，临到日中，便回到了驿站。

卫朝夕早已等了她许久，一看见她便扑了过去。

“阿瓷，你去哪儿了？”卫朝夕扯着她的衣袖，“早晨醒来，你不见了，朱见濂也不见了，谁都找不到。”

“我去了瓷窑，小王爷入了宫，今日有蹴鞠赛，他去随便看看。”

卫朝夕舒了一口气：“怪不得，大概是我今日心里不安，什么事都疑神疑鬼的。”

沈瓷轻轻替她理了理衣领，又顺手将她颊上的一丝乱发别到耳后，笑道：“你平日不是喜欢赖床吗？怎么今天好像起得还挺早？”

卫朝夕咬着唇，没有回答。

沈瓷嗔怪，抬起头，竟正对上卫朝夕焦灼的眸子，见她嘴唇张了张，一副欲言又止的模样，不由得问道：“怎么，有事？”

卫朝夕扁了扁嘴巴，终于慢慢地点了点头：“的确有事，而且是必须告诉你的事。”

“什么事？”沈瓷见卫朝夕神色有异，神情不由得也跟着凝重起来。上次她这般神情时，正欲同自己说起汪直嗜杀一事，而今日她眉目间忧思更甚，竟像是比上次还要严重几分。

卫朝夕凝目盯着自己足尖前方的一小块阴影，磨蹭了许久，才慢慢将视线移到沈瓷脸上：“那个汪直……”

“嗯？”沈瓷的音调不自觉提高了。

卫朝夕心想反正早说晚说都得说，一咬牙，出口的话却还是直打哆嗦：“汪直，很可能就是当初在景德镇，杀害你爹爹的那人……”

这番话钻进沈瓷的脑中，顿时空旷一片，她回过神来牵强一笑：“朝夕，你开玩笑的吧？大白天的说这个，一点儿都不好笑。”

“我没跟你开玩笑。”卫朝夕见沈瓷这时候竟还顾着笑，顿时有些急了，一把抓过她的手，将杨福同她说的话一股脑儿说给了沈瓷。

沈瓷静静听着，一句嘴没插。从震惊，到愤怒，再到悲哀，渐渐地，觉出了一些不对劲。

近日，她周围的人似乎都同汪直扯上了关系。小王爷就不必说了，但是朝夕一个天天只顾着吃喝玩乐的女孩子，为何会两次特意来告诉她同汪直有关的事？

她不是不信任朝夕，而是不愿意接受她所言之事。

待卫朝夕气息不匀地说完，沈瓷才静静发问：“这件事，你是亲耳听到淮王说的？”

“嗯？”卫朝夕一时没反应过来。她先前听杨福讲时，倒没想起这茬儿，现下又不能把心上人交代出来，否则必定会引起后续更多牵扯。她吞吞吐吐，捏了捏袖中的手帕，说道，“我是不小心偷听到的……”

沈瓷眼神一瞥，见卫朝夕的手已探入袖中，正是她紧张时的小动作。沈瓷沉下心中的浮躁，说道：“朝夕，自你们入京以来，发生的事情实在太多，你甚至还进过东厂大牢，我担心……你是不小心搅进了一摊浑水，被人利用了。”

卫朝夕迟疑了一下，杨福会利用她吗？那般好看的眉眼，厚实好闻的气息，那点神秘的色彩更是锦上添花，早已将她那点冲动稚拙的少女心俘获。

退一步而言，哪怕是被他利用，她也心甘情愿。

可现下并不是讨论这件事的时候，她仍是担心沈瓷，搓搓手道：“阿瓷，我们先不论这事，就说上一次我告诉你的消息，你觉得是真是假？”

沈瓷一时哑然，叹了口气道：“……的确，是真的。”

“既然上次的消息都是真的，为何这次偏要逃避？汪直本就不是什么好人，他当初接近你，说不定原本就抱有目的！”

“这次同上次，怎么可能一样……”沈瓷嘴唇发白。上一次，她虽是失望，却终归感激汪直待她的好，两人的关系并未改变，但这一次……

沈瓷别过头，闭上眼道：“这番话太过荒谬，我……我不相信，不能相信。”

卫朝夕凑到她身前：“就因为他救过你，你就不相信他对你另有所图吗？说不定他就是因为欠你的，才假意出手救你，用心可谓险恶！”

“他待我是真心还是假意，我能够感觉得出。”沈瓷脊梁处渗出丝丝凉汗，她强撑着身体，整个人看起来硬邦邦的，“淮王的房间离你极远，你为何会没事跑到他房外去偷听？空口无凭，又没有什么依据，谁都不能仅凭揣测给他扣下这般罪名……”

卫朝夕此时经过沈瓷方才的话，也多了几分怀疑，不敢再下定论。她犹豫片刻，咬着唇说道：“我……我当时可能也没太听清楚……不过，汪直确实有这样做的可能性。你想，他连女人和婴孩都杀过，做出此事并不奇怪……阿瓷，你还是不要太相信他为好。若是……若是你还有疑虑，便去问问朱见濂吧，淮王若是知道，他应该也了解一二。这事是真是假，朱见濂给你的消息，总该是可靠的……”

这番话，等于变相承认了并非她自己亲耳听见，只是沈瓷已经来不及深究。她的脑袋里像是交织着盘根错节的树根，一团乱，又突然被“轰”的一声炸平了。

卫朝夕这番话，让她潜藏在心底许久的疑惑再次冒出，小王爷与汪直的旧仇，到底是因谁结下的?

小王爷的母亲，也就是前王妃李氏，早就于多年前死在淮王府，那时候汪直还不过是万贵妃身边的一个小宦官，西厂也还未成立，平素连出宫的机会也没有。因此，小王爷口中被汪直戕害之人，不可能是李氏。剩下的亲人，便是淮王了……

莫非小王爷是因为汪直刺杀淮王未遂，才对他痛下杀手?

不，看他咬牙切齿的神色，绝对不是未遂这般简单。

那么……难道，小王爷其实是想为她报了杀父之仇?

这样的念头一冒出，就连沈瓷自己也被缠绕到呼吸艰涩。情绪似已迁转过万水千山，将她一把推入噩梦。她甩了甩头，在小王爷回答她之前，决意不再思考，可那些碎念，仍不受控制地冲击着她的脑海，引得身体阵阵颤抖。

卫朝夕伸手环住她，轻轻抚摸她的背，无声安慰。

沈瓷却是不愿沉溺于此，从她的怀中离开，用手背搓了搓眼睛：“小王爷回来了吗？”边说边挪动脚步，然后越走越快，越走越急，嘴里喃喃念着，“不行，不行。我要去等他回来，我要亲口问他……”

卫朝夕追了上去，挽住沈瓷的胳膊，陪她一同等着。

按理说，小王爷早就该看完了蹴鞠赛，可是眼下，日昳已过，却迟迟不见他的踪影。沈瓷候在前庭，神情愈发凝重，清丽的眉目染着沉滞的纹路，那纹路亦刻在她的心上。青灰色的天空下，散出一种阴冷阴冷的静默，几只燕子低空疾飞，在展羽振翅间，发出刺破空气的尖锐声响。

朱见濂从太医院离开后，并没有回驿站，而是在东厂宦官的引领下，穿过曲曲折折的巷道，去了宫外一处装修精致的酒家。

尚铭在这里等他。

走到门前，身边的宦官进去禀报，不多时，便听里面一个带着娘气的男音扬声道：“世子请进！”

朱见濂被人引了进去，这才发现尚铭长得一点儿都不瘦弱，甚至还可以用魁梧来形容，因而那娘气的声线更显违和。

尚铭抬起头看向朱见濂，佯装惊讶：“世子这是怎么了？为何这般模样？”

朱见濂之前同汪直打得厉害，此刻脸上青红未消，煞是惹眼，但气度却是不减，窥不见丝毫狼狈：“我为何成了这般模样，尚公公会不知道？”

东厂与西厂一样，同是直接听命于皇上的特务机构，今天的事众人瞩目，他压根儿不信尚铭不知。更何况，若不是看见他同汪直斗得那番拼命，尚铭又怎会邀他来到此处？

尚铭脸上浮起一丝会意的微笑，伸手邀朱见濂坐在对面：“淮王世子，久闻大名，今日得见，果真是不凡。”

朱见濂颔首致礼：“不敢当，尚公公才是声名远扬。”

尚铭尖声一笑：“再是如何远扬，也终归是皇上的奴才，比不得世子你潇洒。”他挥挥手，示意周围人退下，缓缓为朱见濂斟上一杯茶，兰花指微微翘起。

朱见濂原本便不喜宦官，此刻见尚铭这般做派，心中顿觉闷得慌。他装模作样地端起茶杯，嘴唇连茶汤都没碰到，便停了下来：“不知尚公公如此迂回请在下来此处会面，所为何事？”

“我所为何事，世子难道猜不到？”尚铭看着他，“若是猜不到，您今日也不会来了。”

“既然如此，咱们明人不说暗话。”朱见濂将茶杯拍在桌上，“尚公公对汪直有何想法，还请明言。”

“淮王世子果真是爽快人。”尚铭抚掌笑道，“虽是初次见面，却令尚某颇有一见如故之感。”

朱见濂心道谁同你一见如故，嘴上已将话题带回：“大概是因为我们对汪直的态度相仿。”

尚铭点点头：“朝中皆知，东厂与西厂职能相近，针锋相对。从前，西厂这机构压根儿不存在，只因皇上对汪直的宠爱，才另设了西厂。而近些年，风头竟盖过东厂。这些，想必淮王世子也有所耳闻，便不需我再多说了。”他顿了顿，眼睛看向朱见濂，嘴角不自觉地微弯，“不过，我倒很是费解，淮王世子怎会与汪直结怨，甚至不惜在蹴鞠场上大打出手？”

这正是尚铭一直不敢轻易与朱见濂结盟的原因，因为看不明他的动机，便掌控不了他的意志。可是今日，在观赏了那两人近乎野兽般的厮打后，他终于下了决心，邀朱见濂结盟。

共同的目的，确凿的仇恨，这或许便足够了……

朱见濂听他此言，不由得笑了笑："尚公公这话问得太早些了吧？今日你倒是看见我大打出手，可我还不知，你到底做何打算？"

尚铭原本也没对他如实相告抱有希望，此时听他反问过来，并不意外，说道："世子莫见怪，我其实是想问，您同汪直之间的仇怨，淮王可有参与？"

朱见濂淡淡道："此事不需他知晓。"

尚铭点头，此事早在他的预料之中。自入京以来，淮王并无动作，甚至在入宫觐见时主动与汪直言好，不似有为难之意。反倒是淮王世子朱见濂，将杨福收为己用，甚合尚铭的心意。

因而，在藩王觐见典仪结束之后，为了让朱见濂有更多时间，尚铭派手下精锐去往驿站刺杀，将淮王刺成重伤，两月内不宜移动，顺理成章地帮助朱见濂留在京城。

至于后来，皇上派护卫加强对驿站的保护，免得淮王再遭刺杀，其实完全没有必要，因为尚铭的目的已经达成了。

事实证明，他并没有看错朱见濂。

"好，既然如此，今日之事，你我知道便可。"尚铭道。

"我还有一问。"朱见濂扬起下巴，审视着尚铭，"尚公公邀我前来，不会仅仅是因为我今日同汪直打了一架吧？"

尚铭跷起兰花指，抬手饮了一口茶，慢慢道："我知道，淮王世子已经出手过了。"

"你知道？"朱见濂心中一惊，"你怎会知道？"

"我自然有我自己的法子。"尚铭自然不会把杨福供出来，轻轻将杯中的茶花吹起，笑道，"我不仅知道这个，还知道现在淮王收回了你动用暗卫的权力，所以眼下，单凭你自己，很难扳倒汪直。不过世子放心，就算我知道这些，也不会往外说。"

"尚公公果然神通广大。"朱见濂硬了硬头皮，对尚铭的戒备又多了几分。不过，正如尚铭所言，眼下单凭自己的力量，的确很难对汪直造成威胁。他需要与尚铭结盟，就算前路是荆棘陷阱，也得如此。

尚铭掩嘴，声音细长：“世子客气了，我总得有些本事。否则，怎么敢贸然邀请世子呢。”

朱见濂迂回道：“尚大人既有如此能耐，我不知还能帮上你什么，倒像是个添麻烦的。”

“世子这话便说得过了。”尚铭道，“若是汪直出了什么差错，皇上第一个就得从东厂问起。如此，若非有必成的把握，东厂不宜露面，不过，可在背后助世子一臂之力。”

朱见濂冷冷一笑：“说到底，就是把我推出来当靶子，你在后面坐享其成？”

尚铭跷起小指晃了晃，配合着摇头的动作道：“并不是这个道理，如果世子您愿意，其实也可坐享其成。”

朱见濂倒对他这说法感到新奇：“我们两人若都到幕后，那么事情由谁去做呢？还请尚公公明言。”

尚铭以手掩唇，颇有深意地看向朱见濂：“我听说，汪直看中了世子身边一个叫沈瓷的姑娘，对其颇为宠爱，将她扮作宦官留在宫中，甚至当初保出卫朝夕，也是这人的功劳。若是……”

“不必再说了。”朱见濂只听了一半，立刻打断了尚铭的话，“如果尚公公想拿沈瓷来做筹码，我不认为我们还有任何合作的必要。”

“世子何必如此固执，放着好好的捷径不走，偏要铤而走险。”尚铭道，“哪会有正常的姑娘喜欢宦官呢？既然这位沈姑娘心中有您，顺带利用利用，于我们任何一方，都无损伤。”

若说之前，沈瓷在街道上遭遇劫难，朱见濂只是怀疑东厂的话，那么眼下，他已经可以实打实地确定：当初惊乱马车的黑衣人，就是东厂所派！

原本，他念及东厂自那以后再无行动，尚有合作的可能性，但如今看来，已是全无必要了。

朱见濂站起身，拍了拍身上的尘土，果决道：“她不会这样做，我也不会让她去做这件事。她的手很干净，不应该沾上任何鲜血。让她去求汪直救卫朝夕，已是我最后悔的决定。如果利用沈瓷就是尚公公的谋略，你我之间，再无话可说。”

他说完转身就朝外走。

尚铭没想到朱见濂的反应会这样大，开始还以为他只不过是变着法谈条件，毕竟在这个节骨眼儿，他明显急需东厂的助力。可走得远了，朱见濂依然没有丝毫留恋的意思，尚铭这才确定他不是说说而已，连忙站起身追了出去。

“世子殿下，有话好商量。”尚铭那张褶皱横生的脸上堆满了谄媚的笑意，“方才提出的不过是一种方案，还有其余方案可以选择。您今日既然来了，哪有空手回去的道理？”

“就算还有其余方案，可尚公公把此法摆在首位，恕我难以接受。”朱见濂眉头紧蹙，指了指自己身上包裹的纱布，不太乐意地同尚铭拱了拱手，“尚公公今日邀我前来，是我的荣幸，只不过我重伤在身，实在没有精力久谈，还请公公谅解。”

尚铭敛了笑意，盯着朱见濂看了一会儿，斟酌片刻，说道：“也好，世子可回去好好想想。除了方才所言，终归还有别的法子，我相信东厂会是世子最好的助力，我们还有合作的机会。”

朱见濂“嗯”了一声，漫不经心地挥了挥手，上了马车，绝尘而去。

尚铭看着那渐行渐远的马车，以手遮腮，噙着一抹诡笑：“距离淮王离京还有八日，等一个恰当的时机，我们很快就会合作的……”

第十五章

窑变诡谲

朱见濂置身颠簸的马车，精神和身体的双重疲惫令他恹恹地闭上了眼，竟在摇摇晃晃的马车里睡着了。

似乎是很长的梦境。

夏莲温柔关切的触感，父王色厉内荏的逃避，秋兰吞金梗塞时空洞无助的目光，汪直站在蹴鞠赛场上的挑衅神情，还有小瓷片儿，他的小瓷片儿，那徘徊于两难之中的痛苦纠葛……

沉沉的负荷压在他的肩上，难以进，更不可退。他好想回到当年同沈瓷初遇时那满嘴胡诌、风流自成的少年郎，可过去已经过去，他决计不能同淮王一般得过且过，对心爱之人被杀的真相视若无睹。因而他选择了这条路，势单力薄，孤立无援……

可这是他必须做的。

手握紧，却什么都没有抓住。一个人，小心翼翼地行路，孑然一身，不可声张。他以为自己应该习惯了，可心底，还是渴望得到那么一点理解和陪伴。

从前，他以为沈瓷是他的陪伴，是他孤独行程中的那束光。可眼下看来，这想法着实过于奢侈了。

他懂得，她有她的立场，夹在两个人之间，恩义情谊都不可负。

他不怪她。他只是，觉得有些孤独罢了……

小王爷在黄昏回到了驿站，夕阳耗尽了最后一丝残血，将天空拢在昏暗中。

他进门，入院，刚拐了个弯，就看见了等在回廊里的沈瓷和卫朝夕。

沈瓷在等待的这段时间里，已经听说了朱见濂同汪直在蹴鞠赛场上大打出手的事。此刻亲眼见他脸上绕着纱布，身上缠着绷带，满腔的话语顿时被噎了回去。

他们面对面站着，看向对方，说不出一句话。

卫朝夕见状，拽了拽沈瓷的衣角，知趣地先行离开了。朱见濂冲沈瓷点头，微微转身，进了自己的房间。

沈瓷跟了进去。

两个人，各有心事，各有想说的话，只是开口无比艰难，需先用沉默做铺垫。等了这么久，沈瓷之前的焦躁已经褪了大半。她帮朱见濂褪去外衣，挂在架上，又把银炭点燃，屋里温度高了些许，这才在朱见濂旁侧坐下来。

“还觉得冷吗？”沈瓷问。

朱见濂没有抬头，似刻意掩藏那一脸难堪伤痕，只问：“等了我多久？”

“没多久……”

“如果是有什么想说的话，不妨告诉我。”

沈瓷咬咬唇，握住他的手，放低了身体，抬起眼看着他：“一年前，我离开淮王府的时候，曾经拜托过小王爷，若是今后查到在景德镇刺杀我父亲之人的蛛丝马迹，请一定要告诉我。您还记得吗？”她的话平淡无奇，却似乎每个字都像是裹着血从牙关里迸出般，“现下……我想问，当初拜托小王爷的事，可有任何消息？”

朱见濂抬起头，仔细看看她。沈瓷眼圈发红，夹着肩膀，脖子微微缩在衣领里，眼里藏着挣扎，看起来可怜又心酸。

不像是心血来潮的突然发问。

在她临走之前，朱见濂的确答应过，一旦有消息便会告知她。而此刻在沈瓷迫切的目光下，只得叹了一声气，答道：“……还没有确凿的证据。”

沈瓷仍然看着他，突然说：“是汪直吗？”

“什么？”

她慢慢重复，一字一顿：“当初在景德镇想要刺杀淮王的人，是汪直吗？”

“谁同你说的？”朱见濂想起方才守在沈瓷身旁的卫朝夕，眉头皱紧。

沈瓷没回答他的话，向前倾了倾身，声音都变了调，再次问道：“告诉我，是汪直吗？”

朱见濂一时难以回答。

因为连他自己也不知道答案是什么。

淮王的好几个秉性淳厚的护卫，都在景德镇的追捕中瞥见了刺客的脸，且认定了就是汪直。可朱见濂觉得此事尚有争议，尤其是在他遇见了杨福后，对刺客的身份更有疑虑。

他曾一度怀疑过杨福，不过，那时杨福一身憨傻气息，看上去并不会武功。而在景德镇刺杀的人，武艺至少属中上，否则也不可能从众多护卫的追捕中逃出那么远。

因而，在将杨福接回鄱阳后不久，朱见濂派马宁前去试探。

明月高悬的夜，杨福正在庭中漫步，马宁自屋檐上冲下，疾剑飞去，直朝杨福胸口刺去。并不是多复杂的招式，若有刺客的身手，早该听见风声，从而轻易躲开。可是，直到马宁的剑近在咫尺，杨福才似有觉察，满眼惊惶地转身，眼睁睁地看着剑刃刺入自己的肩膀，愣着没有挪动。

确实不似习武之人。

更何况，与汪直相比，杨福看不出任何刺杀的动机。如果没有其他相似之人，那么，在这二者中，汪直无论是在动机上，还是武功上，都比杨福更有嫌疑。

可是……即便朱见濂对汪直恨之入骨，此时此刻，却依然无法肯定地说出一个“是”字。

沉吟半晌，朱见濂低低道：“有护卫当时看到过刺客的脸，的确长得像是汪直，但也只是像而已，不能全然肯定。今后，若是查清楚了，我会再告诉你的。”他说完，立刻逃开她的眼睛。那双眼睛，隐隐含着泪光，愤怒、惊痛、狼狈、怜惜、质疑，种种情绪复杂交织。而他突然间意识到，这份震动是因为汪直。

身上的伤口再痛，也比不过她此刻的眼神更令他摧心折肝。

无论是出于怎样的情愫，他已明白，她是在乎汪直的。

沈瓷望着他的每一寸表情，将他回避的眸光收入眼底，脸色惨白，张了张嘴想要说些什么，又无奈地咽了回去。静默了良久，她终于点了点头：“我知道了。”

她并不知有杨福的存在，所谓样貌相仿，已是更进一步的证据。而他的回避，更像是不愿让她深入了解。

只是，她宁愿就像眼下这般，让心中还存有一丝希望。

哪怕，这希望已是愈来愈渺茫。

从朱见濂房中出来后，沈瓷发现卫朝夕竟还等在外面。看见沈瓷出来，连忙迎上去，担忧道："他怎么说的？"

"也许是，也许不是……"沈瓷眼前似乎绕着一道道黑影，摇头道，"他也不确定。"

卫朝夕按捺不住心中激动，抓过沈瓷的手，激动道："不是这样的，我，我刚刚想起了一件重要的事！"

"嗯？"

"我在东厂狱中时，狱中的内线教我，让我说自己是在三年前江西刘晔一案时成了西厂的暗桩，算来，那段时间同刺杀发生的时间很相近。汪直既然是西厂提督，那时候完全有理由在江西！"

沈瓷抬起头，慢慢看向她，努力将脑海中的片段拼凑起来："我想起来了，你出狱后曾经提起过此事。当时小王爷受了伤，我们三人都在他的房间中，小王爷听你说了如何离开监狱的过程后，还特意问你：刘晔一案难道是西厂主审的……"她说到此处，身体一震，惊道，"小王爷他竟是知道的！他早就发现了……"

卫朝夕点点头，凝神道："而且，偏偏是在西厂到江西查案时发生刺杀，汪直有充分的理由不待在京城，还可在查案时隐姓埋名，无人知晓他的行踪。"卫朝夕捏紧拳头，语气恨恨，"连汪直的面容都看到过，难道还有假不成？我就不明白，朱见濂明明这样讨厌汪直，方才为何还要包庇！"

沈瓷身子一软，几乎快要摔倒，忙扶住稳卫朝夕的肩。似有一股强烈的痛袭来，渗入血液之中，汩汩流经并浸染了全身，无从躲闪。她的眼神近乎疯狂，身子发抖，模糊中听见自己喃喃自语："我早该明白的，小王爷怎会告诉我汪直是凶手，他大概是怕我以身犯险……眼下，已是他能透露的最多信息了。可是，汪直他怎么能这样，怎么能……"

卫朝夕从未看过沈瓷这般疯狂模样，那黝黑的眼渐渐成了血红颜色。沈瓷越想越觉悲哀，脑中无数道惊雷闪过，只觉四肢百骸都快要裂开一般。那满地的碎瓷再次浮现在她的脑海里，血泊中躺着父亲的尸身，死寂的，痛彻的。

"阿瓷，阿瓷，你怎么了？你可别想不开啊……你若是心里难受，我去找朱见濂，让他过来陪陪你。"卫朝夕说完，便要去内室找朱见濂。

沈瓷一把抓住她的胳膊，慢慢道："别去找他，他不希望我知道，我也没什么事。"

卫朝夕看着她灰白的脸，嗫嚅道："你真的没事？"

“嗯。”沈瓷脸上浮起一丝虚弱而怪异的笑，“不必担心，我很好，我知道自己该怎么做……”

沈瓷离开后，朱见濂沉默了良久，才吩咐马宁道：“今晚夜深时，同我去见杨福。”

马宁望了一眼朱见濂满身的伤痕，想要多说一句劝阻的话，但见他神色异常严肃，又将劝解的话压了下去，只答了一个“是”字。

夜半时分，朱见濂和马宁出了驿站，来到杨福暂居处，同行的还有六名护卫，跟在他们身后，隐于暗处。

杨福的睡眠向来很浅，今夜被门外的声响惊起，忙不迭爬到门口去看，瞧见朱见濂站在门外，吓得打了个冷战。愣了片刻，忙回去套了件规整的外衣，将门打开，请两人进来。

“世子殿下深夜造访，有失远迎，还请见谅！”杨福拱手为礼，颔首道。

朱见濂轻轻一笑：“这么晚还来打扰杨兄弟，没关系吧？”

他的语气虽然平和，杨福却不由得打了个冷战，硬着头皮道：“世子所为何事？”

朱见濂看了他一眼，慢慢踱到他身边，仿若不相识般地上下打量了杨福半晌。突然转身拿过马宁手中的剑，用剑鞘击了击杨福的膝弯，坐下平静地看着他：“跪下，我今日要审你。”

杨福膝盖一软，顺势便跪在了地上，不敢抬头。

朱见濂淡淡道：“说吧。”

杨福战战兢兢道：“小的不知，世子要我说什么……”

朱见濂瞥了他一眼，轻声道：“当初将你接回鄱阳，我是真的想要用你。如今还没用上，我便来到这儿审问你，你还觉得我只是想要套你的话不成？”

杨福慌乱不已，好半天才静下来，咬着牙道：“杨福自觉没有做过伤害世子的事……”

“你伤害了我身边的人，等同于伤害我。”朱见濂也不想再同他绕弯子了，手指轻轻搭在桌沿，略带嘲讽地问道，“说说看，你和东厂是什么关系？”

杨福脸色发白，顿时不知如何是好，只能继续挣扎着：“小的与东厂并无关系……”

朱见濂脸上勾起一抹玩味笑意：“汪直都查不到的事，尚铭这个局外人却知晓，我思来想去，还是觉得你最有嫌疑。”

杨福垂首，鼓起勇气道：“不明白世子是如何把我跟东厂联系在一起的，可能告密的人有很多，任何一个参与的暗卫都有嫌疑，不知您为何偏偏把这矛头对准我。”

“是，可能性是挺多，你也没有直接参与，本不该头一个便想到你。可你是自己把自己推了出来。”他盯着杨福，笑道，“需要我提醒你吗？卫朝夕是多单纯的姑娘，最是好骗了吧？”

杨福只觉身后的冷汗流了满背，话谈到此处，想来朱见濂已对他的行径知道了个八九不离十，已经没什么好再争辩的了。

杨福感到悲凉又窘迫，好半天才问了一句：“是朝夕告诉你的？”

“不，她什么也没说。”朱见濂道，“是我一直怀疑她被人利用，今日又为了一句质问陪着沈瓷在门口等了我老半天，显然是有人在背后撺掇。”他笑了笑，“卫朝夕是个贪吃好色的小姑娘，能让她这般相信的人，皮相必定不差。再结合先前东厂之事，将嫌疑锁定到你身上，又有何难？”

杨福牵强苦笑：“所以，世子仍只是推测……”

“但你方才已经承认了，不是吗？”朱见濂站起身，剑柄仍握在手中，朝杨福身上点了点，“你还有什么想分辩的？”

杨福咬着牙：“没有……”

朱见濂心中沉沉叹息一声：“你最初接近我，便是因为东厂的指令？”

杨福迟疑了一瞬，答道：“是。”

“尚铭早就培养过你了，因此你才能学汪直这样像，对不对？”

“是。”

朱见濂又笑了笑：“他送你到我身边来，是为了什么？”

杨福此刻已经绷紧了神经，冰冷的剑鞘每拍在他身上一下，身体便颤抖一下，他一边观察着周围的情势，一边答道：“最初只是试探，后来确定了世子想要杀汪直后，便是想要合作。”

“他倒是很放心，让你在我身边潜伏这么久。”朱见濂紧盯着那张同汪直一模一样的脸，愈发恨得牙痒痒，别过脸去，说道，“还有一个问题，三年前的九月，你在哪里？”

杨福根本没在意他的问题，就在他瞧见朱见濂别过脸后，身体的每一块肌肉已经蓄势待发，瞅准了时机，一把夺过他手中的剑朝马宁挥去，施展轻功便往外逃。

他竟是会武功的！

马宁一个闪身，还是猝不及防被擦伤了手臂。他顾不上痛，立刻追了上去，但杨福的武艺比他想象中的更高。原来，先前那次有意的试探，杨福竟是强忍住内功，生生受了那一剑，以此消除朱见濂的怀疑。

杨福轻功甚好，一个起落，身子已如一支箭般射了出去。但好在朱见濂早留了后手，除了马宁外，还有六名护卫暗暗守在屋外，在杨福冲出的那一刻，立刻将他擒住。

杨福极不安分，还想奋力挣脱。朱见濂已下了令："给我打晕了，别让他再乱动。"

话音刚落，马宁便拿着青铜剑鞘朝杨福的后脑勺挥去，只听"砰"的一声，杨福睁大了眼，继而像一块软软的绸布倒了下去。

"绑起来，关进黑屋严加看守，不许让其他任何人知道。"朱见濂吩咐道。

"是。"马宁应声，指挥两个护卫将杨福抬起，趁着夜色送去了一处偏僻的黑屋，这里是朱见濂为了以防万一早就准备好的。几人用麻绳将杨福五花大绑，确定他无法挣脱后，又将他的嘴堵上。

朱见濂不放心，跟着他们一同到了此处，待料理完杨福回到驿站，已是晨光熹微，浑浊的天幕隐隐透出一丝光芒。

他在沈瓷的房外驻足了一炷香的时间，没有进去叫醒她。天色尚早，她昨日应是累了，且让她再多休息一阵吧。

"等沈瓷醒来，务必同我禀报一声。"他吩咐了下人，折身便回了房间。

此时此刻，他尚且不知，沈瓷早已不在房中。她同他一样，趁着夜色偷偷溜出了驿站，谁也没告诉，只带着心中的孤勇与决绝而去。

沈瓷疾步行走在街巷，道路都铺上了夜色，悄无人迹，只有月光和灯光朦朦胧胧，映出她单薄的影子。

她去了瓷窑。

夜里，烧制的瓷器出现紧急状况，也并不稀奇。沈瓷借口自己有事，很顺利便进入瓷窑，从晾晒的架子上找出她给汪直所做的那一件，伸手细细摩挲着瓷面上的纹路。

本欲送给汪直的斗彩玲珑瓷，已经入过一次窑，青花的图案烧制得非常成功。加之石榴花的五彩部分已经绘制完成，剩下的，便是二次入窑了。

第二次烧制所需的温度低，时间也短，沈瓷本想挑一个风和日丽的好天气，可眼下，已是等不及了。

若这礼物是一种偿还，就以此为他们之间的恩义画上句点。除此以外，剩下的，便是狰狞的现实了。

修胎，装匣，入窑，燃柴，她竭力把每个步骤都做得稳稳当当，却掩不住心中的伤感与愤恨，一恍惚便能看见汪直的模样。那细长的凤眼染上了诡谲的意味，一个眼风挑起，似千万条寒芒，冷得她全身发抖。

灼灼的窑火燃烧起来，烈焰与玄冰的滋味在心头交融。沈瓷突然间觉得这长长的一夜似乎永远都没有尽头，只看见窑炉中的火星偶尔迸出，发出“嘶嘶”的声响，愈发凄凄催人绝望。

大火烧了整整一夜，临到晨光熹微，沈瓷才熄了火，在窑炉冷却的当口，去了汪府。

叩门，仍是前几日的那个守门人开的门，他将沈瓷从头到脚扫了一遍，问道：“又来找汪大人啊？”

沈瓷面无表情地点头问：“他在吗？”

守门人想到昨日提及沈瓷时，汪直那不耐烦的面孔，已不敢轻易回答，只说道：“汪大人还在休息，等会儿醒来可能还要入宫，不确定有没有时间。”

沈瓷神色不变，平静道：“送他的礼物已经烧制结束，再过两个时辰便要开窑。汪大人上次说错过了入窑的机会，眼下出窑，特地来请汪大人见证。”

“等汪大人醒来，我会转达的。”

“好。”沈瓷微微颔首，没有任何赘词，转身便走了，不愿在此处多待片刻。

她相信，汪直一定会来的。就算他今日不来，总躲不过明日。朔风烈烈，发出尖锐的哨声，她整颗心都像是浸泡在血色里，在暗流涌动下执着地跳跃着。

另一边，汪直静静听完沈瓷托守门人转达的话，久久没有言语。

若说她是为留在京城一事而来，又为何会叫他去瓷窑？难道当真是为了让他亲眼看见瓷器出窑的过程吗？

他沉吟半晌，终究还是站起身，穿好了外衣和长靴。

还是见吧，等留她在京城的圣旨下来，早晚都得见。他已物色好了下一任的督陶官，虽然丝毫不会制瓷，可为人踏实，也算是能够交差了。

可是今日的他，已没了昨日的自信。

沈瓷爱慕朱见濂，自己又曾杀害过朱见濂的亲近之人，沈瓷会不会成为朱见濂刺向自己的刀，帮助他除掉自己？

这个问题在他脑海中挥之不去，他努力肃清自己的思维，想着那日沈瓷带着暗卫来救自己的场景，才终于沉下了心，迈步出门。

汪直走到瓷窑时，沈瓷的双手已戴好护具，正准备开窑。看见汪直到了，浅浅一笑："你来了。"

她的笑容看得汪直心头一松，同时又颇觉惊讶。她难道一点儿都不生气吗？还是自己看花了眼？

"你稍微等一下，我叫两个窑工过来。"沈瓷说。

汪直不由得叫住了她，试探问："你是专程等着我来才开窑的？"

"这是自然。"

汪直盯着她看了片刻，渐渐有欣喜浮上来，颔首道："你去吧。"

沈瓷很快叫来两个窑工，没有祭拜窑神，便开了窑。以往每一次开窑时，无论窑炉内的瓷器是名贵或普通，她都会潜心祭拜，请求窑神保佑。可这一次，她压根儿已经不在乎成品如何，甚至隐隐希望这是个次品，尽管在制作之初，这件瓷器的确花费了她不少心思。

汪直看着眼前窑门大开，隐隐觉得缺少了一个环节，却又想不起来，很快便将此抛到脑后。不一会儿，沈瓷用长长的钳子将沾满灰烬的匣钵取出，放在了汪直脚下。

冷却的时间并不是特别充分，取出来的时候有些急了。手指碰到匣钵，还有温热的触觉。沈瓷清了清匣钵上的余灰，抬起头来看着汪直问："猜猜成品是什么样的？"

汪直怔忡片刻，有些期待，心跳都快了几拍："这哪猜得出？"

沈瓷脸上笑眯眯的："我自己也不知道，火候但凡有所偏离，色泽便是另一番模样。"她把后半句话掩了下去：更何况，此次冷却的时间还不够长，连窑神的庇佑都没求。

沈瓷伸手揭开了匣盖，手上垫了方巾，慢慢将瓷器捧出。

缠枝石榴花斗彩玲珑瓷。

待看见出窑的成品时，不仅汪直愣了，沈瓷自己也愣了。

青蓝色的茎叶之上，石榴花一片火红，如同泣血的哀鸣，渲染得极尽艳丽。

花瓣翩飞，锦绣绚烂，那火红的颜色亮得刺目，令人透不过气来。层层叠叠的花瓣似流动在洁白的瓷面上，明灭翻转，壮烈如冰雨，如烈焰，如浮生梦散。而那每一片火红花瓣的边沿，都好似没了尽头，颜料肆意点染，泼洒开去，连带着原本光洁的白色瓷底也染上了星星点点的红色，如同大海怒涛溅起的浪花，不规则地逸散开去。而那一个个雕琢出的玲珑小孔，便如渗透的关节，承载着透明易逝的关要。

沈瓷迟疑地望着手中瓷器，沉默半晌，慢慢吐出两个字：“窑变……”

所谓窑变，是因温度的变化使其釉色突变，成品不可预料。由火性幻化，自然而成，是窑火的神秘造化。

沈瓷也未曾料到，此次烧制出的，竟是这样一片火红灼目的景象。孤冷妖冶的石榴花烈烈盛放，朱红彩釉与青色底釉隐约互动，幻化出斑斓魅惑的色彩，凛凛散发出一种极致的韵味。

流光溢彩，亦令人心惊胆战。

“窑变，窑变了！”一旁的窑工神色惊异，手指着瓷器发颤，声音尖厉，“窑神发怒，这可是极其不祥的妖物，必须马上砸碎了深埋！快，快！”

物反常为妖，对于窑变瓷器，往往都是立刻砸碎。

沈瓷冷冷瞥了窑工一眼，那人感受到她目光中的威慑，不由得住了嘴。

沈瓷一动也没动，全然没把他的话听进去，把目光转向汪直。

但见他目光凝然，直直望着这件窑变瓷器，恐这般浓烈的灼艳，只可刹那开尽。然而这天然奇异、缤纷诡谲之美，又深深地震撼着他的心。

窑变之器，永远不可能再有人复制出第二件。

这便是真正的独一无二吧？

沈瓷问：“汪大人觉得，这件窑变的不祥瓷器该如何处置？”

她欲在临别之时送给他的礼物，竟在天意之下成了所谓的不祥妖物。

时也，命也。

她将心中的一腔悲愤融入瓷中，拾火纵情，瓷上纹饰泼洒野逸，与她往常缜密清奇的画风形成了鲜明对比。

大抵也是想用此般纠葛的怆痛，清算他们之间的最后一丝恩义。

沈瓷等了一会儿，没听见他回应，突然笑了笑，欲将手中的瓷器递给方才叫嚣着要将其砸碎的窑工。

还未递出，手腕突然被捏住。

“这说法太荒诞，什么窑神发怒，都是胡扯。”汪直从沈瓷手中夺过瓷器，这是她特意为他做的瓷器，再是诡谲，也不可否认它的绚丽精美，“别砸，我很喜欢。”

沈瓷松开了手，任他将手中瓷器夺去，浅笑还留在脸上：“汪大人能喜欢，我也算没白忙活一场了。”

一旁的窑工还欲说些什么，但汪直已经发了话，不敢再做争辩，悻悻离开。

汪直修长的手指触上瓷壁，顺着柔润的曲线轻轻抚下，温热的手指与清凉的瓷面触碰，激起一股奇妙的喜悦。

这原本是临别的礼物，可如今，他即将留下她，同时又得到了这独一无二的窑宝，怎能不觉得愉悦呢？

可是……她不是已经知道他同皇上请旨的事了吗？怎么还能笑得如此平静？

暗香疏影，风动檐铃，两个人各有心事，短暂沉默。

最后是沈瓷先开的口：“前日，我去找过汪大人，您可知道？”

她的言语甚是平静，汪直方才的喜悦却尽数退去，手心里全是汗。

该问的，终究是逃不过。

他点头：“知道。”

可令他惊讶的是，沈瓷并没有任何为难的神情，淡笑道：“汪大人是因为怕我的质问，所以回来以后，也没派人告知我，是吗？”

她这神情让汪直捉摸不透，更何况，此刻她应该做的，难道不是请他死心吗？怎么反倒将关注点放在这般无关紧要的问题上。

他的思绪还没理清晰，沈瓷又给了他一个更大的惊讶。

“我可以留下来。”她的神情缥缈，声音低而清晰。

汪直一时以为他听错了，难以置信地看着她：“沈瓷你这是……”

“是我说得还不够清楚吗？”这一次，她抬起头来看着他，白如玉琢的手指轻轻搭在他怀中色彩诡谲的瓷器上，重复道，“我说，我可以留下来。”

一瞬间，难以抑制的狂喜涌了上来。汪直只觉一颗心都快要跳出来，眼前的一切来得太过突然，太过惊喜，一时竟觉手臂发软，差点儿没捧住手中那灼灼红艳的斗彩玲珑瓷。

无数话涌了上来，他想问，她为什么愿意留下？因为终于意识到心里有他吗？他和朱见濂的位置，到底谁更重要一些呢？这些问题在喉咙里堵得发慌，可张开嘴，却什么都没敢问，害怕她一回答，幸福的梦境便会一触即碎。

风还在吹，沈瓷脸上的笑容却没有变。唇角勾得轻轻浅浅，若不是细看，并不会发现这笑容中的僵硬。

“我盯了窑炉一整夜，现下有些累了，我们回去吧。”她说。

汪直对于她突然的转变还没反应过来：“回哪儿去？”

沈瓷看着他：“你说呢？”

这次汪直听明白了，脸上的笑容再没了拘束，一下子全然打开了。他先拉了拉她的衣袖，还觉不够，又顺势牵住她的手，光洁细腻的触感激得他心中一阵荡漾：“好，好，我们这就回去。”

沈瓷没拒绝，但是在上马车的时候，状似无意地将手抽了回来。

马车一路颠簸，不多时，便到了汪直的私宅。

因为参与了开窑，沈瓷的衣裳沾了些灰。从前她在这里养伤时曾有自己的房间，此时汪直将她带回了这里，嘱咐道：“想着你会留在京城，房间是几天前便收拾好的。里面给你备有衣物，先把这身脏的换下来吧。”

沈瓷愣了一下，走入这间她曾经居住了几个月的屋子，摆设布局依旧如初，就连给她配的丫鬟也还是过去那个。

可是心境，已是大不相同了。

先前她初入京城，他是从江上飞来的翩翩白衣少年，将受伤的她收留在此，她将他视作救命恩人；可眼下，离别京城之际，他的白衣却似染上了血红的颜色，每一处都是狰狞，而他已成了她的杀父仇人。

难以言喻的痛楚再次袭了上来，那样悲哀，那样决绝。站在这过去与现在汇聚的地点，前尘往事轰然倒塌，眼泪堵在腺体里，只剩下哽咽。

丫鬟念着今日汪直高兴，也觉喜庆，从柜子里拿出一套红衣，转过身道：“沈姑娘换上这套可好？”

沈瓷连忙将喉中的哽咽压下，瞥了一眼衣裳，是女装。

她知晓汪直的用意，点头，从怀中掏出他送给她的那支金丝凤鸾钗。

未几，沈瓷换好衣裳，从房中走出。汪直等在外面，侧过脸来看她。

一身绯红的锦衣，缠枝花罗的质地，绣着海棠春燕的纹饰。她的肩膀瘦瘦窄窄，穿上这艳丽的红，带着一种娇媚的清秀。她许久没有着女装，额上贴了一朵淡梅花钿，梳了一个扁圆状的桃心髻。

髻边插了他送她的那支金丝凤鸾钗。

钗头的鸾鸟仍是展翅欲飞，而不同的是，那两股坚硬的钗尾，已被打磨得十分尖利。

汪直心中惊喜，今日如同做梦一般，一切尽是峰回路转。他期待她换回女装已久，而眼下，看着沈瓷身着久违的女装，笑盈盈地站在他面前，窈窕纤细的身体包裹在绯红色的锦衣中，自是喜不自禁。

他没往前走，等着沈瓷缓步行来，才将目光完全放在她身上，说："瓷器我已经收好了。"

沈瓷看着他，问："汪大人不担心窑变的瓷器会带来不祥？"

"我从来不信这些，当初出了妖狐夜出的案子时，我就不相信这世上有什么妖魔鬼怪。"

沈瓷静了片刻，幽幽道："我也不信妖魔鬼怪，却是信吉凶之兆。"窑变的时机，于她而言，更像是一种暗示。她把头抬得更高些，便能感受到髻上的金钗在轻轻晃动，神经又凝紧了几分。

汪直以为她是害怕，拍了拍她的肩："担心个什么劲，哪有那么多乱七八糟的忌讳，道听途说而已。"

沈瓷没回话，展颜一笑，连带着额上的花钿也微微颤动。

汪直在她这一笑下如沐春风，两个人离得很近，他能闻到她衣上若有若无的香气，从鼻腔灌入心里，念及她往后都会陪在他的身边，心念一动，胸腔里那股燥热愈加浓盛，突然一把将她揽入怀中。

沈瓷趔趄着跌入，下意识想要挣脱，又被汪直一把按住。她后退不了，索性往前将尖尖的下颌用力抵住他的肩，憋着心中的一口气，在汪直看不见的死角，眼神凌厉。

汪直感觉到她的反抗，并未理会。此刻，她的心跳在他的怀中，呼吸在他的耳畔，是如此真实的拥有。哪怕明知自己给不了她正常的夫妻生活，哪怕她必定会因嫁给自己遭受旁人的冷嘲热讽，哪怕除他以外她在京城孤苦无依。但因着这一刻，这样的贪恋，他不得不庆幸，将她留在京城是对的。

只要拥有她的陪伴，哪怕会因此毁掉她现在的人生，又有何妨？他会竭尽全力给她另外一种新的人生。何况现下，甚至连她自己，也是愿意留下的。

汪直闭着眼，深深嗅了嗅她发间的气息，幸福已不能更多了。他漾在喜悦里，缓缓睁开了眼，蓦然看见眼前两条尖利的钗尾，从她乌黑茂密的发中探出，在日光下泛着寒芒。

一颗心慢慢往下沉。

他是武人，对利器非常敏感。若当初自己将其送给沈瓷时，钗尾便是如此锋利，他必定会有所觉察。可她头上这件，分明是自己亲手赠予她的，她为何要将钗尾打磨得如此锋利？

他松开了沈瓷，怀抱彻底放空，风吹过来，夹杂了一丝冷意。

他想着她今日的种种举动，先前只顾着惊讶和高兴，如今再看，才发现她浅浅的笑容之下，还藏着结结实实的恨。

方才的喜悦瞬间一扫而空，原来所谓的峰回路转，不过是一场梦境而已。

她为了什么而来？

为了她心里的那个人吗？

这几日的猜想似乎成了现实，自己杀害了朱见濂的亲近之人，而她为了朱见濂，假意留下来替他报仇。

若非如此，汪直找不到别的理由。

可是，她为了朱见濂，当真能做到如此吗？

汪直看着她平静得有些僵硬的脸，顿时觉得心如死灰，又在灰烬中，残留一丝希冀的火光。

他看着她，突然开口："一会儿我想带你去个地方。"

"嗯？"沈瓷一怔，很快道，"我昨夜在瓷窑一晚没睡，有些累了，要不我们改天再去吧？"

汪直轻轻摇头："可是我今日特别想带你去。"

他语气坚定，沈瓷只好问："那你想带我去哪里？"

"苍云山。"汪直鼻翼发酸，又狠命忍了下去，说道，"你先好生歇着，等日昳时分，我们再出发。"

苍云山东面有一座悬崖，从前每年都会不慎摔下几个人，加之植被不多，风景平平，近年来行人越来越少。若不是偶有登高望远之人到临，几乎成了一座孤山。

汪直为何突然要和她一起去苍云山？沈瓷觉得古怪，可细细再想，反倒觉得此事颇有益处。荒山野岭，人烟稀少，更不须顾忌什么，或许还能借悬崖掩盖。

她于是点头应下了。

两人各怀心思，都不由得在胸中默默叹了一口气。

日昳时分，汪直如约来寻沈瓷。她出来时，衣裳仍是之前那件，但鞋子换成了适合登山走路的软底鞋，他抬头看了一眼，她的髻上仍别着那支尖利的金钗。

他无比希望是自己多心，可眸中的光，还是不禁更黯淡了。

“走吧。”汪直的脸上撑不出笑意，侧过脸对沈瓷说。

两人上了马车，身后仅有一名车夫和六名护卫。马车疾行，从宽阔的道路到颠簸的小道，行到苍云山脚下，汪直拉着沈瓷下了马车，对车夫和护卫叮嘱道：“在这儿等着。”

护卫皱眉，抱拳道：“汪大人，近日不太平，这苍云山地势险峻，入口又不止这一处，属下怕有人借此机会对您不利，还是让我们跟着您为好。”

沈瓷的心微微提起，却见汪直摆摆手道：“不，我想和沈瓷单独待着。”

汪直眼底有罕见的寂寥神色，护卫见状，拱手为礼，只好答：“那我们就在此处等着，悬崖峭壁，还请您和沈姑娘小心。”说完，将之前备好的两个盛水的陶瓶递给了汪直，便安静地退了回去。

携带两个陶瓶上山不太方便，汪直将小的那一个递给了沈瓷。

她用手掂了掂，又推了回去：“我还是不带了，原本登山就已经挺累的，太沉，拿不了。”她指了指汪直手中的陶瓶，“若汪大人不嫌弃，我喝您的水就成。”

汪直望了沈瓷一眼，喉咙动了动，点点头无声应允，将小的陶瓶扔回马车，拉起沈瓷的手，沿着山道一同向上行去。

苍云山地势陡峭，有好几次，两人临爬到悬崖边上，汪直就站在峭壁旁侧定定站住，转头看一眼沈瓷，却见她目不斜视，毫无动作，仍旧保持着登山状态，似乎毫无将他推下山的意思。

只有两三次，她口渴了，找汪直要水喝，停下来后，也没有多说什么或多做什么。

这般一直到了山顶，沈瓷放着几次大好的机会没用，依旧没有做任何对汪直不利的事。这令他一时怔忡，有些弄不明白她的想法了。

要么，今日都是他多心；要么，是她对他恨之入骨，推下山崖已不足以泄愤，偏要亲自动手才行。

可这仇恨他的人应该是朱见濂才对，他想，无论如何也不该到如此程度。

沈瓷的体力不如汪直，登上山后，她坐在一块大石头上缓了一阵，又找汪直要了一次水。仰起头来饮，细小的水珠沿着她光洁的脖颈往下滑，慢慢游离到锁骨，滑到衣内。

汪直深吸一口气，赶忙别过脸去，抬头看了看天色，日光已是渐渐收敛，太阳临近西山，将远处青山的轮廓清清楚楚地勾勒而出。再等一会儿，应该便可看见夕阳西下的壮丽景致。

“汪大人，今日是专程带我来看夕阳的吗？”沈瓷不知道什么时候已站在他的身后，将陶瓶递还给了他。

“一半的原因是夕阳，还有另一半。”汪直说。

沈瓷笑笑，心里打鼓，没问那另外一半是什么，只等着他一会儿自己说出。

临高望远，可以看见京城的天空被夕阳染上了血红色。夕阳映在山下的一道江水之上，金光闪闪，好像这山这水是由无数的碎金填成，晃得人睁不开眼。艳丽的红霞，荒寂的山峦，粼粼的水面……着实美得惊心动魄。

这夕阳暮景，结合此刻的心境，汪直觉得心里堵得慌，喉咙也干哑得难受，就旋开陶瓶的盖，饮下一口水。

若在平时，汪直会大口大口地饮下水，并不会多想什么。可是今日，沈瓷的每一个举动都被无限放大，他接过她递来的水，慢慢灌入喉中，隐隐觉出略带咸涩的滋味。这味道很淡很薄，若不是特别留意，压根儿觉察不出。汪直恐是自己的汗水不慎混入口中，猛地转过头去看了沈瓷一眼，恰对上她望过来的眼神，眸中的紧张一览无余。

这一瞬，方才那点若有若无的咸涩突然变得无比浓郁，从舌尖到心上，皆是苦涩冰冷的滋味。

趁着他方才转过身时，她在水中放了些什么？是毒药吗？

沈瓷没料到汪直会突然转过头，不由得一怔，片刻后回过神来，试探问：“怎么了？”

汪直看着她，那一身明亮艳丽的绯红落在目光里，都成了朦胧冰冷的颜色。他手中还捧着盛水的陶瓶，突然对她笑了笑，说：“没事。”

话音落下，又将陶瓶凑到唇边，仰头又狠狠喝下几大口。

她终究还是选择了站在朱见濂那一边。然而缘有因果，他在狠心杀掉那些跪地哀求的无辜女子和号啕大哭的初生婴孩时，其实也想过会有报应的一天。当初他是可以选择的，然而为了得到万贵妃的器重，他选择了用其他人的血铺就了他如今的权势。谈不上后悔，但也并不觉得自己冤枉。

可他仍是心痛，最后这个来惩罚他的人，竟然是她。

她是为了另一个男人而来的吧？

咸涩的水灌入喉咙，升起灼烧的刺痛感，从喉咙到胃，再到每一寸神经，皆翻转出不可抑制的无限悲辛。夕阳的残血将天地尽笼其中，身形也化作一道剪影，随着越来越稀薄的日光，不停跌落。

沈瓷看着他喝下，将袖中的小药瓶用力捏紧，背脊站得僵直，没有说话。

喝得足够多了，他放下手中陶瓶，冲她勾了勾手："站得那么远做什么？过来，我刚才说了，除了看夕阳，还有另一半原因要告诉你。"

沈瓷的嘴唇抖了抖，目光怪异地看了眼汪直，小步挪了过来。

汪直觉得身体微微热了起来，手指像是被绊住了，勾一勾，已有些麻木。他看了眼沈瓷，又看了眼红霞万丈的天空，问："这儿的夕阳好看吗？"

沈瓷面无表情："好看。"

"能记住吗？"

"……"沈瓷犹豫片刻，咬咬牙答道，"能，当然能。"

汪直细细看她的表情，明明站得离他这样近，感觉却这样远。他深吸一口气，感觉到自己整条手臂都已经僵硬，想要伸手把她拉得更近一些，却举不起来，只能笑着看她："为什么突然改主意，又愿意留下来了？"

沈瓷抿着唇，垂在衣角的手悄无声息地攥成了拳，等了好一会儿，掐准了药性已差不多发作，才慢慢说："原本是不想留下的，但你的命还在这里，我走不了。"

汪直已料到这才是实话，然而此刻听她亲口说出，仍觉万箭穿心。他的手脚越来越麻木，渐渐地，连站立的力气都没了，顺着身后粗壮的树干，软软跌坐在地上。

沈瓷身体颤抖着蹲了下来，并没有扶住他，只是与他平视，眸中薄薄蒙了一层水雾，轻声说："我在水里下了毒。"

汪直麻木地笑了笑："我知道……喝下第一口的时候，我就知道了。"

沈瓷一愣，一串泪珠禁不住掉落，声音哽咽："那为什么还要喝下去？你很快……就会死在这里。"

汪直想要抬手去碰一碰她眼角的泪水，他想，这是她为他流下的眼泪，她终究是为他流泪了。可他的手臂抬不起来，四肢的每一寸肌肉都好像失去了知觉，但那一双眸子里，瞳仁异常清亮，清晰地映出沈瓷的影子，仿佛要穿过她似的。他大口喘着粗气，笑道："这样也好。你原本便不想留下，我也不愿放你走。我死了，两个人都自由了。你说……是吧？"

沈瓷眼中的泪水更盛，她看着汪直，种种感情在心中击撞相碰，心似双丝网，又何止蕴着千千结。她只觉心跳得厉害，嘴唇发抖，咬咬牙，终于问出了心中徘徊已久的问题：“我为什么要这样做，为什么一定要这样做，你……你清楚为什么吗？”

她还抱着最后一丝希冀，想听他说不清楚，想让他告诉自己，那些证据都是巧合而已。

可是汪直只是看着她，平静而悲哀：“我清楚。”

沈瓷浑身一怔，如同虚脱一般：“你难道真的，真的……”

她的声音越来越低，喑哑痛楚，最后几个字还未来得及出口，却看汪直自嘲一笑，每一个字都说得清晰：“我早就知道会有今天了，我的手早已沾满鲜血，也是时候偿还了。”

沈瓷绝望地闭上了眼。

她希冀的最后一抹希望破碎了，他早就知道她是为了报仇而来，他早在心中做好了准备！事已至此，连他自己都已经承认，当年的事情还有什么不清楚？

方才水中所投的，并不是致命的毒药，只不过是令人暂时四肢僵硬、身体无力的药物而已。事关弑父之仇，她不敢随意问，害怕一旦提前泄露，便再也寻不到报仇的时机。唯有将两人逼到这般绝境，才敢问出她在心中抵死纠葛的问题。

可他的回答，再一次令她失望了。

真的是他，居然真的是他。

沈瓷脸色煞白，艰难地将手绕到髻后，轻轻抽出金丝凤鸾钗。如瀑的长发倾泻而下，滑过她纤细的肩，携着发间的冷香，直扑入汪直鼻中。泣血的残阳将最后一抹红凝在她的唇上，鲜艳得凄厉。

汪直以为自己很快便会死去，但是没有。他的手脚无法动弹，意识却仍旧清晰，还能说话。他看着她手中泛着寒芒的金钗，声音似是从胸口深处发出：“我刚才还在想，纵然我罪有应得，也不愿意让你亲手杀我；可现在，我觉得这样也不错。你会记得今日的晚霞，也会因此记得我……永远都忘不掉……”

沈瓷凄然，慢慢将金钗尖利的尾部抵在汪直喉间：“杀了你，西厂的那帮护卫不会放过我，这之后……我不会记得你太久的。”

他四肢僵硬，却还能够感受到钗尾的冰凉，看着她，努力调匀了气息：“别忘了，这是苍云山，悬崖峭壁，失足跌落一个人并不稀奇……你走吧，走得远远的，回到江西……我同皇上请的旨还未正式下达，你依然，依然是督陶官……”

沈瓷只觉自己快要喘不过气来，那抵在他喉上的金钗，颤抖良久，竟是如何也刺不下去。

她原本以为，将自己置于此种绝境，待他承认之后，凭着一腔愤怒与仇恨，必定能够鼓足勇气杀掉他。可真到了这样的时刻，听着他这样的话语，手却好像被一股无形的力量绊住，握得发酸发软，依然无法狠心刺下。

汪直已闭上眼，长长的羽睫颤动，满脸悲伤神色。他越是平静地任她宰割，她越是觉得心中震颤。手中的金钗只要再往前一刺，便可夺了他的性命。可她还是无法如想象中那般果决，哪怕面对在心中默默恨了三年的杀父仇人，哪怕已在心中无数次演练过复仇的场景，可临到关头却犹豫了……

手中的金钗似乎重逾千斤，脚下的土地如同脆弱的薄冰。风吹起她凌乱的长发，也吹熄了他心中的光。两个人纤薄的身形映在猩红的残阳之下，仿佛天地之间，只余下各自无垠的痛楚。

一面是与汪直从前的恩义之情，一面是不共戴天的杀父之仇。面对奔腾的过往与汹涌的挣扎，她每一个细微的动作都似掷地有声，像是急吼吼的鼓点，渲染着临阵待发的悲怆。每一步前行都艰难万分，每一寸后退又煎熬不甘。她强迫自己想起那满地破碎的瓷片和鲜血，想起爹爹永远沉睡的面容，咬咬牙，终于下狠心在手中加了力道，闭上眼刺了下去……

尖利的钗尾，没入汪直的皮肉之中。

然而，刚一感觉到肉体的阻隔，沈瓷的瞳孔便猛然收紧。千沟万壑的炙灼磨砺，消解不了恨，也消解不了恩，她在矛盾的踯躅中临近崩溃的边缘。脚下是玄冰，头顶是烈火，可中间的一颗人心不死，还兀自突突跳动，已在夹缝中被逼得伤痕累累。

她颤抖的手不禁停住了。

汪直脖颈上出现的两个细细血孔，有血丝缓缓渗出，只伤及了最表层的皮肤，沈瓷用尽全身力气握紧金钗，却再也无法深入分毫。

汪直缓缓睁开了眼，望着她。

困惑、悲伤、欣慰、溃退，种种情绪复杂交织。似等待，似期待。

沈瓷头疼欲裂，浑身发抖，松开手，抱住头，思维混乱到涣散，整个人如坠深渊，突然“啊——”地发出一声哀叫，身体瘫软地跪向了地面。

手中的金钗跌落，发出一声刺耳的脆响。

第十六章

苍云之渊

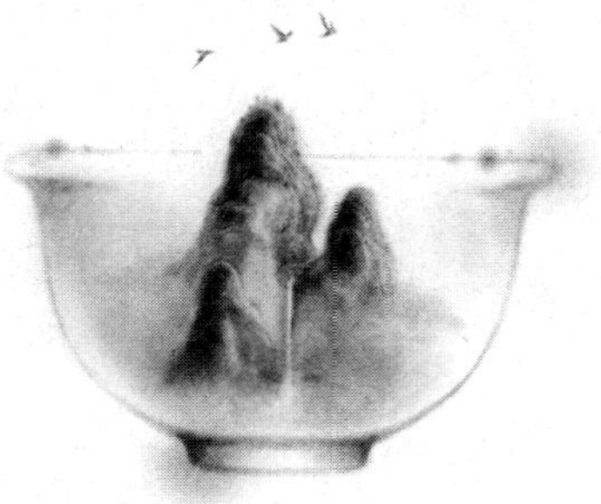

朱见濂是临近午间才发现沈瓷不见的。

他左等右等，眼见天色已经大亮，沈瓷却依然没有走出房间。他最初还以为是她昨夜失眠所致，可随着时间的推移，他越来越觉得不对劲，终于忍不住敲了敲她的房门：“小瓷片儿？”

里面一点儿声音都没有。

一种不祥的预感陡然升起。

他猛地撞开门，视野之中一片清静，再急匆匆地往内室走，床榻上，被褥叠得整整齐齐，早已没了人。

朱见濂心中大骇，怀着一丝侥幸，冲出去找卫朝夕。可出乎意料的，卫朝夕房里也没人。

一旁的丫鬟战战兢兢道：“卫姑娘是两个时辰之前出去的，也没说去哪儿，就是脸色不太好……”

两个时辰前，他早已命人守在沈瓷房前，嘱咐一旦她醒来就通知他。可卫朝夕既然是两个时辰前才离开，可见不是同沈瓷一起了。

沈瓷会去哪里？卫朝夕又会去哪里？

朱见濂心中一凝，想到昨夜沈瓷对他的质问，迈开步子就往外走。哪知刚一到前庭，便看见卫朝夕失魂落魄地走了回来，神色游离，连带着脚步都是轻飘飘的。

朱见濂心中焦躁，声音也不禁高了几个调：“干什么去了？”

卫朝夕被他的声音惊了一跳，话都说不利索了：“我……我……”

朱见濂一把攥住她的衣领："说，沈瓷去哪儿了？"

卫朝夕双目陡然睁大，反问："阿瓷不见了？"

朱见濂看她神情，料想她是真的不知，沉下一口气，双目仍紧紧逼视着她："昨晚她从我房里出来，你们还说了些什么？"

卫朝夕皱着眉头，不敢轻易答话。

朱见濂不耐烦地晃晃她，厉声道："你知不知道再这么隐藏下去，她会有危险的！你要是还把她当好友，就给我照实说！"

他神情狠戾，容不得半点儿置疑，卫朝夕被他这么一吼，这才缓过神来，在脑中飞速想了想："我……我告诉她，当时汪直完全有行凶的时间，因为当时江西的刘晔一案正是西厂主审的……"

朱见濂紧了紧拳头，汪直本就嫌疑极重，但他很少离京，偏偏那段时间西厂有正大光明的理由去江西，的确让人有理由相信，汪直便是沈瓷的杀父仇人。即便朱见濂已经知道杨福的存在，也觉得汪直的嫌疑更重。

可是昨夜，杨福刻意掩藏会武功一事暴露，又将事情蒙上了一层迷雾。

对了，杨福？他想到这里，不由得看向卫朝夕："你今日清晨出去，是想去找杨福？"

卫朝夕身体一震，嘴唇苍白，吞吞吐吐地还想掩盖："谁，谁是杨福……"

"不用在我面前装，我都知道了。"朱见濂冷冷道，"别找了，他是东厂的人，就是他把你送进东厂大牢的。在京城还有最后几日，你给我安分点儿，别再惹麻烦。"

卫朝夕的瞳孔顿时放大，不禁倒退一步："你胡说！如果是他害我进了大牢，又怎么会来救我！"

方才，卫朝夕的确是找杨福去了。昨夜的事令她觉得心头不安，辗转反侧了一夜，还是决定去问问杨福。可是她在外面叩了半天的门，依然不见他的踪影，又在附近百无聊赖地寻了两圈，这才回了驿站。

朱见濂听她此言，稍稍一想便明白了事情的原委，轻嗤一声道："救你的人，根本不是杨福。"

"你胡说，我亲眼看见……"

朱见濂举起一只手，打断了卫朝夕的话："不必多说，你很快就会明白了。"

他心里念着沈瓷，懒得再同卫朝夕解释，只扔下了这一句，转身拂袖离去。

卫朝夕被他这几句话说得摸不着头脑，还想追上去细问，身边的侍卫已拦住她：“世子还有事要办，卫姑娘请回房休息吧。”

“我就想再问他两句话。”

侍卫神色不变，手依然维持着“请”的姿势：“请卫姑娘不要为难在下。”

卫朝夕想着沈瓷不知去向，也自知理亏，虽是一万个不情愿，还是转身回了房间。

朱见濂估摸着沈瓷必定是找上了汪直，他不顾昨日刚刚脱过臼的左臂，带上还能自由调动的十余名护卫，跨上骏马，长鞭一扬便要出发。

马的前蹄已然抬起，前方却突然多了一排八人，站得整整齐齐，挡在朱见濂面前。

“世子殿下，王爷有急事要同您说，请您回去吧。”

偏偏是在这样的时候，这样的节点，淮王居然也找了上来。眼下，沈瓷独自在外，尚且不知是否身处险境，朱见濂哪有心思再同淮王周旋。

“有什么事，等我回来再说。”他扬起的长鞭只停顿了一瞬，旋即朝马尾用力一扫。他压根儿不打算停留，直朝不远处那堵人墙冲去。

马声长嘶，加速奔驰，离人墙越来越近，越来越近……

然而，眼前的人竟是没有丝毫后退的意思，手挽着手，一动不动。朱见濂分了心，这才看清这八人是跟随淮王多年的精锐，忠心不二，唯命是从。

想必是不可能让开的。

快马极速，即将冲过眼前的人墙时，朱见濂到底还是迟疑了一下，不愿冲力伤到这些人，于是勒住缰绳降下了速度。

便是趁这时，八人一齐拢了过来，将朱见濂围在中央，其中一人挥剑斩伤了马蹄，将朱见濂请了下来。

“世子殿下勿怪，小的也是没办法。王爷下了死命令，要我们务必现在将您带过去。”

朱见濂语气不耐：“有什么事偏要现在说？我忙着呢！”

“怎么，如今连我也请不动你了？”

一个声音传来，朱见濂身体一顿，转头看去，正是被人搀扶着走出来的淮王。

“父王。”朱见濂草草抱拳，唤了一声。

“你可真是出息了。”淮王指着他，颤抖着手指点了点，“昨日你同汪直在蹴鞠场打起来的事，如今都传遍京城了，当真是把我的脸都丢尽了！眼下还要出去找事，休想！”

朱见濂昂首道：“不是找事，而是事关沈瓷的安危。您若是执意不许，就恕我违抗父命了。”

他说完比了个手势，身后十余名护卫已摆好阵势，两方对峙，迅速陷入剑拔弩张之势。

淮王眼睛瞪得滚圆，难以置信地看着朱见濂，气得浑身发抖：“你想干什么，你这是想干什么！”

朱见濂平静道：“刚才我已经说得很明白了。我不是您，心爱之人遭受危险，做不到袖手旁观。”

这话进入淮王耳中，如同一把锋利的匕首，血淋淋地划开了他心中那道尘封已久的伤口。这伤口刺痛了他，灼伤了他，逼得他额头青筋暴起，挣开身旁人的搀扶，手指着朱见濂：“来人，把这个逆子给我抓回去！”

侍卫应声而动，与此同时，朱见濂身后数人也迎了上去，挡在他的面前。

“请父王见谅，我本不想如此的。”朱见濂说完，迅速拉过护卫的一匹马，准备跨坐上去。

但是已经晚了，淮王这次是动了真格的，就在朱见濂刚牵过马的那一刻，淮王的暗卫倏然蹿出，将朱见濂包围住，也夺去了他手边的马。

无路可行，无路可进。

眼前是黑压压的逼仄之势，朱见濂一颗心往下沉，想到沈瓷如今还行踪不明，只觉此时分秒难耐，恨不得插翅飞去。

确定朱见濂被包围得紧实，淮王朝前走了两步，眯着眼看他：“现在呢？终于有时间了吗？”

朱见濂被淮王关进了书房，四周派了侍卫看守。淮王称要让他好生学习书中仪礼，明晓轻重，出入都须淮王亲自批准。且在京期间，不允许朱见濂再擅自行动。

不过，淮王忽略了一个人，马宁。

朱见濂早在发现沈瓷不在房间后，就立刻派马宁出驿站寻找，他自己则先去了卫朝夕房中打听情况。也幸好是这样，如今朱见濂被关，还有马宁可以在外获取消息。

他忧心如焚，不停地在房中踱来踱去，眼见着日光西沉，思绪千回百转，却唯有干受这万般煎熬。

今夕的红霞格外壮丽，如同饮了血一般，变幻莫测的流云穿梭其间，如同火红的波浪，在整片天空掀起轩然大波。书房外的枝丫上停着几只寒鸦，凄凄的悲鸣声，勾勒出他此刻焦灼又悲凉的心情。

然而，在这凄艳残喘的天幕下，如坐针毡的远不止他一人。

尚铭从探子那里得到情报，沈瓷今日入了汪直私宅。可临到日昳，两人双双乘马车离开，且沈瓷还穿了一身女装。其中一个探子立刻向尚铭禀报，另外一个则尾随而去，竟发现马车最后停在苍云山脚下，赶忙以最快速度回禀了尚铭。

尚铭大喜，觉出这是一个绝好的机会，立刻派人去将杨福唤来。

可是，哪里还有杨福的踪影？他所住的屋子尚有打斗的痕迹，血液还残留着，据颜色推测，打斗发生的时间，约是昨夜。

尚铭很是上火，好不容易等到汪直去了苍云山的机会，却在关键时刻不见了杨福。培养了他这么些年，偏偏到用的时候出了岔子。

尚铭命下属在附近分散寻找杨福，自己则坐在杨福的屋子里四处观察，忽见桌上摆满了各式糕点水果，还放置得整整齐齐。

尚铭记得，杨福并不爱吃这些，更没有将东西收拾妥当的习惯。

显然，有人来过这里，而且，很可能是个女人。

尚铭在脑中迅速盘算了一番，自然想起了卫朝夕。当时东厂准备让卫朝夕背黑锅时，正是杨福极力阻止，还不允许狱官对卫朝夕施以刑罚。

尚铭站起身，兰花指微翘：“该去找找这个卫朝夕，也许她还能知道点儿什么。”

这时候，驿站内所有人的目光几乎都集中在朱见濂身上，对于身置后院的卫朝夕，倒是没什么人关注。尚铭足尖一点，施展轻功从驿站墙头翻下。他潜伏暗探的经验不少，没费什么工夫，便寻到了独自在房中踱来踱去的卫朝夕。

卫朝夕脑中是一团乱麻，一面担心着沈瓷的安危，一面惦念着杨福的去向。从朱见濂方才的话来看，他显然已经知道了杨福另有其主，会不会一气之下，已经对杨福毁尸灭迹了？

卫朝夕越想越心惊，正暗自焦灼着，她的嘴突然被身后一只手捂住，整个头锁在尚铭的臂弯里，被勒得喘不过气。

她下意识想要叫，却丝毫发不出声音，脸色因为缺氧微微泛青，僵持了好一会儿，才听到一个尖细的声音从耳畔传来："问你点儿事，别乱叫，否则我的刀可不留情。"

卫朝夕连忙点头，感觉一道冰凉的薄刃架到了自己脖颈，吓得双腿发软，连头也不敢点了，僵着脖子道："有话好好说，好好说。"

"杨福在哪儿？"尚铭问。

卫朝夕心头微颤："我哪认识什么杨……"

话还没说完，脖子上的刀刃又紧了一分："给我说实话。"

事关杨福，卫朝夕强压下忐忑的情绪，也难得地硬气起来："我说的就是实话。"

"还想瞒着？"尚铭将刀刃抵住卫朝夕，绕到了她的面前，轻蔑地笑了笑，"可惜杨福还总替你说话，如今他生死不明，你便是这般置身事外的。"

卫朝夕登时睁大了眼："什么意思？生死不明？"

她如此轻易就表明了立场，尚铭满意地笑了笑："他屋子里有打斗过的血迹，时间大约是在昨日深夜，之后便不见了踪影。他遇到这样的事却没来找我，不是被人掳了去，便是身负重伤来不了。无论哪一种，都不是什么好事。"

卫朝夕紧紧盯着尚铭，越看越觉得眼前这张脸似曾相识，想了老半天，终于恍然："你……我在东厂牢狱中看到过你！你是东厂的人！"

"记性倒是不错。"尚铭一个斜斜的眼风送过去，"废话少说，我知道你同杨福郎有情妾有意，可你力量单薄，人又愚蠢，若想找他，就把所有你知道的蛛丝马迹告诉我。"

卫朝夕瞪他一眼："你说谁愚蠢啊？"

尚铭右手仍握着刀，别过头，故作悠闲地看着自己左手修长的指甲："再不抓紧时间，就真的是愚不可及了。"

卫朝夕抿了抿唇，沉默片刻，敛下气息问："我凭什么相信你？"

尚铭抬眼看了看她："就凭我知道他的存在。"

卫朝夕喉头一哽，面对他这般理由，竟是说不出话来。

杨福如同一个飘忽的暗影，隐匿于不为人知之处，见不得人，现不得身。卫朝夕虽不了解他的底细，但也从窥听中知道，他是个双面细作，鲜少在人前现身。

而眼前这个人，知道杨福的存在。不仅如此，还知道杨福同她暗有接触……既然朱见濂查出杨福是东厂的人，和眼前这个人属于同一阵营，那么，他应该是不会害杨福的吧？

卫朝夕抬起头看他，方才还惶恐的眼中微微泛着光，开口道："我的确不知道他在哪里，但是……有一个人应该知道。"

"谁？"

"朱见濂。"卫朝夕道，"他让我不要去找杨福，说我不会找到他。还说，他已经知道，杨福是东厂的人。"

尚铭饶有兴致地看了卫朝夕一眼："你信了？"

卫朝夕蹙眉道："我不该信吗？"

尚铭心道，既然信了，便该已经知道，当初她进东厂大牢与杨福脱不了干系。即便如此，这姑娘还心心念念惦着杨福的安危，当真是个痴女。

他想至此，不由得以手掩唇，发出一声尖厉的笑，遂收起手中匕首，拍了拍卫朝夕白生生的脸蛋，道："你这姑娘，还真是蠢到不可救药了。"

卫朝夕眉毛一拧："我愿意，怎么啦？"

尚铭嗤笑一声，没回应，转身跃出窗口，如来时一般飞身离去，无影无踪。

东厂厂公尚铭突然到驿站拜访，这事着实让淮王吃了一惊。

东厂如今的风头虽不如西厂，但同样是只听命于皇上的特权机构。尚铭是宦官不错，可在朝中也称得上是呼风唤雨的人物。淮王不敢怠慢，即刻吩咐人将尚铭请了进来。

"尚大人光临，有失远迎。本王身体未愈，不能亲自迎接，还望见谅。"

尚铭揖手为礼："今日是尚某唐突拜访，希望没有扰了您休息。"

"哪里的话，上次觐见时没来得及同尚大人多说些话，本王一直心有遗憾。"淮王同尚铭虚情假意地客套了几句，这才开口问，"不知尚大人今日来，所为何事？"

尚铭之前已打听到朱见濂同淮王发生的冲突，明白不能硬闯，这才专程打着拜访的幌子先见淮王，捻着手指蹙眉道：“说来惭愧，本来为这事，是不好打扰淮王您的，奈何我实在担心，总觉得还是来看看才好。”

“尚大人但说无妨。”

尚铭拨了拨修长的指甲：“前日世子入宫时，我与他相谈甚欢，本约定今日午时再叙，可不知为何，等了许久也不见他来。最近京中不太平，我担心世子是不是遇见了什么不好的事，特地来看看。”

淮王脸色一凝：“他与尚大人午时有约？”

尚铭肯定地点头：“世子如今还在驿站吗？”

“在是在，只是……”

“在就好，我这悬着的心总算是放下了。”尚铭打断了淮王的话，长长呼出一口气，那壮硕的身躯配上娇柔的姿态，看着甚是别扭，“既然他在，不知尚某可否见上世子一面？”

淮王的背脊僵了僵，想了一会儿，道：“小儿昨夜偶染风寒，受不得凉，眼下没法见客。待他病愈，在离京之前，本王再带他亲自拜访尚大人。”

他自觉这推托之辞已说得够明确，也够讲理，哪知尚铭却依然坚持：“既然世子病了，那我就更得去看他了，好歹表个心意。淮王请放心，进出时我会注意不让风透入，绝不会使他加重病情。”

“可是……”

尚铭语中已有些不耐烦，再次打断他的话：“没什么可是的，还请淮王派个人带我过去。”

淮王无奈，权衡利弊后，那色厉内荏的本质又凸显出来，点头道：“好吧，请尚大人稍事休息，我叫人带您过去。”

淮王撑起身体，退到屋外，吩咐下人道：“快，迅速将世子从书房移到卧房去，最好有个病样子，汪直的事还没完呢，可别再惹上了东厂的尚铭。”

他说完，又在门外驻足等了一会儿，估摸着时间应是差不多了，这才带了个丫鬟进屋，冲尚铭笑了笑，抬手道：“尚大人，请！”

淮王身体未愈，身份又摆在那里，自然是不会亲自带尚铭过去的，只将人送出了房门，又悄悄叮嘱领路那丫鬟，注意观察世子和尚铭的谈话内容。

丫鬟带尚铭到了朱见濂的卧房，一开门进入，果然见朱见濂倚在榻边，可脸上哪有病容？反是精力旺盛，躁动不安，满脸都是呼之欲出的焦灼。

尚铭看了眼带自己过来的丫鬟："还站着干什么？出去。"

那丫鬟却还杵在原地不动："王爷吩咐过，怕您一会儿迷路，让我再带您回去。"

尚铭眼白一翻："那就去外面等着，别在室内晃。"

丫鬟咬着牙，退到了门边，还是没出去。

朱见濂也知晓尚铭前来必是有大事，或许还带来了沈瓷的消息。眼见这丫鬟还在眼前耗着，甚是碍眼，音量都提高几度："让你出去你就出去，哪这么多废话，我同尚大人说话，你难道也要听不成？"

尚铭得了朱见濂的支持，也不再迂回，大步跨了过去，一把拧过那丫鬟的衣领，朝门外推了出去。

"砰"的一声门响，屋内只余下朱见濂和尚铭两人。

不再绕什么弯子，尚铭勾唇一笑："我早说过，世子殿下，我们还会有合作的机会。"

朱见濂问："你来做什么？"

尚铭看着他："你在急什么？"

"你也不见镇定的样子。"朱见濂上前两步，逼视着他，"你知道沈瓷在哪儿？"

尚铭并不隐瞒，点头道："她同汪直一起上了苍云山，现在估摸着也在半山腰了。"

"苍云山？她去那儿做什么？"

尚铭揣着手："我怎会知道？到底发生了什么事，你不是应该比我更清楚吗？"

朱见濂沉下一口气，声音低哑："你想要我做什么？"

"很简单，告诉我杨福在哪儿。"

朱见濂略略思忖："你想在苍云山上除掉汪直？"

尚铭眨了眨眼："现在山上只有他和沈瓷两人，其余护卫都在山脚等着。"

须臾的沉默后，朱见濂抬眼看着他："告诉我，我可以得到什么好处？"

"既然你已经知道杨福是我东厂的人，人归原主，有何不妥？"尚铭想到朱见濂如今已是身陷囹圄，话也不由得嚣张起来。

朱见濂没说话，点漆一般的眸子看着他，面无表情。

尚铭微微怔忡，顿了顿，语气也软了些，转而道：“我会帮你带回沈瓷。”

至于是活的，还是死的，那他可就做不了主了。

朱见濂神色凛然，字句像是从牙关里一个个迸出来的：“我不信你。”

尚铭已有些愠怒，压低了声音，在朱见濂耳边斥道：“除掉汪直是我们共同的目的，我的人还能帮你带回沈瓷。而你只需要坐在这里等着便是，还有什么不满意？”

朱见濂抬起头：“我要同你一起去。”

“什么？”尚铭皱起眉头。

朱见濂神色坚定，清晰重复：“我说，我也要去苍云山。”

尚铭瞥了他一眼：“你和淮王先前闹出的事，我都知道了。眼下你被软禁着，出得去吗？”

“所以才要你帮忙。”朱见濂神色不变，“帮我出去，我就告诉你杨福在哪儿。这是条件。”

二人对视，沉默对抗。

须臾之后，尚铭权衡利弊，终是咬牙点了点头：“好，我答应你，你等着。”

他说完便甩袖离开，踢开门，顺带把贴在门上试图偷听的丫鬟也掀翻在地。尚铭心里有火气，看着丫鬟居然还贴在门上，指着她厉声道：“还愣着干什么？不是说要带我走吗？”

方才两人交谈的声音不大，丫鬟只在模糊中隐约听见了几次“苍云扇”，还以为是京中世家公子爱玩弄的名贵扇子，一时琢磨不透含义，又不敢将这一知半解的话告诉淮王，不由得深觉失落，敛下眉目应道：“是。那……尚大人您还要去同王爷道别一声吗？”

尚铭摆手：“不用了，方才已经道别过，就让淮王好生休息吧。”

丫鬟将尚铭送出驿站，只过了不到一炷香的时间，驿站内便躁动起来。

“走水啦！后院走水啦！”

众人疾呼，瞧着朱见濂房外站着一圈侍卫，扯着要他们去帮忙：“看守世子不用这么多人，还是先去灭火要紧些。”

事出紧急，但也不能放着朱见濂不管。于是，走了三分之二的人，还留下三分之一。想来，只不过是守住朱见濂这一个人，这剩下的三分之一也算够了。

大批护卫前脚刚走，尚铭的人便趁乱溜了过来，拨开屋顶的瓦片，自房梁探下绳索，将朱见濂拉上了屋檐。

守卫的人少了，便集中在门前和窗前，对于无窗无门的东西两面，则疏于看守。于是，朱见濂从东侧轻巧跃下，并未引起多大骚动，加之东厂的人有所助力，曲曲折折也绕出了驿站。

“走水这种老套把戏，你竟然还在用。”朱见濂见尚铭等在外面，一边走一边说。

“思考的时间不多，能把你带出来就不错了。”尚铭瞥了他一眼，“现在可以说了吧，杨福在哪儿？”

“等等，我得先问一个人。”朱见濂的眼神在四周转了一圈，突然举起手比了两个手势。

“你还想干什么？”尚铭满脸不悦。

“确认你的话是真是假。”朱见濂淡淡答道。

下一刻，便见马宁从旁出现，跃至朱见濂面前，抱拳为礼：“世子殿下。”

“今日清晨派你出去，可查到沈瓷在哪儿？”朱见濂问他。

马宁点点头，瞟了一眼尚铭，欲言又止，又上前两步，压低了声音对朱见濂耳语道：“日昳时分，我看见沈姑娘与汪直一同乘马车出去，最后车停在了苍云山下。因着山路狭窄，易被发现，我没敢跟上去，只留了一人在山下守着，便赶紧回来。哪知还没进驿站，就得知您被关了起来……”

朱见濂示意他不必再说，抬头看了尚铭一眼。

尚铭漫不经心地挥了挥手：“怎么样？我没骗你吧？”

朱见濂没应他，只对马宁道：“带他们去找杨福。”

马宁微有犹豫：“这……”

朱见濂催促道：“来不及解释了，我们会一同上山，快走。”

马宁看了看朱见濂，又看了看尚铭，这才沉默着转过身，领着众人朝关押杨福之处骑行而去。

杨福早已在黑屋中醒来，屋子的窗户被木板钉上了，只微微透出几缕微弱的光，看不清窗外的状况。他嘴巴被封住，手脚亦无法动弹，只能听见自己周围有脚步走动，一个字都说不出来。

也不知等了多久，屋内突然透出一束光。已是黄昏的光线，并不算太强烈，可对于在黑暗中待久了的杨福而言，显得十分刺眼。

他眨了眨微疼的眼睛，还未看清楚来人，便感到自己双手的麻绳被人挥刀斩断了，紧接着是脚上的，很快，全身都恢复了自由。

他揉了揉眼，这才发现眼前的人是尚铭，还有朱见濂。

“别这副萎靡的模样，打起精神来，用你的时候到了。”尚铭用指甲尖长的小指戳了戳杨福的胸口。

杨福迷茫地看着眼前的一切，不小心一个趔趄，被朱见濂一把扶住。朱见濂看了眼不在状态的杨福，对尚铭道：“别耽搁了，有什么话路上再说，他们这时说不定都已经到山顶了。”

尚铭点头，命人替杨福备了马，火速朝苍云山赶去。

“到苍云山山顶共有四条路，汪直走的是其中一条。剩下的三条路中有一条近道，只是更为难走，但节省时间。”马宁同朱见濂说道。

尚铭听了，嘴角勾了勾：“世子你这个护卫不错，来京城不久，打听得还挺仔细的。”

朱见濂睨了他一眼：“尚公公可有更好的路径？”

“我的人准备走的路，想来也同你这护卫说的一样。”尚铭道，“不过，此事我不宜露面，一会儿我会中途下车。苍云山虽然是个行事的好地方，但仍有失败的可能，我不能暴露在汪直面前。”

朱见濂淡淡地“嗯”了一声：“明白，杨福也会隐藏在暗处，除非成功除掉汪直，否则他是不会出现的。”

尚铭满意地笑道：“我倒是期待着，这次下山的‘汪直’，便是杨福了。”

朱见濂别过头，不置可否，掀开帘子看了一眼窗外的天色。云层已被一道道火红的霞光撕裂成片，支离破碎。而那残喘的斜阳，也因这猛力的最后一搏耗尽所有气力，幻化成一束束血色，染红了整片天际。

暮色泣血，朱见濂心中隐隐觉出一种不好的预感。

小瓷片儿，她还好吗？

尚铭下车后没多久，朱见濂、马宁、杨福，连带着东厂派遣的数名暗卫，不多时便到了苍云山脚下。

尚铭将东厂的暗卫交给朱见濂安排，看似信任，实际也是怕东窗事发后自己受到牵连。若是由朱见濂领头，成事后自然皆大欢喜，若是不小心败露，那责任便全然不在尚铭头上了。

与汪直上山的路不同，他们走的路虽然崎岖，却要近得多。除了杨福因为昨夜被马宁敲了一棒后走得有些吃力，其余人都很快攀了上去。

快到山顶时，朱见濂让马宁看好杨福，先隐藏起来。他自己则带着东厂的暗卫，继续朝山顶行去。

他是淮王世子，加上今日是尚铭帮他逃出驿站的，因此他并不担心尚铭会在这时让手下人对他不利。

天际的红已消退，渐渐染上深蓝的暗色。朱见濂匍匐在一片杂草后，透过草叶的罅隙观察周围情况。

前方是一片空地，视野开阔，很轻易便瞧见了汪直。他背靠着悬崖边上的一棵树，一动不动地看着渐次暗下的天空，空洞的，涣散的，整个人僵硬如一块石头，魂不守舍。

朱见濂屏住气息，视线扫了一圈又一圈，却全然没有发现沈瓷的踪影。

再看向汪直面朝的方向，千尺深渊，一望无底。而他脸上神色落寞，久久看着前方虚无的一点，仿佛失掉了什么。

朱见濂一颗心顿时拧紧，难道沈瓷已经暴露目的，被汪直一把推下悬崖了？

朱见濂的思维顿时炸开，汪直同沈瓷不可能无缘无故地来到这等荒山野岭，沈瓷对京城地势不熟，应当不会主动提出来苍云山。那么，最有可能便是汪直发现了沈瓷的企图，转而先行报复，将沈瓷推下了悬崖。

这念头倾轧而下，朱见濂“噌”的一下站起身，几步跃至汪直身边，攥住他的衣领，一个倾身，迅速将一把尖锐的匕首抵在他的脖颈，声音狂躁而嘶哑：“说，沈瓷在哪儿？”

汪直没想到苍云山上还有别人，一时竟没注意朱见濂从身侧袭来，他迟滞了瞬间，迅速从思维中抽离出来，瞥了一眼脖颈上的刀光，背脊微凝。待看清了朱见濂的脸，转而不要命地揽过朱见濂的肩膀，迅速将他的身体拉近自己，两人一同跌在冷硬的荒石上。朱见濂的刀还抵着汪直的脖子，汪直顺着倒下的力，带着朱见濂顺着山势滚了下去。

朱见濂被汪直带着滚下，手中的刀原本岿然不动，可在翻滚过程中，不经意划破了汪直的肩膀。他稍稍一抬眼，才发现下方便是悬崖，再如此下去，恐怕两个人都会命殒黄泉。可汪直丝毫没有停下的意思，眼睛发红，咬牙切齿，大有一副要两人同归于尽的阵势。

朱见濂眼见悬崖越来越近，速度越来越快，汪直却把他拽得紧紧的不肯放手，情急之下，趁着他在上势时，将匕首一把抽出，右手用尽全身的力气将匕首插在坚硬的岩石中，左手卡住汪直的臂膀，控制着不再继续滚下。

终于停了下来。

此刻离千尺深渊仅有一步之遥。

汪直试图再用力将朱见濂掀下，没成功，僵持了一会儿，全身的肌肉反而放松下来，摊开手，仰躺在悬崖边上。他定定地看了朱见濂一会儿，好像终于安静下来，眼中的妒火与愤恨却丝毫不减。朱见濂为避免再次被他带下，单膝稳住身形，钳住他的胳膊，眼中的血红越充越浓，已是近乎咆哮："你把沈瓷怎么了？！"

"哈哈哈哈……"汪直突然笑起来，先是鼻腔里的几声闷哼，接着咧开嘴狂笑，笑得浑身发抖，战栗不已。他拿手指着朱见濂的鼻子，"你问我啊？你不知道她跑来找我，是要干什么的吗？哈哈哈哈，你还问我怎么了……"

朱见濂被他夸张的笑声逼得狂怒，抡起拳头打在他的鼻梁上，拖着他的衣领半拽起来："你对她动手了？你杀了她？"

汪直脸上还是笑着，可这笑却渐渐涣散，眼神也变得更加迷离。他像是回答朱见濂的话，又像是在自言自语："你看，你看这儿地势多好。"他指了指身侧一步之外的悬崖，"我就想，若是她从这儿掉下去，该是多好的事。她再也不会来找你，再也不会替你来杀我。我得不到她，我想把她留下来，可她不愿意啊，她还要成为你的刀，刀尖对准的却是我，是我！"他的眼睛突然睁大，额头上青筋暴起，青蓝色的血管清晰可见，似笑非笑，"我想啊，如果她的命在这里结束，这样，这样……她便是我的了……"

朱见濂浑身发抖，阴冷潮湿的风钻进他的衣领，渗透到每一滴血液。汪直每说一个字，他心中的绝望便多一分，肝肠寸寸齐断，直到痛苦已涨满头脑，他再也无法忍耐，扔掉手中的匕首，双手紧紧掐住汪直的脖子，往死里用劲，他要亲手杀掉他，连武器也不愿凭借，他愤怒地嘶吼："你，你这个疯子！"

汪直被掐得喘不过气，脸色渐渐染上窒息的紫色，嘴角战栗着，却还死死盯着他，慢慢吐出话来："你……让她来杀我……不成功……怎么一开始……不自己来？”

“我没想让她来！”朱见濂两眼红得充血，脸色却苍白一片，如同一只愤怒的兽，悲哀又绝望，“你杀了我母亲，现在还杀了沈瓷，我今日若不让你偿命，我便不是朱见濂！”

“你母亲？原来如此……”汪直睁大眼睛看着他，复又合上，心中更是肝胆俱裂地疼，“你没让她来，那便是……便是她自己要来的……她竟是……自己要来杀我的……”

朱见濂已是悲绝，怒吼道：“你是罪有应得！”

汪直张了张嘴，还想说些什么，喉管却已被死死卡住，再吐不出一个字。有那么一阵，他已经心灰意冷，不再做任何反抗。可当意识渐渐涣散开来，渐渐黑暗的视野只余下一点儿白色的亮光，他突然浑身一怔，本能地双目圆睁，在最后一丝光亮中迸发出力量，抓住了朱见濂掐在他脖子上的手，以全力抵抗。他到底是习武之人，姿态虽处于劣势，却仍能与朱见濂搏上几分，终于感到脖子上的力道松了些许，能够喘上一两口气。

两人扭作一团，如同绞丝的麻花，相互对峙。

汪直残余的力量终究有限，再加上之前沈瓷下药的药力还未完全消退，不多时，便再次感到意识和力量逐渐消解下去。模糊，模糊，一切都几乎混沌之际，突然听见耳畔传来一个尖锐而焦灼的女声。

“住手！朱见濂你快住手！”

紧接着，眼前有一团人影扑过来，直接扑向朱见濂。汪直感到自己的脖子上多了一双掰扯的手，娇嫩柔软，正拼尽力气将朱见濂推开。

是沈瓷吗？是沈瓷回来找他了吗？他方才……是真的很想与她同归于尽，让她永远属于他。可是他药性未散，浑身无法动弹，又或者，就算他能够动弹，也不一定真的下得了手……

他还清晰地记得，她离开时对他说的最后几句话。

“今日我下不去手，不代表我不恨你。你救过我，我没忘，但从今往后，我们二人之间恩断义绝，不复相见！”

他那时凄然一笑：“不是说……不是说愿意留在京城吗？”

沈瓷眸中闪烁着凄厉的光，一字一顿地道：“要让我留下，除非……把你的命留下。”她别过眼，声音冷得如同千年不化的玄冰，“不要让我再见到你，我怕我会为今日的决定后悔。”

话音未落，脚步已开始移动，她越走越快，越走越远，在天地枯山间凝成一个小小的点，寂寥的背影在夕阳的最后一丝余晖中散尽，随之而来的，便是无边的暗夜了……

那么眼下，是她回来了吗？她为何还要回来？是为了救他，还是再在他的心上插一刀？

汪直眨了眨眼，眼前的景象渐渐清晰。

他看清了面前的女子。

这女子芙蓉秀脸，蛾眉圆眼，原来是闻讯赶来的卫朝夕。

在驿站时，卫朝夕得知尚铭要去寻朱见濂，想必是与杨福的事有关。她按捺不住，跑到朱见濂的卧房外偷听，奈何四周守卫重重，她近不了身，却发现领尚铭进出的丫鬟正趴在门上偷听。卫朝夕等她带尚铭离开后，立刻上前，把自己身上所有的银两都塞给她，想向她打听他们说了些什么。

丫鬟觉得自己听来的消息并没有什么用处，觍着脸收了银子，便同卫朝夕说，两人多次提到了“苍云扇”这个词，想来是京城达官贵族的消遣之物，别的便没有什么了。

卫朝夕问不出别的，只反复在心里琢磨着“苍云扇”。丫鬟对京城的情形不了解，只当那两人说的是扇子，可对于卫朝夕这种整天在京城吃喝玩乐瞎逛的人来说，很快便联想到了一个地方——“苍云山”。

且不管这猜测是对是错，事关杨福的踪迹，卫朝夕没有迟滞，当下找了一辆马车，指挥着车夫朝苍云山行来。

临到山脚，卫朝夕还看到了一辆停守的马车，七八个壮汉围在附近，正朝山上眺望。这情形让她更加坚定了自己的猜想，遂果断绕路，从另一条山道攀上了山顶。

然而，刚从崎岖的山石中探出了头，便看见朱见濂把“杨福”往死里掐的场景。她急得几步跃来，也没在意这两人离悬崖仅有一步之遥，就挡在了汪直身前。

汪直抬头看了看卫朝夕，有几分熟识，却又一时想不起来是谁。霎时，隐隐期盼的愿望落空，整个人又再次颓了下来。沈瓷已是放出了决绝之语，又怎会为他再回到此地？只怕，是恨不得与他生死不复相见了吧。

他失望地别过脸，可眼前女子不停不休，一面掰着朱见濂的手，一面试图拽起汪直："别打了，别打了！朱见濂，你给我放开！"

她见汪直已是脸色发紫，也不知道从哪儿来的力气，居然将朱见濂推开了。

"你疯了？"朱见濂像看怪物一般盯着她。

卫朝夕将半个身体挡在汪直身前，两臂张开，脸上还是一副梨花带雨的凄楚模样，保护的架势却分毫不让："你不能伤害他！我不允许你这样害他！"

"让开！他刚才杀了沈瓷！"朱见濂忍无可忍，怒不可遏地吼叫着，这声如沉雷，翻滚涌动，似乎随时可能劈出震怒的闪电。

卫朝夕愣了愣，转过头来错愕地看向汪直。

眼下离得近，汪直的神志也清醒了几分，这才想起来，眼前的姑娘他从前见过，当时沈瓷拜托他去东厂救人，从牢里捞出的正是这位姑娘。

她叫什么来着？卫什么？

他虽未与她说过几句话，但此刻也知晓这人是在帮他，清醒了几分，辩驳道："我没有。"

朱见濂迟滞片刻，声音都在发颤："你没有？"

汪直看着他为此惊痛不已，竟有几分莫名的快感，半撑起身体，重复道："我没有，她自己离开了。"

卫朝夕立马转过头对朱见濂叫道："你看，他都说他没有了，你还揪着他不放做什么！放开，离远点儿！"

朱见濂被她的话一激，手中的力量反而再次收紧："就算沈瓷没事，我的旧仇还没同他算干净！"他指着卫朝夕，斥道，"最后说一次，你，给我让开！"

卫朝夕被他的声音吓得一颤，回眸看了眼自己身后的"杨福"，气血上涌，脖子一拧，咬牙道："我就不！除非，除非你把我和杨福一起杀掉！"

汪直正奇怪这位卫姑娘为何如此袒护自己，乍然听到她说了"杨福"的名字，且听口气，显然是把他当作了杨福，不由得蹙眉问道："杨福是谁？"

"你被掐糊涂了吧？"卫朝夕急躁地瞥了他一眼，"杨福不是你，还能是谁？"

这回，朱见濂和汪直都怔住了。

自卫朝夕出现以后，朱见濂就一直担心她会不小心抖出杨福，后来见她拼了命地维护汪直，已觉事情不妙。

现在好了，怕什么来什么，他眼见着汪直的表情渐渐变得怪异诡谲，想要将卫朝夕拉开。可这姑娘不知道今日哪来的蛮劲，愣是不撒手，逼得急了，竟是一把抱住汪直：“你别想把我支开！他就算不能为你所用，也不该死啊！”

“卫朝夕！”朱见濂再也忍不住，怒斥道，“你眼瞎了吧？这个人哪是什么杨福？是汪直！”

此言一出，卫朝夕顿觉自己拥住的身体一片冰寒。她似乎想到了什么，脑中如同有一根线，将丝丝缕缕的线索串联起来，可一时未能想得透彻，只将迷茫的目光移向了汪直。

脸还是那张脸，虽多了些青紫的伤肿，可仍辨得出熟悉的五官。然而，面前的那双眼冰冷孤傲，看着她，全然是在看一个陌生人。

杨福从未用过这样的目光看她。

卫朝夕猛地甩了甩头，试图从猜忌的思维中清醒过来。世上怎会有如此相似的两张脸呢？这是杨福！这一定是杨福！

她尚在万般纠葛之际，却听耳畔传来汪直清晰而冰冷的问句：“说清楚，杨福是谁？”

卫朝夕再次愣住。

汪直见她没反应，整个身体还紧紧地抱着他，情绪逐渐不耐，一把将手伸入卫朝夕的发间，抓住她的头发用力撕扯：“说，杨福是谁？杨福是什么人？”

卫朝夕的发髻被打乱，一头青丝泻下，在汪直的撕扯中愈发单薄战栗，却还不死心，挡在朱见濂和汪直中间，咬着牙死死坚持，一双泪眼大睁，惊痛而难以置信地望着他。

朱见濂着实看不下去，因着此处临近悬崖，又不敢让东厂的众暗卫贸然加入他们的厮打。环视四周，他捡起方才扔在地上的匕首，朝那只撕扯着卫朝夕头发的手刺去。

距离只在方寸之间，刺破在即，卫朝夕却突然觉察，眼睛霎时睁大，来不及思考，用自己的手握住了锋利的刀刃。

如同裂帛般的清厉之声，刀锋划开了皮肉，溢出汹涌的血光，在距离汪直手背仅有半寸的距离，被迫停下。

朱见濂从未想到，如卫朝夕这般平日胆小贪吃的女子，竟会做出这般举动。

刀极锋利，卫朝夕看见滴下的血液，起初竟恍若未觉，待沉滞的钝痛缓慢浮上来，瞬间便觉四肢百骸都被抽离干净，连呼吸都如百万芒刺齐齐扎来。

“啊——”卫朝夕发出一声凄厉的痛呼，在渺无人烟的悬崖边久久回荡。手中的血液鲜红，可映在暗沉的夜色中，却是可怖的殷紫，看起来触目惊心。可这算不得什么，比伤口更痛的，是她那颗挣扎无助的心。那把匕首好像不是刺在手上，而是绞在她的五脏六腑，激得一颗心都像是要从喉咙里吐出来，在迷惘的对峙中不知归途。她本是无忧无虑的少女，天真贪嗔，冲动任性，然而此刻，她竟感到了一种前所未有的惊惧，将她的整个身心都浸泡在冰冷的咸水里。

汪直一怔，撕扯的动作终于停下，望着卫朝夕血淋淋的小手，嘴里干巴巴的，说不出话。

他与她仅有一面之缘，这一刀，想必她是为了那个所谓的“杨福”而受的吧？

这个杨福，同自己又有什么关系？卫朝夕以身相挡，朱见濂刻意掩饰，绝对不是不小心认错这般简单。

汪直的疑虑，在下一瞬便得到了解答。

蛰伏在山顶不远处的杨福，早就听见了卫朝夕的声音，迫于马宁的阻拦，只得躲在远处。他咬着牙，沉默敛声，静静听着山顶的动态。他听见卫朝夕把汪直当成了自己，听见她对“假杨福”的拼命维护，也听见了汪直对她的怒吼。他蹲在树木山石后，垂下眼帘，沉默着，忍耐着，克制着自己不发出一丝一毫的声音。

直到他听见卫朝夕那声凄厉的尖叫，终是按捺不住，全身上下激起一股不可抑制的震动，不顾马宁的阻拦，心急如焚地站起身狂奔，冲动之下悔愤惊痛交加，直直奔到了山顶，一把拽过狼狈的卫朝夕，将她抱在了怀里。

马宁没拦住杨福，也跟了上来。此时视野一片开阔，再没了任何遮掩。汪直看了看杨福，又看了看大睁双眼满脸不可置信的卫朝夕，突然大笑起来。

“原来，原来你们早就计划好了，哈哈哈哈……”汪直死死盯住杨福的脸，几乎相同的容貌，虽然气质全然不同，但粗粗晃过，的确难以分辨，“真是像啊……连我自己都快分不出来了。”

杨福的出现，转移了汪直放在朱见濂身上的注意力，目光逼视，朝杨福一步步逼近。

杨福几个趔趄，揽着卫朝夕往后退。卫朝夕一时还没反应过来，木然地往后退了几步，头发方才被汪直撕扯得凌乱不堪，瞧上去甚是狼狈。她微微抬眼，看看汪直上挑的斜眼，再看看身后拢住自己的人，双目紧蹙，眸有忧思，身上有股好闻的厚实气息，这才是杨福，这才是她喜欢的那个人。两相对比，汪直便如同怪物一般，令她害怕不已。眼见着那怪物一步步逼来，她不停地往后缩，未预料到身后石块，不小心跌在了地上。

朱见濂恐汪直又要对卫朝夕下重手，示意马宁挡在了汪直身前。杨福则赶忙将卫朝夕护在身后，带着她跑得远一些。

汪直脚步稍稍定住，目光徐徐转向朱见濂："朱见濂，你真是煞费苦心啊，竟找来了这样一个人。看来，此番入京，你原本就是为了杀我的？"

朱见濂正色道："今日一切，都是你咎由自取。若你当初能对夏莲和其他无辜的女子有几分怜悯，如今也不会遭此报应。"

汪直抬眼看了看他："也就是说，之前两次袭击，欲取我性命的人，不是尚铭，而是你？"

事已至此，朱见濂也没了继续隐藏的必要，颔首道："正是。"

汪直冷然一嗤："你如此大费周章，不就是因为我杀了夏莲吗？如果当初我拒绝，万贵妃也会让别人去处理。若是万贵妃知道，你还为当初杀掉了王府一个婢女而斤斤计较，必定会给你些颜色瞧瞧。"

朱见濂见他不仅对此全无悔意，甚至还冷嘲热讽，不由得勃然大怒："万贵妃又如何？杀人偿命，本是律法所定，你手上沾染了如此多的鲜血，早该粉身碎骨，抬出万贵妃也无从更变。"他咬牙沉声道，"更何况，她是不会有机会知道的！今日我既在此，你便休想下山！"

"杀人偿命……"汪直轻轻将这四个字重复了一遍，静了片刻，再开口时，声音也随之低了下来，"沈瓷一开始，便是为了让我偿命，才来接近我的吗？"

朱见濂见汪直再次提及沈瓷，不由得怒道："根本不关她的事！不要总把她牵扯进来！"他握紧手中匕首，恨恨道，"我不是你，不会把自己的意愿强加在她身上。她根本不可能留在京城，以前不会，现在不会，今后更不会，你别再继续痴心妄想！"

他的言语灌入汪直耳中，字字锥心，逼得他胸口郁结已久的一口气迸出：

“你说我痴心妄想？我沦为痴心妄想是因为什么？还不是你从中阻挠！如果没有你，她至少会愿意留在京城。”

朱见濂屏气看着他：“不，她不会。就算没有我，她也一定会回到御器厂，你根本就不懂她。”

汪直方才遭受了沈瓷和杨福的打击，如今又被朱见濂戳痛了心思，眼下的情绪便如张满的弓，力道绷在弦上，咬牙切齿地僵持着，到一个临界点，突然猝不及防地飞了出去，直朝朱见濂扑了过去。

马宁见状，忙赶来救场。然而，之前下的药性，此刻已是尽数消退，汪直武艺高强，此时又有不管不顾之势，马宁和朱见濂一个不察，竟被汪直夺过了匕首，架在了朱见濂的脖子上。

情势急转直下，再度倒转。而东厂派来的暗卫在一旁默不作声地观察良久，本想争取置身事外，然而看到此刻情形，明白他们若是再不出现，今日的机会恐怕就会白白失掉。

更何况，尚铭走之前曾叮嘱过，不能让朱见濂死在这里。今日驿站的事，淮王必定猜到是尚铭放走了朱见濂，留下的线索也不少，此时若是朱见濂出了差错，尚铭也脱不了干系。

东厂的暗卫从隐蔽处探出，快速围住了中间几人。

“果真是有备而来啊，没想到你被淮王禁了暗卫，还有这么多帮手。”汪直恶狠狠地盯准了朱见濂，狭长的凤眼眯起，手中的刀猛力一紧。

朱见濂全无惊惶，神色坦然，淡淡笑道：“你今日就算杀了我，你也逃不掉，他们不是我的人，根本不听我的命令。若想用我来威胁他们放你一条生路，完全不可能。你自己犯下的罪孽，是逃不掉的。”

汪直微微抬眼，扫了一圈眼前黑衣人蓄势待发的架势，的确与之前朱见濂派出的暗卫招式不同。他甚至凭敏锐的直觉一眼就能判断出，这当中有四五人是宦官……

十有八九，都是东厂派来的人了。

他并未惊惶，也未再确认，而是靠近朱见濂耳边道：“这些不是你的人，我信。不过你猜错了，我并不想用你的性命威胁他们，更不会杀你。”

朱见濂眉心微蹙，又觉汪直靠得更近，气息几乎呵进了他的耳朵，用只有两个人能够听清的声音耳语道：“杀了你，无论我有没有活下来，沈瓷都会恨我一辈子。那么我在她心里，在她心里，就真的一点儿位置也没有了……”

他的声音是一点儿一点儿喑哑下去的，到最后，已不觉带了颤音。他抬头审度了一圈四周的东厂暗卫，方才与朱见濂搏斗时所受的伤已是疼痛难忍，情知自己今日大概是真的熬不过了。眼前的暗卫个个内力深厚，都是调教多年的好手，这么多人将目标放在他一人身上，显然已是做好了不达目的誓不罢休的准备。

如今，没有王越来救他，沈瓷更不可能突然出现……他的心在情势的分析中愈发决绝，一瞬间既是悲辛无尽，又是癫狂燥热，近乎病态地在朱见濂耳边急促地说：“可是你知道吗？她的金钗已经到了我的喉咙，却依然收手了。她是不想杀我的！她是不愿杀我的！”

他的唇角勾出一丝狡黠的笑：“你想想，若是她知道你偷偷跟踪她到了苍云山，亲手杀掉了她不想杀的人，杀掉了她还惦念着情义的人，你们，还可能在一起吗……”

朱见濂浑身一颤，眼下他同沈瓷重逢不久，中间略过了一大段她初到京城的时光，的确是他所不能控制的……汪直所言，确实不假……

然而，杨福之所以存在，便是为了暂时代替汪直，以免除他和尚铭的嫌疑。若是朝中的“汪直”活得好好的，谁又会去追究汪直的死呢？

想到这儿，他放心了一些，可转瞬神经立刻一凝。

等等，难道……

汪直哈哈一笑，狰狞无比：“朱见濂，既然今日我已必死无疑，便也不会让你好过！”

他话音未落，朱见濂便感到匕首从自己脖子上飞速划过，那力道很轻，只不过擦伤了皮肉，可便是这一闪神的工夫，汪直已追上了站在一旁的杨福。同时一只手探入怀中，飞速摸出藏在衣里的东西，抽出尾端。

一条紫色的烟雾拉长，在天空发出一声惊响，于暗夜之中炸开一朵浑浊的云雾。

他竟然放出了信号弹！

山脚还留有护卫，因汪直命令他们不得打扰他和沈瓷，一直没上山顶，至多也是在半山腰上等待命令。

此令一发，再也没了容许拖沓的机会，必须速战速决！否则，若是再有一队武艺精强的护卫插手进来，或是目睹了真假汪直的存在，便是全盘皆输！

刻不容缓，东厂暗卫同马宁一齐发力，向汪直袭去。汪直的白衣已染上斑斑血迹，却将杨福死死地扣住，厮打纷乱中，与杨福锁成一团，根本不顾剑雨落下，只朝一个目标艰难行去。

“他要把杨福带下悬崖！拦住他！”朱见濂终于看明白了汪直到底想做什么，一旦他与杨福同归于尽，没了之后可以代替他身份的人，皇上势必会追查下去。此刻，汪直的护卫正向山顶赶来，要逃得毫无踪迹，已是不可能的事情。届时，他杀了汪直一事，便会暴露无遗。

然而，汪直要的还不止这些。他要让沈瓷恨朱见濂，要在两人之间结上一个坚固的心结，就算他死了，也绝不让朱见濂好过！

“谁允许你长了一张这样的脸！谁允许的！”汪直一个劲把杨福往悬崖带，“今日我即便没有退路，也要拉着你给我陪葬！”

杨福空有轻功，此时被汪直锁住手脚，硬是施展不开。他努力挣扎，被迫惊惶地一路下移，又时不时有暗卫的刀误刺到他的身上，不久便已是筋疲力尽。

东厂的暗卫如何也分不开杨福和汪直，耳听见不远处已有护卫的铁靴之声靠近，索性不再试图将两人分开，而是任凭汪直带着杨福逼近崖边。

他们今日的任务是除掉汪直，杨福需要尽量保住，但若实在保不住，汪直的护卫撞上来，还有朱见濂可以顶住责任……

抱着这般想法，东厂暗卫眼见着撕缠的两人跌下山崖已是势在必行，竟齐齐收手，索性坐视不管了。

汪直和杨福凭着一股惯力向前，掠过崖边，身体腾空，向万丈深渊坠下……

生死一线之际，突然，一只手从崖沿上伸出，一把攫住了一侧的衣领。

杨福的身体仍在空中，却并未继续往下落。他抬起头，竟看见朱见濂趴在崖沿上，一只手拽住了他的衣领。

而汪直紧紧抱住杨福的腰，仍没有放开的意思。

时间仿佛在此刻静止下来。

下一瞬，一阵裂帛声响起，杨福骤然感到自己的身体徐徐下坠，是衣裳在两人的重量下缓缓裂开。朱见濂抓住他已是极费力，根本没有力量将两人拉上去，三人悬在了崖边。朱见濂和杨福拼命坚持，腰下还有一个汪直拼命捣乱，抓着杨福左摇右晃，脚尖踢在崖壁的岩石上，一块不小的石头脱离崖壁滚落下去，听不见丝毫回响。

风声呼啸，朱见濂右手抓着杨福的衣领，左手伸了出来："抓住我的手！"

杨福愣了一下，呆呆地抬起头来看他。此时时间紧迫，多耽误一刻，被汪直护卫当场瞧见的概率就越大。朱见濂若是放任他和汪直不管，其实还有跑掉的机会，若能顺利离开，今日之事便与他无直接关系。但他此刻把时间用在这里，几乎便注定了他无法全身而退。

手中的衣领裂口越来越大，朱见濂见杨福仍在犹豫，不禁吼道："还愣着干什么！手！"

杨福浑身发抖，木然地伸出手去。汪直见状，左手仍锁着杨福的腰，右手狠狠捶打着杨福的背脊，直痛得他浑身瑟缩，却不敢做出任何稍微猛烈的动作，只下意识地将手往回一缩，朱见濂却在这时向前探身，握住了他的胳膊。

两人的重量攥在一人手中，可他力量有限，只能咬牙坚持，却无法将两人拖上来。

杨福动了动自己的腰，汪直仍想方设法在他身上制造伤痕，只得痛苦地抬眼看向朱见濂："我还有许多夙愿未能达成，但我死前只有一个请求……"

朱见濂打断他："说什么呢？你少乱晃，抓稳了。"

杨福摇摇头，汪直暴躁的拳头落在他身上，痛得他龇牙咧嘴："没有办法的，你拉不动两个人。汪直抓得紧，我甩不开他……你，你还是快走吧，现在走还可能瞒得住。我只请求你，带着朝夕，让她平安回到江西。"

朱见濂牙齿一咬："少说这些没用的，闭嘴！"说罢又再次施力。

方才被东厂暗卫一同带入隐蔽处的马宁，此时也看到了这头的情形，他推开东厂暗卫的手，直朝朱见濂奔来。他架住朱见濂的腰，从后给他助力。卫朝夕也奔了过来，不怕死地趴在崖边，拉住了杨福的另一只手。

卫朝夕手上还有方才被刀刃割破的伤，用力这么一拉，本就鲜血淋漓的伤口变得更加狰狞。她疼得呲牙咧嘴，眼睛却定定地看向杨福，不敢放松分毫。

"木头，木头你别担心，我们这就拉你上来。"卫朝夕泪眼朦胧，她能够清楚地感觉到血穿过自己的指缝，流到杨福的手臂上。她咬住牙，小小的身体不知从哪里灌入了力量，与朱见濂一人一手，再加上马宁在身后的助力，竟将悬崖下的人渐渐提了起来。

东厂的暗卫待不住了，再如此下去，此次的任务就会全部泡汤，不仅如此，还惹来了汪直的护卫。在心底飞速盘算了一遭，东厂暗卫的头子从隐蔽处飞身而出，宁可被瞧见，也不能错失这个除掉汪直的绝佳机会！

拉扯的三人此刻都无力分心，杨福的胳膊肘已落在崖沿上，而汪直挂在杨福的腰上，指甲嵌在杨福的皮肉里，只需再往上一点，就可脱离危险。

暗卫头子便在这时候杀出了。

挥剑，斜切，锋利的剑刃凶狠地钉在了汪直的大臂上，在他的皮肉里旋着拧了半圈，之后斜着豁开，血液奔涌而出。

汪直一只手垂落，很快，另一只亦复如是。

只来得及发出一声痛哼，汪直向后倒去，终于松开了杨福的腰。他的眼睛瞪着朱见濂，还想要说些什么呢？

然而他已没了说出的机会，风声在耳边剧烈作响，他身体悬空，不停下坠，伸出手想要抓住些什么，却又如认命一般地闭上了眼。

这一切其实早已注定。

或许沈瓷将那支锋利的金钗架在他的喉咙上时，他便失去了负隅顽抗的力气。

又或许，是自他选择用伤人性命来讨取万贵妃的欢心时，便已料到权势的高峰下，终有付出代价偿还的时候。

他的自私和贪念向来不减，从前恋慕权势、好大喜功，而今强夺爱情、求而不得。可就在耳边簌簌呼啸的风声中，他累了，也困了，血债太多，思念太沉，如此这般，未尝不是一种解脱。

暗夜闪烁，无数的星挣破黑暗探了出来，如同细碎的泪花，向黑夜更深处蔓延。

他伸出手，离天际的星光越来越远……

第十七章

假作真时

杨福被救上来时，汪直的护卫正巧赶到。

他们眼看着三人从悬崖边上拉起了“汪直”，几人之间似乎并无冲突，当即握紧了剑柄，却不知是否应该出手。

杨福仍喘着粗气，还没站稳，便捧起卫朝夕的手查看伤势，并扯下衣袖上一块布，替她包扎止血。

看见眼前情景，护卫手中剑不由得松了几分。

“汪大人。”护卫揖手为礼：“我等看见信号，急忙赶来，不知大人是要我们……”

杨福刚从悬崖边上脱身，此刻还有些发愣，虽经过了三年训练，但毕竟从未真的尝试过汪直的生活。

朱见濂不动声色地紧了紧他的手臂，正按在他的一处伤口上，不由得“嗞——”了一声，神志终于清晰起来。

杨福站稳了身体，徐徐转头看向汪直的护卫，努力做出下巴微扬，眼神下睨的神态，冷然道：“没什么事了，下山，回去。”

护卫一愣，看了看杨福身上的斑斑血迹，不由得讶异道：“您的衣裳怎么换了，在下记得，您出来时穿的是件白绸中衣……”

杨福心中慌张，不由得又看了朱见濂一眼，稳了稳神色，学着汪直的语气斥道：“这些细枝末节的事情也关心，你们可真是管得宽啊。”

“在下不敢。”护卫忙道，瞟了杨福身边的其余人，“那这些人怎么办……”

杨福转头看了看朱见濂，眼神复杂："世子能否借一步说话？"

朱见濂点头，两人避开众人，行至稍远处。

"今日，多谢世子搭救。"杨福道，"东厂的暗卫不肯救我，必定是以除掉汪直为第一任务，至于保不保我，尚铭并未同他们交代。"

朱见濂并未领受他的谢意，只平静地问道："你不是宫中人，为何要替尚铭卖命？"

杨福摇首："我并非为他卖命，而是他承诺了我需要的。这是交换条件。"

"你需要的是什么？"朱见濂问。

杨福微怔，苦笑着摇头："我还不能说。"尤其是，他不能同朱见濂说。

朱见濂轻嗤一声："那你将我叫到这里，是为了什么？单纯地表示感谢？"他将杨福从头到尾扫了一遍，平静道，"你如今已是汪直了。"

"我知道。"杨福颔首，深吸一口气，似下定了决心一般，慢慢道，"世子今日的救命之恩，杨福记得。这一年在鄱阳，世子待我亦是宽厚。为表谢意……之前您需要我做的事，在我完成了自己的事情后，我会做的。"

朱见濂蹙眉："你是指……万贵妃？"

杨福点头，抿了抿唇，语带愧疚："还有沈姑娘的事。她若是不愿意，便不需留在京城。我会以汪直的身份在皇上面前奏请，由沈姑娘继续担任督陶官。"

朱见濂眸色微微亮起，声音却仍是低沉："你竟还知道汪直强留沈瓷的事，看来之前还真是小瞧你了。只不过万贵妃一事，风险太大。你已骗过我，我又如何能再相信你。"

杨福未置可否，咬唇道："我与尚铭合作，有我自己的原因，并不是只能听从他的号令。今日世子的救命之恩，我总需想办法偿还。"

朱见濂认真看了看杨福，沈瓷的事情，对于如今的杨福而言，并不算什么大事。但有关万贵妃的计划，他着实不愿信任杨福。虽说他之前的确有利用他杀害万贵妃的计划，但事已至此，他能给予这个人的信任，实在是太过有限。

"嗯。"朱见濂淡淡应了一声，别过头去，没做任何评价。

杨福心领神会，同朱见濂一齐往回走，对守候的护卫道："各走各的，下山吧。"

护卫看见这两人并行的情景，还有诸多不解。汪直明明是同沈姑娘上了山，为何眼下的女子却换了一个人？还有多出来的朱见濂、马宁和东厂暗卫的头子，方才在山顶究竟发生了什么？话到嘴边，却已不敢再问，只听命开道，和杨福朝山下走去。

卫朝夕看了看杨福，眼睛不由自主地瞟向汪直落下的位置，仍觉匪夷所思。再听这群护卫纷纷称杨福为汪直，手脚更不知往哪儿放。她清楚，现在身边的这个人才是与她熟识的杨福，可两人对比起来，她愕然惊觉，将她从东厂大牢里捞出来的，不是杨福，而是汪直。

卫朝夕有满腹的话语想要问，此刻却不能。她看着杨福突然变了一种语调和神情，已清晰地明白，这才是他不能见人的真正原因。

可是，杨福变成了汪直，这便是她和他的结局了吗？

“等等！”卫朝夕唤住刚迈出步子的杨福，抬步赶上，喘息道，“我要同你一起走。”

杨福脚步一顿，不由得停了下来，回头看着卫朝夕。

“我跟你走，好不好？”卫朝夕脚步挪近了几步，重复问了一遍，眼中似期盼，似恳求。

杨福的手心不知不觉已浸了汗，一股说不清道不明的情愫在心底乱窜，他想要走过去问一问她，既然知道他不是什么光明磊落的人，为何还要跟着他？她难道不知道连他自己都如履薄冰、步步险峻吗？

感动的潮水渐渐将他的整颗心充盈起来，但说出口时，依然是不客气的话：“你是谁啊？跟着我干吗？从哪儿来回哪儿去。”说完，便转身离开了。

这的确是汪直向来的态度，可他的眼神出卖了他。卫朝夕抿起薄唇，没有再争执，只定定站着，声音暗哑，问朱见濂道：“他这一去，是不是凶多吉少？”

“他若是能处理得当，便不会有什么危险。”

“那……那汪直呢？真的汪直，会回来吗？”

朱见濂踱到崖边，再探头看了眼深不见底的悬崖：“他不会回来了，再也不会。”

从今往后，汪直已去，只剩一个万贵妃留待筹谋。

东厂的暗卫早就悄然离去，朱见濂惦念着沈瓷的去向，对马宁道：“快些下山，去找沈瓷。”

马宁犹豫道：“沈姑娘会不会已经……”他的目光看向了悬崖。

“不会。”朱见濂边走边道，“汪直方才只说他想将沈瓷推下悬崖，却并未说已经推下，再加上卫朝夕来时他明确说了没有，沈瓷应该只是离去了。”

三人一同下了山，卫朝夕上了马车，朱见濂却不肯进去，只坐在车前板上车夫的位置，道：“此程距驿站尚有一段距离，单凭脚力很难走完，加之夜深天暗，沈瓷很有可能就在附近，若是进了马车，我怕看不清。”

如此行着，每到沈瓷有可能的藏身之处，朱见濂便停下来提着灯盏看看，马宁为防卫朝夕出事，便守在原地。眼下，临到一处清泽的池边，朱见濂再次停驻。

“我去看看。”他拨开丛叶，四处观望，方才停了多处还不见人影，此时不免有些发慌。他将灯盏举在身前，将周边都照了一圈，终于在树木的掩映下，发现了恍惚无言的沈瓷。

她躺在一块巨大的岩石上，仰头望着天空星辰，一动不动。

“小瓷片儿。”他轻声唤她，口中莫名染上些许酸楚，心中却泄下一口气。还好，她仍安然无恙地在这里。

沈瓷嘴唇干涩，反应了好一阵，才慢慢转过头来，目光的焦距逐渐清晰，终于借着灯光看清了他的脸。

似乎有什么紧绷的东西突然松懈下来。

如同脚踩的薄冰变成了厚实的地面，又如握住了池边仅剩的一株救命稻草。

一颗悬着的心终于落下来，想要依靠，想要倾诉，想要发泄。

“小王爷。”她一开口，声音便难以克制地染上了颤抖，“我真没用，真没用。三年……三年里明明无数次想起，都下定决心要杀掉他的。可没想到事到临头，我居然下不了手，我居然无法给我爹报仇！”

朱见濂抱住她，感受到她身体的颤抖，抚了抚她的背，将她揽入自己怀中，无声安慰。

“我该怎么办，我该怎么办？”沈瓷仰起头，泪痕挂在颊间，“汪直说他如今已经找到了可以代替我的督陶官，我怕我真的走不了了……”她喃喃念着，突然抓住了朱见濂的衣袖，“小王爷，你带我走吧，一定要带我回江西，好不好？我不想困在京城，我不能留下来！”

朱见濂握紧她的手，试图用掌心的温热暖一暖她冰冷的身体，正色道：“好，我答应你，我们回江西。”

“不知道汪直会不会让皇上继续下那道圣旨，若是无从更改……就算是偷偷带我走也好……”沈瓷长叹一声，浑身的力量好似被抽走，“我已是无法为我爹报仇了，唯有将他的遗愿完成得更好……就算不能回御器厂，也绝不能留在京城……”

朱见濂眼下还无法告诉她汪直已死这件事，脱下自己的外衣替她披上，再次承诺：“别担心，汪直留不下你。在离开之前，你不需再搅和别的事，就安安心心等着我的消息，我带你回去。”

沈瓷倚在他的怀中，像是放了心，心中的矛盾纠葛却是停不下来。她厌恶自己对仇人下不了手，却全然无可奈何。她觉得好累，疲惫得连眼都睁不开。今夜星辰绚烂，如同暗夜被扯破的伤口，虽无霁月，却有凛风，吹到脸上身上，竟浑然不觉，只想沉沉睡去……

一行人回到驿站，朱见濂刚将沈瓷送回房里，不出意外，淮王已在等着他。

“你还知道回来？”淮王双眼瞪得圆鼓鼓的，问道，“尚铭把你带出去的？”

朱见濂如今已没什么好顾虑的了，点点头：“对。”

“你……”淮王见他毫无悔意，怒气更盛，指着朱见濂的鼻子道，“你老实交代，你们做什么去了？”

“寻沈瓷去了。”

“本王要听实话！”

“您看我把沈瓷都带回来了，这就是实话。”

淮王一拍桌：“胡说！尚铭怎么可能帮你去寻沈瓷？”

“这便是我与他之间的事了。”

淮王攥紧拳头，一瞬不移地看着他。上一次朱见濂派暗卫去刺杀某人，这次尚铭还亲自出面把他带了出去，这其中有什么问题？他们能有什么共同的目的？淮王忽然脑中一道亮光闪过，瞳孔放大：“是因为汪直？你们要合力对付汪直？”

事情已成，否认毫无意义，朱见濂没有说话。

淮王死死盯着他的眼，神情变得越来越灰暗。他想要吼叫，气力却不足。自从他受伤以来，对全局的控制便日渐力不从心，尤其是朱见濂已有了自己的主张，他便愈发感到自己老了。对于这个儿子，心疼责骂之余，还有诸多无可奈何。本铆足了劲想要质问，出口却只剩下一句：“为什么？”

话未出口之前，他其实便已经知道答案，只是还抱着些期盼，想要再确认一遍。

朱见濂看着他，缓缓吐出了两个字：“夏莲。”

“你都知道了，你早就知道了……”淮王瘫坐在椅上，他早该猜到的，却明白得太晚了。陈年旧事是一把血刃，他为了自保竭力淡忘，却始终抹不去曾经狰狞的血迹。他也是恨的，只是这恨与其余比起来，是可以舍弃的。他自己可以忍气吞声、色厉内荏，但面对血气方刚的长子，他已没有办法阻止，也没有能力阻止。哪怕将朱见濂关起来看押，也还能冒出个尚铭过来插手。

一种深刻的无力感蔓延到他的周身，无可消除。

沉静良久，朱见濂突然抬眸问道：“为什么？他们当初……为什么要对夏莲下毒手？”

淮王闭上眼，长叹一声，泪水顺腮滚落，良久，才缓缓开口：“六年前我入京觐见，带着夏莲。皇上见她美貌，夸赞了几句……那时，万贵妃的幼子刚刚夭折，且往后都不能再生育，她对皇上身边的女人草木皆兵，便派汪直替她四处打探消息，汪直便将皇上对夏莲的评价告诉了万贵妃……于是，就……”

他说到这里哽咽了，眼前不由得浮现出夏莲的音容笑貌。绿衣白裳，丹唇蛾眉，那一肌一容仍是旧时模样，在他波动的泪眼中明灭，妍丽依然。

她是他最初的爱情，可他却无能为力。身份的天壤之别，他的内荏本质，已注定了两人的有缘无分。直到后来，原王妃李氏不能生育，而夏莲刚好怀有一子，便将朱见濂过到了李氏名下，为嫡长子。

朱见濂沉下气息，喑哑道：“你口口声声说爱她，她被无辜杀害，你却没有任何动作，装作全然不知，这算什么？”

“若对方只是普通人，我必会追究到底。可是……”淮王再次叹息一声。

朱见濂对淮王深感失望：“不论是什么人，当初既然欠下了这笔血债，就该还。”

“你明白什么？整个淮王府的面子不要了吗？惹了这两人，万贵妃吹吹枕边风，汪直再用西厂随便造一堆证据，淮王府又如何立足？”

朱见濂道：“这不是你畏惧强权，连提也不敢再提的借口。如果当初……”

“够了！”淮王气得浑身颤抖，不敢再听下去。他从来都觉得当初避而不提的决定是对的，此刻被朱见濂这般失望的眼神凝住，竟也觉得心中懊恼。故意回避这个问题，攥紧拳头抬眼看着朱见濂，“你告诉我，你这些日子的所作所为，会不会牵连到淮王府？”

朱见濂想了想，冷漠道：“也许不会。”

“也许？”

“凡事并无绝对。”

淮王认真看着朱见濂镇定的神色，那镇定之中，甚至还藏着一分轻松，不由得蹙眉：“你这般轻松，难道是因为……汪直已经不在了？”

朱见濂愤愤答道：“汪直还在不在，不是很容易就能了解的事情吗？何必问我。”

听这语气，显然汪直仍在，并不畏追查了。

淮王已是琢磨不透朱见濂的心思，心想既然汪直无恙，应是还能制止事态的发展，叹了一口气，说道：“眼下还有三日离京，这三日，你就待在驿站，驿站之外谁来了都不许见。”

朱见濂一丝犹豫也无，点点头，顺从地答了一个字：“好。”

淮王更辨不清眼下是何种情形，没问出什么，又怕继续说下去会再次提及夏莲，只觉身心疲惫，靠坐在椅后，挥手让人将朱见濂带下去了。

沈瓷在浑浑噩噩中做了一个梦。

许多年前，同样是春意初至的时节，柳枝青翠，黄鹂轻鸣，她和爹爹还在沈氏瓷坊，他手把手教她拉坯，或是执着画笔，在光洁的瓷面上勾勒出纹。爹爹说：“闺女，你比我有天赋得多，若是能跟着技艺精纯的师傅，必会有所成就。”她摇摇头，笑得明媚：“我不跟着别人，我就跟着爹爹，去哪儿都跟着。”爹爹揉了揉她的小脑袋，笑得柔软，画面是静谧美好的，阳光从棚架上透出，照在爹爹的脸上，苍老又温暖。

过去的一幕幕，因其太过温柔美好，而将现实衬得愈发凄凉。她在梦里笑了，又突然意识到这只是梦而已，结痂的疤痕又被揭起，这才发现内里的伤口从未愈合，汩汩流出痛苦的脓血，五脏六腑如同被剧毒侵蚀了般。爹爹还说，制瓷人的情感，会流露到手中的瓷器上，就像孩子遗传了父母的一部分身心特质，虽有自然造化之力，但这份特质的遗传，却是无法忽视。

一个人的心境，决定了所制瓷器的风格。

而窑变，便是失控。

眼前似乎浮现出一片火红的石榴花，泣血般的哀鸣，刺得眼都睁不开，只觉一团烈焰灼痛了迷离的眼，明灭翻转，刻骨的怨恨便含在里面，随时可能躁动翻起，可又好像有一股力量压抑着，在残阳血红下，逼得尖利的钗尾烁烁泛光。

举着金钗的手疼痛欲裂，从寸寸骨节，到丝丝毛发，没有一处不觉惶惑。她下了狠心，猛地刺下去，喷出的血液“砰”的一声爆开，溅了她满身，便这样被惊醒了。

睁开眼，朱见濂正坐在床边，见沈瓷醒来，轻轻拭了拭她额头的汗：“怎么了？”

沈瓷的胸口仍是起伏不定，极力克制着自己飘忽的神思，缓缓抬头，喑哑了声音：“……做了个梦。”

“嗯？”

“……梦见汪直死了。”

朱见濂拭汗的手一顿。

“我杀的。”沈瓷又说，眼神涣散在空气中。

似一阵凉风拂面而过，朱见濂静了一会儿，柔声对沈瓷道：“你太累了，不宜多想，好生休息吧。”

“或许吧。”沈瓷呆呆地坐着，脑中如有一种虚空的清明，抬起头来望着他，“你为什么不问？”

朱见濂眉心微蹙：“问什么？”

“你今日在苍云山下找到我，为什么不问我怎么会在那儿？”她见他沉默，追问道，“你知道我是去做什么的，对不对？”

朱见濂迟疑片刻，终是颔首承认：“我知道。”

沈瓷身体一软，不敢看他的目光，向后微倾过去：“你不怪我？”

朱见濂摇了摇头：“我明白你的处境，不怪你。”片刻后又叹了一口气，“只是觉得难过。”

灯烛有些暗了，摇摆不定的光映在他的脸上，平添了几分揪心的压抑。他低头看她，顺手将她颊上的两缕碎发顺到耳后。他忽然发现，她额上那道月牙形的伤口依然明显，孤零零地印在她白皙的皮肤上。相书上说额上有疤的人命运多舛，那她如今波折起伏的人生，或许便是因着当初为自己挡下的一击。他想到这里，皱着眉头笑了一下，说道："我入京之前，以为你莫名获罪，备受打击，我若出现，必能成为你的依靠。可是到了以后才发现，其实一切早就同我想象的不同了。"

沈瓷为他这一笑难过异常，微微垂下眼帘，看见他的手微伸可及，不由得轻轻碰了碰，脸上顿时变了颜色："怎么烫成这样？"再看他双颊发红，脖颈上竟还有一道细长的刀痕，急道，"这是怎么回事？有人伤你？"

这刀痕是汪直跳下悬崖前留下的，朱见濂摆摆手，不愿提及："无妨，伤得并不重。"

"可是……"

"小瓷片儿，听我说完。"他看着她的眼睛，不知何故，眼眶竟有些发红。莫名的悲辛与喟然交融在一起，那些能告诉她的，不能告诉她的，统统化为哽在他喉头的一根弦，绷紧了，锋利得割得喉咙涩涩发疼。

沈瓷抬头，撞上他的眼睛，明亮而沉默，心里不由得微微一热，惶惑地睁开眼，想要下榻寻找药物替他敷上，却感到自己的手被他握紧，说道："我是真的没事，要紧的是你。就算是为了我，也应该好好保重自己的身体。"他看着她苍白的面容，又是心疼，又是酸楚。她遭遇家变后，便不爱多言，好不容易终于拾得了几缕亮色，又在矛盾踟蹰中遭遇如此心劫。

他是真的想要将所有尽数交付予她，可两人之间如今横亘了一个汪直，有些话便无法说出口。从前她是他名义上的小宠，虽然并未敞开心扉，但相处是坦然的，暗流下涌动着温柔情愫；可如今执手相握，中间却因为隔着汪直，隔了太多枝枝蔓蔓，不敢说，不可诉。他胸口疼得厉害，无法拆去这纷扰杂陈的哀伤，似在蔓草繁生的旷野经历了一场暴雨，悄无声息地心痛胆寒、抱臂号啕，喉咙艰难地动了动，低声道："小瓷片儿，我心里其实是害怕的……"

沈瓷听他的声音竟是微微发颤，向来从容忍耐的小王爷，此时竟有了些惶惑的神情，他的手掌发烫，握住她如同握住一道捉摸不定的光晕，心下一滞，说道："别害怕，汪直若是想要我的命，之前有的是机会，既然他没动手，便说明我没有性命之忧，你不需担心他会找我寻仇。"

朱见濂却摇了摇头："我并不是害怕这个。"

沈瓷见他今日不同以往，对方才她的问题也避而不答，迟疑地问："那你是……怕他从中阻挠，没有办法带我离开京城吗？"

朱见濂仍然否认："不，我答应了带你回家，就一定会的。"

"那……"

他的声音低了下去，目光中的滚烫却分毫未减："我真正害怕的，是你纵然回到了江西，心却放不下。"

"……"

"京城遇见你以后，便是波折不断。还没同你好好说上几句话，还不了解你心中所想，事情就变了。我时常不知如何才是对的，怕见不着你，又怕见着了你却不知该从何说起。从前以为暗藏情愫的时光很难熬，现在才知，那并不算什么。"他眼中飘着一层淡淡的雾气，其实还有一句话没说：他更害怕，她知晓了今日所有事情的真相后，会疏离他。怕汪直若真的不是她的杀父仇人，她会因愧疚而回避他……他的眉心凝成了一个"川"字，心里也拧得发疼。

静了一会儿，沈瓷伸出手，轻轻抚平了他眉心的痕迹："我的心能去哪儿呢？"她的心不知为何泛起一阵酸楚，喉咙发紧，"除了你这里，我还能去哪儿呢……"

朱见濂不由得动容，伸手将她揽入怀中："小瓷片儿。"

"嗯？"

"你别走。"

"我不走。"

"无论今后发生了什么，都别离开，好不好？"

沈瓷从他的言语中觉出了不对劲，抬起眼看着他："出了什么事吗？"

"没有。"朱见濂心中叹息，言道，"只是时局不定，不知未来还会有何种争端。"

沈瓷又定定看了他片刻，却没有点头，又问道："你是想说，回江西以后淮王不会同意我们在一起？"

"至多一小部分担心罢了。"朱见濂开口道，"重要的只有你和我，其余，都不太重要。"

只这一句，沈瓷的心跳陡然停滞，喉腔里空荡荡的，抬头看他的一双眼黑得发亮，心中似有一根弦"怦怦"震动，急忙垂下眼帘道："顺其自然吧。先等待这三日过去，离开京城再想别的。”

或许是因为她挂念他滚烫的身体，或许脑中还回荡着与汪直的争执恩怨，或许她也不知话题深入下去该如何作答，遂握住他的手道：“你发烧了，叫医师来给你看看，应该早些休息才好。”

朱见濂深深看着她，知晓她眼下想要静养，颔首起身：“你也是，再等两三日，都会好起来的。”走到门口，又觉言语未尽，不禁转过身，正瞧见她静静地望着他，一双眼澄清寂静，心头凝紧，忍不住转身往回走，又重重抱紧了她。

发间香气馥郁，灯烛明明灭灭，他紧紧拥着她，说不出话，叵测的未知与模糊的恩怨交织在一起，可这纷扰思绪，又怎能用一语诉尽？

杨福随同护卫回了汪直的私宅，至此，他已有了全新的身份。

这是尚铭三年来一直培养他的，后来到了朱见濂身边，也做着同样的准备。可即便如此，临到跨进了汪直的地盘，代替了汪直的身份，他依然觉得不安。

自己原本只是一个影子而已，为了叵测的目的潜伏至今，突然有这么一天，不须再活在黑暗里。他是别人的棋子，却心甘情愿，不仅如此，他还须利用如今的身份，践行自己的目的。

杨福愣愣地坐在房中，正想着，突然听见敲门声。

他挺直背脊，整理了一番思绪：“进来。”

门打开，侍从毕恭毕敬：“汪大人，张公公托人来问，您明日何时入宫，定下了他赴任的日子，可别忘了告诉他。”

杨福一愣，不由得反问道：“张公公？”

“您忘啦？就是您新选中的督陶官，不是说要给皇上一个交代吗？”

杨福想了一会儿，弄明白这是汪直之前准备代替沈瓷去往景德镇的人选，点头道：“嗯，我想起来了。”他学着汪直的手势，小臂斜向一挥，“告诉他，不必记挂着这事了，好好做从前的职务吧。”

侍从一愣：“您的意思是……他不用去江西了？”

“正是。”

“那皇上那边……”

杨福心里一拧，“噌噌”蹿上不安的感觉，硬着头皮道：“皇上那里，我明日自会去说。”

随侍闻言，躬身告退。杨福恍恍惚惚，看着镜子里的自己，表情十分僵硬，他拍了拍自己的脸，对着镜子咧开嘴笑了一下，皮肤却像是抽搐着，只挤出一个难看的弧度，似笑非笑。

次日，杨福前往皇宫。

昨日事发后，尚铭一直未曾露面，为了避嫌，杨福也没去找他。如今不同往常，在众人看来，他已是汪直，便是在尚铭的敌对面。

下了马车，杨福一路高度戒备。头一次面圣，言行举止都须小心得体。据尚铭告诉他，汪直在皇上和万贵妃面前并不拘礼，但也比在常人面前收敛许多，其中分寸，还须他自己把握。

行至皇上所在的暖阁外，宦官进去通报后，出来对杨福道："汪大人，进去吧。"

杨福点头，一步步迈上台阶，他腿脚发软，头脑"嗡嗡"作响，走到暖阁门口，脚步忽而一滞，深吸一口气，这才提步进入。

皇上正批阅着奏章，微抬起头看了他一眼："汪直来了？刚好，你来看看，东厂刚把妖狐夜出的案子给结了，朕总觉得缺了点儿什么，这事之前你也负责过，替朕看看。"

杨福肌肉绷紧，强作镇定地接了过去，刚把奏章捧在手里，便听见皇上"哎——"了一声。

他手一哆嗦，奏章差点儿掉下去，赶紧抓住，定定站着。

皇上皱着眉头看他："怎么了？"

杨福顺了顺语气："皇上方才哎了一声。"

"哦？这就把你吓到了，你胆子可是愈发小了啊。"皇上笑笑，不在意地摆手，"我就看你这几天似乎是瘦了，精神也不太好，倒有些萎靡了。"

杨福迟疑片刻，正思索着怎么答话，便听皇上再问："是不是还是因为那个沈瓷的事？"

杨福扁了扁嘴，干巴巴答道："是。"

皇上未觉有异，只当他是忧思心切，劝慰道："放宽心，你们俩的事朕不反对。朕的开明，你是明白的。"他稍稍一顿，想起了什么，"对了，上次朕听你差人汇报说，新任督陶官已经找到合适的人了，怎么样？能像沈瓷一样好吗，会制瓷吗？"

杨福念及此行的目的，顺势问道："皇上对沈瓷如此满意？"

"那是自然。不仅是朕，万贵妃对他制的瓷器也很满意。朕之前都想过了，要整顿御器厂，便需要一个真正懂瓷的人，最好还让朕信任过。沈瓷满足所有的条件，若不是因为你，朕都想让他提前上任了。"皇上悦心一笑，却见杨福微有踟蹰的模样，问道，"你今天是怎么回事？奇奇怪怪的。"

杨福不敢抬头，慢慢说："臣想……"

"你什么时候开始自称臣了？"皇上打断他，饶有兴致地问。

杨福想起尚铭的叮嘱，额上不由得冷汗直冒，改口道："我想……既然皇上如此中意沈瓷，便让她继续担任督陶官，不须再另寻他人了。"

"嗯？"皇上蹙眉，"你上次可不是这么说的。"

杨福自然不知道汪直上次是如何说的，但眼下也只能硬着头皮回道："沈瓷既然有这个资质，自然该为朝廷效力。"他稍稍抬眼，见皇上岿然不动，继续道，"重要的是，她自己也是想去景德镇的。这是她一直以来的心愿和梦想，若是强留她在京城，她也不快乐。"

皇上半眯着眼睛看他："那你呢？"

杨福微怔，嗫嚅道："我……我……"他咽了口唾沫，"上次是我冲动失言，这几日我好好想了想，还是不能强人所难。"

"可你前日才告诉我，你已经物色好了新的督陶官人选。"

杨福嘴唇发干，喉咙像是打了结，在皇上怀疑的目光下，背脊已是冷汗一片："之前……是我还没想明白。既然沈瓷志在景德镇，我便不该阻拦。更何况，皇上您对沈瓷如此满意，若是她成了督陶官，应是能做出贵妃娘娘喜爱的瓷器，我又怎能武断地将她留在京城，让皇上继续为御器厂忧心呢……"

一阵安静。

皇上的手有规律地叩击着桌面，一声一声，良久，才慢慢问道："这是你最终的决定？不再改了？"

杨福声音低沉道："是。"

"你心里真是像你说的这么想的？"

"是。"

皇上身体后倾，靠在椅背上，悠悠道："汪直，你今日同往常不太一样啊。"

“……”杨福的手在背后暗自握紧。

“朕从未想到，竟会从你嘴里说出这番话。”皇上轻笑，“你倒是难得为了别人的意愿妥协。也难怪，从前朕提出让沈瓷做督陶官时，他一口答应，你却一脸为难，今日总算是明白了。”

杨福勉强笑笑。

皇上看他神色勉强，道：“怎是这般表情？难道……他根本不喜欢你？”

皇上问上了瘾，杨福更觉尴尬。他之前虽未明确知晓沈瓷和汪直的关系，但也能从种种事件中看出一二情愫，可沈瓷分明已经有了淮王世子，其中的关系便叵测起来。此时，面对皇上这般直白的问题，他进也不是退也不是，压根儿不知如何回答，手足无措之际，出口道：“皇上说笑了，寻常人家的姑娘，又怎会喜欢我这般宦官呢……”

皇上的瞳孔霎时变大：“姑娘？”

杨福一愣，旋即意识到自己紧张之下竟然说错了话，搅着舌头想要圆谎：“我的意思是，连姑娘都不愿意同宦官一起，更别提其他人……”

皇上定定地看了杨福片刻：“汪直，你胆子可是越来越大了啊？你可知道私自让女子扮作宦官混入宫中，该当何罪？”

杨福身体一震，当即跪地。汪直和沈瓷之间的内情，他是不知的，如今龙颜震怒，骇得不知如何是好：“臣……臣……是臣口误，表达错了意思，还望皇上息怒……”

皇上虽忆不清沈瓷的样貌，却也隐隐记得那日见她眉清目秀，音色温润，确有女子之态，再加上杨福吞吞吐吐，越想越觉得不对劲，蹙眉道：“是女子还是宦官，把人叫来验验便知。来人！”

杨福喉头哽住，背上已是冷汗淋漓。眼见皇上已吩咐人欲去检验，再按捺不住，俯首道：“请皇上恕罪……之前臣……臣并不知她是女子……”

皇上眯着眼看着杨福：“这么说，她当真是女子了？”

杨福吞吞吐吐：“并非刻意隐瞒皇上，实在是……臣也是这两日才知晓的。”

皇上没立刻再问，将杨福上上下下扫了一圈：“今日你的言行举止，着实怪异。”

杨福身体一僵，方才只顾着慌张，这时才意识到自己如今的身份。汪直在皇上面前，不会如此拘束，更不会因一语不合而胆战心惊。

他深吸一口气，努力克制着自己狂躁的心跳，慢慢站起身。

皇上看着他，决定给他一个解释的机会："说吧。"

杨福稳了稳心神，估摸着皇上对沈瓷的了解也不多，斟酌道："皇上可还记得，之前被东厂误关入大牢的西厂暗桩，也就是那个叫卫朝夕的女子？"

"有点儿印象。"

杨福咬牙编道："沈瓷同她是知交好友，因此相识。西厂探查妖狐夜出一案时，沈瓷也帮衬着做了一些事，只不过她一直以男装示人，并未透出女子之身。至于后来，我带她入宫，的确是因为她制造的瓷器精美非常，想讨贵妃娘娘的欢心。"

皇上紧蹙的眉头微微放松了些："这么说，你并不知情，是沈瓷刻意瞒你？"

"倒也没有刻意相瞒……前几日，她将真实情况主动告诉了我。"杨福道，"我已查过，沈瓷身家清白，绝无犯上之心，还望皇上息怒。"

皇上静默片刻，用手指了指杨福："若这人不是你举荐上来的，凭她未入宫籍潜入宫中，朕早就拿她是问了。"

杨福暗暗舒了一口气，又听皇上道："不过，你既然喜欢她，当真不准备将她留在京城？"

杨福摇首，竭力揣摩着汪直的口吻道："不了，我不想再强人所难，她想去御器厂，便让她去吧。"

皇上摆摆手，道："就算你让她离开，朕也不可能再命她为督陶官。"

杨福下意识问道："为什么？"

"为什么？你还问朕为什么？"皇上不满道，"你倒是说说，大明朝何时出过女督陶官了？"

杨福倒吸一口凉气，听皇上语气果决，竟然吐不出话来。正欲领命，忽然听御前侍卫通报道："皇上，贵妃娘娘来了。"

"哦？"皇上抬了抬眼，"让她进来吧。"

"是。"

不多时，万贵妃袅袅娜娜地迈步进来，手上抱着那只懒洋洋的大白猫，微醺着眼，一副没睡醒的模样。

“臣妾参见皇上。”万贵妃微微屈身，瞥了眼杨福道，“汪公公也在呢。”

杨福想起尚铭的叮嘱，说汪直同万贵妃的关系，比同皇上亲密更甚，甚至当初汪直被任命为西厂提督，也与万贵妃的指点分不开。

他朝万贵妃揖手为礼，便听皇上道：“正说着，贞儿你便来了。”他拍了拍身边的位置，示意她坐过来，指了指杨福，笑道，“这个汪直，胆子真是越来越大了，上次带给你的那个叫沈瓷的宦官，居然是个女子。”

“女子？”万贵妃凤目挑起，纤长的手指一下一下抚摸着白猫的皮毛，“女子扮作宦官，可真是新鲜事。她有何企图？”

“绝无任何企图。当时，是我安排她进宫的，只想着用她做的瓷器讨贵妃娘娘的欢心。而当时，我并不知她是女子。”

万贵妃思忖片刻，基于对汪直的信任，并未怀疑什么。

杨福垂头想了想，既然万贵妃对汪直心有偏袒，再合计着汪直惯常的性格，决定再为沈瓷争取一番，连忙道：“虽是女子，但确有制瓷之才。督陶官最重要的事，应是监督御器厂制出最精美的瓷器进贡皇家，有所成就。之前的督陶官便是因为对瓷器一窍不通，又不肯钻研，才让皇上和贵妃娘娘诸多不满。”他微微侧身，又朝万贵妃颔首道，“更何况，女子更能知晓贵妃娘娘的心意。若是能让贵妃娘娘开心，出个女督陶官又何妨？”

万贵妃道：“你今日说话，倒是细致得很。”

杨福身形再次一僵，偷偷抬起眼来看向万贵妃，恰好撞上她的眼睛，盯着杨福，若有所思，片刻后粲然一笑：“我说呢，怪不得她做的瓷器都是些小巧精致的，虽有大气，却也沾了秀气，原是性别使然。既然是汪公公信任的人，在宫中也没什么动静，本宫便暂且信你了。”

皇上转过头看着万贵妃：“爱妃的意思是……”

“皇上……”万贵妃挽住皇上的胳膊，“男人和宦官哪能把握得了女子的喜好？以前没出过女督陶官，不代表如今不能出。只不过是个督陶官的职位，又不在京城，影响不了朝政。开了这个先例又如何？”

“这……”

“皇上……”万贵妃倚着皇上的手臂，语带娇嗔，“贞儿可不愿下次进贡上来的瓷器，还是前几次那般模样。”

皇上总是迁就她的，没过一会儿，终是妥协：“好好好，你说什么便是什么。诏命依旧，让她依然以宦官的身份上任，就别提什么女子了。”

“这怎么行？”万贵妃气性上来了，倒是倔强得很。她自己涉政不少，时常参与朝堂之事，此刻听了皇上的话，竟觉不服，“为何女子不可以？我不就是女子吗？做个督陶官而已，又何须遮遮掩掩？再者，瓷器本就是精巧雅致之物，女子担任，并不为过。若是后来被人揭发，那日子可更难过，还不如从一开始便杜绝。”

皇上整顿御器厂，原本就是为了讨万贵妃的喜欢，如今听她都说到这份上，想想御器厂的事项也应当交由万贵妃决定，遂应允。

万贵妃觑了杨福一眼，顺势道：“依臣妾看，督陶官这等小事，就不烦陛下操心了，汪公公有心，便交给他料理好了。”

杨福得到皇上准许的眼神，立刻应下，终于松了一口气。想来，若不是凭借皇上和贵妃对汪直的喜爱，此事恐怕难以善终。

“好了，此事便依你们了。”皇上拢了拢万贵妃的发，又将目光转向杨福，道，“还有一事，你先把刚才差点儿掉在地上的奏折打开看看。”

杨福这才想起方才被他险些掉落在地的奏折，里面记录的，正是东厂对妖狐夜出一案的破获结果。

此事杨福也有参与，他再清楚不过，妖狐夜出其实是东厂一手造出的谜案，为的便是扰乱民心，同时让汪直的能力在皇上心中打折扣。此外，也隐隐帮助朱见濂寻得了刺杀汪直的机会。

只是眼下，杨福已成了汪直，他还需要倚靠东厂的势力实现自己的目标，自然不能把这些抖出来。

“朕总觉得这当中差了些什么，这案子之前是你负责的，你且看看，是否有问题？”皇上道。

杨福认真读了一遍，既不能供出尚铭，又不能显得自己无能，更何况东西厂针锋相对，肯定是应该挑挑刺的，便学着汪直的语气说道：“有几个地方的确看起来有漏洞，不排除东厂有故意找人顶包的可能性。不过，这些还需要时间核实，我都记住了，定会细查到底。”

“好，那就这样吧。”皇上又将杨福上下扫了一圈，似乎也觉得“汪直”今日有些变化，不过念在沈瓷即将离京，只当他是难舍心上人，便也没想太多。

杨福行礼，道了告退。可他还没来得及转身，万贵妃怀里那只一直懒洋洋的白猫突然睁开了双眼，瞳孔瞪得闪亮，直视着杨福。那双猫眼盯着他看了半晌，越来越警觉，骤然长长地“喵”了一声。

杨福骇然，加快了脚步退下。到了宫外，才发现自己的手心后背尽是汗，腾腾升起不安的气息。

当日申时，沈瓷收到了谕旨。

她惴惴不安，这一纸文书，决定了她是去是留，甚至……是生是死。

她不觉得汪直会放过她，她对他下药，他趁着这个机会光明正大地赐死她，或许是有可能的。

可她相信小王爷，他说会带她走，他说会和她远离京城这个是非之地，她相信他。

朱见濂同她一起跪下，静静等待着宣判。

听着宣旨的太监一个字一个字地念出，她的心提到了嗓子眼儿。待听完了，更如同做梦一般。

她不仅被任命为督陶官，还是以女子的身份！

是汪直真的妥协了，还是小王爷从中安排？她一念及此，心里又是一阵刺痛，暗暗看了眼小王爷，深呼吸。

太监将手中的任命交予沈瓷，道：“恰巧后日淮王返回江西，沈姑娘既与淮王相识，大可一同走。”又露出一个笑容，“贵妃娘娘对姑娘的瓷艺深有赏识，汪公公也极力促成，这才破例许您为女督陶官，姑娘莫要辜负了娘娘的期望啊。”

沈瓷听了汪直的名字，身形一滞，半晌才回过神颔首：“是，谢公公提点！”

朱见濂将她的反应瞧在眼中，迅速接话道：“行，后日一早，我们一同离开，必定将你安全送回景德镇。时间不多，还是快些回房收拾东西吧。”

说罢，朱见濂塞给宣旨太监一块银子，送走了对方。沈瓷回房间收拾东西时，还如同身置梦境。事情怎么会变成这样？这不像是汪直作为，莫非还发生了什么她不知道的事？

她想要问一问，却又不敢，只得先让朱见濂离开，自己静一静。繁冗的思绪压下，她有些头疼，正惴惴着，突然听见门被推开，一抬头，正看见卫朝夕站在门边，脸色苍白，失魂落魄。

“阿瓷。”卫朝夕轻唤了一声，喉咙已是暗哑，“阿瓷，我来同你道别。”

“道别？”沈瓷噌地站起，见卫朝夕眼神恍惚，脸色像是铺上了一层灰，没有丝毫光彩，不由得担忧，“阿夕，你怎么了？谁欺负你了？”

卫朝夕鼻子一酸，使劲摇头：“没……没谁欺负我。”

沈瓷拉着卫朝夕坐下，握住她的手，轻语道：“那你好好的，道什么别呢？”

“我想在京城待一段。”卫朝夕声音哽咽，话说得有些艰难，“我已经思考了整整一日，这次你们回江西，我就不同你们一起走了。”

沈瓷听得莫名其妙：“这怎么行？眼下已经比预计待在京城的时间长了许久，你爹该急得不行了。若是我回去了，卫老爷看不见你，那该怎么办？”

卫朝夕垂下头，咬咬牙，复又抬头道：“是我辜负了爹爹的期待，可是，可是我已经下定决心再多待一阵，或许最终也不会得到结果，但若是就这样离开，我……我不甘心……”

沈瓷看着她：“你不甘心什么？”

卫朝夕张了张嘴，却没说出话来。

从苍云山下来时，朱见濂曾经叮嘱过她，今日山上之事，绝对不可告诉沈瓷，否则，将会给杨福招来杀身之祸。

卫朝夕对沈瓷，向来隐瞒甚少，但唯独关系到杨福时三缄其口。卫朝夕想要告诉她汪直已死，她不必再担心被打击报复，可如今的朝堂之上，还有个“汪直”坐镇西厂，若是细究起来，杨福恐怕会陷入危局。

临到嘴边的话又吞了回去，卫朝夕轻吸一口气：“总之我在这里，还有未了的心愿。阿瓷你不必再问，若是这心愿能达成，以后我自会告诉你。若是不能……也省得说了。”

她说得云里雾里，沈瓷皱着眉头想了片刻，正色看她：“不行，我不同意。”她语气坚定，试图说服卫朝夕，“你是小王爷带到京城来的，他便有责任将你带回景德镇。你若不回去，就是他的过失了。更何况，从京城到江西，路途遥远，山匪又不少，你不同我们走，今后自己回去，危险也是不可知的。”

沈瓷深知，卫朝夕胆子小，断是不敢独自上路的。可她低估了卫朝夕的决心，只见她抿了抿唇，低声道：“今后的事，今后再说，或许那时，我会有其他办法的……”

“朝夕！”沈瓷有些无奈了，语气也不由得加重，“你犯什么傻？好不容易才可以回去，把你一个人放在这里，我怎么能放心？”

“我犯傻？”卫朝夕眼皮抬起，道，“好不容易才可以回去的是你，不是我。你难道以为是汪直放你走的吗？你以为是他突然转性了吗？”

沈瓷神经一紧：“你知道些什么？”

卫朝夕别过头去。

“你知道什么？”沈瓷凑近她，清楚地看见卫朝夕苍白的嘴唇微微颤动。她离她更近了一寸。

“我什么都不知道！”卫朝夕“嗖”的一下站了起来，语速飞快，眼睛涨得红红的，“什么都别问我，我也想知道到底是怎么回事！我要留下来，我必须留下来，我绝不能这样稀里糊涂地离开，最后变成毫无瓜葛！”

沈瓷被卫朝夕激动的情绪惊了一跳，她激动之下的这番话，听起来突兀无比，却又不似胡言乱语。沈瓷正欲追问，卫朝夕已慌乱抬步，快速推门离去。

朝夕这是怎么了？她突然提起汪直，莫不是她留下还与汪直有关？可在沈瓷的印象中，这两人并不熟络，难道还有什么隐情？

沈瓷琢磨不透，推门出去寻小王爷。当下要紧的事，还是要尽力劝朝夕与他们一同回江西，这样才较为安全。

“小王爷，朝夕不打算随我们离开，要自己留在京城。”沈瓷入了朱见濂的房间，道，“我担心她的安全，又怕她意气用事，能不能在临行前派两个人盯着她，免得她再乱跑？”

朱见濂听了，并不惊讶，苍云山上，卫朝夕对杨福的袒护已是明晰，做出这等决定，并不意外。朱见濂对此早有预料，平静道：“她若是执意想留，我们也拦不住，便让她留下吧。”

沈瓷顿感意外，皱眉道：“这京城还有什么值得她留下的？你怎会放任她如此？再者，她留下了，你同卫老爷如何交代？”

朱见濂叹息一声：“我也想让她同我们一起走，但是，只怕她自己不甘心，不愿意走。”

这话与方才卫朝夕告诉她的如出一辙，沈瓷思忖片刻，抬起头道：“你们是不是有什么事瞒着我？”她试探着问，“难道……朝夕在京城，有喜欢的人了？”

朱见濂犹豫了一下，还是点了点头。

“是谁？”

“我不知道。”朱见濂快速撇开话题，又道，“卫朝夕怎么来的京城，你我都知道。若是她真的想留下，你就算把她强行带到车上，中间偷个空儿她也能溜回来，没用的。我们总不能把她绑在车上吧？”

沈瓷想想，也觉得卫朝夕若是倔起来，自己也拦不住：“那怎么办？把她一个人放在这儿，我不放心。”

“依我看，若是能劝她离开，自然是好。若是不能，我留下两个护卫保护她，若是她之后想回江西，路上也能安全些。”

沈瓷想了想，点头道：“为今之计，也只能这样了。我再想办法劝劝她，最好的法子还是先将她安然无恙地带回江西。”

朱见濂上前，将她皱起的眉头抚平：“别光想着她，眼下我更担心的是你。”

沈瓷摇头轻笑：“我还能有什么事？皇上的任命都下来了，总不至于还有什么差错。”

她的笑容中藏着一丝不易觉察的苦涩，嘴角扯了扯，有些僵硬。朱见濂敏锐地觉察到了，却没说，只轻轻抱了抱她，情绪沉淀在心底。

过了好一会儿，朱见濂才放开沈瓷：“好了，去吧，再过一日便要离京，别漏了什么东西。”

沈瓷的神思仍有些飘忽，点点头，被朱见濂送回了房间。静坐半晌，隐隐有一个念头冒了出来，却只是一闪而过。从前多次和卫朝夕相处时，她都是欲言又止，当初她被搅入妖狐夜出一案，真的只是偶然吗？

一念及此，沈瓷再也坐不住，起身赶往卫朝夕的房间。

哪知推开门，一个人影都没有，只剩下飘飘荡荡的帘幕，在空中飞舞。

卫朝夕与沈瓷道别后，担心会被阻拦，慌忙回屋拾掇了重要的东西，没来得及整理好，便一团抱着跑了出去。

她要去找杨福，可杨福如今在哪里呢？从前简陋的小屋早已空空荡荡，两人唯一的相会之所已是人去楼空。

她虽然不明白前因后果的关联，却也清楚，那个她所熟识的杨福已经不见了，取而代之的，是世人眼中的汪直。

汪直又住在哪里呢？或许她在离开之前，应该问一问沈瓷，可眼下她不能回去。或者，她害怕只要自己一回去，已经下定的决心便会崩塌，她怕自己承受不了这决定带来的后果。

既然西厂提督时常入宫，那便在宫门不远处等他吧，一天，两天，总能等到他。

这样想着，卫朝夕便默默守在了宫门不远处。也亏得她运气好，杨福从皇上的书房退下后，又去了西厂，因此卫朝夕不过等了两三个时辰，便瞧见了骑马出宫的杨福。

此时的杨福，仿佛已经变了一个人。经历了初次面圣的慌张，他已慢慢找到了几丝当初训练时的感觉，尤其是方才在西厂走了一遭，看着跪地请安的宦官，这种身临其境的感觉便蹿了上来。

若是再面圣一次，他相信自己的表现必定会比方才自然许多。

下巴扬起，背脊挺拔，眼风斜斜地向上飞起，他便以这样的姿态出了宫。刚迈出宫门，不出杨福的意料，果然有人候着。那人穿着平民服饰，可杨福认得他的脸，便是负责他与尚铭通信的使者。那人使了个眼色，杨福便明白，是尚铭要见他了。

昨日为了避风头，尚铭没同杨福联络，大概是今日得知他已面圣，等不及要询问。

他轻轻颔首，同身边人借口说自己还有事要查，便扔下其他人，默默地跟在尚铭的信使身后。

不远处的卫朝夕一看这情形，顿时手足无措，街上的人不少，又是在宫门处，她不敢当众疾呼，舔了舔嘴唇，只好默不作声地跟在杨福身后。心道他应是要回住处，如此，自己也能知道他住在哪儿。

可没想到，杨福七拐八拐，在巷子里穿行得甚是曲折，中途还下了马，换成步行。卫朝夕见杨福身前还有一人，一直没敢上前，就这样不远不近地跟着，一直跟到两人进了偏僻处的一个酒家。

她实在太累了，于是拖着疲惫的身体，也想进酒家里坐一坐，还没跨入门槛，便感到自己衣领被提住，整个身体都悬空起来。抬眼一看，正是方才领着杨福进入酒家那人。

“你是谁？”那人面色带煞，眼神凶狠，“说，谁派你来的？”

“我……没谁……”卫朝夕缩了缩脑袋，被那人吓得一颤，眼神瞥见杨福正上楼的背影，蓦然憋着气大喊，“哎！嗨！我在这儿！”

杨福上楼的脚步一顿，差点儿以为是自己听错了。

卫朝夕辨不清应该如何唤他，只好省去称谓喊道：“是我啊！我，我在这儿！”

杨福回过神，立刻转过身，便见卫朝夕像是一只被猎人拧在手里的小鸟，无助地蹬着脚。

“放下她。”杨福奔了过去，欲从那人手中拉过卫朝夕。

那人后退一步，对杨福摇头道：“刚才我们一路过来，这女的便一路跟着，鬼鬼祟祟，还不知道是谁派来的。我早就想出手了，一直忍到现在。”

“这是误会，误会。”杨福忙道，“她是我朋友，我们认识的。”

闻言，那人的手捏得更紧，几乎要嵌入卫朝夕的肉里，语带嘲讽：“怎么？你当上了西厂提督，不放心我们大人，背后还要带个通风报信的？”

手劲越来越大，卫朝夕觉得骨头都快要被捏碎了，不由得惊叫了一声。

“不，绝非如此！”杨福以手相阻，音调都高了几度，“我真不知她在后面跟着，可她绝不是谁派来的人，只是来找我的而已。你先放下她，放下她好吗？”

那人全然不听，手中的力毫不松懈。

卫朝夕的惊叫亦更加刺耳。

杨福听不下去了，上前便要动手抢人，他也拽住卫朝夕的胳膊朝自己身边拉。奈何对方寸步不让，两相胶着，再混入卫朝夕的阵阵痛叫，一片鸡飞狗跳之势。

“干什么呢？这么吵。”

一道尖厉的声音劈开争吵，三人转头看去，正看见尚铭扶在楼梯上站着，微眯着眼看向他们。

“尚大人，这女的一直跟着我们过来，恐怕不怀好心。”那领路人道。

杨福也抢白道：“尚大人，这姑娘绝对没任何心思。您认识她的，正是之前妖狐夜出案子里被带到东厂的卫朝夕姑娘。”

尚铭没作声，将目光移到卫朝夕身上，看了半晌，突然笑了：“是卫姑娘啊，当然认识的，你上这儿来干什么呢？”

杨福忙插嘴解释：“她一定是……”

“闭嘴。”尚铭瞥了杨福一眼，又笑眯眯地看向卫朝夕，“我问卫姑娘呢。”

卫朝夕的嘴唇哆嗦着，看了看尚铭，又转向杨福，小心翼翼地伸出一根手指指了指：“我来找他……”

“找他做什么呀？”尚铭仍是笑眯眯的。

卫朝夕舔了舔嘴唇，兴许是被方才的情形吓怕了，垂着脑袋轻声说：“我在京城还没待够，想问他能不能留我多待些日子……”

话音未落，杨福立刻打断了她：“你说什么胡话！该走就走，谁会留你！”

“哎呀。”尚铭看也没看杨福，仍盯着卫朝夕，笑道，“想留就留下来啊，他不留你，我留你。”

杨福浑身打了个寒战，他多次对卫朝夕的袒护，已让尚铭觉察到她对他的重要，这下好了，人质自己送上门，以卫朝夕的命为筹码，若是杨福办事不周，她的性命也难保。

杨福心里一阵捶胸顿足，眼泪都快要急出来。卫朝夕却浑然不觉，摇了摇头道：“不，我希望他能留我。”又低声补充道，“若是他丝毫不愿留我，我……我便真的走了……”

“我根本不想留你，从哪儿来回哪儿去！”杨福飞速地吐出话语，说完一抬眼，便撞上尚铭锐利的眼睛，勾视着他，意味深长地摇了摇头。

杨福舌头打结，哽得说不出话。尚铭见杨福仍旧保持沉默，手摸到腰上，慢慢抽出腰间那把锋利的匕首，一寸寸、一节节，刺眼的刀光只是逐渐透出，便如同放在杨福的喉咙上，一点一点凌迟着他。

尚铭抽出了刀，慢慢举到卫朝夕身后，捏紧了，看着杨福的眼神愈发锋利，露出狰狞的笑意。

“好！”杨福攥紧了拳头，话是回答卫朝夕的，眼睛却一刻不离尚铭的手，“好！你留下，留在我这里！”

朝向卫朝夕背后的刀，终于收了回去。

尚铭瞥了眼领路来的那人，尖声道：“哎呀，还抓着卫姑娘干什么？可别把人弄疼了。”又看向杨福，笑道，“既然卫姑娘的事是误会，汪公公，接下来，该谈我们的事了吧？”

杨福心里长叹一声，无奈地点点头，叮嘱卫朝夕道：“在这儿等着，别再乱跑了。”

随即随尚铭上了楼梯，临到拐角处，忍不住回头望了一眼，那颗原本已沉重的心，似乎又压上了一块巨石。

第十八章

昭然若揭

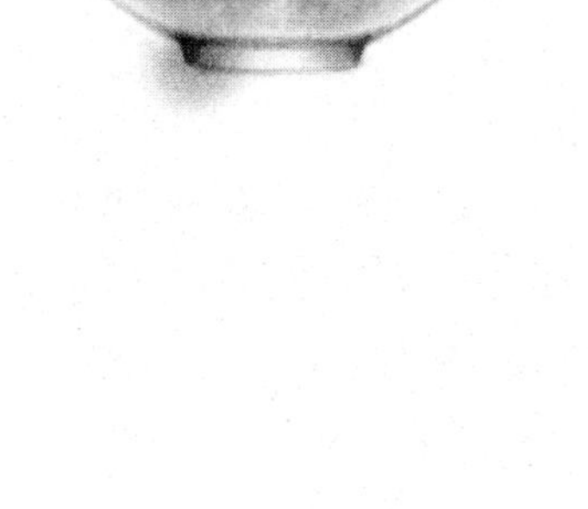

临到出发的清晨，沈瓷也没能等到卫朝夕。

自卫朝夕草草收拾行李离开后，便再也没回来，派护卫在城里寻也寻不到，连个消息也没有。

距离启程还有不到一炷香的时间，沈瓷心急如焚，眼见着车队就要启程，卫朝夕若再不来，恐怕就真的赶不上了。

“姐姐，这是有人要我给你的。”一个信封突然递到了沈瓷面前。沈瓷一低头，是个衣衫褴褛的小乞丐。

沈瓷伸手接过，展开寥寥一看，是朝夕的笔迹。

“这是谁给你的？”她问小乞丐，对方却早已趁她方才拆信的空当，一溜烟地跑了。

沈瓷追过去，没寻到踪迹，只得仔细看手中的信，简简单单，只有十一个字：一切安好，不必等我，祝顺利。

她是真的不打算来了。

沈瓷愣愣地看着这几个字，说不出况味几何，心中的担忧无处可泄，在原地站了好一会儿，直到朱见濂走到她身边，轻声道：“不能再等了，走吧。护卫我已经留了两人，若是寻到她，今后自然会护送她回江西。”

沈瓷点头，把手中的信递给朱见濂：“好，走吧。”

坐上马车，车轮声响起，一声一声，如同碾压在人的心上。

沈瓷轻轻掀开帘幕的一角，忍不住朝窗外看去。不知是有意还是无意，目光扫过人群里的一张张面孔。两边的人群熙熙攘攘，汪直也在这群送别的人当中吗？她既觉得他会来，更害怕他会来。恩恩怨怨似都在浮尘中漾开了，眯了她的眼，连带着心里也狠狠一抽。

“你还好吗？”朱见濂替她围上一条披肩，“冷不冷？”

“不冷，我没事。”沈瓷浅笑，长长地舒了一口气，“真好，终于能回去了。从我到京城的第一天起，我就想着怎样离开，如今得偿所愿，我怎会不开心？”

朱见濂道：“我没说你不开心。”

沈瓷微微一愣：“是吗？”

她侧过头，目光游离在窗外，渐渐觉得模糊了，车轮声响个不停。京城数月，如梦一场，她得到了些她想要的，也失去了一些曾经珍视的。

慢慢地，她将帘幕合上，如同合上那双张望的眼，缄默无声。

连日的细雨淅淅沥沥，带着些清爽，但下得久了，便觉得时间都在细雨中一分一秒地浸染过去。颠簸的行程之后，终于迎来了雨过天晴后的第一道光线，夹杂在袅袅的瓷香间，倾泻而下。

景德镇，百转千回后，她又回到了这里。

心绪的变化其实不可言说。

那连绵的细雨，使得呼吸间都沾染了些柔弱无骨的潮湿气，又在阳光筛滤下，渐渐晒干。御器厂里的人，已听说新的督陶官抵达了景德镇，原本还纷纷庆幸李公公终于离开，但一听说这新来的督陶官是个女子，顿时议论纷纷。

迎候的人等在御器厂外，淮王虽不愿朱见濂多逗留，但好歹沈瓷也是皇上亲命的督陶官，便让他多停留了些时间。

朱见濂陪着沈瓷一同下了马车。

沈瓷虽是以女子之身担任此职，可着装依旧是简练的中性装扮，不施妆容，瘦窄的肩膀下，竟也透出了几丝男子英气。

众御器师看到她这副装扮，先是没认出来是她，待看清了，不由得交头接耳：“这是沈瓷？怎么会是她？”

沈瓷面无表情，并未开口，反倒是朱见濂上前了一步，轻轻咳嗽了一声，目光在人群中逡巡半圈。

有明眼人认出这是淮王世子，当即躬身道：“恭迎世子，有失远迎，有失远迎……”

后面的人听了，亦是躬身，一时间，尽是满场恭敬的声音。

朱见濂笑着，似不经意道："小王我奉皇上的旨意，一路陪同沈姑娘到御器厂，相谈甚欢。送到这里不过路过而已，今日行程繁忙，停留的时间不久，若之后有机会，我来找沈姑娘的时候，再来御器厂详看。"

寥寥几语，既是推辞，又将他同沈瓷的关系在众人面前讲明。

这是在为她初到御器厂撑底气了。沈瓷偏头看了看朱见濂，胸有暖意，心领神会。

众人已听闻这位新任督陶官制出了惊艳绝伦的斗彩瓷，再想到沈瓷在离开景德镇之前制出的素三彩，倒也都很钦佩。如今还多了淮王世子的支持，方才那点儿惊叹的嘘声渐渐消弭。

待人群安静下来，很快有人上前将沈瓷和朱见濂迎入厂内。沈瓷摇了摇头，没顺着那人的指引，只将目光锁定在站在人群最前端的一人，走上前，轻轻福身，颔首道："徐尚先生。"

"回来了？"徐尚伸手虚扶她，"自你入京后，已过了小半年，我还以为你遇到了什么危险。没想到峰回路转，你竟是以督陶官的身份回来了，实在奇妙。"

"受先生赏识之恩，曲曲折折后，才有今日。"

"回来就好。"徐尚先生摸了一把胡须，想了想，眼中顿时泛光，"你是因为将瓷器呈给了万贵妃，才得以任命的？"

沈瓷有一瞬的犹豫，道："可以这么说。"

徐尚先生更是激动："听说，这斗彩，意为釉下青花与釉上彩相互争艳斗奇。名字取得好，可我还没见过这瓷器什么样呢。"

徐尚先生也是个痴人，不关心她是如何当上督陶官的，只专注于瓷器。沈瓷笑笑说："不着急，我这不是回来了吗？很快您就知道了。"

徐尚先生点点头，沈瓷转过身看向朱见濂："你呢？"

朱见濂压低声音在她耳边道："我本想陪你，但父王身体未愈，就先回鄱阳了。等安顿好了，我便来找你。"

沈瓷的拳头微微一紧，神色黯淡了一分："什么时候回来？"

淮王对她的不满，她心中是清楚的，只怕小王爷这一回去，便不知何时再见。

周遭的人不少，朱见濂不便多说，看着她的眼睛说："相信我。"

沈瓷眸子闪了闪，点头道："好，我等你。"

“留两个丫鬟照顾你，你自己也要保重。”

她又点了点头。

淮王那头催得紧，朱见濂也就是来给沈瓷撑撑场面的，见周围的人并没有什么难为她的意思，又有徐尚先生的关照，便依依不舍地离开了。

此次回到鄱阳，还有一件大事。淮王府的大小姐朱子衿已到了出嫁的年纪，淮王心里拟定了几个许配的人选，准备今年便把婚事定下来。

杜侧妃和朱子衿，因为之前的事禁足良久，就连淮王和朱见濂入京述职这段时间，她们也只能在自己的宅院范围内走动。然而，要筹备朱子衿的婚事，便意味着必定要解除这母女俩的禁足，或者，至少解除朱子衿一人的禁足。

这对朱见濂来说，并不是一件好事。他不介意杜氏觊觎世子的位置，但因为秋兰的死，敌对已是必然。

听闻淮王回府，久未梳妆的杜氏又振作了精神。她将蓬乱的发盘成髻，一身碧色云雁细锦，可那目光，似乎并未因为禁足而冷静反省，除了嫉恨，反还多了一丝狂躁。

杜氏整理完仪容，见朱子衿还干干地站在原地，道：“你还愣着做什么？收拾收拾自己，这两日你父王必定会解除你的禁足。”

“为什么？”朱子衿疑道。

“王爷该替你寻良配了。”杜氏蠢蠢欲动，咬牙道，“你自由了，我们才能想办法对付朱见濂。”

朱子衿轻轻摇头，毫无兴致：“他如今是世子，身边的防范少不了，不好对付的。”

杜氏轻哼一声：“我也没说要直接对付朱见濂。我虽然被关在这里，但大消息还是灵通的。王爷带去京城的护卫告诉我，朱见濂同沈瓷好了，而且沈瓷现在也回到了江西，就在不远的景德镇。”杜氏恨恨道，“就算我抢不过朱见濂，也不能让他好过。”

“沈瓷？”朱子衿不由得打了一个激灵。从前两人一同学画时，沈瓷便夺了她的风头，后来又在杜氏病重时同朱见濂巧笑嫣兮。她想起这个人，就好像有根刺卡在喉咙里，虽不致命，却总挠得喉咙痒痒。

两人正商议着，忽然听见屋外有人声。不出所料，正是淮王派人前来，唤朱子衿前去。

杜氏急切地凑上去："那我呢？王爷可曾提到我？"

"请您少安毋躁，或许再过几日，王爷便会唤您前去。"那人答完，转头对朱子衿做了邀请的手势，"小姐，请吧！"

朱子衿点点头，握住杜氏的手："母亲，您放心，我会处理好的。"

朱子衿随侍从离去，果然，淮王与她谈了婚嫁之事，又叮嘱她往后再不可冲动，便允了朱子衿自由。

朱子衿连连点头，应得万分轻巧，心却一点一点沉了下去。那隔了许久的怨怼，在长期的桎梏下腾腾蹿了上来，将整颗心涨得鼓鼓的，轻轻一碰，便能炸开。

沈瓷回到御器厂后，首要的事，便是熟悉督陶官的事务。

从前的督陶官李公公对制瓷一窍不通，虽折腾了好几年，也只是混日子而已。

事实上，御器厂集合了各地的制瓷精英，又占尽了资源，要做好并不难，不过是"认真"二字罢了。

深入到坯房窑厂，和陶工们一起体验工作，懂得品鉴评瓷，要爱瓷的人才能做到。

流程沈瓷早已熟悉，只不过从前她最注重画瓷，如今却是每个环节都要竭力做到精益求精，将几乎所有的精力都投入到瓷器的制造中。

只在闲暇时，期待着小王爷的到来，抑或是偶然想起……远在京城那个似仇似友的人。

日子便如此有条不紊地过去了。

斗彩瓷虽然烧制时间长、工艺难度大、成本高昂，可对于御器厂而言，正是钻研的动力。自沈瓷将斗彩瓷的制法公布后，斗彩瓷逐渐在实践中被制造得更加精致。胎体薄如蝉翼，胎质细腻纯净，尤其是素雅鲜丽的色彩，更是比在京城时做得更加精美。御器厂集结了经过特殊工艺提炼的各种矿粉，鲜红艳如血，杏黄闪微红，水绿、叶绿近乎透明，孔雀蓝色沉，紫色浓而无光，许多都是其他时代的矿物难以提炼的色泽。

每个时代的瓷器都有各自的风貌，便是因为其制作所用的瓷泥、颜料、木材，都会随着时间的流逝消失不见，后代若是再想仿制，不过只得其貌，却不复当初的精髓。

因着万贵妃的喜好，在沈瓷的带领下所制的斗彩瓷，都是精致小巧的器皿，既没有庙堂祭器的庄严钝重，也没有其他宫廷陈设器的气宇轩昂，渐渐便有“成化无大器”一说。可小也有小的好处，盈盈可握，执手摩挲，或月下浅酌，或闺房陈设，极尽阴柔之美。

两个月之后，沈瓷担任督陶官后所制的第一批瓷器被装上货船，送入京城，其中最重要的作品，便是斗彩瓷。白釉如凝脂，红彩似艳血，绿彩若碧水，黄彩压明丽，件件宛若绝世美人，引得万贵妃心下大喜，皇上也因此加大了对御器厂的投入，对沈瓷的成果赞赏有加。

这一赞赏，便想起了最初的举荐之人汪直。

自从杨福替代了汪直以后，按照尚铭的指示，杨福对西厂的事务一概散漫管理，对皇上交代下来的事情也故意办不周全，引得皇上疏远。不过，皇上虽对汪直的办事效率不满，却也抹不掉长久以来对他的偏爱，眼下看到沈瓷送来的瓷器，很快将杨福召入了宫中。

得知皇上召见时，杨福正陪着卫朝夕吃糕点，栗子糕、绿豆糕、豆沙卷、蜜饯枣摆了一排，刚要下嘴，忽然得知被召入宫，连忙换了衣裳出门。

一进入殿中，便见皇上把玩着手中的一盏斗彩小杯，釉色青白，莹润如脂，外底绘一折枝牡丹，以素彩勾边并用青花绘出脉茎，又在叶间填上绿彩，花瓣间填黄彩，精美可人。

杨福俯身请安：“参见皇上！”

皇上转过脸看他：“许久都不见你了，听说最近你西厂的事也不怎么管，都在做些什么？”

放手西厂的事务，是尚铭给杨福的指示。短短两个月，因为杨福的刻意闲置，东厂迅速崛起，就连皇上亲自指示杨福去核查妖狐夜出的结果，他也只草草回答说自己的调查结果与东厂大同小异。

皇上对于东厂的处理结果，仍觉得有什么地方不对劲，但既然“汪直”都予以认同，便照着尚铭呈上来的结果处置了。

尚铭对此较为满意，对杨福的信任也多了几分，杨福便趁此机会，再次提出自己替代汪直的条件。尚铭应允了。

他的条件是什么呢？

大殿上，杨福垂下头，沉声应道："回皇上，近日，臣在调查。"

皇上来了兴致："最近重要的案子都是东厂在查，还有什么需要你亲自调查的案子？"

杨福咬牙，慢慢道："我发现了一些线索，似乎……有人想要谋权篡位……"

皇上面色大骇，声音都高了几度："谋权篡位？谁这么大胆子？"

杨福想了想，决定先不把话说开，只铺垫道："如今只有几封书信来往的证据，应是某地藩王所为，具体是谁，我正在调查。"

他说完，便将事先伪造好的书信递呈给了皇上，是尚铭派人伪造的淮王笔迹所书，不过为了真实可信，信中并未表明淮王的身份。

"这字迹……看着有些熟悉。"皇上气得声音都在发抖，怒道，"不论是何人，此事必须严查！"

杨福立刻应下："臣必会竭尽全力！"

虽然近日"汪直"的表现让皇上并不满意，但因为长久以来的偏爱，皇上对他的话还是相信的，甚至很庆幸他能够调整状态，重新拾起事务。

"最近东厂的表现让朕十分满意，西厂却日渐式微。此事若是全权交给你，你觉得，朕能够放心吗？"

此事正是杨福蛰伏已久的目的所在，他毫不含糊地答道："请皇上放心，此事臣必定严查，绝不让奸人威胁到皇上的地位。"

皇上肃然点头："好，不要让朕失望。"

杨福信誓旦旦，正欲退下，又听皇上言道："刚好，后日王越便回京了，朕知晓从前的案子他帮了你不少，这次也可以让他协助你调查。"

杨福心里狠狠下沉："王越？他从大同回来了？"

"早几日便启程了。他这次立了大功，朕正准备好好奖励他。"皇上道，"不过，朕本以为，你们一直保持着联系。"

王越的确同杨福联系过几次，可杨福纵然神态言行能够模仿汪直，字迹却不能。他从小颠沛流离，并没有什么学问，笔头上不敢轻易对王越做出回应，都是由尚铭手下经过字迹训练的人代笔。更何况，尚铭曾经告诉过杨福，凭他如今的伪装，一般人都瞧不出端倪，但在朝中，有一个人是很难瞒得住的。

这人，就是王越。

王越与汪直交情甚笃，无话不谈。因而，杨福倒是希望和王越越疏远越好，可这疏也还不能过了界，否则同样招人怀疑。

杨福硬着头皮应道："臣之前已听闻他大胜归来，却不知他后日便会入京。"

"你现在知道了。"皇上一边说，一边命御前太监将自己手中把玩的斗彩瓷赏给杨福，"今日叫你来，本是想与你一同欣赏这次御器厂呈上来的精品。你举荐的人不错，也是因为当初你放走沈瓷，才有这几日万贵妃的欢心。这斗彩瓷是此次呈贡的上佳之品，赏给你，好好去办我交给你的事。"

杨福手捧着这盈盈可握的瓷器，青色为底，五彩争艳，只觉手心烫得厉害。他想起了沈瓷，又想起朱见濂在悬崖边上救了他一命，不由得愣了愣，将手中小杯紧紧握住，退了下去。

杨福一回到府中，开门便迎来卫朝夕关切的目光，急急冲上来问道："怎么样？皇上为何突然召见你？"

杨福揉揉太阳穴："大概是这次御器厂的瓷器终于让他满意了，顺带便想起了我。"

"御器厂……"卫朝夕的声音低了下去，喃喃重复了一遍这三个字。

杨福抬眼看她："怎么？想家了？"

卫朝夕咬咬唇，下巴收紧，没答话。

"一开始便叫你别跟着我，是为你好。"杨福看了看院落周围，大多已布上了尚铭的眼线，携着卫朝夕走了几步，低声道，"如今我想把你送走，只怕会被尚铭阻拦，恐怕是行不通了。"

"是我自己要留下来的，我也不想走。"卫朝夕倔强道，这些日子，杨福总沉浸在没将她送走的懊悔情绪中，却不愿提及两人之间的情愫。她气呼呼地转过头，静了一会儿，又软下来，回头轻声唤他，"杨福……"

"嗯？"

"我还是不明白。"

"不明白什么？"

卫朝夕道："你原本便不是宫中人，何必要蹚这浑水？若说是为了名利，可如今你把一切权力都让给了东厂；若说是为了风光，做太监又有什么风光；你连自己都不是了，如今冒着生命危险，是为了什么？"

"别说了。"杨福别过眼去，"现在还不到你应该知晓的时候，眼下你只需要安安心心待在这里就好，寻到时机，我便会把你送走。"

卫朝夕抿唇："你说得倒是轻巧，可是，我总担心……"

"担心什么？"

卫朝夕的声音细如蚊蚋："担心……汪直，其实还没有死。"

杨福一怔，下意识地答道："不会的。从苍云山的悬崖掉下去，生还的可能性太小了。"

"可能性小，也是有可能的。"卫朝夕急切道，"之前尚铭派人去悬崖下搜索，也没有找到尸体，不是吗？"

"悬崖下有一条小河，或许尸体是被河水冲走了。"

卫朝夕仍不放心："那万一是冲走后，被人救了呢？"

"……"杨福沉默了片刻，出言安慰道，"别想了，你我都亲眼看着他摔下去了。已经两个月过去了，依然没有任何消息，不要吓自己。"

卫朝夕泄了一口气："或许吧……"

"如今最让我担心的，其实并不是汪直的尸首没有找到。"杨福背过手，慢悠悠地踱了两步，"我最担心的，其实是后日，王越便回来了……"

后日，城门。

王越带领的士兵还未入城，便听得阵阵整齐划一的脚步声，铠甲相磨，兵器捣地，气势恢宏，铿锵有力。

皇上在城门处设了仪仗，为王越接风洗尘，以庆祝他击退鞑靼之功。在两列步兵的夹道中，王越身穿铠甲，一骑而来，阳光照在铠甲之上，泛起明晃晃的光，更显得他整个人魁梧有力，锐气逼人。

号角阵阵，鼓声隆隆，杨福站在接风的官员中，看到王越威风凛凛的模样，不由得心头一紧。

看上去，这王越并不是一个好对付的角色。

渐渐地，号角与鼓声低了一些，直至消弭。王越的骏马已行至接风的官员面前，他却不急着下马，反是停在此处四处张望，那目光滴溜溜地在人群中扫了一圈，最后定在了杨福身上。

"哈哈，小汪汪！"王越目光一闪，翻身下马，直接就将杨福拽了出来，笑眯眯的，"这么久不见，胖了一点儿哈。"

这模样，与他方才进城时的肃穆模样大相径庭。杨福想起尚铭的叮嘱，在人前，汪直和王越并不多话，虽是好友，说话却有些针锋相对的意味，于是瞥了一眼王越，稳妥回应道："你倒是好，打个仗都没变化。"

王越哈哈大笑，伸手拍拍杨福的背："走，今晚咱哥俩去喝几杯。"

杨福没忍住，下意识地偏了偏身体，闪开了王越。

王越沉浸在凯旋的喜悦中，也没在意，很快恢复了笑容，一把揽过杨福的肩，两人便这么勾肩搭背地离开了。

走着走着，王越突然开口："咦，我怎么觉得你好像矮了一点儿啊？"

"有吗？"杨福竭力掩饰内心的慌张，"久没见面，你感觉错了吧？"

王越嘟囔着："从前搭着肩，似乎不是这个高度……"

杨福的肌肉似乎都僵硬了，又见王越粲然一笑："一定是我变高了的缘故，哈哈。"

"哈哈哈……"杨福也扯着嘴角配合着笑了起来，心中想的却是，王越这人，今后能躲多远便躲多远，否则，纵使他训练多年，也很快便会露馅。

杨福本想直接将王越送回府邸了事，王越却偏要去汪直的住处对酌一番。杨福摆摆手，谎称疲累，正欲离开，王越"嗖"的一声从腰间抽出剑来，直接架到杨福脖子上："去不去？"

杨福吓得一愣，脱口而出："你这是干什么？"

王越方才闪闪的目光暗了下来，噘起嘴，嘀嘀咕咕："什么嘛，以前不都是这么玩的吗？"他眼睛转了转，凑近杨福，笑道，"怎么，被爷今日凯旋的英姿吓住了，怕啦？"

杨福心里尴尬得紧，王越同汪直私下难道便是这般模样？他着实有些无从接受，理了理思绪，脖颈还贴着刀刃，虽然知道王越并不会对他动手，还是被迫点头答应了。

王越乐呵呵地收回剑，拿手肘蹭了蹭杨福的腰，玩笑道："是不是我离开你太久，你思念成疾，不高兴了？"

杨福没敢答话，用汪直式的眼神瞥了他一眼，心有余悸地走在前面。

"今天这是怎么了……"王越挠挠头，跟了上去。

汪直的宫外私宅离王越的府邸极近，事实上，当初汪直选在此处建宅，有一半是因为王越，两人意气相投，关系之亲，在朝中尽人皆知。

杨福与王越一同回府，王越就像回自己的地盘一样，大大咧咧地直接朝膳堂的方向走，还招呼府上的婢女道："去，给我和汪大人上菜倒酒，这一路可饿死我了。"

杨福随他一道坐下来，掩饰着心虚，筹划着怎样让王越快些离开。

"咦，这是什么好东西？从前好像没见过。"杨福突然瞥见桌上的斗彩小杯，上绘折枝牡丹，青彩相舞，纵然他不懂什么品瓷，也能觉出这瓷器的精美。

"前日入宫时，皇上赏的。当时回来便入了膳堂，一直忘了收起来。"杨福道。

王越笑道："你是圣宠依旧啊。"他用手指摸了摸如脂的釉面，忽而凝眉，"看到这个就想起了沈瓷姑娘，对了，一直没有你的回信，她如今在哪儿呢？"

王越竟也认识沈瓷？杨福心中暗道一声糟糕，回道："她走了。"

王越惊讶道："走了？她不是还担着打碎了御瓷的罪名吗？还能离开京城？"

"你在军中，消息不够灵通。你离开京城后，她被皇上封为督陶官，如今已在景德镇上任。"

"她当了督陶官？"王越睁大双眸，"你举荐的？"

"是。"

"你蒙了吧？"

"我没蒙。"杨福指了指王越手中的斗彩瓷，"这便是沈瓷成为督陶官后，御器厂进贡的第一批瓷器之一。"

王越的目光落在手中的瓷器上，长长叹息一声："你举荐她，我已经够惊讶了。但我本以为，按你的性子，也不能放她走啊。"

听王越的口气，再结合之前皇上质问他的话，杨福已完全确定汪直对沈瓷有感情这件事，垂眸道："这样对她最好。"

"那淮王世子呢？"

"同她一起走的。"

王越一下子跳了起来："你还记得，我走之前，你是怎么跟我说的不？"

酒端了上来，斟上，杨福拿起抿了一口，思忖片刻道："记不清了……"

"当时说得那么笃定，现在就不记得了？"王越有些激动，"你当时明明就说，就算沈瓷不喜欢你，你也不希望她待在朱见濂身边啊！"

"这又怎样？事与愿违。"杨福说罢，还轻轻叹了口气。

他这一叹气，王越便也软了下来，重新坐稳，以为戳中了"汪直"心底的创痛，拍了拍他的肩，以示安慰。可回头想想，又似乎觉得哪里有些不太对劲。

王越看着杨福的脸，模样还是从前的模样，凤眼狭长，眉峰凌厉，嘴唇削薄，可那眼神似乎与从前不同了。以前的汪直，总带着一股倔强的傲气，如今却染上了闪避的意味。是因为提到了沈瓷吗？还是发生了其他自己不知道的事？

王越正想着，忽听屋外传来了脚步声。卫朝夕听说杨福已经回来，匆匆赶了过来，临到门口，听说膳堂内还有别人，又停下脚步，折了身准备往回走。

王越耳朵灵，听见屋外交谈的女声，看向杨福："外面是谁啊？"

杨福觉得有些头疼，一时解释不清，恰好这时提到了沈瓷，便道："沈瓷的朋友。"

王越更奇怪了："沈瓷的朋友，怎么会在你这儿？"

杨福避而不答，只道："等找到机会，我会把她送走的。"

杨福话音刚落，王越很自然地便站起身打开门，对门外尚未走远的卫朝夕乐呵呵邀请道："干吗走啊？进来一起吃呗。"

卫朝夕脚步顿住，慢慢回过了头，她之前已听说过王越的名号，犹豫片刻，目光转向杨福，见他轻轻摇了摇头，拒绝道："不必了，你们聊，我不打扰了。"

"别啊，你是沈瓷的朋友，我也是啊。"王越继续盛情邀请，"你还没用晚膳吧？刚好里面有酒有肉，一起吃吧。"

卫朝夕不由得踮起脚尖朝屋里张望了一眼，闻着诱人的菜香，肚子里像是有一只馋虫在蠕动。按她过去的章法，有人盛情邀约，必定毫不犹豫便去了。可眼下事关杨福，她吞了吞口水，忍着饿转身走了。

"真就这么走了啊？"王越顿感失望，坐回杨福面前，灌了两杯酒。忽然想起方才那姑娘张望的神色，不由得问道，"不对，我看方才那姑娘的眼神，该不会是看上你了吧？"

杨福今日被王越几次搅得哑口无言，此时听他这么一问，更觉身心疲累，干脆猛地灌酒，一杯一杯下肚，最后往桌上一趴，装作不省人事，懒得再回答一个字。

"酒量怎么弱成了这样？"王越敲了敲杨福的头，见他仍不醒，出门招呼侍从把杨福送回房间。一直守在门外的侍从围了过来，王越跟在他们后面走了一阵，才发现这些侍从与汪直以前身边的人不同，又朝周围扫了一圈，连府中各处驻守的护卫都换了一小半。

汪直的私宅，下人原本便不多，王越曾经多次出入，大多看着眼熟，可如今一眼望去，尽是不熟悉的面孔。王越心中一颤，又看了看杨福沉睡的脸，只觉越看越陌生，他揉揉眼睛，再睁开，觉得自己似乎也有些醉了，于是，匆匆说了告辞，转身离开了。

待王越走后，“醉酒”的杨福立刻清醒过来，他来到卫朝夕的房前，门没上锁，推开门，正看见坐在窗前发愣的卫朝夕。

瞥见他进来，卫朝夕别过眼去：“王越走了？”

“走了。”

“他可觉出了什么异样？”

杨福摇头：“王越是武将，没有那么多猜忌，我们只见过今日一面，应该不会立刻怀疑，顶多是觉得不对劲罢了。”他看向卫朝夕，“你吃过晚膳了吗？”

“还没。”卫朝夕说，“听你说王越与汪直交好，我担心出事，便一直等着。”

杨福点点头，边往外走边说：“我叫人给你把晚膳送进来。”

眼见杨福的脚就要跨出门槛，卫朝夕连忙唤道：“等等。”她追上去，站在离他仅有一寸的地方，“你不跟我一起吃吗？”

“不用了，我方才已经吃过了。”他抬步，又往外走了两步。

“杨福！”卫朝夕没忍住，声音顿时提高了许多，绕到杨福面前，“你为什么总是躲着我呢？”

杨福停住，回避着她的直视：“没躲你，躲你的话，方才又怎么会来看你？”

卫朝夕闭上眼，轻轻摇头：“从我留下来到现在，两个月了，你总不肯与我多说话。要么懊恼我不该留下，要么想着怎样把我送走，无论我问你什么，都是点到为止。你忘了，你从前还说，等你达成目的，你会去景德镇找我的。你还记得吗？”她眼里无声涌出泪珠，悬在睫毛上，随时都会掉下来，“我在你心里，到底算是什么？啊？”

杨福沉下一口气，慢慢将目光转向卫朝夕。她原本圆润的脸，如今有些消瘦了，下巴都变得尖尖的。她曾经奉行美食至上，可自从遇见他，美食似乎没有从前那般诱人了。这“茶不思、饭不想”的滋味，是他让她明白的。

他有些心疼，又觉得无奈，良久才慢慢道：“我记得。可那时……与现在不同了。”

“有什么不同的？”

杨福绷紧肩膀，仿佛下定了决心一般道：“其实你喜欢的，未必是我……你如今跟着我，无非是因为当初我把你从东厂牢中救了出来。但你有没有想过，如果当初救你的，根本就不是我呢？”

卫朝夕没有丝毫惊讶，而是轻巧一笑：“就因为这个？”轻笑中，渐渐有苦涩攀上来，“我早就知道了，在苍云山上看到你和汪直时，我就已经明白，在牢中救出我的人，是汪直，不是你。”

“你……”

“我虽然时常脑袋转不过弯，可临到那一步，也不可能想不到。”卫朝夕低头道，“当时我在悬崖边握住你的手，的确是想要救你们两个人的。可是我没有这个能耐，最终只有你一人活了下来。”

杨福哽道：“既然如此，为什么还要留下来？”

“这还需要问吗？”卫朝夕认真地看着他，“事到如今，我虽然说不清楚自己到底是希望汪直死去还是活着，可有一件事，我是很清楚的。我心里的人，是你，不是汪直。我并不想扰乱你的计划，我留下来，只是想要一个答案。我怕我这一走，便再也见不到你了。”她轻声哀求，“两个月了，给我一个答案，好吗？”

杨福心中一动，错愕地抬头，正撞上她望过来的眼，渴望、期待、不安，都藏在里面。而在这之前，他甚至一直以为，她心中爱慕的，其实是救她出狱那个人……那双满含情谊的眼睛，因着他闪亮或黯淡，他亦不想再逃避，抓住了她的手。

“你等我，至多五个月，甚至五个月不到。若我能顺利完成任务脱身，我陪你，陪你吃遍天下所有美食。”

这是他认识她以来，最为明确的一句答复。没有遮掩，没有拖延，卫朝夕的眼泪在眼眶里打转，盈盈闪闪，反握住他的手：“好，五个月而已，我等着你，一言为定。”

朱子衿自从解除禁足以后，活动便自由了许多。淮王携她参加过两三次宴会，朱子衿的样貌虽不出众，但凭借家世背景，求娶之人亦不缺。淮王之前便想撮合朱见濂和南城兵马指挥的嫡女方若然，奈何朱见濂拗着性子不肯答应。这下好了，方家长子有意求娶朱子衿，两家这么一合计，婚事基本便定了下来。

朱子衿自己也是满意的，那方家长子模样不错，又有家世做底，嫁过去也算是风风光光，父王虽然偏心朱见濂，但待他唯一的女儿还是极尽心的。

可是，即便如此，她也未忘记杜氏的叮嘱。

她虽自由了，可杜氏还困在院子里，偶尔才能在护卫的监督下出来走动。淮王或许是怕朱见濂心有芥蒂，又或许是早已对杜氏失去了兴趣，一直没再见她。杜氏心里又怨又恨，将一切都归咎在朱见濂身上，天天在朱子衿耳边吹风。

“他让咱们不好过，咱们也不能让他好过。”杜氏看了看四周的护卫，凑到朱子衿耳边道，“昨日我听说，朱见濂这几日想去景德镇，王爷偏不放他走。他能去景德镇做什么啊？定是要去找沈瓷的！”

朱子衿被她煽动久了，也有些心急：“您同我说，我也没办法啊。我一个待嫁姑娘，总不能跑到景德镇去呀！”

“不用你亲自去。”杜氏将椅子朝朱子衿挪了挪，离她更近，从桌子下面递给了她一包东西：“你这几日出府时，想办法把这个玉佩拿给春熙路上兴盛酒家的掌柜，那是我娘家亲戚开的店，让他们找几个粗野大汉，去给朱见濂喜欢的那个谁找点苦头吃。”

朱子衿犹豫着说：“母亲的意思是……”

杜氏冷笑：“毁掉她，不是我们都喜闻乐见的事吗？”

朱子衿想了想，亦多了两分心动：“可靠吗？”“眼下我身边的人也不知谁可信，娘家人，我还是愿意相信的。”杜氏扬了扬眉毛，“再说，只是给朱见濂找点儿不痛快，又没伤着他。王爷似乎也不太喜欢那姑娘，就算知道了，也不至于过于怪罪咱们。”

朱子衿蹙眉道：“我也觉得父王不会说什么，可若是朱见濂……”

杜氏冷哼一声：“我身后还有杜家呢，当初秋兰一事，王爷都不能奈我何，他朱见濂又能怎么样？”

朱子衿点点头，像是终于放下了心，嘴角飘起一抹笑容：“那好，我早就被沈瓷硌硬得难受了，待明日，我找到机会便去。”

京城，暗潮再起。

时隔数日，杨福主动请求面圣——携着早已预谋好的言辞证据，朝他忍辱负重的目的缓慢靠近。

“皇上，已经查出来了。”杨福俯身，恭敬道，“上次呈给皇上的几封书信，已经确定，是淮王的字迹。”

皇上惊得差点儿从龙椅上跌下来，诧异道：“淮王？怎么会是他？”

“臣已将所有藩王的字迹进行排查，错不了。”

皇上手指扶着下巴，陷入了沉思。良久，突然以拳击掌，道：“对，我想起来了，上次藩王述职，为何偏偏是淮王受了伤？会不会正是他为了拖长待在京城的时间，伪装成受伤的模样，方便谋划篡位之事？”

杨福之前并未想到这层，恰好被皇上提及，连忙点头：“确有可能。”

皇上的拳头越捏越紧，狠狠地砸在龙椅的扶手上：“他的信是写给谁的？”

“……”杨福低下头，没有立刻回答。

皇上见杨福神情如此，眉目更加凝重，再次逼问：“谁？”

杨福捏紧了袍衫的下摆，装模作样地深吸一口气，话语像是气息游离出来般：“信上没有署名，但根据臣的调查，应该是兵部尚书……王越。”

“王越？！”皇上如遭雷击，怔怔地定在原地，良久才重新开口，“你同王越关系最好，他若有谋反之心，你可曾窥见端倪？”

杨福摇头：“臣并未觉出端倪，而且……”他的声音越来越低，缓缓道，“而且，臣与王越的关系，也并不如朝中传言的那般要好。”

此事推给王越，是杨福同尚铭商议后的决定：一来，王越手握兵权，位高权重，且同汪直要好，对尚铭而言是极大的威胁；二来，为了隐藏杨福的真实身份，便要尽力回避王越，甚至使两人之间产生嫌隙，不再来往。

而眼下，正是绝好的机会。

杨福意在陷害淮王，又可顺带替尚铭清除障碍。虽然并无明确的证据表明王越收到信后答应同淮王合作，但至少可以让皇上心生嫌隙。

“朕如此器重王越，他也多次出征替朕扫平叛乱，从无滥用军权之嫌。朕实在难以相信，他会背叛朕。”皇上夺过呈上来的书信，又快速扫了一遍，心情稍稍冷静了些，道，“这只是淮王笼络王越的证据而已，王越未必会答应。若他应下，必定会好生处理这信件，不至于落到你的手上。”

杨福只是想隐藏身份，亦不愿王越受到重罚，忙附和道：“确实如此。况且，淮王到京城不久，王越便出征去了山西。那么，淮王滞留京城的这段时间，联系的应当不是王越了。”

“说得不错。”皇上点头，大手一挥，径直下令道，“来人，立刻给朕宣王越进宫。”

杨福起身道：“那臣就先……”

“不用。”皇上打断他的话，“刚好你在，便等着王越一同说吧。”

杨福闭上眼，先前没料到皇上会直接宣王越，他怕自己在殿中无从隐瞒，再被王越瞧出端倪。唯今之计，也只能随机应变了。

不多时，王越赶来。他看到殿中的“汪直”，稍稍顿了顿，遂俯身道：“给皇上请安。”

皇上没让他起来，一把将书信扔在他面前：“看看，这是什么？”

王越拾起地上的书信，一字不漏地读完了，抬眼，困惑地看看皇上，又看看“汪直”：“这是……”

“你不知道这是什么吗？”皇上冷嗤一声，静观王越的反应，“你同淮王私下勾结，谋权篡位，证据都摆在这里了，还想抵赖？”

王越听得似懂非懂，一时没反应过来，愣愣地指着自己的鼻子：“我？我什么时候同淮王有关系了？”

“这个问题，要问你自己才对。”皇上冷冷道。

王越挠挠头：“我什么都不知道……我都没同淮王说过话，这怎么就成了我同淮王勾结的证据了？”

“明面上不说话，谁知暗地里在搞什么？”皇上幽幽道，“更何况，汪直与你交往甚密，若非确凿，他又怎会查出你的名字？”

王越微张着嘴，转向杨福，目带不解。

杨福心中已是百般煎熬，突然听皇上蹦出这句，更觉皮肤都烧了起来，硬着头皮道：“臣并未确定，只是为了保证皇上的安全，有嫌疑之人应该暂且监管，待事情查得水落石出后，再放出也不迟。”

“汪直！”王越听着这番话，全然不敢相信这话是从他的好兄弟嘴里说出来的，一脸愤然，“你这是什么意思？”

皇上倒觉得杨福的主意不错，看王越一脸茫然的模样，想必问是问不出什么了，点头道：“朕并没有说不相信你，你刚打了一场胜仗回来，刚好需要多休息。若最后查出与你无关，自然无碍。”

王越压根儿没听清皇上说什么，双眼如炬，紧紧看着杨福，似要穿透他的身体，看清他皮囊下的心跳。可杨福只是背对着他，不敢回头，连一个眼神都不肯看过来。

“来人，送王越回府，好生监督着，吃穿用度照旧，不可同任何人联系。此事不许宣扬。”皇上下令道。

四个护卫上来，围在杨福身边，刚挽上王越的手肘，便被王越一把甩开，几步走到杨福面前：“汪直，你怎么能这样？好歹先告诉我一声吧？连你也不相信我？”

杨福低着头，被王越一把抬了起来，被迫面对他愤怒的脸。杨福的下巴被控制着，不自觉地向上望去，眼神的交会仅有须臾，可就在这须臾之间，王越看到了他的眼神。一种完全陌生的、慌张的，甚至带着阴冷的眼神。

王越的手一颤，立刻松开了，他的胸口像是被揉成了一团，喉咙哽住，下意识地问道：“你是谁？”

杨福目光闪躲，别过了眼，沉声道：“等事情查清，若与你无关，自然会放你出来的。”

等事情“查清”，他也可功成身退，摆脱汪直的身份，届时，也不必再担心被王越识破。

“好了，下去吧，只是找人在府中看牢而已，又不是入狱，不会为难你的。”皇上挥挥袖子，护卫再次簇到王越身边，“将军，请吧。”

“让开！我自己会走。”王越气急，一把将身边的护卫推开，边走边道，“凭几封书信，居然就判定我同淮王有所勾结，何等荒谬？字迹可能是伪造的，证据也不足为信，如此草率，实在难以置信。”说完，还在后面添上几句粗语，骂骂咧咧便走出了殿门。

杨福知道，王越这番话是说给他听的。不仅是控诉，还有怀疑。他与汪直的行事风格不同，又没顾及王越的感受，想必经过此事，王越已对他心有芥蒂。不过还好，等王越放出来的时候，他的事也该办得差不多了。

皇上听了王越临走时说的那番话，想了想道：“他说的有道理。淮王的确值得怀疑，可光凭几封书信，也不可便这样定了罪。书信的字迹可能是伪造的，而且，如此重要之事，应当以面谈为主才是。除了书信，你可还查到其他消息？”

杨福早有准备，点点头：“回皇上，淮王在鄱阳郊外有一处矿产，地盘不小，产量却不大。臣经过探听，怀疑这地方表面上是矿场，实际却是淮王练兵的场地。”

皇上眉毛一抖，还未来得及开口，杨福便立刻主动请缨道："还请皇上派臣去鄱阳详查，若确有此事，臣立刻便可将淮王捉拿回京！"

"若真有地下的练兵场，便算是证据确凿了。"皇上神色凝重，下令道，"朕命你明日启程，带上一百精兵，务必将事情查清。若淮王真有谋权篡位之意，立即抓捕，回京受审！"

"汪直遵旨！"杨福俯身领命，将头埋在双肘之间，唇角划过一丝细微的笑意。

杨福回到住处，便开始收拾行装，对筹备之事再次核实。

最关键的，便是矿产的地下空间。挖矿必定会砸出洞口，可要形成用兵操练的场所，非故意不可为。三年半之前，尚铭派人打听到淮王的矿场事务归当时的杜王妃管制，那时，矿场的产量已经越来越少，效益并不好。尚铭便命人前去，假称是江湖密士，称此处的风水极好，想借用矿场下的一部分修条秘道，只占用地下的空间。

他指出的那片地方，矿工早已查过，并无矿产，而且离主要的开矿之地有相当一段距离。尚铭答应将这钱私下里给杜王妃，刚好两方都不想让淮王知道，便如此达成了协议。

因为尚铭此番作为，杨福才开始愿意相信他，甘愿付出几年光阴，成为他的棋子。

"再确认一次，那条秘道，如今是否仍在原处？有没有被填埋或遇上意外坍塌之事？"杨福问。

尚铭派来辅助他的人答道："一个月前我去看过，还在的，并未遭到破坏。那时尚大人特意吩咐过，将内里建得宽敞些，可容人耍刀弄枪，我走的时候，还特地放了些兵器在那里。"

"当初你们是派谁去对接的？"

"关系隔了几层，最后出面的是个鄱阳的小商人，不知道我们的身份，绝不会泄露。况且，当初管这事的杜王妃如今已被贬为侧妃，在淮王府禁足，已没了发言权。想来，她为了自保，应当也不会在事发之前将此事告诉淮王。至于事发之后……再找借口想说明，已经是多余了。"

杨福稍微松了一口气："如此，我便放心了些。"

“这都是细枝末节的事。最重要的，还是借着皇上对汪直的信赖。尚大人肯在这个时候助你一臂之力，你也别忘了尚大人要你做的事。”

杨福重重点头：“明白，如今东厂的风头已经盖过西厂，眼下支撑着西厂的，也只是皇上对汪直的偏爱而已。待我安排好所有的证据后，会制造与淮王单独相处的机会，伪装成淮王杀害了汪直，尚大人也可少了后顾之忧。”

那人颔首，忽又加重了语气：“从此以后，你绝不能出现在京城及周边城镇。若是被尚大人发现了踪迹，别怪大人不客气。”

杨福拳头兀自握紧，咬唇答道：“明白，从此以后，改头换面，必定消失得干干净净。”

“那好，明日午时出发，时间不多了，你加紧筹备。”说罢，那人快速离去，脚步带起一阵风，吹得门晃来晃去，发出“吱呀吱呀”的摩擦声。

杨福瘫坐在椅上，合上眼，突然间觉得累极了。

耳边出现了一阵窸窸窣窣的声音，是裙裾摩擦和细碎的脚步，就藏在屏风之后。他听见了，却没动，清楚那是谁。

“都听见了？”他有气无力地问，依然闭着眼。

卫朝夕从鼻腔里轻轻挤出一个字：“嗯。”

一片沉默。

良久，才听到卫朝夕发颤的问语：“明日，你要去江西？”

“嗯。”杨福轻轻应下，顿了顿，又补充道，“你随我一同去。”

卫朝夕的心里像是绑上了一块重铅，不停地往下沉：“随你去做什么？”她犹自不敢相信，盯紧他，努力确认，“去逮……逮捕淮王？”

杨福幽幽道：“淮王，谋权篡位。”

“他没有！”卫朝夕截断他的话头，情绪渐渐激动起来，“我都听到了，是你们设计的。是你，还有尚铭！你们诬陷淮王谋权篡位！”

杨福静静靠着，叹了口气，没有承认，也没有否认。

“为什么？”卫朝夕蹲下身，难以掩饰迷茫和惶然，“告诉我，为什么？”

“不为什么。”

“没有原因，为什么要给淮王安上这样的罪名？”卫朝夕一动不动地望着他，眼睛渐渐充血发红，“这件事，不是尚铭让你做的，而是你自己要做的。你可知道谋权篡位的罪名一旦落实，是要株连全族的？”

杨福终于睁开眼，面对她的逼问，不知从何作答。他握住她的小手，试图挑开话题："明日午时启程，你去收拾一番，我带你一同回江西。这件事情结束之后，就像我们约定的那样，我带你吃遍各地美食。怎么样？"

卫朝夕甩开他的手，眼泪在眼眶里转了转，没忍住掉了下来："杨福，一直以来，我都信你是个不错的人。哪怕在苍云山上，我也觉得是因为汪直的所作所为天理难容，手上沾了太多鲜血，血债血偿的结果。可是淮王呢？他做了什么？更何况，阿瓷同淮王世子还是一对，你将这样大的罪名无端扣在淮王头上，株连全族，会伤害多少无辜的人你知道吗？"

杨福本是静静听着，可临到她最后那句，却是忍不住皱紧了眉头："无辜？你觉得淮王无辜？"

卫朝夕身体一震。

他从靠椅上站了起来，靠近她，微微屈身，在她的耳边，慢慢道："对淮王，我也只不过是血债血偿而已。"

"你……"

"你曾经问我，不图名利，不图风光，为什么甘心做尚铭的棋子，处处涉险？现在我告诉你，淮王是我的仇人。我隐姓埋名三载，就是为了有朝一日，让他偿还六年前从我身边夺走的！而且，是数倍偿还！"

"六年前？"卫朝夕犹豫道，"六年前，你还是个孩子啊……"

杨福闭上眼，似不愿回忆往昔，过去的片段却不受控制地溢了出来，如同一把锋利的匕首，将他的心割得鲜血淋漓，骤然垂泪："可淮王，就在那时，夺走了我生命中最重要的人……"

他的泪水滑落下来，无声无息，没有撕心裂肺的号啕大哭，亦没有声堵气噎的饮泣，这反倒让卫朝夕更加无措，伸出手默默抱住他，轻声说："杨福，你可以告诉我，你都可以告诉我。"

他抬眼看着她，那双眼中的关心和温厚呼之欲出，真真切切。走到这一步，他身边能够信任的人有多少呢？能让他笑或记挂的人又有多少呢？或许，只剩下她一个了……

杨福忍住眼中泪水，嘴角却仍不受控制地微微颤抖，内心如同洪水泄闸，艰难开口："事情，还要从我小时候说起……"

第十九章

峰回路转

清晨，天灰。

凛凛的朔风穿堂而过，卷起地面片片残叶。

杨福昨夜与卫朝夕诉至深夜，释放后的情绪，疲累又轻松，一觉睡到了辰时。好在，出发的时辰定在午时，他还余有充裕的时间。

他抬头看了看天空，并不是个明媚的好天气。可他的心情是痛快的，好不容易坚守到了这一天，只需抵达鄱阳，便可拨云见日，报积蓄六年的仇恨。

他甚感快意，早膳刚喝了一勺粥，想起今日应该叫卫朝夕早些筹备，又放下勺子朝她的住所行去。

手指在门上轻敲了三声，没人应。

“朝夕？”杨福在门外试探问，“还在睡吗？今日便要离开了，你可收拾好了？”

寂静无声。别说答语，就连一丝一毫的脚步声都没有。

杨福顿觉奇怪，卫朝夕平日里虽然起得不算早，但到了早饭的点，肚子一饿便会醒，眼下已至辰时，按往常的时间，她早就应当起来了。

难道是已经出去了？

杨福这般想着，见里面依旧毫无反应，又抬起手往门上拍了拍。

这一拍，才发现原来门并未上锁，只需稍稍用力便能推开。屋子里陈设依旧，可又似乎有哪里不对劲，他打开衣橱，发现卫朝夕常穿的那几件衣裳已经不见了，连带着她平日存在匣屉中的银两，也一道消失了。

杨福胸口一紧，隐隐意识到发生了什么，他猛地后退几步，后腰抵在圆桌上，转过身才发现，桌上放着一封信。

他犹自不敢相信，直到打开信笺从头至尾看了两遍，才恍恍惚惚跌坐在椅上。

信上的字不多，仅是寥寥一句话：

“不必等待，我已先行一步，江西再见。”

江西景德镇，御器厂内正是一派热闹景象。人人各司其职，制瓷流程有条不紊。

因之前送入京城的斗彩瓷大受皇上和万贵妃喜爱，御器厂被赏赐不少金银，沈瓷将每一名御器师和窑工的月俸在原来的基础上都提升了一档，若制出精品，还有额外奖励。一时间，整个御器厂欢欣鼓舞，充满干劲。

与从前的督陶官李公公不同，沈瓷了解瓷，懂得瓷，潜心投入到瓷务的钻研中，并且身体力行，不断修缮，在她的主持下，御器厂也渐渐有了新的风貌。

这日，她正同徐尚先生试验一批新进色料的效果。虽然在未烧制完成前，瓷器上都是单调一色，但凭着想象，那灰蓝的山石、红艳的山茶、幽恬的兰草，仿佛也渐渐浮于眼前。

“这批色料磨得很细，质地纯净，用起来很上手。”徐尚先生道。

沈瓷表示赞同，道：“今晚烧窑时，将这件也放进去，看看烧制出来的颜色是何种效果。”

“听说这批色料是花重金寻矿物研磨得来的，也不知在高温下会变成什么样。”

“明日便清楚了。”沈瓷笑笑，“如今斗彩瓷刚起步不久，虽然得到了皇上的喜爱，但还有提升空间。我打算主持烧制几批后，挑出品质最精者，表上‘天’字底款，作为品种的代表。”

“不错。”徐尚先生抚了抚胡须，对沈瓷笑道，“当初高级御器师择徒，选了你，果然没错。”

沈瓷不好意思地笑笑，回身刚将手中的笔放在桌上，便见一小窑工跑了过来，擦了擦额上的汗，说道：“御器厂外有人将这个递了过来，要我转交给您。”

沈瓷低头一看，是一张字条。

展开来看，是一行秀逸的行书：“思卿至意，何时方见？”

沈瓷的心跃跃而动。这字迹，她再熟悉不过，正是小王爷所书。

他来了，正如他之前答应的那样，终于来寻她了。

那小窑工挠挠头，认真补充道："那人还说，今日申时末端，约您到花涧山庄一叙。他等着您。"

沈瓷困惑，这地方她没听过："花涧山庄？那是哪儿？"

小窑工摇头道："我也不知道。"

"我知道，之前受人邀请去过两次。"徐尚先生道，"地方有些偏，快到郊外了，从镇里过去，会经过一片密林。普通人家虽不知道花涧山庄，但富贵人家时常在那里举办聚会，因其环境清幽，服务周到，口碑还不错，是个消遣休闲的好去处。"

"原来如此。"沈瓷低语一声，仍觉有些奇怪，朱见濂明明就在御器厂外，为什么还要约她去花涧山庄呢？她逮住那小窑工，问道，"给你字条的人呢，现在还在外面吗？"

她问完，还没等对方回答，便匆匆要出去寻。

"别去了，那人已经走了。"小窑工连忙阻止，"那时我正往御器厂里运瓷泥，那人给了我字条后，很快便离开了。说是怕打扰你做事，因而把约定时间定在了黄昏。"

沈瓷点点头，略有失落，也认同了他的说法。理了理情绪，整颗心再次被浓郁饱满的喜悦包围，唇角情不自禁地勾起，对小窑工笑笑："那好，我知道了，谢谢你。"

待小窑工离开后，徐尚先生看着沈瓷满脸遮不住的笑意，不禁问道："谁啊？淮王世子？"

沈瓷抬眼看了看徐尚先生，抿唇点头。

"我猜也是。花涧山庄那般地方，平常人也去不了。"徐尚先生乐呵呵的，突然间却话锋一转，"不过，那地方虽然不远，却有些偏，他倒是放心让你一人去。你能找得到吗？要不我送你一程？"

沈瓷兴致正好，轻巧地同徐尚先生行了个礼："不劳烦先生亲自送了，告诉我如何走便好，我好让车夫寻。"

"那好，汐水路你知道吧？沿着那条路往北走，穿过一片林子便是了。"徐尚先生道，"路上人烟稀少，注意安全。"

"谢谢，记住了。"

沈瓷强自压下心中的喜悦，继续做手头的事，其间两次没忍住，将字条又拿出看看，再次确认是他的笔迹。好不容易熬到申时，事情做得差不多了，终于起身，出厂唤了车夫，朝花涧山庄行去。

天色渐暗。

日光向西斜去，倾出一点霞光。

马车从汐水路向北，一路行去。沈瓷坐在马车里，听车外的人声渐渐安静，想来已是到了密林。

她拨开帘子，向外看去，喜在眉梢，可没过多久，那眉心又渐渐皱了起来。

之前只顾着高兴，没能细想，如今静下来，耳边只剩下马车轱辘的滚动声，却觉得处处诡异。那张字条，笔迹是小王爷的没错，可按照他的谨慎，怎会让她独自穿过这片安静的密林？若说等在御器厂外不进来，是怕打扰她做事，可从前哪次他不是堂而皇之地进来，突兀地出现在她的面前？更可疑的是，明明是托个不熟识的小窑工转交字条，却只写相思，反倒将最重要的时间地点以口转述，实在蹊跷。

有没有可能，那字条的思念是真的，约见的信息……却是假的？

沈瓷心下一沉，敛了喜色，自己先前真是被喜悦冲昏了头，竟没能细想这些可疑之处。她探出车帘，急急对车夫叫道："快掉头，我要回去。"

车夫一愣："掉头？不去花涧山庄了？"

"不去了。"沈瓷果断道，"若真的是他，自会再来御器厂寻我。"

车夫应了声，欲减下速度拐弯，刚勒了下缰绳，整个人便愣住了："沈……沈大人，怎么有这么多人朝我们围过来……"

沈瓷神经绷紧，迅速拨开车帘一看，果然见到八九个大汉，正满脸糟粕气地朝她聚拢。

他们速度很快，小道又窄，掉头已是来不及了。

"哟，小妹妹，还专门减下速度迎大爷呢，爷爷们在这林子里憋着，等你可久了。"说话的是个黄牙黑皮的汉子，那小小的鼠眼眯起来，透出黏腻的猥琐，言语间，竟已攀上车窗，一把扯掉了帘子，"哈哈，是个娇小的美人，兄弟们今日可有福啦。"

与此同时，余下几个汉子也陆续追了上来，直朝车夫抓去。看样子，是准备先除掉车夫，之后，大概便是她的噩梦了……

车夫慌忙之中不知如何是好，仍试图减速拐弯，沈瓷急忙叫道："别拐了，往前跑，越快越好！"

车夫一急，连忙挥动马鞭，可那马儿温温吞吞的，反倒越走越慢。

眼见那帮人将马车围得严严实实，堵在车前的汉子流着涎水大笑："小美人，跑不掉了，不如乖乖听话，大家都省事。"他搓搓泛黄的大手，瞥了眼沈瓷车前那匹懒洋洋的马，淫笑得更大声了，"哟，瞧你的马也累了，不如，就在爷爷这里歇歇呗。"

几人便围得更近，摩拳擦掌："先把这个车夫扔下去，碍事！"

在他们说话间，沈瓷突然一把扯下发上的细簪，满头青丝散开，引得那帮人奸笑更浓。

"只得赌一把了。"她想着，飞快地将细簪对准马屁股，用尽全身的力气往里一刺。

马儿长嘶一声，惊蹄而起，一扫方才的温吞迟缓，铆足了劲向前奔去。

那几人见此异状，聚成一团堵在前方，试图拦截。可那马儿如同发了狂，丝毫没有因面前的人减慢速度，反而越来越快，失控般地往前冲去。

那帮人原本还站得岿然，但临到马匹冲过来，个个都怯了胆，推搡着朝两旁躲去。已是来不及了，马车飞速掠过，蹄声阵阵，伴着被撞汉子的惨叫声，尤为刺耳惊心。

"妈的，敢撞老子，别让她跑了！"

一声粗砺的吼叫冲出，惊醒了躲闪的众人。

几乎是同一时间，汉子们发出狂躁的吼叫，一同朝马车扑了过去。

"拉住，都给我拉住！先把女的拽下来！"

马儿发出阵阵嘶鸣，发疯般地往前跑。七个大汉在后面拖着马车，逐渐减慢了速度，还有一人原本便攀在马车的窗外，此时趁着速度减下，顺势一跃到了车内，与沈瓷和马夫仅有一帘之隔。

不能进入，更不能跳下。沈瓷一把将马身上的细簪取出，捏在手中。马儿再次受到刺激，狂蹄乱舞，剧烈晃动，猛地再次加快了速度。

"哎哟！"只听马车外再次响起众汉子的哀鸣，只见他们狠狠扑倒在沙地上，摔得满嘴沙石。

“还有老三在上面！”有人大喊，“老三，把那女的给我扔下来！奶奶的，太他妈没面子了！”

沈瓷握紧了细簪，全副精神都放在那道薄薄的帘子上。风一吹，帘子轻飘飘晃起，隐隐露出里面那张狰狞的脸。

不知道对方会如何行动，但也只能硬着头皮一试。

硬拼她没有胜算，无论是力道还是耐力，都不如男子。若是他进入车内，在狭小封闭的空间中，过不了几招她便会被制伏。如今，只能寄希望于巧劲，看是否能逮住机会将那贼眉鼠眼的汉子逐下车去。

沈瓷抿紧唇，半蹲着身体站在车板子上，努力保持着平衡，屏息等待着里面的人出手。马车一路颠簸，车夫手忙脚乱，突然一阵奸笑声响起，那鼠眼竟大摇大摆撩开帘子咧着嘴笑：“我的好妹妹，还想往哪里去？从这儿摔下去可疼了，不如进来，在车上刺激刺激。”

沈瓷的每一根神经都紧紧绷着，没回话，只悄悄将藏在身后的细簪握得更紧。

“哟，还挺倔？”鼠眼的身体也从帘子后探了出来，没好气道，“看爷爷把你扔下去就没话说了。”

车夫不停哆嗦，见鼠眼从里面出来时，手里竟还拿着一把锃亮的刀，光线晃得他眼前一花，连忙以胳膊护住自己：“这位壮士，我……我是没什么干系的，别杀我啊，我我我，我这就跳车！你们忙，你们忙……”

说完，那车夫慌忙爬起，往车下狠心一跳，连滚带爬逃开了……

马车仍在飞驰，却已没了掌控的人，任由狂躁的马儿随意驰骋。沈瓷的心抽得更紧，眼下只剩了她一个人，情况更加危急。

“哈哈哈哈！”鼠眼仰天长笑，见车夫离开，痛快地把刀收回，反是张开双臂，大大方方地朝沈瓷走来：“过来吧，帮手都逃了，妹妹还有什么办法？往爷爷怀里来吧。”

鼠眼越逼越近，沈瓷瞥了一眼道路，前面不远处有个大幅度的拐弯，或许周旋到那儿，胜算会更大。

她收了收手中细簪，暂且没有出手惊动鼠眼，蹲下身一绕，从他的胳膊下面穿了过去，到了另一侧。

鼠眼没有让她轻松溜走，手一转，顺势捏住了她的衣裳：“嘿，有意思。”他用力一拎，便把沈瓷提到他的眼前，“刺啦”一声撕开她的外衣，将那双粗糙发黑的手探了过去。

沈瓷汗如雨下，拼命挣脱的同时，竭力让自己不从车上摔下去。她睨了眼前方的弯路，近了，更近了，受惊的马全然没有减速的征兆，依然拼尽全力向前冲，连带着马车都几乎飞了起来，似乎要在这个拐弯处将所有人都抛出去。

就是这个时候了。

沈瓷眼中闪过一道锐利的光，趁鼠眼正挑逗着她说话之际，飞快地举起细簪，直朝对方的脸上刺去。

一声尖厉的哀号声响起。

“他娘的，看老子怎么收拾你！”鼠眼捂住左眼，边骂边跌跌撞撞地往后退了两步，沈瓷立马上前又往他的脖子和胸口刺了两下，趁着拐弯时的惯力往外用力一推，鼠眼的手下意识地捂住伤口，没了支撑，亦没料到此处突然拐了个大弯，猝不及防被甩了出去。

他还在骂，污言秽语层出不穷，声音却已飘得越来越远。马车狂奔，远处追逐的人影渐渐远去，直到再也看不清面目。

还不能懈怠，为防他们再追上来，或者还有其他埋伏，她不敢停下。索性自己坐在车板子上，拿起缰绳驾车。马儿疼过了劲，逐渐恢复了平静，步子也稳了下来。沈瓷坐在车上频频回望，又跑出了老远，终于确定那帮人没有再追上来。

可很快，沈瓷又意识到了一个新的问题。

她迷路了。

视线所及，一片陌生景致。她记不清马儿方才跑过了多少岔道，就算记清了，眼下也不敢原路返回。

天色渐次暗下，橘红的霞光沉入地平线，隐隐有月色探了出来。

看来，今日势必是回不去了。

趁着稀薄的光线，沈瓷又朝前赶了赶路，本想找户人家借宿一晚，可这郊外人烟稀少，走了一阵也不见人家。她停下，朝四周看看，似乎唯有右侧的一片林子暂且可做藏身之处。至于返回之路，且等明日再想吧。

沈瓷入了林子，没有进得太深，可从外面也看不出里面有人。她将马儿拴在一棵树旁，自己则从旁处择了棵较粗的树，将袖裙挽起，费劲地爬了上去。

虽然树不算很高，但半夜若是有野兽，还可抵御一二；若是有人，等马儿发出声响后，也能快些逃离。

她小心翼翼地躺在几根粗壮树枝的分杈处，抱着头看天，残月悬在枝叶之间，凄凄渗出些光亮。今日发生的事，回忆起来心有余悸，她身心疲累，迷迷糊糊地想要睡去，却又不得不保持警醒。只好微睁着眼睛望着那天上残月，不禁想，若是此时身旁有个信得过的人儿，该有多好……

此时的朱见濂，已是身在景德镇，携五十护卫，沿着汐水街以北一路搜寻过去。

昨日淮王召朱见濂和朱子衿一同用午膳时，朱见濂总觉得她神情有些不对劲。吃饭期间，时不时朝朱见濂斜眼一瞟，目光中有侥幸的得意。

她有什么好得意的？恰巧中途淮王离席片刻，朱子衿便笑得愈发放肆，朱见濂放下筷子，望着她："你看着我笑什么？"

"我想看就看，关你什么事？"朱子衿扬起下巴，又道，"不过看你可怜，隔得老远，什么事都不知道。"

朱见濂下意识胸口一紧："发生了什么事？"

"我什么都不知道。"朱子衿低下头，往自己碗里夹了一大块肉，吃得极香。朱见濂想要细细再问，淮王已经回来了。

这顿饭吃得莫名其妙，朱见濂总觉心中不安。没兴致午睡，他回到书房，踱了几步，忽见自己摆在案上的宣纸略有零乱，走过去一看，似乎有哪里不对劲。

这一沓宣纸，多是他的练笔之作。他往后翻了翻，发现第二张居然不见了。

那是前几日他想到沈瓷时信笔所书，寥寥八字，借此寄托，写着"思卿至意，何时方见"。

他原本早就想去寻她的，可当初去京城时日太久，淮王的身体又不便，王府许多事还需要他打理。不过，眼下淮王已近痊愈，就算拦着朱见濂去景德镇，他也准备在这几日悄悄溜走。

他正想着，脑中突然闪过一道惊雷，想起了朱子衿方才的异常举动。

"隔得老远"，这是她话里的关键词。隔得老远能发生什么呢？于他而言，要么就是京城之事被揭发；要么就是沈瓷遇到了危险。他看了看桌上的那沓宣纸，想着独独少了的那句话，浑身打了个寒战，转头立刻朝外喝道："备马，去景德镇！"

待朱见濂带着一行人快马加鞭抵达御器厂，天色已是黄昏暗沉。他报了名号，没等通报，便急匆匆地奔了进去。刚进厂不久，忽然听人在旁侧疑惑地叫了一声：“淮王世子？”

朱见濂回头一看，是徐尚先生。

徐尚先生皱眉道：“你怎么会在这里？”

朱见濂忙问：“沈瓷呢？”

“她不是被你叫出去了吗？”

“我没有。”朱见濂一颗心顿时跌到谷底，“她去了哪里？”

徐尚先生一愣，片刻后立马警醒过来：“花涧山庄，有人约她去了花涧山庄！”

“她孤身一人？”

“乘着马车，还有个车夫。”徐尚先生用手指了指方向，“从这里出去右拐就是汐水街，然后一路往北走便是了。”

朱见濂颔首，顾不上道谢，拧过缰绳快马驰去，领着五十护卫沿路寻找。

天色已暗，火把映出地下杂乱的车辙，一路顺着找去，不知何处是尽头。朱见濂看了看道路两旁的树林，一切皆沉在漆黑的天色中，一颗心越来越冷，她到底在哪里？

开始还只有一条道，但越往前走，分岔路口便越多，所幸经过的马车并不是很多，沈瓷的马车还留有一道较为清晰的痕迹。

“世子，找到了一块绉布，可能是从马车上扯下来的。”护卫禀报道。

朱见濂拿在手中看了看，捏紧了，狠狠将绉布朝地下一掷：“继续找，今晚一定要找到她！”

他一路搜寻，生怕错过，时间似被无限拉长，走到花涧山庄时，车辙并未停止，反是零乱延伸，看起来，马车行得相当不稳，隐隐还看见地上有一摊血迹。

她今日到底经历了什么？他用手抵住胸口，试图挡住漫漫袭来的疼痛，下令道：“继续找！”

不知到底走了多远，车辙的印记终于消失。朱见濂站在车辙消失之处，环顾四周，最终指了指密林：“到里面去看看。”

护卫很快分散成几队进入密林，整齐有序的脚步声回响在空旷的密林之中，引得树叶簌簌颤动。不多时，有护卫回报道：“世子，找到了一辆没车帘的马车，可里面并没有沈姑娘。”

朱见濂背脊挺直：“带我去。”

沈瓷抱膝坐在树上，将自己缩成小小一团，借粗壮的树干挡住身体。地面的脚步声不绝，铿锵有力，一听便知道是经过特别训练的。她手中拿着摘下的枝叶，挡住自己，默不作声地观察着这群人，眼见他们发现了她停在不远处的马车，扬声叫道：“找到了！”

她的心狠狠往下一沉。

这群人竟真的是来寻她的！

匆匆看去，足有几十人，想必是顺着车辙一路寻来的。她埋下头，心中漫出一股悲凉。好不容易才逃过了黄昏那一劫，如今又遇上这群人，恐怕真的逃不掉了。

沈瓷默不作声地隐藏自己，不停地祈祷这群人快些离去。

直到她听到一个熟悉的声音。

“就是在这儿发现了她的马车？”朱见濂环视四周，喃喃道，“那可能就在这附近了。”

沈瓷一个激灵，心在极度的恐惧和极度的喜悦中来回攒动，手中遮挡的树枝没拿稳，掉了下去。

夜晚本就安静，树枝在地面砸出响声。朱见濂循声抬首，看见了树上缩成一团的影子。

“小，小王爷……”她原本还是镇定的，一开口却成了哭腔，紧绷太久的情绪瞬间松懈。

“小瓷片儿？”朱见濂试探着问，脚步越走越快，终于看清了，“小瓷片儿！是我！”

沈瓷揉了揉眼睛，看他仍在，确定这是真的，颤声问：“你怎么来了……”

“一时半会儿说不清，你先下来，我们回去再说，没事了，啊……”他仰着头看她，眼中盈盈闪着澄亮的光，那个末尾的啊字轻轻跃出，像体己的安慰，熨帖得她一颗心舒缓开来，用手攀住树干，腿朝下蹬了蹬，又缩了回去，“我好像下不去了……”

“那就跳下来。”他说着张开了双臂，“我接住你。”

沈瓷脚踩着树枝的中间，慢慢站起身：“那我可真的跳了。”

“嗯，相信我。”

沈瓷深吸一口气，并没有什么犹豫。最害怕的时候已经过去，熬到现在，哪还须顾及什么伤痛。她闭上眼，纵身一跃。

失重的感觉袭来。

下一瞬，她稳稳地落在了他怀中。

安全，安心。

她的眼睛紧闭，手挂在他的脖颈，静了半晌，慢慢地，将脸贴在他的胸上，深吸着他衣衫的气息，鼻子憋得发酸："我还以为，这次肯定完蛋了……"

"现在没事了，是我来晚了。"他任由她挂在身上，浑身都被一种失而复得的半疼半喜包围，低头瞥见她被撕开的外衣，更紧地拥住了她，"深夜郊外不安全，我带你回去，好不好？"

"嗯。"她抬头，如水的月华映在他脸上，幽光流动，照出他浓密的眉毛、挺拔的鼻梁、忧喜交集的双眸，如同月华之中的星光，出现得这样恰到好处，甚至点亮了黑沉的夜。

最美不是月光，而是他饱含情谊的眼，如此妥帖、踏实。

她再一次将头埋在他的衣襟之中，浑身的力量都退了下去，只觉满心安稳，沉沉睡了过去。

再醒来时，已回到了御器厂内的住处。

朱见濂守在床边，见她睁眼，轻问："可有什么地方不舒服？"

"挺好，没什么。"沈瓷撑起身子，话音刚落，便觉肩头一阵疼痛，她转过头看看，衣服若有若无地掩着一块青红的淤伤，应是昨日在马车上与汉子缠斗时留下的。

朱见濂的目光也随着落在了她肩上。

沈瓷觉察到他的目光，抬起头，见他眉头微蹙，下意识道："我没有被侵犯。"

"瞎解释什么呢？"朱见濂不满道，起身去桌上拿了什么东西，又坐回沈瓷身边，指了指她肩上的衣物，"褪下来。"

沈瓷没反应过来："什么？"

朱见濂晃了晃手中的药膏："给你上药。"

朱见濂亲自给她上药？沈瓷愣了愣："还是……我自己来吧。"

"听话。"朱见濂说完，手已经探过来，稍稍撩开了她的衣领，一大块青红映入眼中，血丝隐隐可见。沈瓷一时没反应过来，待想再遮住时，见他蹙着眉头一脸凝重，手便缩了回去。

“下手太狠了。”朱见濂倒吸一口凉气，满目心疼，切齿道，“这仇我记住了，来日，必定要他们数倍偿还。”

沈瓷疑惑：“他们？谁啊？”

“杜氏母女。她们总觉得我奈何她们不得，一直不肯收敛。”朱见濂冷冷道。

“怎么会……”沈瓷疑惑，“我虽不讨她们喜欢，但我如今已离开王府，为何还要暗中害我？”

“不是因为你，而是因为我，是我连累了你。”朱见濂的手指轻轻揉在她的伤处，疼惜道，“你忍一会儿。”他加重手指力度，一圈一圈，慢慢地将淤青揉散。

沈瓷忍着疼，咬牙忍耐，眼睛却睁着，偏头看他细致而小心的动作，逐渐散去方才的尴尬，无边的感动与温柔涌入，轻声道：“真好，幸得你在。”

朱见濂一怔，手中动作停下，看了看她，柔和一笑，用另一只手揽住她的肩，在额上轻轻落下一吻。只有须臾，却婉转深情。

淤青揉散，他用手指挖了一块药膏，涂在她肩上的伤处，细细擦抹，语气带着几分薄斥：“我若是找你，必不会遮遮掩掩，直接便会出现在你面前。今后若是再遇见这类事，可别再赶着赴约了。记住没？”

“记住了。”沈瓷认真地点了点头，像个乖巧的小动物。这温厚的时光真是令人贪恋，可是能维持多久呢？她垂下头，轻声问，“你什么时候离开？”

“赶我走吗？”朱见濂笑了笑，“不急，我想陪你多待一阵。”

“王爷准许吗？”

“已经来了，有什么许不许的。”朱见濂收起药膏，用方巾擦拭着手指时，似想起了什么，突然话锋一转，“提到这个，小瓷片儿，你为什么从来不问？”

“从来不问什么？”

“我们。”他顿了顿，又补充道，“我们的以后。”

沈瓷犹豫了一会儿，开口道：“从前不问，是因为只想着如何做陶瓷，又自知配不上你，没想过问。”

“那现在呢？”

“现在，想过，想不出所以然。王爷不同意你我之事，是身份悬殊所致，就算同意，御器厂怎么办？”她说及此，摇了摇头，避重就轻地笑道，“我料想着，你心中或许能有稳妥的法子，能够解决些许矛盾。若是你也没有法子，我问又有何用？”

朱见濂静看了她片刻，慢慢开口道：“若决定去做一件事，口舌上的宣告是无用的。要做了，才有资格去许诺，没有实效的许诺毫无意义。我已下了决心要如何去做，但还需要时间去达成，不过时间不会太久的。”

“我明白你想说的。”沈瓷轻声道，“我不是通过许诺寻求安全感的女子，你让我感到安心和安全，这便足够托付了。”

朱见濂眼神一亮：“小瓷片儿，你当真如此觉得？”

“这一路，陪伴我最多的人是你，最了解我的人，大抵也只有你了。”她展颜一笑，握住朱见濂的手，“还记得，初到淮王府的时候，我受人诬陷，是你站出来同我说，这些纷杂之事我不需理会，只要认真制瓷，制得比别人都好，便能实现我的心愿。这话我一直记着，从来不敢忘记。如今，我果真做到了。小王爷，没有你，便没有今日的我。”

她看着他，从言语到心都是情真意切，可话音落下，脑中倏地晃过一个人的影子，她走到今日督陶官的位置，还与那个人脱不了干系。虽觉可恨，却又不得不稀释那恨意……

她的心情低落下来，肩上的伤牵引得她刺疼。疼痛之中，脑海里竟浮出苍云山上的一帧帧画面，她已是许久没有想起过了。可眼下忆起，却觉汪直看她的目光中，有惊痛、有了然、有认命，却没有懊悔。

没有懊悔，为什么没有懊悔？是哪里出了问题吗？沈瓷只觉头疼欲裂，甩了甩脑袋，挥散脑中的片段。

“怎么了？疼？”朱见濂觉察到她的异样，捧住她的手。

肩上的伤似在撕扯，沈瓷指了指肩头，继而被他拥入怀中，小心抱住。

终于，她渐渐安下心来。

稍纵即逝的混乱后，她再次恢复平静。心中想着，幸好，幸好还有这个温柔的怀抱，无论思绪如何窜动，终归还有个放心的地方。

朱见濂便如此在景德镇留了下来，沈瓷不知道他能待多久，而事实上，就连朱见濂自已也不知道。淮王派人来催了他几次，只要没大动干戈，他便不打算走。每日同沈瓷朝夕相处，假借巡查御器厂之名帮她一些小忙，倒也学了不少制瓷的知识。

“这几日，你们挺忙的啊。”朱见濂看着闲不下来的御器师和窑工们，说道。

沈瓷应道：“再过三日，新一批瓷器便要送入宫中。挑选、分类、修缮、精中求精，的确比平日忙碌了些。”

“前不久才送了一批入京，这么快又要新的了？”

“两三个月送一次，也不算太快。宫中有需求，皇上、嫔妃、官员，还有……”她微笑，纤细白皙的手指了指他，“还有你这种皇亲国戚，都得按位分和官职备上。”

朱见濂摸了摸下巴，语气神秘：“那我是不是可以近水楼台先得月，先从你这儿把最好的挑了去？”

沈瓷掩嘴偷笑，可笑着笑着，脑中一道念头闪过，眉心渐渐皱起，染上了几缕怅惘的意味：“一晃，上任已有五个月。可到现在，也没有朝夕的消息，不知道她过得怎么样，是不是有危险……”她看了看朱见濂，“你留下的两个护卫，可给你传过什么信？”

“传过的，她同自己的心上人一同住着，还算安全。”朱见濂道。

“心上人？”沈瓷好奇地问，“她的心上人，到底是谁？”

朱见濂稍有犹豫，回道：“总归你是不认识的。”这话避重就轻，但也不算谎言。他将她落在耳边的发别在耳后，安慰道，“放心好了，我留下的护卫一直守着她，若有危险，会在第一时间出现。”

沈瓷抿着薄唇想了想，极轻地叹息了一声：“朝夕也真能玩，卫老爷还在景德镇盼着她呢。我半个月前见过卫老爷，说是他最多再等一个月，若是朝夕还不回来，就亲自去京城把她拎回来。”

“她爹那边，我之前已经交代过了。人是我带去京城的，我也有责任。”

“也不能全怪你，谁也没想到，此次京城之行，会生出这么多事端。”沈瓷抬眼，对朱见濂道，“下次收到京城护卫的来信时，别忘了回一封，让他们劝朝夕早些回来。只怕等卫老爷亲自赶去京城，就得大发雷霆了。”

“好。”

沈瓷抬头看了看天色，暮霭已是降了下来：“看时辰，有批瓷器该出窑了，我得去看看。”

朱见濂牵过她的手：“一起去。”

两人刚走了几步，便见一个窑工火急火燎地跑过来："沈大人，沈大人留步！"

沈瓷顿住脚，回过头看着那人："怎么了？"

"世子也在呢。"那窑工飞快地鞠了一躬，指着御器厂大门的方向对沈瓷道，"沈大人，外面有人找你，说是性命攸关之事。我看她风尘仆仆，说得煞有介事，也不敢耽搁，立刻便来寻你。"

沈瓷与朱见濂对视一眼，不约而同想到了杜氏母女上次所用的伎俩。

"你别慌，先告诉我，外面那人长什么样，要你带什么话给我？"沈瓷平静道。

"一个鹅蛋脸的女孩，长得还挺好看。她说自己叫卫……卫什么来着？我一时记不清了……"

沈瓷瞳孔不由得放大："卫朝夕？"

"对对，就是这个人！她说她叫卫朝夕，没令牌进不了厂里，就在门口等着您，要您赶紧过去。要是您不认识这人，我就去把她赶走……"

那人话还没说完，沈瓷和朱见濂已匆匆迈开步子朝御器厂门口走去。朝夕回来了？如此突然，令人措手不及。沈瓷迫切地想要看到卫朝夕是否一切安好，朱见濂甚至比她更着急，方才提及的性命攸关之事是什么？难道杨福顶替汪直一事已经被发现了？

待他们看到卫朝夕的模样，那惊异又比方才翻了一番。

她满身尘土，面色疲惫，头发也凌乱不堪，唯有那上乘的衣料质地，显出她曾过着养尊处优的生活。身后没有马车，只有同样疲惫的骏马，还有朱见濂留在京城保护卫朝夕的两名护卫。

"参见世子！"两名护卫揖手行礼。

"你们三人都是骑马回来的？"朱见濂眉头微蹙，略觉不满。

那两名护卫对视一眼，为难道："我们原本给卫姑娘备了马车，可卫姑娘说乘马车太耽误时间，定要与我们一同骑马。"

朱见濂有些不相信，他同卫朝夕相处的时间虽然不长，但按她好吃懒做的德行，又怎会放着好好的马车不坐，甘愿忍受京城到景德镇这上千里的劳苦颠簸？朱见濂正要责怪护卫，却听卫朝夕突然插嘴道："确实如此，是我自己要骑马的，事情紧急，片刻耽搁不得。这次我们从京城回来仅花了九日，应该能争取一些时间。”

“九日？那几乎是日夜兼程了。”沈瓷看她风尘满面，连曾经灵动的睫毛都似沾上了尘埃，心疼地挽过她的手臂，“你先进去歇会儿再说吧，洗把脸换身衣服。”

卫朝夕摆摆手，胸口还在沉沉喘气：“不必，我们先寻个僻静处商议，等我说完再洗也不迟。”她转眸看向朱见濂，那曾经顾盼明媚的目光，如今显得沉冷无比，慢慢开口，“尤其是世子爷，我还有些事要同你讨教。”

沈瓷带朱见濂和卫朝夕回了自己的屋子，关闭了门窗，又让朱见濂的护卫守在门外，叮嘱勿让任何人进来。

气氛有些诡异。

朱见濂与卫朝夕面对面坐着，目光相撞，两人皆是气息沉沉，空气中氤氲着压抑的气息。

“既然要紧，便快些说吧。事情了了，朝夕也好早些去休息。”沈瓷打破了两人的僵局。

卫朝夕点头，也不想再耽误时间。开头往往是最艰难的，可她并未思考，话已出了口：“杨福要来江西了，他要来鄱阳。”

“他来鄱阳做什么？”“杨福是谁？”

朱见濂和沈瓷同时开口。

卫朝夕心中急切，没顾上沈瓷，眼神紧紧地盯着朱见濂：“寻仇。”

朱见濂顿觉有一股阴冷的气息沿着自己的脊柱直往上冒：“找谁寻仇？”

卫朝夕轻咬下唇，缓缓吐出两个字：“淮王。”

“怎么会？”朱见濂大为震惊，“杨福怎会与父王有关系？仇恨从何而来？”

“看来你是真的不知道了。”卫朝夕方才尖锐的目光稍有收敛，松下一口气，问道，“你可认识夏莲？”

沈瓷和朱见濂都是一愣，夏莲已经去世六年，知道的人少之又少。卫朝夕在此刻提及，难道与杨福有什么关系？

朱见濂心中已是波澜四起，强作镇定道：“我知道夏莲，淮王府从前的婢女，六年前去世的。”

“那就对了。”卫朝夕点头，“六年前，她无故去世，淮王府没有给出任何解释，甚至对外界宣称她回了家乡。可事实上，她早已惨遭杀害，尸骨无踪。”

她说得没错。再勾起往事，朱见濂只觉胸中一阵锥疼，他提着一口气问道："这与杨福寻仇有何关系？"

"当然有关。"卫朝夕看着他的眼睛，"夏莲，便是杨福的养母。"

朱见濂霍然站起："什么？！"

卫朝夕继续道："杨福是弃子，从小被夏莲收养，感情很好。之后因为家贫，夏莲卖身淮王府为婢，但每月上街替王府采购物什时，仍会同杨福见面。有一次，夏莲告诉他，她要随淮王入京述职，大概有两个月不能见面。可是从那以后，他就再也没有见过夏莲。"

沈瓷虽不知杨福是谁，此刻也听出端倪："既是如此，又为何说淮王是他的仇人？"

"淮王若是心里没鬼，怎会对外杜撰说她回乡了？"卫朝夕愤愤道，"世子既然知道夏莲，又是否知道，夏莲同你父亲，还是一对有情人？"

朱见濂默默咬牙，不动声色道："你且继续说下去。"

"夏莲曾对杨福说，在意识到爱上淮王之后，她早就想赎身离开了。可淮王不让她走，予不了她妃位，却予了山盟海誓的承诺，声称她是他最爱的人，纵然不是正室，也想同她相伴走一生。夏莲心动了，又不愿涉及后宅种种，便继续以婢女的身份，陪在他身边，以为这样便能永远了。"

卫朝夕说至此，冷哼一声："可是之后呢？淮王说得好听，到头来却也什么都没给她，甚至连她的命都不在乎。这事稍微想想便知，淮王既然刻意用夏莲回乡来遮掩她死亡的真相，便说明他对此事的因果必定是清楚的。可他没有丝毫追究，甚至编出了谎言袒护凶手。淮王这般对待把心交给他的女人，无论是不是他动手杀的，都不可原谅。"

卫朝夕顿了顿，越说越义愤填膺，握拳道："夏莲是杨福最重要的人，于他有再造之恩。若是没有淮王，夏莲绝不会死。淮王的虚伪，造成了她的悲剧。其实，只要是事发之后，淮王能竭力追究，杨福或许也不会生出怨恨。可他的所作所为实在令人失望透顶。想来，淮王用谎言遮掩真相，也可能是因为，夏莲正是他亲手所杀……总之，无论如何，杨福都要替夏莲报了这负心之仇。"

朱见濂的心一阵一阵地痛，额头已是青筋暴起，他竭力让自己平静下来，就事论事："听你的语气，亦是对父王的做法义愤填膺。既然你也认为杨福对父王的仇恨是应当的，又为何日夜兼程赶来，提前告知予我？"

卫朝夕的眼睫扇了扇："我不是为了淮王而来，我是为了阿瓷。"她看着朱见濂，正色道，"杨福虽然憎恨淮王，寻仇的方式却会牵连到整个淮王府。淮王与我是毫无干系的，可阿瓷心中有你，我不希望你，还有淮王府其他无辜的人受到牵连。更何况，以你的年纪，六年前也应当不会做出伤害夏莲的事。"

朱见濂眉心跳动，相继而来的消息让他心绪鼎沸，头昏脑涨，强撑着问道："他……他想如何报复？"

"罗织罪名，谋权篡位的罪名。"卫朝夕说。

朱见濂的神经猛地收紧："这不可能，父王性格色厉内荏，最不愿得罪朝中权贵，绝不可能做谋权篡位之事。没有证据，又怎能把罪名扣在淮王府头上？"

"没有证据，可以捏造证据。"

朱见濂愣住了。

好半天，朱见濂才慢慢开口："他一直隐瞒身份，最终的目的，便是报复淮王府？"

"正是。"

"他替尚铭卖命，不是因为忠心，而是以这个作为交换条件？"

卫朝夕又点了点头。

"居然是这样……"朱见濂喃喃自语，忽然大笑了起来，世事难料，峰回路转后，最后竟成了这般局面。命运拼成一个首尾相衔的圆，恩怨因果，都在半步之间。

曾经，他为了夏莲而收留杨福，入京复仇；而眼下，同样是因为夏莲，杨福竟想要利用偷来的权职，株连整个淮王府！

可叹可笑，不同的人竟是相同的命运，似注定。尘世的翻云覆雨手，竟戏弄他们至此境地，半点挣脱不得。

朱见濂笑得苦涩，连带着喉间一阵一阵的颤动，缓缓抬起头看向卫朝夕："他想要怎样做？"

"我不能告诉你。"卫朝夕正色道，"我不能为了保全你，让杨福受到伤害。若想要我把他的计划告诉你，你必须先答应我一个条件。"

朱见濂并不意外："你说。"

卫朝夕提了一口气，仿佛下定了决心一般，神情异常严肃："你可以阻止他针对淮王府的计划，但绝不能伤害他，也不可拆穿他的身份。"

朱见濂勾起唇角："若拆穿他的身份，这事查下去，你我都有份，尚铭更会不留余地地将事情推到我身上。我不会做这样的事。"

沈瓷皱了皱眉头，没插嘴，心中已生出了疑虑。

卫朝夕不肯放松，继续尝试确认："那你会伤害他吗？"

"不会。"朱见濂想都没想，很快便回答了。别说他除了答应外别无选择，就算有选择的余地，他如今也不想伤害杨福。夏莲的养子……若此事是真的，杨福便是曾与他的生母相濡以沫之人。

"我要你保证。"卫朝夕仍不放心，腮帮子鼓起，极其罕见地强硬起来，"就在阿瓷面前，你发誓，若你违背诺言，你们便永不能再见面！"

"不行。"朱见濂立刻道，"我知道我能做到，但我不喜欢用我和小瓷片儿的未来起毒誓。"

"不用你在乎的事起誓，还妄想我把消息告诉你？"卫朝夕分毫不让，不客气道，"你以为我不眠不休赶回来，是不顾杨福的安危了吗？我的确有意帮你一次，但这只是为了阿瓷，同你相比，自然是杨福对我更加重要。"

朱见濂皱紧眉头，心中虽不情愿，却也明白他别无选择。他顾及沈瓷的感受，不由得看了看她，却发现沈瓷神色无波，全然平静道："若能做到，便不必担心。我明白事态紧急，朝夕提出的要求也不算过分，只要你真能做到，我不会介怀。"

朱见濂看着沈瓷，沉吟须臾，终是点头道："好，那便按你说的。若我伤了杨福，便与小瓷片儿此生不得相见。"

卫朝夕久久提着的心终于放下了，舒出一口气。

朱见濂急问："现在能说了吗？"

卫朝夕点头，先抛出了问题："你可知淮王府名下，有一座矿场？"

朱见濂想了想："是有一座，印象中收益不太好。"

"问题就在那座矿场。我是偷听杨福同别人的谈话知道的，早在三年前，尚铭便同淮王的人达成协议，悄悄在矿场地下修了一条秘道，近日还放了些兵器进去，装作是淮王为夺权篡位训练兵力的练兵场。他们这次来，便是要'发现'这条他们早已备好的秘道，作为证据呈给皇上，一旦坐实，直接便可将淮王带回京城候审。到时候，一旦皇上认定了，淮王便是有一百张嘴，也说不清了。"

朱见濂道："光凭一条秘道，怎么能说我父王谋权篡位？这也太单薄了些。"

“他必定还呈上了其他证据，可我听到的话有限，其余并不知晓。但这次，他是领了皇上的旨意到鄱阳来调查的，想必之前已经做足了准备，让皇上对淮王有所怀疑。更何况……”卫朝夕顿了顿，似有愧疚般，极轻地道了一句，“更何况，皇上信任他。”

是的，如今，他已不是杨福，而是汪直。皇上的信任便如同最锋利的刀，就算略有漏洞，也似密不透风。

朱见濂的心狠狠下沉，可眼下没有时间喟天叹地，他凝神又道：“还有一点我觉得蹊跷，父王怎么会允许人在矿场地下修秘道？这不合理。”

“不是淮王允许的。”卫朝夕努力尝试回忆，“这里我听得不太清，好像说接洽的人，是淮王的王妃……不过我忘记姓什么了。”

“杜氏？”

卫朝夕有点儿印象：“好像是姓杜。”

朱见濂在心底算了算：“既然你说是三年前接洽的，那时候，杜氏的确是王妃，矿场的事务也应该是她在料理。”

卫朝夕点点头：“那应该就是她了，淮王应该还不知道这件事。尚铭出资不菲，那王妃是个贪婪的，想要借此捞一笔钱罢了。”

朱见濂轻嗤一声，冷冷道：“果真什么坏事都有她，之前的几件事我还没同她清算呢，竟还捅下了这般大事。”

卫朝夕微抿薄唇，问道：“那你打算怎么办？”

“我先回鄱阳，把矿场的秘道处理了。”朱见濂道。

卫朝夕忍不住出言提醒：“他复仇的决心坚定，积累了六年才一步步熬到了今天，不会轻易放弃。就算你处理了矿场的秘道，也不能保证他没有其他对策。我提醒得了你一次，今后却不一定……”

“不必担心。”朱见濂明白卫朝夕的顾虑，轻声打断了她，“就让他循着之前的计划来矿场寻找线索吧，我会同他谈的。”

“怎么谈？他心意已决，不是你几句劝说就能消解得了的。”卫朝夕还觉得不放心，补充道，“而且，你答应过我，不许伤害他。”

“我既是发过誓，便不会违背。”朱见濂道，“至于如何同他谈，能不能谈成，便是我的事了。”

“那好吧……”卫朝夕喉咙动了动，督促道，“我是在杨福出发前夜得知此事的，他应该是于第二日午时离开的京城，总共就比我晚了七八个时辰。他虽带着一百精兵行路，夜晚有息，但应该也猜到我会提前回来通风报信，行进的速度必定不慢。我这日夜兼程地赶回，大抵也就能替你多争取一日的时间，若你已心中有数，便快些赶回鄱阳，将秘道处理了吧。”

“嗯，事不宜迟，我这就回鄱阳去。”朱见濂站起身，顿了顿，依依不舍地回望了沈瓷一眼，“小瓷片儿……”

沈瓷方才一直没插话，只静静地听着两人的言语，如今更有一种异乎寻常的冷静：“不必多说，我都听明白了，此事耽搁不得，不必担心我，你快回去吧。”

朱见濂紧紧握了握她的手，心情悲慨而混乱。他走到卫朝夕面前，拱手道：“卫姑娘，我知你对杨福用情匪浅，这次你为了小瓷片儿，千里赶回告知我此事，我朱见濂感激不尽！”

“别多说了，时间不等人，快走吧。”卫朝夕摆摆手，第三次提醒道，“记得，你说过的，不许做出伤害杨福的事。”

“当然。”朱见濂再次请她放心，转身快步出了房门，直朝鄱阳驰去。

屋中只余下沈瓷和卫朝夕，方才紧张的氛围，却仍在持续发酵。

卫朝夕连夜赶路，再加上方才说了那一通，累得直想倒在地上。可瞟了一眼沈瓷，竟发现她仍岿然不动，若有深思。慢慢地，沈瓷转过脸来，与卫朝夕对视着，眸中却似明镜深渊，不可见底。

她低低开口，声音喑哑：“你们说了那么多，还没告诉我，你们口中的杨福，到底是谁？”

卫朝夕愣住了，先前情绪太过激动，一股脑儿便把话说了出来。这下被沈瓷突然一问，一时想不到对策，光张着嘴，吐不出话。

沈瓷试探着问道：“是你的心上人？”

卫朝夕低低“嗯”了一声。

“小王爷之前也认识？”

她又轻轻地点了点头。

“如何认识的，什么身份？”

卫朝夕舔了舔嘴唇，眉头蹙起：“这个……”

沈瓷见她面色难堪，支起身体，条条缕缕地分析道：“你之前被人抓入东厂大牢，回来之后却偏偏说你是一个人去了醉香楼，应该是为了袒护他。方才你又提到尚铭替他买下矿场修了一条秘道，那么，这个杨福有可能是东厂的人。可是，就连东厂提督尚铭都算不上是皇上信任的人，因此，东厂不太可能。

"……能得皇上的信任，能够亲自提交伪证，还能被皇上派出查案，排除了东厂，查案的机构还剩下西厂和锦衣卫，其中以汪直最得皇上信任。可听你们方才说，这人三年前才同尚铭有了合作，可见他做官的时间不长，放眼朝中，根本找不到这样的人物。除非……"沈瓷的手放在扶手上，突然抓紧，眼神也随之变得锐利，"除非，就像你们说的，他有一个不可拆穿的身份，他控制了某人，又或者……正以别人的身份生活着？"

卫朝夕心中又惊又怕，不由得出声唤道："阿瓷……"

沈瓷静静地看着她："你还是不肯告诉我吗？"

"不是我不告诉你，而是……而是我根本不知道该怎样告诉你。"卫朝夕扑上去握住沈瓷的手，言语不觉染上了哭腔，"阿瓷，初得知此事时，我心中的惊讶和惶恐，绝不会比你少……"

若说方才沈瓷只是大胆地随意猜测，此时听了卫朝夕这般言语，才真正感到慌乱。为何她应该感觉到惊讶和惶恐？为何朝夕能够告诉小王爷，却独独不敢告诉她？

再结合方才的推测，所有的线索，都指向一个人。

汪直。

沈瓷猛然起身，抬步便往外走。

"阿瓷，阿瓷！"卫朝夕追了上去，"你要去哪里？"

沈瓷回过头，眼白泛起微红，吐出了两个字："鄱阳。"

"你要去做什么啊？"

"确认一件事。"

卫朝夕连忙拉住她："淮王谋权篡位的嫌疑都没洗清，你去能干什么呢？这事开不得玩笑的。"

沈瓷轻轻将她的手拿开："我不会干扰他们，我只想确认我想知道的事。"她转过身，与卫朝夕对视，"要不然，你就清清楚楚、明明白白地告诉我，杨福究竟是谁？"

短暂的沉默。

“好，我告诉你，都告诉你。”卫朝夕垂下了头，现如今，说与不说又有什么区别呢？阿瓷已悟到这个份上，与其让她亲眼看见，还不如自己讲给她听。

沈瓷凝神看着她，坐了回去，静待她开口。

卫朝夕闭上眼，又睁开，酝酿片刻，终是慢慢开口：“我初识杨福，是在去京城的路上……原本只是想去讨个糕点吃，却见他生得英俊憨厚，来往了几次，便动了心思。”

沈瓷抓住句中要害：“路上？你不是同小王爷一同入京的吗？”

卫朝夕既是决定说了，也不想再瞒她，颔首答道：“杨福是朱见濂悄悄带入京城的，之后到了京城，也住在离驿站不远的地方。”

“悄悄带去的？淮王不知道？”

“应该是不知道的。”

那就是朱见濂自己的主张了。沈瓷想到在京城时，小王爷几次出手对付汪直，还曾说与汪直有血海之仇，这是否也同杨福有关系呢？她想至此，忙问：“你可知，小王爷为什么要带杨福入京？”

卫朝夕的眼睑垂了下去，睫毛不停颤动，迟疑良久，吞吐道：“因为……因为杨福……”

沈瓷一瞬不移地盯着她，心也跟着揪紧了：“因为杨福什么？你快说啊。”

卫朝夕缩着肩膀，两眼一闭，银牙狠咬，生怕自己说慢了便再也说不全，突然提高了音量：“因为杨福，同汪直长得一模一样！”

“……”沈瓷定住了，好半天才道，“人无相同，就算面目一样，性格语气也不同。”

卫朝夕无力摇头：“可是杨福不同，他曾经历过近三年的训练，两年在尚铭身边，剩下的大半年在朱见濂身边，只为了让自己成为汪直……就算他们的本质全然不同，但经过刻意训练，旁人也不易看出。这些年，杨福活得压抑，便似生活在汪直的影子下，尤其到了京城以后，几乎不敢以真面目示人……”

沈瓷的眸色渐渐黯然，犹疑地、小心地低问：“那如今，朝中的汪直……”

卫朝夕别过头，将神情隐藏在零乱的头发下，喑哑道：“杨福……就是如今的汪直了。”

如同被四面八方的呼啸声包围着，沈瓷耳里好像什么都听不清了，趔趄着往后退了两步，艰难地稳住身形：“那汪直呢？真正的汪直在哪里？”

卫朝夕一个激灵，想到苍云山上的种种，下意识回避道："我，我不知道……大概，是已经不在了。"

沈瓷闭上眼，千丝万缕都在脑中急速穿过。她突然想起来了，那日她离开苍云山后，独自蜷缩在丛木掩映的池边，是小王爷和卫朝夕找到了她。离开的时候，马车并未掉头，当时她未觉异样，如今细想，小王爷衣染血迹，卫朝夕脸色苍白，分明是刚从苍云山返回，而非从驿站的方向寻来……

浑身的热量与冷意仿佛都在顷刻间被尽数榨干，身体化成了一摊软泥。她看向卫朝夕，低低相问："是那天在苍云山吗？"

卫朝夕惊讶地望着沈瓷，嘴唇因为干燥而泛白裂开，支支吾吾："我，我不明白你在问什么……"

"那就是了。"沈瓷悬着满心的酸涩，闭上眼道，"朝夕，你实在是不太会说谎的。"

说不出该解脱还是痛心，她本想亲手找汪直报了杀父之仇，却下不了手，因此陷在自我谴责的矛盾中。无数次，她会想，如果自己最后刺了下去会如何……可眼下得知其他人替她报了杀父之仇，她却一点儿都高兴不起来，反而感到无尽的悲哀像黑夜一般，滚滚朝她涌过来……

她能说些什么，又能做些什么呢？小王爷与汪直的旧仇，杨福与淮王府的恩怨，朝夕对杨福的情义，桩桩件件都有缘由，每个人都有自己的立场和缘由，就连她自己也是身不由己……如今得知汪直坠下悬崖，该怨谁呢？怨自己，怨卫朝夕，怨小王爷，还是怨汪直多年前自己种下的因？

又有谁不是可悲可叹的戏中之人？

她感到一种深深的无力，逃脱不开，奈何不得，正一寸一寸地啃噬着她的力量。

静了许久许久，沈瓷终于再次开口，目光毫无焦距地凝着前方的某处："朝夕……我还是要去鄱阳。"

"啊？"

"也没什么要做的了。"她低头，松散的发挡在眼前，遮住眼底的迷惘，"汪直已经不在，我只是，想去看看这人到底什么样罢了……"

卫朝夕迟疑片刻，朝沈瓷挪了几步："那我同你一起去，行吗？"

"嗯。"沈瓷轻轻点头。

卫朝夕低头看了看自己仍满身尘土的衣服："你着急吗？若不急，等我沐浴后再走吧。"

"我还有什么可着急的。"沈瓷闭着眼道，"你赶了九日的路，必定疲累，沐浴后好生休息，我们明日再出发吧。我也只是想看看而已，若不得见，便是注定，亦是计较不得……"

"阿瓷……"卫朝夕手足无措。

"我没事，你去吧。"沈瓷想要自己静一静，"在你进门时，我便吩咐丫鬟去准备了，沐浴的热水应是备好了。"

"嗯……你也去歇会儿。"卫朝夕看了眼自己身上的污渍，很快妥协，"那等明日清晨，我们再启程。"

"好。"

朱见濂快马加鞭回到鄱阳后，便立刻冲回淮王府，将矿场秘道之事告诉了淮王。

他自然没有把一切和盘托出，只道杜氏三年前私自允许江湖匪盗在矿场下修建秘道、行不法之事，算命先生推测，此秘道极大地破坏了矿场的风水格局，因而一直效益不佳。

叙述的重点，仅在杜氏私自吞财和秘道坏事这两点上，遂请淮王允许填埋秘道，使矿场得以转运。

至于杨福，朱见濂只字未提。

他也曾考虑过，由淮王出面同杨福说清当年之事，可若是淮王得知杨福诬陷他谋权篡位，第一反应必定是拆穿杨福的身份，以这种最快捷有效的方式保全王府。淮王当年能对夏莲的死遮掩不提，如今也很难想象，他会如何同夏莲的养子解释当年的真相……只怕劝说不成，还会起反作用。

淮王听了朱见濂的话，对杜氏的不满更深，派人去查，果真在矿场下有一条宽敞的秘道。他见朱见濂对此事如此积极，对杜氏又在气头上，很快便应允了他的要求。

可朱见濂转身一走，淮王便觉得不对劲了。

"这小子在京城就不安分，此次如此着急，指不定有鬼……"淮王琢磨着，越想越疑心，就唤来随侍吩咐道，"去盯着世子，看他除了填埋那条秘道外，还有什么异动。”

矿场下的秘道比预料中更加宽敞，站在中央，四面都是空的，地上还零零散散放着些兵器，看上去的确是个私自练兵的绝好场所。有三个不同的入口能够进入秘道，不过好在这三个入口并非各占一方，而是在经过三条细长的窄道后，汇聚成一条较宽的道，再走上两三米，便是适合练兵的一片空旷场地了。

事不宜迟，朱见濂命人连夜赶工。因时间紧迫，从距离道口处五米的旷地开始填埋。如此，就算从地面依旧能听出地下的大片空旷，入口处却已经被堵死了。

他想做的，只不过是延长杨福取证的时间罢了。

唯有多争取周旋的时间，他才能找到机会，将往事细细掰开，劝杨福收手。

而杨福，在当初拿到卫朝夕离开的信后，已猜到她会回来通风报信。他知晓卫朝夕的立场，并不怪她，却也不得不想法子继续自己的计划。杨福心中明白，皇上派给他一百精兵，是怕他镇不住淮王叛乱的军队，而事实上，连叛乱一事都是假的，根本不需多少兵力。一百人的大部队行进不快，他怕耽误行程，直接先领着八名精锐打头阵，一路飞驰，而剩下的人稍微滞后，若一切顺利，可直接将淮王捉拿归京。

因而，卫朝夕昨日傍晚抵达景德镇后，仅仅过了五个时辰，杨福奔过景德镇，并于未时抵达鄱阳。

这速度比卫朝夕预计的提前了半日，朱见濂刚将靠近道口的旷地填满，还余下三个不同入口的细长窄道，便收到探子的消息：“汪直”已经秘密来到鄱阳了。

“停手！不用再填了。”朱见濂下了命令，将连夜赶工的众人支走，只留下马宁几个信得过的亲卫，轻叹一声，“已经被填得不易看出，余下这三条窄道也无妨。不知道他会从哪个入口进来，就在这里等他吧。”

朱见濂站在三条窄道的交会之处，面前是三个不同的入口，背后是刚被填充的泥墙。闭上眼，深吸一口气，胸中的话语无声地沸腾着，静静等待着杨福的到来……

与此同时，淮王也得到了汪直秘密潜入鄱阳的消息。他甚是不解，联想到朱见濂昨日异乎寻常的积极，胸中蹿出一股难以抑制的不安，陡然拍案而起：“这个朱见濂，哪里有个世子的样子？怎么回到鄱阳还这么不省心！本王偏要去看看，他这次还要搞出些什么名堂来！”

杨福抵达鄱阳，片刻不歇地直奔矿场而去。而紧随其后赶往矿场的，除了淮王，还有刚从景德镇赶到鄱阳的沈瓷和卫朝夕。

三条细窄的入口，平日里从外面看不出来，可因为朱见濂连夜赶工运输泥料，多少留下了些痕迹。三队各怀心思的人，前前后后抵达矿场，又恰好择了不同的入口，忐忑地潜入未知的地下……

朱见濂在道口等了不过一炷香的时间，便听见一阵人声。脚步声整齐有序，应是经过训练之人。他背过手，拳头从身后捏紧，静静地看着前方。

杨福领着他的八名精锐疾步潜入地道。

见到的，却是朱见濂，以及他身后已被堵得严严实实的泥墙。

幽暗的火把映照下，朱见濂的脸忽明忽暗，眼神定定地望着他，火光带起一圈圈眩晕的光斑，映出他眼底的沧桑和彷徨。

“汪公公，好久不见。”

杨福一愣，朱见濂并未唤他的名字，反而仍是叫他汪公公，摆明了不想在别人面前拆穿他的身份。他站定，微有失落：“你到底还是先填了。”

“我听不懂你的意思。”朱见濂否认填埋一事，提议道，“我有一些话，想要单独同汪公公说，不知汪公公能否给这个机会。”

杨福料想朱见濂必定要劝他放弃，并不觉得有什么可商量的。眼下，朱见濂想要与他周旋，杨福却巴不得一句话不说，直接把淮王押回京城。只有速战速决，减少暴露身份的概率，他才能在回程的半路“假死”，从而永远消除身份之疑。到时候，若朱见濂再对皇上控诉说他是假汪直，已是无从对证、无济于事了。

杨福不愿同朱见濂多言，扬声道：“淮王谋权篡位，罪不可恕，不必多言。”说完便走上前，要看看这堵泥墙的坚实程度，试图找到刚刚填埋的证据。

朱见濂拦住他的去路，贴近他耳边轻声道：“卫姑娘已将缘由告诉我。关于夏莲，我这里还有一些事，你必定不知道。”

杨福身子僵硬，停下步子。

“命带来的人退下，只留你我。”朱见濂说。

杨福咬咬牙，仍在犹豫。

朱见濂拉住他，又道：“看在我救过你的分上。”

杨福沉默片刻，终究还是点了点头，转身吩咐道：“你们先出去。”

那八人面面相觑："可是……"

"下去。"杨福如今学汪直已是愈发有模有样。朱见濂冷眼旁观，吩咐马宁先带着亲卫出去了。

杨福带来的人见淮王世子身边已没了其他人，若打起来，武功应该也不是汪直的对手，这才迟疑着离开。

"你到底想说什么？"杨福皱眉道，"我虽敬你救过我一命，但我与淮王的仇恨，绝对不会因此消解。"

"我明白你的意思。"朱见濂道，"夏莲是你最重要的人，你要为她报仇。"他顿了顿，又补充道，"我也是同样的。"

杨福胸中一抽，霍然抬头问："你什么意思？"

朱见濂并未直接回答，反是突然道："你跟在我身边的时间，也有大半年。你曾多次问过我，为什么要让你扮成汪直，还记得我当时如何回答你的吗？"

杨福想了想，道："你曾说过，血海深仇。"

朱见濂继续问："那你为何不问，我之前从未去过京城，怎会与汪直结下深仇？又怎会将处于深宫的万贵妃视为仇人？"

"……我问了，你会回答我吗？"

"那时不会，现在却会。"朱见濂语气缓慢而低沉，认真地看着杨福。

杨福被他看得有些发怵，偏过头道："有这个必要吗？我只想听关于夏莲的事，你如果继续在这里拖延时间，请恕我不奉陪了。"

"这就是同夏莲有关的事。"朱见濂神情严肃，正色道，"我去京城复仇，是为了夏莲。"

杨福怔了片刻，突然不客气地笑起来："你？淮王世子，为了一个王府的婢女报仇？开什么玩笑！"

朱见濂岿然不动："杨福，我不会和你开这种玩笑。"

杨福仍在讽刺，可在朱见濂目光的逼视下，那笑容却渐渐收敛了，化为悬在唇角的一丝苦涩。

朱见濂看他已平静了，这才重新开口："我听卫姑娘说，夏莲是你的养母。"他深吸一口气，慢慢道，"可是，你却不知，夏莲其实是我的生母。"

杨福的眼睛猛然睁大："这，这怎么会……"他踉跄着后退，回忆穿梭于脑中。在他还是一个四五岁的孩子时，的确记得有段时间夏莲来看他时，小腹微微鼓起，后来甚至直接消失了接近半年。可是当他之后问起，夏莲却告诉他，孩子已经夭折了，王妃也容不下一个婢女比她更早生出淮王的孩子。那时杨福太过年少，并不懂其中含义，此事便就此揭过。可现在，他细细算了算朱见濂的年纪，出生的日子同当初夏莲的孕期相差无几！

杨福思绪一片混乱，抬起头咆哮道："你在骗我，为了让我收手，编出了这等荒唐理由！"

朱见濂亦不退缩，上前逼近杨福："你认为我会在这件事上骗你吗？若是传出去，对我有什么好处？"

他闭上眼，胸口起伏不定，复又睁开，定定地看着杨福："六年前，父王带夏莲入京述职，皇上见夏莲美貌，多有赞誉，有意从淮王那儿讨要过来。万贵妃善妒，听闻此言，命汪直杀掉夏莲以绝后患。现在你明白了吗？为何我甘冒风险，执意要杀掉汪直和万贵妃？原本的计划里，是希望你替代汪直后，能与你里应外合解决掉万贵妃。只不过兜兜转转，没想到竟成了如今的局面。"

杨福大气也不敢喘，朱见濂的每一句话都如同惊雷。长久以来，他一直困惑朱见濂为何与汪直和万贵妃为敌，如今终于在这里得到了完整的解释。他跟朱见濂相处过大半年，直觉告诉他，这一切并不是谎言，可如今峰回路转，他又该如何是好？

诬陷淮王谋权篡位，将整个不够善待夏莲的淮王府拖下水，这便是他几年来最大的夙愿。可若朱见濂真的是夏莲的亲生儿子，他还要这样做吗？长期以来秉持的目标和信念瞬间坍塌，如同一座倒下的灯塔，满地狼藉，方向顿失。

可这样的惘然只持续了片刻，杨福便回过神来，虽然语气仍是强硬，眼神却已柔软些许："你的一面之词，我凭什么要相信？就算你说的是真的，也无法免除淮王对夏莲犯下的错！就算夏莲不是淮王亲手杀的，他也辜负了她的一生，必须为此付出代价！"他抬眼看着小王爷，揣测着、惊痛着，艰难地说，"而你……因你救过我一次，我会禀报皇上，你主动出示了淮王的罪证，会保你不被株连……"

"如今知道事实，你还打算这样做？"朱见濂看着杨福，眼中尽是失望之色，"你我的目标是相同的，都是为了替夏莲报仇雪恨。我父王的确有错，可真正让夏莲死去的罪魁祸首，却是京城痛下杀手的两人！"

杨福紧紧咬着嘴唇，在摇摆不定的火光中，霎然凝眸。

之前未曾留意，只隐隐觉得看到朱见濂有种熟悉之感。今日才发现，朱见濂的五官生得与夏莲如此相似，尤其是那双眼睛，明明是澄静的，却又满是惊恸与深意。杨福望着他，顿时感到胸中滞闷，呼吸急促，就连目光也模糊一片。他闭上眼，慢慢将手掌压在额头上，半晌方道："就算……就算我信你真的是夏莲所生，可她的死因又如何能确定？你当初并不在京城，是如何知道此事的？若是淮王如此告诉你的，你又怎知不是他厌弃了夏莲将其杀掉，再同你编了个谎言呢？"

朱见濂否认道："相反，他不仅没有告诉我此事，这些年，他还一直竭力不让我知道。最后告诉我这件事的，是夏莲生前在府中最好的友人秋兰，在临死之前拼了最后一口气将真相告知于我。"

杨福轻叹一声，摇了摇头："既然是他人转告，事实到底如何，都已无从对证。可我不相信，淮王作为一个藩王，会对此束手无策。没有证据，你要我如何相信这不是撇清之辞？"

"……"朱见濂沉默了，当年的事，就连他自己也是个局外人。秋兰死前唯留下仓促几语，杨福如何能相信？他敛了声，绷紧身体，陷入一种欲语还休的窘境。

"证据？"正当朱见濂沉默时，忽听不远处传来一个沧桑的声音，淮王从旁侧的窄道走了出来，"我就是证据。"

朱见濂和杨福都是一惊："你……"

淮王在听说汪直入城后便循迹而来，在杨福进入地道后不久，便寻了另一条入口，躲在拐角处听着二人的对话。直到刚才，他终于再也忍不住，冲动现身。

朱见濂急得一颗心快要跳出喉咙：一来，是害怕杨福看到淮王后情绪失控，将刚刚缓和的局面又弄得紧张无比；二来，担心淮王抓住杨福冒充汪直的把柄，若是揭露，不仅杨福会受到重责，他自己也脱不了干系。

然而，冲突的场面并未如想象中一般发生。

他看见淮王黯淡的双目如有光彩流动，眼中含泪，虽不至于失控泣下，整个人的悲伤与感喟却是一览无余。

他的腿在京城受伤留了些后遗症，一步步缓慢地朝杨福走了过去，嘴唇微微张着，似乎有话要说，迟疑了半晌，终于开口："你……你就是夏莲的养子？"

杨福没答，目光中有火，满腹的怀疑与痛恨。

淮王的心痛毫不掩饰，惊异也毫不掩饰，眼中泪光闪动，轻轻说："我从前没有见过你，却听夏莲多次说起过你。你还记得，你十岁生日时夏莲送你的玉佩吗？那是我托她送给你的……”

杨福怔住了，片刻之后勃然大怒：“伪君子，不要再继续装模作样了！夏莲早已不在人世，她的痛苦和悲剧，都是拜你所赐！”

淮王丝毫没有反驳，他低头垂眸，悲叹道：“你说得对，她的痛苦和悲剧，都是因我而起……可是，可是又有谁知道，我心中的痛苦，何曾比她少过半分……”

朱见濂从来没有见过淮王这副模样。

他脸上带泪，手指哆嗦，言语中苍凉之意尽显，脸上深深浅浅的沟壑带着陈年的疮痍，仿佛瞬间老了十岁：“夏莲……这么多年，我也很想她。”

杨福的脸色愈发冰寒，毫不掩饰厌恶的神情，冷哼一声：“想她？你说笑话呢？”

淮王的表情凝滞在脸上，抽搐半晌，无奈道：“夏莲是如何死的，方才濂儿已经同你说了……你怨我没有在她死后替她报仇。可是这仇，我如何能报？报复汪直和万贵妃要冒太大的风险，一不小心便要搭上整个淮王府，我不能为了她一人，将无数人的性命搭进去啊……”

“这都是借口。”杨福咬牙嗤道，“若真有此心，又怎会如此瞻前顾后？就算朱见濂所说是真的，最起码，你也不能帮汪直和万贵妃掩饰罪行，假称夏莲回了家乡！而你，不仅这样做了，还对他们一脸谄媚。如今你又虚情假意在这里说痛苦，其心可诛！”

淮王慢慢摇头，泪水顺势滚落：“我并非毫无作为，当初假称夏莲回乡，不过是让汪直和万贵妃放下戒备，这才能进行接下来的计划……对于这两人，鲁莽行事是行不通的，因此我一直等到这次入京，才与濂儿里应外合，为夏莲报仇……”

朱见濂愣了愣，在目光与淮王撞上后，旋即反应过来，硬着头皮接道：“没错，此事的确是父王在幕后交代的。”

杨福沉默不语，打量着淮王脸上的每一寸表情，忽而凝眉：“你逗我玩呢？京城驿站里发生了什么事，我都看在眼里。淮王你千方百计阻止朱见濂，如今还好意思说自己是幕后主使？”

淮王竭力保持神色不变，辩解道：“阻止他，是在明面上做给众人看的。若不如此，有朝一日事发，我如何保全淮王府？”

杨福僵立不动，目光渐渐变得迟疑起来。淮王见状，又继续道：“你想想看，若不是心中有夏莲，我又怎会立她的儿子为世子？”

杨福的眉头更加深重，看着淮王，心中已有动摇。

“过去，你以为是本王加害夏莲，那时你不知道事情的真相，本王也不知你是夏莲的养子，不怪你。本王明白，这些年你为了夏莲承受了许多，可是，若她有在天之灵，必定不希望你毁掉她亲生孩儿的荣华富贵，对不对？”

他的字字句句灌入杨福耳中，如同惊涛骇浪，不停撞击翻涌。细小的灰尘在火光中飘扬浮动，如碎散的心事悬浮不定，剪不断，理还乱。淮王的说辞煞有介事，夏莲的深情到底是否被辜负了？他开始怀疑自己从前的判断，这怀疑逼得他头昏脑涨，胸口透不过气来，闭上眼，全身上下的力量逐渐流逝，渐渐软了下来，最后竟只剩下哽咽的一句：“你……你当初明知道你给不了她什么，又为何要留她在身边？”

他语中已流露妥协之意，淮王眼中闪过一瞬精明的光，转而叹息道：“我对夏莲，的确是有亏欠的。可我对她，也的确是真心。我所能做的弥补，也就是今后好好待濂儿，还有……你。”他顿了顿，眼神恳切地望向杨福，又道，“我知你如今身份不一般，但眼下误会解除，你也不必再继续装作汪直。待你入京复命，说明篡位之事是子虚乌有后，若你想要隐退过富贵生活，我可以帮你。”

杨福的眉心松懈下来，轻轻摇了摇头：“为了夏莲，我已蛰伏多日，如今走到这一步，要我全然放弃，却是不能的。”他将目光转向朱见濂，那双与夏莲相似的眼睛深邃而幽亮，将他心中的尘霾照亮，也将过往的憾恨转移了方向，“看在世子的分上，我不会再动淮王府。可既然一切的源头是万贵妃……如今身在汪直的位置上，也不能将仇恨荒废。我会回京，这份仇恨，就由我来终结。”

淮王心头一颤，忍不住道：“万贵妃是极不好对付的，汪直既然已经不在了，就别把事情再闹大了，若是追查下来……”

杨福知他在担心什么，摆摆手道：“放心，我不会连累淮王府。更何况，之前我已经将谋权篡位的伪证呈给了皇上，总得走这么一趟才能证明淮王府的清白。”他闭上眼，叹道，“至于你的负心薄幸……三年前，我在景德镇欲取你性命，没成功就当两相抵消，我也不想再去追究了。”

朱见濂登时骇然，自他听了卫朝夕的那番话之后，其实便隐隐意识到这件事，可情势紧急，逼得他未能细想。如今杨福提及，已清清楚楚地说明，杀害沈瓷父亲的人，正是杨福……

可如今，得知杨福与夏莲的关系后，他偏偏还什么都不能做……亲人被杀的恨，他比谁都清楚，若是有一日小瓷片儿知晓，他又该站在何种立场？

而此时，刚同卫朝夕小心翼翼走入地道的沈瓷，听了杨福的话，不由得滞住脚步，身体变得无比僵硬。

淮王怔了须臾，又笑起来，上前拍了拍杨福的肩：“都多久的事了，既然本王毫发无损，如今也都说清楚了，以后就不须提了。”

杨福的眼睛微微黯淡下来：“你是毫发无损，只可惜……”

他话音未落，身旁忽然冲过一个影子，似一阵疾风旋过，火把被吹歪，明明灭灭闪烁在地道中，再平静时，杨福已感到自己的喉咙被人从背后用一根冰凉而锐利的武器抵住，还不见其人，却已涌出阵阵杀气。

紧接着，便见卫朝夕从暗处扑了过来，一开口便带了哭腔：“阿瓷，不要！不要伤他！”

沈瓷眼睛发红，全然没有听到，如一头发狂的小兽，将手中的钗尾死死抵在杨福的喉咙上，从背后绕到杨福面前，看着他的脸。如此相似的五官，相似的着装，甚至是相似的情形。她突然爆发出一阵剧烈的笑声，这笑声回荡在空荡荡的地道，越来越猛烈，直笑到直不起腰，心也似乎随之跌入深渊。

一瞬间，她收了笑，语中尽是咬牙切齿的战栗：“原来这世上还有如此相似的人，原来，一切都是你！”

自嘲、悲凉、恨意、悔悟，潮涌般地袭来，涌在她的胸口。沈瓷手中锐器不停地颤动，仿佛随时都可能刺入杨福的咽喉。杨福认命地闭上了眼。

几乎就在同时，卫朝夕冲上前，抱住了沈瓷的胳膊：“阿瓷，别杀他，求求你，我求求你……”

沈瓷怒极攻心，根本管不了这么多，左手的指甲已深深嵌入杨福的脖颈。她右手握住锐器，奋力甩掉卫朝夕的手臂，正欲刺下，卫朝夕再次扑了上来，拉住她的手臂直接跪在了地上：“阿瓷，看在我们这么多年的情分上……放过他吧，是他错了，但我不能没有他啊……”

她泪水涟涟，引得杨福猛地睁眼：“朝夕，你……”

他话没说完，沈瓷的指甲掐住他的喉结，生生将他的话扼断。此时，她的力量大得出奇，丝毫不松手。杨福喘不过气，双瞳放大，胸口已是起伏不定。

眼见杨福快要无法呼吸，又有一双手上前，大力拉住了沈瓷。

这一次，却是朱见濂。

“你不能杀他。”朱见濂沉声道，“他如今的身份是汪直，若你杀了他，皇上发怒，必定逃不了惩罚的……”

“他是杨福还是汪直，我很清楚。”沈瓷一双眼瞪得血红，试图挣脱朱见濂的拉扯，“惩罚不惩罚，我也不在乎。”

朱见濂拉住她的手腕：“可我在乎。”

沈瓷冷哼一声，浑身尽是冰寒：“你在乎的，恐怕不只是我的安危，更是你们之间的协议。”

一句话，竟将朱见濂堵得哑口无言。他的心似被一根鞭子痛苦地抽打着，想要说些什么，却觉言语艰涩。唯有一双手依旧没有放松，僵持在原处。

淮王见状，匆匆上前劝道：“沈姑娘，三年前，杨福是冲着我来的，并不想伤害你父亲，他是无心之失……”

沈瓷打断了他，冷言道：“当初若是一刀结果了你，你还能在这里说无心之失？”

淮王蹙眉：“话不能这么说，当初若不是我在你落难后收留了你，你今日能当上督陶官吗？”

“若不是爹爹替你挡了那一剑，你命都没了，如今竟还拿此事来要挟我？”被淮王的话激得愤怒，沈瓷不知从哪儿来的力气，竟是挣开了朱见濂，再度朝杨福奔去。

手中的钗刺，在几次尝试后，终于刺入了血肉，血液一股一股冒了出来，却不是杨福的。

就在方才，卫朝夕觉察到沈瓷的动作后，一个激灵迅速爬起，趁着沈瓷蓄力之时，挡在了杨福身前，而那钗尾没能伤到杨福，却刺入她的肩膀，深深的，血液渐渐溢出，浸透了衣衫。

卫朝夕捂住肩膀，疼得表情扭曲，脸色惨白一片，克制着自己没有叫出声，她呜咽道：“阿瓷，你若真的一定要杀他泄愤，就朝我来，让我来替他偿命吧……”

沈瓷的手悬在空中，簌簌颤动。

钗尾插在卫朝夕的肩上，不敢拔出，也不能拔出。她看着朝夕悲怆决然的捡，这个与她一同长大的好友，以如此决绝的姿态站在了她的对立面，气息紊乱，可眼神坚定。沈瓷不能进，亦不甘退，浑身的每一个细胞都似在激烈搏斗，将她的心搅得天翻地覆。

良久，她从牙缝中挤出一句颤音：“朝夕，你不要逼我……”

卫朝夕脸色苍白，身体被杨福从身后扶起，咬着牙坚持：“我说了，让我替他偿命……”

沈瓷怒极反笑：“什么你替他偿命？你明知道我不会对你动手，不过是想仗着多年的情谊威胁我罢了。”

卫朝夕硬咬着嘴唇，说不出话，只依旧将身体挡在杨福面前。

情势僵持不下，杨福怀抱着气息越来越粗重的卫朝夕，开口道：“沈姑娘……三年前的事，是我对不起你。这些年我为复仇而活，杀人偿命，我是明白的。但请你多给我一些时间，等我做完该做的事，便任你处置……”

“不要！”卫朝夕挣扎着转过头，抓住杨福的衣襟，“……你不可以这样，不可以丢下我。”

杨福摸了摸她柔软的发，微有哽咽：“朝夕，因果轮回，我自己犯下了错，也早知有这一天。”他抬头，以恳求的目光看着沈瓷，“沈姑娘，我必须回一趟京城，再给我一段时间，可以吗？”

沈瓷冷笑道：“你回去了，进入宫中，我哪还伤得了你半分？到时候朝夕若是再以死相逼呢？”

淮王心烦意乱，忍不住厉声道：“沈瓷，你就算不顾及自己，也得想想世子，想想收留过你两年的淮王府！如今皇上已觉本王有叛乱之心，杨福若再不明不白葬身于此，你让皇上怎样想？”

沈瓷的目光依次扫过面前几人，脚下步履虚浮，红着眼无力一嗤：“你们一个个都有理由，你们一个个，都是圣人……”她的目光望向朱见濂，一步一步走到他的面前，盯紧他的眼，“小王爷你说，你说，我应该怎么办？”

朱见濂看她这般模样，鼻子发酸，英俊的脸部线条隐藏在黯淡的灯光下，喉结动了动，喑哑着唤她的名字：“小瓷片儿……”

她提紧了心，盯住他一开一合的唇瓣，似要从里面将话语撬出。

他眼神涣散，眉峰蹙得越来越紧，表情尽是矛盾与犹疑，沉默半晌，终是垂下眼帘，喉咙哽咽：“让他回京吧……”

"……"沈瓷全身的力量一松，无力地跌坐在地。

"对不起，他的护卫就在地道口守着，我不能让你和整个家族因此毁掉……"朱见濂蹲下身，想要抱住她，她却躲开了。他的心像是被一把锋利的尖刀来回割着，却看见沈瓷慢慢地转过了头，眼睛直直地望向杨福。

此时此刻，卫朝夕躺在杨福怀中，泪水不停地流，手还紧紧拽着杨福的衣领，用力朝自己身边拉扯，生怕他离开。

而沈瓷在杨福的眼里看到了什么？

那种悲戚、悔恨、无奈和痛苦交织的神情，竟与当初苍云山上的汪直如出一辙，那般追悔莫及，又有一种认命般的绝望。

她的眼泪瞬间不受控制，顺着面颊跌落下来。

众人的唇舌交战，朝夕的以死相逼，小王爷的劝慰退让，再加上眼前这最后一击，她终于垮掉。缓缓地，她站起身来，抹去眼角的泪水，一步步朝外走去。

狭长的地道漫长得似乎没有尽头，朱见濂从身后追上她，又被她强力推开，脚步加快，头也不回地说道："我想静一静，你们的事，你们自己处理。只是回去告诉杨福，让他别忘记自己说过的话。"

朱见濂仍不放心："你要去哪里？"

"回去。"她叹息道，肩膀塌了下来，语中是深深的挫败，"回景德镇。"

她坚持独行，瘦窄的身影渐行渐远。朱见濂尚无法离开，只得派了几人悄悄尾随，护她周全，又折身回到地道，与其余人一同从杨福进来的入口出去。

杨福带来的精兵早已等得焦灼，见几人一同出来，竟还多了淮王和卫朝夕，不由得惊诧，连忙迎了上去："汪大人，怎么样？您若是再不出来，我们都要冲进去了。"

"我没事。"杨福扶着卫朝夕，对那几人道，"先送她去医馆治疗，她的肩膀受了伤，去看看有无大碍。"

"是。"

那几人从杨福手中接过卫朝夕，指了指朱见濂和淮王，犹疑道："那……他们呢？"

杨福与朱见濂对视一眼，斟酌着开口道："之前所谓淮王叛乱一说，不过是一场误会，我已经查清楚了。"

那几人面面相觑，又问："那之前，呈给皇上的书信证物……"

杨福心口一跳，以目光得到朱见濂的肯定后，开口道："此事另有隐情。为让皇上消除疑虑，淮王或者世子，最好还是有一人出面去一趟京城，届时将缘由亲自同皇上解释清楚。"

淮王应道："好的，多谢汪公公特地走这一趟。"

杨福点点头，上前几步走到朱见濂身边，压低声音道："我先同朝夕去医馆，书信一事，你们自己想想如何处置，我随后就来。"

两伙人刚一分开，淮王立刻问朱见濂："书信？什么书信？我先前并未听你们提及。"

朱见濂道："这是卫朝夕在景德镇告知我的。杨福在亲赴矿场前，已向皇上呈上了你拉拢兵部尚书王越谋权篡位的书信，据说已查证，正是你的笔迹。"

"我什么时候拉拢王越了？别说拉拢，我和他连话都没有说过。"

"他对这件事谋划已久，自然是寻人伪造的。"朱见濂道，"此事我已有应对之法，只是不知父王你是否会同意。"

淮王看着他："你打算如何做？"

朱见濂娓娓道来："既然不打算拆穿杨福的真实身份，总不能说那些信件是他伪造出来的。但信不可能平白无故地出现，要解释清楚，总得有人出来担。这人得同您有点儿关系，还得有些怨恨，除此以外，手头还得有些势力，才能想法将这信传到京城，被西厂查到。"

淮王眉心微蹙："你想说谁？"

朱见濂慢慢吐出了两个字："杜氏。"

"这……"淮王略有迟疑，"她虽然做过一些错事，但毕竟曾是王妃。而且，子衿的亲事也已经定好，就快出嫁了……"

朱见濂心道，他就是要让朱子衿这桩亲事成不了，谁让这母女俩总是不安分呢？为了给他找难受，竟想法来对付沈瓷，这是他不可承受的底线。别说刚好遇见了杨福这件事，就算没遇见，他也得想法子整治这两人。

朱见濂眉头挑起，反问："那除了杜氏，您觉得还有谁能符合这个条件？"

淮王仔细想了想，他处世圆滑，府外的人鲜少得罪，就算有冲突，也不过是同一些市井刁民。这些人不可能将他的字迹模仿得惟妙惟肖，更没能力用假证混淆西厂的眼线，思来想去，竟也只有杜氏一人符合条件。

“可是，若说是杜氏所为，也说不圆满。她自己也是淮王府的一员，若因叛乱被诛，对她又有何益处？”淮王斟酌道。

“若说是为情所迷，利弊又何须计较？更何况，她行事如此鲁莽，压根儿没顾忌到株连一事，也是合理的。”朱见濂说得有理有据，不容辩驳，“别忘了，矿场的地道，当初也是她私下交易，允人造出来的。这一点有迹可循，她逃不掉。制造假证诬陷淮王叛乱一事，安在她身上恰到好处，她认也得认，不认也得认，谁让她自己做了这么多糟心事呢？”

淮王沉吟良久，终是低叹道：“事到如今，或许只能如此了。”他想了想，犹豫道，“可是，对杨福，我依然不太放心……”

“杨福不可全然信任，但我这次听他所言，并不觉是谎话。”朱见濂瞥了一眼淮王，道，“方才您的戏做得挺真，不过，您是真的不打算拆穿杨福的假身份吗？还是仅仅想先稳住他的情绪？”

淮王转过头看着他，反问：“你觉得我全是在做戏？”

“难道不是吗？将对付汪直的事揽在自己身上，你我都知晓这事的真假。”

淮王揣着手，叹道：“此事对他撒谎，不过是希望他能够平静下来。我若不是顾忌他是夏莲的养子，大抵可以直接想法子揭露他的身份，何必如此大费周章？”

“杨福既然来了，也是做好了应对的准备。若他在送您回京的半路借机假死，有些事就算是真的，也说不清了。”朱见濂语中夹带着半分嘲讽，“无论怎样，起码杨福已经把我们的话听了进去，您对夏莲也不算辜负，反是落了个顾念旧情的名声。”

淮王听着他阴阳怪气的语调，不由得微怒：“有你这么同父王说话的吗？”他沉下一口气，道，“夏莲去世后，我的确没有追究下去，可这并不代表我不在乎。只不过身在其位，还有更多事需要顾及罢了。这些年我对你的维护，难道你感觉不出来？”

朱见濂沉吟半晌，似是深思，良久才开口道：“我明白，也知晓您的顾虑。”他顿了顿，轻吸了一口气，“可是，也正因为我知晓您的顾虑……所以，我也绝对不会再走您的老路。”

淮王眉心一拧：“你这话什么意思？”

“表面的意思。”朱见濂道，“虽然我并不赞同父王您的做法，但我也看得出来，您对夏莲并非没有感情。当初有过两情相悦的深情，如今才有如此多负累。于她，于您，于我，都是如此。若当年您能光明正大地娶她为妃，也就没有今日这些事了，您也不会有痛苦和惭愧了。”

淮王琢磨出点儿朱见濂的意思了，当即点破：“你是想用这个劝服本王，拐着弯让本王同意你娶沈瓷为妻？”

朱见濂不答反问：“若是如此，您会同意吗？”

“不会。”淮王的脸色立刻沉了下来，“你是淮王世子，考虑的不应当只有自己的喜好，她背后没有家世支撑，连当家主母都做不了，更别提帮你了。她如今还是皇上亲命的督陶官，皇上对她印象满意着呢，是你想让她离职就离职的吗？此事想都不要想，我不同意。”

“不同意？”朱见濂苦笑一声，语气微嘲，“难道，要让我和她再重复一遍您和夏莲的故事吗？”

朱见濂再度提及夏莲，引得淮王情绪激动起来，声音都提高了几度：“正是因为不希望你重蹈覆辙，我才不允许你同沈瓷在一起！我同夏莲，就是因为当初没有果决地让她离开，才酿成了今日的局面。当初本王是没发现你对她情谊已深，若早有察觉，当初就不会带她回淮王府！”

淮王越说越激动，语毕扬手一挥，闷气道：“眼下时局紧张，本王不想同你再讨论这些没用的，先把眼前杨福的事解决了。”

“我提此事，也同杨福这件事有关。”与淮王的激动形成鲜明对比，朱见濂依旧平静，“我明白您不许我娶她的缘由，也充分理解。既然如此，不如换个方式。刚好我也不想做这个世子了，不如就趁着这次风波，您找个由头把世子换了，大家都省心。”

他的表情波澜不惊，似乎在说一件稀松平常的事。

淮王愣了好一会儿，才终于反应过来：“你，你说什么？”

“我知道，现在提出这个要求太过匆忙，可在心里我已思虑多次。世子的位置，对我而言并不重要，不但没什么益处，反而是束手束脚的羁绊。您捧我坐这位置，对夏莲的心意已经尽到了。可我占着是浪费，不如就此离开，还望您成全。”

“荒谬，荒谬！”淮王气得浑身发抖，“想一出是一出，简直异想天开，当初杜氏百般干扰，本王都坚持立你为世子，如今你竟用这个来威胁本王？”

朱见濂轻轻摇头，表情没有半分掺假：“不是威胁，更没有把这作为任何筹码。这件事，我已认真思考了许久，是慎之又慎的决定，绝无半点戏言。”

“本王不想再听你胡言乱语！”淮王从喉咙发出一声低喝，别过脸去。恰好这时，马车停了，已是到了王府门外。他一甩衣袖下了车，满腹怒火地朝书房走去。

朱见濂不声不响地跟在他后面。

书房中，一片诡异的寂静，两人都不说话，只听得淮王粗重的喘息声回荡在安静的空间内。他闷闷地坐在椅中，手将扶手握得紧紧的，任压抑的氛围萦绕四周。

“父王……”朱见濂轻吸一口气，如今的场面虽然不适合，但眼下时局紧迫，该说的还是得说。他斟酌着话语，终于开口，“父王，方才的提议，不仅是我心中所想，更重要的是，眼下的情势也需要我们这样做……”

淮王不吭声，眼睛合上，手将扶手攥得更紧了。

朱见濂用尽量平缓的声音道：“杨福方才说过，如今皇上已经拿到叛乱的书信假证，需得我们中的一人亲自面圣，方显诚意。父王您大病初愈，不宜远行，此事可交给我来办。虽然事情的主要责任在杜氏身上，但此事重大，皇上若要追究源头，归根结底还是因为淮王府疏于管理，也当受罚。众所周知，入京以后您因身体不适卧床休息，诸多事务都是我在料理。皇上若要怪父王您对杜氏疏于管教，我大可将责任揽在自己身上，由此失掉世子之位，顺理成章。”

淮王面上是冷冷呵斥，心底是怒火中烧：“你倒是想得周全。”

朱见濂恭敬道：“父王，既然我们都不打算拆穿杨福的身份，此事就必须有人出面承担。杜氏毕竟是女子，追究到淮王府的根本问题，不是我就是您，既然我正有此心，又何必让您再受影响？”

“都是借口，借口！”淮王倾过身体，瞪着他，“你不就是想同沈瓷那个丫头在一起吗？费这么多口舌，本王已经说过，不同意！”

“为了她，也不仅是为了她……”朱见濂垂下眸子，情绪未能完全压制，声音已是暗哑，他深吸一口气，将无尽的情绪融在克制的语气中，低缓说道，“这样，不仅是为了她，更是为了我的母亲……夏莲想要的，夏莲没有得到的，不正是她最希望我能够做到的吗？我不想要同你们一样的结局，亦不愿沈瓷在王府受委屈，她是有自己一片天的女子，而我也渴望没有名权羁绊的生活。这样的决定，于我们而言都是解脱……父王，幸福与成全，是您从前没有给过夏莲的，如今，您也不愿意给我吗？”

淮王只觉快要喘不过气来，一天之内，接二连三发生的事，已经让他失去了先前的从容淡定。他躁动地扬手，不经意带倒了案上香炉。香灰撒了一地，间或有微微的火光，闪烁在灰烬之中，又一点一点湮灭了。

就如同此生姻缘的余烬，跨过两代人的爱恨情仇，于此刻洒落、燃尽、随风飘散。

夏莲消逝已久的笑靥，似乎再次浮现在淮王面前，这是他放在心底妥善珍藏的女子。他其实是爱她的，放在心底，柔情萦绕。只是这爱情在他心底终究抵不过其余更为重要的东西，因而辜负了她，亦辜负了曾经共有的幸福时光。

他老了，念旧了，心底死守的名利和面子依然重要，可忆及从前，到底多了一分妥协的柔思。淮王晃晃悠悠地起身，良久站定，望着窗外阴沉潮湿的天，脑中回荡着朱见濂的话。不认同，却又被打动。

良久，他开口问：“是沈瓷要你放弃世子之位同她在一起的？”

朱见濂见他终于开口，连忙否认：“没有，她还不知晓此事。”

淮王的手指轻轻在案上敲了两下：“今日你阻止她杀掉杨福，杨福又是她的杀父仇人。想必她心里觉得你站在了她的敌对方，或许已对你失望至极。如此情势，你就能肯定她依然愿意同你在一起？”

朱见濂咬咬牙：“不能肯定。”

淮王微微一惊：“那你何必这么急着放弃自己的地位？你连她愿意继续同你在一起的把握都没有。”

朱见濂沉吟片刻，仔细想了想，再抬头时，眼中已是清明一片：“若我要对她许下承诺，便应该先把事情做到。如果我一定要得到她肯定的答复才愿放手，那样是不够诚恳的。”他眸中泛着光亮，认真无比，“对她，我已经错过太多，不愿再预设任何前提条件。得到也好，得不到也好，所谓诚意，就应是在不可预知的时候，已经下定决心去做。唯有如此，才有承诺的资格。”

淮王沉默，眼睛望着那一地散乱的香灰，喃喃自语：“濂儿，你同我，果真是不太一样的……”他的手在案上弹了弹，指腹间沾了些细细的余烬，无奈叹道，“真是不知民间疾苦，在王府的日子，不比在其他地方舒坦吗？”

他语中不解，却也带着一分妥协之意。朱见濂敏锐地捕捉到了这分妥协，心中不由得溢出喜悦：“同她一起，在哪儿都舒坦。”

忽有叩门声响起，门外的随侍道：“王爷，汪直来了，候在外面。”

淮王道：“让他进来吧。”

“是。”

没过一会儿，随侍领着杨福前来，淮王问道：“怎么样？卫姑娘伤情如何？”

“伤在肩膀，未中要害，处理了一下伤口，应该没什么大碍。”

“那就好。”

言归正传，待房门再次关上，杨福便问：“书信假证这事，你们方才可有商议？”

“已有对策。”朱见濂将杜氏在其中的关系同杨福叙述了一番，杨福听了，有些愧疚，“这件事，要让一个女子来担？”

“事有因果，她自己做事阴毒，残人性命，也到了偿还之时。”

“是啊，事有因果……”杨福低叹一声，不再有异议，道，“既然你们已经商议好了，就先将她押入官府囚禁，等得了皇上的意见，再看如何处置。谁与我一同入京？”

朱见濂与淮王对视一眼，淮王仍有犹豫，朱见濂见状，抢过话头道：“父王身体不适，还是我去吧。我们何时启程？”

杨福瞥了眼窗外暗下来的天幕：“明日如何？若是再晚，恐怕皇上指派给我的精兵都到鄱阳了。”

“那便这么定了。”朱见濂立刻应道。

杨福点点头，多了几分肃然的神情：“待我将这件事禀报皇上后，便找机会去寻万贵妃。”

“此事不急，从长计议。”

“不，非常急。”杨福忧心道，“汪直有个好友叫王越，一旦证明淮王是清白的，王越也会被放出来。他如今已经开始怀疑我的身份，若万贵妃那边不能速战速决，恐怕后患无穷。”他说着，声音越来越低，垂下眼帘，“而且，我答应了沈姑娘……”

他的话没说完，留下一声长长的叹息。

朱见濂一时也不知该再说些什么，拍拍他的肩，没有言语。

淮王见状，也知眼下只能如此。他站起身，走到朱见濂面前，将他拉到旁侧，压低声音道："事情到了这个节骨眼儿，本王也不再拦你入京。但是，有一个要求，你必须做到。"

"您说。"

"本王看杨福的样子，应是下定决心去对付万贵妃了。你得答应本王，别把自己搅进去，最好也让杨福放弃。若他能平安隐退，本王是愿意替他谋求后路的。"

朱见濂沉声思虑。原本，在他入京的考量中，也是想要参与此事的。杨福不能将行动告诉尚铭，势单力薄，或许唯有自己还能予他一些助力。

见他犹豫，淮王又道："今日你用夏莲来说服本王，本王如今也得用同样的方式。既然汪直已经死了，夏莲的仇也算报了大半，她必定不希望自己唯一的血脉为了她涉险，适可而止，如何？"

"若我答应，您也会答应我先前提出的条件吗？"

淮王无奈道："本王是不想答应的，可你都说到这个份上了，本王还能如何？"

朱见濂笑了，终于点头："好，那我也同意。"

淮王舒了一口气，于今日层出不穷的事件中，终于获取了一点安心。他缓了缓，唤来门外的随侍，正色吩咐道："去，把杜氏给本王带过来，不得耽误。"

随侍领命而去，带着两个护卫入了杜氏禁足的院落，将命令告知于她。

"王爷，王爷终于要见我了？"杜氏欢天喜地，赶忙拿出匣屉里的金银玉饰精挑细选，拢了拢头上的发髻，嘴里喃喃道，"我就知道，王爷还是会来找我的。呵，他朱见濂算什么？就算我再如何，王爷终归是念着我的。"

反是朱子衿看随侍面色不善，嗅出些许不安的气息："母妃，这事也来得太突然了，我怕不一定是好事……"

杜氏全然不听，对着铜镜细细画眉："有什么突然的？你看，如今正是晚膳时间，刚巧唤我去用膳。"

"别浪费时间了。"传令的随侍打断了杜氏的话，"快点儿，王爷吩咐过，立刻过去，不必装扮了。"

话音刚落，两个护卫便上前架住杜氏的双臂，往院落外面带。杜氏的眉刚刚画了一半，另一头缺了眉尾，急得大叫："哎，我还没画完呢，你们这些下人，胆子太大了！"

"您息怒，王爷吩咐了不得耽误，我们等不起。"护卫一边淡淡说着，一边连拖带拽地将杜氏拉到了淮王的书房。

"王爷，人带到了。"

"你们下去吧。"淮王的声音冷冰冰的，杜氏不由得浑身打了个激灵，细细一看，屋内不止有淮王，还有朱见濂和一个面生的俊俏宦官，看衣着，这宦官职位还不低。

眼前的三人面无表情地看着她，用一种漠然而锐利的眼光。尤其是朱见濂，唇角似勾非勾，颇有深意地看着她，眸中的恨意与愤懑朝她涌来，似是终于等到一吐方休的机会。

欢天喜地的杜氏顿时如同被泼了一桶凉水，浑身上下都浸出一股寒意，连带着声音都在发颤："王爷，这……您这是要做什么呀？"

淮王不动声色地睨了杜氏一眼，扬手指了指地面："跪下，本王要审你。"

"为什么？"杜氏被骇得不轻，那画了一半的眉毛挑动着，显示出她的难以置信。

淮王被她那一半眉毛晃得眼疼，再次重复道："跪下。"

杜氏双腿一抖，慢吞吞地屈下膝盖："王爷，妾身不知道自己做错了什么事啊……"她已做好准备，若是朱见濂提到沈瓷受辱或是秋兰被杀之事，她就大声喊冤，眼泪都已晃在眼眶里蓄势待发。

然而，淮王开口问的却是："三年前，你可曾与人做过交易，允许别人在矿场旁侧修建地道？"

杜氏千猜万猜，也没料到淮王居然问的是这个。多年前的旧事被翻出，还是在这样的情形之下，她下意识地否认："没有，我没有。"

"不是你，还有谁？"淮王逼视着她，"三年前，这事原本就在你的管制范围。若不是你，做这件事的人也必定会经你的手。你倒是说说看，当时是谁办了这件事？"

杜氏词穷，找不到应对的方式，再看淮王一脸笃定，想必这陈年旧事应是证据确凿，于是支支吾吾道："我，我好像想起来了，当年的确有这么一桩事……

不过我也是为了王爷您啊，那商人出资不菲，我……”

“大胆！”淮王的手猛力捶向案几，又颤抖着指着杜氏的鼻子，“你竟是从三年前，就已有如此不轨之心，你是要让整个王府都为你陪葬吗？”

他这戏演得生动，杜氏全然被喝住，哑着嗓子道：“王爷，妾身不明白您什么意思，不过是三年前的一条地道，原本闲置着也没钱可拿，何至于牵连整个王府……”

“事到如今，你还不肯承认！”淮王怒喝一声，将她的“所为”一一道来，“你派人模仿本王的笔迹，诬陷本王欲谋权篡位；又将地道伪装成练兵之地，意图将本王置于死地！用心如此险恶，本王岂能容你？”

“模仿笔迹？诬陷叛乱？”杜氏睁大了眼睛，待反应过来，立刻伏在地上哭号，“不，不，我绝无此意，我是冤枉的，王爷，我是冤枉的！”

她的脸惊恐地抽搐着，发出不顾一切的咆哮，那画了一半的眉毛，如同一条蠕动的毛毛虫，狰狞可怖。

淮王衣袖一挥：“来人，把杜氏带去官府。她心思歹毒，欺君罔上，即刻押入大牢，待皇上下旨再论惩处，不得有误！”

“王爷，王爷！”杜氏惊叫着，双腿跪着挪到淮王身前，紧紧抱住淮王的腿，又被迅速推开。她眼睁睁地看着淮王厌恶的表情，无能为力。几个护卫走进来，要将她强行拉出，已经拖到门口了。就在这时，杜氏突然猛地抬起头，指着朱见濂咬牙切齿，“是你，都是你害我的！我没有诬陷王爷，我没有！”

她用尽全力挣开护卫，张牙舞爪地扑过去，可还没碰到朱见濂，便再次被拖了回去。杜氏瞪着一双泛红的眼，张牙舞爪，嘴里不停吐出污言秽语，却全然没有对朱见濂造成任何影响。他只是站在原地，一脸从容，似笑非笑。一片凌乱的模糊之中，杜氏似乎看到朱见濂唇角微张，轻巧比出了两字的口型：报应。

杜氏霎时愣住，就在她发怔的间隙，护卫已将她带出了书房。淮王的脸，朱见濂的脸，渐渐消失不见，只余下阴暗的牢狱、冰冷的铁栅。

/ 第二十章 /

展翅飞去

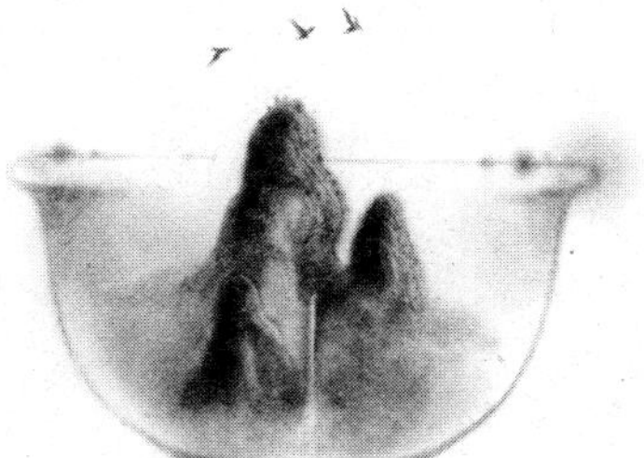

翌日清晨，朱见濂得到护卫回报的消息，沈瓷已安全回到御器厂，神情失落，但还算平静，并未做任何出格之事。

“只有等从京城回来以后，再去寻她了……”朱见濂叹息一声，心中又生出几分期待，“这样也好，此后，便不须再别离。”

出发的时辰将到，杨福如约赶到淮王府，看着朱见濂：“准备好了，我们出发？”

朱见濂往他身后瞧了瞧：“卫朝夕呢？”

杨福的眼色黯下来：“大清早的，她还在睡，不想让她一同去。等她醒了，休养几日，我让人送她回景德镇。”

“也好。”

两人带着护卫上了路。泛白的天空，蒙着一层薄薄的雾，渐渐地，雾散了，天边泛起点点霞光，透出片片鱼肚白，潮冷的风吹过，漫在脸上身上，竟生出几分悲壮决然之意。

临路过卫朝夕休养的医馆，杨福不由得回头，恋恋不舍地望去，心知自己此行凶多吉少：“此去，我怕是不能回来了。就算活下来，还有沈姑娘的承诺没有兑现。烦劳世子替我转告朝夕，让她好生珍重。”

朱见濂正欲开口应下，眼帘微抬，转而道：“看来不需要我转告了。”

“嗯？”

朱见濂指指前方：“你看，她在等你。”

泛白的天色下，卫朝夕站在晨风中，只穿了薄薄一件单衣，冷得瑟瑟发抖。

她肩膀缩着，头发凌乱，只一双眼睛熠熠生辉，左右顾盼。那双眼滴溜溜地转动，直到看见杨福，突然便凝住了，转而渐渐湿润。

杨福再也挪不动一寸，愣愣地看着卫朝夕踏着小碎步在风中瑟瑟地朝他走过来，心口像是中了一箭，疼得他鲜血淋漓。怔了好一会儿，他才翻身下马，握住卫朝夕的小手，冰凉的触觉袭来，冻得他鼻中酸涩："你来这里做什么？你这是做什么啊……"

卫朝夕忍着忍着，一个没憋住，眼泪如同决了堤的洪水，瞬间倾泻而出："我怕你不声不响便这样走了，你这次走了，我便再也看不见你了……"她用手背抹了抹眼泪，可没用，泪水如同断了线的珠子，不停滚落，"你真准备就这样离开吗？就……就不愿跟我，道个别？"

杨福哽咽着："道了别，我怕自己便舍不得离开了。"

卫朝夕一把抱住他："那就别离开，留下来，那些仇恨别去管，就你和我，像之前约好的那样，我们游历天涯海角，吃遍天下所有的好吃的……"

杨福心中如在泣血，好一会儿，他轻轻推开卫朝夕的怀抱，不敢看她的眼睛，摇摇头："对不起……我不能了……"

这条路，他已付出了太多，也欠下了太多，此刻想要再抽身远走，已是无望了。

卫朝夕嘴唇发白，情谊与理智分不清晰，唯有冲口喊道："那就让我同你一起走！"

杨福低下头，闭着眼摇头："朝夕，你这是何苦……我欠下的债太多，你已经替我受了伤，这样跟着我，又能有什么好处？"

"我不要好处，我只是想多跟你在一起待一会儿。"她死死抓住他的衣袖，仿佛稍一松劲，他便会突然离去，"时间越过越少，我从来都不知道自己什么时候拥有过，也不知何时会失去。我，我从来抓不住你……"

杨福捧着她的脸，泪滴了下来，脸上却竭力笑着："傻姑娘，你看你，这么爱吃，家世又好，是个有福之人。你爹疼你，日后必定会为你择一位好夫婿。什么青年才俊不任你挑呢？你的命好着呢，等你今后成了亲，我就算人不到，祝福也一定到的。"

他说完，狠下心转身就走。心道自己还是走了好，走了，她才能得到自由，才能放下心去找别人。连他自己也不知道，他们是何时缘起，又是怎样在克制下到了今日这番境地。此生与她的约定，大抵是做不到了，可这情谊已在心底结了一道疤。想到她今后若是嫁给别人，他会痛，但又觉得庆幸。无论她跟着谁，大抵都比跟着他更好吧……

他的步子沉滞，听见她在身后无望的啜泣声：“你要去报仇，我不拦你。我受了伤，也不去给你添乱了。可是……可是我不想挑什么青年才俊，也不想要你的什么胡乱祝福。我到底是不是个有福之人，就看你回来不回来了……”

杨福的脚步顿住，一阵微风吹过，眼里好像进了沙，如何也睁不开，有液体不可抑制地涌了出来，顺着脸颊滑入唇中，咸涩的滋味。

卫朝夕轻声哀求：“努力回来，行吗？”

他握紧了拳头，不敢答话，咬得唇角渗了血，也没鼓起勇气回头看她一眼。这番道别，似乎还缺了几句话没说，可他还能说什么呢？前路漫漫，不可回头，既是错缘，何必不忘……

他翻身上马，回避她紧凝的眼，于晨光熹微中，渐行渐远……

另一边，回到景德镇的沈瓷，并未如朱见濂所料的消沉怠工。刚回到御器厂，便招来此次运瓷的负责人，问道：“明日送入京中的御瓷，可都备好了？”

“都备好了，运船已经靠岸，前两日已陆陆续续将瓷器搬了上去，就等着明日出发了。”

沈瓷道：“这次运瓷，我要亲自去。”

“啊？”

“有什么问题吗？”

“没有，只是，太突然了……”

沈瓷担心被朱见濂留下的人阻拦，又补充道：“此事先不要声张，心中知道便好，明日我会直接登船。至于厂中的事务，我自会安排好。”

这次运入京城的瓷器中，最重要的，便是“天字罐”。同为斗彩瓷，却是挑选了其中品质最为上乘的，在罐底下写一个“天”字作为底款。花纹多绘以山水纹饰，有大器风韵，却端庄秀丽，宛若大家闺秀。天字罐，敬天子。她要借机入宫，等到淮王府的恩怨解除后，想办法拆穿杨福的身份。

纵然她在地道中无法动手，可心底的仇怨终归不能轻易放下。她恨杨福，已不仅仅是因为他杀掉了她的父亲，还因为他那张和汪直一模一样的脸，逼得她误将汪直当作仇人。

如今，真相大白，可一切已无从挽回了。

次日，沈瓷在送行之后，并未下船。朱见濂留下的护卫措手不及，眼睁睁地看着沈瓷随船离开，想回去通报，却连世子都已不见。

朱见濂和杨福在赶往京城的途中，遇见了皇上指派给杨福的一百名精兵，将之前叛乱一事解释为误会，众人一齐打道回京。他们人数众多，行路难免慢些，因而与沈瓷的水路相比，也只早到了两日。

就在这两日，朱见濂与杨福一同面圣，将杜氏诬陷淮王叛乱一事告知皇上，皇上大怒之际又觉宽慰，感喟道："幸好淮王并没有真的叛变，不过是妇人因爱生恨的无知之举。这妇人该罚，淮王打算如何处置？"

"凭皇上吩咐。"

皇上想了想，道："此欺瞒之举，着实令人愤恨，不过念在她一介女流，见识短浅，又未酿成大祸，也不宜处置过重。不如令淮王休了那妇人，且娘家一切官职全部革除，如何？"

皇上的处置还算仁慈，不过，虽然并未处死，但那一封休书和官职全革，也足够让杜氏再也翻不了身。闹了这么一遭，朱子衿那刚定下的婚事，想必也成了一场空。

朱见濂伏身道："皇上处置得当，臣没有异议。"

"话还没说完呢。"皇上道，"杜氏有如此作为，也有淮王管治不当之由，她做出这等荒唐事，居然无人发现，同样当罚。"

此话果不出朱见濂先前预料，他忙道："回皇上，父王身体欠佳，没有心力料理这些事。这些，都是臣在料理，有所疏忽，也不怪父王……"还未等皇上开口，朱见濂便继续道，"臣有此疏漏，愿主动让出淮王世子之位，让更有能力者担当。不知如此责罚，皇上可否批准？"

皇上略略一惊，道："此事并未严重到需要你让出世子之位，事情既然已解决，不需闹这么大。"

朱见濂却是心意已决："有错误便须承担，臣并无逃避之意。"

皇上见他如此态度，竟觉有些感动："这……你同淮王自己去商议吧。"皇上摆摆手，静了一会儿，似突然想起了什么，轻轻舒了一口气，唇角勾起，笑道，“朕就知道，王越是朕的心腹大臣，怎会参与此等谋逆之事？眼下，淮王既然是清白的，那王越也必定是无辜的了。去去去，快把朕的兵部尚书放出来，好生安抚安抚。还有你，汪直，当初和王越有关的证据是你呈上来的，恐怕伤了他的心，你快去见见他，把话说清楚，莫让他心存怨恨，怪罪在朕的头上，明白了吗？”

杨福心中一颤，却只得硬着头皮回道：“明白。”

杨福当然不敢去见王越，他纵然能骗过皇上及朝中众官员，却知道自己骗不了与汪直情同兄弟的王越。他按照皇上的命令放了王越后，便赶忙躲了起来，与朱见濂一同谋划如何在最短的时间内取下万贵妃的性命。

果不其然，王越被放出后的第一件事，便是去寻找汪直。这些日子，他脑中总会时不时浮现出“汪直”在殿上指认他的眼神，那般疏离中带着防备的神情，每每想起，总让人心惊肉跳。是自己在山西带兵打仗时发生了什么事吗？又或是两人间有什么误会？为何他改主意放沈瓷离去，之后又将沈瓷的朋友留在府中？疑团重重，他总觉如今的汪直已非往昔，可看着那张熟悉又硌硬的脸，又令他不敢朝更深处怀疑。

可是他找来找去，去了好几个汪直常在的居处，却没寻到他的人影。

刚传令放自己出来，便全然不见人影。汪直……这是在故意躲他？

意识到这点，王越更是心中郁闷，积攒数日的情绪不得倾吐，敛容屏气地回了府中。

刚入府，便看见自己的亲卫候在门厅。

“将军。”

王越皱眉：“你怎么在这儿？我方才不是让你去查督陶官沈瓷的消息吗？”

“已经查到了。”

“这么快？”

亲卫抽了抽嘴角：“她就在京城。”

“她不是去景德镇了吗？”

“是，刚刚才到的京城，从景德镇运了一批新的御瓷过来。”

“她现在在哪里？”

“刚把瓷器交给京中官员，如今下榻在客栈。”亲卫道，“按往常的规矩，御瓷按等级分给皇室和嫔妃，而最好的则交予皇上，若皇上有意，便会召见。”

王越不耐烦地打断了：“别说这些没用的，带我去找她。”

王越去了沈瓷下榻的客栈，报了身份，下人不敢怠慢，忙将他请了进去。

他心情有些急躁，用力拍了拍门，听见里面一个清澈的女声：“谁？”

“我，王越！”

沈瓷之前听敲门声，还觉得这人实在没礼貌，此时听说是王越，再顾不得这些，忙打开门道：“快请进！”

王越大步迈进去：“无意打扰姑娘，只是最近遇见一些事情，实在想问问。”

沈瓷替他斟了一杯茶：“您尽管问。”

王越也不回避，直言相问：“沈瓷姑娘，我走以后，汪直身边发生了什么特别的事吗？”

沈瓷已猜到他是为汪直而来，但为确认，仍多问了一句：“您为何这样觉得？”

王越撩了袍子坐下，手摩挲着下巴，若有所思：“我总觉得，我这次回来后，汪直整个人都变了样，似乎藏着些蹊跷……不仅如此，连西厂的地位都一落千丈，甚至被东厂反超。沈姑娘，你比我晚离京，先前又与汪直处得近，可知是为什么吗？”

沈瓷喉咙动了动，张开嘴，却没说出话。

“沈姑娘？”

沈瓷深深提起一口气，试图让自己波浪滔天的心平静一些，终于开口：“汪直，已不是从前的汪直了。”

“……这话什么意思？”

“现在管理着西厂的这个人，并不是真正的汪直。”沈瓷垂眸，声音极轻，带着细微的颤抖，“现在的汪直，真名叫杨福。在尚铭的帮助下潜伏多年，就为有朝一日能够取汪直而代之，振兴东厂的地位。”沈瓷斟酌一番，将朱见濂和卫朝夕在其中扮演的角色隐去，继续道，“就在你回到京城之前，尚铭的手下同杨福上了苍云山，然后……”

她喉咙哽住，停了声，王越急问：“然后怎么了？”

沈瓷缓了缓急促的情绪，艰难嗫嚅：“然后，汪直坠入悬崖，再下山时，人就已经换成了杨福……”

一瞬间，王越浑身的经脉都好似被抽去了一般，他瘫在椅上，好半天才极轻地确认：“你的意思是，汪直掉下苍云山的悬崖，已经……死了？”

沈瓷没答话，闭上了眼。

“杨福是假汪直，杨福是假汪直……”王越喃喃念着这句话，如同魔怔一般。与杨福相处时的种种片段不停跃出，那种惊惶、慌张、犹疑、不安，此刻都被无限放大，昭示着那人身份的虚假。

“怎么会这样……”王越难以置信，“好端端的，汪直干吗去什么苍云山啊？”

沈瓷的声音更轻：“是我同他去的……我以为……”

她话音未落，王越已是红了眼，站起身，猛地一拍桌，震得地面都抖了抖：“你同他一起去的？你亲眼看着他掉下去的？”他暴跳如雷，已经红了眼，“杨福是假的，是假的！你明明知道，为什么不说？若真是汪直，以他的性子，又怎会放你离开……你选择沉默，难道，难道……是为了让杨福将你送上督陶官的位置？”

沈瓷不停地摇头，王越每一句反问都像是刺着她的心，刮骨般地疼：“我没有，没有……不是不说，而是我也刚在江西知道此事。那日，我虽与汪直一同上山，最后却是独自下了山，之后发生了什么，都是前几日才知晓些许。然后，我便立刻借着运瓷的缘由到了京城，为的便是拆穿杨福！”她咬咬牙，沉声道，“这不仅是为了汪直，更是为了我自己……枉我最初误将汪直当作杀父仇人，杨福，才是我真正的仇人。”

王越将她的话消化了好一阵，才慢慢问道：“杨福是你的杀父仇人？”

沈瓷点头：“此事过去已久，详述起来又是一番故事。”她理了理心绪，挺直了背，竭力平静道，“其实，就算今日王将军不来找我，我也会去找您。从景德镇到京城这一路我都在想几件事，同汪直有关的，也想要同您说一说。”

王越握紧了拳头，重新坐下来，可身体依旧止不住地颤抖，良久才问：“你是想说尚铭吗？他策划杀了汪直？”

沈瓷犹豫片刻，点了点头：“……尚铭一直痛恨西厂的势力压过了东厂，对此应是筹谋已久。而且，据我推断，除了苍云山之外，他之前便安排了针对汪直的事件。”

“比如？”

“您还记得之前的‘妖狐夜出’一案吗？”

“自然记得。”王越道，“汪直拉着我与他一同调查，只可惜后来这案子落到了东厂手里，后来听说，东厂已经破了案。”

“我并不觉得东厂真的把案子破了。”沈瓷想了想，道，“有一事您大概不知，我的好友卫朝夕，曾被诬陷与妖狐夜出的案子有关，进了东厂大牢。那个时候我便怀疑此事另有隐情，可惜当时我不知杨福的存在，亦不知他是东厂的人。如今看来，卫朝夕被抓入东厂大牢，必定不是偶然。听说当时，在朝夕身上搜出了一瓶毒药，上面便写着无影红。此等毒药，怎会直接写在瓶上。更何况，当时无影红这条线索还算是机密，一个小小的巡护队长又怎会知道？可现在，将当初发生的事和杨福、尚铭的关系穿在一起，我无论怎样想，都觉得这是一场东厂自导自演的戏。”

“好端端的，干吗自己演戏呢？”

沈瓷认真道：“我觉得有一种可能，便是想要找替罪羊。可那时东厂刚接手此案，还未深入查探真相，还未到一筹莫展的境况，为何就急着找人顶罪？其中很大的一种可能，便是妖狐夜出一案，原本就是东厂所为！”

王越看着她：“这可不是小罪，你能肯定？”

“虽然只是猜测，但我对东厂的怀疑由来已久。”沈瓷揉了揉发疼的头，沉下气道，“无影红的毒那样稀少珍贵，用这种方式策划妖狐夜出的案子，能有什么好处呢？这绝非单纯为了杀几个人。除了引发皇城惶恐外，还能让最初负责此案的汪直好好伤一顿脑筋，甚至因办事不利受到皇上质疑。”

“还有一点。”王越补充道，“之前有一次，汪直遭到暗杀，对方正是用妖狐夜出的案子引诱他过去。若不是我赶到，恐怕他当时就……”他说到这里，眼神暗了下来，刚稍稍稳定下来的情绪再次垮掉，“可到最后，我到底还是没能救得了他……”

斜阳照进窗棂，将影子拉得老长，亦衬得心上一片凄凉。沈瓷下意识地摸了摸脸颊，不知何时已染了濡湿的泪。她闭上眼，小心翼翼不敢呼吸，心中隐隐的灼痛却不息，纷至沓来的情绪太过繁杂，化为片影在脑中渐渐清晰。

桌上，茶水已凉了，墨绿的叶沉在碗底，也不知两人静了多久，王越突然开口：“你说，汪直他……还可能活着吗？”

沈瓷别过眼去，太阳穴疼得厉害，没敢开口。

“苍云山，苍云山的悬崖，我知道这可能性……”王越盯着远方空茫的一处，自言自语，“就算汪直死了，我也得带回他的尸身回来安葬。既然是坠下山崖，那尚铭应是去找过的……对，我得去问尚铭！我得去问问他！”

王越说着便站起身，按住剑便要朝外走。

“王将军，等等！”沈瓷扬声叫住他，“您不能这样去问，尚铭老奸巨猾，不会轻易说实话的。”

王越眼中锐利，握住剑柄的手蠢蠢欲动：“我把剑放在他的脖子上，看他说不说！”

“那也不过是一时之快罢了，要想彻底扳倒尚铭，仅凭嘴上的逼问是不够的。我今日将这些告诉王将军，便是想要同您一起，让尚铭彻底无法翻身。”

王越背影一滞，顿住脚步，沸腾的血液稍稍平息：“怎么做？”

沈瓷走到他面前道：“杨福成为西厂提督后，虽然将身边的人换了一批，可不敢有太大的动作，要职上仍留有不少故人。王将军与汪直关系甚笃，这些人当中，与您熟识的那些，可以一用。”

“如何用？这些人都听汪直的号令，若我要去苍云山下找真正的汪直，朝中还摆着一个，他们如何能信我？”

“不是查真假汪直，而是去查妖狐夜出的真相。”沈瓷道，“就如方才所言，妖狐夜出一案疑点重重，东厂最后的结案也必定有蹊跷之处。您可以借助这些可信的旧部，暗地里再仔细查一查这桩案子，查探的目标不在别处，就盯准东厂。当初我也是这桩案子的参与人之一，种种迹象都让我怀疑，妖狐夜出就是东厂自己策划的。若当真查出眉目，便可光明正大地解决尚铭，而他既是自身难保，对于杨福的假身份也不会再包庇。”

“查是一定得查。”王越瞪大双眼，狠狠把剑往地上一杵，“我明白你的意思，不会直接去问尚铭，免得有所惊动。等我把他收拾干净了，到时候他说也得说，不说也得说！”

王越前脚刚从客栈离开，就有密探前去禀报朱见濂。

“世子，沈瓷姑娘到京城来了，同运瓷的队伍一同入京，如今已下榻在客栈。”

朱见濂正与杨福一同商议着，忽然听到这个消息，不由得一愣，片刻后狼狈苦笑：“到底还是拦不住她的。”

杨福惶惶不安，皱着眉头道：“她来京城，必定是要向众人拆穿我的身份，那我们的计划……”

“不一定。”朱见濂摆摆手，以他对沈瓷的了解，她既然在地道中选择放弃，至少会等到杨福将复仇的心愿了结后再行动。那么，她到京城来，目的是什么呢？是为了监督杨福是否会如承诺般了断，还是另有别的目的？

一股不安的危机感，再次漫上心头。

“她可有什么动向？入京后，做了些什么？”

密探道：“沈姑娘刚将瓷器交到官员手中，倒是还没做什么。不过，方才兵部尚书王越去找了沈姑娘，而且王越离开客栈以后，就直奔西厂去了。”

“王越？他怎么会去找沈瓷……”朱见濂眉心一跳，“看来，是因为汪直的事情啊。”

杨福更是惴惴：“方才说王越去了西厂，是不是又去寻我了？他这几日去了西厂好几次，嚷着说要见我。”

“这次可能不太一样……”朱见濂沉吟推测，“沈瓷是个有主意的，她大概同王越讲了一些内情。但既然王越没有直接去参你一本，反而是去了西厂，可见是另有打算。”

他撑着头，闭上眼苦思：她想做什么呢？若如今不是为了拆穿杨福，那大概便只余下一种可能。

汪直。

这个名字像钝锤一样敲在心上，她到底还是念着他的，千里奔赴，要来替他探个究竟。朱见濂心底难过至极，面上却是笑了。她是否会理解自己，又是否因汪直的死有所迁怒，朱见濂都不能确定。可这又有什么关系？他心中有她，无论自己和汪直谁在她心中更重，他心里仍然都是她，没有解救的办法。

他自嘲般地笑了，他是最了解沈瓷的人，顺着她的心思继续想下去，大抵已猜到她想要做的事。他端起桌上已凉透的茶水喝了一口，从喉蔓延到胃的冷，突然开口：“杨福，能不能告诉我一件事的真相。”

杨福愣了一下：“什么？”

“当初，妖狐夜出的案子，你参与过吧？”朱见濂道，“我知道，是你把卫朝夕送入东厂牢中的。"

将事情的进程和人物关系理顺，沈瓷猜到的内情，朱见濂也猜到了。早在他借妖狐夜出刺杀汪直之时，便觉得这案子像是为了汪直而存在的，待杨福、卫朝夕同尚铭的关系明了后，这怀疑便更加浓厚。

杨福犹豫了一会儿，还是承认了："我的确参与过，当时朝夕被东厂带走，是早就安排好的事……"

"为什么要带走她？顶罪？"

杨福嗫嚅道："最初是这样想的，若汪直不来带走她，便把一部分罪责推到她身上，但最后，因我的反对放弃了。"

朱见濂看着他："当时，东厂是想让她替谁顶罪？"

"这……"杨福顿住了。

朱见濂静静道："妖狐夜出在京城共发生四起，死亡人数达三十七人，更有一户宅子所有人都死得精光，甚至连猫狗和池塘里的鱼都没放过，使得京城上下人人恐慌。如此惨案，你知道些什么，尽可照实说，不会损阴德的。"

见杨福仍在思索，朱见濂干脆径直问道："是不是东厂自己谋划的？"

杨福一惊，脱口而出："你怎么知道的？"

"旁人不知这当中的原委，可我认识你，却是能猜到的。"朱见濂道，"而且，你别忘了，在我们回京的路上，那些想杀你的人，十有八九都是尚铭派来的。"

这便要说到两人回京途中的经历了。正是休息时间，杨福入树林小解，突遇一群蒙面高手突袭，幸得那百名精兵中有人觉察，一齐冲入树林，这才救下杨福。

按照杨福与尚铭约定的计划，杨福应当绑了淮王回京，然后在半路伪装成淮王杀死"汪直"的假象，从此汪直彻底消失，既让尚铭免除了对汪直动手的嫌疑，也令淮王再担上一条罪名。此法一箭双雕，原本杨福和尚铭两人已达成协议，可到头来，不仅没带回淮王，杨福还要带着假汪直的身份再度回京。

尚铭动了杀心，也在情理之中。

只不过，杨福带着皇上赐的一百精兵，尚铭无从下手，只得放弃。而回京之后，更找不到机会动手，加之杨福一直忙着躲避王越，也有意避开了尚铭安插的人，这两日，竟是没与尚铭碰面。

“尚铭不是心善之人，必是对你动了杀心。就算撇开这点不谈，他策划妖狐夜出一案，也是罪不可恕。”朱见濂道，“说吧，你可知道他策划此案的过程中，留下了什么线索？”

杨福沉吟良久，忽然问：“你问这个，是想要告诉沈姑娘吗？”

朱见濂没想到他会突然问这个，但还是照实点头道：“是，她想查这个。我希望她能轻松些。”

杨福闭上眼，静了静，复又睁开：“好，那我把我知道的都告诉你。三年前的误杀，是我亏欠沈姑娘的，就算是我在赎罪吧。”

杨福从案几旁拿过一张纸，一边执笔书写，一边道：“无影红这种西域奇毒，货源稀少，非可信的人不交易，经过重重转手才到了尚铭手上。我无意中知晓了这交易链中的几环，但也是最靠近尚铭的几环，若能顺着这经手的人查下去，应该能证明妖狐夜出与尚铭脱不了干系。”

他写完，将手中的纸递给朱见濂：“尚铭此行，原本便是罪迹斑斑。若是将来尚铭彻底吞并了西厂，京中指不定会成什么样。能在此帮到沈姑娘，也是我的一点儿善行罢……”

朱见濂接过纸，心中不由得泛出感动，真心诚意道：“谢谢……”顿了顿，忍不住低低叹道，“若是夏莲还在，若是没有这么多恩怨情仇，该多好……只可惜天意弄人，已是无从消解了。”

杨福喟然一笑，没有说话，他抬头看了看朱见濂那双与夏莲神似的眼睛，又垂下头去，望着房中香炉，袅袅升出幽微的细烟，缓缓四散开去。

沈瓷拿到无影红的交易内幕信息，不由得一怔，问传令的探子：“这是小王爷给我的？”

“世子希望姑娘保重，勿卷入过多是非。”

沈瓷默默将纸展开，看了看又合上了，只觉自己的心思都被他看了个透，明明他不在她身边，却这样精准地捉住了她的动向，沈瓷嘴唇白了白：“……他怎知道我在查这个？”

“我并不知世子如何猜到，不过世子让我转告姑娘，这些信息，是杨福主动提供的。”

沈瓷的手一颤，心中掠过一丝异样的情绪，握紧手中的纸：“我知道了。”

“那在下便告退了。”

"等一等。"沈瓷叫住那探子，踟蹰片刻，开口问，"小王爷那边，一切可顺利？"

"这个，在下就不知了。但世子说，如果姑娘问起了他的情况，就让我转告，请姑娘此次等他一同回景德镇，诸事已办妥，他已有底气做出承诺。"

承诺？沈瓷隐隐忆起两人曾经的对话，有关对未来的承诺，就算许下了，又能如何实现？她轻轻摇了摇头，又把那人转告的话回味了一遍，道："我问起他的情况你才说，那若是我没有问呢？"

"那在下，便什么都不须多说了。"传令的探子抛下这句，翻身跃出了客栈，几个闪身，便已消失不见。

沈瓷将密信交给了王越，在西厂故人的助力下，顺藤摸瓜，很快查到了更多证据，而种种线索串起，都指向幕后的策划人——尚铭。

王越将妖狐夜出一案的相关证据呈给了皇上，并联名一干官员上书弹劾。皇上大怒，又翻出当时东厂呈上的结案陈词，更觉处处漏洞，当即决意严惩尚铭，抄家没财，并罚到南京充"净军"。

所谓净军，便是由阉者组成的军队，主要在皇陵承担日常洒扫、司香、司更等贱职，已成为惩处太监的程式化举措，亦是当下政治架构对宦官的保护和宽宥。按王越的本意，尚铭做出如此荒唐之事，理应处斩，但眼下的朝廷格局使得皇上回护宦官，并未直接处死。

但被充入南京"净军"的宦官，谁又会过多关心他的生死呢？

圣命已下，由王越负责执行。抄家、驱逐，昔日摩肩接踵的尚府如今已是人烟稀薄，家财尽数充公，与尚铭亲近的各方力量都受到牵连。往日的名声皆沦为浮华泡影，甚至性命都朝不保夕。他身上戴着镣铐，与其他流放到南京的宦官一同被押解，等候被押往南京。

事情发生得太快了，西厂查案最密集的时候他都瞒了过去，本以为已是大功告成，却没想到最后竟败得彻底。当他还在想法子解决杨福时，自己却先被王越一道猛力瓦解了。

他背靠墙坐着，垂下头，用凌乱的发挡住一半脸，心中明白，事情不可能这样结束。

果不其然，王越连夜料理完尚铭抄家之事，便迅速赶往关押尚铭的牢房，他手中执剑，不由分说地命狱卒打开牢锁，一脚踹开了门，进去就把锋利的剑刃架在尚铭的脖子上。

“我就猜到你会来。”尚铭没抬头，尖厉的嗓音此刻尽是颓然。

王越手中的剑贴着他的皮肤，用力压了压：“知道我为什么来吗？”

“这有何难猜的。”尚铭一动不动，眼眶旁已是色泽枯黄，慢慢抬起头，问，“你都知道了？”

王越冷哼一声，从齿缝间挤出问语：“告诉我，汪直的尸身在何处？”

“果真是知道了。”尚铭似早已料到，喃喃轻语，“我就知道，瞒过谁，都瞒不过你。”

“你眼下命如蝼蚁，少跟我绕圈子。”王越冷冷重复，“他的尸身在何处？”

“我不知道。”

王越手心一颤，旋即加重了力道，锋利的剑刃斜斜一拉，有血液缓缓渗了出来。尚铭痛得惊叫，用手挡王越的剑，那点儿强撑的威风全然散尽，终于急了，尖着嗓子叫：“我不知道，我是真的不知道！”

“看来还不肯说实话。”王越气得眼红，手中的力丝毫未松，“我就不信，汪直掉下苍云山之后，你没有派人去找过他的尸身。你若是再不说实话，就休怪我在这牢中结果了你的性命，让你连南京都去不成！”

尚铭仰着脖子不敢擅动，去南京，虽然落魄，但好歹还有活命的机会，连忙嚷着：“我说的都是实话，我的确派人去找过他的尸身，可什么都没找到！那悬崖下有一条小河，怕是被河水冲走了……”

王越的剑微微松了些许，眯着眼看他：“当真？”

尚铭得了空当，胸口还在不停地喘息：“当真，当真……”

王越又将剑一紧：“若是你骗了我呢？”

“都到这时候了，我又何必再骗你……”尚铭的伤口又被划上了一刀，紧闭着眼急急解释，“我也曾派人顺着河水往下找过，下游穿过一个山洞，越往里越窄，又分了好几条道，若是浮尸，根本穿不过去。你若是真想找，得去那山洞里的分支找，我当时不愿闹出太大动静，就没细找，只是时间隔了这样久，就算你如今找到，只怕尸身也被泡烂了……”

尚铭顿了顿，见王越仍是满身煞气，眼珠转了转，突然问：“你可知道，最后是谁动手杀的汪直？”

王越冷冷一哼：“不是你，还能有谁？”

尚铭已到末路，并不介意再多拖一人下水。更何况王越情绪激动，随时可能取他性命，眼下自己毫无倚仗，得要多拖一个垫背的才行。尚铭往后缩了缩，开口道：“是朱见濂。苍云山上，最后将汪直推下悬崖的人，是朱见濂。你是把我整垮了，却给朱见濂做了嫁衣。”

王越一怔，尚铭杀了汪直的消息，是沈瓷告诉他的。按沈瓷和朱见濂的关系，把朱见濂在其中的作用隐藏，也是极有可能的事……

他陷入深思，旋即又想，尚铭老谋深算，或许是想要将汪直的死推到别人身上，换取活命的机会，切不可轻易上当。

尚铭见他面露犹疑，又道：“妖狐夜出是我策划的，这一点，如今我大抵是无法抵赖了……可你是否记得，有一次案发却没死一个人，偏偏汪直遭了伏击，最后还是你及时赶到救下的。那一次，我东厂可是一人未动，那是朱见濂借着这案子对汪直下的手。”

“休要胡言乱语！”王越呵斥道，“都到这时候了，还想推卸责任，为时已晚了。汪直和淮王世子能有什么关系，你以为我会信你的鬼话吗？”

“我说的是实话！”尚铭三根手指朝天，做出起誓的样子，“淮王世子恨汪直，是有原因的。他们，他们……”尚铭想要编出朱见濂怨恨汪直的理由，却卡了壳，突然，他眼中精光一闪，激动道，“他们同时爱上了一个女人！汪直要用圣旨将这个女人留在京城，朱见濂便因妒生恨，对汪直动了杀心！”

王越疑惑道：“沈瓷？”

尚铭本就想说这个名字，奈何一直没想起来，如今被提醒，连忙应和：“就是她！就叫沈瓷！我与汪直敌对，人人皆知，朱见濂便主动来寻我，要同我联手对付汪直！你若是还不相信，尽可去查查汪直上苍云山那日，是我放火烧了驿站后院，才把朱见濂带出来的。他求我想办法放他出来，就是为了去杀汪直！”

尚铭的半真半假，歪曲了最关键的几个信息点，可听起来又是合情合理。当初是联盟，是尚铭主动去寻朱见濂，可朱见濂没答应；在驿站后院放火带出朱见濂，也并非为了去杀害汪直，而是想去救沈瓷。可这一切串联起来，竟也似铁证。

王越已经动摇了。

可他还是竭力保持面色平静，直接将剑尖抵在了尚铭的喉咙：“还想拿这些理由搪塞我，呵，死到临头还敢胡言乱语？你再接着编下去，我立刻就在这里结果了你！这牢门你永远都别想出去！”

尚铭骇得发颤，却扯着尖嗓子说得义正词严：“我没有胡言乱语，绝对不是胡言乱语！真正杀了汪直的人，就是朱见濂！除了方才我说的那些，你还可以去查查，汪直去苍云山那天，我从淮王下榻的驿站离开后，马车只到了尚府门口，我就直接回府了，接着见了刑部工部两位尚书，此后一直没有离开府内，根本没有上山，此事两位尚书可以作证！”他全身绷得青筋暴起，小心翼翼地推了推眼前的剑尖，“王将军，你这剑指错人了……你已把我害得这样惨，就让我活下来去南京吧……”

时间似有漫长的静止。

仿佛空气都停止了流动。

对峙很久很久之后，王越眸色骤然一沉：“既然不是你杀了汪直，为何刚才我拿剑逼你时，你却承认曾派人去悬崖下找过他的尸体呢？”他逼视着尚铭，字句都像要啼出血，“不是你做的，干吗还要心虚地去找呢？嗯？你说！”

“这，这……”尚铭情急之下，变得吞吞吐吐，“我，我只是听朱见濂描述了苍云山上的场景，心里不放心，因此……”

他的话还没说完，忽然感到自己脖颈上空荡荡的，王越已是收了剑，步履匆匆地向外走，衣裾飘扬，只留下半抹背影。

尚铭愣了愣，随即长长地嘘出一口气，好歹……命是保住了。

然而，他的这口气还没吁完，突然有一把剑从牢门的缝隙间飞入，还未待他反应过来，已刺穿他的喉咙。尚铭睁大双眼，后知后觉还想躲，手脚的镣铐却将他束缚得死死的，整个人便这样瞪着眼，张着嘴，连带着喉咙上直直插入的剑，重重倒在了满地的尘埃污秽中。

鲜血在地面浸染开来，无声无息。

时值午后，残絮飘过，微风卷起地上落叶，又悄然沉寂。杨福借病躲了几日，如今终于再次现身。皇上去了郊外祭祀天地，要等两日后才返回，等到了这一时机，他和朱见濂决定出动。

午后的街道人烟稀少，他坐在马车内，听着辘辘的车轮声，手中捧着紫檀木盒，行至宫门处。听着随从与守卫的交谈，下意识地理了理衣领，额头有细汗密集渗出。

如往常一样，持着汪直的身份，他顺利过了宫门。马车稳稳向前，却未入西厂，而是直接驶向了万贵妃的宫殿。

他抓紧手中的紫檀木盒，深呼吸，试图让自己躁动的心平静些许。纵然秋日的凉风透过帘幕不停灌入，背上却已一片汗湿，热浪从触碰木盒的指间蔓延到四肢百骸，激得他全身如痉挛般抖了抖。

木盒中，是朱见濂早先便备好的普洱蕊茶，清汤碧液，回味幽香，的确是云南上好的茶叶，且稀少珍贵，价值不菲。然而茶叶上却沾了剧毒，纵然茶香依旧浓烈，毒性亦浓烈。

今日午时，朱见濂将这紫檀木盒交到他手中，道："成败与否，全在今日了。"

杨福颤巍巍地接下，心中明白，今日，不只是成与败，更是生与死。

马车停了，他撩开帘子的一角，万贵妃的宫殿已到。几只黑色的鸟栖在宫殿的屋脊上，忽然惊鸣一声，扑扑扇动翅膀，掠过檐牙屋瓦，朝远处的天空飞去。

"汪大人，可以下车了。"见马车久无动静，帘外的随从提醒道。

杨福回过神，用袖子抹了抹额上的汗珠，最后深吸了一口气，竭力做出平静的模样，下了马车。

宫阶漫长，他每走一步，都如同迈入刑场，手中的木盒变得格外沉重，压得他手指发软，几乎快要承不住力。

可他不能溃退，这些年来为夏莲复仇的心愿支撑着他，一直到今日，要将剧毒送到自己的仇人嘴里。他需强颜欢笑，不露痕迹。

能成功吗？自己又能活下来吗？他惴惴不安，脑中浮出卫朝夕圆润的脸，笑得眉眼弯弯，还在不停往嘴里塞栗子糕。他心中痛极，但还抱着一点儿希望。或许……或许自己能从万贵妃这里逃过一劫，又或许，因为他主动向沈瓷给出了妖狐夜出的证据，她能看在朱见濂和朝夕的分上既往不咎，从此任他与朝夕浪迹天涯……可是杀父之仇，能够既往不咎吗？他兀自摇头，亦摇去脑中种种痴念，迈过了门槛。

屋内燃着熏香，万贵妃依然是慵懒模样，听到声响，凤眼微抬，看见是汪直，又闭上眼，手指顺着白猫的毛发摸下去："汪直，好些日子不见了。"

杨福觉得这阵阵幽香嗅得他鼻子发痒，按捺下胸中波澜，躬身道："许久没来同娘娘请安，还望娘娘赎罪……"

"喵——"他的话还没说完，万贵妃手中的白猫忽然双眸睁开，眼神直勾勾地看着杨福，发出锐利的叫声。这还没完，那白猫忽然从万贵妃的膝上跳下，一步步走近，叫声还不停，临到一定距离，那白猫后腿微曲，前腿伸展，尾巴警觉地翘起，摆明了防御的架势。

杨福暗地打了一个寒战，被那白猫幽深的眼盯得心中发憷，抿着唇不语。

"来人，把猫给本宫带下去。"万贵妃先开了口，手撑着头，轻飘飘道，"这猫平日里都好好的，怎的今日成了这样，想是你太久不来看本宫，连它见了你都觉着生。"

杨福身体绷得紧紧的，捧起手上的紫檀木盒，道："是我的过失，这不，带着点儿珍稀玩意儿同娘娘请罪来了。"

"倒还知道孝敬本宫。"万贵妃轻轻一笑，"这是什么，打开本宫看看。"

杨福揭开盒盖，侃侃道："这普洱蕊茶，精选自云南古茶山大树茶芽头，制作极妙，但珍贵稀少。与其余普洱茶相比，其鲜甜爽口又不失茶韵，有清心明目、美容养颜的功效，可谓将茶菁的独特香气和蜜韵表现得淋漓尽致，实属凤毛麟角的品种。这不，我好不容易弄到一些，特地来献给您了。"

"噢，是吗？"万贵妃来了兴致，吩咐一旁的宫女，"快去拿茶具，本宫要品茶。"

宫女袅袅娜娜移步过来，从杨福手中接过木盒，置于案几。茶具亦端上，规整放置稳当，由宫中茶女当场沏茶。

杨福跪坐在案边，手在案下将衣袍捏成一团，眼看着宫女将带毒的茶叶取出，撒在杯中，又将热水灌入，深绿的叶上下沉浮，漂浮不定。

杨福喉咙动了动，忽听万贵妃一声轻叹："我有些后悔当初把你举荐给皇上，让你独自撑了个西厂，惹得我现在身边连个用得满意的人都没有。"

杨福回过神来，正色道："娘娘有什么吩咐，尽管告诉我，汪直一定尽心尽力为娘娘办到。"

万贵妃抬眼，打量着他，笑道："也成，听说这阵子西厂的风头被东厂盖过了，皇上没给你派什么活儿，想来也是清闲。"她伸出手指，懒懒看着，道，"我还真遇到一桩事，想让你替我去办。"

“娘娘请说。”

“昨日御书房有个小宫女，被皇上宠幸了。”万贵妃轻抬凤眼，“你该明白怎么做了吧？”

万贵妃语气极淡，连一丝波动都没有，仿佛在说一件再平常不过的事情。杨福愣了愣，片刻后才反应过来她的意思，有关夏莲的记忆顿时涌入脑中。朱见濂曾告诉过他，因夏莲受到皇上的青睐，万贵妃便决意斩草除根。那时她将此事吩咐给汪直时，是否也如现在这般风轻云淡？就好像她要杀的不是一个活生生的人，而是拔除一根杂草而已。

一股羞愤冲上他的头脑，沏茶的工序也在此时到了尾声。杨福盯着那潋潋散发着茶香的绿叶，心中蹿起报应将至的快感，咬紧牙关，沉声回应：“明白了，一会儿从娘娘这儿离开，我便去解决。”

“还是你做这事，本宫才放心。”万贵妃盈盈微笑，伸出纤纤玉手靠近茶杯，“且让本宫尝尝，这茶是不是像你说的那样好。”

杨福含笑看着她，面色平稳，案几之下的手却将膝盖掐住，他的眼一瞬不移地望着万贵妃手中的茶盏，心中不停默念：“喝下去，喝下去，喝下去……”

万贵妃举起了茶盏。

她深深嗅了嗅杯中茶香。

她的唇凑向了杯沿。

近了，近了，更近了……

“禀贵妃娘娘——”圆润清亮的一声骤然惊起，扼断了杨福绷紧的神思。

万贵妃放下手中茶盏：“何事？”

“娘娘，您之前召见了督陶官沈瓷，她现在已经到了，正在门外候着。”

万贵妃眼珠一转，恍然道：“对，本宫差点儿就忘了，让她进来吧。”

杨福一下子蒙掉，沈瓷怎么来了？还是在这个节骨眼儿上！

万贵妃瞥了眼杨福，见他神色有异，不由得问道：“汪直，怎么了？不敢见？”

“没，没有……”杨福低头，垂头丧气地望着那杯已被万贵妃放回桌上的茶汤。

万贵妃不解：“你们之前不是挺好的吗？她当督陶官，最初还是你举荐的。”

杨福不知如何回答，万贵妃却一直饶有兴致地盯着他，似在等着他的回答。身后传来轻巧的脚步声，应是沈瓷进来了。杨福见躲不过去，才草草低声道："实在是，有难言之隐……"

沈瓷进了屋，见杨福也在，亦怔忡须臾，才向万贵妃请安道："参见贵妃娘娘！"

"免礼。"万贵妃看了看眼前两人的神色，笑道，"罢了，你们之间的事，本宫就不过问了。"她朝沈瓷招招手，指着案几上杨福旁边的位置："过来，坐下吧。"

沈瓷移步，眼神在杨福身上绕了半圈，僵硬地坐下。

万贵妃开口道："本宫听说你入了京，特地召你过来聊聊。这一次御器厂的天字罐做得出彩，本宫很是欢喜。还有桌上这套新进贡上来的陶瓷茶具，这不，一有机会，立刻便拿出来用了。"

"能得贵妃娘娘垂青，实在是沈瓷的荣幸。"

万贵妃今日大抵心情极好，闻言笑道："自你出任督陶官，每次都能给本宫带来惊喜，本宫实在想不出要赏你些什么。"她眼风一扫，瞥见案上未饮的那杯茶，大方道，"这是普洱蕊茶，上好的品种，汪直今日献给了本宫，才沏好，连本宫都还没来得及品一口，此第一杯，便赏给你了。"

杨福浑身一颤，一颗心跳到嗓子眼儿。

本是为万贵妃准备的茶水，竟意外赐给了沈瓷，这突如其来的状况远远超出了杨福和朱见濂事先的准备。杨福僵直着身体，眼看着沈瓷颔首致意，微笑着将手伸向那杯带毒的茶。他的眼皮跳得厉害，心中似有万千战马呼啸而过，乱成一团。

茶水是温热的，沈瓷双手捧起，恭敬道："多谢娘娘赏赐！"

说完，便要将茶水往唇边送。

情急之下，杨福不知如何是好，只见他伸出手，下意识地按在了沈瓷的腿上。

沈瓷身体一僵，手中的动作顿了顿，但碍于在万贵妃面前不好发作，旋即便接着将茶水往嘴里送。

杨福突然开口："沈瓷，你不是对茶叶过敏吗？"情势急迫，他只能想出如此荒唐的理由。

“啊？”沈瓷没反应过来，她什么时候对茶叶过敏了？

案几下，杨福的手在她膝盖上重重一捏，似有深意一般，嘴上道：“你忘了上次饮茶后你变成什么样了吗？浑身红肿，高烧多日不愈。娘娘向来体恤臣子，只要说明情况，娘娘是不会责怪你的。”

沈瓷听得一愣一愣的，杨福这番话来得实在突然，那双眼中焦急毕现，还有在她膝上刻意的按压。她看了看手中的茶水，又将记忆的碎片快速整理一下，顿时领悟。

杨福欲来到京城替夏莲报仇，矛头直指万贵妃，他如此极力阻止自己饮茶，想必这毒，便是在她手中了。

后知后觉的沈瓷惊惧之余方要开口，杨福咬咬牙，已从她手中夺过茶杯，拿在自己手中，对万贵妃道：“娘娘，沈瓷自小便对茶叶过敏，还请娘娘见谅！这杯茶，微臣代她喝了。”

他话音刚落，不等万贵妃反应，便扬起脖子，一饮而尽。

杯中，只余下沉底的残叶，无声无息。

茶中剧毒，从饮下到发作，约需一炷香的时间。他将茶杯稳稳当当放在案上，还余有这一炷香的时间，是可以争取的。

绝望与仇恨同时涌上心头，他已别无选择。

沈瓷愣愣地看着他，手还悬在空中。万贵妃见状却是笑起来：“对茶过敏？这倒是个稀奇病。不过汪直，这是本宫赐给沈瓷的佳茶，本宫还没发话呢，你怎么便自己做主受了赏？”

“娘娘向来宽宏大量，又怎会在意这些。”杨福赔笑道。

万贵妃打量着面前两人：“本宫看你是对沈瓷的事在意得太紧了吧。其实，本宫还真想看看，对茶叶过敏的人喝了茶以后，会是什么样子。”

沈瓷脸色一白，竟也开始配合着演起来，轻声嘀咕：“娘娘，小女上一次饮茶后，脑子差点儿没被烧傻……”

万贵妃看着她这一副委屈模样，悦心大笑：“本宫不过开个玩笑，你竟还当真了。也不是什么大事，有汪直替你受了赏，本宫又何必再为难你。”

沈瓷做出大喜模样：“娘娘体恤臣下，实在宽宥，必是福泽深厚之人。”

“这小嘴甜的。”万贵妃笑着，忽见杨福眼巴巴地看着沏茶的壶，还动了动喉咙，不由得问，“还看着做什么呢？”

越是危急时刻，越是要保持面不改色，饮下毒茶后，心知自己必死无疑的杨福反而不再紧张，他掩下仇恨的目光，满脸殷切模样：“这茶到了我手中，连尝都没尝便送到了娘娘这儿。方才有幸一品，实觉神清气爽、茶香浓郁，是一等一的好茶。方才贵妃娘娘赏了沈瓷，不知可否再赏我一杯？”

万贵妃对汪直总是信任的，杨福对这分寸把握得很好，再加之万贵妃今日心情不错，已是开怀：“你倒是想得美。既然说是献给本宫的，自己反倒先品得欢，一杯未了再一杯，本宫还没顾上呢。”

“那娘娘先请，娘娘先请。”杨福说完，双手伸直放在自己膝上，看着茶壶，又是一副眼巴巴的模样。而在那伪装期盼的眼神下，他已清晰感受到自己五脏六腑的变化，身体的神经像是触了电，一点儿一点儿地僵硬了，好像有什么东西即将从深处呕出。

他的时间不多了。

茶女悬壶高冲，对准茶杯，先低后高地冲入热水，使茶叶随着水流旋转而舒展。

又是一杯。

“本宫倒要看看，这茶是不是真有你说的那样好。”万贵妃嗅了嗅茶香，端起，品了一小口，评价道，“并未有多惊艳。”

那一小口，毒性未必有多烈。杨福忍下五脏六腑剧烈的抽搐感，咬牙道：“这茶初品平平，但茶香悠长，娘娘您细细再品，必觉肺腑皆清。”

万贵妃狐疑，又饮了一大口，道：“好茶是好茶，不过却总感觉有一丝怪味，何至于让你如此沉醉？”

杨福笑了笑，这一次他放了心。他强撑着躯壳坐稳，实际已是气若游丝，身体如被掏空。

万贵妃的药性还没发作，看着杨福这般模样，问道：“怎么了，不舒服？”

杨福喘着粗气，唇角勾起一丝释怀的笑意：“哪有？心里可……可舒服着呢……”

“你的脸色看起来可不太好。”

杨福轻笑：“这些年，从未像此刻这样清爽快活过……”

“什么意思？”

杨福并未答她，反是轻唤了一声：“沈姑娘。”

沈瓷已是心若明镜，看着面前的一切，有股说不出的滋味，浅浅应了一声“嗯”。

杨福身体微倾，一个力没撑住，栽倒在地上：“这样，你能原谅我了吗？”

沈瓷如同失语，眼睫一颤，连带着泪水簌簌落下：“谢谢……”

万贵妃看杨福倒地，正欲招人过来看看，还没张口，忽然感到胸腔一阵剧烈的作呕感，像是要把她的五脏六腑都嚼碎了。她无法呼吸，四肢僵硬，再看杨福倒在地上的样子，终于明白，艰难地抬起手，指着杨福：“你，你……”

一旁的小宫女顿时手忙脚乱，赶忙奔到门外：“来人！来人！娘娘出事了！太医！护卫！”

杨福的眼前渐渐模糊，喉头一片腥甜，他喷出一口鲜血，抓住沈瓷如同抓住最后的心愿，喑哑着、撕裂着：“替我，替我多照顾朝夕，求你……”

沈瓷眼泪不住落下：“我记住了，我记住了，你放心……”

他闭上眼，像是终于放了心，鲜血先自唇角流下，又从七窍溢出，整个身体疼得厉害，已没了力气叫唤，颤巍巍的，他放开沈瓷的手，轻轻说出最后三个字：“……对不起！”

也不知这话到底是说给沈瓷的，还是说给卫朝夕的……

殿外的护卫迈着整齐划一的脚步跑入，很快弄清状况，拉开了沈瓷，将杨福围成一圈，以剑相指。太医忙着赶来，可万贵妃捂着胸口，喘着喘着，渐渐微弱，再没了气息。

杨福趴在地上，最后几丝余息渐渐消弭。大仇已报，恩怨已了。欠夏莲的命，他要回来了；他欠的命，也终于还了。可有些债是还不清的，在越来越模糊的意识中，杨福仿佛回到了他与卫朝夕初见的时候，小小的女孩滴溜溜转着眼，就为了他多出的几块栗子糕，他看着她弯起的唇角和甜蜜的笑，不知不觉便在心中渗出几分暖意。阴暗蛰伏的生命中，意外照进了温柔的光，亦成了他虚假生命中唯一的真实。

他却是她生命中不该有的劫。

她是以食为天的人，却甘愿为了他受尽辛苦。真是个傻姑娘啊，他想，如果她没有遇见他，该多好，若是没了最初的相遇，今日便没了这么多不舍，亦没了对生的无限眷恋。他舍不得死啊，却无法阻止生命的急速流逝，一点一点抽离，一点一点散尽……

还未开始，便已结束。那吃遍天涯的承诺，终究成了相隔天涯。远方的她，是否还在倚楼独望，期盼着他的归来？依然翘首相盼，可是已经永远也盼不来了。

等太医赶来，上前探了探万贵妃的鼻息，又猛地缩回手，不可置信般地又试了试，终于确定，惊慌失措地跪下："娘娘，娘娘……薨逝了。"

此时，尚在郊外祭祀天地的皇上还不知道此事，他整肃叩礼，忽见天色有异，大雾卷来，人皆讶之。皇上望着天上黑压压的一片，心口也似蒙上了一层迷蒙的雾云，泛起隐隐的痛。他似乎感到自己失去了什么，却无从想太多，跪饮福酒，俯伏兴，平身，并不知宫内，已是风起云涌。

皇宫外，朱见濂正在焦急地等待消息。他这三年想法子在宫中安插了好几个可靠的眼线，事发不久后，便很快得到了消息。

见来人满脸惊惶，朱见濂忙问："怎么样？"

"万贵妃薨逝了。"

"死了……"朱见濂喃喃念着，心中悬着的重锤轰然落地，稍稍松了一口气，问，"'汪直'呢？"

"不知道，现在整个安喜宫都被封了起来，只传出了万贵妃薨逝的消息，其他人都已被封锁在里面。"那人顿了顿，又补充道，"还有，督陶官沈瓷突然去了万贵妃宫中。"

"什么？！"朱见濂拍案惊起。

"皇上不在宫中，皇后娘娘正在赶往安喜宫。里面的人，一时半会儿怕是走不开了。"

朱见濂想都没想，长腿已迈了出去："即刻入宫。"

王皇后是皇上的第二位皇后，在她之前，还有一位吴氏。因为皇上专宠比他大十七岁的万贞儿，却对吴氏不闻不问，吴氏一气之下便对万贞儿动用了杖刑。皇上力排众议，废了吴皇后。本想立万贞儿为后，却迫于太后的压力，于两个月后立贤妃王氏为皇后。

这个王皇后生性软弱，知道皇帝宠幸万贞儿，又有吴氏的下场在前，于是处处谦虚忍让，已然是个傀儡皇后。她名义上虽是皇后，后宫的实权却一直都在万贵妃手中，她亦从来没有怨言。如今万贵妃突然薨逝，皇上又不在宫中，这才轮到她上阵，急急忙忙赶往安喜宫，看着眼前这个残局，全然乱了方寸。

万贵妃薨逝的消息虽然传出去了，可突然薨逝的缘由却是封锁了的。一旁的宫女哭哭啼啼地对王皇后叙述了整个过程，太医验了毒，事实证明万贵妃和“汪直”用过的茶杯和泡茶的壶中的确含有剧毒，而其余未盛茶水的杯则并无异样，基本可以断定毒药源自茶水本身。

而接触过茶叶的，仅有两人。杨福和茶女。

沈瓷倒是碰过第一杯茶水，可万贵妃那杯却是丝毫未沾。且沈瓷是万贵妃召进宫的，而非主动觐见。幸得三人对话时周边宫女众多，尽数证明了她的清白，使她脱离了下毒的嫌疑。

可王皇后不敢这么放掉她，除了死掉的两人外，她是最近的目击者。又或是，皇上回来后大怒，要将所有目击者除掉，也是有可能的。更何况，这沈瓷虽是个督陶官，可到底是皇上和万贵妃任命的官职，就算皇上下令要她这个目击者陪葬，也得罪不了什么势力。

王皇后在心底小心翼翼地权衡着，以她软弱的性子，实在不敢轻举妄动，索性就如此耗着，等皇上回来再论。

殿外忽然一阵骚动，朱见濂闯了进来。

后宫此时已是乱成一团，护卫一个劲儿地阻拦，他压根儿不管，脚下如同生了风，竟是直接闯进了殿内。

王皇后吓了一跳，竭力塑起威严，细声道：“后宫怎是男子想入就入的，这是谁？好大的胆子。”

沈瓷同众宫女被押解在角落，忽见朱见濂闯入，激动得站起身：“小王爷……”

王皇后闻言，用疑惑的目光看向朱见濂，听他彬彬有礼道：“在下朱见濂，淮王世子。不小心冒犯了皇后娘娘，还请恕罪。只是听闻宫中噩耗，恰巧我还未过门的世子妃也在这里，实在焦急，就擅自闯了进来，只为心安。”

王皇后眉心一蹙，重复了一遍关键字：“未过门的世子妃？”

“正是。”朱见濂移步，伸手将站在角落的沈瓷拽起，一把拉到身边，脸上带着不容置疑的表情，“就是这位沈瓷姑娘。”

沈瓷愣住了，王皇后也怔忡不语。淮王终归是藩王中有资历的人物，又是皇室，若在众人都证明她是清白的情境下，还要强行惩罚，恐怕淮王那边便交代不了了。王皇后觉得头疼，皇上回来后，指不定是什么情绪，若一气之下将这位目击事件的世子妃也连带着灭口了，她也不讨好。

朱见濂打断了她的思绪：“皇后娘娘，此事当中，沈瓷可有过失？”

王皇后抿抿唇，斟酌片刻，慢慢道：“她倒是清白的，可是她是目击者，等皇上回来，说不定还有话要问她。”

朱见濂对王皇后的想法已是明了，他扫了眼四周的宫女，道：“周遭目击的宫女不少，也不缺她一人。”他捉过沈瓷的手，温柔地拍了拍，如同抚慰。这令沈瓷感到安全，神思不定的心稍有回暖，不再害怕了。

朱见濂满目心疼，替沈瓷将额前凌乱的发别到耳后，转头对王皇后道：“她脸色这样白，大概是被吓到了。既然嫌疑人中没有她，我便先将她带回去了。”他想了想，针对王皇后方才的说法，又补充道，“我们就待在京城，若是皇上回来有话要问，我再立刻送她入宫。”

他的理由充分，今日已是下定了决心要将沈瓷带出去。万贵妃是皇上最重要的人，皇上遭受如此打击，不知会做出何事。若让沈瓷留在这里，随时都有危险。他想好了，带沈瓷离开后，若是皇上不追究目击者，他便陪她回去继续当她的督陶官；若是皇上要将所有目击者灭口，他便带着她逃走隐居。

朱见濂抬头，双目一瞬不移地看着王皇后，若是说到这份上再不同意，他便准备硬抢了。

王皇后眼睛转了转，想这沈瓷身份特殊，淮王世子冲入后宫也要护她周全，可见是要紧的人。她原本便是清白的，放走应该关系不大，若是皇上执意要见，这淮王世子顾及到将来的爵位，想来也不敢不从。

她自觉已是想得周全，应该出不了什么疏漏，终于点头：“那好，你先带她离开，若有传唤，即刻进宫。”

朱见濂连连称是，答应得爽诚无比，转身拉住沈瓷的手就往外走。王皇后纵然思虑良多，却没想到，朱见濂压根儿就不在乎什么爵位，此去，纵是万遍传召，他也不可能带着沈瓷进宫了。

黄昏，起了簌簌的微风，灌入衣中颇有几分凉意。沈瓷被朱见濂牵着手往前疾走，抬头看见月亮刚刚探了出来，余霞成绮，映在明黄的琉璃瓦上，似一匹斑斓的锦缎。

经历先前种种，两个人都有无数的话想说，奈何满腔情绪无从说起，索性缄默，任手心渐渐回暖的温度传递隐含的情绪。

似曾相识的场景。

沈瓷突然就想起了从前，她初入淮王府时，被朱子衿诬陷私通，是他主动站了出来，告诉所有人，她是他的新欢小宠，从此保她在淮王府安然无恙。而今日，她命在旦夕，亦是他硬冲入后宫，宣称自己是他未过门的世子妃，将她从危机四伏中解救出来。

最初与现在，虽时隔经年，却以如此巧妙的方式重合，仿佛命运的安排。若她先前对他还有怨怼和不解，此刻都渐渐消解，化为手心绵长的暖意。

“小王爷……”她踌躇良久，终于轻声唤他。

“嗯？”

“谢谢你来救我。”沈瓷轻声说，“就像是，我初到淮王府那时一样……”

朱见濂有片刻的沉默。

沈瓷见他不语，轻声试探：“小王爷？”

“不一样的。”他突然开口，郑重其事地答道，“那时候，我只是不想你被诬陷，才撒谎说同你在一起的男人是我。可这一次，是说的真心话。”

沈瓷一愣，面对他这番话语，全然不知如何接下去。

“只不过，你不能做世子妃了，因为我也不愿继续做世子了。可是，我是真的想娶你为妻，小瓷片儿。”

风仍在吹，月亮升起来，淡白幽香，仿佛笼着轻纱的梦。

方才在安喜宫绷紧的神经，一点一点舒展开来。是劫后余生的庆幸，亦是沧桑世事后的释然。

所有的恩怨，到这里，就应该结束了吧？她想，等到皇上回京，确定一切无恙后，或许一切便能回到平静模样，只待细水长流。

可她实在想得太美，想得太好。

两人疾步出了宫，又走出一段，刚歇下两口气，沈瓷忽见前方迎面走来了一个人。

朦胧月色中，只感觉那人每一步都走得铿锵有力，剑从鞘中拔出，反射着明晃晃的月光，带着一股森冷的寒意，仿佛随时都准备好淬上血液。

沈瓷不由得打了个寒战，待那人走近，才终于看清了他的脸。

王越。

他瞪着一双血红的眼，目不转睛地盯着朱见濂，手中的剑越握越紧，蓄势待发。

沈瓷看他的神色，于明明灭灭的光线中，生出一种不好的预感："王越，你怎么在这儿？"

"尚铭死了。"王越的声音阴沉，"我抄了他的家，在牢中把他杀了。"

沈瓷一愣，不安的感觉愈发浓郁。

王越上前两步，脸板得如同寒铁一般："汪直的死，同尚铭脱不了干系。可是，光除掉尚铭还不够。在牢中，尚铭告诉了我一些事，我一一都去查过，事实与他说的一模一样。"

他手腕一转，剑锋已指向朱见濂："沈瓷，你只同我说了尚铭，却故意漏掉了一个人，对不对？"

他的声音愤怒狂暴，目的已是清晰。沈瓷身体僵硬，颊边的肌肉绷得紧紧的，下意识辩解道："不是这样的……"

"不关她的事。"朱见濂将沈瓷拉到身后，对王越道，"你想为汪直报仇，可汪直亲手杀了我的母亲，这笔账又如何算？若不是他自己造下的孽，我又怎会视他如敌？"

"他，亲手杀了你的母亲？"王越顿了顿，表情有一瞬的恍惚，可很快，深深的愤怒便将这恍惚遮掩下去，"我不管，我不管这些！你害了汪直，便该同尚铭一样的下场！"

他像是一头失去理智的豹子，听不进，想不通，挥刀朝朱见濂的胸口刺去。朱见濂闪身躲过，用手腕架开王越又快又狠的攻击，脚步连连后退。

两人你来我挡，沈瓷想要阻拦，却插不上手，好不容易从背后抓住了王越的手臂，却被他一把推开，猛地摔在地上。

王越怒火中烧，朝她斥道："沈瓷，汪直待你不薄，如今你竟要为了杀掉他的人拼死拼活。你不替汪直报仇，起码别挡着我！"

沈瓷摔得狠了，如何也站不起来，眼看着王越已是什么都听不进去，急得眼泪滚落，喊道："王越，你在皇宫外杀人，这是蔑视皇权，重罪难逃的！"

"我才不管这些！"王越步步相逼，剑势如飞雪缭乱，"汪直是我最重要的兄弟，谁敢动他，我便让谁痛不欲生！”

沈瓷还说了些什么，王越已是听不清了。他的眼里除了朱见濂，别的什么都看不清，只知挥剑向前，不知停歇。

王越毕竟是征战四方的常胜将军，血海入了无数，朱见濂又怎会是他的对手。几个回合下来，朱见濂已明显处于劣势，王越右手执剑，左手“呼”地一拳打在朱见濂的鼻梁上，一下子鲜血迸流，鼻子歪了半边。朱见濂偏过头去，王越便趁这个时候将刀抹向他的脖子。

刀刃近在咫尺，就在这时，趴在地上的沈瓷拼力站起，尽全力一头朝王越顶过去，竟将他撞了开去。剑锋也转了方向，擦过脖颈，将朱见濂的手臂划了一道长长的伤口。

王越迅速稳住身形，提起剑转回身，恶狠狠地将剑锋对着沈瓷：“我不想伤你，不关你的事，给我让开！”

他话音落下，没等到沈瓷的回应，却忽然听旁边有人怔怔叫了一声：“王将军。”

王越瞟了一眼，是他手下一个年轻的士兵，他前几日同好几人一起被王越派去了苍云山下，搜寻汪直的尸身。

难道是有消息了？

那小兵见王越虽仍举着剑，但终于停止了疯狂的进攻，缓下一口气，这才挪动步子，凑到王越的身边，以手为掩，耳语道：“王将军，我们找到汪大人了。不是尸身，他……还没死。”

痛心和喜悦同时涌上，从耳朵蔓延到四肢百骸。

剑，自手中跌落，发出清脆的声响，戛然止音。

王越跟着小兵，在皎皎月色中穿行。苍云山下地势曲折，翻山越岭好几遭，又蹚过一条浅浅的溪水，才走到悬崖下方较为平缓的地界。

王越不由得问道：“既然找到了，为什么不直接带着他来见我？”

小兵欲言又止，抿唇指了指前方：“王将军，就在前面不远了，等您看了便知。”

王越按捺下沸腾的心情，加快步伐。

自他镇守山西大同以来，已是大半年未与汪直相见。千里迢迢赶回，面对的却是一个假汪直，他曾以为是汪直变了，待得知真相后，既松了一口气，又痛心疾首。他所认识的小汪汪没有变，却再也回不来了。可今夜，事情再次峰回路转，汪直竟然还活着！

小兵领着他拐了一道又一道的弯，终于在山林掩映的深处，看见了闪动在夜色里的星星火光。王越回忆了方才一路，似乎周围只有这一户人家。想来也是，苍云山下道路曲折，怎会有多少人在这里居住。走近了一看，竟是农家小院的模样，王越之前派去寻找汪直的另外几人都站在门口，整齐迎候。

王越的心情愈发紧张："汪直……在屋里？"

众人点头，王越稳了稳情绪，深吸一口气，慢慢推开了屋门。

先是一线缝隙，接着一点一点敞亮。

凤眼细长，眉毛挑起，唇角微微勾起，对着他轻巧一笑。汪直坐在轮椅上，下半身空荡荡的，双腿已被截去，额角也破了一块。但那一笑之中，于万千感喟里夹杂了一丝戏谑，往日记忆，轰然冲上王越的头顶。

只这一眼，他便知道，这是汪直，这才是真的汪直。

王越也笑，笑着笑着，几乎快要掉下泪来。七尺男儿，流血不流泪，可他对那一如往昔的面孔，那依旧落拓的神色，再看向空荡荡的裤腿，眼睛不觉湿润了。

"干什么呢？"汪直瞟了眼王越，朝面前的座位努努嘴，"坐，别站这么高，我看着不舒坦。"

王越手心发颤，摸了凳子坐过去，努力不去看汪直的腿，眼神却控制不住，愈发感怀。

"干吗呢？看什么看，又不是没看过。"汪直随手捏了个纸团扔过去，正砸中王越的鼻梁，"从悬崖上摔下来，捡回一条命就不错了，我还活着，已经很难得了。"

王越哽咽了，牵强笑笑："是啊，你还活着，我真高兴。我只是……"他抽抽鼻子，说不出话了。

"吱呀——"一声，侧门被推开，一个老人走出来，给王越倒了杯清水。

"谢谢苏伯。"汪直对那老人致谢，老人轻轻点头，也没作声，不愿打扰两人，离开了房间。

汪直望着他的背影，笑了笑，对王越道："当初我从悬崖摔下，幸得山壁中途生了一棵枝叶茂密的松柏，我正巧摔在上面，多了缓冲的力，速度被减得差不多时才被松柏弹开，之后跌在地面，又被长居此处的苏伯捡了回来，居然保住了一条命。”

“苏伯是好人。”王越不住点头，听他说起当初的经历，心中尽是惊讶，“那你这腿……”

汪直皱眉：“看不出来吗？保不住，截了。”他说得爽快，可也掩不住满心的失落。

王越咽了咽口水，看了眼汪直额角的伤疤，没有继续问下去。换了个话题：“尚铭之前在苍云山下找过你的尸身，你知道吗？”

“知道。”汪直轻嗤一声，“他也搜过这里，只是苏伯将我藏了起来，他们没找到，走了。”

王越问他：“那怎么我的人来找，你不藏？”

汪直撇撇嘴：“你这不说废话吗？你的兵我还能认不出来？就门口那几个，都是熟脸。”

他这番话说得王越心头甚是欣慰，终于筛掉些许愁眉苦脸的表情，嘿嘿笑了笑：“你不知道，先前我都失了希望，以为你必死无疑。你可知道如今的朝中，已有了一个假汪直，作威作福，还拉得西厂的地位一落千丈。他长得同你很像，但我能感觉出来，那不是你。”他站起身，上前拍拍汪直的肩膀，喜不自胜，“现在终于找到你，我同样一眼就认出了，这才是正牌的汪大人。”

汪直淡然地点了点头：“杨福的事，我知道。”

“你知道？”王越略有些惊讶，“你知道有人冒充你，还能坐在这儿闲着啊？不应该像往常一样杀回去吗？”他眨眨眼，充满期待地看着汪直，“哎，说到这儿，你什么时候回去？我先在宫中替你备好了基础，替你把那假人撵下台去，浩浩荡荡迎你回宫，如何？”

他充满希冀地描绘着，等了好一会儿，也没听汪直回话。

唯有沉默响应着他。

良久，汪直长叹一声，似嘲似笑：“回去？怎么回去？我这个样子，回去还有意义吗？”

王越一听这话，顿时急了：“至少宫里有太医，环境肯定比这儿好，有助你的身体恢复。”

汪直低低一笑，摇头道："回到宫里，你以为我还能同从前一样吗？皇上不需要没用的人在身边，西厂也不需要。尚铭想要独领风骚，杨福想要取而代之，就让他们去玩好了。"

"你……"

"我累了，也倦了，从前恋慕权势，总想事事争在前头，总归只是别人的武器。现在这样也好，好让我静心安养，不想再参与朝中之事了。"汪直顺手取过方才苏伯给王越倒的清水，自己喝了一口。

王越心头一哽，喉咙发痒："可你还这样年轻，难不成，要在这里度过余生？"

"事有因缘，我有今日，也是当年沾过太多人命，一报还一报，能活着已是上天眷顾，如今想通，也不愿奢求太多了。"汪直扬唇一笑，前半生太多旖旎风光，在他坠下悬崖的那刻便尽数消散，身体急速下坠之时，他分明感到了解脱，只未料到最后却是活了下来。

活下来，算是捡回一条命，亦继续背负着沉沉罪孽，如同枷锁一般。如今的他，已然对朝堂之争失了兴趣，不想再卷入那云波诡谲。又或许，他不敢出面还有一个重要的理由，他依然不敢面对那个人……

王越叹道："你若是不回去，我在朝中便再无知心友人，好生寂寞。"

汪直瞟他一眼："你不是知道这儿了吗？常来坐坐，我不介意。"

"翻山越岭一路，好累的……"

"嫌累就别过来，没求你。"

王越立刻变了脸："那不行，你想我的时候，我还是得来。"他犹豫片刻，试探着问，"那……沈瓷呢？"

汪直乍然听到沈瓷的名字，背部僵了僵，嘴唇绷紧，良久，才问道："她……现在怎么样？"

"跟我一样，以为你死了。"王越撇撇嘴，颇觉不满，"来见你之前，我正同她在一起，本想杀了朱见濂替你报仇，却突然得知你还活着的消息，连忙赶了过来。"

汪直忙问："你得知消息时，她在旁边，也听到了？"

"没有，她离得远，什么也没听到。"王越解释道，"而且，我把朱见濂的鼻子打歪了，她没顾着我这里……"

汪直垂下头，不禁落寞："她还是同朱见濂在一起啊……"

王越愤愤不平："就是，朱见濂一心想要置你于死地，沈瓷明知是他将你推下山崖，竟还能同他如胶似漆。"

"不是他推的。"汪直说。

"啊？"王越张大了嘴，"可是尚铭说……"

"尚铭的话你也信，傻了吧。"汪直鄙视地看他一眼，"不过，他那日的确在场，也确实费心想杀掉我。"

王越的神情又凶悍起来，握紧拳头："那就没冤枉他。"

汪直手撑着头，指尖有意无意拨弄着什么，低声道："可是，我怪不得他，沈瓷也怪不得他，是我自己多年前下手在先。"

"这……"

"我没死，你也别想着去替我报什么仇，他不继续来找我报仇就不错了。"汪直顿了顿，神色突然黯了下来，"至于沈瓷……"

看着汪直怅惘的神色，王越连忙道："我……我这就回去告诉她你还活着，让她过来见你！"

汪直抬起手："不，我不是这个意思。"

"啊？"

汪直别过眼去："就让她以为我死了吧……"

"为什么？"王越急了，"你想见她，就见啊。别担心，她要是不愿意来，我就把她绑过来！"

"别去！"汪直再次厉声喝道，长长的睫毛闪了闪，黯黯垂下来，低沉道，"我想她，却……不想见她。"

王越张嘴还要劝，低头看到汪直空荡荡的裤腿，到嘴的话又咽了下去："你这是何苦呢……"

汪直一笑："不为自苦。虽然我不见她，却不能让她这么轻轻松松地忘记我。"他脸上神情变幻不定，静了半晌，慢慢地从自己衣襟的胸口里掏出一块绢布，展开，里面裹着一支金丝凤鸾钗，钗头一只展翅欲飞的鸾鸟，尖利的钗尾还带着血迹，已经凝固风干成了深棕色。

正是汪直曾经送给沈瓷的信物，后来在苍云山上，沈瓷又把这当作武器，刺向他的喉咙。

方刺入血肉，她便收了手。可那血迹还在，沾在金钗尖利的尾上，结了痂。其实轻轻就能擦掉，可汪直一直留着，甚至用绢布包好一直放在胸口的衣襟里，如是提醒，如是思念。

“这个，拿给她。”汪直将包好的金钗递给王越。

王越一头雾水：“这是什么意思？”

“她看了，会明白的。”

苍云山，是她陪着他一同攀上的，她心心念念的小王爷参与了杀害他的行动。这一遭波澜因她而起，若自己还活着，她便可寻求理由解脱遗忘。但让她以为自己已经死去，这不可扭转的结局，便会沉淀在她心中最深的位置。

这一生，他注定是得不到她了。可他就是要她一辈子记得他，一辈子歉疚，一辈子都在心里给他留下一个位置。哪怕她爱着别人，陪在别人身边，也绝不可能完完全全地将他忘记。

这金钗就是最好的提醒，那钗尾点点斑驳的血迹，是回忆。

“你带走了这样东西，还得给我拿回来另一样。”汪直对王越说。

“什么？”王越眨眨眼。

“在我的私宅，书房木柜的最底层，有一个锁着的匣盒，里面有一件缠枝石榴花的斗彩玲珑瓷。你给我带来，必须完好无损。”

那是沈瓷亲手为他做的瓷器。

石榴花一片火红，极尽瑰丽，壮烈如冰雨，如烈焰，窑变的效果惊心动魄。

在这世上，独一无二。是她对他倾注了无数心血的礼物，或许唯有借此，才能令他感受到喜悦的安实。

他想念很久了。

王越怕自己记不住，拿笔在纸上记下，问：“还有什么吗？”

汪直仰头看着简陋的屋顶：“别的……什么都不需要了。”

把他送给她的定情信物重新给她，再将她为他独制的瓷器拿回手中；把愧对和思念施加给她，再将幸福的记忆拉回自己身边。将来，纵然隔着千山万水，也终归有所依托。

过往林林总总，今生无法圆满的，便在想象和惦念中完成。一辈子的爱恨，一辈子的恩怨，一辈子的情思与缠绵，自他坠入山崖的那一刻，便似戛然而止，又因此无限延伸……

风过留痕，蔓草凋残。他和她已经完结的故事，他和她从未开始的故事，伴随着恩怨交织的诡谲风云，飘散到无垠的尽头。

半生繁华过，尘寂夜阑珊。他的一生还那样漫长，却如同耗尽了。

翌日，皇上结束郊外的祭祀，于庆成宴后回宫，忽闻万贵妃薨逝。

更令他惊讶的是，经过调查，种种证据都指明，下毒的人是汪直。

皇上一下子跌坐在地，难以置信。

然而，事情结结实实地摆在面前，皇上掩面痛哭，崩溃到难以自持，恨不得将汪直千刀万剐，却听闻他也一同被毒死，满腔悲痛顿时无从消解，正欲下令革去汪直生前一切官职且计入大罪时，王越赶到了。

王越称毒死万贵妃的并非汪直，已请仵作进行尸检，结果表明，死去的“汪直”并非宦官，而是凭借相似的样貌，冒名顶替进的宫。

杨福的身份在他死后，很快被查出，其与尚铭的关系也水落石出。皇上终于明白，为何西厂突然让位东厂，地位一落千丈。

事情已查清，又有王越强硬的态度，杀死万贵妃的黑锅不可能让汪直来背。可堂堂圣上，又怎能承认自己被奸人蒙蔽数月之久？纵然皇上愿意承认，文武百官也是断然不许的。

思虑后，遂称汪直因屡次被尚铭等人弹劾，调任南京御马监。既有了罪责的交代，又将圣上被杨福蒙蔽一事勉强掩过。

而万贵妃死后，因真假汪直一事太过惹眼，皇上竟未下令斩杀所有目击者，只以侍主不周为由，处置了万贵妃宫内的所有太监宫婢。

沈瓷因未留在宫中，幸得逃过一劫。

不久后，又传来消息，汪直调任南京御马监后，因病不起，暴疾而死。

一代风华的西厂缔造者和终结者，就此从人们口中消失了。

可仍有那么一二人知晓，他从未离开，就坐在那悬崖的最深处，落拓成风，倾然自在。

曲曲折折之后，沈瓷和朱见濂终于回到了景德镇。

她仍做她的督陶官，而他已不须再离开，每日伴她左右。淮王世子的身份抛了去，为了最大限度地减少争议，且给他想要的最大自由，淮王府对外宣称朱见濂早逝，以解释罢去世子之事。只不过，鄱阳和景德镇周边的百姓对此心知肚明，一来二去，也就绝口不提了。

在朱见濂的全力支持下，沈瓷倾心制瓷，监管御器厂，将成化年间的瓷业推向了明朝的最高峰。也是在经历了林林总总后，她才终于明白爹爹曾经说过的话。瓷器，不仅是物品，更是制瓷人的情感与生命。而斗彩瓷，不光是釉下青花与釉上彩的相互争斗，亦是她心中爱情与仇恨、浓烈与淡雅凝成的心血，唯有经历过爱恨情仇种种饱满的情绪，手中的瓷器才能汇入饱满的生命力。

曾经汹涌滔天的情愫沉淀下来，终是归于沉静与平实。

山川晴照，岁月静好。袅袅瓷香中，她执笔绘瓷，而他贪看着她的容颜，时不时亦指点一二。

现如今，她不仅如同小王爷最初所预言的那般，成为人人相逐的御器师，更是大明唯一一位女督陶官。

可她也清楚，这需要感恩的人当中，还有一人不可遗落。

沈瓷垂首，看着瓷面上画了一半的美人，乌黑长发盘成发髻，被一根钗子松松绾起。她的笔顿了顿，不禁愣神。

“在想什么？”朱见濂从后面走来，温柔地替她披上一件外衣，轻声问。

他一低头，便看见了瓷面上的美人，髻上绾着的钗头上，是一只展翅欲飞的鸾鸟，脖颈伸长，羽翼斑斓，却只绘了一半。

在光滑的瓷面上，她将这细节描绘得如此生动。

朱见濂不由得轻轻一笑，和自己的这场较量，汪直是输了，但他终归让她记住了他，以这样的方式。

沈瓷放下笔，回过身抱住他，脸贴在他的胸口：“有些人存在于回忆里，落花风雨更伤春，不如惜取眼前人。我明白的。”

朱见濂报之以微笑，执起她的手，一同握笔，两人手腕轻转，将鸾鸟缺失一半的羽翼绘上，五彩赤色，栩栩如生。

仿佛下一刻便能展翅飞起。

挣脱一切的因果缘由、恩怨桎梏，朝某个不可预知的美好方向，自由飞去。